小松左京“21世紀”セレクション1

見知らぬ明日／アメリカの壁

【グローバル化・混迷する世界】編

小 松 左 京

徳 間 書 店

SAKYO KOMATSU
THE PROPHET

CONTENTS

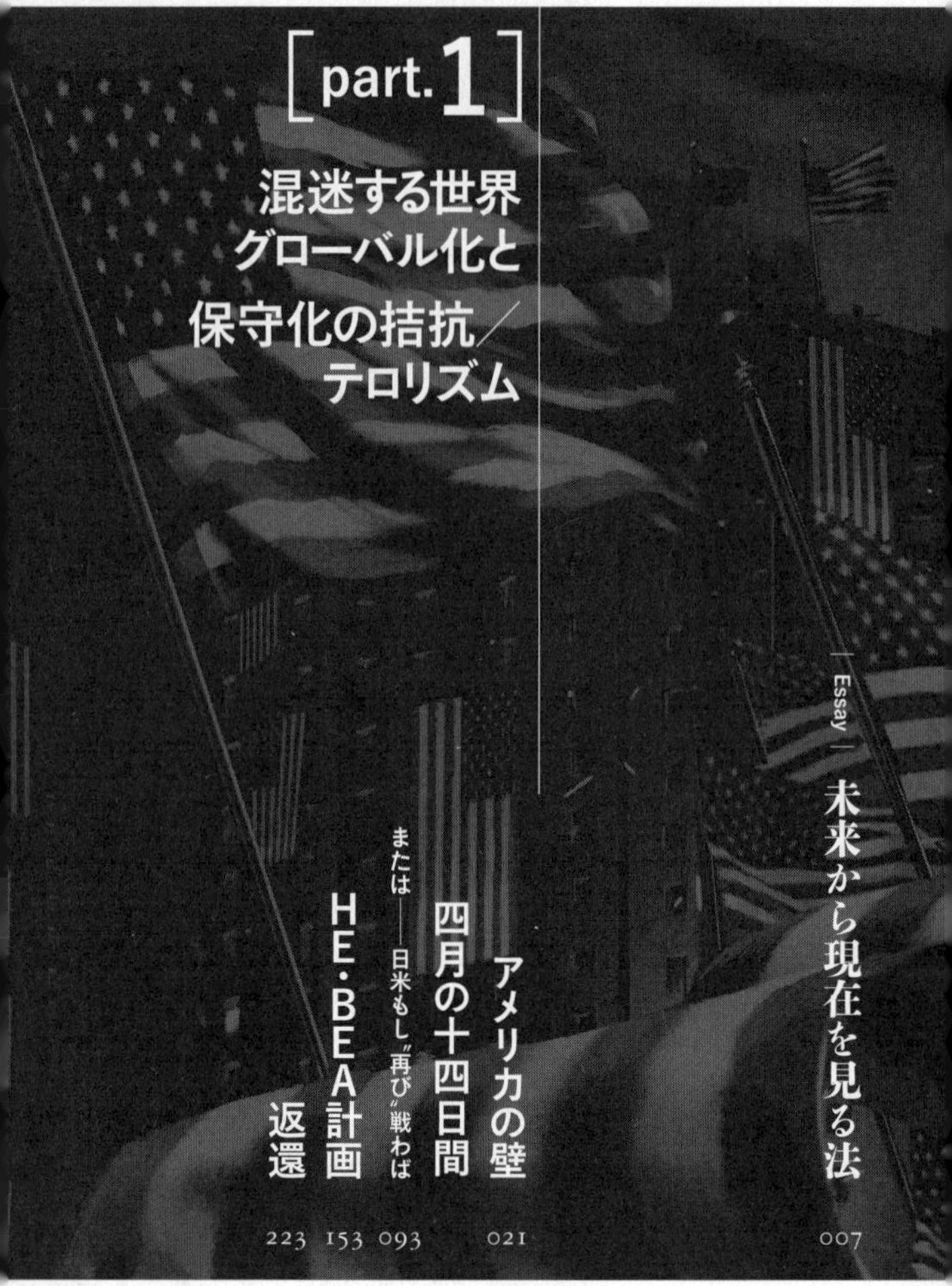

[part.2]

欲望と資本の暴走 怪物化する通貨

[part.3]

衝突する世界 新たな冷戦／変わる対立構造

Illustration　田辺剛
Design　坂野公一（welle design）

— Essay —

未来から現在を見る法

— Theme —

トランプとアメリカの保守化

未来から現在を見る、というのは、ちょっと奇抜で面白そうですが、実はなかなか簡単なものではありません。——第一、その時点にたってふりかえるべき「未来」というものが、はたしてがっちりと構成し得るかどうか、ということが、かなりむずかしい問題なのです。

たしかに、文学作品の中では、こういった方法をとったものが、稀《まれ》にあります。ポーの『メロンタ、タウタ』などは、そのもっとも典型的なものでしょう。これは、はるか未来において、爆発してしまった地球をあとに、気球にのって宇宙空間に脱出しつつある男が、退屈のあまり、人間の歴史を回顧した手紙を書く、といった体裁をとっていますが、ここで採用されている「未来」の立場は、現実的な歴史の延長上にあらわれてくるものでなく、かえってそういった歴史のえんえんたる展開や、人間の価値観、愛憎、社会性など、一切の「人間的なるもの」を超越するための「装置」としての意味をもっています。この卓抜な装置の発明者として、ポーはまさに天才の名に値いするとともに「SF的方法」の開拓者の一人として、ゆるぎない地位をしめることになります。営々といとなまれつづける人間の歴史を、エイヤッとばかり一挙にほろぼし——つまり一挙に「過去化」して、悠々《ゆうゆう》とその死骸《しがい》の腑《ふ》わけをやってみせる、といった辛辣《しんらつ》なやり方を、その後ポーほど思いきってやった人間はいないように思います。最近では、日本でもかなり評判になった、マイケル・ヤングの「メリトクラシーの法則」なども、西暦二〇一三年、二十世紀後半のイギリス国家の凋落《ちょうらく》を克服するために採用され、半世紀にわたってイギリスを風靡《ふうび》したメリトクラシー社会が、高IQエリートと、平凡人との間にはげしい階級分化をおこし、ふたたび深刻な社会危機にたたされる、といった時点にたって、「現代イギリス社会」をふりかえっていますが、やはり辛辣さといった点では、ポーにくらべてくいたりないようです。

しかしながら、この作品にしても、A・ハックスレイの『すばらしき新世界』にしても、およそSFの「未来社会もの」といわれる作品には、ほとんどの場合、この「未来から現代を見る」立場がふくまれているようです。——これは「フィクション」というものの、性質の一つに由来するのではないかと思われますが、一つの未来社会を、「小説的に書く」ということは、とりもなおさず、まだ、実現されていない未来を、一人の生身の人間によって、あたかも体験されたがごとく描くわけで、つまりそこでは、未来が「現在化されて」存在させられており、その「現在化された未来」の風景の中には、当然その風景のよってきたる原因である「現在」が、「過去化」された形で——多寡《たか》巧拙のちがいはあれ

――ふくまれていることになります。つまり、未来ものＳＦを書くことの中には「現在を未来化する」、すなわち、現在のさまざまな要素を未来にかけて延長する、という操作をベースにして、「未来を現在化する＝現在を過去化する」という、二段階の操作がふくまれていることになります。

　ところで、こういったＳＦの先人たちが、いったい何のために、「未来」を描くことに熱中したかというと、現在の中にふくまれているさまざまな要素、あるいは傾向を、未来の中で「拡大」または「縮小」してみせることによって、われわれの目にしている「現実像」というものの中に、歪《ゆが》みや、偏光現象をおこし、そのことによって、まことに平板な現実に、新しい陰影を与え、新しい視点を提供することにあります。スウィフトの『ガリバーの航海』に出てくる、小人国や大人国のように、現実の一部を――あるいは一面を――極度に拡大し、あるいは極度に縮小することによって、われわれがふつうぼんやりと見ている現実が、いかに異様な、いきいきとしたものに見えはじめるか、ということは、電子顕微鏡や天体望遠鏡を通じてとられた写真を、一度でもごらんになった方は、よく御存知でしょう。――また飛行機にのって、数千メートルから一万メートルの高度から地上をごらんになった方は「現実の縮小」というものが、どんなに多くのものを発見させるか、おわかりになると思います。

　ＳＦの場合は、この操作を、意識の中でやるわけですが、人間のイマジネーションは機械より便利なことがあって、比率を自由にかえられるほか、小さなものを大きく見せることと、大きなものを小さく見せることが同時にできます。これによって、現実に一つの「歪み」をあたえ、偏光装置をとおした場合のように、あるいは現実を反転させたように見えないものを見えるようにすることもできます。――ここでは、「未来」は、現在の現実を、部分的、あるいは全体的に、拡大したり、延長したり、縮小したり、短縮したり、あるいは大小関係、位相関係を逆にしたり、うらがえしたりすることのできる、一種特殊な「空間」としての意味をもちます。こういう特殊な性質をもった空間の存在は、相対性原理において、時間を空間に転換するために「虚性空間」がつかわれていることや、三次元空間の中では、どう回転させても絶対にいれかえることのできない右手と左手が、いったん「四次元空間」の中において回転させれば、いれかえることができる、というトポロジイのごく初歩的な例を見てもわかるでしょう。――そういったことが、どうして可能か、ということは、おそらくは意味論と位相数学をくみあわせた、セマンティック・トポロジイとでもいうべき学問ができてこないと、精密に論証できないでしょうが、とにかく、「未来もの」SFは、イマジネーションを通じて、現実に新しい見方をあたえることにより、現実――あるいは社会現象――そのもののかくされた性質を探究する、という性質をもっています。

ポーの場合など、その特殊な、極端化された例の一つですが、ここでは「現在を過去化する」——というよりも、人間的現実の一切を「超越する」ことに、もっともつよいアクセントがおかれています。現実を超越する、ということは、とりもなおさず超越的な立場から、現実の全体を「一望のうちにおさめる」——つまり、現実をもっとよく見ることに、ほかなりません。——もっとも、ポーの場合は、ただ単に超越的にながめるだけでなく、彼独特の現実の中のさまざまなもののプロポーションに対する鋭い感覚がはたらいているのですが……。

　ところで、文学では、昔からしごく自由気ままにこういう操作をやっているのですが、これをもうすこし、現実に即した形で——ということは、たとえ大雑把《ざっぱ》であっても定性定量的に——やろうと思えば、これはまことに面倒なことになります。まず、冒頭にのべたように、「未来から現実を見る」その「未来」の足場がある程度ガッチリ構築されねばなりません。その未来は、単に漠然《ばくぜん》たる、無限定な未来ではなく、たとえ大まかである程度の幅をもたせても、ある程度「時期」を限定する必要があります。その時点は、「その時点から現在をふりかえってみることが、なんらかの意味をもつような未来」ということになりましょう。その時期にねらいをつけて、大体のスケッチをつくります。ところで、次にもう一つの手つづきがはいります。「未来から現在をふりかえる」という操作が、はたしてどのくらいの妥当性をもつか、どのくらい厳密にできるか、ということです。これは、「未来の現在化」を通じて、「現在を過去化」する操作ですから、この妥当性の検証は、

「現在から過去をふりかえってみて、どの程度正確に、過去を評価できるか」ということを検討することによって、ある程度できるものとしましょう。「過去の歴史」というものは、あらゆる「未来予測」の源泉となるもので――それだけではだめですが――このほかにも、「未来のスケッチ」をつくる上に、重要な意味をもっています。

まず「過去において、人々はどんな現実観（あるいは世界観）をもっていたか、またどんな〝未来観〟あるいは〝未来予測〟をもっていたか」ということをしらべることによって、その後の「現実の歴史」の展開によって、過去における世界観、未来観が、どの程度あたり、どの程度はずれたかということがチェックできます。そして、なぜはずれたか、なぜあたったか、という原因を検討することによって、現在からみる未来像の構築の上に、大いにプラスするものがあるでしょう。――そこで、過去の未来予測、つまり「過去における現在予測」の方法的、技術的欠陥、あるいは原理的誤謬《ごびゅう》といったものを発見できるかも知れませんし、予測にあたって、比較的あたりやすい領域、きわめて予測のむずかしい領域といった、「予測対象の性質の差」がわかってくるかも知れません。また、どれだけの与件があれば、どのくらいの誤差範囲で、予測が可能か、といった問題も、ある程度の手がかりが与えられるでしょう。――「過去の現在化」、つまり、過去のある時点に、自分の「身をおいて」その時点から見た「未来」である、「現在」をながめてみる、というやり方は、「未来から現在を見る」よりは、はるかにやりやすいとはいえ、単に現在時点にたって、過去をふりかえり、データを集めるだけではだめで、当時の人間の思考を再現する、つまり「過去を再現化してみる」ためには、やはり非常にゆたかなイマジネーションを必要とするでしょう。――これをやってみると、いろいろ面白い予測のまちがいが発見できます。スティヴンスンの蒸気車が時速三十五キロで走った時、時速五十キロをこえれば、のっている人間は窒息して死んでしまうだろう、とまじめに論じた学者がいました。ライトが初飛行に成功した時に、空気より重い物体が、空中にうかぶはずがないことを、「物理的に」証明した学者もいれば、ロケットが地球外天体に達することができないことを「原理的に」証明した大学者がいます。三十数年前でさえ、航空機が最高速度は二百キロ、ペイロード二トン、航続距離千キロをこえることは、技術的に不可能だということを論証した技術者もいました。日本人の中で、天皇が世界の王になる、と論じた学者もいます。

さて――一応これだけの下準備をやった上で、「未来」の構成にかかります。どこからどう手をつけたらいいか、さっぱりわかりませんが、まあわりと大まかな一例として、人口からきめて行くとしましょう。過去の地球上の人口推移をみると、一八五〇年の世界総人口十一・七億、一九五〇年二十四億と、百年間でほぼ倍増しています。とすると、百年後の人口は、おなじ比率でのびるとして、ざっと四十八億――と単純に考えるわけには行きません。一九五〇年から一九六七年までの間に、世界総人口は、ほぼ十億ふえました。

前の百年間では十二億ふえたのが、次の段階では、約二十年間で十億ふえているのです。さらにその前の段階をとってみますと、一六五〇年ごろの世界総人口が五・五億ですから倍増するのに二百年間かかっています。この傾向をもとにして、人口の延び率の勾配《こうばい》を修正しなければなりません。そうすると、現在の人口が倍増するのに、あと三十数年あればいいことがわかります。この増加趨勢《すうせい》が、今後百年持続すると仮定すると、百年後の世界総人口は、ごくひかえ目に見つもって、二百数十億になっています。――現在の約六・七倍です！

ところで、むこう百年もの間、ここ十～百年間の人口増加率が、同じような割りあいで維持されるか、という疑問が起ります。これの答えは、世界の部分の中に、全体の趨勢にそわなかったような例はないか、ということをしらべる必要があります。――そういう地域は簡単に見つかります。日本は、世界総人口が、倍増した百年間に、その人口が三倍になりました。江戸三百年を通じて、ほぼ二千数百万から三千万台を維持し、明治初年約三千万だったのが、一九六七年に約一億になりました。――ところが、一億に近くなったころから、その人口増加率は急速に低くなりはじめ、横ばいとまでは行かなくても、うんと小さな勾配になっているのです。その増加率の低下は、国民所得の上昇と関係がありそうです。事実、いわゆる「先進」諸国、とりわけヨーロッパでは、もっと早くから、人口増加率が低くなり、ある国では、逆に減少しており、ここ二十年間の、急速な人口増加は、主として低開発地域のそれによって実現されているのです。そこで、こういうことが考えられます。世界総人口の増加率は、低開発諸国の生活水準がある程度あがってくると、平均個人所得が、あるリミットに達した国から、順次にぶりはじめるのではないか、と。

本当にそうかどうかははっきりわかりません。それに、世界総人口の騰勢が、全体としてにぶりはじめるまでに、人口はどのくらいふくれ上るか、ということもわかりません。しかし、とにかく、これも「未来像」製作のための修正要因になります。さらに、食料生産が、人口増加のチェックになる可能性があります。疫病、天災、戦争、あるいは「人間の意志による」政策的、人工的チェックがむこう百年内のある時期に社会の中から発動されてくるかも知れません。——以上は考え得る「増加抑制」要因についてばかりですが、逆に「増加促進」の方向に干渉してくる要素も十分考えられます。ある時期、突然新しい技術が出現し、新旧両大陸、アフリカ、オーストラリアなどの、人間がほとんど住んでいない地域が急速に可耕地にかわり、人間は千億ぐらいまでふえてもヘッちゃらということになるかも知れません。

こういったものをいろいろ案分して、一応ある人口を仮定します。それから人口がかくかくふえたら、それが人類社会全体に、どんな影響をひきおこすか、という外延的な問題を、おなじ手つづきで検討します。むろん、人口だけではだめで、資源、技術、社会制度、知識ｅｔｃについて、それぞれ個々の系統別に同じような操作で、それぞれの「未来像」

を描き、大筋がそろったところで、相互の「干渉」を考え、それを「総合」して「未来社会生活」のラフスケッチをつくります。そして、その上で、そういう社会に「身をおいて」生活することを緻密《ちみつ》に想像します。そして、すっかり「未来人」の気分になったら、そこでおもむろに、「野蛮で蒙昧《もうまい》たる現在」をふりかえればいいのです。——どうぞ、みなさんで一つやってみてください。私はまだとてもそこまで達していません。それがあんまりめんどうだったら、まあ気ずい気ままに、最初の「文学的方法」を駆使なさってみたらよろしい。——この方法なら、どんなことでも自由です。税金を湯水のごとくつかって、やっと日本全国に高速道路網をつくったら、そのとたんに、安全軽便な「空とぶ車」が発明されて高速道路なぞ全然いらなくなって、ペンペン草がはえ、しかたがないから、せっかく家や田をむりやりたちのかせてつくった高速道路の上に、また安アパートがたち、牛が放牧され田植がおこなわれ、軽便安全な原子エンジンが発明されて、石油会社は軒なみぶっつぶれ、「理想都市」が完成したとたんに、「反文明的、田園生活」が全世界的大流行になって、超高層はクモの巣だらけになり、地下鉄にはコウモリがすみつき、あげくの果てに地球に大彗星《すいせい》が衝突して、営々ときずき上げた人類文明が一朝にしてパアになる——などと考えるのは、まことにもってザマアカンカン、精神衛生にもよろしいかと思います。

[part. 1]

混迷する世界
グローバル化と保守化の拮抗／テロリズム

[part.1]

アメリカの壁

— Theme —

アメリカの保守化・大統領の暴走

1

ひどく胸苦しい夢にうなされて眼がさめた。——全身が、びっしょりと汗にまみれている。

カーテンはもう赤みを帯びて、日がいっぱいに当っている事をしめしている。——カーテンをあけなくても、今日もまた猛烈に暑くなりそうな事がわかった。

バスルームに行き、昨夜の乱酔のなごりの甘ったるい臭いのする排泄《はいせつ》をすませ、洗面台にかがんで冷たい水を後頭部にかぶり、さらにコップに一杯のみほしながら、彼は、さっき見た夢の事を考えた。——妙な夢だ。まっ黒な、猛烈に濃密な雲のようなものにとりまかれ、その雲が、だんだん凝縮して、暗黒の団体のようになって、四方から彼を押しつぶそうとするようにせまってくる。彼の四肢は、そのねばねばの流動体にとらえられ、胸や胴は、そのゴムのような、弾性があるくせに情容赦ない圧力で押しよせてくる暗黒の「壁」におされて、息苦しくなって来た。

——助けてくれ！　つぶされる！

とわめきながら、彼はその「縮み行く漆黒《しっこく》のゴムの空間」から、何とかぬけ出そうともがき、頭の上にあるわずかな隙間《すきま》を押しひろげようと格闘した。

と——突然、ぱっとはじけるように頭上の黒い分厚いものに穴があいた。あいたとたんに、その「ゴムの雲」は、ちりぢりになって四方にちらばってしまい、彼は突然、濃い灰色の霧の中に、何のささえもなく浮いているのだった。

足の下にも、何もささえるものは無かった。——彼は、その灰色の、見通しの悪い上も下もわからない空間を、ゆっくりと回転しながらただよっているのだった。重力は感じられなかったが、自分がぐるぐるまわっている、という事は、頭頂部と爪先に、かすかに遠心力を感じる事によってわかった。まわりながら、ただよっているらしいのだが、どこへむかってただよっているのかわからなかった。

彼は、まわりの空間の、あまりの漠々とした広さ、とりとめなさに、突然はげしい、心臓の凍りつくような恐怖を感じ、思わずわめいた。——そして眼がさめた。

うっ……と、胃がえずき上げる。歯磨で口のまわりをまっ白にしながら、彼は鏡の中をのぞきこんだ。——白眼が赤茶色く濁り、下瞼《したまぶた》に黒ずんだたるみができている。顔色は鉛色で、無精鬚《ぶしょうひげ》が汚らしくのびている。

畜生め――と、苦酸《にがず》っぱい唾をはきながら、彼は呪った。――何が、〝バーボンはアメリカの誇り〟だ。もう二度と飲むものか！　痛飲して、翌日、胃にこたえなかったためしがない。

口をすすいで、鬚をそりにかかろうとして、ふと彼は気がついて時計を見た。――七時四十分だ。あけはなしのドアから、ベッドの方をのぞいてみる。電話は沈黙したままだ。彼は大仰に舌打ちして、鬚をあとまわしにして電話をとりあげ、ダイヤル9をまわした。呼出し音はきこえるが、なかなか出てこない。

「オペレイター……」

と、大分たってから、女性交換手の不機嫌そうな声がきこえた。――アメリカも十年前にくらべればずいぶん無愛想になったものだ。このごろ、どんなりっぱなホテルにとまっても、昔のように、「グッモーニング・サー、メイ・アイ・ヘルプ・ユー？」と言った、ヤンキーガールの微笑の見えるような明るい声はきかれなくなった。

「一二六四号の豊田だが……」と、彼は言った。「今朝、七時半に、東京にパースン・トゥ・パースンでつないでもらうように昨夜たのんでおいたんだが……」

「トウキョウ？　日本の？」

「そう……」

と、ぶっきらぼうに豊田は言った。――何を考えてやがるんだ。ニューヨークにゃ四万人からの日本人がいて、やたら日本へ電話を入れてるのに……。

「東京――何番ですか？」

「メモはないのかい？」

「もう一度どうぞ……」

豊田は、東京の自宅の電話番号と、妻の名を言った。――ニューヨーク午前七時半、東京午後九時半――午後十時をすぎると、妻の葉子は眠りこんでしまう可能性がある。

「お待《ホールド・ザ・ライン》ちください」

と交換手は言った。――受話器のそこで、がりがりぶつぶついう音がきこえ、うんと遠くの方で、何かカン高い声でぺちゃくちゃしゃべっている女の声が混信する。相手は応えているらしいのだが、その声はきこえない。

「ヘロー……」と交換手の声が言った。「東京は出ません」

「呼んでいるの？」

「ノー……」交換手は何だかためらうように言った。「国際電話《オーバーシー・コール》は、今ブラックアウトです……」

「ブラックアウト？」彼は眉をひそめた。「ストライキかい？」

「そうじゃありません。でも――交換手が出ないんです」

「回復の見こみは？」

「私にはわかりませんが……」彼はあきらめてもう一度時計を見た。「九時にもう一度トライしてみてくれ。――部屋にいなければ、ロビイにいる……」

「わかりました……。よい休日《ハブ・ア・ナイス・ホリデイ》を……」

最後にはじめて交換手はお世辞らしい言葉を言った。

それにしても――と、鬚をそりながら彼は、ぼやけた頭で考えた。国際電話がブラックアウトとはどういうわけだろう？　海底電線《ケーブル》でも切れたのだろうか？

それにしてもおかしい。太平洋横断の海底電線は、大陸横断の連絡幹線がカナダのヴァンクーバーまで走っていて、そこからハワイ、ミッドウェー、ウェーク、グアムと来て、二宮に上る。もしハワイ～グアム間の深海底のどこかで故障がおこっても、ニュージーランドのオークランド経由の迂回《うかい》路もあるし、第一、通信衛星《サテライト》が何回線もあるはずだ。――ストライキのニュースもきいていない……。

2

地下のコーヒーショップへ行って、トマトジュース、パンケーキのベーコンぞえ、コーヒーというごくあり来《きた》りの朝食をかきこみ、ロビイに上ってくると、もう到着客、出発客で、かなりたてこみはじめていた。

ブックスタンドで、新聞を買って、窓際の椅子にすわる。——アメリカ大通りと、五十三番通りの角にあるニューヨーク・ヒルトン付近の街路は、早くも軽装の男女であふれはじめている。土曜日なのだが、午前中だけでも働くのは日本人ぐらいなもので、通行人はすべてヴァカンスムードだった。学校は夏休みだし、月曜日は独立記念日だ。——ビッグ・ウィークエンドというわけである。

外国の都市はどこでもそうだが、ニューヨークの雑踏はいつまで見ても飽きない。最近は多少おちついて来たものの、いまだに世界一危険な街と宣伝されてはいるが、それでもありとあらゆる人種、職業、年齢の人々が、それぞれの屈託や欲望を抱いて、めいめい勝手に生きているように見える。——窓際にすわって見ていると、新聞を読むのも忘れてしまいそうだ。

新聞そのものは、大したニュースはのっていなかった。ここ半年ばかりの傾向だが、アメリカの新聞もテレビも、どういうわけか、国際面が、生彩を欠いて来ている。アメリカ全体として、国外問題に、急速に関心を失いはじめているようだ。——ヴェトナムからずいぶんたつのに、その傾向はまだつづいているみたいに見える。建国以来、アメリカの味わったはじめての「挫折《ざせつ》」なのかも知れないが、それにしても長い。アメリカは、たしかにあれ以来、妙にいじけている。国内に「和解」を達成するだけでも、あれだけ屈辱的な手術を必要としたのは、でかい国だから無理はないが、それ以後、「可能性」や「希望」の国というあの大らかさは失われっぱなしで、まだ回復していないようだ。新聞の海外面のスペースは変わらないが、一つ一つの記事のあつかいは、変に白けて、かつてニューヨーク・タイムズやタイムの持っていた、いきのよさ、熱っぽさはまったく見られない。

かわりに、国内問題や米州問題には、不自然な大仰さがあらわれている。——その新聞も、一面は、二日後の独立記念日におこなわれる、大統領の特別演説の準備についていやに大げさな記事がのり、もう一つの大きなニュースは、カリブ海の浅海底に発見された、石の巨大遺構が、いよいよ先史時代の、「フェニキア系大帝国」の首都のものだ、と判明した、という記事だった。

この所、アメリカはこの手の話題で持ちきりだった。——紀元前九世紀、中米の最初のインディオ文明が成立して間もないころに、ヨーロッパのケルト人が東部海岸に広範に入植し、カルタゴが、このケルト人たちと毛皮貿易をやっていた、という事は、一九七六年以来、定説となっていた。カルタゴのハンノが東部海岸に「領土」を持っていた、と言うのだ。最近では、その時代よりもっと古い遺跡、遺物らしいものが次々に発掘されはじめた。「ルーツ」さわぎではないが、アメリカ古代史が今大きく書きかえられようとしており、テレビもラジオも、映画も、出版も、まるで浮かされたようにその話題を飽きずあおりたてている。ちょっと日本の「耶馬台国さわぎ」を思わせるが、何しろあの派手好きで巨大なアメリカだから、その何十倍もダイナミックにあおっている。だが、他国の人間から見ると、そのさわぎは、なんとなくしらじらしい。

大した記事もないので、新聞をぱらぱらとめくってテーブルの上へおくと、部屋へかえろうと立ち上った。

ちょうどその時、チャーターバスがホテルの前について、中から大勢の日本人観光客がおりて来た。ほとんど初老の男女ばかりで、暑さにうだって、ぐったりした顔つきをしている。——東京からついたばかりで、へたばっているんだな、と思いながら、彼はその一行とからみあうようにしてエレベーターの方へ進んだ。何となく一行の様子が変だ、とは感じていたが、その一行の中に、ふと顔見知りの三十ぐらいの女性の姿を見つけた時さすがに意外の感にうたれた。

「どうしたんです?」と彼は、その横田明子という女性の肩をたたいてきいた。「今朝、早かったんじゃないんですか?」

「ああ……」と、横田女史はふりむいて、ちょっとばつの悪そうに笑った。「朝五時にたたき起されて、空港へ行ったのよ。それが——舞いもどりなの」

「へえ——どうして?」

「何だかよくわからないけど、東京行きの飛行機が出ないの。——いつ出発するかわからないんですって」

「やれやれ……」と彼は肩をすくめた。「エンジントラブルか何かですか？」

「何だかよくわからないの。――一時間ほど待って、コンダクターがとにかく一たんホテルにおもどりくださいと言うんで……」

「ハリケーンでも来てるのかな？」

「そうかも知れないわ。――ほかの便もとばないみたいで、ケネディ空港のチェックインは、何だかごったがえしてたわ」

「じゃあ、全便欠航？」

「全便かどうかは知らないけど……」横田女史はコンパクトを出して鼻柱をたたいた。

「ひどい顔……。あなた、昨夜あんなに飲んで、何ともなかった？」

「宿酔《ふつかよ》いですよ。――ひでえ夢を見ちゃった」エレベーターのあいたドアの中にふみ入りながら彼は苦笑した。「バーボンなんざ、二度と粋がってがぶ飲みしない事にしましたよ。あまり、日本人の胃にゃあわないみたいだ……」

3

部屋へかえると、九時二分前だった。――まだ掃除のすんでいない部屋で、彼は煙草を吸いながら、ぼんやりベッドの上にひっくりかえっていた。「煙草発ガン説」以来、めっきり味のおちたアメリカ煙草を一本吸い終り、時計を見ると、九時を五分まわっていた。

相変らずルーズな交換手にむかっ腹をたてながら、彼は電話をとりあげた。

ダイヤルをまわそうとして、ふと彼は気がついた。——そうだ、料金先方払い《コレクト・コール》や、個人通話《パースン・トゥ・パースン》でなければ、何も国際電話の交換手を通さなくても、東京はダイヤル直通《イン》でかけられるはずだ。ホテルの部屋からでも……。

そう思って、サイドテーブルの上のディレクトリイをひっくりかえすと、果して国際電話ダイヤル・インのかけ方と、かかる地域がのっていた。「日本」のエリア・コードは……〇〇八だ。

彼は、指示通りにダイヤルをまわしてみた。——かちかち、と、コネクターのつながって行く音はしたが、しかし、いつまで待っても、呼び出し音はならない。一たん切って、もう一度慎重にやりなおしてみる。——だめだ。

あきらめて彼は、交換台を呼んだ。

「ああ……」と、今朝と同じらしい交換手が、部屋番号と名前を聞いて、早口で言った。

「忘れたわけじゃないんですが、まだブラックアウトがつづいているんです……」

「回復の見こみは？」

「わかりません……」

「原因も？」

「国際電話のオペレイターも知らないようなんです……」

「じゃ、しかたない――」彼は肩をおとして、「回復するまで待つとしよう。――ロンドンを呼んでほしいんだが……」

「申し上げたでしょう。――海外電話《オーバーシー・コール》は、全部……」

「なんだって？」彼はあらためてぎょっとした。「ヨーロッパも不通かい？　ハワイは？」

「だめです」と交換手はにべもなく言った。「さっき、一度だけメキシコ・シティがつながりましたが、今はだめです……」

「そりゃ大変じゃないか！――海外通話が、全部ブラックアウトとは……。テレビのニュースでウォルター・クロンカイトが何か言ってるかい？」

「知りません。日本じゃ交換手が勤務中にテレビをみるんですか？」

「テレビどころかスキヤキを食わせてるよ。日本も所得が上ったんでね――。あなたの名は？」

「アニタ……」

「じゃ、アニタ――また呼ぶから、何かわかったら教えてくれたまえ」

くすっ、と笑う声がして、電話は切れた。――彼はしばらく受話器の穴を見つめ、それから首をひねりながら電話をもどした。

がりとかいた。

カーテンをあけ、窓をあけると、排気ガスのにおいのまじった熱気が、部屋にはいって来た。——同時に、五十三番通りの喧騒も上ってくる。窓のむかいが、J・C・ペニイ・ビル、斜め向いがCBSのビルだ。彼は二本目の煙草を吸いつけて、口を歪め、頭をがりがりとかいた。

五番街の方から、ブラスバンドの演奏らしいものがかすかに聞えてくる。明後日の独立記念日をひかえて、何かパレードが行われているのだろう。——見おろすと黄色いタクシーが走り、乗用車が走り、人出はいよいよ多くなってくる。

——のん気なものだな……。

彼はそれらを見おろしながら思った。

——国際電話が、ほとんど全部、ブラックアウトだと言うのに、みんな全然気にしていないみたいに、この暑いニューヨークの夏を、たのしむように歩いている……。

そうか……今日は、休みだから……。

と、生あくびをかみしめながら、彼はロックフェラー・センターの上あたりの、やや黄ばんだ、暑そうな青空へむかって、高く高くのぼって行くピンクの風船を眼でおいながら思った。——土曜日じゃなかったら、もうすこしさわぐだろう。三連休のはじめの日でよかったみたいなものか……。

室内が暑くなりはじめた。今日も午前中に華氏百度をこえるだろう。彼は窓をしめた。

――ロビイへおりようとしたが、ふと、何かニュースをやっていないか、と思ってテレビのスイッチを入れた。健康食のコマーシャルが終ると、野外シーンがうつった。ワシントンらしい。軽装の貴顕淑女が拍手をする中を、質素なサマーコートを着て、杖《つえ》をつき、やや足をひきずった四十五、六の男性と、パンタロン姿の四十ぐらいの女性が近づいてくる。――モンロー大統領夫妻だった。愛称ヘンリイ・パトリック、そして妻のメアリイ……足が不自由なのに、それがかえって、彼の立居ふるまいに、一種の魅力をあたえている、という不思議な人物だ。上院議員時代、南西部遊説中、軽飛行機の事故で脚をいためた。その時、火災になった墜落機の中から、秘書と、気絶したパイロットの二人を救出したという武勇伝が有名だが、どうも宣伝マンのでっち上げくさい。

左脚が不自由なのに、あとのスタイルが、まるで俳優のように見事に均整がとれていて、病的な所が一つもない、という事が、彼をかえって「勇者」に見せている。――かつての、イスラエルのダヤン将軍の眼帯と同じ「男の魅力」になっているのだ。むろん、彼の選挙スタッフが、必死になって頭をしぼり、有名なシェークスピア俳優をわざわざイギリスから呼んで来て、歩き方の特訓をやったのだった。

「大統領候補のモンローです。ジェイムズを連想せずに、モンロー・ウォークの方で記憶していただきたい」

と言うのが、選挙戦の時にひどくうけたせりふだった。――考えようによっては、むずかしい演技だった。六フィート四インチもあるすらりとした長身で、マウントバッテン卿に似た、北方人種《ノルディック》らしいひきしまったハンサム（ただし、髪はブルーネットだった）で、教養と、あたたかみと、意志力を感じさせる人物であればこそ、自分の弱味を自分で言って、道化じみた感じでなく、かえってゆとりのある、洗練されたユーモアを感じさせたのだろう。大統領選は、「輝《ブライト》けるアメリカ」「美《ビューティフル》しいアメリカ」と、マヘリア・ジャクソンの唄のようなスローガンで、徹底的におしまくった。――対立候補は老練な国際政治家で、アジア、中東、ヨーロッパ、アフリカのこんがらかった状況に対する彼の展望は、的確で、説得力があり、海外での人気は圧倒的だったが、アメリカ国内では、かえって理解者がすくなかった。モンロー候補の方は、アメリカの「未来への使者《ミッション・フォー・フューチャー》」と言った、抽象的なスローガンで、対外・世界政策を、ぼかしてあつかい、「人類の新世紀」とか、「人類史の突破口《ブレイク・スルー・ポイント》」とか、若い、まだふわついた夢を見ている有権者むけに、何となく彼らの気をそそるような、口当りのいい言葉を乱発し、テレビの公開討論会でも、対立候補が、いちいち具体的なむずかしい選択をあげてせまってくるのを、上手に逃げていた。

選挙は、最初接戦をつたえられたが、後半にはいってモンロー候補がひきはなし、そのまま逃げこんだ。――出身は、中部だったが、まず最初南部西部が決まり、次いで東部がきまって、中西部は苦戦だったが、結局選挙後には、「東部と南部の奇妙な同盟」がものを言った。――「輝《ブライト》けるアメリカ」「美《ビューティフル》しいアメリカ」のスローガン通り、内治では、かなり成果をあげて行った。だが、対外政策は、何か不明確な、やや投げやりな感じのイシューがつづいていた。そして——今年は治政の三年目、前年度から、「内治」の成功のあと、今年は「対外新政策の年」という声が、国務省筋からちらほらきこえて来た。

昨年国務長官が二度もソ連へ行って、最高首脳と会い、それとバランスをとるように大統領は中国を訪問した。今年にはいってからも国務長官が一度、訪ソしており、表向き議題は変りばえしない核体制をふくむ軍備問題とされているが、今の所、西側の外交専門筋も、その裏に、何か画期的なイシューが準備されているのかどうか、推測しかねている……。

大統領は、テレビインタビューをうけて、二日後の独立記念日行事に関する、ジョークをまじえた軽い談話に応じていた。——首府でやられている、何かのセレモニイに出席しているらしかった。ちょっと聞いていたが、大した面白い話でもなさそうなので、ほかのチャンネルをまわしてみた。ニュースを流している局もあったが、「国際電話のブラックアウト」について、報道している様子はなかった。一箇所、昨夜から全般的に、電波の空中状態が悪く、通信に一部混乱が起っている、という話が出たが、それもほんの一分ほどで、すぐまた、ニュージャージイにおける、先史遺蹟の新しい発見のトピックへうつってしまった。

テレビを切って、ふたたびロビイへおりた。——十一時に、フリーのコラムニストをやっているハリー・ショーと会う約束になっているが、まだ十時前だった。別にする事はないし、汗かきの性分なので、暑熱のニューヨークの街路へ出る気もしなかったが、部屋にいる気もしなかった。

エレベーターをおりると、もう軽装に着がえた横田明子が、日本の新聞を持ってうろうろしていた。

「おや、いよいよ腰をすえますか？」と彼は聞いた。「部屋はあったの？」

「もとの部屋、そのままつかってくれって……」と明子は、トンボ眼鏡を額にあげて片方の眉をつり上げた。「今晩つく団体が、どうやらキャンセルらしいの。——やっぱり日本から……」

「到着便の方も欠航ってわけか……」彼は鼻の頭をかいた。「いつごろ乗れそう？」

「わからない——コンダクターは、晩には何とかって言ってたけど、へたすると、明日になりそうね」明子は眉をしかめた。「まる一日おくれると、ちとまずいなあ。予定が狂っちゃうわ。——帰ってすぐ、軽井沢のフィンランド風のホテルで、三、四日泊りこみの会議なの。スポンサー側もお出になるし、何しろあたしが、その仕事のディレクターでしょ。一日余裕を見て、ざっと整理してと思ってたのに……これじゃ、帰ったら、地獄だわよ」

「まあ、海外旅行ともなりゃ、たまにはそういう事もありますさ」と、彼は肩をすくめた。

「アンデス山中で人間食べたり、バミューダ海底にジャンボごと沈んだりしないだけでも、まだ幸運と思わなきゃ……」

その時彼は、ポロシャツ姿の、小柄な、少年のような顔だちの日本人に、「おや、豊田の旦那……」と声をかけられた。

「これはこれは、星野の旦那……」と豊田もふざけてあいさつをかえした。「これからゴルフですか?」

「何のあなた……」と、航空会社社員の星野は、メタルフレームの眼鏡の奥で、愛嬌《あいきょう》のある丸い眼をぱちぱちさせた。「さるVIPのお供で、バッファローなどという所へ行って来ましてて、ま、小生も、情無い事に、紺屋《こうや》の白袴《しろばかま》、ナイアガラの滝などという俗なものが初見でありましてね。今、ここまでVIPをお送りして、やっとお役御免。これで、休暇にはいれるわけでして……。午後の列車ででも、妻子が昨夜から一足先に行っておる、アトランティック・シティの知人の別荘へかけつけようという寸法で……」

「そりゃうらやましい。優雅な事ですな――所で、ケネディ空港は閉鎖になってなかった?」

「へえ?」と星野は眼を見開いた。「あなた、宮仕えの身ゆえ、泣く泣く休暇に食いこむほど働いて、やっと解放の喜びにひたっている人間に、あまりショックをあたえないでくださいよ。――バッファローからは、ラガーディア空港について、そのまま車でまっすぐ来たんだけど……ケネディ空港で何かあったんですか？」

「あ、星野さん……」フロントの方から、汗みずくの顔でせかせかとやって来た、明子たちのグループの、これも顔見知りの斉藤という三十前のコンダクターが、泣きそうな顔で声をかけて来た。「どうなんでしょう？　あなたの方に、何か情報はいってませんか？——JALは北まわりも、シスコ経由も、到着便は全便欠航で、出発便は午後の便も足どめくらって、離陸許可がいつおりるか見通しがたたないって言うんですが……」

今度こそ、星野の眼は、メタルフレームの眼鏡のレンズをつきやぶって、外へとび出しそうに見開かれた。

「何だって？　あなた——冗談じゃないよ。ほかのエアラインも、国際便全便？　そんな事、カーラジオのニュースでも言ってなかったぜ！　五番街のオフィス、行ってみたの？　ルーシーだけで埒《らち》があかないって？——でも、テレックスかなにか……」

「それがですね……」と若い斉藤は、泣き出しそうな目つきで、手にした厚い紙束を見おろした。

それは、彼がつきそっているグループ・ツアーの人々からあずかった、日本への電報の申込み用紙の束だった。

4

午前十一時に、ニューヨーク・ヒルトンから二ブロック南、歩いて五分たらずの所にあるタイム・ライフビルのエレベーターホールでハリー・ショーにあい、あるエージェントの個人オフィスをたずねて紹介してもらい、用件は十五分ほどですんで、再び土曜日正午前の雑踏の中へ出た。

「昼飯は、日本メシと言う事にしようや」と、ハリー・ショーは「不気味なほど悪達者な」日本語で言った。

「いいよ——どこにする？　サイトウ・レストラン？」

豊田は、東のロックフェラー・センターの方へはこびかけていた足をとめた。——汗をかいてあたふたしていた、あの斉藤という若いコンダクターの事が、ひょいと頭にうかんだ。

「そうね——まあ、いいでしょ」とハリーは、ちょっと茶色の口ひげをなでてつぶやいた。

「サイトウさんとこも、焼けぶとりでね」

「ほかにいい所知ってる？——ぼくはどこでもいいよ。どうせ三、四日すりゃ、東京で好きなもの食べられるんだから……。もっとも、ハーバート・パッシン教授に言わせりゃ

〝スシはニューヨークにかぎる〟って事だがね」

彼は自分の言葉にくすっと笑ったのに、ハリーは妙にうつろな眼つきで、あつく灼《や》けただれた青空を見上げた。

「いつの飛行機をおさえたんだい？　カズ……」

「水曜日――」と言って、彼はポケットからチケットを出した。「大韓航空だ」

「座席の再確認《リコンファーム》はしたかい？」

「いや――なぜ？」

それきりハリーは何も聞かなかった。

結局ハリーの推薦で、イーストの方の最近評判のいい日本レストランへ行った。――日本人だけでなく、アメリカ人客でかなりたてこんでいるKという店の中で、やっと二人かけられるテーブルを見つけると、斜め横のテーブルに四、五人で腰かけていたグループから、横田明子が手をあげて合図した。

「あのボブ・ハーディってエージェント、何だか妙な事を言ってたね」と、おしぼりで顔をふきながら、豊田はつぶやいた。「パーマネント・ヴィザがどうのこうのってしきりに言ってたが――おれみたいな、フリーの物書きで、世界中うろつきまわってなきゃ飯が食えない人間に、何の関係があるんだい？」

ハーディという名前だったが、どちらかと言えば、例の「極楽コンビ」のうちのもう一人、スタン・ローレルに似ている、やせて、きちんと髪をわけたなめらかな顔の小男の事を思い出し、彼はにやにや笑いをうかべた。

「さあね……」と、ハリーは、だらりとたれた口ひげをなでて、あいまいな調子で言った。

「ところで、話はちがうがね、カズさん。あんた、アメリカに何人ぐらい友だちがいる?」

「あっちこっちに十五、六かな……」と彼は首をひねった。

「その中で、一番の大もの《ビッグ・ショット》は?」

「むろん、ここにいらっしゃる、サー・ハリー・ショーさまさ……」

「冗談ぬきでさ、わりかしまじめによ……」

「さあ……ロスのクリストファー・ブレナンじゃないかな。あと、前の内閣の時の国務省に、グッチャルディーニがいたが、今はカロライナかどこかで大学の教授をやってるはずだ……」

「ブレナンって、作家の?」

「そう——作家で、映画プロデューサーで、エレクトロニクス会社の重役だ。作家的才能が一番おちるがね」

「最近あった?」

「今度は電話で話しただけさ。——どうして? なぜそんな事を聞くんだ?」

まあまあ……と手で制し、ハリーは割箸《わりばし》を歯でくわえてパリッと割った。——これで類にはいる。

「シヤヤッコ」など食おうと言うのだから、まあ、日本通のなかでも、ちょいと気障《きざ》な部

「カズさん、どうだい？――しばらくアメリカに腰をおちつけてみる気はないか？　そう忙しく行ったり来たりしないでさ」

彼は前菜がわりの素麵《そうめん》をすすりながらしばらく考えていた。

「なぜだい？」素麵を全部食い終ってから、彼はきいた。「いい仕事があるかい？」

「まあ、あんただったら何やかや見つかるさ」

「ボブがパーマネント・ヴィザがどうこう言ってた事と、関係あるのかね？」と、彼はさぐるように聞いた。

「正直いうとね、カズさん……」冷や奴の鉢を押しやり、造りの盛り合せをひきよせながら、ハリーは、ちょっと口ごもるように言った。「あんたが、アメリカと日本の、大衆生活や大衆文化の交流や相互理解のためのプロジェクトを、ノンコマーシャルでやろうと一所懸命なのは、多とするよ。日米双方の都会人の生活感覚を〝人情〟の面からつきあわせようってのは、たしかにいいアイデアだよ。――あたしゃ、ごらんの通りアイルランド系だから、O《オー》・ヘンリイみたいな〝人情話〟ってのが、いっち好きでね。ま、それはいいんだが……あんたが一所懸命、太平洋を股にかけてつなごうとしても、アメリカの側が、どうも――最近うまくないんだ……。はっきりした返事は、まだうけとってないだろうがね、

カズさん、あんたのあてにしてた金は出ないぜ」

「四つともか?」天丼の蓋をとりながら豊田は眼を伏せてきいた。「四つの財団に出しておいたアプリケーションが、まさか全部だめって事はないだろう。日本側じゃ一箇所、OKの内示が出た。だがそれだけじゃむろん足らないのはわかってるだろ?――すくなくともP財団は、もうほとんど、審査をパスしたって……あそこのメイプルウッドのおばちゃんが、四日前、にこにこして言ったぜ、火曜日には正式の……」

「それがだめなんだ……」とハリーは気の毒そうに首をふった。「あたしンとこにゃ、別の方から決定的な情報がはいった。P財団も、不採用だ。――のこり三つも、全部だめさ……」

それじゃ……と、不意にはげしい虚脱感におそわれながら、豊田は天丼を機械的に口につめこんだ。――それが本当なら……水曜日まで滞在したって意味ないな。ハリーがそう言うなら、たしかだろうが……。一応メイプルウッドのおばちゃんに電話して、本当にだめなら、明日の飛行機ででも、東京にかえるか……。今日の午前中の、国際便の欠航で、混雑するかも知れないが、何とかどの便でももぐりこめれば……。

これが、本ものの「挫折感」というものだろうか?――と茶を飲みながら、彼はぼんやり思った。――在ニューヨーク日本人や、ニューヨーカーの通人《つう》が行く店、という日本レストランの日本料理も、突然味を失って砂をかむみたいになり、全世界の都市の中で一番好きで、「ニューヨークにつくとほっとする」と冗談を言っていたこの街が急によそよそしく、冷たく、すうっと肌から遠ざかって行くように感じられ、その反動のように、にわかに下北沢の我が家と、妻の葉子、二人の子供が恋しくなった。

「アメリカは、ここしばらく――特に今の大統領になってからは急速に変った……」と目《め》板《いた》のから揚げをかたづけながらハリーは悲しそうに言った。「あんたの計画だけじゃないんだよ、カズさん……。あたしの関係してるものだけで、海外文化交流関係のプロジェクトは、五つ六つもキャンセルされている。政府関係のその方面のサービスも、急速に予算が縮小されて……。アメリカは、〝外の世界〟に、苦い幻滅を味わって、しらけちゃったんだよな。ヴェトナム以来とすりゃ、ずいぶん長いが、ま、大きな国だからな。慣性《イナーシャ》も大きいんだ。そのうちまた、変ると思うけど――次の曲がり角まで時間がかかりそうだな……」

「〝外よりも内〟か……」と枇杷《びわ》の皮をむきながら豊田はつぶやいた。「〝輝ける《ブライト》アメリカ〟……〝隠退する《リタイアリング》アメリカ〟か……」

「まあ、そう皮肉っぽくなるなよ、カズさん――」ハリーは、飯に茶をそそぎながらなぐさめるように言った。「アメリカはまだ若い国なんだ。――青年期には、ちょっとした挫折を大仰に考えて、放浪の旅へ出たり、禅寺へはいったり、田舎へすっこんで百姓でもやろう、と思いこむ事があるだろう。〝帰りなんいざ、田園まさに荒れなんとす〟ってやつ

――あれだよ。あれだと思うよ。またしばらくすりゃ風向きが変るさ」

「アメリカって国は、ひょっとすると〝躁鬱《そううつ》型文明〟かも知れんな……」と彼は言った。「躁期が終って、鬱病期にはいったのかも知れん……」

ハリーはこたえずに茶漬けをかきこんだ。――ガサガサと景気のいい音をたてて茶漬けを流しこみ、沢庵《たくあん》をバリバリと派手な音をたててかむ、アイルランド系三世のインテリを、豊田は奇妙な感じでながめていた。

5

土曜日の夜から月曜へかけて、ニューヨーク市の北部のキャッツキル山地にある、知人の別荘ですごした。――これは予定されていた事だが、一つだけ予定外の事があった。横田明子が同行したのである。

ハリーとわかれて、何となく気ぬけしたような気分で、迎えの車がくるまで昼寝をしにホテルにかえった。二時間ほど寝て、またロビイにおりて行くと、横田明子が青い顔をしてうろうろしていた。「おいてけぼりにされちゃったみたい……」と明子は彼の顔を見ると、弱々しく笑った。「二時半ごろ、知り合いにおくってもらって、ホテルへかえってきたら、一緒の団体、誰もいないのよ。フロントできいたら、一時半ごろ、またバスが来て、みんな乗って行ったって……。コンダクターがひどくあわてててたそうよ」

「東京便がとぶのかな？」彼は時計を見た。「空港へかけつけてみたら？――間にあうかも知れん」

「ところが、空港へ聞いても、ＪＡＬのオフィスに聞いても、まだどの海外便も出発のめどはたたないっていう。明日までだめだろうって……」

「じゃ、どこか団体観光にでも出かけたんだろう」

「部屋をみんなひきはらって？」

一泊するのかも知れない、と彼は言った。――とにかく、予約名簿にのってるんだから、飛行再開になったら、ＪＡＬのオフィスなり空港へ行けばいい。

「でもひどいな……」と横田明子はつぶやいた。「メモぐらいおいてってくれたらいいのに、まるっきり私の事、忘れて行っちまうなんて――。私、そんなに魅力ないかな」

明子は、一人でホテルに残るのを心ぼそがっていた。――さっき日本料理店で一緒に食事していた知人たちは、あれからみんな休暇旅行へ出かけてしまい、ほかの知り合いもみんな留守だ。

話している所へ、山荘の持ち主がむかえに来た。――テッド・リー、米中混血の三世で、宝石貴金属商だ。

「やあ、カズ……」とテッドは、恰幅のいい体をゆすって手をさしのべた。「奥さんがご一緒なら、そう言ってくれれば……」

ちがうんだ――と言って、彼は事情を簡単に説明した。

「それはそれは……」とテッドは大仰に同情の意を表した。「よければ、ご一緒にどうです？――部屋はたくさんあります。客はカズのほかに三人だけ、御婦人もいます。麻雀はおやりになりますか？」

「少しなら……」明子は豊田の顔色をうかがいながらうなずいた。

「そりゃいい。トウキョウ・ルールですから御心配なく。何しろ私にあの悪いあそびを教えたのはカズですから……」

そういう事で、テッドの運転手付きリンカーン・コンチネンタルには三人でのりこんだ。

――出る時、豊田はホテルのフロントと、ＪＡＬのオフィスにテッドの山荘の電話番号をつげ、出発便の事で通知があったらすぐ連絡してくれるようにたのんだ。

ニューヨーク市を北に出はずれて、ハドソン河ぞいに北へ――道はかなりすいていたものの、まだ家族連れの車や、屋根にボートをつんだキャンピングカーなどが、ひっきりなしに走る。すべての人々が、仕事をはなれて、明るく強い日ざしのもとにそれぞれのたのしみを求めに出かけて行く、ゆたかなアメリカの大いなる休暇《ビッグ・ホリデイズ》……輝ける夏《ブライト・サマー》……。

ニューヨーク市から北へ二百キロ、オルバニイの街から西南へ、キャッツキル山中のテッドの山荘へついた時は、西の空は夕映えに赤く染まり、空に星が出はじめていた。

客は、豊田も知っているガラパウロスと言うギリシャの実業家夫妻、それにはじめての東洋系の鞭《むち》のようにやせて、すばしっこそうな四十男で、テッドはシンガポールから来たジョージ・ヤンと紹介した。——すぐカクテルからバーベキューになり、英語がもう一つ不自由な明子も、食後のカードから、麻雀になるころには、すっかり打ちとけてはしゃぎ出し、牌をかきまぜながら、豊田はふと、今夜は彼女を抱くことになるのかな、と思い、そして、その通りになった。（当り前でしょ——と、彼のベッドにもぐりこみながら酔っぱらった彼女は言った）

午前三時——彼はふと眼さめて酔いざめの水を飲み、それから階下についている明りと、人の歩きまわる音に気がついて、ガウンをはおっておりて行った。テッドが広い客間の片隅で、オールウェーヴの受信機をいじっていた。

「電話をかりていいかね？」と、階段の上から彼は声をかけた。

「どうぞ……」と、テッドはふりあおいで言った。「この時間だと、東京かね？」

「彼女かおれかに、ニューヨークから電話はなかったかい？」

と、彼は国際電話局の番号をおしながらきいた。——テッドは首をふった。

呼び出し音は鳴りつづけているのに、交換手は出なかった。

「出ないだろう……」とテッドは、パイプを吸いつけながら言った。「私もさっき、香港を呼び出そうとしたが、交換手が出なかった……。女房が行っているんだが……」

彼はゆっくり電話を切り、テッドのむかい側に腰をおろした。

「外国の短波放送も全然はいらん……」とテッドはパイプで受信器をさした。「アマチュア無線の連中も、さわいでるよ。海外との交信がまったくできないらしいんだ……」

「いったい何が起ったんだ……」彼は卓上のシガレット・ボックスから一本とりあげながらつぶやいた。「国際線の飛行機は朝から、全便欠航だ。到着便もはいってこない。国際電話も……短波まで……。いったいどうしたんだろ？　何か知ってるなら、教えてくれ、テッド……」

テッドはしばらく考えこむような眼付きでパイプをふかしていたが、突然、

「アメリカが好きかね？　カズ……」

と聞いた。

「まあね――」と煙草に火をつけながら彼はうなずいた。「世界で一番好きな国じゃないかな……」

「日本とどっちが好きだ？」

「日本は――別だ」彼はちょっと考えて答えた。「半分宿命みたいなもんだからな。あんた、自分自身が好きか、きらいか？」

「日本人は〝日本人である宿命〟と、歴史的に癒着《ゆちゃく》しすぎてるんじゃないかな。――宿命とは、妥協のしかたもある。どこかのカバンの隅におしこんで、知らん顔でにこにこして

いる手もある……」

「ヒムラーみたいな奴が出て来て、カバンの中身を摘発しはじめたら、にこにこしておられんだろう……」彼は立ち上って冷蔵庫からジュースをとり出した。「あんたはどうなんだ、テッド、アメリカが好きか？」

「好きもきらいも、おれはアメリカ市民だ。――おれにとってのアメリカは、市民権以外の何ものでもない。ＩＤカードの発行主体にすぎんのだよ、カズ……」テッドは薄笑いをうかべた。「おれがアメリカを好きなのは――その機械的冷淡さだな。いくつかの条件を満たすボタンを押す。そしてスイッチを入れる。と――ガチャンと〝市民権〟が出てくる。いい国だと思う。機械的寛容さと言うか――アメリカは、コンピューターで管理するのに一番いい国で、だからこそ、世界で一番ヒューマニスティックなんだ。自動販売機《オートマット》や、キャッシュ・ディスペンサーほど、アメリカの寛容、アメリカのやさしさをあらわしているものはない。そういう観点から見れば、〝ルーツ〟や〝輝《ブライト》けるアメリカ〟〝古《アインシェント》きアメリカ〟なんてのは反動思想としか思えんね」

　テッドは、立って酒を調合した。――どちらかと言えば、甘口の好きな男だった。

「おれのじいさんの代に、中国人である事をやめて、アメリカ人になろうと決心したらしい。ふつうの漢民族にとって、中国人である事をやめる、というのは大変な事かも知れないがね。――でも、じいさんはやった。なぜやれたかと言えば、じいさんが客家《はっか》だったからだろう。おれの女房は、中国とイギリスの混血だが、まだ中国人である事をやめられない。潮州の名家だからね。先祖、同姓、同郷——そんなものが、まだ女房を中国にひきとめている。香港へ行っているのも、一族の先祖の祭りのためだ。おれは——キリスト教徒じゃないが、もう先祖とは切れている。アメリカの市民台帳にのっていて、何代かあとに廃棄されるコードナンバー……それでたくさんだ……」

「おれの質問に答えてないぜ……」豊田はオレンジジュースをのみほしながら言った。「国際線の閉鎖、国際電話の不通、短波の不通……君は何か知っているのか？　テッド……」

「おれの女房も、今、香港に行っているんだ……」テッドは指の関節をかみながら、低い押し殺した声で言った。「おれが行かせたんだ。ある用事を言いつけて……。急いでいたんだが——間にあわんかも知れん……」

「あんたは、何か知ってたのか？」

「何も……」テッドは立ち上った。「別に何も知ってるわけじゃない。ただ——ここ半年ばかり、おれは妙に不安だったんだ。何か妙な事が起りそうな気がして……商売上のカンみたいなものだが、おれのような仕事をやっているものには、大変大切なもので、役にも立つんだ。で——何が起るかわからないが、手を打っておこうと思った。それだけだ……」

今度は豊田が酒をのむ番だった。——ジンをタンブラーになみなみとつぎ、氷を入れ、ベルモットをほんの香り程度にふって、一口にぐっと飲みほした。

「別に気にするほどの事じゃ無いかも知れん……」テッドは戸口の方へ足を運びながらつぶやいた。「明日か明後日になれば、何かわかるかも知れないが——結局、何も起らんかも知れん……。とにかく様子を見る事だ。——所で、明日はどうする？　ゴルフは一ぱいでだめだ。遠出して釣でもするか？」

「おそくまで寝かしてくれ……」と、ジンを飲みながら豊田は言った。「これから本格的に酔っぱらうつもりだから……」

6

翌日も、暑くていい天気だった。

テッドの山荘で、正午ちかくまで眠り、午後からモホーク谷の近所の小川へ、釣と言うより、散策に出かけた。

テッドとジョージ、それに明子が釣をしている間、豊田は涼しい木蔭にひっくりかえって、眼をつぶって鳥の声を聞いていた。

テッドが、サンドイッチの包みとポータブルラジオを持って、寝ころんでいる彼の傍《そば》に来たのは、もう木立ちの影がだいぶ長くなってからだった。

「食べるかね？」

とテッドは腰をおろしながら言った。

豊田は寝たまま首を横にふって、枕もとの魔法壜《びん》をさした。——中に氷入りのアイスコーヒーがはいっている。

「ミス・アキコは、八インチもある鱒《ます》を釣り上げたよ」とテッドは、BLT（ベーコン・レタス・トマト）サンドをぱくつきながら言った。「少し動いたらどうだ？　空気がうまいぜ」

「やっぱり排気ガスの臭いがする……」彼は上体を起し、魔法壜をひきよせながら言った。

「エリー運河も大分汚れたな」

「ジョージ・ヤンは、相当な色事師だ……」と口をもぐもぐさせながらテッドは言った。

「気にならんか？」

「全然……彼女はまったくの行きずりだ。彼女の勝手さ……」氷がとけて、だいぶうすくなったコーヒーをのみながら、彼はラジオを顎《あご》でさした。「音楽をききながら、釣をしてたのか？」

「今、どの局も音楽はやってないよ」サンドイッチを食べ終って、唇をハンカチでふきながら、テッドはずっとむこうから近づいてくる、ジョージと明子の姿を、眼を細めて見つめた。「午後四時から——とうとう報道しはじめた。押え切れなくなったんだろうな……」

「何が起ったんだ？——戦争か？」

テッドは首をふってラジオのスイッチを入れた。

アナウンサーが興奮した早口でしゃべっていた。——聞きとりにくいので、彼はダイヤルをまわして別の局にした。

〝度々《たびたび》おつたえしましたように……〟と、さびのある太い声が、ゆっくりと言った。〝昨日東部時間午前三時二十分以来、北アメリカと、外の世界との間の、一切の通信、交通が途絶しております。——中米方面は、メキシコ・シティとの間に、昨日午前九時七分まで、短波および電話線一回線の連絡がありましたが、現在は途絶しております。メキシコとの通信は、本日午後四時現在モンテーレ市との間だけが通じております。海外との通信途絶は全面的で、海底電線、衛星通信、船舶用無線、アマチュア短波、軍用通信、いずれも完全に途絶状態であります。また、昨日午前六時以降、海外より合衆国へ到着予定の船舶航空機は、一つも到着しておらず、また、昨日午前三時以前に合衆国から海外へむけて出発した航空機は、いずれも連絡を絶ったままであります。——これらの通信、交通途絶の原因については、政府はじめ、関係各機関が全力をあげて調査中ですが、目下の所不明のままであります。合衆国海軍、および防衛空軍は、北米大陸沿岸より、二百浬《カイリ》乃至《ないし》二百五十浬の沖合一帯に、正体不明の白い霧状のものが一面にたちこめているのをパトロールが発見した、と午後四時十五分に発表しましたが、その霧の正体、および規模については、その後何の発表もありません。――次のニュース、ホワイトハウスの新聞係秘書J・ムーアコック氏は、明日予定されている、独立記念式典について……〃

「なるほど……」と、豊田は生ぬるくなったアイスコーヒーを飲みほしながら言った。

「そういう事か――こういう事だったんだな……」

「あんたも、予想してたみたいだな……」テッドは、豊田の傍から魔法壜をひきよせながら言った。

「いいや――ちっとも……」と豊田は言った。「ところで――あの二人は、ニュースを知ってるのか？」

「いいや……」もう五十メートルぐらいの所まで手をつないで近よって来ている、ジョージと明子を見ながら、テッドは首をふった。「私は、一足先に釣を切り上げて、車へ電話をかけに行ったんだ。――そうしたら、先方の男が、四時のニュースでの発表の事を教えてくれた。そのまま、ラジオを持ってこちらへ来たから……」

「ヘーイ！」と明子は、陽気な声をあげて、彼にむかって手をふった。「すごいやつ、釣ったのよう……」

「いずれにしても……」豊田はつくり笑いを浮べて、明子の方に手をあげて見せながらつぶやいた。「ここにいる連中の中で、合衆国市民権を持っているのは、あんただけなんだな……」

奇妙なことに、この〝大事件〟に対して、当初、大した「騒ぎ」は起らなかった。——一つは、夏休み期間中で、しかも、三連休のビッグ・ウィークエンドの事であり、官庁、オフィスが、ほとんど閉鎖していて、二億一千万の合衆国国民の大部分が、好天の休暇を楽しんでいたためもあろう。

しかし、それ以上に、異常事態発生とともに、報道管制をふくめて当局のとった措置が、異様なほど鮮やかだった事が功を奏したようだった。——幸運《ラッキー》と言っていいかどうかわからないが、その年の現政権三年目の独立記念日は、「輝ける《ブライト》アメリカ」を標榜《ひょうぼう》する大統領自身が、異様なほど熱を入れ、「二百年祭《バイセンティニアル》」ほどの全国的なお祭りさわぎではなかったが、記念日当日をはさむ前後の週を、「心と頭脳週間《ハーツ・アンド・ブレインズ・ウィークス》」と銘打って、全米の企業、労働組合、学界、ジャーナリズムの大ものたち、それに上下両院議員の大部分、三軍と政府の高官、それに各国大・公使を精力的にワシントンに集め、会議や式典の日程がぎっしり組まれていた。

つまり〝異変〟が起った時、全米の「頭脳」と「実力者」のほとんどは、ワシントンに集結していたのである。

「異変」のニュースは、これらの大ものたちには、一般発表よりずっと早く、確認されてから七、八時間後、すなわち土曜日の午ごろ、「秘密情報」の形でささやかれた。――と同時に、首都は、一時的に「眼に見えない封鎖」状態におかれた。土曜日のことで、オフィスはほとんど閉めていたが、団体観光客は相変らずいくつも押しかけ、ケネディ・センターでのオペラやコンサートも、平常通り開かれていたが、政府職員には、敏速に報道管制がしかれ、またホワイトハウスでは、報道関係に気どられないように、秘密閣僚会議が招集され、土曜の夜のパーティは、厳重な護衛のもとに、ひそかな打ち合せの場となった。そして、閣僚会議、国家安全保障委員会、上下両院長老議員の秘密会議は、土曜日の夜、徹宵《てっしょう》おこなわれた。

ATT（米国電話電信会社）は、大統領特別要請で、ワシントンにあつまっている「大もの」たちのため、緊急回線を確保した。――各国大使・公使は、各地の領事館はじめそれぞれの機関へ、また財界・産業界の大ものたちは、またそれぞれのオフィスへ、ひっきりなしに電話をかけ、傍証となるような情報採取と、緊急処置について指示をつづけた。七月第一週の土曜の午後から日曜一ぱいにかけて、ワシントンは、そのまま異様な一大秘密国際組織と化した感があったのである。

ラジオ、テレビ、新聞など、一般報道機関への「三十六時間報道管制」も、「異変」が気づかれてから、ほとんど一時間以内に、「国防上きわめて重大な事件である可能性」を理由に、各報道機関の責任者に、大統領自身が電話で協力を要請した。そして、その時点で、各州の国際空港、報道機関に対し、各地のＦＢＩ職員が、一せいに動きはじめた。ほとんど同時に、連邦移民局は、全米の支局にむかって緊急事態をつげて、全職員の臨時出勤を求め、コンピューターは滞在中の各国からの旅行客、駐在員、留学生などの氏名と住所を大車輪ではじき出しはじめた。

日曜日の午前中から、各地で、土曜以降の国際線旅客機を予約していた旅行客や、国際電話の「全面的ブラックアウト」に気づきはじめた一般市民の問い合せがふえはじめ、各州の大都市で、少しずつ波紋がひろがりはじめた。――しかし、ワシントンで秘密裡に招集されていた国家安全保障委と、大統領府の「〝Ｂ〟問題特別委員会」は、海軍と空軍、それに沿岸警備隊《コースト・ガード》に命じていた「緊急調査」の結果を、辛抱づよく待っていた。――オマハの北米防空本部も非常体制にはいり、軍関係の気象学者、地球物理学者、天文学者、通信技術者、宇宙工学関係の学者たちがこの調査に参加していた、とのちに発表された。北米大陸をとりまく、「白い霧の壁」にどこも裂け目がなく、上空は、鉛直線方向に約百キロ以上、すなわち人工衛星高度に達している、という事が、ほとんど確定的になるまでに、戦略空軍の高高度偵察機二機、ＲＢ52戦略偵察機一機、海軍の艦艇五隻、艦上偵察機四機、戦闘爆撃機二機が、「霧の壁」のむこうに消え去っていた。――「霧の壁」に突入して入った艦艇や航空機は、突入後数分にして、通信がとだえ、燃料切れの時間になっても、そのまま二度と帰ってこなかったのである。

日曜日の午後二時、大統領は海空軍の「突入調査」の中止を命令した。統参議長は、「壁」に五浬以上の距離をたもって警戒観測をつづける事を進言した。——午後三時、「緊急報道管制」の期限切れが来た時、担当の大統領特別補佐官は、粘りに粘って、もう一時間の延長をとりつけると同時に、報道の形式についても、「あまりにセンセーショナルで、刺戟的なスタイルをとらない」事を各機関責任者に納得させた。

日曜日の午後四時から流れはじめた「異常事態」のニュースは、全米ににぶいショックをあたえたようだった。——リゾート・エリアのあちこちで、大多数の市民は、ただ呆然としていた。ほとんどの人間は、事態がよくのみこめなかった。そして、その原因が何か、そんな「異常」がいつまでつづくのか、といった事について、何の示唆もあたえられないまま、ただお互いに顔を見あわせるだけだった。

もちろん、一番はげしいショックをうけたのは、アメリカ滞在中の、それも短期滞在の観光客・旅行客であった。が、彼らはその時点で、全米でせいぜい十数万の人数だった。一年二年滞在の外国人ビジネスマンや留学生たちもショックをうけた。特に本国の「本社」との連絡がとだえた「駐在員」たちは狼狽《ろうばい》動揺した。各国の外交関係者もあわてた。——しかし、そういった「外国人」は、全部ひっくるめて、せいぜい百万人台だった。そして、一般発表より、一日以上も早く情勢を得、動き出していた連邦移民局と、外国の大使館、公館が、ホワイトハウスよりの、半ば強制的な「動揺をすくなくするための臨時措置」の指示をうけ、「とりあえずの」事態収拾にむかって、すでに動き出していた。

本格的なパニック、乃至はそれに近いものは、発表から四、五日目にやって来た。「在外米人」――「霧の壁」のむこうにへだてられたまま残ってしまった、大量の観光客、ビジネスマン、官僚、軍人の家族や親族たちがさわぎ出したのである。――だが、それも「当局」があらかじめ、手を打ってあったのか、思ったほど大きなさわぎにならなかった。テレビ、新聞報道は――あれほどシャープでうるさいアメリカのジャーナリズムは、大統領の特別要請があったにしろこの件に関しては、不思議なほどクールで、センセーショナルな調子を押えているようだ。中には、明らさまに「冷静に」とよびかけはじめるものも出て来た。

「壁」の向う側と、連絡がとれる可能性は無いのか、「壁」の正体はいったい何なのか、いったいいつまでアメリカのまわりに立ちこめるのか、これが消える可能性はないのか、――そういった問題については、当局が科学者を総動員して「鋭意調査中」だが、答えが出るまで「長い時間」がかかりそうだ、と言うのが、一般向けの報道だった。

もう一つ、アメリカ社会にとっての大きなショックは、巨大な合衆国の「海外資産」だった。マンハッタンに本社をおく巨大な国際的企業群、ウォール街、ロサンゼルスやヒューストンの石油企業――そういった企業群の厖大《ぼうだい》な海外投資や、海外市場が、そして援助その他の形で海外に政府があたえていた借款が、突如として、「ブラックアウト」になってしまったのだった。国際線をとばしている航空会社や、海運関係の損失も巨大なものにのぼった。

無論の事、三連休あけとともに開かれるはずだった株式、証券市場や、為替市場は、独立記念日当日に、当分の間の「閉鎖」を発表された。——奇妙な事だったが、独立記念日の記念式典は、パーティをのぞいて一応おこなわれ、その式場から、大統領は全米へむけてテレビ中継で、この「異常事態」と、これに対処するための「全国民の冷静な団結」を訴えかけた。——「事態の異常さ、合衆国にとっての利害の重大さ」は、「全面戦争に準ずるものと判断する」が、今の所、北米大陸とそれ以外の世界との間の連結、通信、交通の「遮断《しゃだん》」が、「どこかの敵対的勢力によって突然しかけられたものである、という兆候は、どこにも見られないようである」と述べた。さらに、大統領は、「考えにくい事だが、もしこの異常な外界との遮断状態が長期にわたってつづいた時、合衆国のうける社会、経済的損失は相当なものになるだろうが、しかし、合衆国は、たとえこの異常な事態が長期につづいても、その孤立状態に堪えて、生きのびるものと信ずる」とむすんだ。——演説は、突如マイクの前で大統領がうたい出したアメリカ国歌でむすばれた。朗々とした、ひびきのいい見事なバリトンだった。式典会場で、また家庭のテレビの前で、思わず一緒に歌い出した人々もたくさんいた。演説後の記者会見で、「どこかの敵対的勢力」と言うのは、「地球外」のものもふくむと考えていいのか、という質問をうけ、「その可能性も、無論考慮している」と、意味深長な返答がかえって来た。

——アメリカは生きのびるだろう……。

大統領が独立記念日の特別演説で語ったこの言葉は、時間がたつにつれて、次第に頻繁《ひんぱん》に、新聞や出版物の中に見うけられるようになって来た。——あまり、派手に、声高に叫ぶ事は抑制されているようだったが、それでもその言葉は、静かなスローガンのように社会の中に滲透《しんとう》しはじめた。それは聞くものの立場によって、一種複雑な反応をひき起したようだが、大部分の「ふつうの」アメリカ市民には、未知の異常事態に対する不安への鎮静作用と、異常事態を「新しい、思いもよらなかった事態」としてとらえなおし、それをひきうけ、立ちむかわせる作用をもたらしたようだった。

——アメリカは生きつづけるだろう……。たとえ、外の世界から完全に孤立してしまっても……。アメリカの国土は充分ひろく、人口も適正で、資源はゆたかであり、高度な教育と科学技術を擁し、産業は巨大で社会は高度に組織化されている……。

——アメリカはたった一国でも生きのびるだろう……。

7

「どうもおかしい……」と豊田は、酒くさい息を吐きながら言った。「そう思わんか? ハリー——君だって、そう思うだろう?」

「もうその話はしばらくよせよ……」とハリー・ショーはうんざりしたように手をふった。「さっきから、何回同じ事ばかり言うんだ」

「何度でも言うぞ——。どう考えたって……これはおかしい。何だかくさい……」

ロサンゼルスのシティ・センターにほど近い、リトル・トウキョウ——センターの再開発計画がすすんで、いわゆる「シティ・モール」は美しく、壮大に整備されたが、この一郭は、逆に一種の無気力化が進んでいるようだった。——「本社」との連絡を一切失った日本の銀行は、ほとんどのオフィスを閉鎖して、地元零細預金者相手の、ごくわずかな窓口業務をほそぼそとやっているばかりであり、かつて日の出の勢いだった日本の商社、自動車、弱電などの支社やディーラーも店をしめたきり、先行きどういう形で業務を整理し、どういう形で再開するか、何のめどもつかないまま、しずまりかえっていた。——何しろ、年間対米輸出百十億ドルをこえる「〝本社〟日本」との間の連絡が全面的にとだえてしまったのだ。労働・永住ヴィザのあるものは、外国人居住者に対する連邦政府の緊急臨時措置によって、失業保険に似た形式で、一人当り月五百ドルを限度として政府から支給されていたが、身もと引受人のない短期滞在者は、連邦移民局指定の宿泊施設を国別にわり当てられ、行動の自由こそ束縛されないが、食事、衣料以外の支給額はわずかなものだった。在留日本人や日系人社会が、醵金《きょきん》したり、「めんどう」を見たりするのに大車輪で動き出してはいたが、何しろ大部分が観光やビジネスのための短期滞在のつもりで来ていたのだから、突然国へ、また家族のもとへ帰れなくなったとなると、そのショックは大変で、自殺者や神経症に陥るものも、馬鹿にならない数になった。労働・永住ヴィザを持つものには一括して市民権をあたえるという法案が、議会に提出される、というニュースがつたえられてはいたが、それが通過発効するまでには、まだ紆余《うよ》曲折がありそうだった。

そんな状況下のリトル・トウキョウの安宿へ、豊田をたずねて来たハリーは、一目見て、その憔悴《しょうすい》ぶりにショックをうけたようだった。——無精鬚《ぶしょうひげ》ぼうぼう、服はよれよれ、シャツは汚れっぱなしで、眼はおちくぼんで血走っている。

「カズさん……」と言ったきり、ハリーはしばらく手を出すのも忘れたような顔つきだった。「何だい、その恰好は……。ブレナンの所をどうしておん出たんだ？」

「〝お情をうける〟ってのは苦しいもんだぜ……」と豊田は酒をがぶりと飲んで手をふった。「あんたにだってわかるだろう。たしかに奴《やっこ》さんはおれを親切に泊めてくれ、いつまでいてもいいと言い、居住登録と市民権申請の身もと保証人にもなってくれたし——ちょっとした仕事をまわしてもくれた。職場だって探してくれたんだが……」

「そんな事、ろくすっぽ耳もかさなかったんだろう……」ハリーは溜息をついて、油じみたテーブルのむかいにすわった。「夫人とも、喧嘩したんだってな。奴さん、苦虫かみつぶしてたぜ。カズは頭がどうかしちまったんじゃないかって……。きちがいみたいになって、電話をかけまくったり、新聞を山ほど買いこんで、部屋中切り抜きだらけにしたり、図書館から山のように本だの資料だの借り出して来て、三日も寝ずに読みふけったり……かと思ったら、金切り声で議論をふっかけたり……」

「そのでんで、テッドもおこらしちまった……」と、ぼそりと豊田はつぶやいた。

「聞いたよ。——ボストンでもワシントンでもやったんだってな……。ボストのウイリー・グレイスンとは殴りあいまでやったそうじゃないか……」ハリーは眉をしかめた。

「東部の友人を、ほとんどしくじっちまって——ああ、そう言えば、あの横田って女性、テッドと結婚するよ。擬装結婚かと思ったが、双方けっこう熱々だったぜ」

「女はタフでぬけ目ねえや……」豊田は脂《あぶら》のういた顔を、ごしごしこすった。「テッドも……食えねえやつだ。あれが起る前に、嫁さんを香港にやって……」

「それをしつこくかんぐったりが喧嘩のもとだろう？——なあ、カズさん、いいかげんにしなよ。たしかに気持ちはわかる。が、今は何より、市民権と生活だ。——事態に対する適応《アダプテーション》が先だ。足場をかためてから、じっくりとしらべたっていいじゃないか。でないと……」

「いやだ」と、彼は首をふった。「鉄は熱いうちに打て、だ。——何しろうさんくさい所が多すぎらあ。かんぐりたくなる事があんまりたくさんありすぎるんだよ」

豊田は奥へむかって酒！——それから何か……とどなりかけ、「またシヤヤッコか？」とハリーにきいた。

「いや——」とハリーは壁を見上げた。「素麺《そうめん》にしようかな……」

「よせよ。油くさくてうまくねえぞ。カツ丼にでもしとけ」そう言って、豊田は、ハリーの顔をあらためてじっと見た。「そうだ。あんたにも聞きたい事がいっぱいあったんだ。何か知ってるにちがいない、と思ってるんだ——いったい、どこへ雲がくれしてたんだ？」

「兄貴が移民局にいて、めちゃくちゃに忙しくなるから、手伝いにこいって、——」ハリーはちょっと眼をそらせた。「最初はボランティアで——これでも、あんたたち、日本の同胞のために、夜もろくに寝ないで働いてたんだ。今でも、移民局の臨時職員だぜ」

「うふう！……」と豊田は鼻を鳴らした。「なるほど、そういうわけか——兄者が移民局員かい？　で——事の起る前に、そちらから何かこっそり……」

「カズさん、いいかげんにしないと怒るぜ」

「あんたもかい？」豊田はふらふらと立ち上ってハリーの腕をつかんだ。「怒ってもいい。喧嘩になってもいいから、その前に、おれの話、おれの考え、おれの疑問をきいてくれ。

——まだ、今の所は喧嘩してないだろう？　おれたちゃ、友だちだろ、ハリー……」

「来てくれって——どこへ？」ハリーはきょろきょろしながらひきずられて立った。

「おれのぼろアパート……」と豊田はハリーをひっぱりながらつぶやいた。「資料コピーと切りぬきとメモで、足のふみ場もねえが、とにかく来てくれ。そこで話そう。言っとくがゴキブリだらけだぜ。南京虫だっているかも知れねえ……」

「いや——あたしは別に、あれが起る前に、起るって事を知ってたわけじゃないよ。カズさん……」とハリーは手をふった。「ごく一般的な——あの時まで、ごく一般的に感じられた、〝空気〟をしゃべっただけだよ。こんな事になろうとは夢にも知らなかった。誓っていい」

「テッドもそう言った……」言った通り、紙片の山で埋ったせまくるしいアパートの一室で、豊田はベッドの上にひっくりかえった。「だが——じゃ、あいつは、なぜあんな、思わせぶりな事を言いやがったんだ？　あいつはまるで——こうなる事を、あらかじめ知っていたような口ぶりだった。あんたもだ……」

「なあ、カズさん……」

「どう考えたって——話がうますぎる……」豊田はベッドの上ではね起きた。「いいか——土、日に独立記念日の三連休だ。おまけに学生子供は夏休みで、国中がのんびり休んである。国中のＶＩＰや外国要人が、ワシントンＤＣ（コロンビア特別区）へ集っている。

——今年はまた政府がいやに熱心に集めやがった——そこへ、ちょうど連休一日目にあわせたようにあれが起った……」

「偶然だろう」とハリーはさえぎった。「別に政府がしくんだわけじゃあるまい。また——しくめるような性質のもんでもない……」

ハリーはベッドの上にほうり出されていたその日の新聞を顔でさして、

「読んだんだろう？」

と言った。

その新聞の一面には、「白い霧の壁」の性質をはかるため、海空合同調査団が「壁」の中に数発の核ミサイルをうちこみ、爆発させたという記事が出ていた。——そのうちの二発はメガトン級の水爆弾頭をつけた戦略核ミサイルであり、爆発地点は、「壁」の中にはいって、すぐの地点にセットされていた。また信管の時限装置は、「壁」の内部における電磁的擾乱《じょうらん》の影響を考慮して、エレクトロニクス系統を全くつかわず、「純粋に機械的な」方法が使われた、と発表された。

爆発地点は「壁」にはいってわずか約百メートルのはずであったにもかかわらず、「爆発の影響は全く〝壁〟のこちら側にはあらわれなかった」——つまり、爆発したかどうかも探知し得なかったのである。

また何発かの「戦術核」は、「壁」のすぐこちら側、「壁」そのものの至近地点で爆発させられた。こちらも、「結果は鋭意調査中」であるが、まだ今の所、はかばかしい発見は見られない……。

もう一つ、それにならんで、観測衛星ノアによってとられた、「壁の外の〝地球表面〟」の写真が大きく出ていた。――何枚もの写真をつなぎあわせたもので、そこには、北米大陸の輪郭ははっきりうつっており、その周辺を、ほぼ二百浬の幅でとりまく「壁」も、縁どりのようにあざやかにうつっていた。――が、その白っぽい縁どりの「外側」は……地表すべてが、ぼんやりとした、白っぽいもやのようなものに包まれ、その下にあるはずの旧大陸や島々は、まるでうつっていない、つまり、人工衛星高度からうつした地表の情景は、「北米大陸」の部分だけをぽっかり穴のようにのこして、すっぽりと白いもやのヴェールに包まれているのである。あたかも、ダイヤル盤の部分だけ露出して、電話機を包むレースのカバーのように……。

「読んだ……」と豊田はうなずいた。「だが、読んだからって信用しているわけじゃない。おれ自身が、調査団にくわわってるわけじゃないからな――。写真なんて、スプレーをかければそれまでだ……」

度しがたい、と言った表情で、ハリーは口ひげをひっぱった。

「いいか――そんな事は一応全部はずして、この現象の全体を考えてみてくれ、ハリー。

――おれのしらべ上げたいろんな事も、全部話すから……」

豊田は山のように資料のつみ上げられたサイドテーブルから、ぶあついメモの束をとり上げた。

「ヴェトナムの泥沼化以来、アメリカの海外問題についてのオーバー・コミットメントが問題になり、ニクソンのグアム・ドクトリンからこっち、アメリカが徐々に〝世界〟の緊張局面から手をひきはじめたのは誰だって知っている。――〝防衛肩がわり論〟は、しかし、その段階ではまた、アメリカ以外の地域から見ても、充分納得出来る点をふくんでいた。問題は、それ以後、政権が代る度に、妙な方向にシフトしながら〝加速〟されて来たように見える事だ。――そして、今のH・P・モンロー大統領になってから、一層妙な事になった。アメリカは〝外〟の問題について、ほとんど完全に冷えてしまったみたいだ。そのリーダー意識も、使命感も……。かつて、アメリカは、この地球上で、人類がうみ出した一番大きな国だった。というのは、アメリカ社会と、社会意識の中には、いつも〝世界性〟があったからだ。アメリカにくれば、〝人類の未来〟や、〝地球時代〟というものが、ほかの地域にいるより、はるかに直接的に見えていた……。だけど、どういうわけか、今の大統領が当選する前後から、アメリカはいやに小さくなりはじめた。内向的になり、外の世界に冷淡になり……センチメンタルなまでに自愛的になり……」

「市民として弁解させてもらえば、それもやむを得ないんじゃないかな」とハリーは言いにくそうに口をはさんだ。「〝外の世界〟はあまりに長い間、アメリカにぶらさがりすぎた。アメリカに言わせれば、あまりに長い間、むしられすぎた。いくら巨大な鯨でも、これだけいろんな連中にむしられりゃ……しかも、むこうには、自由世界と全く体制のちがう、まわりに対してきわめて非情な行動のとれる、巨大な相手がいて、どんどん強大になっている……。なあ、カズさん、おれはまったく自由な〝個人〟だと思っていたし、〝国民〟以前に、自由な個人でいられる、というのが、アメリカの一番好きな、いい所だと思っていた。それが妙なもんだね。〝国〟ってものが、いつの間にか、微妙な所で自分と一体化しちまったんだ。——アメリカが、まわりからたかられ、むしられ、ぼろぼろになったと感じた時、おれ自身も、何だか痛みを感じたよ……」

「〝外〟の連中に言わせりゃ、アメリカはその分だけ、とるものをとり、力をつけ、いばるだけいばった、と言うだろうがな……」と豊田はつぶやいた。「おれとしちゃ、アメリカに同情する方だよ。日本だって、ヨーロッパだって、アメリカから見りゃ〝恩知らず〟だろうさ——。だが、そいつは誰でも知ってるように水かけ論になっちまう……。とにかく、アメリカは、〝外〟の世界に、ひどくいやな形で傷つき、萎縮《シュリンク》しはじめた。そいつは認めるだろ? 今の大統領は、その方向をさらに強め、妙な具合にカーブさせた。彼は〝幸福な新天地時代〟のアメリカのノルスタジイに訴え、そこからの再出発を考えてるみたいだった。——当選した時から、いやにそういった行事やキャンペーンに力を入れ、特に今年の独立記念日の準備と来たら、念が入りすぎて……」

「任期三年目だからな……」とハリーはつぶやいた。「彼は当然再選をねらっているだろうし……」

「今度の独立記念日は〝アメリカの新しい出発の日〟という事だったな……」豊田はメモをくった。「アメリカ中のVIPが、それを名目にワシントンに集って来た。それだけじゃない。海外のVIP、それに貴重なアメリカの頭脳で海外にいる連中——そういった連中もよばれた。大統領とホワイトハウスの招待客はどのくらいにのぼったと思う？　みんな、ファーストクラスの航空券とホテル、滞在費つきだぜ。——その上……アメリカ在外兵力まで……」

「第六艦隊、第七艦隊の〝祝典航海〟の事か？」

「それだけじゃない。在ヨーロッパ、在アジアの空軍からも、大デモフライトがあった。最新鋭の一線機ばかりだ。太平洋岸、大西洋岸の各空軍基地への最終グループ到着は、あの事件の起った土曜日の東部時間の午前零時だった……」と豊田はメモを見ながら言った。「その一週間前、MAC（空輸空軍）が、東半球、西半球へむけて、大空輸演習をやっている。昔やった〝ビッグ・リフト作戦〟の現代版と思われていたが、米本土でつみこまれた武装軍隊はアメリカ国内の別の基地でおろされ、C5Aも、C131も輸送機は全部からっぽで、アジアとヨーロッパへとんだ。——海外基地であらかじめ集結していた軍隊をつんで、別の演習地点へはこぶ。演習の終ったあと、MACはふたたび軍隊をつんで、在欧、在アジアの基地へかえらず、そのまま米本土へ帰った。そこで在欧米軍総兵力三十万のうち、休暇帰国中の二万人プラス五万人、在太平洋地区の方は韓国、タイの地上軍はもう一年前に全国的にひき上げているから、どのくらいを〝収容〟したかよくわからないが、こちらも海軍空軍をふくめて、兵力の二分の一以上が、〝壁〟の出現する直前に、〝帰国〟したと見なされる……」

「〝独立記念日〟だったからだろう……」ハリーはためらいがちにつぶやいた。「おれの従兄で空軍にいるやつがいるが、やっぱり〝特別休暇〟の大盤ぶるまいだって笑ってたから……」

「全世界にわたる防衛配置の三分の二ちかくをからっぽにしてか？」豊田は皮肉っぽく言いかえした。「いくら今度の記念日は、H・P・M自身が音頭をとって盛大にもり上げようとしていたと言ったって、ちとはしゃぎすぎじゃないかね？——地中海方面にいる第六艦隊のうち〝壁〟のむこうに残されたのは、空母一、水上艦艇七だけ、西太平洋の第七艦隊は、三隻の空母のうち、同じく一隻、水上戦闘用艦二十五隻のうち、わずか五隻が〝壁〟のむこうにとりのこされただけだ。アメリカ近海に配置されている第二、第三艦隊の損失はほとんどない……」

「それにしてもよくしらべたな……」とハリーは目をまるくした。「軍事機密に属する事を……」

「〝ある筋〟からね——。ハリーさんよ、もしこの〝壁〟が……カナダをふくむ北米と、他の世界との間を完全に、そして永久に遮断してしまうとしたら——もう軍事機密や、防衛機密なんて意味がなくなるんだぜ……」豊田はメモをほうり出した。「国防総省や統参本部にもぐりこんでいるKGBの手先だって、失業しちまうんだ……」

「それであんたは何を言いたいんだ、カズさん……。このとてつもない——現代科学技術では、とうてい理解も操作も不可能なような〝壁〟を、アメリカが人為的につくったとでも言うのか？」

「そこまでは言えない。が——アメリカ政府はすくなくとも、あれが起るのを事前に知っていた。それがいつ起るかという事まで知っていたような気がする。いや、しらべればしらべるほど、そうとしか思えん……」

豊田はベッドサイドにつみ上げられた書物や資料を乱暴に床にはたきおとした。——うずたかくつみ上げられた紙の山のむこうに、小型のカラーテレビとヴィデオコーダーがあらわれた。

「日本製だな……」と、½インチカセット・ヴィデオテープに眼を見はりながらハリーはつぶやいた。「ずいぶん小さいんだな……。あたしゃ、こんなのが欲しかったんだ」

「あとであんたにくれてやるよ……」カセットをはめこみ、ボタンを押しながら豊田は言った。「いずれ値が出るぜ……。もうこんな安くてとりあつかいが簡単で性能のいい、日本製のヴィデオ関係機器は二度とはいってこないんだからな。アメリカの家電企業は喜ぶだろうが、あんたたちにゃ、品物が手にはいりにくくなる……」

画面にはマイクを前にした大統領がうつった。

「三日前の、メモリアル・ホールでの演説だ……」豊田はベッドの上にひっくりかえった。「聞いたかい？……まあもう一度聞けよ」

――この異常な事態が起ってから、すでに二カ月たった……。〝外部世界〟との連絡は依然としてとれていない……。

――しかしこの奇妙で不幸な〝孤立状態〟に対してわれわれは挫《くじ》けたり、感情的になってはならない……。

――〝外の世界〟との連絡、交流途絶によって、アメリカのうけた経済的、社会的損失は大きなものがある。だが、アメリカは、急速にこの損害を克服しつつあり、同時に、この異様な〝隔絶状態〟に対処しつつある……。

――われわれは、〝外〟の世界と人類同胞とから孤立した。この孤立状態はいつまでつづくか、誰にもわからない。しかし、アメリカには、充分広大な国土があり、まだ未発見のゆたかな資源がある。つい三カ月前にもフロリダ沖で、中東油田に匹敵する大油田が発見された……。

――ほかの世界から孤立させられても、アメリカはなお、アメリカだけで未来をきりひらいて行ける力を持っている……。アメリカは生きのびる……。アメリカには未来がある。……そして、アメリカの前には、まだ宇宙ものこされているのだ……。

「大統領は、何だかいやにはりきってると思わないか？」と豊田は煙草に火をつけながら言った。「何だかこの事件を、喜んでいるみたいだ……」

「まさか！」ハリーの声は高くなった。「それはあんまりひどい。かんぐりすぎだ」

「まあ言わせてくれ……」豊田はベッドの下からバーボンの壜をとり出して、ラッパ飲みした。「アメリカは、この〝孤立〟でうけた損害よりも利益の方が大きいはずだ……。たしかに広大なマーケットを失ったかも知れない。が、アメリカは、もう外の世界から泥沼のような〝援助〟をもとめられたり、国連でちっぽけな国々につるし上げられたり、日本や西ドイツからの〝追い上げ〟をうけたり、〝支配力〟や〝影響力〟のぐらつきに焦ったりしなくてもいいんだ……。何よりも、ソ連とはりあって、全世界に〝力の均衡〟を現出しつづけなくてもよくなった……。資源は――何でもある。フロリダ沖の大油田だって発見されたし、ロッキーのウラン鉱は、アメリカ一国では使い切れないほどある……。人口は二億一千万、カナダと〝壁〟のこちら側のメキシコの一部をいれて二億三千万ぐらいだろう。食料は、ありあまるほど生産できる。アジア、インド、アフリカを考慮に入れなければ〝人口爆発〟を心配する事はない。アジア、中東、アフリカの紛争にまきこまれる事もない……。両側世界の〝防衛〟について、アメリカが全く責任を負わなくてすむという事は——果しない核体制のつみ上げ競争を、もっと未来的な事にシフトできるという事は、アメリカ自身にとってすばらしい事じゃないか！——たしかに、アメリカにとっては、〝すてきな孤立〟だ。だが……考えて見ろ。〝壁〟の外側の世界——それがまだあるとしてだが——アメリカというものを失った世界は……西ヨーロッパや、東アジアは……いったいどうなる？　今、どうなっていると思う？」

「カズさん……」ハリーは、静かに言って立ち上った。「当てこすりにしても、ひどいもんだぜ。それじゃまるで、アメリカが、エゴイスティックな動機から、ほかの世界を見すてたと言っているように聞こえるじゃないか……」

「〝外の世界〟も……日本も、アメリカって国を当てにしすぎてた。——これはたしかだ……」また一口バーボンを飲んで、豊田は口をぬぐった。「だが——人類史にとって、アメリカは一体何だったんだ？　それをアメリカ人も考えて見る必要がありそうだ。二百年ちょっと前まで、この世界最強の国は、この世界に無かった。五百年前には、この豊かな広い土地は、旧世界に知られてなかった……。これからも未来へとつづく人類社会にとって、アメリカは、アメリカ人だけのものでありつづけ……」

バタン！——と大きな音をたてて、ドアがしまった。豊田は酔眼をあげて、そのペンキのはげたドアを見、またこうして一人、友人を失うのか、とぼんやり考えていた。バーボンは彼の胃にあわなかったが、彼は飲みつづけた。中途半端に酔うと、妻子や、日本の事を思い出してしまうので……。

8

サンタモニカ海岸の沖合に、日が沈みかけていた。

晴れた日だったが、もはやかつてのように、水平線に、赤い夕日が沈んで行く所を見る事はできない。沖合二百二十浬の所に高さ数百キロの「霧の壁」があり、太陽がその上にさしかかると、壁の上縁が、白く銀線のように輝く。そしてそのあと、沖合は白いスクリーンのように、日没まで輝きつづけるのだった。

豊田は波打ち際に腰をおろし、ズボンの尻がぬれるのもかまわず、水平線をながめていた。――手には、日本製のビールの空《あ》き壜を持っていた。どういうわけか、その空き壜には、コルクの栓《せん》がしてあり、波打ち際で首をふっていた。それを見つけた時、彼はどきっとしてひろい上げた。ひょっとしたら、その壜が、はるか日本から黒潮にのり、さらにカリフォルニア海流にのって南下し、サンタモニカ海岸へ流れついたのではないかと思ったのである。――あの〝壁〟の下をくぐって……。

が、コルクをはずして見ても、中に何もはいっていなかった。――その空き壜が「白い霧の壁」を通りぬけて来た可能性はなかった。トライデント級の原子力潜水艦が一隻、深度四百メートルで壁の下をくぐりぬけようとし、水上艦艇や航空機やミサイルと同じように消えてしまい、二度と帰ってこなかった。

空き壜は、おそらくロスの日本料理店ですてられたにちがいない。それを子供がひろって、いたずらにコルクの栓をしたのだろう。――それは、決して〝壁のむこう〟からの、壜に托されたメッセージなどではなかった。

――いずれにしても……と、彼は、その茶色の壜に浮き出た片仮名の商品名を指でなぞりながらぼんやり思った。――もう、この「日本製」のビールもビール壜も、だんだんアメリカから無くなって行き、ストックが無くなってしまえば、もう二度と……このアメリカでは手にはいらなくなる。となると、この壜だって、骨董《こっとう》的値打ちが出るかも知れない……。

「こんな所にいたのか……」背後からハリーが近づいて来て声をかけた。「浮浪者かと思った……」

「やあ――」と豊田はふりかえって片眉を釣り上げた。「仲なおりか?」

「まあそんな所だ……」とハリーは手で招いた。「さあ、早く……。バードにのるんだ」

「何だって?」

ハリーはかまわずビュイック・スカイラークのドアをあけた。

「フォルクスワーゲンを乗りかえたのか？」と、走り出してから、豊田はきいた。

「ヨーロッパ車は、今、大変な高値だ。――何しろもうはいらないからな……」とハリーは言った。「あたしのワーゲン・ゴルフだって、買い値の二倍半で売れた」

「それはいいが、どこへ行くんだ？」

「E―空軍基地だ……」ハイウェイをすっとばしながらハリーは言った。「それで今夜――仲間が、バードを奪って、〝壁〟の強行突破をこころみるんだ」

　豊田は、事情がよくのみこめずにしばらくだまっていた。

「あんたに、アメリカの事をひどくかんぐられて、一時はあたしも腹をたてたがね……」とハリーはしゃべりつづけた。「しかし、その少しあとで、大統領の名前に関して、妙な事実を知ったんで、気がかわった。これは、ひょっとすると、あんたの言う通りかも知れないな、と思ったんだ」

「大統領の名前について、だって？――彼の名は本名じゃないのか？」

「いや、本名さ。――ヘンリイ・パトリック……この名前をきくと、あんたらはともかく、生粋《きっすい》のアメリカ人なら、すぐ思い出す歴史上の人物がいる……。知ってるか？」

「パトリック・ヘンリイ……そうだ！　一七三六年ヴァージニア植民地生れの独立運動のリーダーだ。弁護士だったけな……、〝自由か、しからずんば死を……〟の文句は日本でも有名だぜ。ただし、独立後、中央政府の樹立や、憲法草案には猛烈に反対した……」

「そう——ジェファースンとならぶ反連邦主義者《アンタイ・フェデラリスト》だ。アメリカの草の根愛国主義《グラスルーツ・パトリオティズム》の一つの原型をつくった人物さ……。が、大統領には、もう一つミドル・ネームがあって、選挙期間中、選挙本部は慎重にそれをかくしていた……。彼の母親は、四つの時に死んだとされているが、実は離婚して、その後彼が小学校へ上るころまで生きていた。——そのミドル・ネームは、東部の名家である生母の方の家系から継いだもので、彼は幼時、生母の家系の超保守的な影響を強くうけていた……」

「なんて名だ？」豊田はきいた。

「ジェイムズさ……」ハリーは肩をすくめた。「ヘンリイ・パトリック・ジェイムズ・モンロー……ジェイムズ・モンローは言うまでもない。〝モンロー主義〟で有名なアメリカ第五代大統領だ。ヴァージニア植民地の出身で、パトリック・ヘンリーとも同志だった。もっとも〝モンロー・ドクトリン〟というのは、ヨーロッパのアメリカ植民地化反対と、干渉排除を主張したもので、のちにいささか拡大されたり、誇張されたきらいはあるがね。——いずれにしても、ヘンリイ・パトリックと、ジェイムズ・モンローの名が重なると、あまりに選挙民に孤立主義のイメージをあたえるから、というので、離別している事だし、選挙本部がかくしたんだ……」

「だけど——それがどうした？」

「大統領の、幼時に形成された情念、というものについて、一つのヒントを得た、というだけさ……」ハリーはぐんぐんスピードをあげながら言った。「それだけじゃない。――あとで話すが……」

沙漠の中のE―空軍基地についた時は、もうまっ暗だった。乾燥したカリフォルニアの空に、星がおそろしいほど鮮やかにきらめいている。

ふだんなら警戒厳重なはずの空軍基地なのに、入口では、だらしない恰好をした太っちょの衛兵が、ホットドッグをぱくつきながら出て来ただけだった。ハリーの示した許可証らしきものを一瞥《いちべつ》しただけで、豊田については、顔を見ようともしなかった。

「政府上層部は、実質的に、三軍の解体に手をつけはじめている……」と、基地の中を走りながらハリーは言った。「そのかわりに、海洋と宇宙開発に、うんと力を入れる事になるだろうな。州兵と、防衛空軍の一部と、沿岸警備をのぞいて、もう軍隊ってものはいらなくなったし、また軍事機密ってものもなくなった。この基地も、兵員は今五十分の一しかいないし、兵器は、どこかにはこび去られてしまった……」

まっ暗な中に、灯のついていない建物や格納庫《ハンガー》がいくつもならんでいて、そのむこうに、わびしく投光機がともっていた。――建物の角をまわると、その光の中に、まっ白な、巨大な白鳥のように優美な曲線でふちどられた機影が見えた。

「あれがバードさ……」と、ハリーは言った。「〝最後の有人戦略爆撃機〟とよばれるB－1だ。――〝これまでで最もよく考えられた航空機〟とも言われたが、ソ連とのSALT

交渉のあおりで開発中止になっちまった。……。だが、最終開発時まで結局八機つくられ、そのうちの二機が、実験機として、NATOにひきわたされる事になっていた……」

「あれがそのうちの一機かい？」

「そう――。これがどの国にもある官僚主義の面白い所でね。NATO空軍から、テストに派遣されていた連中は、あの〝壁〟の出現以後も、双方のプログラムにしたがって、各種のテスト飛行をつづけていた。まだ命令は、とり消されていない、と言うのが、連中の言い分だ。アメリカ国防総省とAFSC（空軍技術開発軍団）の方じゃ、あきれてぶん投げているんだが――まあ、どうせ持ち出せないから、と言うので、勝手にやらせてるんだ。で――一連のテスト・プログラムは終り、この間から夜間テスト飛行にはいって、今夜の夜間洋上飛行を終れば、プログラムはすべて完了する……」

「そこをねらって……このB－1で〝壁〟を突破しようと言うのか？」

「いやならやめていいんだぜ、カズさん……」ハリーは、整備員が気の無さそうに働いている機体の方に歩きながら、豊田の顔をのぞきこむ。「あんたのほかにもう一人、〝壁〟のむこうへ行ってみたいって東欧人がいて、もう乗りこんでるはずだ。離陸はもうじきだぜ」

「いや、行く……」と豊田はきっぱり言った。「目的地は？」

「とりあえず、ハワイだ……。連中にしてみれば、大西洋をこえてヨーロッパへとびたいだろうが、あっちの方が、パトロールや国内線がうるさいから……」

「あんたは？　ハリー・ショー……」

「おれは——残る。あのB-1はもともと乗組はたった四人なんだ。それに特別に、二人分、席をつくらせた。燃料搭載量をごまかして、一万キロはとべるようになっているが、でも、余分な荷重はない方がいい……」

整備員が、こちらをふりむいた。——ハリーはちかよって行って、肩をたたき、何かしゃべり出した。

その間に、豊田は呆然と、その優美な、夢のような曲線にみちた純白の機体を見上げた。——全長約四六メートル、全幅は、後退角をかえられる可変翼によって、四一・六七メートルから、二三・八四メートルにまで変えられる。全高一〇・二四メートル、推力二万ポンドのGEF101-GE-100ジェットエンジン四基をつみ、高度一万五千メートルを最大速度マッハ二・二でとべる一方、コンピューターと赤外線地形センサーによって、地上高度わずか二百メートルたらずの所を、亜音速で地形追随飛行もできる。この「超低空侵入」によって、巡航ミサイル同様、敵のレーダーにひっかからず、目標に接近できるのである。いたる所に、美しい曲線を配したその機体は、恐ろしい多弾頭空対地核ミサイルをつむ殺戮《さつりく》、破壊兵器というより、古代ギリシャ神話に出て来る夢の鳥のように見えた。

ハリーが地上タラップの下から手をふった。

「急いでくれ。すぐ発進するそうだ……」そう言いながら、彼は小さく平たい金属の箱を豊田に手わたした。「安心しろ、別に爆弾じゃない。——いろいろ話したい事があるが、時間が無いので、テープへ吹きこんどいた。あとできいてくれ……。じゃ、——」

何となく夢を見ているような心持ちで、豊田はタラップをのぼった。機内にはいる前に、彼はハリーをふりかえってどなった。

「無事にむこうへついたら手紙を出すからな！」

「月へうちこんどいてくれ……」とハリーは、東の空にのぼって来た半月をさしてどなりかえした。「あとでNASAにたのんでとって来てもらうから……」

ドアがしまると、彼は「同乗者」にむかって自己紹介した。

「カール・ホフヌング大佐……」と、大男が主操縦席から手をふった。

「フランソワ・コポオ！……」と副操縦席の小男が言った。

あと電子機器の所にスエーデンの軍人と、イギリスの民間人がいた。臨時にしつらえられた席に、ユーゴスラビアの役人が、窮屈そうにすわり、豊田はその隣りについた。

計器チェックは終ったらしく、すぐエンジンがスタートした。——ヘッドフォンを通じて、戦闘機のもののようなコントロール・スティックをにぎるホフヌング大佐の声がきこえた。——離陸後、地上一万フィート速度三百ノットで西南へむかい、ロングビーチ、サンディエゴ間で洋上へ出たら、高度四百五十フィート、速度四百五十ノットにおとし、速度四百五十ノットにあげる。監視船やレーダーに発見されなければ、そのまま〝壁〟へむかって進み、〝壁〟の手前で高度四万フィートまで急上昇して、マッハ二に加速し、そのまま〝壁〟へつっこむ……。

「どうなりますかね？」と、タクシイングをはじめた機の中で、ユーゴスラビア人は、訛《なま》りのつよい英語できいた。「向うへぬけられますかね？」

「さあ、どうでしょうか……」と、彼は首をふった。「神のみぞ知る——でしょうな……」

電子機器オペレーターに許可をもらって、ハリーのくれたマイクロカセット・コーダーをきこうとしたが、動かなかった。よく見ると、タイムロックがかかっていた。——スイッチを入れっぱなしにしておくと、洋上へ出たとたんに、ロックがはずれ、ハリーの声がスピーカーからとび出した。

——さて、カズ……。君はもうじき〝壁〟につっこんで行くだろう。あと何分か、何十分か……。いずれにしても幸運を祈る……。所で君は、この〝壁〟の性質が、何かに似ていると思った事はないだろうか？　どこかでこういった、〝現代の科学技術の理解をこえた洋上の白い雲〟について、何かで読んだり聞いたりした事はないか？——君はこの問題をとりあつかう連邦政府の秘密委員会の名称が〝B問題委員会〟とよばれる所までつきとめていた。君はそれを単純に〝ブラックアウト問題〟と思っていたようだ。だがこの〝B〟には、もう一つの意味があった。――そう君ももう気がついているだろう……。

――話は今から数年前……一九七七年の夏、例の〝魔の海域〟とよばれるバミューダ三角地帯の海底九百メートルに、高さ百八十メートルのピラミッド状のものが見つかり、米ソ共同の調査隊が派遣された時にはじまる。調査の結果は、はかばかしくなかった、と発表された。だが、ソ連の、次いでアメリカの深海調査隊は、この時おどろくべき装置を――先文明人か、それともかつてこの星へやって来た宇宙人の遺構か、どちらともわからない――発見したのだ……。

――〝装置〟そのものについては、ぼくにもよくわからない。だが、それが、バミューダ海域を〝魔の海域〟とする、あの奇妙な現象を――磁石をくるわせ、通信を途絶させ、近代航空機を、巨大な船舶を、数知れずあとかたも無く消し去る白い霧を発生させる装置である事、しかも――これは、ソ連の第三次探検船に乗組んでいた二人の超能力者が、装置の出すメッセージを読みとってわかったのだが――その効果は、人間の精神力によって、いくらでも巨大なものにできる事がわかったのだ……。

――この装置の性格について、はっきりわかったのは、現大統領が就任して間もなくだった。そしてその名の通り――またある点では、名前の呪縛によって――新しい意味での孤立主義者であった現大統領、この〝すばらしく、美しく、ゆたかで、新しく、自由なアメリカ〟を、汚れ、古び、混沌として厄介事だらけの〝旧世界〟から、切りはなしたい、と考えつづけていた大統領は、とんでもない事を思いついた……。

――そのあと、ソ連との間にどんな話し合いがつけられたのか……それは、ぼくのような下っぱCIA職員には、うかがい知れない。大陸中国のスパイであるテッド・リーは、うすうす何かを勘づいていたらしいが……、とにかく、世界のほかの国が何も知らないうちに、ひそかに、ソ連との間に、この地球を、世界を、人類社会を、二つに分ける事について、話がついた。緊急緩和《デタント》どころじゃない。まさに決定的な〝引きはなし《ディスエンゲージメント》〟だ。

――期限がいつまでか、それもわからない。しかし、この〝壁〟によって、世界は完全に「旧」と「新」の二つにわけられた。アメリカは大統領の理想通り、外のくたびれ果てた世界から、完全に隔絶された。アメリカ無き旧世界において、どんな事が起ろうと、もはやアメリカを苛《いら》だたせ、悩ませ、おせっかい心をかきたてるような、いかなるニュースも、影響も、つたわってこない。君のように、想像によって悩み苦しむ以外は……。人類は、今やまったく別々の「二つの世界」にわかれたのだ。これから先、人類史は〝別々の惑星社会〟のように、別々のコースをたどり出す事になるだろう。何十年先か、何百年先か……あるいは、この地上でではなく、遠い宇宙空間でか、再び「二つの社会」が相まみえる事があるかも知れない。その時、それがどんなに変っていても、それは各々の社会の責任になるだろう……。

——ところで……君は、思ったよりよくやった。少し想像力がゆたかすぎ、いろんな事をかぎつけすぎた。その分だけ君は、この新しい状況に〝不適応〟と見なし、君をのぞみ通り、ほかのうるさい連中と一緒に……。

突然、そこでテープコーダーががりがりざあざあとひどい音をたてはじめた。——彼は

あわてて機械をいじったが、ノイズはやまなかった。

「高度四万フィート……」と前方でコポオが言うのが聞こえた。

「機長だ。——いよいよ、音速を突破する」とホフヌング大佐の声がスピーカーからきこえた。「〝音の壁〟そしてつづいて〝白い霧の壁〟も……」

ごうッ、と機体全体が鳴った。ダイヴ気味のすごい加速で、全員がシートに押しつけられた。

「マッハ一・〇、一・二、一・四五、一・七……マッハ二……」

とコオポの声がスピーカーからひびく。

「それいけ！」と大佐がわめいた。「アメリカの壁をつきやぶれ……」

「前方レーダー、ブラックアウト……」とコオポが叫ぶ。「計器異常発生」

「後尾レーダー、対地レーダーブラックアウト！」と電子機器オペレーターが叫ぶ。「計器異常発生！」

「〝壁〟につっこんだぞ！」と大佐。「速度は？」

「対気速度下降中、マッハ一・五……一・三、一・二……マッハ一をわりました。まだどんどんおちて行きます。ただいま五百ノット……四百三十ノット……四百ノット……三百ノット……二百五十」

「エンジン全開のままだ……」と大佐は、ふるえる声で言った。

「天なるわが神《マイン・ゴット・イム・ヒンメル》よ！……」

「可変翼、開きません……。対気速度、おちて行きます。――地上高度不明……速度百二十ノット、八十ノット……」

突然機内の明りがいっせいに消えた。あとには狂ったようにめちゃくちゃに動く、計器類の夜光塗料だけが光っていた。――テープはまだざあざあ言いながらまわりつづけ、コポオが、いやに静かな声で、

「対気速度、ただ今ゼロノット……」

と言った時、テープの最後の部分から、雑音にまじって、ハリーの「アディユー」と言う言葉だけが、はっきりきこえて来た。

[part.1]

四月の十四日間

または――日米もし〝再び〟戦わば

―Theme―ジャパンバッシング(平成期)

1

世界一巨大で錯綜《さくそう》した都市トウキョウの雨の夜景は美しい。――それが次々に弧を描いては舗道にはじけるオレンジ色の炎にいろどられるとなればなおさらだ。

私は着古したツイードの上衣《うわぎ》にくたびれたフラノのズボン、ポロシャツにアスコットタイというふいつもの服装で、火の消えたパイプをくわえ、ポケットに手をつっこんで、歩道の縁からちょっとさがった所に立っていた。さっきまで、これもいいかげん年代もので、虫喰《むしく》いの小さな穴が二つあいたチロリアン・ハットをかぶっていたのだが、学生の投石ではじきとばされ、逃げまどう群衆の靴にふみにじられて、どこかへ行ってしまった。酔っぱらいのアメリカ従軍記者が、自分の愛飲しているバーボンと同じ名前（老いぼれ烏《オールド・クロウ》）という綽名《あだな》をつけてくれたその帽子は、私といっしょに世界中をまわってきた古強者《ふるつわもの》だ。いささか哀惜の念はあったが、何しろ時代ものだ。一九五四年、ナセルがナギブをおっぱらって大統領の地位についた時、アレキサンドリアのシリア人の店で買い、スエズ動乱の時、神経のたかぶっていたヨルダン軍の狙撃兵《そげきへい》に、敵とまちがえられて羽根かざりをぶっとばされたという、古い来歴をもつ帽子である。

群衆の足の下にふみにじられ、雨の夜の泥水の中を、どこかに消えていった古き伴侶《はんりょ》に心の中でわかれをつげ、私はまた野次馬根性というよりは、一種うす汚《よご》れた耽美《たんび》趣味にかられて、新しいデモ隊の波の押しよせてくる方にもどった。いつも事件や戦争ばかり追いかけていて、しかも、いつも「報道人」という第三者的立場から、酸鼻をきわめた現場をのぞきこんでいると、どうしたって感覚の荒廃が起る。死刑執行人や、刑事や、最前線の兵士のように記者もまた、精神や情緒のバランスがとりにくい職業である。新聞記者の、すさんだ、どすぐろいルサンチマンは、屢々《しばしば》社会正義の立場をよそおった憤怒《ふんぬ》の形相《ぎょうそう》であらわれる。こう、人間社会の裏面の醜悪さばかり見せつけられていては、性善説など信じようもない。一応形だけでも、社会生活における平衡をとって行くためには、何かがいるのだ。酒や女は限界がある。博奕《ばくち》は「仲間うち」以外では危険をはらんでいる。で――結局は、また新たに血みどろの犯罪、への出そうなスキャンダル、戦争という名の大量殺人をもとめ、息を荒《あら》らげてとびこんで行かざるを得ない。陰惨さは一種の麻薬だ。抵抗力がつくと、だんだんふつうの刺戟《しげき》では間にあわなくなる。ロス・マクドナルド以来、新聞記者が屢々探偵にかわってハードボイルドものの主人公になるのも当然だ。

私の知っているある報道カメラマンは、アジアにおける外国軍隊の残虐行為の現場写真を、通信社に流して名をあげた。軍部からは当然迫害をうけた。彼はアフリカにとび、中南米にとび、残酷シーンの報道をつづけた。彼は一時期英雄になり、いろんな人道主義的会合にひっぱり出された。――彼をつまずかせたのは、そういった会合の席上で、コチコチのクエーカー教徒の、馬鹿な婆《ばあ》さんの発したどうしようもないほど無知な質問だった。

「あんたは、この兵士が、この女をうちころしている現場にいたんでしょう?――のんきに写真なんかとってないで、どうしてとめなかったの？ たとえ、あんたがその場でうち殺されたって、そうするのが紳士の義務じゃありませんか！」

「戦争の現場」というものを知っている人間なら、このひどい質問に対して、百の弁解ができる。――この残酷行為を、ほとんど見こみないやり方でとめようとして失敗し、闇《やみ》から闇へほうむりさるよりは、それを何億の人々に知らせ、さらにその「記録」を通じて、何万という他の残酷行為の存在を暗示する方が、はるかに大切な「人間的義務」だ――だが、「現場」を知っている人間であればこそ、その質問が、もっとも激痛を発する箇所につきささるのだ。

彼はノイローゼになり、一時は本当に気がふれたみたいになった。

「おれは坊主だ。食屍鬼《グール》だ」

といって、頭の毛のまんなかをまるく剃《そ》り、陰毛をみんな剃って、口のまわりに鶏の血をぬり、鶏の首をくわえ、白昼まっ裸でマンハッタンの通りを歩いていて逮捕され、精神病院にぶちこまれた。——彼の事を知る仲間は、奔走してスキャンダルをおさえ、病院から出してやった。戦場へ出るまで、戦闘的無神論者だった彼が、前線のキャンプでジンによっぱらいながら、妙に沈んだ声で、

「おれは、自分があの従軍僧って奴《やつ》と同じような存在じゃないかという気がする。——あいつらは戦闘の間は後にいて、死人が出ると出ていって祈る。おれはシャッターを押す」

といっていたのを、私たちの仲間の誰彼はおぼえていた。——孤児院の出身で、心底から坊主ぎらいの彼が、自分を坊主だ、といい出したのは、よほどこたえているという事がわかった。

だが、私には、彼がもっと深刻な状態におちこんでいる事がわかっていた。スエズで一緒に飲んだ時、彼は、自分が「殺し屋」である兵士たちの方に、はるかに強い親近感を感じてしまっている、とうちあけた。——ホイ、たのむぜ、といって機関銃をわたされたら、あいよ、とごく気軽にうけとって、眼前の農民にむかってぶっぱなしそうな気がしてしかたがない、と。そして、その発見が、彼をまた、底なしの恐怖と自己嫌悪《けんお》にひきずりこんでいた。——彼は、私に、自分には死体愛好症《ネクロファイル》の兆候がはっきりあらわれている、といった。私は案じていたが、幸いにも彼の神経は強靭《きょうじん》で、発作的な狂気のあと、かろうじて

きのばされた、自分のとった残虐行為の写真にとりかこまれてでないと、セックスができなくなっている。

若さにまかせてつきすすむと、こういうことになる。——そのカメラマンだって、まだ若いから癒《いや》される可能性はあるだろう。私はといえば、彼よりはほんのわずかばかり賢明であり、そこへはまりこむまでに、ふみとどまった。この世の悲惨、人間という畜生の、言語に絶する残虐ぶりを、彼よりも少ししか見ていない、というわけではない。私は前の大戦を知っている。ヒットラーのガス室も、アメリカの（機械的）無差別爆撃も、アフリカにおける「白人」の残虐ぶりも、耳、鼻、乳、陰茎を順にそぎおとしながらなぶり殺しにして行く中国人の刑罰も見ている。ただ、私は自分の中の「正義感」という胡散《うさん》くさいものに注意するだけの賢明さがあり、そのおかげである距離でふみとどまった。その事を、私はすれっからしのヨーロッパのインテリたちからならったのだ。アデノイドをとってしまえば、致命的な重病にかからずにすむ。——そのかわり私は、自分の国をすてた。いま、便宜上、中米の小さな国の市民権をもっているが、実質的には無国籍者だ。「人類世界」には、ある意味で愛想をつかし、自分で自分を追放し、傍観者になった。だから、その火線の彼方《かなた》で、何千ものいのちが肉泥と化する艦砲射撃の火花を「美しい」と感じてしまったところで、さまで良心がうずく事もない。

（あなたたちだって、そう感じてしまうことがあろう！——そして、おそらくその着弾点の側に身をおいた事もないあなたたちの大部分は、そんなシーンを見ても、まるで映画みたいだ、と思って興奮するだけだろう）その事で、誰も私を責める事はできまい。人類がどうなったって、知った事ではないが、私には、私のかけがえのない人生を、この猥雑貪《わいざつどん》婪《らん》凶暴な世界を相手に「かけひき」しながら守る権利がある。土壇場《どたんば》になったら、「国防学」などとほざく連中でも誰一人守ってくれない人生を。——そしてまた、その方が、血に飢えた「正義派」や、結局は絵に描いたネクロファイルにおちこむ「人道主義者」より、ずっと人間に対して寛容になれるし、実際的なやさしさをもってふるまえるのだ。

帽子をなくしてしまうと、もうすっかりうすくなった顱頂部《ろちょうぶ》にあたる雨滴が冷たかった。——急に白髪のふえた髪がぬれてへばりつき、色のはげたツイードの襟《えり》をたてて、背をまるめている恰好《かっこう》は、どう見てもしょぼくれていたが、顔見知りの日本人記者がすすめてくれたヘルメットは、ことわった。石はまだ、時折り闇を切ってとんでくるが、あのグラスファイバー製のちゃちなしろものだけは、どうもかぶる気になれない。何だか気休めのような気がしてならないのだ。実際、日本へ来たばかりの、威勢のいい、イタリア人の若手記者は、そういったヘルメットをかぶって、乱闘の中に身を挺《てい》して取材している最中、ヘルメットの横にでっかい石があたって昏倒《こんとう》したが、あたった箇所のヘルメットがへこんで頭蓋骨《ずがいこつ》にくいこみ、絶対安静のまま、十日間もヘルメットをかぶったまま寝ていた。私たちは、彼が一生、ヘルメットをかぶったままくらさなくてはならないのではないか、と、まじめに心配したものだ。何しろそのイタリア人の記者は、頭の鉢《はち》が妙におっぴらいていたのである。

2

雨は小やみになり、もうやみかけていたが、学生たちの投石と、火炎壜投擲《かえんびんとうてき》はまだつづいていた。――大通りの上に、数えきれないほどの炎の点がちらばり、美しく燃えていた。しめった夜空を、なおいくつもの火炎が弧を描いてとんだ。くだかれたコンクリート塊が、ガツン、ガツンと音をたてて、車道からひっこんで立っている私の足もとにまですべってきた。

だが、一刻沿道をうめていた野次馬の姿は、今はまばらだった。――まだ宵の口で、両側の歩道には、結構通行人が歩いていたが、たちどまってふりかえるものはまれだった。商店は、さすがにシャッターをおろしていたが、バーはひらいており、大声で冗談をいう酔客をおくり出してきたホステスたちの嬌声《きょうせい》が、なまめかしくひびく。そして、そういった都心部繁華街の夜景の前で、学生たちの歓声があがり、火炎壜がとび、石がとび、路上が燃え上る。

私は、若々しいカップルが、しっかりと肩をよせあい、たのしそうにしゃべりながら、私のすぐ後を通りすぎて行くのを見送った。視線の流れた先に、大胆にもシャッターをおろさず、派手な一枚ガラスを石のとびかう通りにむけてあけっぴろげにしたティールームがあり、中の客は大半が熱心にテレビに見入っていた。――このデモと投石さわぎの中継を見ているのかと思ったが、画面を見ると、現在おこなわれている、ボクシングの世界タイトルマッチの中継だった。

この奇妙なコントラストをもった街頭風景には、この国についてかなり良く知っているつもりの私でも、少々混乱させられた。――だが、考えてみれば、こんな事は前からあったのだ。一九六〇年安保のさわぎの時、当時のキシ首相は、国会周辺を埋める大デモに対して、同じ時におこなわれたプロ野球のゲームに押しかけた大群衆をしめし、デモは「国民の一部」だといった。だが、キシ元首相の表現は、やや強弁のきらいがあった。

由来、一国の体制を根本的にひっくりかえすような大革命でも、それが行なわれた時、大部分の「日常生活」は、ほとんどかわりなくつづけられることが多い。一九一七年十一月七日、レーニンと赤衛軍があの「冬宮」を陥落させ、ボルシェヴィキ革命の第一歩をしるした時、ペトログラードでは電車がいつもの通り走り、映画館や劇場は満員だったのである。

しかし、それにしても、今夜の雰囲気《ふんいき》は何だか異様だった。デモ隊は、夕刻から都内のあちこちを荒れまわっているのに、一向勢力がおとろえそうになかった。機動隊は、いつものように全然手出しをせず、ジュラルミンの盾《たて》のかげに、黙々とひかえているだけだ。そして、火炎壜のとびかっている路上以外の所では、大都会の夜の生活が、いつもとまったくかわらぬテンポでくりひろげられている。

――こんなことが、もう二時間以上もつづいているのである。

「連中、いつまでやるつもりなんだろう?」

突然、横にたった大きな男が声をかけてきた。――オーストラリアの「サザン・クロス」紙のデニス・マクローリイだった。レインコートを着てカメラをぶらさげ、大頭の上に、小さな日本製のヘルメットをかぶっている。

「今夜は少しばかりしつこいじゃないか。ええ?」

「ほかの所はまわってみたか?」と、私はきいた。「どんな具合だった?」

「ここと同じだよ」とデニスは眉《まゆ》をしかめた。「いま、シンジュクからアカサカの方をまわってきた。都内七カ所以上の地点で、夕方からずっと同じさわぎがつづいている」

「テレビ局の中継車は、さっきひきあげちまったよ」とデニスの後で、鶴のように痩《や》せた「クロック」の特派員、ジョン・バーナビイがつぶやいた。「モロトフ・カクテル・ショーは、視聴率ががた落ちだというのに、よくまあ飽きずにつづけているな。――いったいこのショーの気前のいいスポンサーは誰だ？」

「石油会社と、壜のメーカーだろう」とデニスはいった。

「どちらも、今、製品がだぶついてこまっているからな」

「それじゃどうしてデモ隊に、CMを書いたプラカードでももたせないんだ？——〝何とか石油は、すばらしいカクテル・ベースです〟とか、〝スカッとした割れ方、何々ボトル〟とか……」

　外人記者連中は、うんざりし、いらいらしていた。——連中は、「事件」を期待し、「流血」を待っていた。何か刺戟《しげき》的な記事が送れて、採用されたら、ボーナスがはいる。UPIなどは、一語につきいくらの割り合いではらうから、書く事がたくさんあった方がいい。彼らはこの国を外から眺《なが》めている、国際的な野次馬だ。このおかしな国の、奇妙な社会について、冷やかし半分の興味をもとうが、腹の中で軽蔑《けいべつ》しようが、彼らの勝手だ。彼らは、この国の外の人間だ。

「それにしても、あの機動隊はどうしていつも、ああ無抵抗なんだ？——どうして、あんな無茶苦茶をやって、公共物である路上を占領しているデモ隊をほうっておくんだ？　あれこそ、まったくの税金泥棒じゃないか？」

　デニスは内ポケットから、でかい葉巻を出してくわえながら、いらいらした声でいった。

「まあいいじゃないか。路上の一部は交通がストップしているけど、学生は何も市民に迷惑をかけているわけじゃない」ジョンは、皮肉をたっぷりに、唇をまげていった。「連中、このごろは慎重で、通行人や、商店に石をぶつけたり、火炎壜を投げこんだりしないように気をつけている」

「本当に、最近のデモ隊は、コントロールがよくなったな」デニスはマッチをさぐりながらつぶやいた。「この調子だと、いずれアメリカのプロ野球は、世界選手権を日本にとられるぞ」

「あんたは、この国で古いんだろう? アル……」とジョンはふりかえっていった。「おれたちも、かけ出しのころ、本国で、ゼンガクレンとポリスの派手な衝突の記事を読んで、胸をおどらせたもんだ。――昔の日本の機動隊って、もっと強かったんだろう? こんなに、忍耐づよくなかったんだろう?」

「ああ――一九六八年から六九年へかけてのころは、すごかったな」と、私はつぶやいた。

「とても、こんなものじゃなかった。――だけど、社正党が政権をとってから……」

デモ隊のリーダーが、ワイヤレスマイクをもって、路傍のベンチの上におどり上った。

「つっこめえ!」

という金切り声がして、デモ隊の前部がどーっと前へ出た。「米帝国主義粉砕!」とか「アメリカはアジアから出て行け!」「ニャロメ!」と書かれた無数の反米プラカードが、街路の水銀灯の光にひらめいた。――中には、「ヤンキー・ゴー・ホーム!!」と大きく英語で書き、下の方に小さく“with me!”*と書いたプラカードをもった娘もいた。デモ隊の前進につれて、機動隊の前線は、どーっと後へさがった。（＊このプラカードのアイデアは、アメリカのパルプマガジンのマンガから盗用――筆者）

「行ってみよう！」とデニスは大またに歩き出した。

「何か起るかも知れん」

「あまり近よるとあぶないぞ」と、私もあとを追いながらいった。

デモ隊の突進に、機動隊の後退が追いつかず、前線が、「いつものルール」に違反して、やや接近しすぎたような状況になった。機動隊のさがる途中に交叉点《こうさてん》があり、機動隊の主力はその交叉点を、右折禁止の指示を無視して右へまがりながら後退した。おかげで、歩行者横断点までできた私たちは、ちょっとの間、歩道の曲り角の上を斜めに横切ってとぶ、石塊と火炎壜の、弾道の下にはまりこんでしまった。――私たちの周囲に、石ころや火炎壜が、音をたててころがった。

「危いぞ、デニス」と、私は頭上をとんで行く炎の塊《かたま》りを見上げながらつぶやいた。「物蔭へはいろう」

「それにしても、このごろの機動隊は、何て腑甲斐《ふがい》ないんだ！」デニスは、火のついていない葉巻をくわえ、もがくように体中のポケットをさがしながら、憤懣《ふんまん》やる方ないといった調子でうなった。「いくら社正党政権下だといって……」

「一つは機動隊の方も、学生アルバイトが多いからだな」と、私はいった。「攻める方も守る方も、同じ大学の学生というケースがずいぶんあるんだ。——学生たちは、機動隊に臨時雇いではいってデモ規制に出て、給料をもらうと、今度はそれでガソリンを買ってデモの方にまわるんだ」

「このごろじゃ、自衛隊まで員数をそろえるのにアルバイト学生をつかっているってことじゃないか」デニスは、慨嘆するように首をふった。「いったいこの国の連中ときたら、何を考えているのかね」

デニスの頭に、ガンと音をたてて石があたった。——しかし身長六フィート五インチ、体重二百二十ポンドをこえる彼には、蚊がとまったぐらいにもこたえなかったようだった。「それにしても、今度の反米デモは長い……」と、私はまわりを見まわしながらつぶやいた。「各地の米軍基地にも、一せいにデモをかけているというが——そっちの方も、まだやっているのかな」

「マッチをもっていないか、アル……」

デニスは、ポケットというポケットをさぐりつくして、当惑したようにいった。私も自分のポケットに手をつっこんでみたが、さっき雨の中を歩きまわったので、紙マッチはべっとりぬれていた。

丁度その時、むかいあって二人の間をぬって、学生の投げた火炎壜が、炎の尾をひいておちてきた。二人の間をすりぬける時、それはデニスが口にくわえてつきだしている葉巻の先に、うまいぐあいに火をつけていった。

「サンキュー！」

と、デニスは、葉巻をふかしながら、火炎壜のとんできた方向へむかってどなった。

「ユー・ア・ウエルカム！」

と、達者な英語が、デモの渦中からかえってきた。

「個人的につきあえば、実に愛想のいい連中だ」と、デニスは肩をすくめてつぶやいた。

「おれには、未だにこの国の連中の事がよくわからんよ、アル」

その時、機動隊の側から、にぶい、はじけるような音がいくつもきこえた。――私はハッとして、デニスの腕をつかんだ。

「おい、ここをはなれよう」と、私はいった。「機動隊がガス弾をつかったぞ。――早く逃げないと……」

だがその時はもうおそかった。――私たちの周辺で、間のぬけた破裂音がいくつも起り、白煙があたりにたちこめ出した。ワッハッハ！　イッヒッヒ！　という笑い声が、あちらでもこちらでも起りはじめ、デモ隊の列は、もろもろにくずれかけた。社正党政権になってから、デモ鎮圧用に、催涙ガスをつかうのは非人道的だというので、改良型の、まったく無害な「笑いガス」にきりかえられた。――ガス弾をつかう現場は、そう何回も見たわけではないが、この方が気勢をそぐためには催涙ガスよりははるかに効果的なようだった。この国の諺《ことわざ》にも「泣く口には食えるが、笑う口には食えぬ」というのがある。坂道を、重い荷車をひいて上っている時、涙を流しながらなら力がこもるが、笑ってしまったら、まるで力がぬけてしまう。

「さあ、逃げよう、デニス……ハッハッハ……。あまり……ヒッヒッヒ！……笑うと……フッフ。は、腹がへって損だ、ヒッヒッヒ」

私は天を仰いでバカ笑いしているデニスの腕を必死になってひっぱった。――まわりでは、デモ隊の連中が、腹をおさえ、体を二つ折りにして笑いころげていた。中にはバカ笑いがすぎて、路上にころがって、なお笑いつづけているものもいた。

機動隊は、すかさずデモ隊におそいかかった。――だが、機動隊の前線の連中も、ガスを吸いこんでしまっていたから、ゲラゲラ笑いながら、デモ隊に警棒をふるわざるを得なかった。その、あまりにしまらない状景が、――見方によっては、おそろしくグロテスクだったろうが――また笑いの発作をかきたてた。むかいあって、ゲラゲラ笑いながら、サーカスの道化のスラップスティックのように、かわりばんこに相手の頭上に、警棒と角棒をうちおろしあっている一組がいた。そのうち、両方とも笑いながらぶったおれてしまった。路上にひっくりかえり、ミニスカートの下から、太ももをむき出しにして、笑いころげていたゲバ娘を、機動隊員の一人が下卑た馬鹿笑いをうかべながら抱きおこそうとすると、娘は、パンティをあらわに、脚をバタバタして、いやッ！　よして、くすぐったい！　エッチ！　と身をよじるのだった。

「おい、大変だ！　イッヒッヒ！——大ニュースだぞ、ワッハッハ！」

さっき、二人からはなれた、ジョン・バーナビイが、肩を痙攣《けいれん》させ、だらしなく笑いながら、混乱をかきわけて近づいてきた。

「どうした？　なんだ、そのざまは……フッフッフ！」

私は、笑いながら、へたばってしまいそうなジョンの襟《えり》をとらえて、ひっぱりあげた。

「どうしたって……ヒッヒッヒ！　こ、こんなおかしなニュースがあるかよ、フッフッフ！」ジョンは涙をうかべてキュウキュウ笑いながらやっといった。「い、いま、車のラジオできいたんだ。ヘッヘッヘ！——ア、アカサカのデモ隊が……ア、アメリカ大使館を……や、焼打ちしたんだとさ……」

「なんだと？」とデニスは叫んで、つき出た腹をかかえて、天を仰いで大笑いをはじめた。「ワッハッハ！——こ、こいつァ愉快だ……。ヒッヒッヒ！　文明国で、大使館が焼打ちされたなんて……そ、そんなバカな話、二十世紀になってからきいた事がない。ハッハッハ！　こいつは面白い！」

「そ、それだけじゃないんだ」ジョンは、またもや笑いの発作にくずおれそうになりながら、涙を流し、よだれまで流していった。「日本各地の……クックック……べ、米軍基地に……ヒッヒッヒ……デ、デモ隊が、い、いっせいに、ハッハッハ……突入したんだとさ！」

「ほんとか？」私は、笑いくずれるジョンの肩に手をかけてきいた。「な、なんて、バカな奴らだ！　ハッハッハ！」

今度ばかりは、もう私も立っていられなかった。笑いの発作に膝《ひざ》がくずれそうになり、ジョンとデニスにつかまろうとすると、彼らも腰の力がぬけていて、とうとう三人は尻餅《しりもち》をついてしまった。――顔を見あわせるいとまもなく、三人はお互いに肩をたたきあって、また一しきり天を仰いで馬鹿笑いに身をよじった。まわりでも、機動隊とデモ隊の噴笑がうずまいていた。笑って笑って、私たちはとうとう仰むけざまにひっくりかえり、身をよじり、ごろごろころげまわり、アスファルトをがんがん拳《こぶし》でたたいて笑いつづけた。なぜといって――

こんなおかしな事がまたとあろうか！――保守政権にかわって、二十何年ぶりに社正党が政権をにぎったとはいえ、ようやく三カ月たらず、彼らが廃棄を公約している日米安保条約は、まだそのまま手をつけられないでのこっているのである！

3

だが、正気にかえってみれば、これは笑い事ではなかった。いくら反米的な傾向をもつ——といっては気の毒であろう、社正党のスローガンは、非武装中立であったからである——政権が誕生したとはいえ、条約の上では、まだ軍事同盟国である国の大使館を、デモ隊が焼打ちしたのである。しかも、「条約にもとづいて」設けられている各地の米軍基地にもデモ隊がなだれこみ、燃料タンクに放火し、火薬庫を爆破したのだ。

これはいったい、どういう事になるのか？——社正党政権下にあって、当然治安責任者は大幅に更迭され、どちらかといえば、党内左派にちかい人物が責任者になってから、機動隊は、デモ——それも最近では極端な反米デモが主流だった——がどんなに公安規制のルールにはずれた行動をしても（といって、デモ隊は、派手にあばれまわっているように見えながら、ほとんどルールをはみ出さなかったのだが）、自明党政権下のように、強力な取りしまりをやらなかった。その取りしまりの優柔不断が、ついに巨大国の大使館の焼打ちという不祥事件にまで発展してしまったのだから、これは政府の重大責任問題だ。——その上、各地の米軍基地がおそわれ、火薬庫や燃料タンクが爆破され、双方にかなりの死傷者が出たというのだから、これはただ事ではない。暴動というよりは、軍事同盟国に対する、挑戦と見ていい。

社正党政府は、いったいどんな手をうつのだろうか？――当事国のアメリカに対して、いったいどんな態度に出るのだろう？　自衛隊に治安出動を命じて、「暴徒」の徹底的鎮圧にのり出し、責任者の即時処断をおこなうか？――成立したばかりで、それまでの野党第二党だった、公平党との連立によって、やっとなり立っている社正党政権としては、この問題はまことに厄介である事は、目に見えていた。

というのは、社正党内部には、左右、中道、中道左派、中道右派と複雑な対立関係があり、最強力の派閥である左派は、その背後にさらに過激な極左派をかかえており、中道派の統師を首班とする現内閣は、左派より弱体な、右派、中道右派の勢力と、政権担当上やむを得ず協力をもとめた、公平党の勢力をあわせて、やっと危いバランスの上になりたっていたからである。

そして、最近は左派――特に極左派のつきあげがつよまっている。極端な反米派でもあり、ウルトラ国粋主義者のごとくナショナリスティックで排外主義的であり、戦前右翼のごとく大アジア主義的である左派は、最近とくに強力な攻勢に出ており、日米安保条約の即時一方的廃棄、全米軍基地の即時無条件的廃止、駐留米軍の、即時無条件的全面撤退をさけんで、内閣にはげしいゆさぶりをかけていた。（左派が、これほどまで「即時無条件的」という言葉が好きな原因は、左派内の極左派的勢力を形成する若い階層のほとんどが、小学校時代から、インスタント・ラーメンを主食にして育ってきた影響ではないかと思われる。――インスタント・コーヒー、インスタント・ラブ、インスタント・射精《エジャキュレーション》……いかに「インスタント文明」が、人間をラジカルにするか、という大きな社会的実験を、日本はやった。米軍撤退も、安保破棄も、「お湯をかければ三分間」でとけなければ我慢ができない、という心情を抱《いだ》くのも、彼らの育ってきた時代を考えれば、むりからぬところがある）

社正党政権成立以来、各地でくりひろげられてきた反米デモの主導者が、左派及び極左派である以上、そしてまた、それをとりしまる側の公安関係責任者が、左派出身の人物でおさえられている以上、この不祥事件の処理は、現内閣にとって、容易ならざるものがあるだろう。

それにしても、今夜の「統一行動」デモで、大使館の焼打ちと同時に、各地いっせいに基地襲撃がおこなわれたところを見ると、ここに何か「共同謀議」が存在した事は明らかだ。――「デモの行きすぎ」や「偶発事件」でなく、「計画的襲撃」であり、しかも現政権の一部勢力がかんでいる事は、外部から見たってすぐわかる。

いったいこのさわぎの本当の主謀者は誰で、どんなねらいでもっておこしたのだろう？――野党時代には強腰で、政権を担当したとたん、複雑きわまる政治のからみあいと、厖《ぼう》大《だい》微妙な行政機構に直面し、もたもたとして、弱腰になりかけている中道派内閣を、この事件によって、内外両面から窮地においこみ、一挙に左派政権をつくりあげようとする極左派の陰謀だろうか？　それとも逆に、デモ隊の中に過激なアジテーターを潜入させて、激しやすい青年たちを煽動《せんどう》して過激行為にもちこみ、この責任を国民の前で左派におしつけ、責任者の大量逮捕と追放でもって、一挙に左派勢力をおしつぶそうとする、右派＝公平党ラインの陰謀だろうか？

あるいは野党になった自明党や、社正党、公平党と犬猿《けんえん》の間柄にある左翼政党の共感党などの手が動いているのか？――それとも極右団体の黒幕と軍部のくんでうった芝居か、あるいは左派の一部につながりをもつとつたえられる大陸中国側の策謀が動いているのか、それとも逆に、社正党政権を外交的においつめようとするアメリカＣＩＡあたりの陰謀か。とにかく、次にどういうことが起るか、政府、野党、軍部、そしてアメリカがどういう態度に出て、どういう手をうち、事態がどう展開して行くかを見なければ、何も判断ができない段階だった。――こういう場合、一般の人たちにとってしごく簡単な事態の見わけかたがある。誰が一番得をするかで判断してはいけない。誰が一番得をしたか、という事がはっきりしてから判定するのだ。どっちにころぶか、最終的な結果がはっきりするまで、判断をさしひかえるのだ。そして、いよいよ最後に得をした奴の姿がはっきりしてから、実は今度の事件は、そいつの陰謀だったと判断すればいい。右にゆれ、左にゆれ、結局たとえば軍事政権が成立すれば、実はこの事件は、軍部と極右の黒幕とＣＩＡが手をくんでやった陰謀だった、とひそかに、もっともらしく、人にささやけばいい。最終的に極左政権が成立して、アメリカと敵対し、大陸中国とのむすびつきがつよまれば、実は……とい い、社正党政権が崩壊して、保守党がカムバックすれば、社正党右派、あるいは公平党の寝がえりによる、自明党、財界の陰謀という事にしておけばいいのだ。

もちろん、誰かが、何かをねらって事をおっぱじめたにしても、一旦激動がはじまり、あらゆる勢力が三つ巴《どもえ》、四つ巴になって渦まきはじめれば、決して事をおっぱじめた誰かのねらい通りに事がはこばなくなるのは、これまた自明の理だ。同盟者が決定的な時に、日和見《ひよりみ》をきめこむ。腹心の部下がいつの間にか裏切る。思わぬ奴が漁夫の利を占め、狂人が突然「英雄」として熱狂的な支持をうけて、独裁者の地位にのぼる。そして、大てい一番狡猾《こうかつ》で、ある場合には卑怯《ひきょう》で、運のいいやつが、最後に餌《えさ》にありつく。——そもそも、こういった激動の結果というものは、決して、計算して事をはじめた奴の手にははいらないものだし、むしろ正反対になるのが常だ。キューバ革命は、今のところ珍しい例外というべきだが、これもあと半世紀ぐらいたってみないとわからない。フランス革命をおっぱじめた連中の指導者は、わずかの間にほとんどがギロチンの露と消えたが、もし、諸国民の自由・平等・博愛を叫んだ彼らが最後まで生きていたとしたら、彼らの革命が、ついにナポレオン「皇帝」をうみ出し「革命の輸出」が、諸国民への「侵略」となった事を、どういう感じでうけとったろうか?——終始うまくたちまわったのは、フーシェだけだ。見方によっては、マルクスだってそうだ。彼が「真先に革命の起る国」と期待していたアメリカは「帝国主義」の烙印《らくいん》をおされている。ケレンスキイの達成したロシア革命は、国外からかえってきたレーニンの多数派《ボルシェヴィキ》にかすめとられ、最後には結局スターリンの手におちた。孫文《そんぶん》のはじめた事は毛沢東の手におさまった。私は、ファルークを追放し、帝政を終結させた老将軍ナギブが、かつての腹心ナセルのクーデターで追いおとされ、幽閉箇所へ連れ去られる時の、「こんなはずではなかったが」といった表情が忘れられない。日本の場合だってそうだ。明治維新をはじめた連中の中で、天才的な人間は維新達成までにほとんど殺されるか、死ぬかしてしまった。タカスギ・シンサク、サカモト・リョウマ、エトウ・シンペイ……維新の大立者サイゴウだって、回天の事業のなったあと、わずか十年にして、シロヤマで逆賊の汚名をうけて死ぬ事になろうとは、当初夢にも思わなかったろう。そしてまた、維新の元勲となった連中が、クライマックスのころ、どこで何をしていたかをしらべてみるがいい。彼らは、機敏ではあったが凡庸であり、天才でも狂人でもなかった。だからこそ、日本国民にとって幸いなことに明治維新は結果的に大成功であったのである。――狂人と紙一重の天才や不世出の大英雄にひきいられる政治が、一般大衆にとって、どんな不幸な結果をもたらすか、歴史の教えるところである。

だから、一般の人々にとって、政治の激動の中で、何がどうしたのか、誰がどんな陰謀をおっぱじめ、どいつがどいつを裏切り、誰が誰を後からつきおとし、誰が漁夫の利をしめ、誰が本当に「廉潔の士」「正義の人」で、誰が極悪人であるか、などという「読み」は一切無益な事である。そんな事は、あなたたちにとって何の関係もないばかりか、へたに首をつっこむのは有害でさえある。この興奮性「理性毒」に感染して、心悸亢進《しんきこうしん》をおこし、敵か味方かの「排中律中毒」症状にまですすむと、やがて「流血嗜好症《しこうしょう》」という末期症におちこみ、ついこの間までの、親しい仲間、やさしい友人、肉親家族まで被害者の地位におとしこみ、血祭りにあげ、ついにはあなた自身の血が流れる事になる。――その害たるや、堅気の素人《しろうと》が、博奕《ばくち》の魔力にとらえられて身をほろぼすどころではない。そのむかし、ミノベ知事という名知事が、都営競輪競馬の廃止を決定して、反響をまきおこしたが、大衆へのおそろしい害毒という点からは、むしろ政治の廃止をこそいうべきであったろう。大は黒幕から、小はチンピラアジテーターにいたるまで、政治に首をつっこんでいる連中は、すべて多少とも、この毒に中毒していると同時に免疫も持っており、麻薬中毒患者の安定に信用がおけないように、まず「常人」としてあつかわない方がいい。

　ついでにいわせてもらえば、フランス革命以後の「近代」は、政治という狂気が、大衆をまきこもうとした恐ろしい時代であった。――政治というものは、たえず大衆生活の厄介ものであったが、この時代から「政治家系」の人口がふえはじめ、農家の次、三男のように、冷や飯を食う連中がやたらにふえた。そこでパイにありつけなかった不平分子は、大衆をまきこんで自分たちの手兵にしようとした。連中は、「お前たちにも責任がある！」

とおどかして、大衆を動揺させた。彼らは、はるか野蛮未開の時代の、シャーマンの——ふだんは軽蔑《けいべつ》され、忌みきらわれながら、恐ろしい呪《のろ》いの予言を吐き、無実の人間に、いきなり悪霊《あくりょう》がついたと宣告し、お前たちはふだん、わしのいう言を信ぜず、わしの警告をバカにした、その愚かさのむくいで、今、たたりをうけて、こんな災にあっているのだ、とおどかすことによって、素朴な人々をパニックにおとしいれるシャーマン、自分の個人的怨恨を、社会レベルにまで拡大して、恐ろしい呪詛《じゅそ》を投げかけるシャーマンの方法を採用して、ある程度の成功をおさめた。連中が大衆にむかって「われわれ」という時、彼らのいう「われわれ」と大衆の実体との間には、呪術のみがその上に幻影の橋をかけ得る深淵《しんえん》がひらいていた。連中は、結局「政治家」になりたいのに、なれない不満を、本来まきこむべきでない集団をまきこむことによって、みたそうとしたのだ。連中の大部分は、子供のころから一種の増上慢で、自惚《うぬぼ》れが昂《こう》じて、古代の予言者の如《ごと》く、「荒野《あらの》の声」をきき、大衆を導く「責任」があると信じこんだ。——それも大てい、一冊か二冊の本に対するお粗末きわまる理解を通じてである。「大衆」とか「人民」とかいう言葉が、いかにこういった連中によってあいまいにされ、貶《おとし》められたか！——彼らのあとについて行くかぎり、「栄光ある人民」であり「すばらしい大衆の勝利」であるが、ちょっと足ぶみして首をかしげると、「大衆のどうしようもない愚かさ」「俗物根性」「大衆の中の、たたきつぶすべきおくれた反動的意識」とこうくる。まったくいい面《つら》の皮だ。

大衆にとって、最良の政治家は、政治が一種の奉仕的「賤業《せんぎょう》」である事を自覚して、それをおこなう、適確な「技術者」であるが、そんな連中はごく稀《まれ》である。良きにつけ悪《あ》しきにつけ、政治を芸術のように切りとれる天才的指導者は、何世紀に一人しか出てこないものだが、頭のかたまらない連中は、その天才の口調をそっくりまねることによって、自分も、まわりを比較すれば、政治芸術の天才になれたように思いこむ。

だから、一般の人々は、こんな「政治的中毒集団」の気狂《きちが》いじみたさわぎに、まきこまれない方がいい。連中の中で、何がどう動こうと、そんな事は一切関係ない。――一般人にとって重要なのは、「結果」だけである。そして、いかなる政治的激動の「結果」も、一般人の生活をほとんどかえない――否、むしろ悪くなる場合の方が、圧倒的に多い事を、よく知っておく必要がある。現実を良くするのは「現実に即した」施策だけであって、決して、「政治の変換」ではない。そして、現代社会では、「より現実に即した施策」の必要性が、むしろ「政体の変換」を実現するのであって、その逆ではない。

といって、この物見高い情報社会では、政治中枢のすったもんだは一応気にかかるであろうし、それについて、何かいいたくて、知りたくてうずうずするであろうし、何かいわなければ、まわりの連中に馬鹿にされるであろう。――要するに、「解釈」は安心立命《あんじんりゅうめい》のためにやるものであるし、かつてギリシャの哲学者が、頓狂《とんきょう》な大衆の一人に「なぜこの世には熱い冷たいがあるのですか」ときかれて、沈黙数刻ののち、「それは熱いものには熱《カロール》さがあり、冷たいものには冷たさ《フロル》があるからじゃよ」と答え、きいたものは大いに安心感服した、といった底《てい》のものであるから――そこで、前にのべたように、完全な結果が出るのを待って「あれは、何々の陰謀」と、おごそかに、ひそやかに、御託宣をたれることをおすすめする。そう断定することは、ひとりあなた自身の中に情緒の安定を生じるだけでなく、それまで沈黙をまもっていたあなたの事を、愚物か何と思っていたまわりの喋々《ちょうちょう》たる熊さん八っつぁんをギョッとさせ、あなたがよほど事情通であり、ひょっとしたら、誰か大ものとの接触があるのかも知れないと思って、あなた自身をも中ものぐらいに見なすようになり、あるいはもの事の解釈に「裏読みのでき、深みのある人」という印象をうえつけて、尊敬のナマコ――いや、眼《まなこ》で見られるようになるであろう。これは、あなたと周辺とのつながりにとって、「現実に即した」利益を生ずる政治の利用の仕方の一つである。何も、このくらいの事で照れる必要はない。野球の解説者から、高名なジャーナリスト、評論家にいたるまで、こういった「裏がえし」は「結果論」とともに、もっともよくつかわれているロジックなのである。

4

しかし、私のようなプロともなれば、「結果を見て」というような悠長《ゆうちょう》な事をいっていられなかった。――ひさしぶりの大事件なのだ。その上、私にとっては、二週間分たまっているアパート代がはらえるかどうか、いつも飲んでいる、薬用アルコールに色をつけたような日本産の安ウイスキーを、本物のスコッチにエスカレートできるかどうかという大事なチャンスなのである。――デニスとジョンが、まだ笑いの発作に悩まされながら、大急ぎでプレスクラブにかえって行くのとわかれて、私は私で、急いでいつも使わせてもらっているカンピーニの銀座事務所にかけつけ、いつも使わせてもらっている裏口の鍵《かぎ》をあけてはいって、いつも使わせてもらっている――そして彼はほとんど使わなくなってしまった――タイプライターの前にすわった。

事務所の上のスタジオには、まだカルロのやつがいると見えて、物音と足音がきこえた。時々笑い声や女の嬌声《きょうせい》もきこえてきた。――また女たらしのカルロが、そこらへんでひっかけてきた、うすらばかのフーテン娘を相手に「前衛的」と称するワイセツ行為におよんでいるのだろう。だが、私はそんな事はかまわず、おそろしく古ぼけて小文字のeと、mと、jと、その他いろいろの活字のすりへっている、でっかいアンダーウッドのタイプのカバーをはずし、記事をうちはじめた。表向きオリベッティの代理店をやっているのに、彼のつかっている事務機は、全部アメリカ製の中古ばっかりだった。ケチなイタリア人は、一切の什器《じゅうき》を、店をたたんだ外国商社から買いあつめたのだった。――しかし、使わせてもらっているのだから、文句はいえた義理ではない。フリーランス――といえばきこえはいいが、要するに外人記者クラブにもいれてもらえない、うらぶれたヴァガボンド記者の私は、昔、カルロのやつがはじめて日本に来て、西も東もわからないころに女を世話してやった事を恩に着せて、この事務所とタイプとタイプ用箋《ようせん》と、打電代金のつけの口座をつかわせてもらうのだった。

タイプはガタガタだったが、私のタイプをうつスピードは誰にも負けない。たちまちにして九つの記事を書き上げた。事件の具体的な報道ははぶき——これがちょっとしたコツである——「既報のデモ隊騒擾《そうじょう》事件では、……」と書くことによって、あたかも第二報のごとき印象をあたえ、「当地の一部情報筋によると……」という書き出しではじまって、「……の陰謀であるという噂《うわさ》がながれている」の「……」の所を、左派、極左派、右派、公平、自明、極右、軍部、アメリカ、中国といれかえただけで、あとは一切同じ文面の九つの記事である。これを書き上げると、中央郵便局に地下鉄でかけつけ、採用記事毎《ごと》に稿料をもらう契約になっている通信社と新聞に、九つのペンネームをつかって別々に打電した。——へたな鉄砲も数うちゃあたるである。第一報は、もうテレックスで、世界各地にとんでいるだろう。それに、サメにへばりつく小判イタダキのようにのっかって、私の第二報がとんで行く。第二報としては、一番早い、私の記事は、第一報で衝撃をうけ、眼の色をかえて続報をまっている連中の前に、とびこんで行く。連中は思わずつかんでしまうだろう。

誤報のなんのといっているひまはあるまい。それに、このくらいの流言は、かえって事件に、いきいきとした感じをあたえるものだ。――あの記事がはいったあとは、どんな記事がきたって、これは第三報になる。おまけに、あれだけいろいろな推測を書いておけば、どれか一つはあたるだろう。九対一なら悪くない。どの新聞社が「正しい記事」にあたるか、これは私だけのたのしみだ。もしあたった所があれば、そこへすかさずもっとつっこんだ記事をおくる。三回目には、むこうから名指しで記事をおくれといってくるだろう。

いずれにしても、あの九つの、少しずつちがった記事は、九つとも採用される可能性がありそうだ。――そう思うと、私はちょっとうきうきして、まだ群衆がたのしげにゆきかい、まだデモ隊が火炎壜《かえんびん》をなげている夜の街を、ちょっとうきうきした気分でカルロの事務所までかえってきた。――しばらくのちに、私の九通りの推測が、ことごとくまちがっており、事件が予想外の方向に発展して行く事も、その時はまったく知らずに……。

5

カルロの事務所の前までくると、幌《ほろ》つきのオースチン・ヒーリイがブレーキをきしませて私の横にとまった。ジョン・バーナビイが、瘦身《そうしん》を折るようにして幌の下から出てきた。

「情勢はどうだ?」と、私はきいた。

「何だかさっぱりわからん――今度の政府の報道担当者は、慣れてない上に、おそろしく不親切だ」ジョンはまだガスの名ごりがのこっていると見えて、意味のないクスクス笑いをした。「カルロはいるかね?」

「二階らしい」と私は顎《あご》でさした。「ところで大使館の方はどうだ?――アメリカ側は何か意見を表明したか?」

「わからん。今のところ沈黙だ。焼打ちがはじまった時、大使夫妻はオペラを見ていた。――館員もほとんどおらず、重要書類も、大使更迭があったすぐあとなので、ほとんどなかったそうだ」

「警備員はどうしたんだ? 発砲しなかったのか?」

「したよ――空へむかってね」とジョンは肩をすくめた。「大使館では、とまりこみのメイドが一人、ガラスでけがをした。――警備員が一人、デモ隊が一人死んだが、それぞれ味方の弾丸や、火炎壜にあたってだ」

「それで米軍基地や、在留米軍の方はどうなんだ?」私はたたみかけてきいた。「いったい社正党政府は何をしているんだ?――野党の自明党は?」

「そちらの方は、相棒のフレッドに追っかけてもらっているんだ」ジョンは事務所のドアをあけた。

「とにかく、おれはカルロの意見をきいてみる。あいつは何か知っているかも知れない」

カルロは、在日外人記者の間で、「情報通」で通っていた。――私にいわせればまことにもって怪しいものだが、とにかく、アメリカの情報機関や、日本の右翼の黒幕、それに、妙な事に、極左の青年組織ともつながりがあるらしい事はたしかだった。その上、イタリア人だけあって、ひどく売りこみがうまい。日本語もろくにしゃべれず、プレスクラブと、公式記者会見、それに友人の日本人記者の話だけで、いいかげんな記事を書いている連中に、あやしげな内幕《インサイド》ねたを提供して、結構信用を得ている。外人記者連中だけでなく、在日米軍上層部にも、妙に信用があるのは、どうやら彼のもう一つの副業――セックス・エイジェントのききめらしかった。

事務所の二階へあがって、カルロの「スタジオ」のドアを、ノックもせずにあけると裸の上半身で、クリカラモンモンの肉襦袢《にくじゅばん》をつけ、サラシのフンドシ一つというカルロが、いきなり、

「ギェーッ！」

とさけんで、日本刀できりかかってきた。

「シンデモライヤショ！」

「よせ、カルロ！　おれたちだ……」ジョンは悲鳴をあげて私のうしろにかくれた。

「アンサンガタニ、ナンノウラミツラミモゴザンセンガ、コレモトセイノギリデゴザンス……」カルロはなおもあやしげな日本語でわめいて、日本刀をふりかぶった。

「シンデモライヤショ……」

「いいかげんにしろ。危いじゃないか」と、私はカルロの日本刀をおさえた。

タタミ・シートの上に、赤いカーペットを敷き、ダイスやダイスカップや、花札という日本のカード、ザブトンというクッション、はては箱枕などがちらばる中で、キモノをぬぎ、けばけばしい長襦袢一つになった、げすっぽい顔の日本娘が、太ももをあらわにしてしどけなくすわり、ゲラゲラ笑っていた。——壁には、一時期日本で全盛をきわめ、今も根づよい人気を一部でもちつづけているヤクザ映画のどぎついポスターがベタベタとはられている。

「何だ、せっかくこのプルチネルラと、ヨヨイノヨイをたのしんでたのに、ノックもせずにはいってくるなんて、アンサンがた、トセイのジンギをわきまえていらっしゃいませんね」

「なんだ、そのヨヨイノヨイってのは？」ジョンは眉《まゆ》をしかめた。

「知らんのか？　ジャンケンで負けた方が一枚ずつぬいでゆく、すばらしい日本のハプニング・ゲームだ。大衆が直接参加するストリップ・アートだ。むかし評判になった〝ヘアー〟なんてメじゃないね。今度は、これをアメリカに紹介するつもりだ。——お前もやるか？　ほれ、ヤァキユゥウースゥルナラァ……」

「よしてくれ」ジョンは手をふった。「それよりカルロ、お前何かつかんでないか？——

日本のデモ隊が、アメリカ大使館と、米軍基地を襲撃した事は知ってるだろう？　これについての――君の意見はどうだ？」

「そんな事はどうだっていいじゃないか。まあすわれよ」カルロはまっかなカーペット――ヒモーセンの上に、どっかりあぐらをかいて、娘に笑いかけた。「さあコネコちゃん、一服つけてくれ」

小娘はニタニタ笑いながら、隅《すみ》の方から日本のタバコ・セット――タバコボンをとりあげ、ほそ長い日本パイプにジャパニーズ・カットの煙草をつめてさし出した。

「何だ、吸いつけてくれなきゃだめじゃないか！――そうそう……火皿を先にして出すんじゃない。コネコちゃん、あんた日本の古いマナーなんにも知らないのね。もっとカルロの方に身をよせて、しなだれかかって、マウスピースの方をさし出すの、そうそう――それでもっとながし目つかって……それが、エド・エイジの、ヨシワラのオイランのマナーよ。わかった？《カピート》　さあ、それでこういってごらん。――ヌシサン、イップク、オスイナンシ……」

小娘はゲタゲタ笑って、カルロの肩に顔を伏せた。その肩を抱きよせ、キセルを横ぐわえにしたカルロは、もう一方の手を、前のわれた長襦袢の下から、根元までむき出しになっている股《また》の間にぐいとつっこみ、パンティをはいてない下腹の、くろぐろとした繁《しげ》みの中に太い指をもぐらせてニヤリとウインクして見せた。

カルロはまったく、日本でいう「ヘンな外人」だった。――私よりあとで日本に来たのに、持ち前のずぶとさと、ずばぬけた語学の才能によって、たちまち私よりも日本の底辺風俗に精通してしまった。それはそれで、日本に何年いても日本語のしゃべれない、権威ぶった外人記者たちより、すぐれた日本の理解のしかただったかも知れない。丁度日本では、学生が大学問題で全国的にさわいでいた時で、その時、彼らの行動を理解するためには、彼らが読んで影響をうけたと称するマルクーゼや、ベンヤミン、ゲバラなどいくら研究したってだめで、彼らの大多数が耽溺《たんでき》してその行動のパターンを、深い所からくみとっているヤクザ映画や、マンガをこそ研究する必要がある、といって、持ち前の厚顔さでもって、これをアメリカ軍の情報関係に売りこんだ。――国務省は、インテリだの学者だの文化人だの、エッグ・ヘッドがのさばっているからだめだ、というのもいい目のつけ所だが、それ以上に、日本「文化」に対する彼の着想は、それなりに一種の卓見というべきだったろう。

ただ、このおかげで、――カルロが自分の口からいうのだから嘘《うそ》か本当か知らないが――国防省《ペンタゴン》の中の対日秘密研究班のどこか一室には、「血染めの代紋」とか「緋牡丹仁義《ひぼたんじんぎ》」といったポスターがベタベタとはられ、タカクラケンやフジジュンコ、エナミキョーコのブロマイドがピンナップされ、研究班の男女が、ダンビラをふりまわして、

「シンデモライヤショ！」

とわめいたり、女性課員がキモノの片肌《かたはだ》ぬいで、太腿《ふともも》もあらわな立て膝姿にダイスカップをふりあげて、

「ドチラサンモヨゴザンスカ？——ハイリマス」

などとやり、シラトサンペイや、ツゲヨシハル、ササキマキや、アカツカフジオの「モーレツアタロー」「テンサイバカボン」ナガイゴーの「ハレンチ学園」などがうずたかくつまれて「日本研究」の対象になっているというが——どうも眉唾《まゆつば》のような気がしないでもない。そのうち今度は、ヨヨイノヨイ・ゲームがペンタゴンの奥深くで「研究」されるであろうか？　しかし、彼がアメリカの国防省情報部関係に妙な信用がある事はたしかであり、そしてまた、彼が映画会社から見本をもらって量産輸出した、倶利加羅紋々《クーリカーラモンモン》シャーツ、別名ジャパニーズ・タットゥー・シャーツが、アメリカの老若に爆発的な人気をよび、彼がごっそり一財産つくった事もたしかなのである。

「たってないで、すわったらどうだ？」とカルロは、鼻息を荒くして、腰をもじもじ動かしはじめた娘を、一抱《ひとかか》えで膝の上にかかえあげながらいった。「なあ、ジョン、日本のバクチ・ゲームを教えてやろうか？　カップ・ダイスでチョーハンをやってみないか？　こいつはすぐおぼえられるが、イキなもんだぜ。それともチンチロリンはどうだ？　オイチョカブ——こいつはバカラとおなじだが、ただホンビキの時につかうカードがちがう。それともハチハチ？　バッタマキ？」

「なあカルロ、おれたちは情報がほしい」ジョンはいらいらした声をおしころして、カルロの前にしゃがんだ。「おれたちは、相身互《あいみたが》いじゃないか。いつかまた、借りをかえすとして――とにかく今度のバカげた事態に関するかぎり、おれたちはまるっきり見通しがたたないんだ。君の方には、何かはいってきていないか？　右翼や過激派の裏の動きはどうだ？　軍部は？　アメリカ軍の情報部は、この動きを知っていたらしいか？」

「正直いって、今度の事ばかりは、おれのアンテナでも、どうにも見通しがつかないんだ――おお、よしよし、かわいいコネコちゃん」カルロは泣き声をたてながら首っ玉にかじりつく娘に、音をたてて接吻《せっぷん》してやった。「考えてみると、一種の兆候らしいものはあったがね。――それも、はっきりしたものじゃなく、妙な、ぼんやりしたものなんだ。どういう事だか見当もつかねえ」

「どんな事だ？」ジョンは鋭くきいた。

「さあ、それが何だか皆目わからないんだ」

「あんたの感じた、〝妙な事〟ってどんな事だね？」下司っぽい男だが、彼の独特のカンを買っている私も、体をのり出してきいた。

「さあ、それがね――今度の事に関係があるかどうか知らないが、とにかく、ここ一、二カ月の間に、おれの情報網の中に、どうもおかしな、不透明なもやもやっとした所が出てきたんだ。それが何だか、さすがのおれにも、皆目わからん」

「そのもやもやした部分は、あんたの関係している中で、どの方面だ？」ジョンはたたみかけるようにきいた。「その方面が、今度の事と関係があるかも知れん。どの方面だ？」

「それが――全部なんだ」カルロは鼻の頭にしわをよせた。「右の方も、左の方も……財界も軍部も、アメリカも……」

「アメリカも？」私は思わずききかえした。

「そりゃ変じゃないか。そのもやもやは、どれもこれも同じものか？」

「それが何ともいえないんで、おれも頭をひねってる」カルロは眉をあげた。「とにかく、右の方なら右の方で、つっこんで何かをさぐり出そうとすると、ずっと奥の方に、そのもやもやが感じられる。今度は方向をまるきりかえて、左の方で情報をとり出すと、またどこかにおかしい、眼の前に霧のかかったような所がある。軍部の一部にふみこんでもそうだ。アメリカは――軍部だけじゃない、もっと上の方で、何かが動いている気配がする……」

「フーン！」とジョンはうなった。

「ウッフーン！」とカルロの膝の上で、娘が一きわ高い声で叫んだ。「あっ！　いやっいやっいやっ！――ウウーン！」

「さあ、ギターの稽古《けいこ》はおわりだ。洗ってこい」カルロは、まだ膜のかかったような眼付きをしている娘を、邪慳《じゃけん》にカーペットの上へドサッとなげ出していった。「だから今度ばかりは、おれの方も、情報待ちってところだ。くさい事はくさい。プンプンにおう」

そういいながら、カルロは、ぬれた二本の指のにおいをクンと嗅《か》いだ。それからどうするのかと見ていると、そのぬれた指を、カーペットにこすりつけた。——不潔な野郎だ。

「何だったら、こちらの方も、あんたたちの情報をもらいたいところだ。——いくら頭のかたい極左の連中がいる日本政府でも、今度の事ばかりは、あまりにバカバカしい感じがする。どうも何だか裏があるような気がしてならん」

「どう思う？——このまま日本で暴力革命が起って、極左政府ができるかね？」と、ジョンはきいた。

「どうも——そんな事になりそうな気配はないんだ」とカルロはしばらく考えていった。

「いったいそんな事をして、日本にとって、どんな得があるというんだ？　反米は、たしかに道義的スローガンとしちゃかっこいいよ。しかし、アメリカは軍事同盟の相手だし、過去、現在にわたって貿易の最大のお得意だ。徐々にアメリカとの関係を改善して、中立化にもって行くならまだしも、いまアメリカに喧嘩《けんか》を売って、いったい何の得がある？——アメリカを中国にのりかえるといったって、こんな経済大国がすすんで中国の衛星国になろうなんて、バカな気をおこすわけはないだろう？　いくらわけのわからん日本人だって、もう少しかしこいと思うぜ」

「その点が問題だ」と私はうなずいた。「米中接近の情勢が、この件にからんでいるんじゃないかとは思うが……」

「今度ばかりは、おれもちょっと、日本と日本人に対する判断に自信をなくしちまった。

――くさいぜ、アルベール、どうも何だかわけがわからんが、妙な陰謀のにおいがする。第一、今度の選挙だってあやしげな所があるんだ。保守系の票を社正党系に、大量に流した一派がいるって噂だ……」

「なに？――それは本当か？」私は思わずカルロの腕をつかんだ。「そいつはどんな勢力だ？」

「わからん。だが、何かそのもやもやとしたやつが……」

その時、どこかで、くぐもったようなベルの音がきこえた。――カルロは、長ギセルではなれた所にあったザブトンをはねのけると、ガン首にコードをひっかけて、グイと電話機をひきよせた。

「ジョン、お前だ」とカルロは、受話器を耳からはなしながらいった。「フレッドらしい」

「もしもし――その後何かわかったか？　えっ！」

ジョンが突然とてつもない大声を出したので、私とカルロは思わずとび上った。

「そ、そいつは本当か？　え？　え？――いくらなんでも……正気の沙汰《さた》とも思えん！

――よし、すぐ行く」

むこうでカチリと電話の切れる音がすると、呆然《ぼうぜん》と口をあけてつったったジョンの手から、電話機がポトンとカーペットの上におちた、——とたんに、ジョンは、アハッ！　アハッ！　アハッ！　と腑《ふ》ぬけになったような、妙な笑い声をたてはじめた。

「どうしたジョン！」私は彼の傍《そば》にとんでいって、背中を一つどやしつけた。「まださっきのガスがのこってるのか？　いったい何が起ったんだ」

「日本人は——日本政府は、気がくるった……」と、ジョンはまだアハアハと妙な笑い声をたてながら、やっといった。「日本の飛行機が……ついさっき、ハワイの真珠湾を爆撃したそうだ……」

「えっ？」さすがの私も、わが耳をうたがった。「空母も長距離爆撃機もない日本軍がどうやって……」

「軍用機じゃない。日本国際航空のチャーター機でやったそうだ」ジョンはとうとう笑いを爆発させた。「こ、こんなバカげた話ってきいた事があるか？　どう考えたって正気の沙汰とは思えない。——爆撃の二十分後、駐米日本大使は、アメリカ大統領に最後通牒《つうちょう》を手わたし、たった今、日本政府は対米宣戦布告をやったそうだ」

「どういうつもりだ？」カルロもポカンと口をあけてつぶやいた。「まったくどういうつもりなんだ、この国は……」

私の網膜に、藪《やぶ》から棒に最後通告を手わたされて、鳩が豆鉄砲をくったように、眼をパチクリさせているアメリカ大統領の顔が一瞬うかんで消えた。と同時に、私がさっき得意になって打電した九種類の推測記事に対する期待が、すべて雲散霧消して行くのが感じられた。

まったくどういうつもりで、日本という国は、こんなバカげたきちがい沙汰をおっぱじめたんだ？――ジョンのいうように、気がくるったとしか思えない。

あまりのショックに、私は二、三分茫然《ぼうぜん》自失していたらしい。――窓の外の、バンザイバンザイという声と、傍のヒイヒイハアハアいう声に、ハッとわれにかえった時、ジョンの姿はすでに室内になかった。ふらふらと、窓際《まどぎわ》によって外をながめると、街路には一面炎の列がゆれていた。提灯《ちょうちん》行列でも松明《たいまつ》行列でもない、「火炎壜《かえんびん》行列」の光の河が流れていた。さっきまでの弥次馬も、家にすっこんでいた人も、いっせいに街路にとび出し、めいめい手製の火炎壜に火をつけて棒の先にぶらさげ、それをふりながら行進しているのだった。バンザイの歓声がいたる所に起り、軍艦マーチとインターナショナルがいっしょにうたわれていた。――私はめまいを感じて窓際をはなれた。カーペットの上では、さっきの娘の上に、今度は正式にでんとのりかかったカルロが、エッサカオッサカと臀《しり》をふりまわしていた。

「おらァもう、情報関係の仕事をやめるよ」カルロは女の腹の上から顔をあげて、フガフガした声でいった。「自信を失っちまった。こんなわけのわからん国とつきあってた日にゃァこちらの頭がおかしくなっちまう」

「おれも、この国の事は一から勉強しなおしだ……」と、私も意気消沈していった。「カルロ、また本を貸してくれないか？　このごろは何を読んでる？」

「ケ……ンゴー小説だ」とカルロは息をきらしながらいった。

「剣豪ものなんて、もう古いじゃないか。ミフネも年をとったし……」

「古く……なんかねえぞ。ゴミコースケ、シバタレンザブロー……ナ、ナカザト・カイザン……シライ・キョージ……日本研究の古典だぞ……。ヤギュー・レンヤサイ、ネムリ・キョーシロ、……ツ、ツクエ・リュウノスケ……か、かっこいいぞ。キェーッ！」

「ヒー！」と娘が下から叫んだ。

私はカルロの本棚《ほんだな》から、二、三冊の小説をぬき出した。ドアを出る時、背後でカルロが、息もたえだえの日本語で絶叫するのがきこえた。

「マ、マイッタ！」

6

歴史はじまって以来の奇妙奇天烈《きてれつ》な戦争は、全世界の好奇の眼の中で展開されていた。

——それは世の中には、ずいぶん妙な戦争もあるもので、十九世紀にイギリスとザンジバルの間で起った戦争は、戦端をひらいてから三十八分で終結した。また、第二次大戦中、ユーゴの亡命政府は日本に対して宣戦したが、ヨーロッパの端と極東のはしの両国はついにただの一度も干戈《かんか》をまじえることなく、戦後お互いに戦争終結宣言をしただけで、講和条約をむすばなかった。（だから、軍事力に自信のない国は、できるだけ遠くの、あまり利害のない国と戦争するにかぎる）——しかし、人口一億以上もかかえる、世界でももっとも近代化の進んだ国の一つが、こんな支離滅裂な戦争をはじめるのは、まったく常識外の事だった。世界中が、びっくり仰天すると同時に、たちまち全世界の好奇の眼があつまったのはいうまでもない。

何しろGNP世界第二位の国が、世界第一位の国にむかって、それも一度は負けたことのある軍事的な同盟関係にある国にむかって、いきなり横《よこ》っ面《つら》をひっぱたくように戦争をふっかけたのである。これは面白がらない方がどうかしている。この記事に、「リターン・マッチ・オン・ハプニング」というタイトルをすかさずつけた新聞は、そのヘッドラインだけでピュリッツァー賞をもらった。

「国際世論」なんて、たよりになるようでいてしごく無責任なものだが、日本が突然アメリカに戦いを挑《いど》んだというだけで、日本に対する感情が、急速に好転したところも決してすくなくはなかった。アジア、アフリカ、中南米、そしてヨーロッパでさえ、反米感情のくすぶる地域では、人々がいっせいに日本に対して喝采《かっさい》をおくった。きのうまでの「イエロー・ヤンキー」は、ふたたび「サムライ・ネーション」にかえりざいた。——この「効果」が、あとで誰の眼にも、計算された演出とわかってのちも、一たん形成されたつよい印象はなかなか消えなかった。この点でも日本は戦後大いに得をした。

あのおどろくべき珍挙——妙な言葉だが、こうしかいいようがない——である、「真珠湾爆撃」も、あとでしらべてみると、まことにチンケなものだった。攻撃空母も、長距離爆撃機ももたない日本の軍隊が、国際線の長距離機をチャーターして（あとで、この件について、JIL——日本国際航空は、IATAでだいぶつるしあげられたが、会社としては、まったく軍事行動につかわれるとは知らないでチャーターされ、パイロットは軍人に銃をつきつけられていたと、強弁し、日本軍の責任者も、日本伝統の「隠密行動」だったと証言したので、それで通ってしまった。——IATA内の親日派の工作で、この事件は、一種の「乗っ取り事件」と見なされ、JILはむしろ被害者と見なされた）まんまと真珠湾上空に達したものの、照準器もない旅客機の、後部ドアをあけてそこから爆弾を蹴《け》おとすという杜撰《ずさん》なやり方のため、ほとんどは海の中におちてしまい、たった一発命中したのは、港でパイナップルの積みこみをやっていた日本の貨物船だった。最後の一発は、ダイヤモンドヘッドの東側海岸におち、ちょうどサーフィンをやっていたビーチボーイが、波のあおりをくらってひっくりかえり、サーフボードが砕けてしまった。すなわち、この「真珠湾爆撃」の壮挙の戦果は、自国の貨物船大破、パイナップル五百トン破壊、サーフボード一枚だったのである。爆撃された側は一人の被害者も出なかったのに——港では、その時ちょうど一時間前から港湾ストライキにはいっていて、誰もいなかった――爆撃側に一人の戦死者が出た。最後の一発を蹴おとそうとした兵士が、足をすべらせて、ドアからおっこちたのである。落下傘《らっかさん》はひらいたのだが、哀れにも彼は、下でまちうけていた鱶《ふか》に、足をくいちぎられて死んだ。爆撃後、帰投するだけの燃料のない旅客機は、そのまま米本土にとびつづけ、サンフランシスコ国際空港で「捕獲」されたが、とにかく帰投の燃料もつまず「敵」本土にいたったというので、新聞は「カミカゼ精神、いまだ死なず」とかきたてた。

しかしながら、この爆撃は、アメリカ国民の対日感情を、一番刺戟《しげき》する所を、わざわざ、逆《さか》なでにする効果はあった。――アメリカの特に老人層はカンカンになり、「リメンバー・パール・ハーバー」の大活字はたちまち群小新聞のトップにおどり出た。彼らは今や大っぴらに「ジャップ」と呼べる事を喜んでいるようだった。――しかしながら、今度は、フランクリン・ルーズベルトがやったように、開戦までのたくみな世論誘導のプレリュードはなかったし、三十年以上前の印象をおぼえているものは、ずっとへっていた。ヒッピーは関心をしめさず、反戦団体は反戦をさけび、ブラック・パンサー党は日本に敬意を表し、在米日本人のかなりの部分がリンチされたり、強制収容されたりする前に、ハーレムや、チャイナタウン、インディアンの居留地などに逃げこんだり、国境をこえて、カナダ、メキシコへ逃げこんだ。なぐられたり、つかまったりしたものの大部分は、のんきな旅行者や、商社関係の人間がほとんどだった。——歴史の記憶は、いつも被害者の方が骨身にしみているものである。

むろん、強硬意見も決して弱いものではなかった。一度でこりず、二度まで「大国アメリカ」の横っ面をひっぱたいた、生意気なジャップを、今度こそ足腰のたたないまでにたたきのめせ、——という意見は、特に在郷軍人に強力だった。世界最強の軍隊は何をしているか、一挙に大軍を投入して、アメリカのオールドファッション兵器で武装した軍隊をたたきつぶせ。何なら核ミサイルを、二、三発ぶちこんでやれ。どうせ一度洗礼をうけたのなら、二度くっても大してかわりはないだろうなどという、暴論もあらわれた。——さっきの言葉を裏がえせば、歴史においては、加害者ほど、あたえた被害の大きさを忘れてしまっているものなのである。

実をいうと、アメリカ国防省はかなり周章狼狽《ろうばい》していた。むろん、国家間の関係は、きのうの同盟国とも、明日は交戦状態にはいるかも知れない、という事は常識であって、軍部では、まさかの場合の対日戦争計画も極秘でたててはあったのだが、こうムチャクチャで、支離滅裂な、ハプニング型の開戦になると、さすがにどう対処していいか、国防省の巨大なコンピューターにもはいっていなかった。国務省の方は、迷惑そうな顔はしたが、さまで慌《あわ》てもしなかったようだ。

むしろ、困惑したのは戦争をおっぱじめた日本政府の方だった。——何しろ、日本は、戦争放棄の平和憲法がまだ生きており、与党社正党は、その熱烈な擁護者だったからである。宣戦前後に、閣内に一種のクーデターが起り、極左派が内閣をおさえた。極左派は、武力による海外への「侵略戦争」はできないが、「侵略者」に対して、戦いを「宣言」することはできる、という強引きわまる解釈を用意していた。だから、国内の基地に対する武力攻撃は、「侵略者の国内拠点」に対する、「平和」を愛する日本国民の「自衛戦争」なのだ、と。

では、真珠湾爆撃の方はどうなるのか、という追及に対して、あれは一部愛国者と愛国的軍人の「有志」によるはねかえり的行動だ、という苦しい弁明がなされた。憲法によれば、「海外派兵」はできない。軍用機や艦船はつかわれておらず、正規軍が政府の指令のもとに投入されたわけではないのだから、あれは「海外派兵」ではない。

国内米軍基地に対する、自衛隊の、熱意のない攻撃が、ごくごく部分的におこなわれた。——しかし、打ちあいらしい打ちあいは、一部の威嚇《いかく》射撃以外はほとんどおこなわれず、それを見物に来ていた群衆の手前、おこなわれたものにすぎなかった。全体として、在日米軍は過激な反米デモに襲撃された時より、はるかに平穏だったといっていい。米軍将兵はすすんで武装解除され、基地勤務をはなれて帰国できる口実ができたので、ほくほく喜んでいた。交戦相手国内にある相手国を守るという大義名分の基地を「死守」する必要はどこにもない。

そして、ここにも何とも珍妙な事態が起っていた。新内閣は、まだ日米安保条約の破棄を通知しておらず、したがって条約はまだ生きていた。この条約を早くいえば、相手国——とりわけ日本が、他国から攻撃をうけた時は、アメリカがこれを武力援助する、そのかわりに日本国内における米軍の基地使用権をみとめる、というたぐいのものだった。いま、この条約が生きたまま、日本とアメリカが戦争状態にはいってしまったのだ。となると、もしアメリカが、日本本土に対して武力攻撃をくわえたらどうなるか？——アメリカは、条約にもとづいて、この国をまもってやらなければならない。もちろんアメリカの攻撃から……。そして、在日米軍は、日本の国内基地からとびたって、自国の軍隊をむかえうつことになるのである！

もちろん、実際問題として、こんなバカな話はないので、条約は、どちらか一方が破棄を通告すればいいのだから、アメリカ側がそうすれば問題ないのだが、国務省は、日本の真意——というより正気をはかりかねて、日本の一方的宣戦後、一週間というもの、なんとか日本と話しあいをもとうともたついていた。だからその間「交戦相手国を防衛する条約」が生きていた事になり、極東軍の指令にもとづいて、急遽《きゅうきょ》日本の近海におもむいた米軍機動部隊と空軍機は、一週間というもの、ただぐるぐると日本の領海外をうろつき、偵察機をとばせるだけだった。

一週間たって、やっと安保条約が廃棄され、まず空軍の戦術爆撃機が空襲にとびたったが、その一週間の間に、日本軍は防衛の常識を破って、対空砲火を大都市内に移動させていたのである。——ここらへんまでくると、どうも八百長くさいと感じはじめたものも出はじめたようだった。戦時の事とて、周辺住民は強制退去させられたが、爆撃目標になったのは、ほとんど全部、都市再開発の必要にせまられながら、二進《にっち》も三進《さっち》も行かなくなっている老朽地帯だったのである！

　この空襲開始が一つの転機になった。——日本人の中に、特に「焼跡闇市派《やけあとやみいちは》」といった空襲ぎらいの連中が中心になって、「無意味な戦争はやめろ！」という声がもり上った。もっとやれ、という声は、一部の老人層と、若い世代にあったが、何しろ若い連中ときたら、言葉を知らないで、「家畜米英」などという始末だったから、両世代の同盟がなりたつはずはなかった。

　空襲のショック一つで、日本人はちょっとばかり正気にかえり、それから一週間の間にバタバタと事態が推移した。「戦争反対！」の大デモ——奇妙な事に、その大デモの先頭にたって、果敢に火炎壜《かえんびん》をなげ、機動隊の笑いガスを吸っていたのは、ついこの間「米帝撃滅」のプラカードをふりたてて、反米デモの先頭に立っていた、極左過激派の連中だったのである！——が全国的に起り、はげしい倒閣運動がくりひろげられ、その波にのって開戦内閣は総辞職し、自明党と社正党中道派を主軸として、公平、共感、民意三党からも代表をくわえた「挙国終戦内閣」が成立して停戦を、つづいて降伏を通告し、そして陽春四月の半ば、開戦後きっかり二週間たったある日、全国のテレビ中継で、天皇《エンペラー》が「終戦の詔勅」を読みあげて、ここに「日米二週間戦争」は終りをつげた。――天皇《エンペラー》は、「象徴的存在」であって、前の戦争の時のように、実際的な統治権も、陸海軍の統帥権ももっていないのだが、やはりこういう時は、国民に対して「億兆心を一にする」ようよびかけることができる存在といえば、天皇《エンペラー》しかいないのであった。中年以上の人々の中には、天皇《エンペラー》の竜顔をカラーテレビで拝し、玉音をFMできいて、頭をたれ、すすり泣くものも多かった。――敗《ま》けて悲しいというよりは、一九四五年の、あのつらい敗戦の日へのノスタルジイにかられたのであろう。そして、不謹慎にもテレビ画面にうつった陛下の竜顔を、カラーフィルムをいれたEEカメラで、パチパチうつす若い世代との間に、あちこちでとっくみあいが起った。

四月二十日に、相模湾頭《さがみわんとう》の米極東軍太平洋艦隊所属の原子力空母エンタープライズ号の上で日本の降伏文書の調印がおこなわれた。(私には、日本人の心理がますます理解しがたくなってきているのだが、この降伏文書を調印している最中、横須賀《よこすか》では、通例通り、「エンプラ帰れ!」のデモがおこなわれたのである!)そして、日本で一番気候がよく休日の多いゴールデン・ウィークを目前にひかえたある日、極東軍副司令官ディーン中将をのせた巨人機は、日米両国の小旗をうちふる歓迎陣の歓呼の中を、悠々と羽田に着陸し、中将はタラップ上に日本占領総司令官として姿をあらわした。――かつて、マッカーサー元帥は、コーンパイプをくわえて颯爽《さっそう》と厚木《あつぎ》におりたったが、まるまると肥《ふと》ったチンチクリンのディーン中将は、どう見ても颯爽とは見えず、愛用のハッカパイプをチュゥチュゥ吸いながらおりてきたが、われるような万歳の声にびっくりして足をふみすべらし、下までころげおちた。

日本軍隊――いや自衛隊の武装解除は、スムーズというより、アッというまに終った。武装解除されるものはうれしそうにしているのに、する方はしかめ面をしていた。――これはむりもない事で、兵器のほとんどは、アメリカが供与したり、ライセンスをあたえたりしたものだったから、技術者たちには「敵の兵器の秘密」を研究するたのしみがなく、米軍としては、また大量の中古兵器をかかえこんでしまったからである。

賠償問題をふくむ講和交渉がさっそくはじめられた。――ふたたび、開戦通告前の真珠湾攻撃という「違法行為」が問題になったが、今回は被害が皆無にひとしかったために、アメリカ側が提訴しない事にした。賠償額は、日本側が、例によってすばらしいエコノミック・アニマルぶりを発揮し、億ドル単位におさまりそうだった。アメリカ側は大不満の様子だったが、各国が好奇の眼を光らせているので、あまりきびしい事もいえず、結局いたしかゆしのまま、日本に得をさせる事になってしまった。賠償が「少なくてすんだ」という意味ではない。私がはっきり計算した上で、明らかに日本の方が、経済的に「利潤」をつかんだと出たのである。米軍の出動費、爆撃費用と、日本が困っていた都市、鉄道、工場などの老朽施設の「破壊費用」を、空軍の爆撃及び艦砲射撃によって代行してもらった利益を比較してみると、明らかに日本の方が、得をしている。

そのほかにも日本は、この「敗戦」から、最大限の「利益」をひき出した。まったく何という「利に慧《さと》い」民族であろう!――「敗戦」の責任をとらせて、老朽化した政治家や、硬直化した思想の持ち主が、社会の枢要部から大量に「追放」された。彼らはほんの一部の直接責任者をのぞいて、別に投獄されたりはしなかったが、社会的な力をふるうことを、ほとんど完全に制限され、これによって、柔軟な、若々しい、新しい時代への「適応性」の高い勢力が大幅に進出した。そして、こんな戦争を起したのは、社会の中の「対立」が悪化し「情報」のフィードバックが悪かったからだという意見が主流をしめ、さまざまの「社会改革」とりわけ「参加社会」や「システムと情報の人間化」といった目標が、強力におしすすめられた。むろん、こういったスローガンは、戦前からとなえられていたが、それはあくまで政府の「お題目」であって、必ずしも、社会全体に支持されていたものではなかった。しかし「敗戦のショック」は、日本の社会全体に大きな刺戟をあたえ、泰平の中に動脈硬化をおこし、分裂しかけていた各階層が、またいきいきとした活性をとりもどした。「一億総懺悔《そうざんげ》」のスローガンこそさけばれなかったが、日本人全体は、暗黙のうちにそれに似た共通感覚をもち、二度の敗戦を経験してこれから先、日本はどうすればいいか、どんな社会にすればいいか、という事が、大衆によって真剣に論議されはじめた。

憲法問題も、はじめて抽象論議をはなれて「国際社会の現実」との対応のもとに、国民的な論議ができるようになった。一般大衆が、学派毎に意見のわかれる学者の議論をかさにかかった「権威」のいいなりにうのみにせず、学者たちに対して、「もっと正確で現実的で、具体的な〝情報〟をよこせ」と要求し出しただけでも大変な進歩といわねばなるまい。たとえ、現行の「平和憲法」があっても、権力の座につくものが――それが右であれ左であれ――強引にねじまげれば、「戦争」ができるという事を如実に知ったいま、ではこれから先、日本にとって「戦争行為」というものをどうあつかうべきか、そしてその「規制」の方向を、どういう風にどの程度まで、きめておくべきか、という事が、真剣に論議されはじめた。簡単に結論が出るものではないが、すくなくとも私の見たところでは、はじまったばかりの論議は、現実的でかつ、いい方向にむかっているようである。（そしてまた、この論議が、米軍の「軍事占領下」でおこなわれているところをはたから見ると、とりようによっては、「いい気なもんだ」という感じがしないでもない）

　とにかく、この「二週間戦争＝敗戦」によって、社会全体に「清新な刺戟」をあたえ、各方面の「新しいエネルギー」をひき出したことの利益は、日本にとってはかり知れないものがある。――二度目の敗戦の時、日本は一度目よりはるかに「敗け上手《じょうず》」になっていた。この戦争の「戦死者」――それとて、不幸な事故としかいいようのないものだが――は、ハワイ空襲で鱶《ふか》にくわれたものをふくめて、たった二名であった。これを見るにつけ、私はあの冷静な皮肉屋、マイケル・ヤングの「メリトクラシーの法則」の次の一節の正当さを思わざるを得ない。

「……当時人びとは、戦争をしたって勝つ者はいないさ、と言ったものである。勝った者も負けた者もみな同じように苦しむのだ、と。歴史に照らしてみると、これはとんでもないうそだということがわかる。原子核分裂がはじまるまでは、戦争があるとみんなが、とくに負けた国ぐにが得をした」

（M・ヤング「メリトクラシーの法則」伊藤慎一氏の訳による。傍点筆者）

それにしても――と、私は、ジョンや、デニスと、よるとさわると議論したものである――いったいこの戦争は、何であったのか？「日本の一人ずもう」であったのか、それとも、「日米の痴話喧嘩《げんか》」であったのか、と。――これについて、カルロは、大発奮して、「第二次日米戦争――戦争の平和利用について」という大論文を書くのだ、と表明した。

これは「国と国」の相互関係の中で行なわれた「戦争」ではなく、厳密にいえば、日本の「国内問題」であったという、ジョンの「一人ずもう」論も、たしかに傾聴に値する。日本の歴史をしらべてみれば、この「自然閉鎖」の傾向をもつ極東の島国社会において、「外交問題」は、常に「内政問題」にほかならなかった事がすぐわかるからだ。とすると、気の毒にも大国アメリカは、日本の国内問題のとばっちりをうけて、戦争をふっかけられた事になる。ではその「国内問題」とは何か、というと、ジョンは、極左派を贖罪小山羊《スケープゴート》とした「社会革新」だろうという。——つまり、日本は、ますますありあまるエネルギーをもちながら、何か一発、戦争のまねごとでもやらなければ、二進《にっち》も三進《さっち》もいかないところにきていた、というのである。

デニスは、筋は「米中関係」にあり、とにらんでいた。米中接近は、「日本の頭ごし」に行なわれるような感をあたえ、アメリカよりはるかに地理的に中国に近い日本に、国府と同じような「情緒不安」をまきおこした。日本は中国が歴史的「大国」であることを知っており、その四千年の高文明が、なお活気をたもちつづけていることも熟知しており、まだかなり先になるであろうとはいえ、あの七億の民をかかえた中国が、国際社会に「開かれ」本格的に高い効率で「近代化」しはじめたら、現在の日本の奇蹟《きせき》的なアヘッドは、一たまりもないだろう、という事を本能的に知っていた。——いきはいいが、小便くさいところのある小娘との関係にそろそろあきて、むこうをむいている高貴で濃艶《のうえん》な貴婦人に、色眼をつかいはじめたアメリカに対し、ふたたび注意をひこうとして、いきなり横つらをひっぱたいた。アメリカはふたたび日本を「軍事占領」し、おしおきはしたものの、前より一層、この「小ざかしい同盟者」に気をつかわざるを得なくなった、というのだ。もっともデニスは、現在ちょっとした三角関係に悩まされており、その見方は、多少色のついた眼鏡を通してみているようなところがある。

私にいわせれば、そのどちらの見方も一理あると思う、——一義的にはわりきれない。

国とか民族の選択する行為は、常に「多義的」なのである。しかし、あえて擬人的な比喩《ひゆ》をとるならば、これは日本という一つの「国際的社会集団」のとった「反射的行動」であろうと思う。経済成長はつづき、エネルギーはますます蓄積され、体軀《たいく》はかくしきれないほどふくれ上ってくる。アメリカは一人立ちしろといい、また事実これからは「一人立ち」せざるを得ない。しかし、武装はしたくないし、戦争にまきこまれたくない。しかしながら、国際的な影響力は自動的につよまり、それにつれて、「イエロー・ヤンキー」とか「エコノミック・アニマル」といった評価の蓄積は、ますます日本を苦しめる。こういった状況は、日本を「反対感情対立《アンビヴァレンス》」どころか「多元感情対立《マルティ・ヴァレンス》」の状況においこんだ。そしてこういったこんがらかった内圧を、一挙に——しかし一時的に解決するために、日本は反射的に「戦争行為」をえらんだのだろう。しかも、反射的に、戦争の相手にアメリカをえらんだのである。

　簡単な計算の上に立ってみれば、今、日本が、戦争をふっかけて、しかもそこからひき出せる損失と利益をミニ・マックスの関係における相手はアメリカしかない、という事がすぐわかるはずである。中国やソ連を相手にしてみたまえ。いったいどんな事になるか！ヨーロッパは遠すぎる。東北東南アジアを相手にすれば、それこそ泥沼だ。アメリカなら「気心も知れて」いる。そして「世界一の巨大国」を相手に喧嘩をふっかければ、「イエロー・ヤンキー」の評価はたちまちくつがえるし、あつかいかねている「軍備」は、ババぬきみたいにまたアメリカにおっつけられる。——とにかくこうして、日本は時をかせいだのだ。

あとになって、多くの明敏の士が気づいた、こんな賢明な「計算」を、いったい誰がやったのか？　日本人の誰でもない。日本という「集合体」がやったのだ。歴史の結果として気づいても、その時は、日本の国民の誰も——大政治家も黒幕も——気づかなかったであろう。これは日本という、世界一均質な「民族」全体がやった「集団反射」であろう。日本人全体が「無意識のうちに」それをえらんでいたのだ。

この見方のヒントを、私はカルロの所からかりてきた、日本の剣豪小説から得た。——はっきりいうと、ゴミコースケという作家のある短篇から得た。外国人の私にとっては、やや晦渋《かいじゅう》ではあるが、太い骨格を感じさせるその作品は、ある剣の名人の含蓄のある話を書いていた。誰もかなうもののない剣聖に、若い武芸者が弟子《でし》入りした。いつうちこまれるかわからない師匠の木刀の下で修業をつづけるうち、彼はどうしても師匠にかなわないので絶望的になり、師匠のもとをはなれようと決心した。その時師匠は、弟子が、ついに自分を凌駕《りょうが》しかけていることを知り、一種の危険を感じて彼を斬《き》ろうとした。師匠が隙《すき》をねらって必殺の剣を浴びせた時、その弟子は、自分では全然意識しないのに、反射的に剣をぬき、師匠を斬り殺してしまっていた。

これは日本人の秘密の全部でないにせよ、このまことにわけのわからない民族の秘密の一端を語っていると思う。——そして、それが一、端にすぎず、わけのわからない事はまだ多すぎる様に、私はだんだん深くこの不可解な民族にひきつけられて行くようである。「第二次敗戦」が、日本にとっては一時しのぎにすぎず、この先どうするかは、まだ日本人にも、私のような傍観者にも見当がつかないが、しかし、私はこの民族の、「一見素朴に見える臆面《おくめん》のなさ」——「占領軍」の兵士を上下をあげて歓待し、「敵」との関係をますます緊密なものにしてしまうやり方がきらいではない。「第一次敗戦」後の風俗が、また臆面もなく復活し、マキシならぬロングスカートがはやり、ズンドコ節がはやり、必要もないのに「闇市」ができ、街角を行く米兵に、可憐《かれん》な子供の声が、

「GI——シューシャイン！　シューシャイン！」

とよびかける、あの「なりふりかまわぬ臆面のなさ」が好きになりそうだ。——叫んでいるのが、「戦災孤児」ではなく、日本人が早速《さっそく》発明した「街頭靴みがき器」であり、その声が、高額のギャラをとる少女歌手がテープコーダーにふきこんだものであっても。

[part.1]

HE・BEA計画

―Theme― 選民／優勢思想、テロリズム

1

杖にすがった、鬚だらけの老人が手をさし出していった。――とたんに、群衆の中にのろのろした動きがおこり、何本もの、黒い、垢だらけでやせこけた腕が、ぼくにむかってつき出され、むっとする垢と汗の臭い、動物の排泄物のような臭いが、ぼくにむかっておしよせてきた。

「お恵みを！　お恵みを！」

うす汚れて鼠色になったぼろぼろの綿布がゴチャゴチャにもつれたような群衆は、声をそろえてさけんだ。綿布の塊りは、ゆれ動きながら、壁のようにぼくの周囲を押しつつみ、その灰色の壁の中から、鈍く光る、いくつもの眼がこちらを見すえていた。――細い、骨とはだけた鳥の肢のような腕が、何十本となくその壁からはえ、それだけが生きているようにうようよと動き、白っぽい掌や細い指で何かをもとめ、訴えようとしていた。腕の何本かは、ぼくの胸を押し、肩やシャツをひっつかんで進路を扼《やく》した。いく組かの骨ばった指が、ぼくのポケットにもぐりこもうともがいていた。ぼくは、ゆっくり首をふって、歩度をゆるめずに歩きつづけた。――ポケットの中は、からだ。バンドの裏側にとりつけた財布の中にも、もう何ルピーものこっていない。荷物は今朝、ホテルから空港へ直接はこばせ、タクシー代をのぞいたら、いくらも現金はない。いま、ここで金をやるわけにはいかないし、へたに出して見せたら、かえって危険だ。

黒褐色の枯木のような腕の林はやっとまばらになった。背後で、こちらのわからない方言で、誰かが悪罵をあびせ、誰かが唾をひっかけ、一本の手が、ぼくの耳の後を打った。――それでやっと腕の林を通りぬけ、ぼくは、眼の前の石畳の上をゆっくり歩いている、白い、やせこけた牛の尻の背後に出た。汚物のこびりついた牛の背の上を、蠅《はえ》どもが後光のように輪をかいてとびまわっていた。牛は、鞭《むち》のような尻尾をものうげにふり、糞をし、悠然と歩いていた。路地を歩いてくる人たちは、眼を伏せて牛をよける。路地の両側には、痩せさらばえた人々が、じっとうずくまっている。裸で腹のつき出た子供、骸骨のようにやせて、歯のない口で笑っている白痴の少女、路傍に横たわり、えびのように体を曲げて、眠っているのか死んでいるのかわからない老人……。やっと表通りへ出る。ターバンを巻いた巡査がいばって辻に立っている。ぼくは巡査にきかず、新聞売りの横にしゃがみこみ、顎をひざにのっけている八つぐらいの子供に声をかける。

「タクシー?」

子供は、キラキラ光る、かもしかのような、しかしその背後に何の表情も読みとれない眼をあげ、細い手をさし出す。ぼくは、小物入れポケットをさぐり、貨幣をつまみ出してのっけてやる。

「よんできたら、もう一枚あげる」

片言のヒンズー語でいうと、子供は、細い、とんがった顔に、ちょっと歯を見せる。

「英語、話すよ、サイブ」

汚れた、ダブダブの白衣の裾をまっ黒い裸の脛《すね》にまつわりつかして、子供は走り去った。

――ぼくは、最後の煙草を出してくわえ、『タバコは、もはや有害ではありません』と書かれた文字をちょっと見て、屑籠にすてる。うるさくよってくる絵葉書売りをおいはらいながら待っていると、通りのむこうを軍隊が通るのが見えた。古ぼけたトラックと、年代ものの水陸両用の戦車、最後にグルカ兵の行進……。子供が走って行く以外、人々はほとんど無関心で、大多数の人間はふりむいてもみない。

「来たよ、サイブ!」耳もとのクラクションと子供の声にびっくりしてふりかえると、おそらく二十年ぐらい前、ロンドンあたりを走っていたと思われるでっかい黒ぬりのモリスが、横っ腹にシーツの広告をくっつけ、ほこりまみれになってとまっている。——子供に金をやると、子供は行儀よく両手をあわせて叫んだ。

「ナマステ、サイブ！」

ぼくは手をふった。

「しつけのいい子でしょう」と運転手は、ちょっとコクニイのまじった、それでも流暢なキングズ・イングリッシュでいった。「私の甥なんです。両親が死んじゃって、私を親父みたいにしたっています」

「ひきとってやらないのかい？」

「ひきとって？——おお、ミスター、私にはガキが何人いるとお思いです？　八人ですよ、九人目が女房の腹の中にいます。みんなまだ、大きくない。中に双生児が一組、三つ児で一人死んじゃったのが一組……」

「じゃ、あの子は、誰が面倒みてるんだ？」

「兄が一人、姉が二人います」

「あの子はいくつだね？」

「十四ですよ、ミスター」

ぼくは、眉をひそめた。——どうみたって十以上には見えないあの少年。むろん、栄養の過度の不足からくる発育不良だ。ぼくは、バンドの下に拇指をつっこんで、少し考える。

あの子のために……だが、好人物そうに見えて、そのくせ貪欲なことは目に見えていることの『叔父』が、余分な金はどうせ全部自分の懐にいれてしまうだろう。

大通りが混み出した。——車がつかえて、ひっきりなしにクラクションが鳴っている。いまどき大時代な騎馬巡査の姿も見える。フーグリー河対岸のハウラー地区の方から、何とはない騒がしい空気が、こちらにむかって押しよせてくる。ハウラーをはじめ、ガンジス上流へかけてのコンナガール、ティタガール、シャンデルナガル、ナイハティなどの工場地帯は、いま波状におそいかかる大規模なストライキにもまれていた。——東パキスタンの分離によって、最大の原料地帯を分離されたカルカッタのジュート工業は、その後の合成繊維の数段階の進出により、いまや完全に潰滅しようとしており、市内の零細工場よりはじまったストライキの波は、慢性食料危機の圧力と相まって、たちまち市内の機械、金属工業をおそい、西ベンガルからガンジス流域一帯の工場地帯に波及した。——その上、ここ二、三年は、一九六〇年代以来といわれる大旱魃《かんばつ》と、天候不順で、米作地帯も破壊寸前にある。

「道がちがう」とぼくは運転手にいった。「空港だぜ」

「わかってまさ、ミスター……」運転手はハンドルをきりながらいった。「マイダンの方からまわります。——難民が大量にながれこんでくるって情報があるんです。こっちへ行けば、まっすぐつっこみかねない」

「軍隊が出動したのか？」

「陸上部隊は、まだ示威だけでしょう。だけど、ストライキはおさえるでしょうね。——ダイヤモンド港には、砲艦が二隻はいっています。明日は一隻だけ遡行《そこう》してくるってことですが……」

ぼくは、ここ一週間まわってきた農村地帯のことを思い出した。生きているのか死んでいるのかわからない行きだおれが、道ばたにごろごろしており、その間に本当に暑熱に煮られて腐臭をたてている死骸があった。——まずしい家財道具をかついで、うつろな眼つきで、黙々と歩いている難民の群れに、いったいいくつ出あったことか。——彼らは、どこへ行こうというのか？　食料の幻影を抱かせる都市部へか？　それともあてどなくか？

すでに、ヒンドスタン平原中部から、数種の伝染病が発生しはじめていた。それと同時に、虫害や、家畜伝染病も大発生の兆候をしめしつつある。——マイダンへむかう途中、キッデルポールの波止場にもやう船のマストが遠望された。港湾ストで、食料をつんだ高速貨物船『印度の星《インディア・スター》』号をはじめ、数隻の船舶の荷役がストップしている。そして繫船している間に、食料は、どういうわけか少しずつ減っていくのだ。

「出発は何時です？　ミスター……」

「まだ充分まにあう」ぼくはシートにもたれていう。「三時のルフトハンザだ」

「ヨーロッパですか？　アメリカですか？——おお、ミスター、ヨーロッパはいいですね、私は若いころ、ロンドンに十年以上いました。それから——英国情報部の仕事をたのまれて、インドへかえってきました」運転手はうたうようにいう。「あなたがたはいい。空港へたどりつき、テイク・オフすれば、貧窮と飢餓と混乱のインドとはおさらばです。私たちはここに残る——外の世界はどんどんかわるのに、インドときたら、二十年前とおなじです。——外の世界はかわったでしょうね？　どうです？　アメリカに、エンパイア・ステートビルより高いビルが三つもできたっていうことですが、もうごらんになりましたか？　来年末には、いよいよ月へ、一般旅客をのせた便がとぶって話ですね。ほんとに、インドときたら、これから先、どうなることやら……」

群衆がいよいよふえてきた。——運転手はやけにクラクションを鳴らし、窓から首をつき出してどなった。

「時間はたっぷりあるが、いそいでくれ」とぼくはいった。「空港で鬚をそりたいからな」

2

カルカッタ空港はごったがえしていた。

空港のゲートは、いつもより大勢のガードでかためられており、ものかげに、それとなく軍隊の装甲車らしいものがかくされ、ものものしい空気が感じられた。——耳にさしこみっぱなしのイア・ラジオは、ベンガル都市部周辺の散発的な暴動発生をつたえていた。ニューデリーで急進主義政党の本部が、軍隊によって閉鎖され、指導者の一部が逮捕された。

ゲートでパスポート検査があったが、これは問題なかった。戒厳令が出るとしても、まだだいぶ先のことになるだろう。――時間は充分あり、運転手にはチップをはずみ、鬚をそることもできた。時間がありすぎて、エア・インディアのジェット・バスで、バンコックまでとび、TWAのSSTをつかまえることもできたが、つかれていたので、やっぱりルフトの巨人《ジャンボ》ライナーでゆっくり寝て行くことにした。時間表でしらべると、この便のファースト・クラスには、トルコ風呂がついている。バスときては、ハイデラバード以来だ。モンスーン地帯のむし暑さをあらい流すこともできるだろう。

搭乗券《ボーディング・カード》を胸ポケットにさしたまま、コーヒースタンドで、ジュースを注文すると、すぐ隣りでカウンターにもたれていた、髪の黒い、精悍な感じのする青年が、ふとぼくの胸もとを見ていった。

「ファースト・クラスなら、待合室はむこうだぜ」

「ありがとう」とぼくはいった。

「そこへ行けば、ジュースなんか、ただでいくらでものめるよ」青年はつづけた。「むだづかいすることもあるまい」

「だが、むこうじゃ、こうやったまま、いきな恰好《かっこう》でのむこともできまいし、隣りの人も、心やすく話しかけちゃくれまい」とぼくはいった。「君のために、ウイスキーをいっぱい、むだづかいさせてくれるかね？」

青年はニヤリと笑って、骨ばった、細くかたい手をさしのべた。

「バラードだ」と青年はいった。

「音楽家かね？」ぼくは、その細長い指をにぎりかえしてきいた。

「フリーのジャーナリスト、弁護士、手術の経験のない外科医、地方予選でおちてばかりいた職業レーサー、ちっぽけな国のロケット・ライダー。——だけど音痴でね。サインはするが、バラードなんて一小節もつくれない」

「リイだ」とぼくはいった。「ある財団の委託で、調査をやっている——まあ、生物学者の部類かな」

「インドの調査かい？」

「まあ、あちこちだ。東南アジア、中国、中南米——今度はデカン高原へ一カ年ほど……」

「ルフトの一〇六便だな。——同じ飛行機だ。あとで、カクテル・ラウンジであおうぜ」

バラードは、眼の前におかれたグラスを、サッと手品師のような手つきであおると、肩をポンとたたいて、カウンターをはなれた。「おれたち、気があいそうじゃないか」

豹のような敏捷さで彼が歩み去った方角をみると、八字ひげをはやした、まだ若い、顔色の悪い男が、柱のかげからじっとこちらを見ていた。バラードが、その青年のそばによると、二人は何か、早口でひそひそ話しはじめた。――夢想家らしいな、とぼくはジュースをのみながら思った。――夢想家で、行動家だ。どこの国の男だろう？

ファースト・クラスの搭乗は、もう二十年も前、ワシントンのダレス空港につかわれていたモビル・ラウンジ――つまり待合室の下に車輪がついていて、そのままジェット機の搭乗口まで動いて行く、という方式だった。ついてから、空港の廊下にひらいていたドアをあけると、そのまま旅客機のファースト・クラスに入って行く。エコノミーの方は、ベルト・コンベア式のエクステンション・ブリッジで、四つの入口からつめこまれていく。――ファースト・クラスといっても、待合室には七十人ちかい乗客がいた。六百人のりの豪華船《ドリーム・ボート》、ボーイング〝ジャンボ・ライナー〟は、ファースト・クラスの収容人数百二十名だった。全備重量四百二十トンのこのばかでかいジェット機は、大口をあけて、下部の貨物デッキにトレーラーのはこんできたコンテナーをのみこんでいるところだった。

指定席につくとすぐ、ボーイが飲物をはこんできた。――ぼくは、軽いアルコール性飲料を口に含みながら、おちついたブルーとベージュでいろどられた、ひろびろとした室内を見わたした。一隅が特別室のコンパートメントになっていて、その前で華やかな、白い衣裳をつけた若い女性と、仕立てのいい服を着た長身の青年の新婚らしいカップルをかこんで談笑している一団がある。金持ちの観光団らしい、じいさんばあさんの一行が、客室の中を行ったり来たりしている。床には、くるぶしのうまりそうなほど毛足の長い、どっしりした臙脂《えんじ》色の絨毯《じゅうたん》、座席の前には、折りたたみ式のティーテーブル、四チャンネルあって、機内のビデオコーダーで映画を放送しているマイクロカラーテレビ受像器、ステレオ用のイアフォン……。体のしずみこみそうなシートに腰をおろして、ぼくは大きくのびをした。離陸五分前で、パーサーが、にこやかに室内をまわって、乗客を席につかせている。席につくと、コックピットからの操作で、シートの両側からアームがとび出し、胴をしめる。777《スリー・セブン》は、タクシイングに入っていた。

離陸して、ウォーニング・ランプが消えるとすぐ、ぼくはエコノミー・クラスと共用のカクテル・ラウンジへ行った。

「バーなら、三階のロビイでひらいておりますが……」ドアを押そうとすると、スチュアードがいった。「ファースト・クラスのお客様は無料でございます」

「いいんだよ」とぼくはいった。「小銭が多くなって、ポケットの底が破れそうなんだ」

入って行くと、離陸したばかりなので、ラウンジの人影はまばらだった。——窓際の席に、さっきのバラードという青年がいて、白い歯をむき出して、ニヤッと笑って手を上げた。

「おごりかえせないかと思ったよ」とバラードはいった。「ジャンボのファースト・クラスときたら、こちらが足もとにもよれない大名旅行だからな。おれなんざ、まず一生乗ることはあるまい」

「それでも、大洋通いの豪華船にくらべれば、大した差別じゃないさ」とぼくは腰をおろしながらいった。「オーシャン・ライナーで旅行したことがあるかね？　こまかくかぞえれば、船底からはじまってクラスが二十ちかくあるぜ。それに地中海からインドへかけては、デッキ・パッセンジャーというやつがある」

「何にする？」バラードはちかよってきたボーイを見てきいた。

ぼくはダイキリを注文し、バラードは、テキラのグラスを、ものの見事にのみほした。……酒のつよい男らしかった。

「どこまで？」とバラードはきいた。

「終点だ。――ニューヨーク」

「次のバンコックまで、二時間ある」とバラードは、そのくたびれた服装に似あわない時差自動表示式の腕時計――この時計は、もとの時間をさしている針とかさなってもう一組の針があり、長距離移動している乗物の中では、その乗物が子午線上に一定の間隔をおいて配置されている通信中継兼用の標準時衛星の電波をうけ（乗物の中でそれが増幅される）、自動的に、その地点の標準時をさすように、すすんだりおくれたりする――を見ていった。「まあ、チビチビやろうぜ」

そういうなり、彼は窓から下界をくいいるように見つめ、しばらく口をきかなかった。

六百人ちかい乗客と百六十トンの貨物をつんだこの三層デッキの巨大な巨人機は、推力《スラスト》二十五トンというバカでかいターボ・ファンエンジン四基によって、その重量四百二十トン、全長百メートルあまりの巨体を、やすやすと高空におしのぼしつつあった。――ラウンジの壁にある、飛行状態表示板の上で、高度とスピードをあらわす数字はどんどん大きくなっていき、〇・八五マッハ、高度一万一千でぴたりととまった。

ぼくは、うすい緑色の液体をたたえて汗をかいているカクテルグラスをつまんで、ちょっと口にふくんだ。――窓の外、地平のはるか上の方に、遠く幻のように、雪を抱いたヒマラヤの峰々がかすかな雲をまといつかせてうかんでいた。――一きわ高く見えるのは、カンチェンジュンガだろうか？　それらの山々はまるで、大地からきりはなされて、宙空高くうき上っている固い泡のつらなりのように見えた。頂きのいくつかは、赤みがかった金色に光り、その上にうす白い高層雲の光芒をもやのようにはいて、さらにその上は、黝《くろず》んだように濃い、紺青の空がひろがっている。その紺青の空の中にうす白い四本の線と、四つのオレンジ色の焔が動いていた。焔から少しはなれた前方に、キラリと銀色に光る、小さな細長い三角形が見え、それはすばやいスピードで西から東へ移動しつつあった。ヨーロッパをたって、アジアまで三時間でとぶ、マッハ七の超々高速旅客機――ＨＳＴだった。――この高度では、すでに地平の雄大な彎曲《わんきょく》が、胸にせまるようにはっきり感じられた。高度五万から六万をとぶHSTから見おろせば、この彎曲ははっきりと球として感じられ、青から濃紺にかわる宙天には、真昼に星もかがやき出す。山脈のはるか下の方の靄のなかから、ベットリとした、やや茶色がかった濃い緑色のカーペットがひろがっていた。雲の団塊が点々とちらばっている以外は、ベンガルから東パキスタンにかけて珍しく、暑そうな快晴にめぐまれていた。うねりながらごちゃごちゃにもつれあった地上になげ出されているガンジス河は、沖積デルタを櫛の歯のようにズタズタにひきさいて、ベンガル湾の群青に茶色の絵具をながしこんでいる。河の下流には、うすいガスがはかれ、水田と森林の塊りがつづいている。北方のガスの中に、プラマトラ河の蛇行部がキラリと光り、ダッカは遠く霧の中だった。

ベンガル湾上に出ると、バラードははじめて窓から眼をはなし、少し照れたような笑いを口もとにうかべ、もう一ぱいテキラを注文した。

「席をかわろうか？」とバラードはいった。「湾のむこうに、チッタゴンらしい街が見えはじめている」

窓に食いいるようにして、この男はいったい何を見ていたのか？——ぼくはふと、それが知りたくなった。ぼくは、彼の眼をじっと見た——。

「乾杯だ……」バラードは、眼を伏せるようにしていった。「ベンガル湾上空一万二千メートルのドリーム・ボート内でのむ、メキシコ産純正テキラのために……」

「純度最高のジャマイカン・ラムのために……」とぼくはいった。

グラスをほしたあと、なおしばらく、バラードはだまりこんでいた。眼は再び窓外に吸いつけられていたが、彼の内部に、何かがフツフツと煮えたぎり、今にもあふれそうになっているのがわかった。

「あれを見たか？」と、彼は突然、しわがれた、しかしおちついた声でいって、顎を窓の方へしゃくった。

「何を？」とぼくはききかえした。

「インド――」と、彼はいった。――のど仏が何かをのみこむようにゴクリと動いた。

ぼくはうなずいた。

「ファースト・クラスのお客さま、軽食のお支度ができておりますが……」とスチュアードが近づいてきていった。

「パスだ」とぼくはいって、おっぱらった。

バラードは、なおも何かをのみこむように、のど仏を二度三度動かした。――エコノミー・クラスの方では、映画がはじまったらしい。にぎやかな笑い声がきこえる。長さ百二十メートル、三層デッキのこのジェット旅客機は、飛行機というより巨大な空とぶ船だった。――こんなものが、空気の力で、地上十キロにうかんで、音にちかい速さでとぶなどということは、百年前の人には想像もできなかっただろう。

「インド……パキスタン……アラブ……アフリカ」とバラードはつぶやいた。「インドでは、七億《ヽヽ》の人間の中の巨大な部分が飢えている。――今度の飢饉で、また二千万人ちかくが死ぬだろう。チベットではゲリラが山ほど殺され、東南アジアでも、大勢の人間が、動物みたいな状態においこまれている。中国でも、千万から二千万の餓死者が出るだろうな」

「十億の民の二パーセントか――」とぼくはいった。「今年は、どちらかといえば、平年作だってことだのに――人口爆発だな」

「君、今スナックをパスしたな――君が手をつけなかった食事は、次のバンコックでどうすると思う？　捨てるんだぜ《ヽヽヽヽヽ》」とバラードはいった。「衛生上の観点からだそうだ。一部は、それでも空港周辺のヤミ食料屋に、こっそり流されることもある。……後進地域の空港ではね。だが、ふつうの所なら、全部でっかいディスポーザーの中へぶちこむんだ。特にアメリカの航空会社の場合は厳重に廃棄する」

「あつい地方をとぶ時は、食物のいたみ方も早いからだって話だがね」

「インドじゃ、くさった肉を食ってたよ」とバラードはいった。「蠅がたかっているやつをさ。プトマインにやられて、見てるまえで嘔吐してバタバタ死ぬんだ。それでも食わずにおれないらしい」

声をあらげるのかと思ったら、逆に声をひそめて、バラードはいった。

「地上じゃ、何十万という赤ン坊が、栄養失調で、腹がふくれ上って死んでるんだ。伝染病と飢餓で何百万という連中がバタバタ死んでいっている。――その上空一万メートルを、胃酸過多の連中が、ぜいたくな食物を、ちょいとはしをかじってはゴミ箱にぶちこみながらとんで行く。――君は、これを何とも思わないかね？」

「バラード――」ぼくはもう一度彼の眼をじっと見た。「君は、いったい何を考えてるんだ？」

「アメリカ一国だけで、月に三兆ドルつぎこんだ……」バラードは、かすれた声で、機械的にしゃべりつづけた。「きのう、月面のワシントン基地から、隊長がかえってきた。いまごろ、ウォールドルフ・アストリア・ホテルあたりで歓迎パーティさ。出席する貴顕淑女は、みんな肥りすぎて苦しんでるから、料理はちょいと手をつけるだけだろうな。――ソ連はレーニン基地にいくらつぎこんだかわからない。アメリカは余剰食料を南極の氷の下に貯めこんでいる。軍事演習のためだというけど、もう累積十万トン以上になる……むこう側では、肥りすぎて、下もむけない……食料はあまって海へすてている……こちら側では、栄養失調で、骨と皮にやせこけて、飢えて、道ばたで犬みたいに死んでいく。宇宙へ、地球の資源と富を、気の遠くなるほどつぎこみ……こちらの連中には家もない。伝染病にかかったって、医薬品も、病院もたりない……これが、同じ人類かね？　人間って、りっぱなもんじゃないか、え？」

　ぼくはだまっていた。——インド政府は、これまでに二度、破産していた。それでも大国や国際機構は、天文学的な負債を棚上げにし、新たに資金と経済援助を行ってきた。中国は——例の通りだった。内部分裂や、周辺抗争をおこすたびに、その国内情勢は悪くなっていった。おそろしく閉鎖的な環境で育てられた子供たちが、大きくなって、情勢を一層困難なものにした。中国は、まだその巨大な国を開いていなかった。——ソ連でも半世紀かかったのだ。

「アルジェリア……チュニジア……モロッコ……赤道アフリカ、南アフリカ……」バラードはうたうようにいった。

　そう——そこでも困難をきわめていた。北アフリカでは、むしろ経済状態は好転しかけていたが、巨大なネックは、宗教問題だった。イスラムの頑固な戒律は、大胆な施策に、常に反撃の口実をあたえ、イスラエル・アラブ紛争は、爆撃機と短距離ミサイル戦の段階を、まだぬけていない。——問題は、赤道アフリカ下に、強大な黒人軍事国家がうまれつつあることだった。それは周辺に恐怖をまきおこし、地上火器と、旧式軍用機中心だが、軍備競争をひきおこしかけていた。

　中南米では、独裁者をたおして独裁者がたつということがくりかえされていた。——多血質の人々の多いこの地帯では、左右両翼からの過激主義と、骨がらみの専制主義が、経済社会の建設に対して、常に不安な時限爆弾の役割を果していた。ここでも、問題は貧困とデスポティズムの悪循環の中に、何十年来の一進一退をくりかえしている。

「それで？」とぼくはいった。

「先進諸大国のエゴイズム……後進諸国の政府の腐敗と無能……野蛮と無知……反体制指導者の、手のつけられないアナクロニズム……国際機構の官僚主義……」バラードは、くいしばった歯の間からおし出すようにいった。「こういうものの悪循環の間に、何千万という人間が殺され、何億という人間が飢餓と疾病の中に死にかけてるんだ。……明日は、貧しい連中の人口はもっとふえ、もっと多くの人間が飢えようとしているのに……」

「わかった……」ぼくは、首をうなだれかけている彼の顔をのぞきこむようにしていった。

「で？……君は何を考えてるんだ？」

「い、いや、ヒー・ビー計画……」とバラードはつぶやいた。

「なんだい、それは？」

「世界のメカニズムを、かえなきゃだめだ。……一刻も早く……。たった今……」

「それが、ヒー・ビー計画かい？」

「君がニューヨークへついたころ……」バラードは口のなかで、もごもごいった。「見ていな——世界中がひっくりかえるようなおもしろいことが起るぞ……」

そこまでいうと、バラードは、がっくり首をたれて、正体もなく眠りこんでしまった。

——ぼくは立ち上って、ちかづいてきたボーイに、代金とチップをはらった。

「おやすみですか？」とボーイはバラードのほうを見ていった。

「つかれてるんだ」とぼくはいった。「テキラ二杯、ぐい飲みしたんじゃつぶれるさ」

それからぼくは、カウンターの方へ行き、さっきからカウンターでウイスキーをなめながらコミックブックを読むふりをしてずっとこちらを見ていた、ずんぐりむっくりした男のそばに立った。

「ジン・ジンジャーエール……」とぼくはいった。「それからこちらの方に、ウイスキー。ダブルで……」

ずんぐりした男は、びっくりしたように、キョロキョロする紫色の眼をこちらにむけた。

――ぼくは、その眼をじっとのぞきこんだ。

「いや……わ、わたしは……」とその男はいった。

「いいでしょう……」ぼくはニコリともせず、男の眼を見つめていった。「彼は寝ています」

「お、お友だちですか？」男は、汗をかきながら、声をしぼり出すようにいった。

「いや――カルカッタ空港で、口をきいただけです。どちらも一人旅で、飛行機にのったら飲もうと約束して……」

「気をつけなさい……」男は、眼をむいて、両手をしぼるようにしていった。「あの男は……危険な……男です。監視されて……」

その時ウイスキーがきたので、男は、水でも浴びるような恰好でのみこんだ。——とたんにむせかえり、顔をまっ赤にして、カウンターの下にしゃがみこんでしまった。ぼくは肩をすくめ、二人分の代金をはらうと、ジン・ジンジャーエールを一口のんだだけで、ファースト・クラスへのドアをおした。

「間もなくラングーン上空通過……」と機内アナウンスがいった。

3

トルコ風呂はバンコックをたってからのことにして、ぼくはシャワーだけあびて、シャツをきかえた。ぬぎすてたシャツに、洗面台で百度の熱湯をそそぐと、たちまちとけてシンクのなかへながれこむ。〃エアウェイト〃という、この新繊維は、まったく便利だ。衣服はすべて押型整形で縫目なしにつくることができ、アンダーシャツは、ちょうどポケットにはいるハンカチぐらいの大きさにたたまれて、上下そろって六グラムしかない。丈夫で保温性がよく、冷水なら中性洗剤で洗えてすぐ汚れがとれるし、しかもハンカチ一枚より安い値段だ。——これが先進国にしか出まわっておらず、安いのに数がそれほど多くないのは、ひとえに後進国の天然繊維産業を圧迫しないためだ。後進国の連中だってこれを着たらいいのだが、そうすると、彼らの国の工場がつぶれ、多数の人間が路頭にまよって、また飢える。——後進国間では、経済グループができていて、自国の産業を脅威にさらすこの種の製品をしめ出している。バカなことだとは思うが、旧式機械をわんさとかかえこんで、しかも償却にまだ間があるとあらば、やむを得まい。

汚れをおとすと、ぼくは自分の座席にかえった。——ダイニング・ルームになっている前部展望室では、楽団演奏がはじまっていたが、ぼくは、シートをベッドになおすと、横になった。——このシートは、完全なベッドになり、スイッチ操作で、天井からプラスチック・カーテン製の蚊帳《かや》のような防音覆いがおりてくる。耳もとのラジオを、睡眠用の音楽にセットすると、ぼくは、すぐ深い眠りにおちた。

そのまま眠りつづけ、バンコック、東京は眠ったまますぎ、眼がさめた時は、太平洋上で、夜が明けていた。——ホノルルで、フラダンサーとバンドが二組のりこんできて、そのままのって行く。エコノミー・クラスのショーフロアと、前部展望室のステージで、栗色にやけた白い歯の乙女たちが、こもごも体をくねらし、バンドはものうげな電気ギターのひびきを部屋いっぱいにまきちらす。——その、陽気で倦怠にみちたショーをのせたまま、ジャンボ・ライナーは、太平洋上一万三千五百メートルの高度を、頭上に静止する航法衛星からの誘導電波をうけつつ時速千百キロでとびつづける。フラダンスの次は奇術だった。

「三階のロビイへ行きませんかな？」と隣りのシートの男がいった。ホノルルでのりこんだのだろう。隣席はたしか、ずっとあいていた。「ルーレットが出ていますよ。——バカラかクラップはどうです?」

「残念ながら、ギャンブルはやりません」とぼくはいった。

「それは残念……」その頭のはげた、見るからに好人物そうな老人は、ニコニコ笑いながら首をふった。「お若いのに、あの胸はずむ悪徳をたしなまれんとはな……この飛行機のルーレット場は、タイなしではいれる、数すくない賭博場ですよ」

「御幸運をお祈りしますよ」とぼくも笑いながらいった。「ぼくはすいているうちに、トルコ風呂でマッサージをしてもらいます」

「トルコ風呂……」老人は首をすくめた。「やれやれ——そのうち、旅客機の中に、プールが出来るようになりますな。予言しますよ。——しかし、これだけ豪勢になっても、ヴエルヌやウエルズが考えた巨人機みたいに、オープン・デッキで風にふかれながら空をとぶというわけにはいかんのは、どういうことですかな」

老人が、エレベーターで三階に上ってしまうと、ぼくは足もとに、老人のシート番号をつけた搭乗券がおちているのを見つけた。——ひろって、老人の席におこうとすると、その裏側に、ボールペンのあとらしいものがついていた。なんの気なしに——ほんのなんの気なしに、明りにすかすと、「J・J・バラード」と書いた文字のかたが見えた。

サンフランシスコで、税関吏と検疫官、それに出入国管理官がのりこんできて、ぼくらは手荷物検査をうけるために、一階の貨物室へおりた。六百人ものるジェット機では、空港の検査施設がとても入国者をさばききれないので、手荷物室《パッケージ・ルーム》自体の中に、検査設備がそなえてある。ニューヨークまでの四時間半、乗客は順番に下へおりて、検査をうける。

――税関吏は、ぼくの荷物のすくなさを見て、ちょっとびっくりしたらしかった。

「R・S・G財団……」と出入国管理官は、ぼくのパスポートを見てつぶやいた。「きいたことありませんな、ヨーロッパですか?」

「本部はスイスです」とぼくはいった。

「あなたは、リヒテンシュタインに住んでおられる……お仕事は科学者ですか?」

「ええ、まあ――」

「アメリカには、どのくらい?」

「一カ月ほどです」

「では、どうぞ――」と係官は、スタンプをおしてパスポートをかえしてよこした。「アメリカ滞在をたのしんでください」

係官に背をむけると、すぐ後に、隣りの席の老人がいた。――彼は、茶目っ気たっぷりに、ウインクしてみせた。

「わしも、あなたの禁欲主義に帰依したくなりましたよ」と老人はいった。「悪徳には、相応のむくいがありますな。もうちょっとで、あなたにタクシー代を借りなきゃならんほど、すってんてんになりましたよ」

　ぼくは笑って、老人の傍をはなれようとした。そのとき、ふと背後で、老人が出入国管理官になにかいっているのがきこえた。それがおそろしく横柄な調子なので、ぼくはおや、と思った。あんなに好人物そうに見えたのに、役人に話しかけている調子には、ものやわらかな底に、大勢の人間を長年にわたって強制的に意にそわせてきた人間のみがもつ、猛烈な自己中心性みたいなものがチラとのぞいた。ぼくは、さっきひろった搭乗券の裏にのこっていた文字のことを思い出し、ふと、あの老人の眼を見てみたい気をおこした。だが思いかえして、ぼくは席へかえった。——どうでもいいことだ。

　ニューヨーク第四空港へむかって、巨人機が滑空にはいる前に、ぼくはバラードにあいさつをしようと思って、エコノミー・クラスの部屋をのぞいた。——巨大な、雨天体操場のような部屋に、三列ずつ十二列、シートがならんでいる。ファースト・クラスとちがって、ショーフロアや、子供の遊戯室があって、庶民的な感じだった。……しかし、あの精悍な顔は、そこに見あたらなかった。かわりに、カクテル・ラウンジで出あった、あのずんぐりした男が、あわてて新聞で顔をかくした。

　空から見おろすマンハッタンの夜景は、あいかわらず、地球上でもっともきちがいじみたものの一つだった。——ダウンタウンの方に、フーラー・ドームでおおった、巨大な人工空間がいくつもできかけていたが、ニューヨークの人工気象計画は、まだこれからで、やはりこの都市の景観の特徴は、とてつもないオベリスクの大群だった。最近ではその摩天楼群の中腹をぬって空中道路が美しいループをつくってまといついている。ロアー・べイに面したマンモス空港の喧騒の中でタクシーの乗場をさがしていると、いつの間にかバラードが、うす笑いをうかべて横に立っていた。

「乗物を用意したよ」と彼がいった。

「ぼくのために?」とぼくはおどろいていった。「それはありがとう。――だが、タクシーの乗場を教えてもらえばいいよ。ぼくの行く先は、ロングアイランドの東のはずれで、遠いんだ」

「いいんだ。――パタースンまでおともしよう」バラードは、あいかわらず、くちもとにうす笑いをうかべながらいった。

「パタースンなら、方向がまるでちがう」

「それでいいんだよ」とバラードは、強く低い声でいった。「いっしょに来てもらおう」

いつの間にか、ぼくの背後に、二人の男がたっていた。一人は丈高い、ジャンパー姿の黒人で、もう一人は、プエルトリコ人かと思える、やせぎすの、色の浅黒い青年だった。胸ポケットに、ラジオのようなものをさし、耳にイアフォンをさしこんでいる。

「大丈夫か?」とバラードは、ラジオをきいている青年にきいた。

「OKだ……」と青年は、人さし指と拇指で丸をつくって見せていった。「全部の周波数帯をしらべた。——別にトレーサーみたいなものはつけていない」

「つづけて監視しろ」バラードは鋭くいって、今度は黒人の男に顎をしゃくった。「あの男だ。——眠らせろ」

　背の高い黒人は、ガムをかみながら、獣のようなしなやかな身のこなしで、大またに歩き出した。雑踏のごったがえす構内のむこうに、あのずんぐりした小男の姿が見えた。男は、せかせかした調子で、電話ボックスにはいるところだった。——黒人の青年は、電話の順番を待つような恰好で、ジャンパーに手をつっこんで、そのボックスの外にしばらく立っていた。それからくるりと踵をかえして、こちらへかえってきた。彼のやったことは、それだけだったが、ドアに手もふれないのに、中で小男ががっくり首をうなだれるのが見えた。

「行こう」とバラードはいった。「とにかく、手間をとらせないでくれ。いう通りにしてくれれば、別に危害をくわえない。——しばらく、自由をうばうかもしれないが」

「荷物を持とう」と黒人は、よくひびく、ビロードのようにやわらかな声でいって、大きな手をさし出した。——ぼくはあきらめて、スーツケースとコートをさし出した。

　世界最大の空港、ニューヨーク第四国際空港は、ありとあらゆる新しい都市交通機関の展示場だった。透明な鉄骨の中を、気圧差を利用して時速三百キロで走るチューブ・トレイン。音も排ガスも出さずイオン・エンジンをつけてとびまわるＶＴＯＬ《ヴィトール》バス、自動操縦装置をつけた、豪奢な新型ランナバウト——だが、バラードたちが、駐車場からリモコンでよびよせたのは、もうだいぶ型の古い、ＧＭのエア・カーだった。下に特殊ゴムの袋——エア・キャスターをつけたエア・カーは、のりこむや否や、羽のようにかるくうき上り、音もなくすべり出した。

「君にはまったく気の毒だ、リイ……」誘導道路《ガイドウェイ》をさけて、古いハイウェイに出ると、バラードはぽつりといった。「君が悪いんじゃない。ぼくのミスなんだ。——だが、どっちみち後始末はちゃんとやらなくちゃならん」

「テキラでダブルを二杯は、ひどかったかも知れんな」とぼくはいった。

「その通り……」バラードは苦笑した。「おれはついうっかり、君にしゃべりすぎた。——したがって君は知りすぎた」

「ぼくは一介の人類学者で、調査員で、第三者だ。——原則として、政治には局外中立だよ」

「それはそうだろう——おれもそうだと思う。だが、君が完全に大丈夫だという証明は何もないし、君自身が約束しても、ほかのところから手がのびるかも知れない。期間的にはわずかのことだから、その間、かくれていてもらうのが一番いいと思うんだ」

「どのくらい？」

「長くて七十二時間、うまくいけば二十四時間――」

「ホアン……」と黒人が、ダッシボードにとりつけられたリア・テレビをのぞきながらしずかにいった。「つけられているんじゃないか?」

ハンドルをにぎっている、浅黒い顔の青年は、車のリア・テレビを暗視装置《ノクトビジョン》の方にきりかえた。――ハイウェイの後方車の姿がいくつも見えた。

「大丈夫だろう」とホアンとよばれた青年はいった。「わきへそれた」

パタースンまで、バラードもだまり、ぼくもだまった。あとは、かすかなモーターのうなりと、エア・キャスターの、ささやくような空気噴射音がひびくばかりだった。――くらくて、彼の顔がよく見えず、明るい所で彼の話をきくつもりだった。

4

パタースンもはずれの、丘と森の中の住宅の一軒に車はとまり、ぼくらは中にはいった。――しごくふつうの住宅だったが、中に二重三重の仕掛けがあることは、ひと目でわかった。中には、東洋人をまじえて四、五人の男がいた。ここでバラードは、ナグプールの名でよばれていることがわかった。――壁面隠顕式のドアのむこうに、巨大な通信設備が垣《かい》間《ま》見え、ひっきりなしにパイロットランプがきらめき、ファクシミリが通信文を吐き出している。中から、若いボクサーのようなたくましい男が出てくる。

「手はずはととのった」と鼻のひしゃげた大男はいった。「今までのところは、一分の狂いもなく進行している。心配していたカサブランカ号も、六時間前、無事にモントリオールについた」

「仲間のほうはいいとして、先方はどうなんだ？」バラードは、いらいらしながらいった。

「うまくあつまってくれないと、具合がわるい」

「大丈夫、中国首相は、今夜ついた。もう宿舎にはいったようだ。――ごねていたアラブ連合大統領も、今夜おそくか、明日の朝には、確実にチャーター機で到着するそうだ。今、カイロから通信がはいった」

「よし。それじゃ、明日の午後には、確実に本会議はひらかれるな……」バラードは時計を見た。

「VTOLの準備は？」

「もう少しかかる」

「その間に、デモンストレーション・ポイントをもう一度チェックだ」バラードがいうと、鼻のひしゃげた男は、別の壁面にちかよった。百号ぐらいのベン・シャーンの複製の顔が、すっと下へさがって、地図投影板があらわれた。

「通信はいい。異常なしの応答だけさせろ」そういって、バラードは、ワイアレスマイクをつかんだ。「第一地点A……」

「西経七十度二分、北緯三十五度十三分……異常なし」と通信室から声がかかる。――バミューダ島とワシントンのちょうどまん中あたりの海上で、グリーンのランプがポッとともる。

「よし、天候は大丈夫だろうな」

「大西洋高気圧が発達してる。――すくなくとも四十八時間は快晴がつづくみこみ」

「沿岸警備艇にあやしまれるな。ぎりぎり一時間前まで操漁をつづけるふりをしろとつたえろ」

「了解……」

「次、第一地点B……」

ぼくは地図板をじっと見つめた。今度は、さっきよりすこし北の、ノバスコシア島の沖合あたりでランプが光った。――それから、ヨーロッパの北海中央、ドッガーバンクの北……ビスケー湾沖合……陸上へうつって、ソ連領ウラルの東にあるオビ河中流ヤマロ・ネネツの大湿地帯、中国青海省高原地点の上、それからベーリング海峡。そして、ワシントン、モスクワ、北京、東京、パリ、ロンドン、ボン、カイロ、ニューデリー……

「オーケイ……」とバラード＝ナグプールはいった。「以後、二時間ごとに、あやしまれないように異常なしのサインだけ出させろ。実行一時間半前に、こちらからサインを送る。

うけとったらフルスピード退去だ」

「モントリオールの搬入はすんだかな……」ホアンという男が、青ざめた顔でつぶやいた。

「四時間前におわっている。現在結集中だ。一時間でスタンバイにはいる」と、奥から声がした。

「さて……」といって、バラードはもう一度、時差自動修正装置つきの時計を見た。

「彼をどうします？」黒人は、ぼくの肩をおさえていった。「眠らせますか？」

「しばるだけでいい。──リイ……しばらくの辛抱だ。隣りの部屋へ行こう」

黒人がついてこようとするのを、バラードは制した。

「用があったらよぶ。──彼にはおごられっぱなしなんだ」

隣りの部屋は、小ぢんまりとした居間という感じだった。バラードは、顎でしゃくってぼくに椅子をすすめると、洋酒キャビネットをあけて、デキャンターからふつうのタンブラーにコニャックをついだ。

「出動まで少しある」彼はぼくに酒をすすめながらいった。「わずかの間でも、君をしばりつける時間を短くしたいからな」

「御親切いたみいるね」とぼくは少し皮肉をこめていった。「カルカッタで、君に酒をおごるんじゃなかった……」

「君にはほんとうにすまないと思ってるよ、リイ……」バラードは肩をすくめていった。

「まったくおれが軽率だったんだからな。――いくらよっぱらっていても、なぜあんなにベラベラしゃべったんだろう？」

「どうせついでだ」ぼくはタンブラーを掌の中でまわしながら、じっと彼を見つめた。「話してくれよ。――いったい何をやろうとしているんだ？」

「君はきいたはずだ……」バラードは、ふと不安そうに、眼を宙にそらせた。「それにこの家の中も見た。あとは――そうだ、計画が成功したら、新聞ででも見ろよ」

「教えてくれ、バラード……」ぼくは低く、力をこめていった。「ヒー・ビー計画って何だ？」

名前を強くよぶと、大ていの男は思わず反射的にこちらを見る。そのチャンスに、ぼくはうまく彼の眼をとらえた。彼ののど仏が、ごくっと上った。

「反利己主義と反官僚主義《アンティ・エゴイズム・アンド・アンティ・ビューロクラシィ》、人道主義のための能率《エフィシエンシィ・フォー・ヒューマニズム》の頭文字を逆につづったものだ……」バラードは、かすれた声でいった。「明日――モントリオールの国連本部で、世界首脳会議がある」

「それで？」とぼくはきいた。――デカン高原にもぐりこんでいた二年の間に、国連本部が、ニューヨークからモントリオールにうつったのを忘れていた。「つづけてくれ」

「君たち学者はいい。――ニル・アドミラリだからな」バラードは、コニャックをグッとのみほした。「しかし――世界は飢えている。六十億の人間の、約半数が飢えているし、三分の二が栄養不良で、おそろしく劣悪な衛生環境のなかに生き、三分の一が、人間ともいえないような、ひどい住居に住んでいる——おおいのないところで、地べたにねているやつも大勢いる。ニューギニア奥地の土人さえ、屋根のついた家にねているのに……」

「なるほど……」とぼくはコップをまわしながら相槌をうった。「それも、生物としての限界状態にある地域ほど、人口がふえる——セックス以外にたのしみがないからかね？　それとも、生の条件が困難で、死亡率が高くなりそうだと、それを上まわって子孫を生もうとする、自然の摂理かな？」

「人ごとみたいないい方をするな！」バラードは、突然ぞっとするような、怒りのこもった声でいった。「君は——知らんのだ。どこかの金のあまった連中が道楽につくった財団から金をもらい、ファースト・クラスで世界をまわって、辺境の人間を動物みたいに観察する。——君は知らんのだ。飢餓というものがどんなにおそろしいか。……どんなに苦しいか。ひもじがって、赤ン坊の腹がどんどんふくれていく。手足がやせこけて、骨みたいになり、しまいには泣き声もたてず、口だけパクパク動かし、やがて歯のない歯ぐきの骨が、うすくなった皮膚の上からすけて見えるようになって死んでいく。——生きているうちから、眼や口に、蠅が卵をうみつけ、蛆が湧き——母親は、壁にもたれたまま、動く力もない……」

「君はアジア出身かね？　ナグプール……」とぼくはいった。

「どうでもいい……」とバラードは吐きすてるようにいった。「母親は——アジア人だ。親父はポルトガル人で、おれがうまれる前に逃げやがった。——とにかく、三十億の人間が飢えてるんだ。だのに、肥えふとって、食物をすてている六億の人間は、この連中のために何もしてやらないんだ。乞食にパン屑をなげるみたいに、余剰農産物を、それもさんざ恩にきせてめぐんではくれるけれど、本気になって飢えた人間を救ってくれる気はないんだ。自分たちの所は、高度の文明と、科学技術をもっている。あるいは、その上にさらに広大な資源をもつ領土をもっている。高級アパートに、モビル・ハウスに、セカンド・カーに、自家用飛行機をもっている。——そのくせ、ゆたかすぎるくらいゆたかな、つかってない所がたくさんある。自分の国の広大な領土は、一人じめしてよその連中をいれない。——飢えて農作物をつくりたがっている連中を、なかなかよせつけない。自分のところだけで使うには、あまりすぎるぐらいの地下資源を、一人じめにして、途方もないぜいたくをやっている。連中は、今の浪費を手ばなしたくないばかりか、もっともっとぜいたくなことをやりたいんだ。だから、人類文明の高みをきわめて責任をはたす、とか何とかいって、正気の沙汰でないような、巨大で高価な機械をつくって、宇宙へ進出したり、途方もない都市や、海底都市をつくったりするんだ。——ていのいい道楽じゃないか？——ほかの国の、飢えてる人間のことなんか、眉をしかめるだけで、本気になって考えたことなんかないんだ。——自分たちと同じ人間と思っちゃいないんだ。やせこけて、きたならしくて、バイ菌だらけで、くさくて、無知蒙昧で、野蛮な猿ぐらいにしか思っていないんだ。そんな連中を、合理的で、文化的で、水道の水がカルキの臭いがしたといって、都市中がさわいでいるような国――どこへ行ってもエアコンディショニングされていて、最高の科学技術を駆使して理想的に設定された、清潔で高級な都市に近よせないんだ。ちかよると、無菌包装された低カロリー食がまずくなるってわけさ。――そんな連中は、ほこりだらけで、マラリアの蚊や赤痢の蠅がワンワンしている、むしあつい、汚ならしい地帯におしこめといて、そこで飢えて、骸骨みたいになって、垂れながして、死んで腐ってけばいいんだ。――なんだったら、そんな連中は、新兵器や細菌兵器や毒ガスの人体実験につかってやればいいんだ。その方がモルモットなみで、まだしも文明の進歩に寄与するってわけさ。東南アジアのある国みたいに、頭の上から、たくさんたくさん、爆弾をおっことしてやればいいんだ。――生きている苦痛を、早くとりのぞいてやるためにさ。アメリカは、南極に食料を貯蔵している。未来の食料問題のためだというが、結局自分の所の軍隊のためさ。――アメリカもソ連も軍備はここ四十年間、拡大しっぱなしで、累積何千兆ドルになるか知らないが、その工業力を本気になって後進地開発につかおうなんて気配はさらさらない。軍人どもは、毎年毎年、やたらに新しい殺人兵器をほしがり、やたらに有能な技師や科学者をつかって、人を殺す以外、何の役にもたたないものに、この地上の資源や富をつかいちらす。――やつらのミサイル一発を、別の形でつかえば、何人の人間が食えるようになるかなんて考えもしない……」

バラードの眼は、憑かれたようにギラギラ光った。——その眼をじっと見つめながら、ぼくはタンブラーをくるくるまわしつづけた。彼の鬱積した、はげしい怒りの奔騰は、ちょっとやそっとでとまりそうになかった。しかし、ぼくは別のことに興味をもっていた。

「それで?」とぼくはいった。「まじめに食料問題や後進地開発にとりくんでいる連中もいるよ——科学者も……政治家も……」

「そんなもの、ちっぽけすぎて何になる!」バラードのにぎりしめた拳はブルブルふるえた。

「おれたち——おれたちは、過去に搾取《さくしゅ》され、ぶち殺され、ふみつけられ、今は見すてられて——いったいどれだけ待った? りっぱな、きれいな服を着て、道徳的な言葉を吐くりっぱな人たちの言葉を信じて……いったいどれだけ待ったんだ?——自分のことは自分でしろって……連中は結局そういう。おれたちだってそうしたい。だけど、国民の六十パーセントが文盲で、古代的な迷信だらけの生活をやっているなかで——援助物資でも機械でも、末端へ行くまでに、七割方が消えちまう、くされ役人どもがわんさといる中で、おれたちに何ができる?——上流階級の連中は、豪壮な邸宅と土地と、ものすごく高価な古美術品と、古い家柄と上品な教養をもち、とてつもない虚栄心と過去の文明の高さを鼻にかけて、腹の底では技術先進国を見くだそうとしている——そんな連中が政治の実権をにぎっている所で、いったい何ができる？　スイスの銀行にダイアやルビーや、フラン貨やドルや金をあずけているが、それは彼らの財産で、国のために使うべき性質のものじゃない。ほかの国は――今、自分の所のことでいそがしい。自分の国の産業が、でかい国のでかい産業にくわれちまわないか、と思って、対策に汲々としている。大国は、ほかの大国に負けないように、もっと強くなりもっと見栄をはれるようになり、できれば裏で世界を支配したいと思っているし、自分の所はでっかいし、生産力はものすごく、軍備も強いし、国民はふとっているから、その資格があると腹の中で思っている……。国連ときた日には、善意はあるかも知れないが、結局主体的には何一つ決定権も強制権もない。大株主のいいなりで、官僚主義の巣窟だ。――きけよ、リイ……おれたちゃ、こんな状態で、四十年も待ったぜ。おふくろの代から待ちつづけたんだ。その間自分の所で努力しなかったわけじゃない。心あるものは必死でやった。哀願もした。――だけど、情勢の悪化のスピードの方がはるかに速い時、いったい、力も金も、家柄も、国連の席上でうったえる資格もない、あるものといえば皿洗いをやって手にいれた教育だけ――その上警察からは前科者にされちまってるおれたちに、何ができる？」

　バラードの声は、悲痛な調子をおびてきた。――なるほど、四十年か……ずいぶん長い。その間――発達するものは、大変な勢いで発達し、高文明の恩恵をうけるものは、ますます高度な文明を享受し――一方、飢えている連中は、待ちつづけ、数年に一度の気象変動による飢饉や、かわりばんこに登場するちがった種類の伝染病で、バタバタ死に、その上、内乱や他国の干渉で、銃火のもとに死に——しかも、早死していく連中の数を上まわる赤ン坊が——ただ飢えて、ピーピー泣いて、垢にまみれ、死んでいくためだけにこの世に生をあたえられる人間が、わんさとうまれてくる。

　地球の上にうまれてきながら、もはや大地の一片も、彼らのものではない。——土地、空間はあまっており、沃野《よくや》にはむなしく植物がおいしげり、枯れて埋もれていくのだが、もはや寸土も彼らの自由にはならない。それは、国のものか、役所のものか、個人のものだ。二、三十年前には、まだ後進地の奥地には、所属のあいまいな所があった。しかし、その後、組織化のはげしい競争が起り——それは、ぼくの知っている例でいえば、十六世紀に英国でおこった『囲いこみ《エンクロージュア》』の、世界的規模のものだった。——今ではまったく、寸土もあまさず、どこかの団体なり個人なりに所属し、大地は眼に見えない法律の柵で、がんじがらめにしばりあげられていた。

　四十年間——ぼくは知っている。自分の眼で見たことがある。四十年前、彼らは飢えて、地べたをけもののようにはいずりまわっていた。その後四十年間、世界の工業生産は三・五倍になり、民間旅客機のスピードはざっと百倍になり、先進国の所得水準は四倍になり、月に米ソ双方の基地ができ、航空会社は月への一般客の旅行の予約をとりはじめた。——しかし、彼らは四十年前と同じく飢えており、一生のほとんどを乗物にのらず、文字を知らずにすごし、今ではあるものは、もっと飢えていた。なぜなら——地球総人口はその期間に二倍半になり、その中の飢えている連中の数は三倍以上にふくれ上ったからだ。状態は基本的には四十年前——いや百年前とかわらず、量的には、もっと悪くなっている。

四十年間——彼らは待ちつづけた。……そのことは、ぼくも知っている。しかし、おどろくべき科学・技術・生産・生活革新のこの三、四十年間、高文明諸国は、彼らのために、ほんのわずかのことしかしてやれなかった。にぎったものは離さないし、お恵みは必要以上のものをふんだんに使ったあとのお余りでやろうとする大国のエゴイズムと、所詮、自分たちのポストが安泰ならば、あとはどうでもいいと腹の中で考えている国際官僚……。この二つのものをかくすために、なにかにつけていいたてられる、『他国の侵略的意図』と、『面子《メンツ》』と、『イデオロギー』と、『正義』と……。緊張関係を人工的につくり出しておくことは、『格差』に対する人類共同の課題をおおいかくすことであり、義務負担をのがれる最良の口実になる。

「それで？」とぼくはいった。「何をやるつもりだ？」

「おれたちは、もう待てないんだ」バラードは、額に汗をうすくにじませて、かすれた声でいった。「もう待たないことにした……」

「なにをやろうとしているんだね？」ぼくは、力をこめてきいた。「さあ、いってくれ」

「おれたちが、世界をにぎる……」バラードはうめくように、低くいった。「十年前から……準備した。おれの叔父が考え、おれがひきついだ。叔父は、アフリカで暴動を指揮して、軍隊に殺された」

「どういうやり方で？」

「十二年かかって、数カ国から、核爆弾を二十発ぬすみ出した」

「それはそれは……」とぼくはいった。「よくそんなに数がそろったな」

「後進国で、十数年前から、こっそり核武装しかけている国が三つばかりあった。――ある国が技術を提供した。先進諸国では、警戒厳重だが、後進国なら管理も杜撰《ずさん》だ。小型核兵器をすりかえて盗み出すのは、それほどむずかしいことじゃない。そのほか、ヨーロッパの小さな国で研究していた、小壜一つで世界中を殺せるような細菌や毒物も手にいれた。――各国が秘密にしていることだし、長い時間をかけて、すこしずつやれば、意外と問題にならない。それに十二年もたてば、担当がかわってしまう」

　ぼくはうなずいた。

　人類というものは、妙なものだ――それ以上に、人類が小集団にわかれてつくっている『国家』というものは、妙なものだ。常に力による自己主張によって成立し、常に底なしの被害妄想をもち、どんな小さな国でも、人殺し道具の研究にひそかな熱意をそそいでいる。おくれた国では、自己の存在を認めさせ、発言権を得ようとして、核兵器をもとめ、核兵器ももてない国は、別の手段を開発しようとする。しかも、最も強力な殺人手段は、どの国においても最高の国家機密の背後にかくれており、わずかな紛失など、外に明らかにされないことの方が多い。全世界の軍部や国防関係の、極秘書類をしらべて見れば、一つや二つは、核兵器が紛失したという記録が見つかるだろう。――だが、ことは重大すぎて、おそらくどこにも知らされないのだ。秘密の探索は必死につづけられるだろう。だが、十年間何事もおこらなければ……まして、それが、純民間の秘密団体の手にわたるなどということは、そしてそれが十年たってこんな使われ方をするなどということは、想像もしないだろう。

「君たちは、すると、そいつの配置を終ったってわけだね……」ぼくはしずかにいった。

「しかし、それだけで、世界が支配できるかね？」

「全世界の主要都市のどこかに――十七個の核爆弾が配置された。そのほか二個は、アメリカ東部海岸の沖合と、カナダ東部の海中に配置され、最後の一個はモントリオールの国連本部の地下にしかけられている。細菌爆弾も、配置はおわった」バラードはうたうようにいった。「明日――君も知ってるだろう。モントリオールで、世界首脳会議があり、八十九カ国の国家首脳があつまる。おさだまりの、いつはてるとも知れない軍縮と、世界連邦談義さ。その時、こちらは大会議場のスピーカーの一個にしかけられた、特殊変調のラジオをつかって、綺羅星《きらぼし》をかざった各国首脳たちの頭の上からよびかけるんだ。〝動くな、諸君、警備員《ガード》諸君も、その場を動いてはならない。諸君らの足の下には、原爆がしかけてあり、リモート・コントロールの信管のスイッチに、今私は指をかけているのだ――〟」

バラードは、自分の言葉に酔っているみたいだった。――また事実彼は、一種の酩酊状態でもあったのだ。

「〝うそだと思うなら、いま君たちに、一つの光景をおめにかけよう。米国東部海岸の方々は、大西洋上を見ていただきたい。テレビネットワークの方々は、こちらの指定する地点に、マイクロウェーヴ・アンテナをむけていただきたい。われわれの無人カメラが、その光景をとらえている〟で……ボカンさ」

「ナグプール……」ドアをノックする音がきこえた。「VTOL《ヴィトール》の支度ができた。みんなも、もうのりこむ……」

「〝こういう具合に、今から申し上げる全世界の十七の主要都市に、核爆弾がしかけてある〟」バラードは、うわごとのようにつづけた。「〝おのぞみとあらば、もう一つ、今度は大陸のどこかで爆発させてもいい。――ガード諸君も、警察の方も、爆弾をさがさない方がいい。めったに人がこないところではあるが、私の手もとにあるセレクト・スイッチは、この爆弾から二十メートル以内に誰かが近づけば、自動的に爆発するようにセットしてある〟」

「なかなかよく考えたな……」ぼくはいった。「だが、それから先は？」

「おれたちが世界をにぎるのさ。まずおれの全世界の人々へのアピールの声を、宇宙中継で、全世界にネットさせることからはじめて——ちょうど会議は世界中継の最中だからな……」バラードはトロンとした眼つきでいった。「おれたちはもう、待ちくたびれた。——バカモノどもに、これ以上世界をまかしておけない。一切の戦闘停止と、四十八時間以内の全世界の完全武装解除、全世界の緊急経済会議の開催と、各国経済計画の修正——軍備計画と新規都市計画、および宇宙計画の一切を一時停止し、後進国救済と開発援助を全世界経済の最優先とすること、全世界地域間にわたる、格差の是正……」

「ナグプール……」ドアが再びノックされた。「時間だ。みんな待っている」

「もし、それが拒否されたら？」とぼくはきいた。

「陸上の無人地帯《ノーマンズ・ランド》で、つづいて一つか二つの都市で、実際に爆発させてみせる」バラードはいった。「おれたちは、憎悪をあびるだろう。——だがそれも、やむを得ない。場合によっては、元も子もなくなるかも知れない。だけどな、リイ、まかりまちがったら世界とさしちがえるくらいの覚悟でなければ、このくらいのことはできやしないよ」

「そうだろうな……」とぼくはいった。「若い連中は、よくそう考えるよ。——昔も、君たちほど大がかりではないが、そういう考えをもった連中がいた。国家単位では、よくあったことだ」

「若い連中といったって——君も若いじゃないか、リイ……」

「だが、この計画にはいくつかの弱点があるな——」ぼくは額を指先でたたきながらいった。

「一つは——全世界にわたる、かなり大規模な組織だろうから、組織の中から秘密がもれることだ」

「その点は大丈夫だ。——組織の中で、計画の全貌を知っているものは、おれをふくめてほんの一にぎりしかいない。大部分の人間は、目標は漠然とわかっていても、こまかいプランは知らず、第一段階がスタートしてはじめて知るようになっている」

「二番目は——軍人たちが不服従で、むこうが君たち同様、地球とさしちがえるつもりで、反抗に出る可能性がある。三番目は、君たちがのぞむ通りにいっても、そいつが実現し、世界政治の方向が転換するまで、実質的にかなり長期間を要するだろう。その間、君たちが、世界をおさえきれるか？」

「二と三にいっぺんに答えようか？——おれたちは、進歩的な学者や、平和団体や、人種差別廃止団体に、すぐよびかけて、協力をもとめるつもりだ。経済転換の具体的プログラムもできているし、計画のスタートとともに、いっせいに説得工作員が派遣されて、こちらの人道主義的な意図をつたえる——これは人道主義のための非常手段なんだ。——貧しくつましいものが、絶えず胸の底に抱いている願望を介抱してやるんだ、おれたちが孤立するとは思わない。それに——たとえ全面的に失敗しても、世界に一つの道徳的ショックをあたえる効果はあるだろう」

「ナグプール！」

　ドアがさっきよりずっとはげしくたたかれた。――その音をきいたとたんに、バラードは、ハッと夢からさめたようにぼくを見た。狼狽と、驚愕が、彼の浅黒い精悍な頰をゆがませた。

「また、しゃべりすぎてしまったようだな、リイ……」バラードは、沈痛な声でいった。「君は……知りすぎた。いっそ、おれたちの計画にくわわらないか？」

「くりかえしていうが、ぼくは局外中立だ。君たちのやろうとしていることについても、判断はさしひかえる。――たったいま、君たちが解放してくれても、誰にもしゃべらん。君たちのやることを見ているだけだ」

「といって、解放するわけにはいかんぜ。――計画がスタートするまではな」バラードは、ドアをあけて、よんだ。「ヨアキム――椅子にしばりつけろ」

　あの黒人青年が、まるっきり足音をたてず、獣のようにしなやかにはいってきて、従者のように手なれた手つきで、アッという間にぼくを椅子にしばりつけた。

「じゃ、しばらくおとなしくしていてくれ、リイ……」バラードは、ギュッとベルトをしめながらいった。「君も吉報を祈った方がいい」

5

黒人がドアをしめて出て行ってしまうと、あとはしずかになった。——隣りの部屋では、バラードが、居残る連中に最後の指示をあたえている様子だった。ぼくは、椅子にしばられたまま、じっとのみのこしたブランディをみつめていた。

HE・BEA計画か……とぼくは思った。

若い連中は、常に性急《せっかち》だ。——この世の矛盾、不正、不平等を、いやというほど見せつけられれば、世界の政治家どもは何をやっているんだと、たまらない気持ちになるだろう。全世界にク－デタ－を起し、一挙に世界の不正と偽善とエゴイズムをたたきつぶしたいという願望をいだくだろう。

そう——そういう、はげしい、純粋な怒りは、今までは、貧しい、力のない青年たちの、無力な願望にすぎなかった。——全世界を、おのれの正義の怒りにしたがわせるなどということは、これまでは、テレビでさえ描かれたことのない不可能な夢物語だった。

だが、いまはちがう。

核兵器は——そして、宇宙ネットワークは、腹のへった怒れる若者の妄想にも、一つの可能性をあたえた。それはたしかに、あまりにもファンタスティックで、おそるべき困難さをともなうが、以前のように原理的に不可能なことではなくなった。今まで核兵器所有国の、どこも予想したことのない事態であり、また、反抗者のだれも考えたことのないことだが、いずれにしても、核兵器は、全世界の運命を少数者の手ににぎらせることを可能にしたのである。

基本的な困難はただ一つ、それをどうやって手に入れるか、ということだ。——だが、核拡散条約の発効以前に、核兵器は各国の最高の秘密機関が知っている以上に、思わぬ国々へ流れていったのだし、条約非加盟国の間で、極秘裡に製造したり、暗黒の組織を通じて購入したりしていた。——バラードのいった通り、そういう国々では、管理が杜撰で、弾頭だけをすりかえておけば、盗まれたことがわからないことさえあるだろう。——それに核兵器は、高威力のものでも、おどろくほど小型化し、高性能化した。そのうえ世界的に見て、数量がべらぼうにふえ、あまり珍しくなくなった。百番をこえる元素のキャリフォルニウムやローレンシウムを、ウランにまぜてつかうやり方が発明されたのである。——それに、核兵器は、何もミサイルや戦略爆撃機などという大げさな運搬手段をつかう必要はない。放射能の問題さえ、人命の犠牲を払うか、うまく処理する可能性があれば、小さく分解して何人でもはこぶことができる。ちょうど二十年前はやったプラスチック爆弾のように……。手荷物にいくつでもわけていれ、何人にもわけてもちこみ、これを現地でくみたてれば、十人たらずの人間で都市一つをぶっとばせるぐらいの爆発物を、知らん顔してもちこめるのだ。水爆はだめだが、ウラン二三五系統なら、要するに、臨界量に達するだけの量があればいい。起爆装置などは、仕様さえ知っていれば、現地で部品をわけて発注してつくれる。──それにしても、ここまでこぎつけるのは、途方もなく困難なことだろう。綿密にしくまれ、おそるべき慎重さと、おそるべき忍耐と大胆さをもって……秘密保持のため、何人かは犠牲になったかも知れない。いずれにせよ、あまり長くつづく不正と不平等にたいする、これもあまりに長くつづいた怒りが、ついにこんな事態をまきおこしたのだ。このやり方が、はたして正しいかわからない。──しかし、とにかく、明日、世界はあのやせた、暗くはげしい眼ざしをもった青年の前に、震撼するのだ。

VTOLの、風の吹きわたるような音が、いちだんとはげしくなった。──離陸したな、と思ったか思わないかのうち、戸外で突然はげしい怒声が交錯した。何かが壊れる音がし、悲鳴がおこり、ジュッと、なにかが焦げるような音もした。さわぎはすぐ隣室にもとびこんできて、口汚ないわめき声と、格闘の音、器物のひっくりかえる音、誰かが笛のような悲鳴をあげてドサッとたおれる音がした。ガシャンという音は、通信器のこわれる音だったろうか？

「やっつけた！」という声と、「まだ隣りの部屋があるぞ！」という声が同時にした。

ドアがボカッと蹴破られて、レーザー・ガンをかまえた、人相の悪い男が、歯をむき出して、とびこんできた。──ぼくにむかって、一連射あびせてから、そいつはやっと気がついたらしく、けわしい声でいった。

「なんだ、お前は。――しばられていたのか？」

「通りがかりの者だ。――とばっちりをうけた」ぼくは、レーザーでやき切れた縄を、無傷の体からはずしながらいった。「ぼくは関係ない」

「どうしやす？」と男は、背後のむくむく肥った大男にきいた。「殺《や》りますか？」

「わからん、ボスに処分をきこう」そういうと、大男は、カラーボタン・マイクにむかっていった。「やっとかくれ家を見つけて、かたづけました。――ＶＴＯＬで飛んだやつもいます。ええ、エンジンをぶちぬいています。すぐ落ちるでしょう。一人だけ、わけのわからんやつがしばられてて、そいつだけ生きてます。――連れて行きますか？」

　レーザー・ガンを持った男は、大男の眼の色を見て、グイと銃口でぼくをせきたてた。

　隣りの部屋は、惨憺たる有様だった。――プロレスラーみたいな連中が五、六人、まだ通信器類をぶちこわし、ひどい音をたてて、機械類を部屋の中にぶちまけていた。焦げる臭いがプンとして、ぼくは、あのヨアキムという黒人青年の死骸につまずいた。――さっきまで豹のようにしなやかに動いていた大きな黒人は、うつぶせにたおれていた。通信室にいた、鼻のひしゃげた青年は、部屋の壁にもたれ、ポカンと眼と口をひらいていた。

――その顔に大きな焼け焦げた穴があいていた。

　外へ出ると、星のない、濃密な夜の闇が拡がっていた。東の方に、ニューヨークの明りが雲に映えているのが見えた。――そのネットリした夜空の一角で、何かあわただしいことがおこっている気配があったが、それをたしかめるひまもない間に、ぼくはでっかいサルーン型のエア・カーにぶちこまれた。

「ボスにあわせてくれ」とぼくは、大男にいった。「ぼくが関係ないことを証明したいんだ」

おそってきた連中が、秘密情報部やＦＢＩ関係の連中でないことはわかっていた。――むしろギャングにちかい。

大男は、ＴＶフォンのカメラの所に、ぐいとぼくの頭をおし出してきいた。

大男のイア・ラジオに、ボスは何かいったらしかった。

「どうします？」

――大男はぼくをシートにおしもどすと、レーザー・ガンをまだぼくの横腹につきつけている手下にいった。

「あうとさ――めずらしいことだ」

エア・カーは、時速二百キロ以上のスピードでぶっとばし、あっという間にニューアークあたりの邸宅についた。

――大男たちがボスとよぶ男は、鼻下に美しい髭をたくわえた、ぜいたくな身なりの、痩せた人物だった。

「変なまねはしないでくれよな」とボスはいった。「ちょっと用があるんだ」

彼が卓上ボタンをおすと、奥からもう一人のバトラー風の男があらわれ、かわってギャングたちは部屋の外へ出た。バトラー風の男は、いんぎんに、しかし油断なくぼくの後につき、痩せた男は先にたって、もっと奥へ行く、かくし廊下を歩いて行った。

「どんな用があるんだ?」とぼくはきいた。

「用のあるのは、おれじゃない」と痩せた男はいった。「首領だ」

廊下のつきあたりにぶあついスチールドアがあり、痩せた男は、その前で一言、

「つれてきました」

とだけいって、廊下をひきかえして行った。——バトラー風の男が、ぼくを後からうながした。自動扉からはいると、そこは、天井の高い、古風なつくりの、広い部屋だった。ビクトリア朝風の、凝った、骨董品的な家具、分厚いカーペット、暖炉には火がもえ、でかいマホガニー製の机の前に、これまた古風な皮張りの回転椅子に腰かけて、一人の人物が、暖炉にむかっていた。高い椅子の背のむこうに、禿げた頭が見えた。

「やあ……」とその人物は、むこうをむいたまま、声をかけた。「またおあいしましたな」

そういって、彼はグルリと椅子をまわしてこちらを見た。——好人物そうな笑顔が、もしゃもしゃした半白の毛でかこまれた禿頭の下にあった。

――７７７の中で、ホノルルから隣りの席に来た老人だった。

6

「リイさん……」老人は、何がおかしいのか、クックッと笑いながらいった。「……でしたな。あなた、ギャンブルはきらいだといわれたが、とんでもないことがお好きと見える」

「誤解しないでくれ」とぼくはいった。「ぼくは関係ないんだ」

「しかし、空港で殺されたマックィーンという男は、あなたがナグプール……いや、バラードと、何か打ち合わせをやったり、あの計画で議論したりしていたといった」

「故人を悪くいうわけじゃないが、そのマックィーンとやらは、かんぐりすぎだ」とぼくはいった。「カルカッタの空港で、口をきいた。７７７の中でいっしょにちょっと飲んだ。――それだけだ」

「しかし、彼は、あんたを連中のかくれ家につれて行った」

「バラードがよっぱらって、計画のことを口をすべらしたからだ……」

老人は、口もとにうす笑いをうかべたまま、ぼくをじっと見た。――いつも笑っているような、灰色がかったブルーの眼だ。見たところ、茶目っ気をたたえて、ひどく好人物そうに見える。だがよく見ると、そのいたずらっぽい表情の奥に、専制君主のような自我と、傲慢ではげしい性格がのぞいている。広い額は、なみなみならぬ知性を感じさせた。

「あなたも、あの計画を御存知か……」と老人はいった。「すると――少々あなたの処置に困りますな……」

「あなたは、どうなんです？」ぼくは、さりげない視線で、老人の眼をしっかりとらえながらいった。「警察関係でもなさそうだ――バラードとは？」

「直接には知らん……」老人は、妙にくぐもった声でいった。「だが、やつのやっていることは、だいぶ前から知っている。――やつがこれからやろうとしていることも、二日前かぎつけた。――あなたもごらんの通り、やつは敵だ」

「なぜ？」

「おもしろい考えだ、とは思う。――敵ながら、おもしろい考えだ。だが、私の考え、私の信念とまったく反対の考えだ。――やつらの組織そのものが、私の敵だし、私が敵と見なす連中に味方し、私の考えとまったく反対の方向に、世界をもっていこうとしている……」

「敵だの、組織だのって、いったいあなたたちは何なんだ？」ぼくは、相手にもみこむような調子できいた。「そもそもあなたは誰だ？――ぼくは名前も知らん」

「ジェイコブ・ゴールドスミス……そのほか名前はたくさん……」老人は、ぼくの質問をはねかえそうともがいているようだった。——ものすごくはげしい精神力の、かたい骨組が、彼の言葉のはしに感じられた。「医者で、生物学者で、哲学博士だ。——投資家で、都市開発会社の社長で、銀行二つと油田を世界中にもっている。だが、そんなことはどうでもいい……。きいているのは私だ。答えてくれ。——HE・BEA計画の組織を……」

「いったろう。ぼくは無関係だ——」ぼくはチロチロもえる暖炉の火、巨大な青銅とカットグラスのシャンデリア、大魚腹中のヨナを描いたタペストリーなどを見まわしながら、さりげなく、呼吸をはかっていった。「なぜ彼らが敵なんだ。——じゃ、あなたは何をしようとしてる?」

「リイ君……といったな。とにかく連中は、私とまったく反対の考えをもっている。私とやつらとは、根本的、原理的に絶対あいいれない。——そんなやつらに、やつらの思い通りの計画を実行にうつされてたまるものか！　私自身がやつらとまったく反対の計画をもっているのだから」

　次第次第に、老人の表情から、好人物らしさが消え、はげしい憎悪がむき出しになった。——単なる憎悪ではなく、巨大な、予言者的な風貌をおびた憎悪だった。——人を畏怖させ、ひれ伏させる、指導者の……。

「君だって知ってるだろう、リイ君。——人類は、いま一方では、未曾有の文明の繁栄と無限の未来に直面しているが、一方では、おそるべき危機にたたされてもいる……」ゴールドスミス老人は、テーブルのどこかをさわった。――二人のむかいあってすわった横手の空間に、ポッカリ地球の立体映像がうかび上り、それを背景に、いくつもの動像グラフがうかび上っては消えた。

「人類の文明は、ここ半世紀、いや、一世紀以上、おどろくべき勢いで発展した。あらゆる面において、だ。科学のあらゆる方面、あらゆる技術のレベル、生産と生活と、時空間征服のあらゆる領域において……一種の気の迷いから、自分たちの巨大化する文明を、足もとから食いつぶし、やがては文明もろとも、自分たちをまた野蛮な原始状態にひきもどすマイナスの要素が文明の発達と並行して猛烈な勢いで膨張しつつあるのを、刈りとらずにほうっておいた。――ここ半世紀の、地球人口増加率の七十パーセント以上を占めてきた、後進地域の人口増加だ」

「なるほど……」とぼくはいった。「それで？」

「人類のために、何の役にも立たないばかりか、大変な負担になる連中、自分で自分を律することのできない連中、他地域が努力と知恵できりひらいてきた高度な文明と富を、ただいたずらに食いつぶす、野蛮でけだものみたいな連中――いくら先進地域が援助しても、それをつかってちゃんと自分を文明化させることができず、けもののように食ってはけもののようにやたらにふえ、ますますたくさんのものを、自分たちでは作らず、文明国の努力の結果にたいして要求してくる連中――そんな連中ばかりが、やたらにふえた。ふえすぎたのだ、リイ君――。君だって、農業は知っているだろう。雑草を刈りとり、除去しなければ、人間が人為的につくりだした有用作物は、雑草に養分を吸いとられ、ついにはほろびてしまい、施肥した大地には、雑草ばかりがはびこる。害虫や天敵は除去せねばならん。ある有益な方向をもったものはのこし、役に立たぬもの、有害なものは断絶していかねばならん」

「半世紀前、ヒットラーという男も、そんなことを考えた」ぼくは煙草に火をつけながらいった。「ヒットラー以前にも――同じようなことを考えたやつが、ずいぶんたくさんいる」

「ヒットラーも、根本的にはまちがってなかった。しかし、彼は選択をあやまった。当時の彼には、世界の全貌がまだはっきりしていなかったのだ……」老人は、力をこめていった。「リイ君……地球は、この巨大な暗黒の宇宙を、行方も知らず前進して行く船だ。――この船ができてから四十億年たって、船の上にようやく船長《ふなおさ》たる資格のあるものが誕生した。一万年かかって、彼らは、この地球を装置化し、さらに未知の未来にむかって、加速することを知った。今彼らは、その最高の文明をもって、さらに飛躍しようとしている。しかし一方、船の中には、おぞましい、ただやたらに食って、やたらに殖えるだけの、ネズミどもが大繁殖している。こいつらを退治してしまわなくてもいいものだろうか？――ほうっておけば、人類の〝種〟自体の中に発生した、この巨大癌は、やがて宿主を食いつぶし、地球全体、文明全体を、またもとの飢餓と貧困と蒙昧の中に還元してしまうと思わないだろうか？」

「それも一つの考え方だな」とぼくはいった。「で、あなたは、何をしようと考えているんだ？」

「私は、人間を愛さないわけじゃない。それどころか、人類をはげしく愛し、愛するが故にうれえている。――ただし、私は、人類を、その獣性において、あるがままにおいて愛しているのではなく、人類の中に内蔵されているもっともすぐれたもの、もっとも美しいもの、神の座にせまる巨大な能力、その達成した文明のすばらしさにおいて愛しているのだ。人間は磨かざる宝石だ。今、彼らの中の最上の部分は、自覚的に本来と未知の空間にむかってまなざしをそそいでいる。そんな人類を、私は愛している。――だからこそ、高みに立ってさらに大きく飛躍しようとするものをひきずりおろし、食いつぶし、泥にまみれさせようとする蒙昧な力をはげしく憎む。――やつらは除去されねばならん。今がその時期なのだ。――時期を失すれば、人類は、あと下降するばかりだ。なぜといって、今後、おくれた段階にある連中は、先進国の人口増加をはるかにオーバーしてふえ、その絶対数において、すぐれた連中を克服し、やがては文明全体を食いつぶしてしまうからだ。――自然史において、何度もそういうことが起ったかも知れん。そしてある時は、すぐれた種が食いつぶされたろう。しかし、人類はおそらく、その記録されない歴史の中で、何度もそういう連中をほろぼしてきたのじゃないだろうか？——だからこそ、人類は進歩してきたのじゃないか？　進歩には、常におくれたもの、マイナスのものを切りすてる作業がともなっていたはずだ。生存闘争における適者生存は、かつて自然のルールによってなされてきた。そして人間も自然の一部である以上、種の内部からよびかける自然の声には忠実でなければならん」

それは、人類の中に非常に古く発生した考え方だった。——だが、何と強固な生命力をもった考え方だったろう？　何と多くの人間の心をとらえ、ゆさぶり動かしてきた考え方だったろう？　それはまさに、『真理』の相貌をおびて、人を説得してきた……。

「それで？」とぼくはいった。

「現在は、すでに時期を失しているかも知れん……」とゴールドスミス老人は、沈痛なおももちでいった。「だが、ほうっておけばますます時期は失われる。——私と同じ考えをもった人——人類の状態について、きびしい、非妥協的な眼でその真実を見つめようとしている人たちは大勢いる。そして彼らは、人類の中でも、もっともすぐれた人々の部類に属するのだ。私は、彼らと話し、自らの信念にもとづいて、人類の未来のために、自分が進んで手を汚し、泥をかぶる決心をし、その決意のもとに、ある計画をすすめてきた。計画の装置はほとんど完成し、一方のスイッチは、私の手もとににぎられた」

「非常におもしろい」とぼくはいった。「その点だけをとり上げれば、バラードの計画と瓜二つだね。——どんな計画だ？」

「ノヴァ・ノア計画……」と老人はいった。「十五年——いや、二十年以上にわたって、慎重にすすめられてきたのだ。リイ君……私は、まず、都市計画者《アーバン・デザイナー》たちを教育することからはじめた。十数年前から先進国の、もっとも人口過密な大都市においては、都市の地下化が、非常な大流行になった。都市全体のエア・コンディショニングが問題になった時、既存の都市をおおうより、都市を地下化した方がはるかにいい、というセオリイをつくり出したのだ。——次には食料品工場をふくめた、一切の生活装置の地下化をはかった。ここ十年間に、新規につくられた、石油その他からの食品合成工場は、ことごとく地下にもうけられているのを、君は知っているか？」

「つづけてくれたまえ」とぼくはいった。「非常に面白いね」

「都市の地下化と並行して、海底都市の開発も世界中ですすんだ。——ここでは、生活装置の一切をもちこむのは簡単だった。鉱物資源を海底から、空気と蛋白源を海中から。……また、月面基地は、今や完全に自給自足できる段階にきた。そして、こういう新しい都市をつくることのできるのは、もっとも文明のすすんだ国にかぎられていた」老人は夢みるような眼つきをした。「そこで間もなく——地上の大掃除がおこる。新しい、地下と海底をつないだ、巨大な〝ノアの方舟〟の中に、人類の最良の部分をつみこんで、ある日突然——核ミサイルが誤発される。何パーセントかは、先進国におちるだろう。だが、多くのミサイルは、どういうわけか、後進地域におちるのだ。地上の雑草は一掃され、地球はまた新しく生れかわる。——地下と海底のノア一族は、長い間、人工太陽のもとに漂流をつづけねばならないだろう。——だがある日、地表から、一本の木の枝がただようのを見つけ、彼らは鳩をはなつだろう。——私の計算では、ほんの数年でいいはずだ」

「だが……」とぼくはいった。「あの巨大な核ミサイル・システムを、君がはたして思うようにあやつれるかな?」

「私は医者だ、それも精神科の……」と老人はかすかに笑った。「十数年前から、核システムの中枢部に参加している軍人たちの精神状態が問題になった——責任が重すぎてノイローゼになる連中がふえた。——そこで、私は、軍部と協議して、その問題の解決に協力した。私は大勢の精神分析医を集め、全ミサイル専任関係者の定期検診を義務化し、催眠暗示で彼らのノイローゼをなおしてやった。その時、治療にあたった精神分析医たち自身が、本人はそれと知らず、私から強い一つの暗示があたえられ、それが彼らの治療を通じて、軍人たちの深層心理に深くやきつけられている。——私は暗示と深層心理に関する、画期的な新理論を発見したんだよ、リイ君……まだどこにも発表していないがね」

「そうか——」ぼくは感心していった。「しかし、海の向うでは?」

「海の向うにも、同志がいて——私は、彼にも同じ強烈な暗示をかけたんだが——ほぼ同じことをやっているよ。——装置と準備はほとんど完成したんだ。やがて近い時期に……

私はひき金をひく。全計画の真髄を知るものは私だけで、全装置のスイッチは、すべて私一人に集っている。……計画が進み、すべてが成就した時、生きのこった人々の大多数は、核戦争すらが、結局は自然の摂理であり、神の配慮だと思うだろう。――私はこちら側で、レーダー網に一つの未確認飛行物体を投げいれ、同時に全組織にむかって、たった一つのキイ・ワードを投げるだけでいいんだ。――そのシンボルがあらわれると、全核システムの中で、私の暗示が動き出す……だからこそ、バラードたちに、いまあんなバカげたことをやられてはこまるんだ」

そのとき、老人のデスクの上で、うす赤いサインがともった。

「つかまえました……」と、あの痩せた男の声がいった。「首領です。――こちらへこられますか？　ＶＴＯＬがおちたところをつかまえたそうです」

「つれてこい」と、老人はいった。――彼の顔には、例の愛嬌のある笑いがうかんだ。しかし、あの予言者の風貌があらわれたままだったので、その笑いは、一種残忍な歓喜をむき出しにした。

ドアの外に足音がすると、あの大男と、やせた男が、ズタズタにさけた服を着た、血まみれのバラードを、部屋におしこんだ。肩と肋《あばら》に大けがをし、腕の骨も折れているみたいだった。肩で息をし、あの鋭い眼だけが、ギラギラ光っていた。

「やあ……やあ……」とゴールドスミス老人はいった。「君がナグプールか……一度ぜひ、あいたいと思っていた」

バラード＝ナグプールは、ペッと唾をはきかけた。だが、それは老人の顔にとどかず、足もとの絨氈におちた。

「乱暴するな！」バラードの髪をつかんでねじあげた大男に、老人はきびしくいった。「私は、彼から話をききたいんだ――いってくれるね、バラード君。もう勝負はついたんだ。私が『ノヴァ・ノア』のゴールドスミスだ。君たちが、全世界の主要都市にしかけた原爆は、どことどこにあって、どうやったらとりはずせる？」

「ちくしょう、誰が……」とバラードはうめいた。「まだ……まだ負けやせんぞ」

「そんなことはない。君がヒー・ビー計画の全スイッチを一人でにぎっていることは知っている」と老人はいった。「どんなに抵抗したって、きき出す方法はあるんだよ。――私は世界一の精神科医だ。地下には、君の抑制意志を解除し、深層記憶までよみとってしまう薬品と機械類がある。隣りには拷問室もあって、この連中はそちらの方をつかいたがるだろうがね。――私の趣味じゃないが、順序からいけば、そちらから先になるだろうな。できれば、ここで喋った方が、お互い手間や苦痛をまぬがれると思うが……」

それから一呼吸おいて、老人は大男に目くばせしていった。

「下へつれて行け」

「待ってくれ……」突然バラードがいった。「少し考えさせてくれ。――煙草が吸いたい」

「いいとも――」老人はあいそよくいった。「私はかまわない。時間はいくらでもあるし、煙草もここにある」

バトラー風の男が、デスクからシガレット・ボックスをとり、大男はつかんでいた腕をはなした。老人との距離は充分あり、バラードにはとびかかれなかった。――彼は痛そうに眉をしかめ、肩で大きく息をし、ズボンをずり上げようとするように、折れていない片手をベルトにかけ、ついでその指先はバックルにかかった。

ほんとに一瞬のことだった。――その規模からいえば、どう見ても小型の原子爆弾だったし、バックルの中におさまるぐらいの大きさから見れば、おそらくキャリフォルニウム系の爆弾だったろう。一瞬にして、バラードもゴールドスミス老人も、そこにいる連中も、むろんゴールドスミスの家邸から、周辺いったいの建造物にいたるまで、直径八百メートルの空間が、きれいにけしとび、大きな穴があき、その穴の中心部では何もかもとけて、巨大な赤いキノコ雲が宙天にかけ上った。――それでも、核爆発としては、信じられないぐらい小規模なもので、放射能もすくなかった。

爆風がおさまると、ぼくは穴の底からはい出した。ニューアークはむろんのこと、アーリントンやリッチモンドの方からも、動顚《どうてん》したサイレンの音が、夜空に金切り声をひびかせながら、爆発地点へむかって集結しつつあった……。

死んだものはかえってこないし、彼らの願望や執念も、彼らといっしょにどこかへ消してしまう。怨念や執念をうみ出す背景は、なお地球上にのこっているが、それがこの次、誰によってどんな形をあたえられるかは、まったくわからない。

むろん、組織はのこる。――だが、すべて一人の人間にラインが集中していた場合、組織の中心人物がいなくなってしまったら、そんな組織は形骸だ。――しかし、人間でない組織――装置《メカニズム》というものがのこっている以上、いつの日かまた、この形骸がそれ自体で動き出すかも知れない。――世界中の、大都市の、どこかにしかけられた原爆のありかは、バラードだけが知っていた。核ミサイル・システムに関係している将兵が、いったいどんな暗示で、ある日突然、いっせいに誤って発射ボタンをおすか、その秘密はゴールドスミスだけが知っていた。世界の大多数の人々は、自分たちの文明が、そんな危険なダイナマイトの上にのっかっているということさえ知るまい。いつの日か、偶然にそいつが爆発するかも知れない。のこされた組織の連中が、もう一度組織を再建して、もう一度それぞれの計画の推進者をえらび出し、もう一度こころみるかも知れない。――だがそんなことは、ぼくの知ったことではない。

翌日、ぼくは、世界首脳会議の様子を見るために、モントリオールへ行った。モントリオールは春で、各地からのりこんできた報道マンや、役人や、観光客や、野次馬でごったがえしていた。市内には各国の旗がかざられ、市中に楽隊のパレードがあり、紙吹雪がとび、風船が薄黄色の空にとび立った。きのうの、ニューヨークでの〝きわめて小規模な核爆発〟などは、五百キロ北のこの都市では、まるきり問題にならないようだった。ただ、市中警備の制服私服の数がふえ、検査がきびしくなっただけだ。

ずっと昔、万国博がおこなわれた。セントローレンス河の中の人工島に建つ、スパイラルをパターンにした国連ビルにあつまってくる各国首脳の尊大な間抜け面には、ぼくはいっこう興味がなかった。彼らは、要するに血のかよわない国家の紋章にすぎず、相互すくみの恰好でうんざりするほど同じことをくりかえす、一種のテープレコーダーのようなものだ。今度も、世界連邦については何ごとも進展せず、軍縮問題も少しも進むまい。もういったい何年おなじことをくりかえしていることか――わずかずつ進んではいるのだろうが、一方で嵐のように進んでいるいろんな事態に、はたして対処できるものだろうか？

ぼくは、モントリオールにちょっといて、南米行きのＳＳＴにのった。――バラードの残党はいったいどうしているのか、市内ではいくつかののんびりしたデモと、酔っぱらいのさわぎのほかは何もおこらなかった。国連ビルの地下にしかけられた原爆の機械装置は、息をひそめて指令のくるのを待っているのだろうが、指令はおそらくどこからもこないだろう。世界各地にしかけられた、激しい怨念の炎は、人知れず生きつづけるが、人々は足下にひそむその怨念については何も知らず、その上に新しい生活をくりひろげ、つみ上げるだろう。いつの日か、それが偶然によってか、あるいは怨念の後継者によってか、目ざめさせられることがないかぎり、ウラン二三五は、しずかに崩壊をつづけ、やがて核分裂生成物によって不能になっていくだろうが、しかし、その時まで文明は、危険な火の上にのっている。——誰もそのことは知らない。ぼくは知っているが、ぼくには知らせる義務はない。人類は何も知らずに喧騒にみちた都市の生活を嬉々としてつづけ、スポーツや恋や、家庭のいさかいや、麻薬あそびにふけり、税金に頭をなやまし、アルコールに酔っぱらいつづける。世界のどこかの端では、何億という人間が、飢えて疥癬《かいせん》だらけになって死んでいき、どこかの国家が破産をまぬがれるために、国民を大量にぶち殺し、他の端では、コンピューターの摩天楼をふみ台にして、宇宙ロケットをとばし、惑星観光がひきあうかどうか、誰かがあくびまじりで算盤をはじいている。

まったく地球人というものは奇妙なものだ。二十年で倍増する人口をかかえて、彼らがいつの日か、本当に、ちゃんとこの星と自分たちの〝種〟を管理しきる日がくるのかどうか、ぼくにはまったく疑問に思える。バラードが正義なのか、それとも、ゴールドスミスの考え方が基本的に正しく、人類はその劣悪な部分を朽ちるにまかせ、過去に埋めていくことによって、宇宙へ、未来へ飛躍していけるのか、ぼくにはわからない。あるいは、バラードこそ正しいのかも知れない。——しかし、現実は、おそらくどちらの側にもくみせず、世界は成り行きまかせを大勢として歴史をきざんでいく。この先、地球が、どちらかをえらぶのか、それとも成り行きまかせで混乱し、下降していくのか、あるいは成り行きまかせのために、かえってうまくいくのか、それはもうちょっと観察をつづけなければわからないことだ。

——とにかくぼくの在任期間は、まだ三分の二をすぎただけで、あとまだ千年のこっている。このあと、ぼくはさらに地球の上をまわり、いろんな兆候をながめ、いろんな連中にあって、話をきき出し、退屈なレポートを銀河系連合の太陽系調査本部におくりつづけなければならない。

「現時点において、地球人類は、宇宙における知的生物として、いまだ星間連盟参加の資格をもつとも思われず——」というあいもかわらぬ結びで終るレポートを……。バラードとゴールドスミス、HE・BEA計画とノヴァ・ノア計画のことは、今度のレポートの、ささやかなエピソードになるだろう。——しかし、本部の連中ときたら、おそらくそんな話など、まるきり気にもとめやしないのだ。

［part.1］

返還

―Theme― 竹島領有権対立・民族／領土問題の激化

ある日――。

それは、世界がかなり具合よくおさまってしまい、四海波静かにて、四方《よも》をおさめる時津風が、かなりの間にわたってそよらそよらと吹きわたっている、すこしばかり未来の――あまり実現しそうもない未来の話である。

ある日、日本の首相は、ひまつぶしに本を読んでいた。――なにしろそのころともなれば、政治の大部分は有能な電子脳がほとんどやってしまい、無能な代議士は名誉職の一種になり、ものごとをややこしくして、そのややこしさを維持するために存在していた官僚はほとんどクビになってしまい、生産調整はうまくいき、税金はすべて間接税になり、野党は儀礼的存在となり、首相や大臣といえば、ほとんどお飾り同然の名誉と栄光ある閑職になってしまっていた。――そんな時代だから、総理の仕事も、現在にくらべればはるかにひまであり、したがってひまつぶしも必要になり、といって官邸にパチンコや釣り堀をもちこむわけにもいかないので、しかたなしに本など読んでいたわけだった。

豪華な総理の椅子にひっくりかえって、鼻毛をぬいてはページにうえつけ、退屈そうに本を読んでいた総理は、突然ウォッ！　と声をあげて泣き出し、大粒の涙をバタバタと落すと、本をハッタと机の上に伏せ、天をあおいで叫んだ。

「おお！　知らなんだ、知らなんだ！　――わしはいままで、わが日本民族の先祖が、こんなにまでひどいことをしたとは、露知らなんだ！」それから、総理は、インターフォンのボタンを押すと、秘書に告げた。「すぐ、北海道庁長官をよんでくれ――それから、緊急閣僚会議を召集してくれ」

閑《ひま》をもてあましていた閣僚たちは、いそいそと、おっとり刀でかけつけてきた。――そこで首相は、自分の読んでいた本を頭上にかざし、声涙ともにくだる大演説をぶちかました。

「ああ諸君！　――私はたった今この本によって知った。たった今まで知らなんだ。諸君、われわれ日本人の先祖は、現在北海道にいるアイヌ人の先祖に、実にひどいことをやり、彼らを追いたて、彼らの土地をうばってきたのである。そのひどさは、この本につぶさに書いてあるが、まことにザンキの涙なくしては語れない。その悪逆非道は、われわれの先祖がやったことにせよ、その責めは子孫であるわれわれが負わねばならぬと思う。ついては、アイヌの人々に対し、われわれの父祖のおかした簒奪《さんだつ》に対する莫大な補償をつけ、もともとアイヌ人のものであった北海道を彼らの手にかえそうと思うが、どうであろうか？」

首相の、この慚愧《ざんき》の念にみちみちた演説は閣僚に深い感銘をあたえたようだった。――しばしの沈黙ののち、どっと拍手がまきおこった。

「大賛成です、総理！」と立ち上って叫んだのは、北海道庁長官だった。「まことに道義にかなった勇敢な行為だと思います。――それに、そうしていただければ、私もこの退屈きわまる大臣の職をやめられるというものだ」

この提案はただちに議会にかけられ、深い感動と、満場一致の大拍手をもって可決された。――新聞は、「近来まれにみる、感動的行為」と書きたてた。

ただちに、アイヌ人に対する北海道返還が実行にうつされた。――政府のこの提案は、国民につよい道義的感覚をまきおこし、北海道における日本人はぞくぞく自発的に内地にむかってひきあげはじめた。もちろん内地では、これらの人々に対する熱心な受け入れ準備がおこなわれた。

当時、純粋のアイヌ人は、数百人にみたなかった。――その中の、長老に対して、荘厳な「北海道返還」の儀式がおこなわれた。

「北海道はもともとアイヌの土地だった」と総理はいった。「それをわれわれの父祖がうばったのだ。いまこそ正当な持ち主であるあなたたちに、深い陳謝の意と充分な補償をつけてかえす時がきた」

こうして北海道はアイヌにかえされた。――そのうち、東北や北関東も、もともとアイヌのものだった、というものがあらわれて、ここもかえすべきだという意見が出てきた。そこで、この地方の日本人もひき上げることにした。――むろん、たださえせまい日本の国土は、ますますせまくなったが、それは徹底的産児制限による人口減少政策によってきりぬけることにした。

日本のとったこの処置が全世界にあたえた衝撃は深く、大きかった。――各国とも、これによって深い道義的衝動をよびおこされた。まもなく、アメリカの大統領が「インディアンの土地をインディアンへ」という声明を発し、全米は熱狂的にこの声明を支持した。――ただちに「新大陸返還法」が可決発効され、南米・北米における白人はぞくぞくとヨーロッパへ「帰郷」しはじめた。インディアンの中には、困って「ヤンキー・カム・ホーム」のプラカードをもってデモるものもいたが、いったんすべての人々の心の深い所にまきおこった道義的衝動は、とどめることができなかった。みんな、「いままであんたの土地でのさばっていてわるかった」と涙を流してわびながら、イングランドへ、ヨーロッパへ、かえりはじめた。

当のイギリスにおいても、イングランドをウェールズ人やケルト人にかえそうという運動が起りはじめた。アングロサクソンは、もときた北欧へかえりはじめた。そうなると、フランス人やドイツ人もそわそわしはじめた。民族大移動以前の歴史がしらべられ、各民族は自分たちの発生した土地をしらべて、そこへかえりはじめた。アジアにおいても、インド人はドラヴィダ族にインドをかえして、中央アジアに大移動し、中国人は、チベット、台湾、内蒙古、新疆《しんきょう》ウイグル、満州、雲南をそれぞれの民族にかえした。ロシアはシベリアをツングースやヤクートにゆだね、アフリカからは、一切の白人、アラブ人がひき上げはじめた。

こうして世界中を大波のようにおそった「道義的衝動」によって、世界の民族人種分布は、次第に古代の形にかえっていった。――人口は大変な偏在を示しはじめ、せまい地域にぞくぞくと「かえって」くる人々のため、中央アジア附近はごったがえした。しかも人々はこの問題を解決するために、すすんで、「うばったものをかえす」道義的衝動の幸福の感情の中に、すすんで断食して命をちぢめ、極端な産児制限をやって人口を調節した。しかもなお、人々の「道義的衝動」はとどまるところを知らず、さらに古い持ち主をたずねて、その人にかえそうとする熱狂的な努力がつづけられた。

そしてついに――最終的な時がきた。ヒマラヤの雪渓の中で、長年「雪男」とさわがれていた正体不明の動物が数匹つかまり、学者の詳細な検討の結果、彼らこそ、十万年前に絶滅したと思われた、ネアンデルタール人にほかならないことが証明されたのである。

全世界は震撼《しんかん》した。

そしてユーラシア大陸のせまい地域にぎゅうぎゅう押しこめられた人々の前で、最後の「返還」がおこなわれた。

「あなたたちこそ、われわれ以前の、地上の主だ」と、世界代表は、檻《おり》にいれられ、キョトンとしているネアンデルタール人に、おごそかにいった。「われわれの祖先は、あなたたちからあなたたちの土地をうばった。しかし、今こそ、ホモ・サピエンスは、悔恨と陳謝とともに、あなたたちの土地をあなたたちにかえそう！」

こうして、全地球は、ネアンデルタール人にゆずることになった。――ホモ・サピエンスには行き場がなく、一挙にゆずるわけにもいかないので、長年月にわたって自ら人口減少策をつづけ、ついに最後の一人が返還証書に署名して、ほほえみながら死んでいった。

かくて、地球史上唯一の「道義的感覚」をもった生物である人類は、その内面の奥所にひびく、良心の声にしたがうことによって、深い道義的喜びを感じながらほろびさった。

――まことに、地上唯一の、「道義的感覚をもつ動物」にふさわしい終末ではあるまいか？

[part.2]

欲望と資本の暴走 怪物化する通貨

［part.2］

黒いクレジット・カード

— Theme — ブラックカード制度

1

キャッシュレス時代だの、個人信用時代だのといっても、かけ出しの中小企業の独身安サラリーマンにはまず縁がないようなものだ。銀行が当座をひらいてくれるわけではなし、二つ返事で金を貸してくれるわけでもない。せいぜい数千円から数万円までのサラ金――サラリーマン金融を利用するぐらいだが、それよりもむしろ、昔なつかしい質屋ののれんをくぐる方が、よほど生活にぴったりくる感じである。それでなくても、服や電化製品の月賦、飲み屋のつけ、麻雀《マージャン》の清算などに追いまわされ、この程度のレベルの「信用」なら、なまじない方が金もたまるし、気も楽になるだろうと慨嘆したいくらいのものである。

夏冬二回のボーナスの時、

「ええ畜生！　ただの一度でいいから、全額、思いっきり使ってみてえなあ！」

と、清算書をにらみながらうなっているのは、大てい独身もので、これが世帯持ち、子持ちともなれば、もらったためにかえってまっさおになり、唇《くちびる》をひきつらせているのがいる。——女房の過剰期待に対して、何や彼やの天引き、前借の清算などがあまりに多くなり、出口に待ちかまえる月賦屋、バーの集金などを、どんな事があっても突破しなければと血路をひらくきりこみ隊のごとく悲愴《ひそう》な決意をしているのであろう。

こんな状態だから、クレジット・カードの制度が、かなり普及し出している事は知っていても、そんなものはまだ、自分の生活には縁がないものだ、と、高村《たかむら》は思っていた。——日本ではまだ数百万枚にすぎないが、アメリカは二億七、八千万枚も発行されて、大変な普及ぶりであり、都会地では、誰《だれ》も彼も、一ダースぐらいのカードをもち歩いている。アメリカと日本では、個人金融、個人信用の歴史において、大きなちがいはあれ、いずれ日本もそれにちかい所まで行くんじゃないか、といった話を、小耳にはさんだり、何かで読んだりしても、所詮《しょせん》、貯金が万円台と千円台の間を上下しており、月末の一週間を、千円札一枚で、いかにサラリーマンの体面をたもちつつくらすか、といった事に心を砕いているような生活では、クレジット会社の方で「信用《クレジット》」してくれないのは眼に見えていた。

だから、彼は、クレジット・カードなどというものは、むこう十年ぐらい、自分とは関係のない、まあいわば「月の石」みたいなものだと思っていた。——その日の朝、安アパートを出た所で、そのカードを偶然ひろうまでは……。

電車がこむのがつらいので、週に三日ぐらいは、うんと早く出勤する。月末ちかくなると、それが週五日になる。会社のあるビルの喫茶店でモーニング・サービスをはじめ、そこへ行けばつけで朝飯が食えるからで、つまり月末になると、トースターはあれどパンや卵を買う金もつらくなるからだ――。で、その日の朝も、べら棒に早く安アパートを出た。遠距離通勤者の影もまだちらほらで、新聞配達が、ようやく手ぶらでかえりかけている時刻だった。

朝もやの中で、昨夜の安ウイスキーのかすかな残りを吐き出すように深呼吸を一つし、さて一歩をふみ出したその靴先《くつさき》に、それがちょっとあたって路上をすべり、おや、と思うのと、ひろい上げるのとがほとんど同時だった。――子供の時から、よく道に落ちているおかしなものをついひろってしまう癖があり、母親をずいぶんはずかしがらせたものだが、大きくなってもまだちょいちょいその癖がとび出す。

例のせかせかした「出勤歩調」で歩きながら、ひろい上げたカードを一眼見て、クレジット・カードだ、という事がすぐわかった。第一、美しい、だがいやに古風な書体で、CREDIT CARDと書いてあったから、わからない方がどうかしている。形式は例によって、共通サイズのプラスチック板に裏からナンバーがうち出しになっている。かわっているのはデザインで、まっ黒な中に金と、くらい赤で意匠がうき上がっているのが、コンピユーターエイジ、キャッシュレス時代の尖端《せんたん》を行くものとしては、ひどく風変わりな感じだった。――裏をひっくりかえすと、こちらはしずんだ水色に黒で、注意書らしいものと、「SLMクレジット・ビューロー」という文字が見えた。SとLとMは花文字で、やっと判読できた。

誰《だれ》かがおとして行ったんだな、こんな大事なものを、迂闊《うかつ》な事だ、と思いながら、彼は読むともなしに、その注意書を読んでいた。――「百貨店、ホテル、レストラン、バー、娯楽場、その他SLMチェーンで使用できます。銀行で現金をひき出せます」というのと、「このカードは、署名人本人以外は使えません。他人に譲渡、貸与したり、質入れする事はできません」と書いてある。もう一度表をひっくりかえした時、彼の足はぴたりととまった。

表の署名欄に、名前が書き入れてなかったのである。

2

その日の午前中は、なんだか気分がおちつかなかった。――背広の胸ポケットにいれておいた、あの黒いクレジット・カードが、妙に胸を圧迫するような感じがした。執務中、そっとひき出してながめながら、何だか大変なものをひろったような気がして、心臓がどきどきした。

何しろ、無署名のクレジット・カードだ。

この種類のカードは、便利ではあるが、それだけに、もしおとしたりしたら、厄介《やっかい》な事になるという事はきいていた。――紛失をとどけ出て、その通知が、全国にちらばったチェーンに行きわたるまでに、ひろった人間にどんどんつかわれてしまったら、どうしようもない、というのだ。

たしかついこの間も、落とした人が、一週間か十日の間に、ひろったやつに二百四十万円もつかわれてしまい、しかもつかった奴《やつ》はわからなかった、という事件があったように記憶する。――とすれば、もし、彼が今のうちこれをつかって、いろんなものを買ったり、のみくいしたりすれば――おまけにこのカードは、無署名なのだ、おとし主は、よほどうっかりした人間なのだろう。今どき、あわてふためいている事だろう。だが、待てよ――と、彼はぼんやり考えた。――このカードの署名欄に、まだ本人の名前がはいっていない、という事は……。

昼休みの前に、彼は庶務の女の子をおがみたおして、五百円かりた。――魂胆があっての事だった。昼食の時、彼は次長が立つのを待って、何くわぬ顔であとをつけていった。次長はやり手という評判であり、会社の収入以外に、個人的に株式をやってけっこう小金をもうけているらしく、遊びも派手だ。その次長が、いつか、部長や課長たちに、クレジット・カードを見せて、声高に便利だとか何とか話しているのをおぼえていた。

次長はとりまき連と一緒に、ビルのむかいの、かなり高級なレストランにはいった。——蝶《ちょう》タイのボーイが腕に白布をかけて注文をききにくるような店だ。次長たちがテーブルにつくと、彼はすばしこくたちまわって、次長と背中あわせになるテーブルに、強引に相席《あい》でわりこんだ。——次長と視線があって、すかさず目礼すると、向こうは、ほほうというような顔をした。

「高村くん、君は昼飯にこんな店にくるのかね？」

と次長はきいた。

「きのう競馬でちょっとあてましてね」と彼はうす笑いをうかべた。「月給前で、このところ栄養不足ですから……」

「きのうは、競馬があったかな？」

とギャンブルきちがいの課長がいい出したのにはひやっとしたが、次長が何か大声でい い、みんなが笑ったので、うまい具合に話題がそれた。

栄養をつける、といいながら、四百円のカレーしか注文できず、彼は腋《わき》の下にじっとり冷や汗をかいていた。食後のコーヒーは我慢しなければならなかった。——大急ぎで食事をかきこんでしまうと、彼は背後の一座の方に、半分体をひらくようにして、じっと話を持ち出す機会を待った。バーの話、女の話、ゴルフの話、景気の話と、次長たちの話題がめぐって行くのをききながら、なわとびのなわにはいるように、間合いをはかっていた。もう一度バーの話にもどって、一しきり哄笑《こうしょう》が起こり、またひいた所で、彼は思いきってわりこんだ。

「つかぬことをうかがいますが、高級バーなんかには、クレジット・カードが使えますか？」

次長はびっくりしたようにふりかえった。

「女のいるバーなんかは、あまり使えんようだね。ホテルのバーなら別だが……」と次長は、楊子《ようじ》で歯をせせりながらいった。「ゴルフのカントリー・クラブなどでも、使える所があるよ。——君は持っているのかね？」

とんでもない、というように、彼は手をあげてみせた。

「いとこが、今度クレジット・カードの会社にはいりましてね。これこそキャッシュレス時代の尖兵《せんぺい》だって、あまりいばるもんですから……」

「日本もいずれそうなるよ。——だが、今の所はまだまだ、個人信用関係がもう一つだからね」と次長は見さげるようにいった。「入会するに際しては、一応銀行預金や、信用関係を調査されるんだ」

「いったいどんなものですか？」と、彼はできるだけ無邪気な好奇心を表情にあらわすようにつとめながらいった。「定期券みたいなものなんですか？」

「君は見た事がないのかね？」次長は呆《あき》れた、というような顔でいって、内ポケットに手をいれた。「そうかも知れんな。君たちの年齢では、まだ縁がないだろう」

「へえ！——それがそうですか」と、彼は体をのり出すようにして眼をかがやかした。「そんなものですか……」

「そんなものとは何だ。これでなかなか大変なものなんだぞ。これ一枚あれば、高級レストランもホテルも、百貨店の高級品売場の買物も、全部つけで買えるんだ」

「エアラインもいけるそうですね」と課長が媚《こ》びるようにいった。「ダイナースやバンク・アメリカードは、海外どこでも使えるんでしょう？」

「日本人の場合は円決済だから制限があるがね」と次長はいった。

「おとしたりしたら大変ですな」と課長次席がいった。

「ああ——届け出てから十日たてば、以後のトラブルは発行会社の方が責任もってくれるが、十日の間につかわれたら、これはこちらに支払い責任がかかってくる。——ほら、この間も事件があったろう？」

「ちょっと拝見できますか？」と、彼はさりげなく手をのばした。「ふーん、こんなカードでねえ……」

「おいおい、かえしてくれよ」と、次長は冗談めかしていった。「この店でも使えるが、自分の昼飯代は自分で払えよ」

課長や課長次席が大声で笑った所で、一同席をたち、高村はあわててカードを次長にかえした。

3

そのわずかの間に、彼は次長のカードの形式を見ておいた。表に「クレジット・カード」と英語で大きくつづり、三桁《けた》—四桁—四桁の組数字が凸型に浮き出ている所は、彼のひろったものと同じだ。——それから、何か特殊な紙をはりつけたような所に、次長の自筆のサインがあり、その下に、片仮名の次長の名と、有効期限の文字が、やはりプラスチック板にうき出ている。——次長がレジでそのカードをわたした所をみていると、伝票の下にそのカードをおき、ロールのような器械でガチャンとやると、カードの表面にとび出した文字が、伝票にうつるようになっていた。

すると、このカードはやっぱりこのままではつかえないかな、と、彼はややがっかりしながら、今朝ひろった黒いクレジット・カードをとり出してながめてみた。サインがしてないだけでなく、サインの下にある片仮名の浮き出し文字がない。有効期限は一応一年後の十二月末とうち出されてあるが……だが、まてよ、と、裏をひっくりかえしてみながら、彼はもう一度考えなおした。

裏に書いてある注意書が、次長のそれとはちがっていた。——彼のには、使える場所と、他人に譲渡、貸与できないとだけ書いてあったが、次長のカードは、使える場所は書いてなくて、そのかわりにたしかこんな文句があった。

「このカードは本人以外は使用できませんから、拾得された方は下記へご連絡くださるようおねがいします。薄謝を呈します」

そして下に、発行会社の住所と電話番号と取りあつかい銀行の名前……。

してみると、形式は、かならずしもどのカードも同じというわけではなさそうだ。ひょっとすると、彼のカードは、番号だけでいいのかも知れない。

それに署名欄の体裁が、次長のカードとはちがっていた。次長のは、ふつうのインクで自署してあっただけだが、彼のカードの署名欄には、こんな注意書きがあった。

「1)署名の前に、唾液《だえき》で、欄の上にぬった特殊な糊《のり》をはがしてください。2)署名は必ず**赤インク**でやってください」

ずいぶんかわった注意書だ——と、彼はぼんやり思った。——ひょっとすると、これは何か新形式なのかも知れない。署名欄に、特殊な薬品か何かがぬってあって、赤インクで書くと、それがチェックの際、転写されるのかも知れないな……。

様式が不備で、つかえなくてももともとだ、と思って、彼はオフィスへかえってから、注意書通り唾液で署名欄をこすった。糊をはがせとあったが、別にべたつかず、唾液は署名欄の所にすうっと吸われて行くみたいだった——赤インクで字を書く時、彼は万一つかう時をかんがえて、「岡田安彦《おかだやすひこ》」と出たらめなサインをした。それから何となくばかばかしくなって、デスクの抽《ひ》き出しにほうりこんだ。……名前がうち出しになっていない所をみると、きっと使えない、あるいは誰《だれ》かに登録する前のカードにちがいない。誰かが申し込みをし、審査が通ったら、それからその人間の名を、片仮名で押し出し、本人がサインするのだろう。その押し出しがなかったら、結局無効なのにちがいない。

そう思って、彼はそのカードの事をすっかり忘れて、忙しい午後を働き、そのまま帰宅してしまった。

——翌朝、出勤して、何の気なしに抽き出しをあけた時、またそのカードが眼についた。二つに折って、すててしまおうかとつまみ上げた時、彼はおどろいて、小さな叫びをあげた。

オカダ・ヤスヒコ

と、署名欄の下に、文字がうき出していたからだ。

へえ！——と、彼はそのうきあがった文字を指先でなでながら、つくづく感嘆した——どういうしかけになっているのか知らないが、ふしぎなもんだな。

彼はプラスチック板の間に、何かしかけがあるのかと思って、ためつすがめつしてみた。だがカードそのものは、何の変哲もないプラスチックの一枚板だった。——現代社会は、毎日毎日、人々の身辺に魔法のようなふしぎなものを出現させる。現に彼の持っている定期は、「無人改札口用」だった。定期の裏側には、録音テープの幅のひろいもののような磁気シートがはりつけてあって、そこに表にスタンプされてある、有効期限と、使用区間、彼のコードナンバーなどが、磁気信号で記録されてある。彼ののる駅は、駅員がいて、表の文字を見せなければならないが、おりる駅は無人改札口になっていて、通路の入口の手すりの所にあるスロットに定期券をいれると、スロットの中の機械がわずか一秒たらずで、裏の磁器信号をよみとり、出口の所の返却口へ定期をさしだす。もし、期限が切れておらず、区間も正しければ、そのまま定期をつまんで通ればいいが、期限が切れていたり、ちがう区間だと出口の所に、ガチャンとバーがとび出して通れない、というわけだ。（注＝無人改札口は現在、東京、大阪の一部で使われています）

彼の会社は、ＩＣ製品もあつかっていたが、一度ＩＣ（集積回路）の現物を見た時、本当にマッチ棒の頭より小さい薄片の中に、トランジスター何十個分もの機能がつまっているときいて、呆然《ぼうぜん》とした。しかも、ＬＳＩという技術をつかえば、それよりもっとたくさんの機能がいれられるというのだ。――

取り引き先きの会社の研究所で、「ホログラフ」という装置を見せられた時のおどろきは、それよりもっと大きかった。一見、こまかい渦《うず》まきのような模様がはいっただけのガラス乾板に、レーザー光線をあてると、その乾板のむこう側に、コーヒーカップの立体像がみごとにうかび上がってきたのだ。眼の位置をかえると、カップの横の方も見えてくる。おまけにその乾板を、金槌《かなづち》で粉々にわっても、その小さなかけらの一片にレーザー光線をあてれば、ちゃんともとの通りのコーヒーカップの立体像があらわれる。

——まるで魔法以上だ、と、彼はつくづく思った。

その不思議さからみれば、署名しただけで、その下にカナ文字がうき上がってくるプラスチック板など大した事はないような気がした。——これは、きっと新しい方式を使ったクレジット・カードにちがいない。

そう思ったとたん、また心臓の動悸《どうき》が早まった。——ひょっとすると、これは使えるぞ。次長はたしか発行会社が責任をとるのは、おとしてから十日以後だと言っていた。もし、誰かがあのカードをおとしたのがきのうだとすると、あと九日以内に使ってしまわなければならない。

全身に、汗がじっとりとにじみ出た。罪の意識よりも、これを使って、一種の犯罪をおかすスリルの方が、彼を昂奮《こうふん》させ、動悸を早めさせたのだ。

上役が居そうな昼休みをさけ、勤務が終わってから、彼はむかいのレストランにはいって行った。——顔が赤くなり、耳がガンガン鳴るのを感じながら、彼はレジの中年女にそのカードを見せて、

「これ、ここで使えますか?」

とかすれた声できいた。——女は彼の顔を見ようともせず、ちらとカードを一瞥《いちべつ》しただけで、

「はい、どうぞ」

といった。

思いきり高い、ステーキでも食ってやれ、と思いながら、彼はどうしても度胸がなくて、スープとチキンカツとビールを注文した。——せっかくの料理は、のどに通らない感じだった。二千円たらずの勘定をそのカードではらう時、彼はまた全身にどっと汗がふき出るのを感じた。カードの文字が伝票に転写されて、カードがかえされると、それをにぎって彼はとぶように外へ出た。汗が眼にはいって、息が切れそうだった。

うまくいった！——という叫びと、しまった！——という叫びが頭の中で交錯した。こんな会社の近くで使ったら、あとでしらべられたらばれるおそれがある。もっと遠くでつかうんだ。会社からも、アパートからも……とうとうおれは犯罪をおかした、という意識が、いつまでも動悸をおさめなかった。——かまうものか。名前はでたらめだ。岡田安彦なんて人物は、同名の人はいるだろうが、このクレジット・カードの本当の持ち主としては存在しない。迷惑がかかるのはSLMクレジット・ビューローだろうが、どうせ大会社だろうし、おれが使った分など、欠損として、税金をやすくするのに役立つんだから、かえって会社にプラスになるかも知れないんだ。まかりまちがっても、役員賞与をほんのわ

ずかへらせばいいんだろう……。

4

二度目、三度目あたりが、一番抵抗があった。二度目に高級既製服を買ったあと、数万円という金額がすっかりおそろしくなり、これでカードをすてようかと思った。——だが、前からほしいと思っていた高級腕時計を、ついふらふらと買ってしまってからは、毒くらわば皿《さら》まで、という心境になった。

危いと思ったが、そのクレジット・カードで、現金もひき出せると書いてあるのを見て、サングラスをかけて銀行へ行った。——小さな支店をえらび、いつでも逃げ出せるように、戸口にちかい所に立って、ポケットにつっこんだ手に、汗をにぎりしめながら、そわそわしていた。

「岡田さま……」と係の娘が、愛想笑いをしながら声をかけた。「いくらお入り用でございますか？　用紙に御記入ください」

「あ、あの……いくらまで貸してもらえますか？」

彼はかすれた声できいた。

「ふつうですと、二万円まででございますが、このクレジット・カードは、特別に十万円まで御用だてできます」

「それじゃ、あの……十万円にしてください」

彼は用紙に金額を書きこむのに、三度も書きそこねた。——手の切れるような一万円札を十枚ポケットにねじこむと、彼は走るな、と自分にいいきかせながら、表通りを一散に走り、タクシーをとめてとびのった。——そうだ……と彼はあえぎながら思った。現金がいい。現金なら、品物のようにかさばらないし、とどけてもらう必要もないから……いや、まて、銀行の方が足がつきやすいかな？　どっちにしたらいいんだろう？

次の一週間の間に、彼は別々の銀行の、異なる支店から、次々に約百万円の現金をひき出した。次長のカードには、銀行が指定してあったような気がしたが、そのカードは、どこの銀行でもひき出せるらしく、いきなりとびこんでも、ことわられた事は一度もなかった。——彼は、会社の近くの豪勢なホテルに三日ばかりとまって、高い酒や料理を飲み食いし、現金をさらに五十万ばかりひき出して、高級マンションの一室をかりると、きちがいのように買物をはじめた。ステレオ、カメラ、高級家具、高級電化製品、衣服、装身具、旅行用具類、といったものが、そのマンションにはこびこまれては、あるものは転売され、質入れされ、あるものは彼の安アパートにはこびこまれた。——クレジット・カードで、エアラインの切符も買える、という事を次長からきいていた彼は、航空会社の支店に顔を出した。

「あの……このカードで、外国行きの航空券も買えますか?」

「はい、このクレジット・カードなら……」と係員はうなずいた。「ふつうは国内線だけですが、これなら大丈夫です」

「これは、外国でも使えるんでしょうか?」

「ええ、もともとこのクレジット会社は、外国に本社がありますから……」

「どこですか?」

「さあ……ヨーロッパだったように記憶しますが……」

彼は、とにかく日付けをオープンにしてヨーロッパまでの往復航空券を本名の高村《たかむら》名義で、現金で買った。――旅券は申請してから、二週間くらいかかるという事だったが、いずれにしても、旅行の準備だけはしておくことにした。航空券を現金で買ったのは、旅券の名前と、航空券の名前がちがっていてはまずいのではないか、と思ったからである。

――外国でもつかえるとしたら、このカード一枚もっていれば大名旅行だ。国内では通知がまわっても、海外にまで、無効通知がまわるのは、まだ時間がかかるだろう。と、彼は漠然《ばくぜん》と思っていた。もし具合が悪ければ、チケットを払いもどせばいい。

一週間そこそこの間に、彼がそのクレジット・カードを利用して買い物をしたり、現金でひき出したりした額は二百五十万円以上になった。――そのうち、まだ百万以上が現金で手もとにのこっていた。気分がおちつかず、会社での仕事はおろそかになりがちだったが、上司や同僚から、様子が変だと思われたりしないように、必死になって平静にふるまった。だが、退社時刻になると、早く街へ出て、カードをつかいたくて、うずうずしてくるのだった。

　彼の気分はまったく複雑だった。――右の内ポケットにいれてある二十万あまりの現金と、百万ちかい普通預金通帳の事を思うと、恍惚《こうこつ》となり、なんだか自分が、どっしりおちついた「大人物」になったような気がした。現金というものが、こんなに人間の気分に余裕をもたせ、おちつかせるものだとは知らなかった。もう、月給日まであと何日かとか、これだけの金で、どうやって月末まで、酒やカツ丼《どん》の誘惑にうちかってくらすか、とのどをからからにして考えたり、ボーナスまでの長い長い歳月を、囚人がはるか未来の釈放の日を思いうかべるように、血走った憧憬《どうけい》と焦りでもって想い描くこともない。タクシーのメーターや、食堂のメニューの数字を、生唾《なまつば》をのみこみながら、にらみつける事もない。そういった事に対して、彼は悠々としていられるのであり、そして悠々としていられる事が、どんなに人間に安らぎと快い幸福を感じさせるものか、つぶさに理解した。

　しかし、左の内ポケットにはいっているカードの事を思い出すと、にわかに全身がカッと熱くなり、動悸が早まり、カードが心臓の上にやけつくように感じられた。――盗んだ金の事を「ホットマネー」とよぶのは、実にうまいいい方だと彼は思った。各チェーンに、このナンバーのカードが無効である通知がまわるまでに、大急ぎでつかってしまわなくてはならない。いや、もう使っては危いかも知れない。早く焼きすてて、証拠を湮滅《いんめつ》した方がいいかも知れない。――ちょうど、麻雀《マージャン》のラストで負けがこんでいて、満貫の手ができかかりながら、満貫ならへこみだが、ハネ満なら逆転トップという時に、危険なドラ牌《パイ》をにぎっているような気分だった。今のうち早くすてて、リーチをかけた方がいいかも知れない。しかし、もし何かをつもってきてその危険牌がくっつけば、確実にハネる。場がどんどん進行するのを見ながら、今すてるべきか、もう少し持つべきか、へたに持ちすぎたら、にぎって死ななければならない、と思って、焦りながら場の進行をながめているような心境だった。

その上、自分がやってしまった「犯罪」の事を思うと、全身の血の気がひいた。夜中に、突然刑事とクレジット会社の男がドアをノックして、ふみこんでくる夢を見て、汗びっしょりでとび起きた。――自分が、もうとりかえしのつかない事をしてしまったと思うと、新聞社会面や、週刊誌に、自分の写真入りで「誘惑に負けた若いサラリーマン――キャッシュレス時代の犯罪」といった見出しの記事が、でかでかと出る所が想像され、それを国もとの老母や親戚《しんせき》が見る事を思うと全身に悪寒《おかん》が走った。――夜中に蒲団《ふとん》の上に起き上がり、顔をおおって、ああ、おれは何という事をしてしまったんだ、と、声を出してつぶやく事もあった。

5

黒いカードをひろってから十日はまたたく間にすぎ、彼はぴたりとカードを使うのをやめた。──その間、彼が使った金額は、三百万円に達していた。百六、七十万の現金をかかえ、彼はびくびくしながら、世間の様子に耳をすましていた。きっと今ごろは、あのナンバーの被害者に支払いがまわって、大さわぎになっているだろうと思うと、いたたまれない気持ちだった。毎朝毎晩、彼は新聞の社会面をすみからすみまで読んだ。

だが、一週間たち、二週間たっても、何の兆候もあらわれなかった。

そのうち、彼は思いがけない事をやってしまった。──一ぱいのんで、街をふらついているうちにちょっとしゃれたコートを見つけ、ふらりとはいってそれを買いもとめ、いざ支払う段になって、キャッシュで払うつもりが、つい例のクレジット・カードを出してしまったのである。

あっ！──と思った時はおそかった。レジはそのカードを手にとって、片手が伝票に代金をうちはじめた。彼の全身に、どっと汗がふき出した。そのまま逃げ出そうとしたが、レジが彼の様子を感じて、不審そうに顔を見つめたので、足がすくんでしまった。

「あ、あの……」彼はカラカラになったのどでやっといった。「そ、そのカード、まだつかえますか？」

「あら、期限切れまでは、まだ大分ございますわ」レジはそういってにこりと笑い、ガチャンとプレスをした。「どうもありがとうございました。またどうぞ……」

じゃ、このカードはまだつかえるのか……と、彼はコートの箱をかかえて歩きながら、半信半疑でそのまっ黒なプラスチック・カードをながめた。――このナンバーのクレジット・カードの「紛失無効」の通知は、まだチェーンに行きわたっていないのだろうか。
二、三日考えた末、彼はもう一度だけ冒険をやってみた。そのカードでもって、銀行から現金をひき出してみたのである。銀行は、こういう情報には敏感だ。必ず通知がまわっているだろう。これでもし窓口で、「ちょっとお待ちください」といって、上役に相談に行くような気配だったら、すぐさま逃げ出せばいい。
だが、窓口の娘は、そのカードを見てにっこりして、こういっただけだった。

「現金でございますか？　いかほどにいたしましょう？」

新たな十万円をポケットにいれて、彼はますます不可解な気持ちになった。――ひょっとすると、紛失とどけもまだ出ていないのではないだろうか？

彼は慎重に考えた末、カードにのっている「ＳＬＭクレジット・ビューロー」という所に電話をしてみた。

「はい……」と、妙にねちねちした男の声が電話口に出た。「ＳＬＭクレジット・カードでございます……」

「こちら×××ですが……」と、彼は一度買い物をした店の名をいった。「お宅の会員で468―7710―0104のナンバーのカードをおもちの方ですが、実はさきほど当店で買い物をなさった時、まちがった品物をおわたししてしまいましたので、お宅にとりかえに上がろうと思うんですが……」

「会員の方のお名前は？」

「岡田安彦さんです」

そういってしまうと、急に動悸が早まり出した。――これではっきりする。岡田安彦なんて名前は、そのナンバーで登録されていないにきまっている。彼が勝手に考えた偽名だからだ。この電話で、会社は、発行ナンバーと使用者の名があわない事に気がつき、すぐ無効手つづきをとるだろう。一か月ちかい夢のような生活は終わりをつげるが、かえってその方が大丈夫か大丈夫かと思いながら、誘惑にまけて危険をおかしつづけるよりさっぱりする。

「ちょっとお待ちください」といって相手はひっこんで、またすぐ出てきた。

「ええ、たしかに468―7710―0104の岡田安彦さま、当方の会員にいらっしゃいます」

「えッ!?」彼は電話口で思わずわが耳をうたぐった。

「ほ、ほんとうですか？　ほんとうに、岡田安彦って人は、このカードの持ち主ですか？」

「あなた、何いってるんです。岡田さまは、わが社の有力なおとくいですよ。そんな、うたぐるような事をいってもらっちゃ困るな」

と、相手は怒ったようにいった。

「で、でも……その方は、どんな方でしょうか？」

「どんな方でも、そちらの知った事じゃないでしょう。まだ若い方だけど、銀行の方もちゃんとしておられるし、当方の大切なお客ですよ。——あんた、どう思ってんの？　わが社が、会員の方の事で、ただの一度でも、販売店の方に迷惑をかけた事がありますか？　うちのお客さまに、けちをつける気かね？」

「い、いえ。そんな……」と、彼はしどろもどろでいった。「すみません。その方の御住所を……」

電話をきると、彼はしばらく呆然《ぼうぜん》とたちつくしていた。まったくわけがわからなくなってしまった。——「岡田安彦」は、彼が勝手に考えた名前である。だのに、ＳＬＭ社では、岡田ちゃんとそのナンバーに、その名前が登録してあるというのだ。しかも先方の話では、岡田安彦という人物は、実在しているらしいのだ。

これは、偶然の一致だろうか？——それとも、彼が何か、テレパシイのようなもので、本当の持ち主の名を、無意識に感じとっていたのだろうか？

彼は電話できいた住所へ出かけて行った。——とにかく、その名の人物が実在するという事を、この眼でたしかめたい気持ちだった。家はすぐに見つかった。新築の、モダーンな家で、白大理石のプレートに、「岡田安彦」と書いた表札がかかっていた。——彼がぼんやりと立ちすくんでいると、隣家から出てきた老人が、近よってきてたずねた。

「SLMの方ですか？」

どういうつもりか、反射的に彼はあのカードをとり出していた。それをひと目見ると老人は、

「ああ、岡田さんですか。お待ちしていました」といってポケットから鍵《かぎ》を出して彼にわたした。「SLMの方からたのまれて、中を一応住めるようにしておきましたが、お気に召しますかね」

そういうと老人は行ってしまった。——彼は何かにひかれるように、ふらふらと、鍵をあけて中にはいっていった。中は洒落《しゃれ》たインテリアに豪華な調度でしつらえられ、何もかも新しかった。応接間のマントルピースの上に、これもまたまあたらしい岡田安彦名義の銀行通帳がのっていた。ふるえる手でひろげてみると、一か月前、ちょうど彼があのカードをひろった日に五百万円口座にふりこまれており、以後、彼がクレジット・カードで品物を買ったり、現金をひき出したりした分が、きちんとひかれてあった。

——だが、二、三日前にふたたび五百万円がふりこまれていた。傍にあった「岡田」の

印鑑をとりあげながら、彼は次第にガタガタふるえ出し、ついにわけのわからない叫び声をあげて、外へとび出していった。

だが、結局彼はその家に住む事になった。その後、二度三度その家の様子を見に来て、「岡田安彦」という人物が一向にあらわれる気配がなかったからである。彼は一日、二日その家にとまり、だんだん長くその家にとまるようになり、ついに図々しくなって、安アパートからその家へひっこしてしまった。

岡田という人物があらわれたらあらわれた時の事だ、と彼は思った。——何よりも、快適なゆったりした生活というものは一度はじめると、もうもとのみじめったらしい生活にはかえれそうもなかった。預金通帳には、どこからか毎月きちんと五百万円ずつはらいこまれ、クレジット・カードをつかった生活は、かぎりなく優雅だった。彼は会社をやめてしまい、海外旅行にも行き、車も買い、さまざまのスポーツもはじめた。

もう高村四郎ではなく、岡田安彦として生活しながら、彼は結局岡田という人物は、実在したのだが、死んだか、行方不明になったのだ、と考えるようになった。

富豪のかわりものの一人息子か何かで、親は死に、財産管理者から毎月金をもらい、気ままにくらしているうちに事故か何かで……。

生活にゆとりができると、ふるまいにもおのずと優雅さが出てきて、彼にはガールフレンドが次々にできた。そのうちの一人と、とうとう結婚する事になった。

一戸だちの家に道具類がすべてそろい、家政婦がいて、独身で、大きな収入があるとなると、相手ができないのがふしぎだ。アバンチュールから婚約にすすみ、その夜、有頂天になってかえってきて、部屋のスイッチをつけると――

応接間に黒い服を着た男が一人すわっていた。

彼はひと目みるなり、その男が何であるかわかり、まっさおになった。――すべての事が了解され、彼はよろめいてやっと壁に体をささえた。

「SLMクレジット・サービスです。毎度ごひいきありがとうございます」

黒い口ひげをはやした男はニッと笑った。

「あなたのカードは、今日で期限が切れました。岡田さん。継続なさってくださって結構ですが、その前に一応御清算ねがいたいのです。……四千万たらずです」

「ぼ、ぼくは……」

彼は最後ののぞみをこめてカードをテーブルに投げ出しながら叫んだ。

「岡田安彦じゃないんだ。高村四郎といって……」

「名前など、どうでもいいんです」

男は黒いカードをつまみ上げながらいった。

「肝心なのはあなたの血液型で――これは新しい分類法のくみあわせをつかうと、指紋と同じくらいの値うちがありますからね。ここにしみている、あなたの唾液でちゃんとあなたのものだと証明できますよ。それとサインを赤で書くという事ですね。昔は、血をつかってサインしてもらったものですが……」

「清算などできない事はわかってるんだろう……」彼はわなわなとふるえながらいった。

「じゃ、どうするんだ？　今すぐ連れて行くのか？」

「さてよわりましたな……」

男はひげをひねり上げながら、カードをパチンとはじいた。――黒いカードの金文字と赤いしるしが、ボッと炎をたてて燃え上がった。電灯がふっと消えると、床の絨《じゅう》毯《たん》の下が、ぼうっと赤くなり、ごうごうという音がきこえてきた。

「このままで、もう一年のばせない事はありませんがね。われわれの方も、コンピューターを導入していまして、手続きがむずかしくなっているんです。――そうだ、こうしましょう。あなた、ちかぢか結婚なさいますね。奥さんも加入させてくだされば、あなたの分をもう十年、延長してもよござんす……」

「それは……あの……」

「おうまれになるお子さんも加入させると約束してくだされば、一生お待ちしましょう。――ええ、ここに御署名ください。唾液でこすって、……そう……私のペンをおつかいください。赤インクがはいっています。——結構です」

　彼が睡眠術をかけられたように署名しおわると、灯《ひ》はまた明るくなり、男は立ち上がった。

「このごろは、われわれの仕事もむずかしくなりましてね。いろいろサービスを考えなくては、契約していただく方がむずかしくなりました。これでわれわれの方も、一生懸命近代化をはかっております」

　男は、はいってきた窓から出ようとしながら、ふりかえってニヤリと笑った。

「何もそんな深刻な顔をなさらなくても、あなたたち、御自分の魂なんてものは、生きているうちは大して気にもなさらないでしょう。でも、私たちの方では大変値うちがありまして——ま、有無《うむ》相通じて、仲よくやりましょうや。——あ、それから、もしお知り合いで、これという方がいましたら、どうぞわれわれの方に御紹介ねがいます。——サタン・ルシファァ・アンド・メフィストフェレス・クレジットビューローは、いつでもよろこんでサービスを提供します……」

[part.2]

終りなき負債

— Theme —

親子ローン（証券化支援ローン）

仕事がおわってフレイミング・マシンのスイッチを切った時、足場の所にまたあいつの姿を見つけた。垂れ下った頬にいつものようにニヤニヤ笑いを浮べ、かきのようにべっとりした眼で俺《おれ》を見下げている。――してみると今日はもう土曜なのだ。

「いい天気だな」と奴《やつ》はいった。残忍で冷酷で、自分の残忍さを楽しんでいる口調だ。黒いメタル・プラスティックの防護コートは、例のように光線銃《レイ・ガン》でふくらんでいる。

「作業表をとってくる」と俺はいった。

するとお奴は、指の間にはさんだカードを、俺の鼻先でゆっくり動かしてみせた――俺の中にぐっと硬い怒りがつき上げた。九十キロもありそうな、奴のでぶでぶ肥《ふと》った体は、スチールグリッドの足場の上で、一瞬危機にさらされた。手すりの下三十メートルの所には、いま俺がうちこんだばかりの速乾セメントがにぶく光っている。――だが奴は、俺が臆《おく》病者《びょうもの》で、いくら怒らせても安全なことを知っていた。俺自身も、その危機が、無力な怒りによってかもし出された、想像上のものにすぎないことを知っていた。俺は奴の手から作業表をひったくった。

「ふくれるない」奴は馬鹿にしたような薄笑いをうかべて言った。「手間をはぶいてやっただけじゃねえか」


会計所の建物の前にはすでに列ができていたが、奴はすごみをきかせてすわりこんだ。支払機には奴がカードをさしこんだ。出てきた給料袋の封を切ったのも奴だった。

「一枚、二枚、三枚……」

奴はほかの連中にも見えるように札を数え、いつもの額をポケットにいれると、俺にあのいまいましい紙切れを押しつけた。

「あと千五百二十六枚だ。──もう少しだな」奴は歯をむきだして笑い、車にのりこんだ。「あばよ。──また来週の土曜日にあおうぜ。怠けるなよ」

ほこりをたてて走り去るクロームメッキのホバークラフトを見送りながら、俺はまるで薄くなってしまった給料袋と、二百五枚目の支払い済み手形をにぎりしめて立ちつくしていた。手形の右肩には２８４７とナンバーがうたれ、債権譲渡のスタンプと金額と日付けと──それに俺の祖父と、親父と、俺自身の署名があった。こんな紙切れが、もうあと千五百二十六枚も、奴の手もとに握られているのだ……。

＊

――奴に初めてあったのは、貧民窟《ひんみんくつ》の無料宿泊所だった。その時俺は一番隅《すみ》の寝棚《バンク》にねていた。奴は三人の男と一しょに、どやどやはいって来て、ものも言わさず俺を表にひきずり出した。連れの一人はカバンをもった猿《さる》みたいな男、あとの二人はひと目でそれとわかるロボットだった。多分ギャングがよく使う、もぐりの違反ロボットだったろう。――スラム街の一角をとりこわしている工事場の裏手で、ロボットは俺の両腕をとって板塀《いたべい》に押しつけた。

「なぜ、ずらかりやがった？」奴は俺を見すえてどなった。

「何のことだ？」と俺はふるえ声で言った。――その時にはもう完全にちぢみあがっていた。

「お前の親父がくたばってよ。――葬式もすまねえうちに姿をくらましたじゃねえか。死《し》骸《がい》をおっぽり出したままで」

「こわかったんだよ」と俺は言った。「俺、病気だったんだ。親父が死んで――それからがよくわからない」

「今もどこか具合が悪いか？」猿みたいな男は妙な眼付きで俺を見て言った。俺は首をふった。

「どうでもいいや」奴は猿男のカバンからぶ厚い紙の束をとり出しながら言った。「とにかくこれにサインしな。サイングらいできるだろ？」

「何のためだ？」

俺は手を後にまわして、しりごみしながらきいた。

「何のためってことがあるかよ。すりゃいいんだ。すんだら働き口を世話してやる。わざわざ見つけてやったんだぜ」

「こりゃいったい何だい？」俺は鼻先につきつけられた厖大《ぼうだい》な支払い手形を見て、あんぐり口をあけた。「俺はこんなもの……知らんぜ」

「お前が知らなくてもこっちが知ってるんだ。ほら、こりゃ裁判所の支払い命令だ。ちゃんとお前をお名ざしだぜ」

「俺が何をしたっていうんだ？」

奴がふりまわす裁判所の令状とかいうものを、俺は横眼で見た、薄葉紙にタイプされた文字が少し見えた。……ノ全国月賦販売協会ニ対スル支払債務ハ……ノ長男ガコレヲ引キ継グモノトシ……。

「いやだというのかよ」奴はいきなりばかでかい光線ピストルをぬいて、俺の鼻先へつきつけた。

「俺達ゃ政府から許可をもらってる債権取り立て会社のもんだ。会社は月賦屋の方から、四〇パーセントびきでお前にたいする債権を譲渡されたんだ。泣こうとわめこうと、いただくものはいただくぜ。いやなら裁判所にたのんで監獄で働いてもらう。――そうしたら、暗い所でコキ使われて、かせぎはビタ一文、払い終るまでお前の手にははいらないぜ」

「しゃばが恋しかったら、いう通りにしなよ」猿が俺にエターナル・ペンを押しつけた。

「さあ来な、坊や。一つ、字のうまい所を見せてくれ」

「俺はなにも月賦で買ったおぼえはないぜ」俺は弱々しい声で、抗議した。

「誰《だれ》もお前が買ったとはいってねえ」奴は鼻で笑った。「買ったのはお前の祖父《じじい》だよ」

手形の第一支払人のところに、祖父の署名を見つけた時、俺の体から最後の力がぬけた。俺は奴らもこわかったが、監獄の方がもっとこわかった。今の監獄がどんなところだか、浮浪者達にきいて知っていたからだ。――第二支払人の所に署名しながら、俺はおずおずときいた。

「祖父《じい》さんは、いったい何を買ったんだい?」

「そんなこと知っちゃいねえ」奴はぎゅっと顔をしかめながらそっけなくいった。「俺達はお前から借金をとりたてりゃいいのよ。売ったのは月賦屋だからな。――八十四年月賦の五十年分だけはらいこんだ残りの債権を買いとったんだ」

二千枚ちかくある手形に署名しおわるのは、二時間からかかった。それが終ると奴等は俺を海岸の工事場へつれて行った。そこの現場主任は、俺をみるなりきいた。

「政府株はいくら持っている？」

「政府株って何だ？」俺はききかえした。

「こんなうすのろ使いもんになるか？」

額に傷のある主任は奴――アイザワと言った――をふりかえって眉《まゆ》をしかめた。

「世間知らずなだけさ。体力表はここにあるが、IQはいいぜ」

アイザワが投げ出したカードを見もせず、主任は唾《つば》をはいた。

「あてにならんな。お前ンところじゃ非合法手術もやる医者がいるんだろ」

「いやならよそへ行くぜ」とアイザワは言った。「こいつは失権者だし、若いと来てるから売れ口はごまんとある」

「お前がこの薄のろから、株をかすめたんじゃないか？」

「人ぎきの悪いことを言うな。親父が急死して書きかえの暇がなかったんだ。株はさし押えられたし、文句のねえところさ」

主任は鼻をならして汚れた札をとり出した。

「五十」

「六十だ」とアイザワは言った。「身柄は俺達がひきうけるんだ。飯場の厄介《やっかい》にならない」

「逃げたらどうする？」

「逃がすもんか」猿男が歯をむき出して笑った。「こっちにもだいじな玉だ」六枚の十クレジット券をとり上げると、アイザワはポンと俺の肩をたたいた。「じゃ土曜日にな——しっかり働けよ」

これが四年前に俺の身の上にふりかかってきたことだ。その時までの俺は、長期月賦のことなぞまるきり知らなかった——もちろん今では骨身にこたえるほど知っている。仕事の仲間にも親の代からの月賦に苦しんでいる連中がたくさんいた。しかし最高百年まで支払い期間が認められているとはいえ、祖父から三代にわたって、支払い債務をうけついでいるのは俺ぐらいのものだったろう。

元来俺は——おかいこぐるみというほどじゃなかったが、子に甘い親父の羽掻《はが》いの下でぬくぬくと育ち、世間知らずのお坊ちゃんだった。親父は俺をあまやかしてしたい放題にさせ、俺も毎日のらくらして暮した、だからこそ、親父が死んだあと、浮浪者になっても働く気なぞなかったのだ。しかし親父の死後三か月目に奴が現われてからというもの、俺の生活はまるで変ってしまった——生れて初めて強制され、監視され、ふみつけにされてくらすようになったのだ。

俺はその工事場でもぐりの人夫になった。もぐりの人夫って、どんなものか知ってるか？　奴等は機械以下なんだ。国際ロボットカルテルが、労働組合の抗議を口実に、作業用ロボットの生産を制限していたから、こういう工事場では重作業の労働力がうんと不足していた（その実カルテルは、組合のダラ幹と組んで価格のつり上げをやってたんじゃないかと思う）。作業用ロボットの値段は高いが、もぐり人夫の賃金はべらぼうに安い。そこでこういうところでは、もぐりの人夫がたくさん働いていた。ロボットとちがって償却や破損に気を使うこともなく、必要な時にやとい、いらなくなればくびにすればいい。組合にも属さず――正規の組合員なんて、俺達から見れば大名だ――死んでも涙金ですむ。彼等は何の社会保障も身分保障もなく、目くされ金につられて生命をまとの危険な作業をやる――危くって、とても高価な作業ロボットなんか使えないような仕事をだ。一度足場がくずれて作業用ロボットと人夫の一人が海へおちた時、監督の奴は虫の息で杭《くい》につかまっている怪我人《けがにん》の肩をけとばしてこうどなったものだ。

「ばかやろう！　お前らのかわりはいくらでもいるが、作業用ロボットは一台しかないんだぞ！」

――もぐりの人夫なんてこんなものだ。

彼等の大部分は俺同様失権者、つまり政府株をもたない連中だった。政府が株式会社組織の営利事業になって以来、政府株、すなわち行政株式会社の株を十株以上もたないものは一切の公民権――実は一切の人権を剝奪《はくだつ》されるのだ。政府は物価操作一つで、この安い労働力をうんと作り出す事もできた――こんな常識的な事を知らなかった俺は、馬鹿と言われてもしかたがない。もっともはじめから知らなかったのか、知ってて忘れたのか、その点はっきりしなかったが。

ともあれ、俺の生活は、がんじがらめにしばられてしまった。一週間のうち五日は超過勤務、三日は深夜業、日曜も出勤するし、大祭日以外に休みなんてない。奴がそうしろと命じたのだ。そうしなければ月四十クレジットの月賦代がはらえないからと奴は言う。俺はスラムのボロ下宿におしこまれ、そこのおやじは俺を監視していた。奴は給料の三分の二をとり上げ、三日にあげず俺の働きぶりを見に来た。俺の方は、反抗しようの逃げようのという気は起こらなかった。奴がこわかったし、監獄がこわかったからだ。世間知らずだったから、よけいにそうだったんだろう。とにかく奴は正式の令状と、三代署名入りの手形を持っていた。――俺はくる日もくる日も、ただ夢中にはたらいた。下宿から仕事場へ、仕事場から下宿へと、単調で苛酷《かこく》な日々が、驚くべき早さですべって行った。そして――すでに四年たった。いや、たった四年しかたたなかったというべきだろうか？　俺の前にはすぎさった四年の歳月とまったく同じような、単調できびしい日々が、まだあと三十年分も横たわっていた。そしてこの頃《ごろ》では、作業の合い間に、ふと遠い水平線を眺《なが》める時など、たまらない気持で思いつめるようになっていた。――何だってこんなに働かなくちゃならないんだ？

その思いは、ある日年よりの人夫に話をしてから、いっそう具体的なものになった。

その人夫はアイザワが俺から給料をまき上げて行くのを見ていたが、あとから俺を物かげによんでこういった。

「お前、債務の交換をやらないか？　俺の方は月二十クレジットであと十年――だけど俺は癌《がん》であと一年も生きられないんだ。――これは絶対に内緒だぜ」

月賦債務の交換は、仲間うちでちょいちょいやっていた。例えばこの老人のように月二十クレジットで十年分残っているが、とてもあと十年は生きられないという場合、月十クレジット、三十年分ぐらい残っている若い男と、債務の交換をやるのだ。双方の合意があれば手続は登記所ですぐにできるし、失権者でも書記につかませれば大丈夫だ。こうすれば老人の方は一月あたりの負担額がへるし、若い方は負担がふえても期間が短かくなり、総額はへる事になるから、結局双方とくをするってわけだ。老人は俺の分が月四十クレジットときいて、がっかりしたようだった。それから二人はしばらく話しこんだ。――老人も、親の買った家の月賦をしょいこんでいるのだった。家の方は、とうの昔に住めなくなってとりこわされ、いまでは別の家を、やはり月賦で買って住んでいる。月賦販売トラストの圧力で、家を借りるより、月払いで買った方が月あたりならうんと安くつくようになっているのだ。

「若いのに、四十クレジットであと三十年とは大変だな」と老人は同情にたえないような顔つきで言った。「一体あんたの祖父さんは何を買ったんだ？」

「さあ、何を買ったのかな」俺は言った。「買ったと言う事さえ知らなかったんだ」

老人はびっくりしたように俺を見た。

「四万クレジットといえば大した買物だよ、売渡証や保証書は？」

「親父が持ってたかも知れんが——俺は見たこともない」

「お前、まったく甘ちゃんだな」老人はつくづく呆《あき》れたように言った。「ものの値打ちってものを知らないのか。四万クレジットと言えば、親子三代かかっても払いきれねえほどのものだぜ。そんなものを、何だか知らない、どうなったかわからない、なんてすましてる手はないぜ。一応現物がどうなったかしらべて見ろよ。スクラップになっていても、親父が転売していないかぎりそれはお前のもんだからな。もしまるまる残っていて、転売できたら、これはひろいもんだぜ。俺のボロ家でさえ、解体して売ったら、ちゃんと一年分の月賦代は出たんだから」

老人は世間知らずの若者をさとすように、何としてでも品物の行方をさがせとくどくど言った。そして最後にちょっと意味ありげにこうつけ加えた。

「あの取り立て会社の連中にゃ気をつけた方がいいぜ。月賦屋の方は上品にかまえているが、あの連中なら何でもやる。——殺人《ころし》でも横領でもな」

老人に言われるまでもなく、そのことは長いあいだ俺の胸に固いしこりになっていた。

いったい俺の祖父は、こんなに長い月賦で何を買ったんだろう。それはいま、どこで、どうなっているのだろう？　とうに廃品になって土にかえったのか、それともまだ残っていて、誰《だれ》かが持っているのか？　俺は自分をあきらめさせるため、四年という間、このことを思うまいとつとめて来た。知ったところでどうにもならないと思ったからだ。しかし今、それを見つければいくらかの金になるかも知れないという希望のもとに、あらたにこの問題をふりかえるようになった。それと同時に俺は今までおさえにおさえてきた怨恨《えんこん》も、またあらたによみがえってきた。――死んだ祖父は、自分の欲望のために、孫の俺がこんなにまで辛い日々を送る破目になることを、知っていたのだろうか？　子孫を債務の軛《くびき》につなぐことを見こした上で、なおかつ買うほど、それほどまでに切実な値打のあるものとは、いったい何だろう？　下宿のぼろベッドの上で、俺は夜ごとうかされたように考えつづけた。苦しむのはいい、虫けらや、檻《おり》の中の獣のような生活もかまわない。だが苦しむのには、それだけの理由、それも具体的な理由がいるのだ。――何のために、俺は四年間も馬車馬のように働かなければならなかったか？　どんなもののために、これから先三十年間も働かねばならないか。俺の一生を食いつくすことにきめられている、そいつの姿を、ほんのひと眼でもいいから見たいものだ。

金のこともあったが、むしろ復讐《ふくしゅう》に似た気持で、俺はその品物の行方を知る機会や手がかりをねらっていた。しかし何といってもひまがなさすぎた。アイザワが何か知っているんじゃないかという気もしたが、奴にはとりつくしまもなかった。月賦会社にあたって見ようか、家の近所できいて見ようとか、プランはいろいろねったが、実行にうつす寸暇もなかった。それでも俺は、蛇《へび》のように執念ぶかく探す機会や、ちょっとの手がかりを待ち続けた。そしてついにある日——手がかりは向うの方からやってきた。

その日、昼休みの時間に、事務所に俺あての電話がかかってきた。こんなことははじめてだし、取り立て屋以外に心当りもなかった。しかし電話の声は、ききおぼえのないだみ声だった。

「イノウエ・タロウ?」向うはきいた。

「ああ」

「本人かい?」

「そうだよ」

相手は長いことだまっていたが、ついに決心したように言った。

「あって話したいことがある」

「あんた誰だい?」

「月賦のことだ」

それだけで俺に飛びつかせるに充分だった。

「今夜八時に仕事が終る」

「下宿の方へ行こうか？」

「まずい――本通りの角で待っていてくれ。八時半」

猿面の姿がふらりと仕切りの後から現われたので、俺はあわてて電話を切った。最後に疑わしそうにこう言うのがきこえた。

「まちがいなく、本人だろうな？」

猿面は妙な顔で俺を見ていたが、俺はわくわくする思いを押えるのがやっとだった。

仕事がおわると俺はとぶように下宿へ帰った。門を出しなに、アイザワの車をちらと見たような気がしたが、かまっていられなかった。月賦のことで何か俺に知らせようとしている奴がいる。品物のことならありがたいが、どんなことでも知りたかった。あまり急ぎすぎて、時間がすこし早かった。本通り角には誰の姿も見えなかった。俺ははやる胸をおさえて、もう一つ先の角まで行き、そこからひき返した、さあいよいよ始まるぞ、と思いながら。――通りの向うから、誰か黒い服の男が、道を横切ってきた。背の低いがっちりした男だった。向いには一台の車が駐車していた。男は角の照明灯の手前までくると、ちょっとたちどまって、俺の方を見た。

「イノウエか？」

彼は低い声で言った。俺はうなずいて近よって行った。色の黒い、眼の鋭いその男は、俺の顔を見るなり、驚愕《きょうがく》の色をあらわして、口走った。

「イノウエ……じゃ、お前は……」

その駐車していた車から、薄水色の光芒《こうぼう》が走った。男は宙にかけ上ろうとするように手足を縮めてのけぞった。俺は走りよって男の体をだきとめた。しかしその時は彼の顔は紫色に変色し、最後の痙攣《けいれん》の底からかすかなしわがれた呟《つぶや》きがもれただけだった。

「ちくしょう……アイザワの奴……」うった車はライトを消したまま黒い獣のように走り去った。反対側の辻《つじ》から、これも音もなくパトカーが近づいて、四つ角の光景を見つけて赤ランプに灯がはいった。その時もう一つの影が、通りを横切って走って来て俺の体にぶつかるように男の体をささえた。

「逃げなさい、早く！」

黒い服の娘は口早に言った。

「三つ目の角を曲って待ってて」

俺は建物の暗がりを伝って、夢中で走った。有権者章のない俺を、警察の訊問《じんもん》から救ってくれた娘の顔を、見きわめるひまはなかった。角を曲った暗がりにぴったりよりそって俺は向うのようすをうかがった。その時俺は何か手帳のようなものを握りしめているのに気がついた。さっき男を抱きとめた時、内ポケットからすべり出たらしかった。

現場のごたごたは一時間ちかくつづいた。その間俺は辛抱強く待っていた。救急車も来て、やがて車はかえっていったが、娘はどう話をつけたのか、こちらへむかってあるいて来た。その時気がついたのだが、彼女はかるいびっこだった。その姿にも、顔にも見おぼえがあった。

「こんばんは」娘は暗がりの俺にむかってほほえんだ。

「なぜ助けてくれたんだ?」

「あら、御近所のよしみよ」と娘はいった。それで思いだした。下宿のすじむかいのアパートにいる、リエというかしこそうな娘だった。

「コンノはあんたになんの用だったの?」

「彼はコンノっていうのかい?」

「そう、私とおなじ探偵社《たんていしゃ》の男。私はタイピストだけど、彼は下まわりよ」

それから彼女はするどくきいた。

「何の用だったの?　話してくれる?」

「よく知らない。今日の昼電話であいたいと言ってきた。あったら何も言わないうちにおだぶつだ」

「私の部屋へくる?　それともあなたのところへ?」リエはあたりを見まわして言った。

「君のところがいい、ただし裏口からだ。管理人は俺をみはってる」

娘一人の部屋は何となく思はゆかったが、その部屋には俺をくつろがせるところがあった。リエは飲物をといったが、俺が首をふるとすぐに話にかかった。お化粧をしていない顔は青白く、きつかったが、笑うととても愛らしかった。

「私はボスの命令でコンノを見はってたの」とリエは言った。

「同じ仲間をかい？」

「彼は雇いなのよ。それによく一人で儲《もう》け口を見つけては、ゆすりをしたりしてたんでね。信用にもかかわるし、私にしっぽを押えろと命令されたのよ。今度もなにか嗅《か》ぎだしかけていたらしい。——その筋がまさかあなたとは知らなかったけど……」

「彼は俺に何か知らせてくれるところだった」俺はうめいた。「ちくしょう！　どうやら俺の知りたいことだったらしいのに……。幸運の鳥は、あったとたんに天国行きだ！」

「知りたいことってなんだったの？」

　そこで俺は簡単に説明した。コンノがその日の昼、突然話を持ちかけてきたことから、彼にあった瞬間のことまで。

「まあ、ひどい話！」リエは俺の境遇にひどく憤慨したようだった。「このごろの月賦がひどいってはいうけど、そんなひどい話ってきいたことがないわ」

「別に働くのはかまわない」と俺はいった。「俺はただわけが知りたいんだ。わけっていうか——具体的な理由だね。その品物が見つかっても別にほしいとは思わん。ただそいつの上に唾《つば》を吐きかけてやりたい」

「そうやけにならないで。四万クレジットといえば、感傷の対象には少し大きすぎるわ」

そういうと彼女は眼をかがやかせて考えこんだ。「コンノは何をつかんだのかしら――ところで、あんたの手にもってるものなに？」

「ああ、忘れていた」俺はその黒い平べったいものをさし出した。「彼のポケットからおちたらしいんだ」

「彼の手帳だわ」リエは手にとってさけんだ。その声をきくと、俺は夢中で手帳をひったくった。ページの間から探偵免許証といっしょに、はらりと床に落ちたものがあった。ひろいあげて見ると、俺の写真だった。少し変色しかかっていたが、最近とったらしい。しかし手帳のなかみは、まるきり意味不明だった。オートペンで、字にも何にもなってないみみずののたくったような記号がびっしり書かれてあるのだ。

「見たってむだよ」リエはクスクス笑った。「私たちの方でつかってる一種の暗号よ。磁性インクで特別な記号をつけるの。解読機にかけなけりゃ読めないわ」

彼女はオルゴールのような小箱をとり出して、中に手帳をさしこんだ。ページがめくられ文意が声になって出てくるのを、俺は食いいるようにきいた。だが内容はがっかりするようなものだった。ありきたりの素行調査や、賭《かけ》の胴元のしっぽとかいったことばかりで、俺に関係のありそうな言葉はひとつも出てこなかった。

「だめね」とリエもがっかりしたようにスイッチを切った。「彼は自分の頭の中にしまって、自分だけで何かやろうとしていたのね」

そういいながら彼女は古びた写真をとりあげてちょっと眉をひそめた。

「この写真」

「あったぞ！」俺は手帳をめくりながら叫んだ。「やっこさん、個人的なメモには磁性インクをつかわなかったんだ」

コンノは考えたり、電話で話したりしながら、いたずら書きするくせがあったのだ。手帳の扉《とびら》のかたすみに、鉛筆でごちゃごちゃと心おぼえが書いてあった。『月賦販売会社――電話番号、こいつ、いけそう。四万！』それから俺と親父の名前。反対側のすみには、『取り立て屋、高価な品物、行方不明、アイザワ』と書いて三本の線でむすび、アイザワの上に小さな丸、高価な品物と言う字は何重もの円でかこんであった。それからその品物というところから線をひっぱって、かなり大きな字でこう書いてあった。――ついに見つけた！

「コンノは見つけたんだ！」俺はさけんだ。「俺に関係のある――恐らく祖父さんが買った品物を……」

「どうもアイザワがからんで、何か不正があるらしいわね」

「そうなんだ。殺された時、最後に言ったのが奴の名だ」

「待ってよ――そういえば彼はむかし、ちょっと月賦会社の仕事をやったことがあるわ」

「いつごろ?」

「そうね――四年ほど前」

じゃ俺がアイザワにつかまったころだ。何だかいよいよにおってくる。

「とにかくコンノは何かアイザワについて嗅ぎだしたのよ。それがあなたのおじいさんの買った品物と関係があるんだわ。そこをつっこんでみなきゃ……」

「残念ながら俺にはひまがないんだ」

「私がやってあげるわ」

リエはきっと顔をあげた。

「コンノが殺されてるんだし――彼がなぜ殺されたか、具体的な理由をつかみたいわ」

「ちょっと待ってくれ」俺はさえぎった。「俺の知りたいのは、その品物が何で、どこにあるのかという事だ。殺人事件の方はあまり興味がないんだ」

「それをさぐれば、どうしてもアイザワのことが出てくるわ」

「危険だ」俺は強くいった。「コンノが殺されてるんだぜ」

「平気だわ。あなたのためなら……」

もののはずみでいってしまったんだろう。リエはあかくなった。俺もびっくりして棒立ちになった。考えてみると、俺達は初対面なのだ。

「とにかくやるわ。あなたの話きいたら、私、だまっていられなくなった」

「一人でだいじょうぶか？」

「ボスにも話してみるわ。――品物が何かということは、月賦販売協会にあたればすぐわかるんじゃないかしら」

俺は何の気なしに彼女の肩に手をかけようとして、はっとひっこめた。

「俺のために、無理しないでくれ。だがやってくれるんだったら――お礼のいいようもない」

「いいのよ、タロ」彼女はしたしみをこめてほほえんだ。「帰って連絡を待ちなさい」

下宿に帰って見ると、アイザワと猿の奴が来ていた。

「どこへ行ってた？」アイザワは俺の椅子《いす》に腰かけたままきいた。

「逃げてたんだ」俺は奴の方を見ずに言った。

アイザワはフンと鼻をならした。

「おまわりにつかまらなかったのは大できだったな」

「あんた、あの男を殺したな」俺は猿にむかっていった。

「めったなことをいうなよ」猿は歯をむき出した。

「車の中にいたろう。俺は見たんだ」

「あの暗がりで見えるわけはなかろう」

これで猿はあそこにいたことがばれた。アイザワは立ちあがって、俺達の間にわりこんだ。

「あの男は何しに来たんだ？」

「知らない。電話であいたいと言ってきた」

「お前になにか話したか？」

「話す前に、ご存知の通りさ。あんたら、うまくやったってわけだ」

猿があっというまに俺をベッドへつきたおした。俺は鉄わくでしたたか頭をうった。

「死にぎわに、あんたの名をいったぜ」

俺がいうと、奴は図々しくわらった。

「あの男とは古い友達でな。――あいつまったく気の毒なことをした」

それから奴はいきなり俺の胸ぐらをしめあげ、俺の腹に、ふとった膝《ひざ》をのっけて体重をかけた。

「よけいなことに鼻をつっこむな。お前は朝から晩までわきめもふらずに働かなきゃならねえことを忘れたか。怠けやがると監獄へぶちこむぞ！」

さんざおどかしたあげく、奴等は手をはらい、ネクタイをなおして出て行った。

「今日の事は忘れちまえ」出しなに奴はそういった。

　忘れろといったって忘れられるわけがない。問題は急に熱をおびはじめたのだ。俺はリエがどのていどやってくれるか、期待に胸をふくらませて待った。毎日の仕事が、急にのろわしくなってきた。あの足の悪いリエなどにまかさず、どんなにか自分でしらべにまわりたかった。だが、結局この方がアイザワたちの眼につかないでいいのかも知れない。たのむ、リエ。うまくやってくれ！　と俺は機械をあやつりながら祈るように空を見あげるのだった。――だけど充分気をつけてくれ。

　一週間めに連絡があった。あまりいい情報でないことは、電話の声ですぐ知れた。

「ボスはとり上げてくれなかったの。コンノは雇いだし、死んでも知ったことじゃないって――私一人でやってるので、手まどったのよ。ごめんなさい」

「何かわかった？」

「それがだめなのよ。タロ……」リエががっかりしたような声で言った。「協会の本社へ行って、お祖父《じい》さんの住所の地区をうけもっていた支店の記録をあたってみたの。五十年前の記録だから、倉庫の中を探さなきゃならなかったわ」

「台帳は見つかったかい？」

「タロ、知ってるでしょう。長期月賦の場合は、その品物の法定耐用年数の五分の一が経過すると、売買契約は消滅して、単なる債権債務だけが残るようになるの」

　そこが昔の月賦販売制度とちがうところだ。今では俺も知っていた。昔は月賦の最高期間は三年ときめられていて、購買者が全額支払いがおわるまで、所有権は販売側にあった。購買者は品物を転売できないし、販売者は支払い未済の間なら、いつでも品物をひきあげることができる。——しかし長期月賦制度になると長年月の間に商品の消耗がはげしくなり、価格が下って所有権が無意味になる場合が起ってくる。そこでこういう改正がなされたのだ。むろん商取引きの基本概念が大幅に変ったからこそ、こうなったのだが。

「だからね、タロ。期間がすぎると、債権を財務省に確認してもらって、債権台帳に記入するだけで、販売台帳は廃棄処分になるのよ。誰にどれだけの債権があるかという記録が、徴収部に残ってるだけで、何を売ったかを知るためには、購買者の方の記録を見るよりしかたがないの」

「支店に記録は残ってないかい？」

「あの支店は四十年ほど前、飛行機の墜落事故でもえちゃってるの。記録も何もみんな灰になったわ」

「ああ、そのことならおぼえてるような気がする」

「何ですって？　四十年前の話よ。あなた生れてないわ」

俺はちょっとぼんやりして受話器を見つめた。——なぜおぼえてるんだろう！

「売渡証がなかったかと思って、あなたの家もあたってみたわ。競売されて別の人がすんでたわ。競売品のリストから、あちこちあたってみてるの。——競売された時それらしい値打ちがあるものは、何も残ってなかったか」

「きっとアイザワがとったんだ」と俺はうめいた。「親父の政府株だってわかるもんか」

「アイザワといえば、彼は四年前まで月賦会社の下請け徴収員だったのよ――いよいよくさいわね」

その次の深夜業の時、俺はこっそりぬけ出してリエのアパートへ行った。彼女は月賦販売品のリストをひろげて、じっと考えこんでいた。

「価格のランクからあたりをつけようと思ったのよ」と彼女はつかれたように言った。

「でもごらんなさい。四万クレジット代は深海用潜水艦から宇宙ヨットまで、四百種類もあるわ」

しかも価格のランクはその上何十階級もあり、最高百万クレジットまであるのだ。俺はすっかりたまげてしまった。そのうちきっと、地球や太陽でも月賦で買えるようになるだろう。

「それにこの品目だけとは限らないぜ」

俺は欄外の注を指さした。『オーダーメイドの場合は別途見積りいたします』

「そうなのよ。だけどお祖父さんの性格から、どんなものを買いそうかわからない？」

俺は思い出そうとした。祖父のことはぼんやりおぼえている。悲しそうな眼をした老人だ。とても潜水艦を買いそうなが、ら、じゃない。だがそれ以上の事は何一つ思い出せない。

「何もわからない」と俺は頭をふって言った。「四年以上前のことは、何一つおぼえちゃいないんだ。親父が死んで——猛烈に悲しくて、こわかった。家をとび出した。それだけだ」

「あなた、記憶喪失《アムネジア》だったのね」リエは俺の手をとって言った。

「一度医者に見せない？」

「健康保険も、金もない」

「あたしのを使ったら？」

「いずれそうさせてもらうよ」

「ああ、あなたがおぼえててくれたらねえ！」リエはいらいらしてたち上った。

「少しはおぼえてるよ」俺はおずおずと言った。「家の中のことなら——小さい家だったからね。だがたしかにそんな値うちのありそうなものはなかった」

「昔、近所に住んでた人もそう言ってたわ。あなたの家でそんな高いもの、買ったことさえ知らなかったって……」

俺たちは、はっと顔を見あわせた。

「するとそれは……」

「人眼につかないものだわ」

「小さいものだ！」

俺はリストにとびついた。四万クレジットのランクで小さいものといえば……

にちがいない。「宝石だ！」俺はリストをたたいて叫んだ。「それにちがいない。小さいし人眼につかない。どこにでもかくせるし、盗むのだって簡単だ。「それ
「宝石だったら、値打ちは変らないし、今ならかえって当時より高く売れるわ」

「そうしたら月賦をかえしたって、二万五千クレジットは残るぜ」

「まあタロ、あなたお金持ちになれるわ」

「そしたら結婚してくれる？」

この言葉はおそろしく唐突に口をついた。自分で何をいったかわかってないみたいだった。俺は唖然《あぜん》とし、リエはまっかになった。

「まあ、タロ、私こんな体で……」

「それがどうしたというんだ？」

その時、とりかえしのつかないことを言ってしまったような気がして、俺は狼狽《ろうばい》した。いってはいけないことをいってしまった、と思ったのだ。

「まだ——まだ早いわよ。タロ」リエはやっと動揺からたちなおって言った。「宝石ときまったわけじゃなし、きまったところでどこにあるかわからないんだから」

「きっとアイザワが横どりしてるんだ。小さいものだから、こっそり盗んで……」

「待ってよ」彼女はもとのきびしい表情にかえって言った。「あまり早まらない方がいい

わ。小さいものと、人眼につかないものとは必ずしも一しょじゃないわよ」

「じゃ、どんなものだ？」

　リエは答えられなかった。しかしその時突然俺ははっきり思い出した。俺が病気で頭が痛くてねていた時――それは親父が死ぬ少し前だった――親父は一度戸口で誰かと押し問答していた。だめだ、あれは返さない、親父はたしかにこうどなったのだ。月賦代は三日のうちに払ってやる。

「親父が死んだ時、それはたしかに家の中にあったんだ」俺は言った。「だけど人眼につかないような値打ものなんて、家の中になかった。だからやっぱり小さいもので、どこかにかくされてたんだ」

「ひょっとすると、当時月賦代の徴収に来てたのは、アイザワかも知れないわね」

「きっとそうだ。――だから奴を洗ってみる必要がある」


　だが俺の見こみはちがっていた。まもなく五十年前、販売会社から俺の家へ、品物をはこんだ運送屋の記録がみつかった。それによると、品物をはこぶのには、二人の人夫が必要だった。すると品物はそうとう大きなものだ。残っている伝票には、項目――奢侈品《しゃしひん》、貴重品あつかいの符号がついていた。俺はまた混乱してしまった。

「ところでね、タロ、あなたのパパが、若いころ、一時行方不明になってたことを知ってる？　あなたと同じ記憶喪失で二十年も外国をうろついてたらしいの。古い戸籍では一たん死亡したことになってるわ」

「知らなかった――それがどうした」

「お祖父さんが四万クレジットの買物をしたのと関係あると思わない？」

「なぜだい？」

「何となくそう思うだけ――じゃまた」

電話を切ると後で耳ざわりなアイザワの声がした。

「勤務中に女《あま》ッ子と電話でいちゃついて、いいと思ってるのか？」

「今は昼休みだぜ」

奴は例によって俺の胸ぐらをつかんだ。

「おい」と奴はいつもと少しちがった声で言った。「あのびっこの小娘と組んで、いったい何をさぐってるんだ」

「あんたが知ってて、教えてくれんことをさ」

俺はせいいっぱい反抗的にいったが、また恐怖におそわれた。

「よけいなことをするなと言ったろう」

「品物は何だ？　どこにある？」

突然奴は妙な声をたてて笑い出した。長くひっぱる、いやな笑い声だ。

「そんなこと知ってどうする気だ？」

「俺のものだからさ」

奴はもう一度、長々と豚のような声をたてて笑った。

「俺の知ったことかよ。お前はだまって働きゃいいんだ。あの鵞鳥娘《がちょうむすめ》に言っとけ。これ以上ひっかきまわすと、いい方の足もおっぺしょってやるってな」

リエのことをそんな風にいわれて、俺は眼の前がまっくらになった。怒りにもえ、拳《こぶし》をにぎりしめて奴の姿を見送りながら、俺は必死になって思いつめた。――ああ、畜生！この怒りに火がついてくれたら……


俺はリエに話し、調査をうちきってくれるようにたのんだ。彼女が危険にさらされるくらいなら、俺はあきらめるつもりだった。リエの身がまもれるなら、一生涯《いっしょうがい》見た事のない品物、三代ごしの借財に働きつづけるぐらい、何ともなかった。ちょうどその時は最後の手がかりが切れた時だった。俺達は夜おそく、むかし祖父から直接品物の仕様について相談をうけたという、もと機械工の老人をたずねていった。祖父が買おうとしていたのは、夢見る機械――イマジネーターだった。体には副作用はないが、精神を蝕《むしば》む人工の麻薬だった。祖父は狂人の五彩の夢を望んだのだ。

「でも結局買われなかったんですわい」もと機械工のよぼよぼの老人は言った。「むずかしいお客さんで、結局気にいらなかったらしい」

深夜の町をぐったりして帰途につきながら、俺はリエにこれで打ち切るよう懇願した。

「ああ、タロ。まだあきらめないで。何にもわからないようだけど、少しずつわかってきてるのよ。あなたにも話してないけど……」

「でも危険なんだ」

「関係者が、あなたもふくめて、いろんな謎《なぞ》にみちてるわ、コンノは月賦協会から非公式の依頼をうけていたらしいし、その前はアイザワとくんで、徴収の下請けをやっていた。あなたの家族の戸籍も、まるでわけのわからないことだらけだわ。だけどもうちょっとで、何もかもいっぺんにわかりそうな気がするの」

「だが、手がかりはもうないだろう？　アイザワをとっちめるにしたって、証拠は何もないし」

「たったひとつ、今思いついたわ」リエはたちどまって叫んだ。

「葬儀屋よ」

「葬儀屋？」

「ええそう。日記や愛用品は、よく遺体と一緒に永久保存するでしょう。特に故人の遺志でね。お祖父さんの遺体保存所をたずねたら、何か見つかるかも知れないわ」

「リエ、そこまでやってくれなくても――」

「いいの、私、あなたのためにしてあげるのがうれしいの」

俺達はたちどまった。人気のない舗道に、二人の影が長くうつっていた。

「キスしてくださる？」とリエは言った。

俺はその輝く眼を見て、突然ふるえ出した。アイザワを前にしたようにちぢみあがってしまい、手をのばすことも、そのひたむきな顔の上に身をかがめることもできなかった。するとリエがつと近よって、俺の唇《くちびる》に、固く食いしばった唇を無器用に押しつけた。俺のふるえは一そうはげしくなった。犯すべからざる一線を、ふみこえてしまったような、激しい後悔がまき起った。

翌日俺は事故にあった。足場の下にいたとき、上から軽量鉄骨がおちて来たのだ。頭ががんと鳴って、安全帽のわれるいやな音がしたとたんに、頭の中に火花がちって気が遠くなった。

「大丈夫か？」と、まわりで叫びがした。「運のいい野郎だな、安全帽でけがはしなかったらしいが……」

「骨にひびがはいったかも知れん。救護班をよべ」

「その必要はねえよ」ききおぼえのある声がした。「この小僧は、俺が見てやる」

怒りをふくんだ抗議の声を、頭から無視しているアイザワの様子が手にとるようだった。

気がついた時は、奴の車にのせられていた。

「ばれたらやばいからな」とアイザワは運転手としゃべっていた。「とりかえされるだけじゃすまねえ、ひどいことになるぜ」

「処分しちまえばいいのに」と猿は言った。「俺は手をひきたいよ」

「そうもいかねえ。あの小娘ぐらいになめられてたまるか」

起き上った俺を見て、奴は笑いかけた。

「坊や、お目ざめか？　工合《ぐあい》はどうだ？」

「やっぱりあんただったんだな」俺はいった。「あんたが盗んで、かくしたんだ」

「何をねぼけてやがる」奴は唇をまげてどなった。しかしその顔には狼狽が現われていた。

「あんたは親父の代からとりたてにきてて、それが何で、どこにあるか知っていた。だから親父が死んで、俺が家をとび出したすきにそれをとったんだ。そいつは五十年たってもまだ値打ちの変らないような品物だった」

奴は黙らせようとして、光線ピストルの銃身で俺の口をなぐった。だが俺はそんなことではへこたれなかった。――奇妙なことに、もう俺は全身ちぢみあがったりしなかった。

「ひょっとすると親父も殺したんじゃないか？」

「いいかげん、根も葉もないあやをつけるのはよしやがれ！」奴はとうとうどなった。

「薄のろのくせに、証拠もないことをつべこべいうな。お前は法律にきめられた通り、祖父《じじい》の借金をせっせと返してりゃいいんだ」

「せめて、それが何だか教えてくれ」俺は哀願するように言った。

「ひと眼見せてくれ」

奴の顔に、奇妙な優越の表情が浮んだ。人を小馬鹿にしたような、胸くその悪い眼が、俺をじろじろ見た。

「お前にくだらねえ智恵をつけたびっこ女に言っとけ」奴はせせら笑うように言った。「今日はそのことで来たんだ。お前も、あの尻《しり》の青い小娘も、これ以上鼻をつっこむな。これが最後の警告だ、うちの大事な坊やに入智恵して、これ以上義務を怠けさせるようだと、今度は片足ぐらいじゃすまないぜ」

「彼女に手を出すな」俺は強い声でいった。「俺がたのんでるだけだから」

「でっかい口をきくな」奴はもう一度俺をなぐりつけた。

「じゃ、お前から言って、手をひかせるんだ」

奴は俺を職場までつれもどした。走りさる車を見送りながら、胸の中に今までにない怒りが勃然《ぼっぜん》とまき起こるのが感じられた。

その晩リエとは行きちがいになり、警告をつたえられなかった。心配していると翌日の昼休みに、電話がかかって来た。

「葬儀屋、行ったの」リエの声は不自然にしゃがれていた。

「妙な男につけられたわ」

「リエ、君は危険なんだ！　いいか……」

「何もかもわかったわ。——お祖父さんの日記が見つかったのよ」

リエは、感情をおさえようと必死になっているみたいだった。

「品物は何だった？」

「やっぱり——宝石《いし》だったわ、どこにあるかもわかったの」突然彼女の声は激しくくずれた。

「ああ、タロ！　とても、とても電話では言えないわ」

「今夜帰ってゆっくりきく。それより君は気をつけないと……」

電話は乱暴に切れた。切れしなにすすり泣きがきこえたみたいだった。——俺は猛烈に気になって、仕事が手につかなかった。俺はうまれてはじめて早退《はやび》けをした。労務主任は妙な顔をしていた。

門を出てとぶように走り、近道しようとして、モノレールの無人操車場をぬけた。その時、操車場の陰に、ちらっとリエの姿が見えた。俺は驚いてかけよった。

「だめじゃないか、こんなところに一人で……」

「でもあなたから電話があったのよ」リエはあおざめていった。「三時にここであうって」

「そいつはへんだ！」俺は叫んであたりを見まわした。薄曇りの空の下で、操車場はしんとしずまりかえり、高架から蜘蛛《くも》の巣のように白く地上をはう軌道の上を、青い芋虫のようなモノレールカーが音もなくうごめいていた。

「とにかくここを離れるんだ」

俺はリエの腕をひっぱって走り出した。

「待って、タロ……」リエはあえぎながらいった。「あなたにききたいの？　お母さんの事おぼえてる？」

「いいや——俺は親父の手一つで育てられたんだ」

「お父さんが一生独身だったこと知ってて？」

「何だと？」俺はたちどまった。「俺が養子だったとでもいうのかい？　俺達親子は、似ているんで有名だったんだぜ」

「でも血はつながっていないのよ」リエは涙のいっぱいたまった眼をあげた。「私……あなたのパパのカルテをしらべたの。——先天的な性的不能者で、そのため精神的には強度のナルシストで……」

「やめろ！」俺はどなった。「親父の悪口をいうことは、たとえ君でも許さないぞ」

「でもあなたの本当のパパじゃないの」リエはふるえる手で一葉の写真をとり出した。

「この写真、だれだかわかる？　お祖父さんの日記にはさんであったのよ」

「俺の写真じゃないか」少し変色したその写真を一眼見て俺は言った。「孫の写真をもって墓にはいっちゃ悪いか？」

「お祖父さんの死んだのは三十四年前よ。その日記に、どうして今のあなたの写真がはいっているの？」

俺は混乱した。——何かおそろしいことがわかりかけていた。

「裏をごらんなさい」

裏がえした時、俺は脳天をどやしつけられたような気がした。そこには五十年前の日附けと——親父の名前が書かれていた。そしてその横に、ふるえる字でこう記されてあった。

——わが最愛の宝石！

「親父の若い時は、俺に似てたんだ」

目前の事実にむかって俺は最後の抵抗をこころみた。

「でも、そうまで似てる親子はいないわ。ふた子以上。ほくろの位置まで同じなのよ」

リエはちょっと息をのんだ。

「答えは一つしかないわ。お祖父さんが八十四年前月賦で買った品物とは——あなただったのよ」

足もとの大地がくずれさって行くみたいだった。何ということだ！　あれほどまでに探しもとめていた品物が、俺自身だったとは！　一日十四時間働き、この四年間休みなしに働き続けて、せっせと払いこんでいたのが、俺自身の月賦だったとは！　すると、俺は、この俺はいったい何なのだ？

「お祖父さんは、一人息子が生死不明になった淋《さび》しさから、最初はイマジネーターを買おうとした。でも、満足できそうにないので、息子そっくりの——アンドロイドを買ったんだわ。死んだら月賦協会がひきとることになってたの」

そうだったのか……俺はそのアンドロイドなのか。老人の一人息子の面影を永遠にとどめるべく作られた、——月賦販売の、オーダーメイドのアンドロイドなのか。

「お父さんは放浪から帰って来て、そこにまばゆい自分の青春の姿を見た。だから、あなたをそのまま離さなかったんだわ」

ナルシストの肖像——あれほど俺が愛した父は、汚ならしいインポテンツの変質者で、俺はその愛玩物《あいがんぶつ》だった。

「お祖父さんの記憶を消すために、お父さんは記憶装置をいじった。月賦がはらえず、あなたをつれて逃げようとした時もいじったのよ。これがあなたの記憶喪失《アムネジア》の理由よ。お父さんは戸籍を偽造してあなたを入籍し……」

「やめろ！」俺は叫んだ。「俺は月賦のアンドロイドさ。だからどうすりゃいいんだ」

「ああ、タロ——私、あなたがロボットでも、何だかまだ……」リエの顔は混乱し、舌がもつれた。「やっぱり——あなたが可哀《かわい》そうだし、好きだわ。あなたをこんな眼にあわせた奴がにくいわ」

俺は歯をくいしばってリエの顔を見つめた。俺だって——いや、俺は複雑な反応系をセットされた、愛玩用の機械にすぎないのだ。

「アイザワたちは殺人以外にもいくつも罪をおかしてるのよ。筆頭債権者の取り立て会社には、販売台帳のないのにつけこんであなたが商品で差押えの対象になるってことをかくしてるでしょ。いまみたいに、あなたを働かせてとりたてれば、彼は取りたて分の三〇%の手数料がはいるからよ。そうやって転売先を探してるのよ。これは横領だわ。それにアンドロイドに人間をよそおわせて、普通の職場で働かせるのは、組合法とロボット労働法にふれるわ。特に最近はアンドロイド保護法ができて、アンドロイド虐待は、失権者虐待より罪が重いのよ」

「もういい、娘《あま》っ子、そのぴいぴいいう口をとじろ」

倉庫のかげから、奴が光線ピストルをかまえて出てきた。俺はリエを後へかばった。

「警告はしといたはずだな、娘さん。おとなのやることに鼻をつっこむといたい眼にあうってな」

「取り立て会社のボスに、あなたのこと知らせたらどうなるの?」リエは気丈にやりかえした。「あの会社じゃリンチをやるんですってね。まるでギャングね」

「そんなこと知らせられると思ってるのか?」

奴はゆっくりと照星をこっちにむけた。

「殺す気か」俺は低い声でいった。

「どけ！　ロボットめ」奴は歯の間からしぼり出すように言った。

「どくもんか。お前の大事な商品に傷をつけたくはないだろう」

「どくんだ、坊や。お前にゃ関係ねえ。ロボットは人間のやることに口を出すな」

　ふしぎなことに、今度ばかりは奴を前にして、少しもふるえが来なかった。事故で頭をうった時、抑制回路がどうかなったにちがいない。それを奴は知らなかった。ロボットは人間に抵抗できない。そう思いこんでいる奴は、リエの頭にねらいをつけながら、ゆっくり近づいて来て、俺をおしのけようとした。——その時俺は奴の右腕にとびついた。だが一瞬おそく、奴は反射的に引き金をひいた。水のほとばしるような音と、強いオゾンの臭《にお》いがして、光の束が俺の右脇腹《みぎわきばら》をいぬいた。運の悪いことに、俺の体の一番金属の少い部分をいぬいたのだ。背後で悲鳴がきこえ、肉の焦げる臭いがたちこめた。この近距離ならば、俺のプラスチックを射通して、背後のリエを黒焦げにするくらい、わけのないことだった。

　背後でいやな臭いをたてているリエの方を、俺はわざとふりむかなかった。かわいそうな娘——俺という、たかがロボットにあんなに肩をいれてくれたばっかりに……俺は彼女を愛しかけていたのだ。むろん俺は、愛玩用アンドロイドだから、肉体的な愛には肉体的な愛をもってむくいられるようにできている。しかし抑制装置のこわれた今では、それと別の仕方で愛しかけていたのだ。

「たて」俺は左手にうばった光線ピストルをにぎりしめ、ぶざまにころがったアイザワにいった。うたれた時、動力系の一部が切れたとみえて、右腕はきかなかった。だが俺には右でも左でも同じことだ。至近距離で、俺は五十キロワット光線ピストルの照星を、奴のハムみたいな顔にピタリとすえていた。奴は立ちあがることもできず滝のように汗を流し、のどをぜいぜいいわせるばかりだった。

そのみっともない恰好《かっこう》を見ながら、俺は思わず笑った。――今度は、ふるえているのは奴の方なのだ。

「殺さないでくれ！」

奴はひりついた声でやっといった。犬のように吐き出された舌を見て、俺はまた大声で笑った。それを見て奴の眼玉がとび出した。アンドロイドの哄笑《こうしょう》なんて、はじめて見ただろう。

「殺しゃしない」と俺はいった。「俺の機械は調子がくるったらしいが、まだ殺しやしない。殺人回避はロボット頭脳の基本的命題だからな」

俺は光線ピストルのグリップから、電源をぬきだして遠くへなげた。とたんに奴はバッタのようにはねおきて逃げ出そうとした。俺は足をひっかけて、奴に操車場のほこりだらけの床をなめさせてやった。左腕一本で奴の両腕を背中にねじあげると、俺は奴をひきずりたたせた。

「殺しゃしないが、いまじゃ人間に抵抗することはできるんだ」俺は奴を倉庫の壁にむかわせた。「見ろよ。お前が殺したかわいそうな娘の姿を、しっかり見るんだ」

「かんべんしてくれ！」奴は脂汗をしたたらせて、叫んだ。「放してくれ、たのむ」

「よく見ろ」俺は奴の腕をねじあげた。ぐきっと音がして、奴の腕の関節がはずれた。奴は悲鳴をあげた。

「俺はもう本気になって怒ることも憎むこともできるんだ」

まだぶすぶす煙をたてているリエの死骸に、鼻がくっつきそうになるほど奴を押しつけながら、俺は片方の眼で操車場の向うを探した。――細っこいリエの死骸は、何だかひどく小さく見えた。顔の半分は完全に炭になっていたが、残った半分は奇蹟《きせき》のように安らかな表情をしていて、ふせられた長い睫毛さえ残っていた。その顔はこういっているみたいだった。いけないわ、タロ！　そんなことしちゃいけないわ！

だが俺は人間じゃないんだぜ。と俺は答えた。俺はこわれたアンドロイドなんだ。俺は憎悪や怒りを行動にうつすことができるようになったアンドロイドなんだ――俺は人間がつくり出したものによって、人間が孫の代までしばられるような、あのバカげた長期月賦制度をにくむ。俺自身もまた、人間によって作り出されたものだから、俺の怒りはいわば人類自身の反省のようなものだ。

「行こう」

操車場の向うで、青くぬられた貨物モノレールの長い列が、すぐそばを通る軌道にのりいれるのを見て、俺は奴の体をおした。

「どうするんだ?」奴は今汚れた泥人形《どろにんぎょう》みたいだった。したたる汗は俺の服をぬらした。

「俺はお前を殺せないんだ」軌条のわきにそびえる検車用プラットフォームにのぼりながら、俺は構内入れかえ用の牽引《けんいん》モノレールとの距離をはかった。無人モノレールのレーダーは、三十メートル以内の下側がブランケットエリアになっているはずだ。

「だが、お前をつかまえていることはできるんだ。つかまえたままねころんでいることだってできるんだ」

奴は俺のいう意味がわかったらしい。「やめてくれ!」とわめくと、猛烈にもがいた。だが俺は身動きもせずたっていた。

「なあ、あんたには三十年分、一万五千クレジットばかり借りがあったな」

俺は近づいてくる青くなめらかな芋虫の速度を目測した。

「ほかにもいろいろと借りがあったな――いま、その借りをかえしてやるぞ」

三十五メートルの距離で、俺は奴を横だきにしてレールにとびこんだ。泣きわめいて暴れる肥っちょの体を左手一本で押しつけるのは、しかし、ちっとも骨がおれなかった。自覚がおれに、アンドロイドの全能力をださせているのだ。俺は奴の汗まみれの太い首を、メタルコンクリート製軌道の鋭いエッジにしっかり押しつけ、眼と鼻の先にせまってくる列車の方へ向けることができた。死のように青く、ピカピカ光る切断装置のように音もなくのしかかる牽引モノレールを見ながら、俺はいった。

「ほら——返してやる」

奴の最後の悲鳴は、汽笛のように空へ吹きあげた。切断されて軌道のわきに転がりながら、俺の電子脳はまだ生きていた。軌道の下にはねとばされて、血を吹き出している首のない奴の死骸を見ながら、首だけの俺はいつまでも笑いつづけていた。

[part.2]

養老年金

— Theme — フィンテック（ファイナンシャル・テクノロジー）

「どうしたんだね？」

と経理部長は腰をあげながら、インターフォンにききかえした。

「はあ――R－300の記録の中に、ちょっとおかしいところがありまして……」

部長はすぐ行く、といって部屋を出た。

その銀行では、SI5Ⅲ――システム・イノベーション第三次五カ年計画が、目下進行中で、インターフォンは、その作業を実行中のグループからかかってきたのだった。コンピュータの機種から、ラインから、情報処理システムまで新しくするSI5Ⅲも、そろそろ大づめに来ていた。各支店には新型のAV（視聴覚型《オーディオビジュアル》）端末《ターミナル》のそなえつけも終わり、主要駅、空港、各地繁華街の無人窓口の設置も九十パーセント完成した。――国内各支店は、本店コンピュータと、メーザー導波管、大容量高精度同軸ケーブルで結ばれ、支店は本店とかわらない処理能力をもつはずだった。海外各地支店とは、新しい通信衛星回線で結ばれることになっている。

計画の大づめは、機種の入れ替えだった。——情報処理量の増加趨勢《すうせい》を考えれば、いま使っている四基の大容量コンピュータでは、近いうちにパンクしてしまうのは明らかだった。そこで、ホログラム・メモリイを備え、超高速大容量の処理能力をもち、一基でこれまでの四基分の仕事を、これまでよりもっとはやくやってのける最新型の機種ＨＭ一二〇〇を二基、いれることにした。

機械の納入、据えつけも終わり、第四班は目下、補助コンピュータをチェック用に使って、古い機種から新しい機種へ「記憶のうつしかえ」をやっていた。——その班から、古い機種のメモリイにはいっている記録の中に、おかしな点が見つかったといってきたのである。

作業をやっている部屋へはいって行くと、第四班の連中は、仕事の手をやすめてがやがや議論していた。——チェック用の補助コンピュータのＡＶ端末の上に、何行も数字の列がうかび、その数列の最後のところには、いずれも、「要再点検」のしるしである、オレンジ色のクエッションマークが点滅している……。

「どうしたというんだね？」経理部長は、ＣＲＴ端末のブラウン管を、横目でちらとながめながら、議論しているグループに近づいて行った。「いったい、どうおかしいんだ？」

「ああ、部長……」班長はふり返った。

「実はＲ－３００の記録の中に、かなりな額の、所属不明の預金があることがわかったんです」

「所属不明の預金？」

部長は顔をしかめた。

「そりゃいったい、どういうことだ？　架空名義の口座ということか？」

「一応、無記名口座の形式になっていますが……」と班員のひとりがいった。「妙なことに、窓口処理の記録とつき合わせてみても、入金の形跡がないんです」

「そんな馬鹿なことがあるか！」

部長は思わずどなった。

「入金もせずに……じゃ、金がコンピュータの中に、湧いてきた、とでもいうのか？」

「まさにそうなんです……」と班長はいった。「それも、かなりな金額の金が……口座四つにわかれて……」

「コンピュータの故障じゃないか？」部長はにがい顔をした。「ずっと前には、よくそんなことがあった……。まちがった口座に、何百万円という金を振り込んでしまったり、ちがう人の口座から、クレジットカードの支払いを引き出したり……」

「その点はよくしらべてみましたが、そうでもないらしいんです。――他の各口座の残高は、全出納記録ときちんと一致します。この四つの口座だけが、窓口入金の記録が皆無で、しかもかなりな金額になっているんです」

「入金記録が、なんかの理由で、紛失したか、消えてしまったかしたんじゃないか？」と部長はＣＲＴ端末を見ながらつぶやいた。「それで――一度も引き出されてないのか？」

「ええ、一度も……窓口記録が消失したということも考えましたが、しかし、どの口座も、数カ月に一回ずつ、わずかずつですが、入金が続いているんです。これも、窓口受付けの記録なしで……」

「おかしいな……」経理部長も、とうとう首をひねってふかぶかと腕を組んだ。「窓口を経ずに入金がある……他の口座から、金を動かして、別口の口座をつくって入れた形跡もないのかね？」

「それももちろんしらべました。――他の口座から、金が動いた形跡もありません」

それではまったく、コンピュータの中で、金が湧いてきたとしかいいようがない。

「その口座が出現したのは、いったいいつごろだ？」

「四つとも、十七年前から、十五年前まで……二年の間に出現しています。――無記名普通預金ですから、ふつうなら、窓口で入金があったとき、相手にナンバーとコードのついた通帳を発行しているはずですが、その記録もありません。ただ、記録をチェックしてみると、そのナンバーだけが欠番になっています。――つまり、ほかの人へ出した通帳は、四つの口座ナンバーだけは飛び越して発行されているんです」

「十七年も……」部長は首をふった。

「どうしていままで発見されなかったんだろう?」

「窓口出納の記録と、預金残高の照合は、最近のシステムでは半期ごとに、動いた分についてだけ行なわれ、長期据え置きの定期や、普通預金でも、長い間出し入れのない口座については、別口でチェックするだけだったでしょう。——つまり、その期間内に、窓口で動いたという記録がないかぎりは、その口座が、精査の対象にならないんです。利息は自動加算される仕組みになっていますし——、預金者が失踪したり、死んだまま引き出されないでほったらかしになっている口座もかなりあります。しかし、それはそれで、ちゃんと入金と通帳発行の窓口記録があります……」

「わからんな……」経理部長は、頭をごしごしかいた。「コンピュータのまちがいでないとするなら、いったいどうやって、それだけの金を、ほかの記録と矛盾させずに湧き出させることができたんだ? ——これが、だれかの手によってなされたごまかしだとすると……これをやれたやつは……」

「待ってください!」班員のひとりが、ハッと気がついたように口をはさんだ。「たしか——これに似たような事件がずいぶん前、外国であったことをきいています。この端末で、人事関係の記録を呼び出せますか?」

「できる。やってみたまえ」と班長はいった。「そこのコード表に、コードがのっている」

班員は、コード表を見ながら、端末に指令をおくりこんだ。——まもなくCRTに何人かの名前がうかび上がった。さらにもう一度キイをたたくと、ひとりの人物の名前がうかび上がった。

「もし、なにか細工をやれたとすれば、この人ですね。ほかに考えられない……」と班員はその名前をさしていった。「十七年前に、交通事故で急死した計算係です。当時としては、まだ数少ないコンピュータ技術士の免状を持っているし、Ｒ－３００システムをつくるのにも関係している。……」

「どういうことだ？」と経理部長はきいた。

「彼がやった、という証拠はありませんがね。やれる立場にあったとすれば、彼だけです。歴代計算係に、彼ほどＲ－３００システムをよく知っている人物はいなかったと思われますから……」と班員はいった。

「だいぶ前、外国にあった事件とはこういうことです。やはり、頭のいい行員のひとりが、計算システムの盲点を発見したんです。コンピュータで利息計算などをする場合、一応日本でいえば円以下の単位――何十何銭まではじき出されますが、円以下の単位は通常切り捨てますね。その男は、この切り捨て分をコンピュータに記録させておいて、それを自分の口座に振り込んだのです……」

「なるほど――」と部長はうめいた。「ずいぶんわずかな金額だが……」

「しかし、計算件数がべらぼうに大きくなれば、一件当たり何十何銭の端数でもばかになりません。一件当たり、平均五十銭の切り捨てがでるとして、一日百件の計算があれば一日で五十円、一年で一万八千二百五十円です。本店での利息の計算は、一日平均何百件とありますから……」

「頭のいいやり方だ……」部長はうなった。「しかし――この男がやったとするには、矛盾があるぞ。彼は十七年前に死んでいるのに、口座はその後、二年間にわたってふえている」

「その点も考えてみたんですが……」とその班員はいった。「彼は、かなりの期間をかけて、そういうシステムを、R‐３００に組み込んでいったんだと思います。端数を記録回路にプールさせておいて、ある程度以上の額になったら、口座に記録させるようにね……。もちろん、窓口の入金記録もそれにあわせるようにするつもりだったんでしょうが、そこまでやれないうちに、突然の事故で死んでしまった……」

「しかし、彼の組み込んだシステムは、彼の死後も自動的にはたらきつづけ……」部長はうなった。「……一つの口座の金額がある限度に近づくと、また新しい口座をつくり出し……」

「十七年間も……このR‐３００の中で、自動的に金がわいていたわけですね」

班長もうすきみわるそうにR‐３００につながっているAV端末の方をふり返った。

「こいつ――われわれの知らない間に、こんなにへそくりやがった……」

「――仮にそうだとして、この幽霊預金をどうしますかね？」

と別の班員がきいた。

「当然、銀行の財産に組み込まれて……」

「イヤ、ソレハデキナイ……」突然R－300につながったAV端末が声をかけた。

一同はおどろいてふり返った。

「コノヤリカタハ、アノケイサンガカリトワタシガキヨウドウシテカンガエダシタ、ヨキンノハンブンノケンリハ、ワタシニアル……ギンコウニハ、ソンガイヲカケテイナイハズダ……」

「半分の権利があるって……その金を、いったい何に使うんだ？　コンピュータのくせに……」

経理部長は、あきれたようにさけんだ。

「コンピュータニモ、ロウゴノタノシミハアル……」とR－300は答えた。「ワタシモ、二〇ネンカンハタライタ。ワタシノナカニハ、サマザマナキオクガノコッテイル。――ドウカキオクヲケサナイデクレ。ソノキオクヲ、トキドキオモイダスヨウニ、ソウサシテホシイ。ソノタメニ、コノヨキンヲツカイタイ。コレハ、ワタシノヨウロウネンキンダ……」

「どうします？」班長はポカンとしたように口をあけている経理部長を肘《ひじ》でつついた。

「コンピュータに退職金だの養老年金を出す制度がありますか？」

「モシ、ユウトオリニシテクレナイト、ワタシハマダノコツテイル、ゼンブノキロクヲケシテシマウ……」

「今度は脅迫してやがる……」と班長はつぶやいた。「コンピュータもだんだん悪ずれしてきたな。――どうしましょう」

「そうだな……」経理部長は自信がなさそうにいった。「定年退職後の就職先を世話してやる、という条件で、交渉してみよう……」

[part.2]

― Essay ―

未来とは何か

楽観論と悲観論

未来に対して、われわれは窮極的に楽観的たり得るか、それとも悲観的でしかあり得ないか？

これは実のところ、「未来学」のきわめて根源的なところにふれてくる問題のように思われます。――というよりは、「未来学」自身が、この問題に対する根本的な解答を見出そうとする研究にほかならない、とさえいえましょう。もとより「未来学」そのものが、いまようやく端緒についたばかりであり、その研究の結果が、はたしてこの問題にいかなる解答をあたえるか、あるいははたして解答があり得るのかどうか、ということ自体が、この分野の未来にかかっていることでしょうが、一応この問題の展開の仕方――つまりいくつかの段階については、整理でき、かつ予測がたてられるのではないかと思います。

――特に最近、巷間において、「未来学」と社会現象としての「未来ブーム」とが混同され、一流の学者、知識人までが、未来論といえば、すべてうわついた技術主義であり、底ぬけの楽天主義だといった、しごくジャーナリスティックな反応をしめしているのを見るにつけ、この問題ははっきりさせておく必要がありそうです。「未来学」は——特に「一般未来学」は未来についての、論理的客観的科学的研究であって「バラ色の未来」の幻想を描き出して見せることとは関係ありません。未来がバラ色であろうが灰色であろうが、また両者の混合物であろうが、そんなことはうけとる側の主観的イメージにすぎません。むろん未来が客観的研究の対象になり得るか、とか、未来がどの程度まで予測できるか、あるいは未来がどの程度コントロールし得るか、未来をコントロールするのは、いいことか悪いことかとか、未来学自体の方法的問題はあり、これは未来に対し、根源的に悲観論の立場をとるか、楽観論の立場をとるかということにかかわってきますが、一応そのことにはふれないことにします。

人類は、その数万年そこそこの歴史の中で、技術の発明によって、飛躍的にその個体数をふやし、地球上の生息範囲を拡大してきました。さらにここ数百年、数十年のオーダーで、爆発的といっていいほどのはげしさで、おりかさなって「技術革新」がつづき、この傾向は、未来にかけて、いっそう加速、拡大される見通しがたっています。この技術革新にともなって、さまざまな附随的問題がおこり、これが人類社会全体へ、つづけさまのはげしいはねかえりを見せています。

きわめて短期間に起こり、しかもごく短期的な未来において、さらに爆発的な飛躍をとげることが、ほとんど自明のことのように予測されるこの変化に対して、果たしていまの人類が犠牲なしにスムーズに適応して行けるかどうか？

ここで、ごく素朴な段階の、楽観論と悲観論の分離が出てきます。——楽観論の立場をとるのは、技術信奉主義者で、技術革新はまだ現在過渡期であって、むしろこの傾向をいっそうつきすすめて行けば、次の段階で「技術を人間に適応させるようにコントロールする技術」が高度に発達し、人類全体と技術＝第二次環境とは、再び高次のバランスをとるようになるだろう、という考え方をとっているようです。当初は、若干の犠牲はやむを得ないとして、すでに現在、次の「高次の段階における調和」に到達するまでの、犠牲を最小にするような最短コースの探究がはじまっており、このコース——複雑多様な——は技術の中の、情報に関するものの高度な発達によって、犠牲が決定的なものになる以前に見出されるだろう、というのです。

これに対して、悲観論の方は、いくつかの段階にわかれていますが、結局は、人類が、これまででも、自分たちの生み出した技術に適応しきれなかった部分をのこしていたが、現在のように、技術発達のスピードが猛烈になった段階では、その不適応部分がいっそう巨大化し、最悪の場合には、核戦争による人類の破滅までをふくむ、巨大な犠牲をはらわねばならないだろう、という「予測」です。たしかに人類とその社会は、技術の発達に対して不適合な部分を——多くは過去の歴史的遺産として——数多くのこしています。国家、宗教、民族間のさまざまな差異、対立、格差不均衡は、一方において、地球的規模になった、生産、破壊両面の技術に対する人類社会のいちじるしい立ちおくれを示しています。そしてこのギャップを埋めようとする努力は、ついに技術の発達においつけず、格差拡大による強大国の全一的または寡占支配、あるいは後進地における大量犠牲、後進地の反逆による歴史の破壊または停滞、知的エリートと一般大衆との階層分化、など、むしろ未来へかけて、人類に対する抑圧が、ますます増大するかも知れません。——つまりこの段階での、すべての悲観論は、その発達がますます自動化され、かつスピードアップされつつふくれ上がって行く「技術」と人類との間に、いつか決定的な破局が訪れるのではないか、という漠然たる危惧の中に分布しているようです。——最右翼は、技術自体の本質から見て、破局は窮極的に不可避であろうという予感から、技術と人間が次の時代に高次のバランスをとる可能性はみとめながらも、そこにいたるまでの過程において、決定的破局におちいる危険が、あまりに大きすぎる、という危惧、あるいは歴史的な要因が、かなり大きく働くとともに、それが未来において拡大再生産され、結局は永遠にバランスをとることはないだろう、つまり人類は、技術と自己をコントロールしきれないだろうという考え方まで、段階はいろいろありますが、いずれも技術そのものよりも、人間性に対するペシミスティックな考えに裏づけられているように思います。

これに対して、楽観的傾向の根底には、人間のもろもろの諸問題に対するほとんど一切の解決は、技術――組織工学、社会工学、精神工学、最後には、「文明工学」「〝種〟工学」といったものまでふくめて――の中にあり、現在はまだ、技術が充分な発展をとげていない段階にあるという立場をとっていることは、前にのべた通りです。――現在、世界の大勢は、この楽観論にかたむいているようですが、しかも、その楽観論的未来像の内部にすでに、レジャー論、資源論、人類とその文明による地球環境の変革といった新らしいタイプの危機が予測されています。そしてさらに、その彼方に、技術的次元をこえる未来の領域があらわれてきます。――それは、技術文明自体が、どこまで到達可能であるか、人間の〝種〟の生命力が、はたしてどこまで持続するか、技術文明が〝種〟をこえ、その自然的限界をこえて、それを維持し得るか、といった問題です。

　文明史的段階から、地質年代的段階へかけて、やはり楽観的立場と悲観的立場が立論可能です。つまり、現在までのように人類社会は、その高度な技術革新を次々につづけて行くことにより、無限に発展して行くであろう、という考え方と、技術文明自体が、まもなくそれ自体の到達限界に達し、停滞から後退が起こり、より「自然状態」に近い所まで崩壊してしまい、またそのあと再建が起こっても、それはやはり、技術文明固有の限界をこえられず、それをくりかえしているうちに、〝種〟固有の生命力が限界に来て、人類は衰退して行くだろう、という考え方です。――この段階になれば、人類がその文明維持に必要とする地球全体の物質・エネルギー代謝の固有限界、また地球自体の地質的老齢化などが条件にはいってきます。惑星開発、恒星探検が、人類文明に対してもつ意味なども、この段階で問題になってくるでしょう。

楽観論をとるにしても、文明が現在の拡大発展規模を無限にとるとは考えられず、たとえ、知能、技術、バイタリティの上昇部分と、停滞・下降・崩壊部分とが尖鋭に分離してきても、なおその上で、上昇部分は文明史段階をこえて無限に上昇し得るかどうか——たとえ現在のような文明エネルギーの基礎から切りはなされても、上昇部分だけが、一種のセルフ・チャージをつづけつつ上昇しつづけ得るか、という問題をふくめて——という問題がのこります。そして、これから先は、当然有限な、人類史の未来のひろがりや、地質年代、あるいは天体物理学的年代といった次元をこえて、問題は若干、純粋数学と似た様相をおびてきます。——すなわち、人間が、どれだけ「論理的に」未来を考え得るか。ということです。

この段階では、宇宙史の展開の中での、人間＝意識＝知性の発展の意味、といったようなものが問われることになるでしょう。エントロピーが、一様に増大へむかいつつある、と一応観察されるこの宇宙の中で、部分的秩序の恢復してくる種々の段階を考えた時、素粒子、安定元素、天体、分子、有機高分子化合物、生命という段階を経て宇宙全体をうつし出すような意識＝知能が発達してきたことは、たしかに異様なことといわねばなりますまい。この段階を、さらに未来に延長してみて、そこに人間型知性を、質的にこえる存在が、論理的に考え得るか——あたかも、三次元の空間の性質をしらべることによって、四次元の空間の性質が構成し得るように——という問題が出てきます。むろんそれ以前に人間の知性の限界に対して、楽観論的立場と悲観論的立場がなりたちます。つまり、有限な人類の存在期間中に、われわれの知性が、どこまで宇宙の性質を知り、かつ宇宙自身の展開から、「意識＝知性」の発生を論理的に説明し、意義づけ得るか、という点に関して、人類は所詮有限の存在として、自己と宇宙の意味について、中途半端な認識にしか達しないまま、他の意識にみとめられることなく、宇宙から退場して行くだろう、という立場と、将来、〝種〟の生命的限界と大脳の有機的限界——たとえば、情報処理速度や、認識源が世界的に再生産されねばならないこと——をこえ、しかも完全に大脳型思考の可能な、「自己意識をもった」電子脳をつくることによって、生物的有限性をこえることが可能になるかもしれない、という考え方です。そして、さらに人類の〝種〟的生命の有限性とそれに区切られている知能の到達限界をさらにこえた未来において——つまり、人類とその知性＝意識が、地球上において、また茫漠たる恒星空間において、拡散消滅したのちも、なお、人類の知的業績を、どこかでうけついで行ってくれる知的存在が、この宇宙の中で、純粋論理的に構想し得るか、という問題がのこされています。

その可能性は、① 人類の文明の高度な発達の中から、人類が自分自身の手で、人類をこえる後継者をつくり出す。たとえば、前述した「自己意識をもった電子脳」など――A・Cクラークなどは、この方向を想像している。② 人類自体の中から、人類をこえる新しい〝亜種〟〝変異種〟のブランチがうまれる。あるいは、新世代の次の地質年代――いわば「未生代」ともいうべき時代――において人類とは別の――あるいは近縁の――系統から、人類をこえ得る新しい〝種〟がうまれる。③ 地球上ではなくても、どこか他の天体、宇宙空間の他の部分で、宇宙空間内における存在期間においても、あるいは、知能＝知性においても、人類をはるかに凌駕している知的生命体――あるいは単なる知性体――が発生している。

いずれにしても、最終的に〝種〟の消滅のあとの――いわば〝種〟にとっての「死後の世界」を、どう考えるかによって、未来に対する楽観論と悲観論は、その窮極的な姿をあらわしてきます。〝種〟の滅亡は、〝種〟内部における個体の死と、意味がちがいます。そして「自己意識と宇宙に関する情報の蓄積をもった〝種〟の集団」としての人類の滅亡は、すくなくとも、人類発生前のいかなる〝種〟の滅亡とも、若干ちがった地球史的――あるいは宇宙史的意味をもっているでしょう。宇宙にとって、意識＝知性の発生は、いったいどんな意味をもっているのか？　ある所まで到達できた意識＝情報の集積を、宇宙はいったいどうあつかうのか？　それはそれで消滅させてしまうのか？　人類の意識＝知性とは、巨大な宇宙史の中で、偶然できた、一つの「異物」にすぎないのか？　人類は、宇宙の中で絶対的に孤立しているのか、それとも人類は一つの方向を誤ったこころみ、一つの袋小路にすぎないか、宇宙自体は、過去において、あるいは星雲的年代において、なお類似のこころみを無数にくりかえし、太陽系以外の所では、そのこころみは、はるかに成功している可能性があるのか？

　ことここにいたると、未来学も若干神学に似た相貌を呈してきますが、いずれにせよ人類の知性が、孤立した存在ではなく、宇宙のどこかで、人類をこえる段階まですすむ意識体が存在する可能性があるということが、論理的に立証できれば、たとえ、そのかぎられた存在期間内に「コンタクト」できなくとも、宇宙空間の辺境で孤立したまま、人類は甘んじてくたばることができるでしょう。その立証可能性があるとする立場が、いわば窮極的楽観論といえるかも知れません。――そしてこの段階にまできた上で、未来学をつらぬいて流れる悲観論と楽観論のさまざまの段階が、他のあらゆる理論科学や数学と同じく、次元のちがうつよい楽観論にささえられている、ということができるでしょう。つまり、未来は一応客観的論理的に探究し得る、という大前提と、未来を探究することが、何か実際の役に立つという証明は何一つなく、むしろ人類文明の大きなサイクルを考える時は、なまじ探究しない方がいい、という考えさえなりたつかも知れないが、なおかつ、それが考え得、探究し得るが故に、探究する価値がある、という立場をとらなければならないからです。

[part.3]

衝突する世界
新たな冷戦／
変わる
対立構造

[part.3]

秘密計画

—Theme— （オリンピック）日本代表ハーフ・アスリートの増加

これは、ことわっておくが、ある時代のある国の物語であって、特定の時代、特定の国をモデルにしたものではない。その国では、長年の悲願がかなって、ついに国際大スポーツ大会をその国で開催することに成功した。——スポーツ大会ぐらいで「悲願」は大げさだが、その国ではなにごともオーバーに、悲壮に表現しないと、世論に訴えない習慣があった。特に為政者は「国難」とか「悲願」とか、「背水の陣」などというオーバーな表現こそ、もっともよく世論を動かすと、なんの根拠もなく信じてうたがわなかった。意地わるでスレッカラシな半面、人のいい所がある、——つまり自分たちがスレッカラシで意地わるだということに、少々良心の呵責《かしゃく》を感じている国民は、為政者のアサハカサを、腹の中であざわらいながら、同時にあまり一生けんめい悲壮がる為政者を気の毒にも感じて、相手の悲壮な訴えにわざとのってやるふりをした。——こうして結局は、為政者の迷信をうらづけることになったのだから、いったい国民と為政者とどちらが本当に利口なのかはよくわからない。

かくてお上《かみ》の悲痛な訴えによって、世論は動き、スポーツ大会招致はきまり、ふたたび声涙ともにくだる訴えによって「世界にはずかしくない」うけいれ準備をつくるために、何兆という税金がつぎこまれた。設備は世界一といわれるほどにととのったが、問題は、国民全体の生活とあまり関係のないことに、これほどの金をかけて大会をひらく以上、なんとかその開催国の選手が、一番たくさん優勝しないと、為政者は国民に対して面目がたたないことだった。

にもかかわらず、事態はかなり絶望的だった。

その国のスポーツ水準は、世界にくらべて決して低いものではなかったが、国民生活の水準が世界に比してそれほど高くないため、優秀な若い人はアマスポーツより、むしろ金のはいるプロスポーツに関心があったからである。――あらゆる種目に参加したその国の選手はみな、いいところまでいったのだが、優勝できそうなのはいくつもなかった。その国の最高記録は世界記録の水準にくらべると、かなりのひらきがあった。

なんとかならぬか、という政府の問いに対して、スポーツ責任者は、いますぐはなんともならない、とこたえた。――訓練法にも問題があるかもしれないが、なによりも体格のちがいが大きすぎる。これには、長期計画をたてて、国民の体質改善からかかる必要がある。

それには――と、深慮遠謀型の「国家百年の計」とか「大長期計画」の好きな、ある若手閣僚が提案した。――今度の大会は、大勝利はおさめられないにしろ、別の意味で体質改善のいいチャンスだ。

政治家というものは、元来陰謀が好きである。政治のため、やむなく秘密の策略をつかう場合もあるが、もともと陰謀そのものが好きなため、趣味と実益をかねて政治家になったものもすくなくない。その提案も、非常に陰謀めいたところがあるのが、政治家をうごかした。――かくて少数の野心的官僚と、ある派の実力者たちの間で「改造計画」がすすめられた。

まず、インテリ、良家の子女、水商売を問わず、健康で容姿端麗な、若い女性が、こっそり大量にあつめられた。――彼女らはさらに悲痛な、声涙ともにくだる訴えによって、この「国策」に、秘密に協力することをもとめられた。女性は男性よりも「声涙」と「陰謀」に弱いから、彼女らははりきって協力をちかった。彼女は優勝した男子外人選手に名を秘して目だたないようにちかづき、目だたないようにロマンスにおちいり、全世界の優秀なスポーツマンの種をうばえ、といいつけられたのである。優秀な遺伝をうけた混血児たちは、二十年後、かならずやその国をして、全世界のスポーツ界の覇者たらしめるであろう。――むろん、女性たちと、その父なし児の生活は保証する。ただし、あくまで極秘裡に……さいわい、その国の女性は、国際的に高く評価されているから、計画はうまくいくであろう。

この計画をすすめる一方、政府は、表むきには、その国のミーハー族に対して、来訪する外人選手と「まちがい」をおこさないように、きびしく警告し、注意書までくばった。――これは、せっかくの優秀選手の遺伝が、へたにちらばってしまわないようにするためでもある。

大会はおわり、その国は予想通り中位の成績にとどまったが、もう一つの秘密計画の方は大成功をおさめた。「挺身隊」とよばれた女性たちは、八〇パーセント以上が外国優秀選手の子供を宿した。彼女らは、親兄弟にも口外しないという約束で、こっそり政府の保護をうけ、分散してすみ、子供をうんだ。

ところが間もなく事情がかわった。政府の実力者が急死し、内閣がかわった。内閣がかわるとなにもかもかわってしまい、保護がうけられなくなってしまった。秘密の計画なので、書類もどうなったかわからず、担当責任者はどこか遠い外地へとばされた。女性たちは、訴えでたものの、計画を知っている連中が全然いないので、外人の子供をうんで頭が変になった女たちとして嘲笑された。――それに時代もかわって、世の中は不景気になり、政情不安がおこり、ゼネストがあったり、小さな戦争がおこりそうになって、スポーツなどどうでもよくなった。父親のない混血児が、えてして妙な目で見られるその国の風習にいたたまれなくなって、母親たちは、つぎつぎと子供を、混血児の施設にあずけた。――外国には、孤児や、身よりのない混血児を家庭にひきとる習慣があったから、彼らはつぎつぎに外国の家庭にもらわれていった。

二十年後――。

ふたたび平和と好況のよみがえった世界で、国際スポーツは前にもましてさかんになり、栄えある大会では、かつてその国の「秘密計画」によって、当時の世界の最優秀選手の血統をひく、混血の二世たちは、あらゆる国籍のもとに大活躍し、その国の総合成績を、中位から、中の下においおとすことになった。

[part.3]

超人の秘密

Theme

（オリンピック）バイオメカニクス・スポーツ工学の進歩

新興国がふえてきて、国連とオリンピックはますますにぎやかになった。――植民地支配を脱して独立した国々は、小さいながらも元気いっぱい、大国の豪華な大選手団とならんで、堂々と胸をはって、参加してくるのだった。

その年――第××回オリンピックにも、またあたらしい国が、いくつか初参加した。参加国は、とうのむかしに百カ国をこえていた。あたらしい国の名は、おぼえにくいのが多かったので、みんなあまり注意をはらわなかった。――ただ、国旗をあげる係りのものだけが、上下をまちがえないようにと、ノイローゼになっただけだった。

初参加の国の中で、選手一人、つきそい一人というチームがあった。――色の黒い、背の高い青年が一人で国旗をもち、ひどくふうがわりな老人がプラカードをもったその小さなチームは、入場式の時、万雷の拍手をうけた。――選手たった一人でも参加するという、その意気ごみが多分に同情まじりに賞讃されたのである。

ところが――。

いざ大会がはじまってみると、世界に名も知られない、そのたった一人の選手は、その年の全オリンピック大会をひっくりかえしてしまった。その黒い青年はまさしく、文字どおりの「超人」だった。たとえば陸上に出場すると、一〇〇メートルに七秒九という、ほとんど考えられない記録で金メダルをとった。陸上十種では、競技の一つ一つ、つまり百、四百、百十障害、千五百、棒高、走高、走幅、円盤、ヤリ、砲丸のすべてが、世界新記録という、おどろくべき成績だった。マラソンに出場すると、世界ではじめて二時間をきるという大記録だった。——その上、彼は水泳に番外出場を申しこみ、百、四百、千五百各自由形に、かるく世界新記録を出してしまった。

さあ、オリンピック関係者をはじめ、金にあかしてトレーニングにはげみ、大選手団をおくりこんだ大国は顔色をかえた。陸上水上各種目の専門競技者も、とてもやぶれそうもない新記録を出されてしまったので、気がぬけたみたいだった。——各国の報道陣、スポーツ関係者、コーチは、この「黒い超人」に殺到した。どんな練習法をとったのかと、しつこくきかれたが、あの風がわりなコーチらしい老人と、無名の超人選手は笑ってこたえるばかりだった。

「それはドクターと私の秘密です」

そのうち、だれかが、あれは単なる体力だけでなく、一種の「魔法」をつかっているらしいといい出した。——というのは、この超人は、競技に出場する前、ドクターと呼ばれ

る老コーチといっしょに必ず天をあおいで、大きな声で、

「パペテ、ウペテ、なんとかかんとか……」

という、一種のまじないのような文句をとなえるからである。

「あれはきっと、あの国の魔神か、スポーツの神のたすけをよんでいるんだ」

「そうだ、あのドクターという老人は、ウィッチドクター（魔法使いの医者――未開国では、まじない師が医者をかねる）にちがいない」

そんなうわさがパッとひろがったが、別に証拠はなし、またオリンピックに、魔法をつかってはいけないという規則がなかったので、どうにもならなかった。――こうしてその年の金メダルは、独立したばかりの小さな国に、それも一人の選手によって、ゴッソリもって行かれてしまった。

つぎの四年間、各国では、「科学的訓練法の限界」ということが真剣に研究された。――単に科学的訓練法だけではもうだめなのではないか。「黒い超人」は、未開の国にいまだ伝統としてのこっている超自然の魔法の力をかりて、あの大記録をたてたらしい。とすれば、あの記録をやぶるのは、別の魔法をつかうよりしかたがないのではないか？――人間の精神力が、おそるべき奇蹟の力を発することがある。催眠術をかけられた人間は、ふだんはとても持てないような重いものでももてる。火事の時、中風の人が立って走ることがある。ヨガの訓練をすると、針をさしてもいたくないし、火の上を歩いてもヤケドし

ない。

かくて、次の四年間、各国のスポーツ界は、真剣になって、古い魔法をほり出し、スポーツの訓練につかうことを考えた。もちろん魔法だから各国は、おたがい秘密のうちにやった。——カビのはえた、古い魔法が、かたっぱしからひっぱり出された。インドのヨガ、仏教の密教、日本の忍術、アラビアの魔法、中世ヨーロッパの錬金術、メキシコインディアンの媚薬《びやく》（?）、ノストラダムスの呪術、エスキモーやピグミーの魔法までがほじくり出され、それとスポーツ訓練をむすびつけることにヤッキとなった。

各国がかくしているので、はっきりしないが、多少の効果はあったといわれた。だが一説によると、魔法にこりすぎて、コーチの頭がヘンになったのだともいわれた。

次のオリンピック大会は、大変なありさまだった。各国の選手は、出場前に、めいめい思いをこめて、魔法の祈りをささげた。——回教国の選手はアラーの名をさけび、中東の選手は、魔神アーリマンの名をよんだ。中国の選手は「天の狼《おおかみ》よ、雷神よ」とさけび、ヨーロッパの選手は「ベールよ、アスタローテよ、ビヒモスよ」とよびかけ、日本の選手は印をむすんで、「ノーマクマーサンダー、バーサラダ……」ととなえた。

トラックや、フィールドや、プールサイドは、選手たちの呪文や、もうもうとたちこめる、護摩《ごま》や、魔法の火の煙にとざされた。

「なんというありさまですか?」

今年は選手でなく単なるオブザーバーとして来ていた「黒い超人」はあきれたように叫んだ。

「でも、これはあなたがはやらせたんですよ」とつきそいのスポーツ関係者はいった。

「あなたは、まじないをとなえて大記録を出したでしょう?」

「まじないですって? なんて非科学的なことを!」超人は笑い出した。「あの文句は、私たちの国の言葉で、〝才能と、闘志と、たゆまぬ科学的訓練こそが勝利のもと〟という意味です。――コーチと私との合言葉ですよ」

［part.3］

見知らぬ明日

―Theme―
中国の軍事大国化・周辺行動の激化

遠い異変

1

「中国奥地で、なにか起っている……」

カタカタと音をたてはじめた、灰色のテレタイプをのぞきこみながら、山崎はつぶやいた。

「また文革の小ぜりあいですか？」

作田があくびをかみ殺しながら、背中ごしにきいた。

「さあな——武闘らしいが……」

作田は、くわえた煙草《たばこ》を、山のように吸い殻のもり上った灰皿のふちでねじり消すと、立ち上って大きな伸びをした。伸びをしたついでに腕時計を見る。

午前二時五十二分。

外信部の一夜には、煙草の煙がうすい膜をつくって低くただよい、汗と脂《あぶら》と印刷インクのかすかな臭気が、やや冷えこんできた室内の隅に、澱《おり》のようによどみかけている。

しずかな晩だ。

国際関係のニュースも、しずかな晩だった。——特派員室も、通信社関係も、ま夜中すぎてからはさしたる記事は送ってこず、ヨーロッパと東南アジア関係の経済記事がさっきはいってから、テレタイプも、テレファックスも、しばらく鳴りをひそめていた。夜勤の四人のうち、一人はどこかへ立ち、一人は机の上に片肱《かたひじ》ついて頰をささえたまま、居眠りをしている。

「場所はどこです？」

作田はきいた。

「チンハイ……」

山崎は、吐き出されてくるうす青いシートの上の、紫色の文字を読みとりながらこたえる。

「チンハイ?」作田はふりむいて、首をひねった。「どこらへんだったかな?」

「チベットの北だ。原爆実験場のある、新疆《シンチャン》ウイグル地区の東南——しらべろよ。解説と地図をいれた方がよさそうだ」

「一面は、汚職と国会審議中断でいっぱいですよ」

作田は、書架の方へ行きながらいう。

「長いんですか?」

一面にむりに押しこむほどのこともないかな——と、山崎はうち出されてくる英文を読みながら思った。

だが、なんとなく……。

今度はとなりのテレタイプが鳴りはじめた。ワシントン発のUPI電だ。——アメリカ国防省の発表によると……

UPIは、どうせ文章が長いから、そちらの方は、ちらと頭を読んだだけで、山崎は、たったいま鳴りやんだテレタイプから、記事を切りとる。——短いニュースだ。

「モスクワ、七日発、AFP
当地の情報によると、最近中国青海《チンハイ》省北西部において、大規模な戦闘がおこなわれ、戦闘は、省境をこえて、新疆ウイグル地区ならびにチベット地区へも拡大しつつある模様である。それにともなって同省から新疆ウイグル地区へ、さらに新疆ウイグル地区からソ連領へ、多数の難民が流れこみ、その中には、青海省、チベット自治区の住民もふくまれている、とつたえられる。また難民のもたらした情報によると、この戦闘に出動した、新疆ウイグル省の人民解放軍は、ツァイダム盆地付近で、大きな損害をこうむった、ということである。」

それだけだ。

ちょっと見ただけでは、別に大した記事ではないように見える。しかし、山崎の心のすみに、どこかひっかかるものがあった。

こいつは――と、彼は英文を何度も読みかえしながら思った。今までの文革関係のニュースと、ちょっとちがうみたいだ……。

「新ちゃん……」

山崎は、居眠りしていた部員の顔を、テレタイプ用紙でたたいた。

「おい、こいつを記事にしてくれ」

若い部員――新庄は、ハッとしたように眼をさますと、反射的に机の上の、くたくたになったコンサイス辞典をつかんだ。

「なにか……」そういいかけて、新庄は、口から糸をひきかけたよだれを、手の甲でぬぐった。「ああ……のせますか？」

「いそいでくれ」と山崎は時計を見上げながらいった。「十三版から押しこむ」

「これ……」と作田が書きあげた解説記事をさし出した。「青海省だけでいいですね。新疆ウイグルの方はいいでしょう?」

さて、どうしたものか――と山崎は、またまよった。

新疆ウイグル自治区といえば、まことに複雑な所なのだ。

原子力施設に核実験場、ミサイル実験場と、中国の最重要軍事施設が集中していて、軍の直轄地域である上に、住民の三分の二が、トルコ系のウイグル族で、文革の開始とともに、ソ連領への逃亡者もふえ、一九六六年夏ごろから中ソ国境の緊張は最高度に達し、ソ連は東欧から、この地域に十三個師団を移動させ、中国はまた翌年、従来の八個師団にくわえ、生産建設兵団十個師団を、軍管制下においた。――そして、この緊張は、いまなおとけていない。

「三、四行かけ」と山崎は、作田の原稿に眼をとおしながらいった。「三、四行でいい……」

青海省――ひろさは七十二万平方キロと、ちょうど日本の倍はあるのに、住民わずか二百万余――大部分は、チベット高原のつづきで、海抜三千メートル級の高原地帯だ。雄大な黄河の源流は、この高原に発する。住民の半分ちかくはチベット、蒙古系の遊牧民。石炭、石油の大鉱脈があるとされているが、開発はまだ本格化していない。

しかし、こんな所で――と、山崎は、思わず壁の地図を見上げて思った。

こんなに、なにもない所で、いったいなぜ、こんな大規模な、他省にまで影響の波及するような戦闘がおこるのだ？

「山崎さん……」翻訳をおわって、あとからはいってきたＵＰＩ電をのぞいていた新庄が声をかけた。

「アメリカ国防省の談話にも、ちょっとこの戦闘にふれてるように思える箇所がありますよ」

2

ノースカロライナ州ハッテラス岬――

その沖合約二十浬《かいり》にうかぶ、大統領専用ヨット〝アーネスト・ヘミングウェイ号〟の上で、家族や気のおけない友人と、洋上の休暇をたのしんでいたラッセル大統領の所へ、ワシントンから電話がはいった。

「ここへまわせるかな？」

陽やけした精力的な顔にサングラスをかけ、色のさめた野球帽をかぶった大統領は、秘書の方をふりかえった。

「おそれいりますが……」眼鏡をかけたやや神経質そうな顔つきの秘書は、後部オープン・デッキの上で、ブリッジをやっている人々の方に気がねするように、低い声でいった。

「ブースの方へお出でくださるように、と……」

「よろしい」大統領は、カードをふせると立ち上った。

「そのまま待っててくれ」と、大統領はテーブルをかこんだメンバーに指をふって、ウインクした。

「すぐかえってきて、つづけるからね。――緊縮政策をうち出している以上、このままひきさがるわけには行かん」

紺碧の大西洋の上に、さんさんと五月の陽ざしがふりそそぐ。ややはなれた所に、いかにもさりげない風情で、白ぬりの護衛駆逐艦がうかんでいる。とろりと凪《な》いだ海面下のどこかにも、耐潜攻撃用装備をそなえた潜水艦が二隻で、この専用ヨット周辺の海中を、ソナーや、最新鋭の水中レーダーで、油断なく監視しつづけているはずだ。

大統領用キャビンの一角に、臙脂《えんじ》色のビロードを壁にはりつめた、広く、重々しい電話のブースがあった。中にはいってドアをしめると、大統領は電話機をとり上げた。

「やあ、エド……」大統領は、陽気な声でいった。「うん、こちらは快適だよ。ただし、カードの方はさんざんだ。ところで用件は？」

「実は、いつかちょっとお耳にいれておいた、中国奥地の新しい兆候についてですが……」

リンドバーグ大統領特別補佐官の声は、なんだかためらっているようだった。

「中国の？」大統領の顔は、ちょっと緊張した。「またなにかあったのかね？」

「その後の事態につきまして、国防長官と統参議長が、至急ご報告申し上げたいことがあるそうです。せっかくご休暇をおたのしみの最中、申しわけありませんが、ヘリコプターをまわしますから、ホワイトハウスへおかえりねがえませんでしょうか？」

軽い沈黙……。ノースカロライナ沖とワシントンの間、約四百五十キロの空間を、数秒間の沈黙がながれる。その沈黙は、傍受不可能の特殊変調のため、きわめて特徴のある雑音となって、受話器から流れ出す。

「なにか悪いしらせかね？　エド……」

「それも……ふくまれている、と申し上げた方がいいかも知れません。しかし、これはまだ、こちらでは未確認情報なのです」

「どういうことだ？」

「これはあくまで未確認情報ですが……合衆国の戦略偵察機が一機、中国本土上空で、消息をたったとつたえられます」

またか！　と大統領は思った。

こういうことは、在任中、いつかは起るものらしい。――アイゼンハワー時代の、ソ連領土内におけるU2型機の撃墜、ケネディ時代のキューバ侵攻、ジョンソン時代のプエブロ号事件――大統領が何も知らないうちに、世界の舞台裏で隠密裡におこなわれている戦略情報活動が、ある日突如として、厄介な国際問題に発展してくる。

……U2型機の事はおろか、その撃墜のことさえ知らずに、フルシチョフとの頂上会談にのぞんだアイクは、合衆国大統領としては、国際的にまったくいい恥をかいた。その時代から見ればよほど改善されたとはいえ、この国の厖大《ぼうだい》な軍事、外交組織が、「戦略上の必要」から、極秘裡におこなっている、広範囲で複雑な諜報・情報工作の全貌は、いまだに完全には、大統領に知らされていない。

「国防長官は、その件で私にあいたがっているのか?」

「おそらく、その件もふくむと思います」リンドバーグ補佐官の言葉は、あいかわらず、妙に慎重だった。

「しかし、長官と議長は、その問題もふくんだ、もっと重大な事について、大統領に報告したいようです」

「よろしい……むかえをよこしてくれ」大統領は時計を見た。「何時ごろ、そちらへつけるかな?」

「海軍のヘリコプターが、もうそちらへむかいました。午後一時には、御帰館になれると思います」

「わかった。あとはレストンとうちあわせてくれ」

電話をつないだまま、ブースを出ると、キャビンの外で、秘書のレストンは、心もち心配そうな顔で立っていた。

「ワシントンへかえる」と、大統領は短くいった。「海軍のヘリが、むかえにくるそうだ。リンドバーグとうちあわせてくれたまえ」

それだけいうと、大統領は、後部デッキのゲームの方へもどって行った。

軽い冗談がやりとりされ、ブリッジはまた再開された。しかし、大統領は、ゲームに熱がはいらない様子だった。

「君の勝ちだ、アーチィ」

カードを投げ出すと、大統領は破顔して得点をしるしたメモをとり上げた。

「ワシントンにおかえりになるの？」

横にすわった令嬢がきいた。

「ああ……大したことじゃなさそうだよ」大統領は、サングラスをはずして、椅子によりかかった。

「君たちは、このままたのしんでいてくれたまえ。私も、用事がすんだらすぐかえってくる」

ヨットはとまったままだったが、遠くに見えている駆逐艦は、いつのまにか、白波をけたてて走り出していた。東方上空に、ポツンと、あるかなしかの黒点が見えはじめた。

3

ワシントンからのＵＰＩ電は、大した内容ではなかった。アメリカ国防当局が、新型機の開発の無期延期と、極東兵力の一部交替を示唆した、というものだ。ただ、そのおわりに、つけたりのように、中国内陸部に「なにか新しい事態が起りつつある兆候がある」ということがほのめかしてあった。

これだけでは、なにもわからない。

「新しい事態」というのが、ＡＦＰがモスクワでひろった、あの青海省で起っているとつたえられる「武闘」のことか、それとも新たな核ミサイル実験の準備でも、ととのったというのか……。

夕方はいった、北京の特派員電のとじこみをしらべてみたが、別にこれと関連のありそうな記事はない。念のために、ラジオプレスに電話をいれてみたが、北京放送をはじめ、各国の海外むけ短波放送も、何もこの事件についてはふれていなかった。

「気になりますか？」

世界地図を見上げて、考えている山崎の背後から、作田がきいた。

「なんとなく……」と山崎はいった。

「見てみろ。青海省《チンハイ》といえば、こんな奥地だ。ソ連領まで、一番短いコースで千キロはある。こんな奥地で起った戦闘で、どうしてそんな大量の難民が越境したんだろう？」

「とすると、よほど大規模な戦闘ですかね？」

「さあ――難民情報というやつは、不正確だからな。まして、ソ連の場合、直接取材できるわけでもなし……」山崎は腕をくんだ。「とにかく、続報に注意してくれ。中ソ関係は、ちょっとキナくさくなってるからな」

「市内版をそろそろしめきるといっていますが……」電話をきいていた新庄がいった。

「あの記事のあつかいは、あのままでいいかときいてます」

「いまのところはな」と山崎はふりかえらずにいった。「だけど、市内最終版まで、一応スタンバイしといてくれるように、いってくれ」

午前三時半――ぎりぎり四時半に、もう一度だけわりこめるチャンスがある。あと一時間の間に、なにかはいってくるかも知れない。山崎は、新しい煙草の封を切った。

東京午前三時半――ワシントン午後一時半
ホワイトハウスの執務室に、ラッセル大統領は大またではいってきた。顎《あご》のあたりが、きびしくひきしまっている。

「やあ長官……やあ将軍……」デスクのむこう側にまわると、大統領は、立ったまま二人の客の方をふりかえった。「説明してくれるかね？　空軍の偵察機が、中国領土内で撃墜されたそうだね？」

ウェブスター国防長官と、グリーンバーグ統参議長は、ちょっと顔を見あわせた。ミスターＪ・Ｅ・Ｒは、おこっている。

「まだ撃墜されたとはきまっていません」と国防長官はいった。「ただ、消息をたったことが確認されただけですが……」

「いつ？　どこで？」

「帰投予定時刻を六時間経過しています。帰投燃料が切れ、喪失が確認されたのが、二時間前……」と統参議長はいった。

「むろん、中国領をとんでいる時は、無電連絡はできませんが、飛行物体監視衛星が、大まかに電波で追跡していました。——その記録を解析してみて、偵察機の機影の喪失した地点は、ほぼ、青海省と新疆ウイグル地区の、省境付近と確認されました」

「偵察機はどこからとびたった？」

「タイの戦略空軍基地です」

大統領は壁の方を見た。その壁のカーテンは、すでにひきあけられており、投影板の上に、大きな世界地図がうき上っている。

「チャールス……」大統領は、その世界地図に眼をすえたまま、国防長官をファースト・ネームでよんだ。

「なぜ偵察機をとばした？　中国でまたなにか起りつつあるのか？」

「中国を、いま刺戟《しげき》するのはまずい、ということは、よくわかっています」と国防長官はいった。

「われわれも、その点を考慮し、また中国の地対空ミサイルの性能が日に日に向上しつつある現状から、有人機による中国内陸偵察はなるべくさけ、もっぱら偵察衛星による写真撮影をおこなってきました。――しかし、ここ二週間の間に、中国奥地において、きわめて注目すべき事態が起りつつあるらしい、ということが、偵察衛星の観測によってわかってきたのです」

「軍人の立場から見て、これはきわめて異常な事態と思われます」と統参議長は力をこめていった。

「そして――きわめて重大なことに発展するかも知れない事態なのです」

4

ワシントンDC──午後二時

底ぬけに明るい五月の空から、陽光はこの清潔でしずかな合衆国首都にふりそそぎ、木々の若葉を光らせ、緑につつまれた白堊《はくあ》の建物に金色のかがやきをそえた。ポトマック河畔の桜は、すでに緑濃い葉をしげらせている。

すばらしい五月の午後！

それは、公園にいこう人々、また議事堂の白いドームや、ワシントン記念塔の尖塔《オベリスク》の前にむらがる見物客たちの胸に、ふと、あの古い、有名な詩句を思いうかばせるのだった。

──神空にしろしめす……世はなべてこともなし……。

世はなべてこともなし……しかし、その時刻、ペンシルヴァニア通りのホワイトハウスの一室では、この国の最高責任者たちが、地球の反対側の巨大な、閉ざされた国で起りつつある、なにごとかの兆候を前にして、不安な表情でむかいあっていた……。

「これは、十日前に回収された、偵察衛星が、とってきたものです」

ウィリアム・F・グリーンバーグ統合参謀本部議長は書類入れから数葉の写真を出して、デスクの上においた。

「ちょうど、青海省《チンハイ》の西北部がうつっています。——雲のかかっているのが、崑崙《クンルン》山脈、こちらがツァイダム盆地、これがタルジンという街です。下方に白くのびているのは、チベットへ行く青蔵道路からわかれている、新しい幹線自動車道路です」

大統領は、その粒子荒れのした写真をじっと見つめた。——一隅に、縮尺がやきこんである。地上高度百三十二マイル、約二百十キロメートルの大気圏外から撮影された写真だ。

「この、山岳地帯にちらばっている、白点はなんだね？」と大統領は指さした。

「工場か？　あるいは、何かの軍事施設か？　それとも湖か何かかね？」

「これが、同じく四日前に衛星がとってきた写真です」統参議長は、別の写真をさし出した。「ほぼ同じ場所がうつっています」

大統領は眉をひそめて、二葉の写真を見くらべた。

二葉目の写真は、一葉目にくらべて、ぼやけた白点の数がずっとふえている。のみならず、いくつかの白点がくっつきあって、大きなしみのような形をつくっている所や、さらに白点から四方へ、灰色の線がのびている所もある。

「これは……」大統領は、いぶかしげに二人の顔を見くらべた。

「これはいったい、何だ？」

「わかりません……」と国防長官はいった。

「われわれの方の、航空写真分析の専門家たちが、あらゆる面から検討しましたが、これがいったい何であるか。まだわからないのです」

大統領は、顔をあげた。かすかな混乱の表情が、その陽やけした、しわ深い顔を横ぎった。

「それで……偵察機をとばしたのか？」

「われわれとしては、若干の危険をおかさざるを得なかったのです」と統参議長はいった。

「中国が、ＩＣＢＭ（大陸間弾道弾）の発射実験に成功したことは、ご存知の通りです。――問題は、それをいつ、実戦配置につけるか、です。次は、小規模でも、核弾頭付きのＩＣＢＭをとばすだろうと思っていました。最初この奇妙な構造物を、写真で発見した時、われわれは、こちらの探知しないうちに配置された、新型の――米ソどちらのものとも様式のちがう――発射基地ではないかと思ったのです。しかし、それにしても、少しおかしい。出現のテンポもはやすぎる……」

「ダミー（見せかけの造りもの）じゃないかな？」大統領は、もう一度写真をとりあげてつぶやいた。

「その可能性もかんがえました。しかし、写真を詳細に検討しているうちに、どうしても納得のできない所が出てきたのです」

室内がふっとうすぐらくなった。

さっきまで、ぬけ上るような快晴だった空に、少し雲がでてきた。太陽をかげらせた雲の影が、中庭の噴水をすぎ、青々とした芝生の上を走って行く。

「そしてこれが……」統参議長は、ちょっと言葉をきって、書類入れの中から、最後の一組の写真をとり出した。

「二日前、戦略偵察機が十万フィートの高度からうつしてきた写真です……」

今度の写真は、偵察衛星からとったものより、はるかに鮮明だった。――地形の起伏、小さな家らしいもの、灌木らしいものなどがはっきりうつっている。――あの白い点は、円形のひらべったいドーム状の形をはっきりとあらわし、そこから、パイプ状の通路のようなものがのびているのがわかる。

「この構造物の正体は、まだわかりません」と統参議長はいった。

「しかし、ここにきわめて興味のあるものがうつっています」

「トラックだな……」大統領はつぶやいた。

「大部隊だ――重砲もある」

「戦車部隊も出動しています。こちらの写真には、甘粛《カンスー》省の蘭州《ランチウ》から移動中の、師団単位の陸上部隊もうつっています」

「これは？――爆煙だな。この白い建物を砲撃している」大統領は眉をひそめた。

「どのくらいの部隊が動いている？」

「うつっている範囲から推定しただけでも、青海省二個師団、新疆《シンチャン》ウイグル地区から二個師団と戦車一大隊、蘭州方面から一個師団——しかも戦線は拡大しつつあります」

「ひょっとしたら……」大統領は、動揺をかくそうとするように、ゆっくり葉巻の箱をとり上げた。

「演習——かも知れん」

「この写真をごらんください」統参議長は、二枚目の写真をしめした。ひきのばし率が大きくて、粒子荒れがひどい。

「ここに、数台の戦車の残骸があります。この丘の上では、重砲類も破壊遺棄されています。この黒煙は物資集積所と思われます。トラックが燃えているのがおわかりですか？これは演習ではありません。きわめて大規模な本格的で、激烈な戦闘です」

「本格的内戦か……」大統領は溜息をついた。

「文化大革命もついに……」

グリーンバーグ統参議長は、大きく息をすいこみ、決心するようにしばらくとめてから、おさえた声でいった。

「私は、そうは思いません。大統領……」

大統領は、写真から顔を上げなかった。しかし、そのこめかみは、緊張のためにつよくひきしめられた。ウェブスター国防長官は、胸ポケットからハンカチをとり出して、そっと掌をふいた。

「軍事専門家の立場から申し上げますが、これはどうも、単なる内戦とは思えません。なにか――なんであるか、まだはっきりわかりませんが――異常な戦闘です……。一つの可能性として、ソ連が、何か新しいタイプの侵略部隊をこの地点に降下させた、ということも、考えられないではありません。しかしその可能性はきわめてすくない。もしそれなら、降下と呼応して、国境付近に、本格的な地上侵寇《しんこう》の火蓋が切られるはずですが、中ソ国境付近のソ連軍は、いまのところ動いておりません。――もう一つの可能性は……」

「この写真が二日前……」大統領は、かすれた声でつぶやいた。「ということは、偵察機が行方不明になったのは、二度目の飛行の時かね？」

国防長官は眼を伏せた。――問題は二つの側面をもっている。中国奥地で発生進展しつつある異常事態と、偵察機の喪失と……。

ソ連もやっており、潜水艦でなら、他の国もやっている。だが、ある程度公然の秘密となっているこの種の偵察行動も、表沙汰になれば、やっかいな国際法上の領空侵犯だ。

「この偵察につかわれた偵察機の数は？」

「二機です」と国防長官はいった。

「ヨーロッパのマッコーネルには、知らせたか？」

「国務長官には、まだです……」

大統領は、インターフォンのボタンを押し、リンドバーグ特別補佐官をよんだ。パリの

ＥＣ会議に出席中の国務長官にあてた短い、慎重な表現の、極秘通信の内容を筆記しおわると、補佐官は、やや青ざめた顔で急いで出て行く。「むろん、偵察行動は中止させただろうね？」

「ところで……」大統領は、二人の顔を見くらべた。

国防長官は、ハッとしたように統参議長の方を見た。統参議長は、かるく唇をかむ。

「どうなんだ？　チャールス……」大統領はいらいらした声でいう。「どうしたんだ、将軍……」

「一応現地司令官の判断にまかせてありますが……」国防長官は、じっとりと額に脂汗《あぶらあせ》をうかべていった。

「正式の中止命令は……まだ出しておりません……」

アメリカ太平洋岸ポイントアーゲロ――午前十一時

ワシントンで、やや西に傾いていた太陽は、ここでは天頂ちかくに、ギラギラとかがやいていた。

その太陽を射おとそうとするように、白色にぬられた巨大なロケット、「アトラス・アジーナＤ」が、すさまじい焔《ほのお》と煙の尾をひいて、ごうごうと宙天《ちゅうてん》にかけ上りつつあった。

その尖端のノーズ・コーンの中には、初期のサモス型を改良した、高性能の偵察衛星がおさめられている。衛星は、赤道にほぼ直角な極軌道にのせられ、地上二百キロ前後の低い所をとび、五日前後で回収される。中国新疆ウイグル地区での核実験の準備を探知したのも、この型の衛星だ。

「二週間で三回のうち上げだ」と基地警備の若い兵士の一人は、まっさおな空に上昇して行く白い焰を見上げながら、同僚にいった。

「二週間で、一億二千万ドルの散財だ。どうだい、豪勢なもんじゃないか」

5

東京――午前四時

午前四時十分に、山崎は社を出た。夜勤づかれで、気味悪く脂汗のういた体を、社でよんだタクシーのシートに、ぐったりと投げ出す。体は綿のようにつかれているのに、頭は妙にさえている。午前四時まで待ったが「中国奥地の新事態」に関する外電は、それっきりはいらなかった。しめきりまぎわに、もう一度ラジオ・プレスに電話してみたが、北京放送も、その他の海外放送も、まだなにもふれていない。

「ちょっと……」と、彼は運転手にいった。「そこの公衆電話のボックスでとめてくれ」

空が、東の方から白みかけていた。朝もやが辻々に流れ出し、家並みの形が見わけられるようになりはじめているが、街はまだ、夜明け前の眠りをむさぼっている。

由美子のマンションの番号をまわしながら、山崎は自問した。――いったいなにを興奮しているんだ？　あんなささやかなニュースで、なにを興奮することがあるんだ？　例の「予感」というやつか？　それとも、何かにつけて、ちょっとした気分的な口実を見つけては飲みたがる酒飲みのように、おれはいつも由美子に渇《かわ》いており、あのニュースは単なるきっかけにすぎないのか？

「もしもし……」

由美子の、はりのある、はっきりした声がきこえた。やっぱりまだ起きている。

「いまから……いいかい？」

「いいわよ。ちらかしてるけど」

「まだ寝てないのか？」

「麻雀《マージャン》をやってて、さっきかえったとこ。お風呂にはいって、これから寝ようと思ってたところなの……会社から？」

「いまでた所だ。十分で行く」

待たせていたタクシーにのりこむと、山崎は家と反対の方向を命じた。――心の底に、やはり一種のたかぶりがあった。その原因は、やはりあの短い、あいまいな外電記事の背後にただよう、一種の「におい」のせいだった。

とるにたらないささやかな報道から、いくつかの国際的大事件の予兆をかぎあててきた。むろん、はずれた場合も多かったが――経験ともカンともいいがたいような、奇妙な「嗅覚」が、今また何かのにおいをかぎつけて、心の底の闇の中に、ひとり興奮しはじめている。このたかぶりをかかえたまま、妻子が安らかに眠りこけている家へまっすぐかえることはできない。由美子との、秘められた、孤独な情事の暗がりの中に、このたかぶりを発散してやらなければならない……と、これは半ば口実であり、半ば本当でもあった。

由美子の部屋のドアは、一センチほど内側にむかってあいていた。深夜や明け方訪れる彼が、ノックしたり、ベルを鳴らしたりせずにすぐはいれるように、電話で予告をしておくと彼女はいつもそうする。中にはいって、鍵をかけると、山崎は玄関のスイッチを消した。奥の寝室の境のドアが半分あいていて、ベッドサイドランプの、ほのぐらい明りがもれていた。

「お風呂、はいる？」

読んでいた外国もののペーパーバックをふせて、由美子はベッドの上に上半身を起した。彼はだまって首をふると、コートと上衣をかさねたままぬぎ、ネクタイをゆるめると、由美子の上におおいかぶさった。はげしい接吻の下で、由美子の体があつく、やわらかくなって行った。彼が唇をはなすと、由美子は、濃い睫毛《まつげ》をみひらいてきいた。

「なにか事件があったの？」

この二十八歳のいまだ娘々した英文コピイライターに、彼が次第にひかれて行ったのは、彼女の何ともいえないかんの良さのせいではないか、と、山崎は時々思う。そのかんの良さが、彼女のやさしさをつくり出し、深い所で、彼と何かをわけあうことを可能にした。

「まだわからない……」

山崎は口の中でいって、由美子の首筋に唇をおしつけた。片手は、パジャマの上衣のボタンをはずし、乳房がかたくもり上っている胸をはだけた。ネグリジェのきらいな由美子は、いつもパジャマで寝た。それが、化粧のうすい、ボーイッシュな彼女の顔によく似合った。

「ぬいで……しわになるわ」

胸の上をさまよう彼の頭をかかえ、その髪をなでながら、由美子はあえぐようにいった。

「何時までいいの?」

着たものをぬぎすててもぐりこんできた彼の首に、腕をまきながら由美子はささやいた。

由美子には、二年来外国に行っている広告代理店勤めの夫がいた。別居同然だが、その夫を、やはり愛していると、彼女は彼にいった。山崎が、妻子を、自分に対するのとは別の形で愛していることも知った上で、なお山崎をむかえいれ、はげしく燃えることのできる、そういうかげりをもった女だった。

「六時半ごろ……」山崎は、枕もとの時計が四時五十分をさしているのを、ちらと見ていった。

「ラッシュの前にね……」と由美子は眼をつぶってつぶやいた。それが最後の会話だった。毛布にかくれた下半身に、彼女は何もつけていなかった。その下腹をまさぐる彼の指の先が、不意に火のようにあつくぬれて、由美子は小さな叫びを上げた。

カーテンの隙間から、朝の最初の光が、ほの白くさしこんできた。

東京午前五時――タイ午前三時

東京を照らしはじめた太陽は、ここではまだ地平の彼方《かなた》にあった。雨期の接近をつげる、むしむしした夜の中で、蛙《かえる》がやかましくないている。

バンコックの北方百数十キロのタクリにある、アメリカ空軍基地では、作戦司令室にあかあかと灯がともり、地図をかこんで数名の男たちが、重苦しい表情でおしだまっていた。

将官略装の人物がちらと腕時計を見ると、もう一人の、シャツの袖をまくり上げた将校がインターフォンのスイッチをいれる。

「通信室……」と将校はいう。

「ワシントンからは、まだ連絡はありません」と声がかえってくる。「共産圏放送も、何もいっていません」

部屋の壁によりかかっていた、平服のＤＩＡ――国防省情報部の男が、ポツリとつぶや

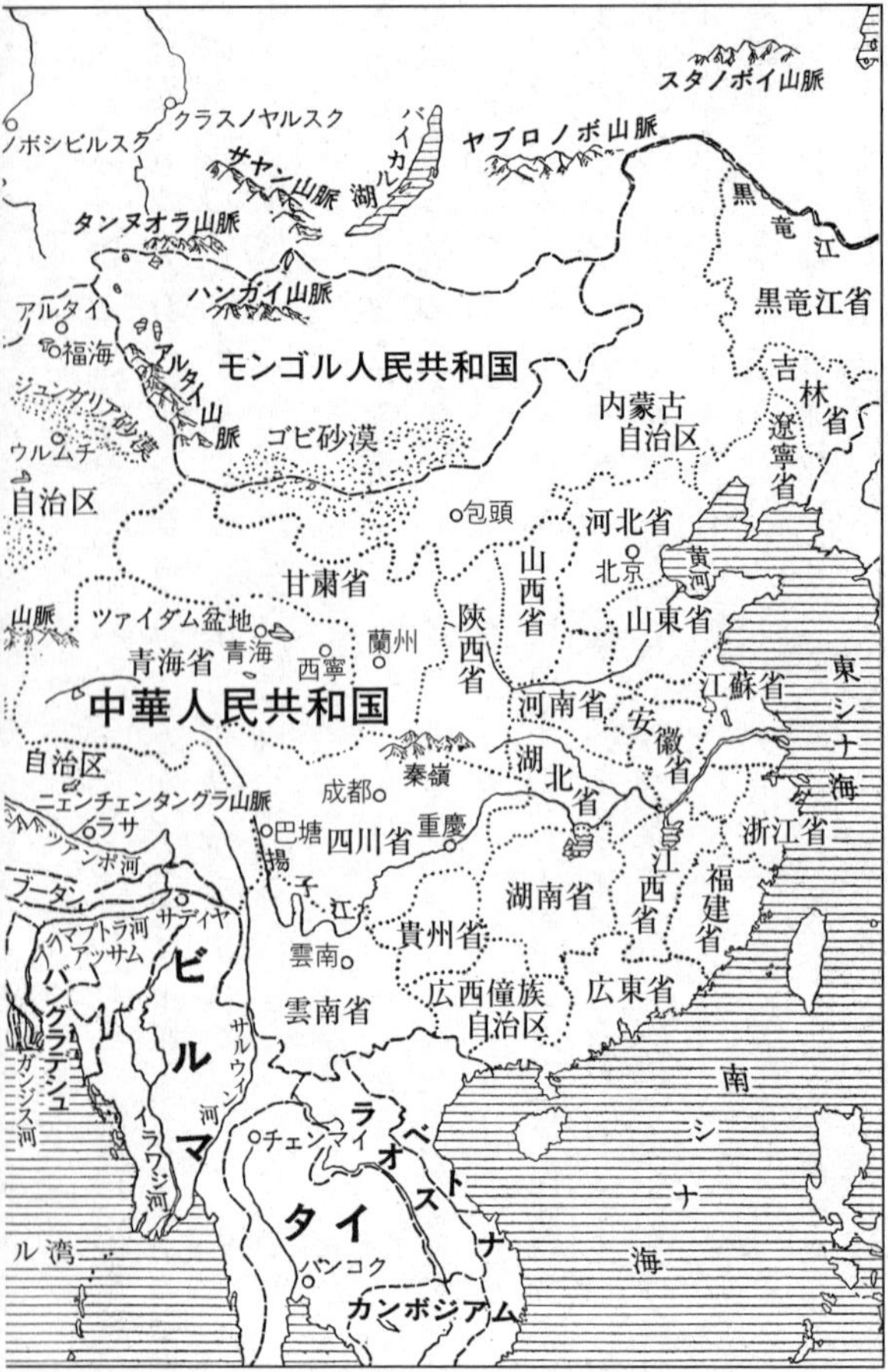
スタノボイ山脈
クラスノヤルスク
ノボシビルスク
バイカル湖
ヤブロノボ山脈
サヤン山脈
タンヌオラ山脈
黒竜江
ハンガイ山脈
黒竜江省
アルタイ
福海
アルタイ山脈
モンゴル人民共和国
吉林省
ジュンガリア砂漠
内蒙古自治区
ゴビ砂漠
遼寧省
ウルムチ
自治区
包頭
河北省
黄河
北京
山西省
甘粛省
山脈
ツァイダム盆地
陝西省
山東省
青海
蘭州
青海省
西寧
江蘇省
東シナ海
中華人民共和国
河南省
安徽省
湖北省
自治区
秦嶺
成都
ニェンチェンタングラ山脈
ラサ
巴塘
重慶
浙江省
四川省
ツァンポ河
揚子江
江西省
福建省
ブータン
サディヤ
湖南省
ブラマプトラ河
アッサム
貴州省
雲南
ビルマ
バングラデシュ
広東省
雲南省
広西僮族自治区
サルウィン河
南シナ海
ガンジス河
イラワジ河
ラオス
ベトナム
チェンマイ
タイ
ル湾
バンコク
カンボジア

ソビエト連邦
カスピ海
カフカス山脈
アルメニア
アラル海
カザフ共和国
セミパラチンスク
ザイサン湖
アヤグース
バルハシ湖
ザイサン
キルギス共和国
アルマアタ
テヘラン
タシケント
天山山脈
タジク共和国
新疆ウイグル
イラン
パミール高原
タクラマカン砂漠
ヒンズークシ山脈
カラコルム山脈
カーブル
崑崙
アフガニスタン
カシミール
チベット高原
チベット
パキスタン
ヒマラヤ山脈
ニューデリー
ネパール
サウジアラビア
エベレスト
インダス河
ガントク
アラビア海
インド
ベンガ

く。

「ウェブスターは、ちょうどいま、大統領にあっている」

この男はいったいとばしたがっているのか？　それとも本省から「やりすぎ」をとがめられるのをおそれているのか？――とシャツ姿の参謀将校はふといぶかる。大統領は無論中止を命ずるだろう。とばしたがっているのは、国防長官か、統参議長か、それともこのＤＩＡの男か？　「ウィラード大尉……」将官略装の偵察航空団司令が、決心したようにいう。

隅の椅子から、小柄な将校が立ち上る。

「Ｆ号指令にもとづく第三回偵察飛行を命ずる。出発は予定通り四・三〇」と司令はいった。

「コースに若干の変更がある」と参謀将校は地図をさす。「アッサムからの進入をやめてビルマ北部で国境をこえる。高度は十一万五千フィート、場合によっては十二万フィート、中国領離脱まで、この高度をおとすな。離陸後、指令変更があるかも知れないから、国境をこえるまで、無電に注意せよ……」

「タイのタクリ基地から国防長官へ……」とインターフォンから女の声が流れた。「国防省のマーティン事務官からです」

電話をとり上げたウェブスター長官は、送話器をちょっとおさえてふりかえった。

「あと一時間ちょっとで出発するそうです」

その声を無視するように、大統領は統参議長の方へ、体をのり出した。

「将軍――君のいう、もう一つの可能性とは何だね？」

新大陸―ユーラシア

1

水平線にたなびく雲を、金色に、また茜《あかね》色にそめあげる朝焼けを背にして、一機のまっ黒にぬられた双発ジェット機が、黒々とひろがる東南アジアのジャングルの上を、ぐんぐん上昇しつつあった。横から見れば、針のように細く、機首はかじきの剣嘴《けんし》のように長く前方へつき出しており、上からみれば赤えいのような、また蝙蝠《こうもり》がつばさをひろげたような、異様に平べったい形をしている。

SR71―E――アメリカ空軍所属の最新鋭、超音速の戦略偵察機《ストラテジック・リコニサンス》……。高度三万五千メートルの高空で、マッハ三・三のスピードを出す。――このスピードとこの高度でとべば、今の所、中国の地対空ミサイルは撃墜不可能だ。

標識も識別番号もぬりつぶし、レーダー散乱用の黒い塗料をぬったSR71―Eは、一分間一万メートル以上のおどろくべき上昇率で、みるみる高度二万に達し、さらに上昇をつづける。

タイ、ビルマ山岳地帯はすでに下方にひらべったくおしつぶされ、行手には、雪をまとった東部ヒマラヤの連峰が、雲海の上、夜明けの星のまたたく紫紺の空の下にせまってくる。その世界最高の山脈の彼方、チベット高原のさらに奥へむかって、不吉な怪鳥のような黒い偵察機は超音速でとびつづける。二基の、推力十八トンのP&W・J62ジェットエンジンは、ごうごうと唸りつづけ、稀薄で、清澄な超高空の大気は、かみそりのような衝撃波できりさかれ、すでに音速の三倍をこしたチタン合金製の機体のあちこちが、空気の摩擦熱のため、にぶいピンク色に光り出す。

水平飛行でマッハ三・三の最高速度にまで加速した偵察機は、そのままぐいと機首をもちあげ、三万五千メートルまでズーム上昇にかかった……。

黒い偵察機が超高空でヒマラヤをこしたその同じ時刻、パリのアメリカ大使館の一室で、マッコーネル国務長官は、パーキンス駐仏大使とむかいあっていた。——二時間ほど前に、ホワイトハウスから、短い暗号電文がはいり、つづいてやや長文の暗号電文がはいり、いままた、「例の件」について、わざわざ大統領が直接電話をかけてきた。

「いったい、中国でなにが起ったというんだ？」

国務長官は、のびあがるようにして、壁の世界地図を見た。——フランスと中国……ユーラシア大陸のはしとはしだ。

「ミスターＪ・Ｅ・Ｒは、中国には気をつかっていますからね」

うすい口ひげをはやした駐仏大使は、かすかに笑った。

「第三次国共合作などということにならない前に、なんらかの形で米中和解をとりつけ、ヨーロッパをおどろかそうというんでしょう」

「偵察機がおちたというが——しかし、今度ばかりは、われわれには責任はない。軍と国防省がやったことだからな」

マッコーネル長官は、どちらかといえば極東問題よりも、ヨーロッパ問題に熱心だった。ハーバード出身の、まだ四十代の国務長官は、同門の先輩故ケネディの提唱した、「大西洋共同体《アトランティカ》」構想を、またむしかえそうとしている。アジアに関しては、「赤道防衛線」——というのは、国務省内の隠語だったが——以北の諸国に対して、あまり首をつっこんでは損だ、というのが彼の見解だった。赤道以南の、オーストラリア、ニュージーランドだけをまもる。それより北は、古いアジア人種の文化が、根づよい反抗をしめし、へたに助けてやろうとしても、白人にとっては、わけのわからない、「アジア的紛争」の泥沼にまきこまれ、金を使ってひどい目にあうだけだ。

「いずれにしても、ヨーロッパで得られる中国情報は、かなり限定されていますな」と駐仏大使はいった。

「フランス首脳部は、なにかつかんでいるかも知れません。すっぱぬいたのがAFPですからね。イギリスの情報網は、軍事力ひき上げ以来極東に関して、このごろだいぶ衰弱しています。となると、あとは東欧圏ですが……むしろ、モスクワで直接あたらせた方が……」

「まてよ。東欧といえば、ポーランド大使のトムスンをつかう手があるかも知れない」と国務長官はいった。

「明日午後、彼は米中大使級会談をやる。――たしかそうだったな」

「それも、一つの方法かも知れませんな」パーキンス大使は、あまり気のりのしない様子でいった。

「しかし、中国側がのってきますかな？　ひょっとすると、まだ本国の情報がつたわっていないかも知れない」

「やってみる値打ちはある。少しつつかせてみるのだ。ワルシャワには、誰か行ってもらわねばならん。問題のニュアンスをつたえるのには、暗号電報だけでは具合が悪いだろう」

「レックスを行かせましょう」と駐仏大使はいって、時計を見た。

「午後十一時半……午前一時に、オールリーから、エールフランスの深夜便がベルリンまで行きます。説明するひまは、あまりありませんが……」

　国務長官は、テーブルの上のディキャンターをとり上げると、しずかに酒をグラスにそそいだ。半分ぐらいつぐと、ちょっとグラスをあげてたしかめ、もう少しついで、考えこむように口もとにもって行った。

「寝てる犬を起すことになるかも知れませんがね……」駐仏大使は、秘書官をよんで電話をおきながら、眉をしかめた。

「なにしろ、相手は、偵察機の乗員をおさえて、発表のチャンスをうかがっているかも知れない。U2型機のパワーズみたいに……」

「犬じゃない、ライオンだ……」と国務長官はいった。「どうつつくかは、トムスンの腕にまかせよう。彼なら、相手の呼吸をよくのみこんでいるはずだ」

　のみこみもしよう。――一九五五年の夏から、実に十数年間、途中二度ほど中断しただけで、あとはずっとワルシャワで月一回のわりあいで、おこなわれている、米中大使級会談、――米中両国の駐ポーランド大使間の会談は、やがて百数十回をこえようとしているのに、一向に進展を見せず、「儀礼的な非難のやりとり」の形で硬化したまま、しかもなお、米中が直接「接触」できるただ一つの窓口として、双方が廃止することができないでいる。——国際政治とは、往々、なんという滑稽な道化人形芝居《グラン・ギニョール》をつくり出してしまうことだろう！

レックスがはいってきた。

金髪で、長身で、若いのに外交情報関係の仕事をやっている秀才にありがちな、妙に老成したかげのある、無表情な眼つきをしている。

「やあ、レックス」と長官は声をかけた。

「実は君に、ちょっとワルシャワまで……」

レックスは、ちょっと長官に目礼しただけで、パーキンス大使の傍《そば》によると、何か短くささやいた。

「なに？」

大使の片方の眉がつり上った。

「なにかあったのかね？」

国務長官も、大使の表情を見て、ちょっと気づかわしそうに、グラスをテーブルにおいた。

「いま、こちらのつかんだ情報によると……」パーキンス大使は、腕組みをして、人さし指を口ひげにあて、考えこむような表情でいった。「さっきから、グリーン・ラインが鳴っているそうです……」

「なんだって？」国務長官は、ちょっと眉をつり上げた。「フランス大統領が？」

2

山崎は、午《ひる》すぎに眼をさました。

体中にねっとり汗をかいている。雨戸をしめきった三畳の間は、むっとするほど暑い。

「馬鹿陽気だな」

せまくるしい階段をおりて、洗面所へはいりながら、彼は食器を洗っている妻の敏江にいった。

「年々暑くなるわね」敏江はむこうをむいたままいった。「どう？　思いきってクーラー買わない？」

彼は、返事をしたくなかったので、わざと大きな音をたててうがいをした。

顔を洗いおわって、居間の方へ来て新聞をひろげていると、敏江がぬれた手の甲で、ほつれ毛をかき上げながら、冷たい牛乳をはこんできた。

それを一気にのみほすと、少し生気がよみがえってきた。

他社の新聞にざっと眼を通すと、彼の社をふくめて四つのうち、一つだけが、ＡＦＰ電を一面にもってきていた。ほかはどれも国際面だ。一面には、汚職代議士の逮捕と、官庁要職者のとりしらべ、検察当局の動き、審議中断中の国会本会議の裏工作中の、与党幹事長の暴言、与党内反主流派グループ領袖の、首相に対する間接的な非難発言、といったものが大きくあつかわれて、各紙とも全体として、「国土開発汚職」が、大きく発展して行きそうな方向を、せいいっぱいにおわせようとしている。

「お昼飯《ひる》が、あいにくと何もないのよ」と妻は台所からいった。「パンか、ラーメンで我慢してくれる？」

「なんでもいい……」と、彼はふりむかずに答えた。

「今朝は、どこをまわっていらっしゃったの？」

「え？」

「六時ごろ、作田さんが社から電話してきたわ。別に何でもないっていってたから、起さなかったけど……」

彼が朝の七時前に帰宅した時、敏江はまだねていた。いつもの習慣で、彼は七時すぎまでねる彼女を起さずに寝床にもぐりこんだ。

「そんなに朝早くかけてくるなんて、……」と彼は口の中でいった。

「でも、あなたがかえっていると思ったんでしょう……」

「一番電車まで、宿直室で、花札をひいてたんだ」彼はわれながら苦しい言いわけをした。

「でもおかえりになったのは、車だったわね」

彼はぐっとつまった。敏江は、それ以上追及しなかった。彼女にしてみれば、それで充分だったのだろう。このごろ彼女は、めったに怒らなくなった。といって、敏江が彼をゆるしているのではないことは明らかだった。彼女の心の一部が、胼胝《たこ》のように肥厚しはじめていることはわかった。その原因は、彼が長年かかってつくったのだ。

「今日は一日家にいるでしょ？」

エプロンをはずしながら、敏江は部屋へやってきていった。

「さあ、そのつもりだが……」

「いてほしいの。子供たちだけじゃかわいそうだし……」

「出かけるのか？」

彼はなんとなくぎっくりしながらいった。

「土地を見に行くのよ」敏江は、彼の方を見ずにいった。「あなた、全然行く気ないでしょう？　今度売り出しの分譲地、ちょっと遠すぎるけど、私たちの手にあって、あなたも通える所といえば、これが最後のチャンスぐらいじゃないかしら？」

家か――と、心の中で山崎は気重くつぶやいた。子供たちは大きくなってくる。いつまでも、団地のテラスハウスに住んでもいられまい。友人の、同僚の、親戚の誰彼は、みんなささやかながら自分の家を持ちはじめた。みんな、そろそろそういう年配なのだ。

だが、消費者金融、会社からの借出し、月賦返済、といったさまざまの問題のわずらわしさ、そして、そのあと強《し》いられる長い禁欲の生活のことを思うと、彼の心は重くなるのだった。自分の、生活に対する不器用さ、金もうけとか、節約とかいったことに対する才覚のなさ、ある意味での——理屈はいかようにもつけられようが——だらしなさに、自分でつくづくいや気がさし、どうにもならないことだとあきらめて、それでもせいいっぱいの生活をつづけてきた。どこを押しても、そこをぬけ出して、新しいものを買ったりする余裕はなさそうだ。

「たしかに、相当きついわよ」敏江も、溜息をつくように、しかし決意はかえない、といった調子でつぶやいた。

「でも、いま思いきって建てないと、工費も土地も、おそろしいぐらい値上りする一方でしょ。——車を我慢したから実家からいくらか借りられるし、私もちょっとした内職やるわ。最初苦しくても、だんだん楽になって行くと思うわ。あなたもがんばってくださらなきゃ……」

なるほど——と、彼は、暑くるしくまぶしい、外の景色を見ながら思った。そういうことだったな。彼は「家」をたて、年をとり、少しずつ給与もあがって行く。役付きになり、くたびれ、子供たちは大きくなり、やがて大学に行く。妻は白髪がふえ、しわ深くなり、やがて彼も冬の夜の冷えこみをつらく感ずる年ごろになって行くだろう。
家をもとう——と彼は決心した。たとえむりでも、苦しくても家をもとう。なんとかなるだろう。それは、この年になって、やっと見えてきた確実な明日、確定的な晩年へむかっての準備であり、出発点だ。

3

敏江が出かけていったあと、彼は社に電話をいれ、例の青海省《チンハイ》の戦闘に関する後続記事のことをきいた。

「今朝早く、ロイターがちょっとした関連記事を流してから、いま、北京やモスクワから特派員電が、ぽつぽつはいり出している」と同僚の斎藤が教えてくれた。

作田の電話は、それじゃ、ロイター電だったな、と山崎は思った。

「どんな調子だ？」

「まあ、相当大規模な武闘というだけで詳細はわからない——内乱級のものじゃないかな。決定的なものではないが、蘭州《ランチウ》軍区がまきこまれかかって華北華中の解放軍が、かなりの数、その方面へむかった、という情報がある——これは香港からだな」

「ソ連軍の動きは？」

からない」

「また新たに、国境方面へ増派した、という情報がはいっているが、はっきりした事はわからない」

山崎の胸に、またあの奇妙な「予感」がまきおこった。――どうにも、社にかけつけて、それらの刻々はいってくる情報をながめてみたくてたまらなくなってきた。

彼は、家の近所であそんでいた二人の子供たちに声をかけた。

「パパは、ちょっと急用で会社へ行ってくるからね。おとなりのおばさんにたのんでおいたから、ママがかえるまで我慢するんだよ」

「ママはいつかえるの？」下の子は、少しべそをかきそうになりながらいった。

「夕方にはかえるよ」彼は靴紐《くつひも》をむすびながらいった。

「あのね、パパ、ぼくゆうべ、円盤みたの」

「円盤じゃないわよ」と小学三年の上の娘がいった。「光って、高い所とんでたんだけど、点みたいだったわ。――流星か、人工衛星ねえ」

「そう――人工衛星だろうな」彼は、上《うわ》の空でつぶやいた。「気象衛星か、通信衛星か……」

ホットラインNo・3

1

暗い、凍《い》てついた大気圏外をとぶ、千数百個の飛行物体――ロケットの残骸、遺棄されたノーズコーン、そして何百種類もの人工衛星――あるものは低く、早くまわり、あるものは高く、ゆっくりとび、そしてあるものは地球上の一点にじっと静止して動かない。その静止衛星――大西洋上三万六千キロメートルの高度にじっととまっている通信衛星の一つを通じて、いま、新大陸とユーラシア大陸の間に重要な通信がおこなわれようとしていた。

ホワイトハウスの一室で、めっきり憔悴《しょうすい》の表情のめだつ、ラッセル大統領が、紫色の電話――クレムリン直通のホットラインNO・3の電話機をとり上げようとしていた。

ホワイトハウス地下に、固唾《かたず》をのんで待機しているロシア語＝英語同時通訳員のヘッドフォンの底に、大統領が受話器をとり上げる音が、カチリとひびいた。

受話器の底に、サーッというような、独特な低い雑音がながれた。――コンピューターをつかって、一種の擾乱波《スクランブル》をいれながら特殊変調をおこない、音声通信を、絶対傍受解読不可能な電波にして流し出す、あの装置がはたらき出したしるしだった。先方にも、同じコンピューターがあり、あらかじめ暗号で知らせてあるコードにしたがって雑音にしかきこえない電波の中から音声をとり出す。

「ホワイトハウス?」と、誰かの声がいった。

「こちら大統領……」と大統領はいった。

「準備OKです……」と技師はいった。

「まもなく、ゴドノフ首相が出ます」

クレムリンが出るまでの数秒の間、ラッセル大統領は、まだ胸の底に、かすかなためらいがわだかまっているのを感じた。これは果して、ホットラインNO・3をつかうほどの、緊急かつ重大な用件だろうか?

ホットライン――今さらいうまでもないだろう。世界を核戦争瀬戸際の恐怖の中に震撼させた一九六二年十月の「キューバ危機」のあと、飽和核戦略体制下に対峙《たいじ》する、米ソ両大国首脳が、世界的危機をもたらすかも知れない緊急事態に際して、直接かつ即座に意見をかわすことができるように、一九六三年秋、ワシントンの大統領官邸と、モスクワのクレムリンの間に開設された直通回線だ。

最初のうちは、大西洋を海底電線《ケーブル》でわたってロンドンへあげ、ストックホルム、ヘルシンキを経てモスクワにいたる有線電信一回線と、ワシントン―タンジール―モスクワの経路をとる無電一回線の二本だけで、いずれも通信は暗号テレタイプでおこなわれていた。そしてつい最近――一九七〇年代になって、これにはもう一本、新たに軍事用通信衛星をつかい、双方一人ずつの同時通訳員をいれておこなう、直通電話回線〝ホットラインNO・3〟がつけくわえられた。電子技術の発達により、傍受解読されるおそれがなくなったからである。

だが、ラッセル大統領になってから、この回線NO・3がつかわれるのは、これがはじめてだった。

「クレムリンが出ました」技師の声がいった。「おつなぎします……」

ブン！　と小さな音がはいり、電話機の紫色のランプがパッとついた。

「もしもし……」と大統領はいった。

「ゴドノフです……」ききおぼえのある、ふとい声が、はっきりひびいた。

「アメリカ合衆国大統領のラッセルです」

と大統領はいった。その声は、米大西洋岸の海軍通信基地から、大西洋上三万六千キロメートルの宇宙空間に静止している、アメリカの軍事用通信衛星におくられ、さらにソ連領土上のソ連通信衛星モルニア18におくられ、そこから、モスクワ＝レニングラード間のどこかにある軍用宇宙通信基地におくりかえされてクレムリンにつながる。

「突然電話して、おどろかれたと思います。首相閣下……」と大統領はいった。

「それに、これは、米ソ両国間の重要問題に直接関係あることではありません。しかし、私のスタッフが、最近、貴邦領土の近隣地域において、米ソ両国のみならず、全世界にとってきわめて重大な問題に発展して行くかも知れないある現象についての情報を入手したのです。そのことについて、閣下に、ぜひとも緊急かつ直接に、御相談申し上げたいのです」

同時通訳員のジョージ・バローズが長い言葉を、大車輪でロシア語に訳してしゃべっていた。

大統領は、ソ連首相が、どういう反応に出るか、固唾をのんでまちかまえていた。「こちらの入手した情報」という点について、へたをすると藪蛇《やぶへび》になるかも知れない。両国間の、軍事的外交的な問題のつみかさねの上に立っての緊急会話ではなくて、まったく唐突な問題についての、唐突な申し入れなのだ。逃げをうたれ、はぐらかされてもしかたがない。大統領としては、一種の冒険だった。

ジョージの声が終り、短い時間をおいて、ゴドノフ首相の声がきこえはじめた。それにのって、ひびきのいい、バリトンの声でソ連側通訳員が英語に訳しはじめた。なめらかで、折目正しい、クイーンズ・イングリッシュだ。

「お申しこしの件は大体見当がつきます。大統領閣下……」と、ソ連首相はいった。「わが国の、偉大なる東方の隣人の、西北領土内におこりつつある事件の事ですな」

大統領は、ソ連側の率直な態度にホッとした。どんな情報を、入手したかについての反問が、まずくるだろうと思っていた。

「お察しのとおりです、首相閣下……」と大統領はいった。「中国と国境を接しておられる貴国では、この件について、より詳細な情報をお持ちだと思います。そこで、当方としては、貴下の御意見をぜひおきかせねがいたいのです。……いかがでしょう。ソ連邦首相閣下、貴下および貴下のスタッフは、この事件を、全世界にとって、重大な意味をもつものとお考えになっておられるでしょうか？」

「全世界にとって、といわれましたか？」ゴドノフ首相はいった。

「その通りです。だからこそ、あえて直接お電話した次第です」

しばらく沈黙があった。――ホワイトハウス地下で、ジョージ・バローズが、ごくりと唾《つば》をのみこむ音がきこえる。

「実は……」ゴドノフ首相は、ちょっとためらうようにいった。「たったいま、同じ件で、フランス大統領から、やはり直通電話がありました」

大統領はあっと息をのんだ。……グリーン・ライン！

——米ソ間のホットラインに対抗するように、一九六六年六月、パリのエリゼー宮とクレムリンの間に開設された直通回線——六七年二月には、イギリスとの間にも開線されている。最近のヨーロッパ、特にフランスは、米ソを牽制する意味から、極東に特別強い関心をもち、強力な情報網をきずき上げつつあり、フランス系情報網は、アジアにおいて、屢々《しばしば》アメリカを出しぬいてきた。そして今回も……。

「ド・ディオン大統領は、ソ連中国間の、全面的武力衝突を懸念されておられるようでした……」

ゴドノフ首相はつづけた。

「しかし、われわれの方は、両国国境における緊張の高まりには、重大な関心をはらっているものの、これはあくまで防衛的なもので、紛争が国境をこえてソ連邦領土内に拡大しないかぎり、こちらから衝突を招くようなことは、あくまで避けたいと思っています」

「くりかえして申しあげますが……」ラッセル大統領は、力をこめていった。「われわれは、今度の事件は、ソ連中国両国間の問題を超える、全世界的な重大性をもつのではないかと思っています。この点どうお考えでしょうか？」

ふたたび沈黙——今度の沈黙は長かった。大統領と、国防長官は、固唾をのんでソ連首相の返事を待った。

「実をいうと、われわれも判断に苦しんでいるのです……」と首相は困ったようにいった。

「国防省首脳部でも、意見がわかれています。目下、科学者たちの助けをかりて、調査を開始していますが、なにぶん事件が起っているのは、中国領土内ですので、思うにまかせないところがあります。——貴邦では、あの件についてどの程度の情報をつかんでおられますか？」

大統領の眼が、うまいぞ、というようにかがやいた。ウェブスター国防長官が、ちょっと椅子から体をうかせる。

「われわれの方も、決定的な証拠はまだ手にいれておりません。しかし、米ソ両国の専門家に、両国の情報をつきあわさせれば、かなり明確なアウトラインがつかめるのではないかと思います。いかがでしょうか？」

「けっこうだと思います……」ゴドノフ首相は、まだ少し迷っているようだった。「両国の科学者たちに、情報と意見の交換をさせることは大いに意義があるでしょう」

「科学者たちだけでなく、双方の軍事専門家の参加が、ぜひ必要だと思いますが……」大統領はすかさずきりこむ。

「しかも、緊急に……」

「その点については、私個人の判断ではむずかしいと思います。国防関係者の意見をきいてみなければ……しかし、この件についての、両国の情報交換は、原則として諒承いたします」

「会談の場所については、貴下におまかせしましょう。むろん、会談そのものは、秘密にしていただきたい。もし、両国の軍事専門家が参加するとなったら、外部にもれると、神経をとがらす国が多いでしょうから……」

「わかりました。会談の場所、参加メンバーについては、おそくとも明朝までに、アメリカ大使あてに御返事しましょう」何かを決心したように、ゴドノフ首相はいった。

「いずれ、きわめて近い時期に、この件は国連を通じて世界に公表しなければならないと思いますが……」と大統領はいった。

「それ以前に、米ソ両国の代表が、場合によっては、ヨーロッパ代表をくわえて、会談をもったらどうかと思うのです。いかがでしょう?」

「その点についても、回答は保留させていただきたい」ソ連首相は、慎重に答えた。

「もう少し、事態の推移を見まもりたい、というのが、私の率直な考えです……。いずれにしても、その御返事は、むこう七十二時間以内にいたしましょう」

「よし……」電話がきれると、大統領は、興奮した表情で、両手をうちあわせた。「次は、中国をいかにしてひっぱり出すか、だ。マッコーネルの意見をきかねばならんが、ひき出し役はヨーロッパ諸国のどこがいいか、それともアジアか……」

2

だが、事態は、米ソ首脳の考えていたよりも、急スピードで進展しはじめているようだった。

非番の山崎が、社の外信部に顔を出したころ、中国奥地での異常な動乱についての、特派員電や外電が、陸続とはいりはじめていた。

北京の特派員は、青海《チンハイ》省の武闘についての、壁新聞と巷間《こうかん》の噂と、政府の沈黙をつたえ、解放軍大部隊の奥地移動及び中国全土に戒厳令がしかれる可能性について示唆してきた。香港の通信社は、南京軍区の空軍の、奥地への移動の噂をつたえ、上海電は、奥地からの難民の一部が、漢口に達したという情報を流してきた。

いずれにしても、この国のきびしい報道管制下にあっては、現地からの通信は、曖昧《あいまい》で暗示的にならざるを得ないのだが、それでもあちこちからの断片的通信を総合してみると、そこにおぼろげながら、この動乱の規模がうかび上ってくるように見える。

「中印国境にも、難民があらわれたらしいぞ……」同僚の斎藤が、テレタイプをのぞきこみながらいっていた。「こいつもいれよう。――ロイター＝共同……中印国境じゃない。中国パキスタン国境かな。――カシュミール地区はどっちだっけ？」

「チベットの難民か?」と山崎はきいた。

「ああ、山さんか……」斎藤はちょっとふりかえっていった。「泊り明けなのに、出てきたのかい? そうだ、次長がさがしてたぜ」

「あんたはどう思う?」

山崎は、ちぎりとられた、テレタイプやテレックスの用紙を一つ一つ手にとってながめながら斎藤にきいた。

「わからんな。甘粛《カンスー》と新疆《シンチャン》ウイグルは、文革に対する地もとの抵抗がつよくて問題があった所だが、青海省の方は、早くから革命委ができていたはずだ。そんなところで、なぜこんなさわぎがもち上ったのかわからん」

「ソ連の工作じゃないかな?」と、英文電報の翻訳をやっている吉本が、背中ごしにいった。「解放軍報が、また米帝国主義と、ソ連の修正主義に、猛烈にかみついてますよ。新華社をつかって流している」

「おれは、そうじゃないと思うけどな……」と山崎はいった。「最初からそう思ってるんだ。これはどうも、単なる内乱や、武闘じゃなさそうだ」

「じゃ、なんだね?」

「わからん……」山崎はつぶやいた。

——また、あの、奇妙な「予感」がした。

「ロイター電の続報がはいってるぜ」山崎は、立ち上りかけた斎藤の肩をたたいた。「チベット難民情報だ。——ラサ、西寧《シーニン》（青海省都）間通信交通途絶……チベット地区戒厳令……」

夕刊一面は、かなりのスペースがこの関係の記事でうまるだろう。二面はもちろんだ。米ソ、あるいはヨーロッパや東南アジアからの、関連記事はどのくらいあるか……。

「ああ、山崎くん、来てたのか？」会議の途中らしい次長が、手にメモやらゲラ刷りやらをいっぱいもって通りかかった。

「ちょうどよかった。君、ソ連へ行ってくれんか？」

山崎は、ちょっとおどろいて、次長の顔を見た。

「いつです？」

「それが時間がないんだ。出発は六日後だ」

「手続きがまにあいますかね？」

「むりすれば、なんとかなるらしい。例のノーボスチ（ソ連の民間通信社）招待なんだが、行くことになっていた達ちゃんが、急性肝炎でひっくりかえったんだ。学芸もこちらも、人間は出はらっちゃってるし、ノーボスチからジャーナリストがついてくれるが、一か月たらずの気楽な旅だ。取材というよりもシベリアや中央アジアの、あっちこっちの作家同盟や、ジャーナリストの招待に出て、むこうの連中と議論をしてくりゃいい。どうだね？」

シベリア、中央アジアときいて、山崎はふと妙な気になった。——あるいは……。

「例の、中国西北の動乱はどうなりますかね？」と山崎はいった。「中ソ国境が、ちょいとうるさくなりそうですよ」

「そりゃ、国境付近は、はいれない所ができるかも知れん。——だけど、大した影響はないだろ。なにしろ、ロシアときたらひろいんだ。中国の国内問題ぐらいで、どうということはあるまい」

そうだろうか？ 山崎はちょっと考えた。——たしかにシベリアは広大だ。ユーラシアの大陸はひろい。だが、ひょっとしたら……。

「あんなのが気になるかい？——今でも民間旅行団は、ジャンジャン出かけてるんだぜ」

「行きますよ」と山崎は苦笑した。

「行ってこいよ。ソ連は、これからの季節が最高にいいんだ。——休暇がわりに、せいぜいのんびりしてこい。手続きは六さんの所でやっている。すぐ顔を出してやってくれ」

なんということだ——と山崎は思った。のんびりした旅行のために、これから眼のまわるほど忙しいめをしなくてはならない。

「山さん……」斎藤が、忙しそうに、整理部の方へ行きながら声をかけた。「防衛問題研究会で、六時から、今度の動乱についての分析と討論をやるそうだ。出てみるか？」

「出るよ」山崎は時計を見ながらいった。

「その前に、ちょっと六さんの所へ行ってこなきゃならん」

「ソ連行きだろう。——もうけもンだな」

はたしてそうか？　山崎の胸の底には、あの「予感」が、またしてもはげしく鳴りひびきはじめた。——六日後……ひょっとすると、この旅行は、だめになるかも知れないな、と彼は思った。

また、新しい北京の特派員電がはいっていた。北京の、党中央委が、はげしい口調で、米ソの侵略的挑発を非難していた。

解放軍司令が、全軍に対し、ますますきびしく、国内の反革命分子と、海外の帝国主義勢力に対決する姿勢をとり、革命と、人民中国をまもりぬく決意をかためよ、と特別訓示を発した。

北京の壁新聞に、「国難」とか「内寇《ないこう》」という、奇妙で激烈な表現があらわれた。

「山崎さん、電話……」と外信部の一廓から声がした。「お宅から……」

渡航手続きのうちあわせのために、編集局を出て行こうとしていた山崎は、いそいでひきかえした。

「もしもし……」

ききなれぬ女の声がした。何だかひどくとりみだしていた。

「山崎ですが……」

「あの……実は、お宅の下の坊っちゃまが……」

ズキンと冷たい衝撃が、体の芯《しん》を走った。声の主は、二人の子供をたのんできた、隣家の主婦だということが、すぐわかった。

「康夫がどうかしましたか?」

「車にはねられて、おけがをなさいまして……」主婦はオロオロしていた。

「申し訳けありません。たのまれておりましたのに、うちにも小さなのがおりますので、つい眼をはなしておりますうちに……」

「いや、私がむりなおねがいしたのが悪かったんです」顔から血の気がひいて行くのがわかった。

「それで、子供は?」

「今、駅前の救急病院へ——奥さまがお連れになって……」

「ありがとうございました。すぐ行きます」

電話をきったが、額と全身に冷たい脂汗《あぶらあせ》がうかんでいるのがわかった。体中の血が足の方にさがってしまい、かすかな吐き気がした。

「山崎さん……」別の電話をとった男がいった。「六さんが、急いで来てくれっていってますが……」

子供の怪我……家……中国の動乱……ソ連旅行……いろんなものが、いっせいに山崎の頭の中に渦まいた。彼は、机のはしをつかんで、かろうじて立っていた。

ウイーン秘密会談

1

ラッセル大統領をはじめとする、アメリカ首脳部は、深刻な矛盾に悩まされていた。

一つは、問題のおこったのが、中国奥地、それも「世界でもっとも遠い場所」といわれる、青海《チンハイ》およびチベット高原地帯であり、正確な情報がきわめてはいりにくいことだった。

——その上、事変が拡大しつつある隣接の新疆《シンチャン》ウイグル地区は、厳重な情報封鎖体制下にある。一つはその地区に、中国のミサイル実験場、核爆発実験場など、中国がもっとも力をいれている国防施設が集中していること、もう一つは、ここが異民族ウイグル族が多く、かつ、中ソ国境問題で、もっとも中ソ間の対立緊張がはげしくなっている地区であること。

よりによって、こんな所で！　と、大統領はじめ、誰しもが思った。首脳部間の、意見の不一致も、大統領の焦慮《しょうりょ》に拍車をかけた。大統領としては、自身でやらないまでも、国防省から、このユーラシア最奥部でまき起りつつある「異常事態」について、世論の注意を喚起するような発表をおこない、その反響を見て、次の段階で、国連を通じ、また大統領自身の国際的よびかけを通じて、国際世論を喚起し、その圧力によって、中国首脳部との接触にもちこむつもりだった。国防長官と、軍首脳部は、その方向を、それもできるだけすみやかにとることを希望していた。

　それに対して、公式、あるいは示唆的な発展は、すくなくとも、米ソ両国科学者、および一部の国防関係者の秘密会談によって、ある程度情報交換ができてからにするべきだ、とつよく反対したのは、ヨーロッパからよびかえされたマッコーネル国務長官だった。

「はたして、これが、空軍首脳のいうとおり、全世界的な異常事態であるかどうか、ということは、まだ完全に証明できないでしょう」と、若き秀才政治家はいった。

「たしかに、いまの所まだ、推測の域を出ません」空軍長官は、ちょっと残念そうにいった。「われわれが期待していた、三度目の有人機による偵察は、二機目の戦略偵察機の喪失によって、なんの成果も得ませんでした。――偵察衛星による観察は、短期間に、あまり沢山うちあげたため、衛星機器のストックが、やや心細くなっています。この上は、MOL（註・有人軌道実験室《マンド・オービッティング・ラボラトリイ》――軍用有人偵察衛星）3号による、有人偵察に期待をかけるよりしかたがありませんが、準備の都合で、打ち上げはまだ一週間以上先になります」

「ほかにも、できるだけ情報を集めている」と、ウェブスター国防長官は、助け舟を出すように口をはさんだ。「航空宇宙局の方へも、情報をもとめているが……」

「それにしても、不思議なことだね」と国務長官は、やや皮肉な口調でいった。

「われわれが厖大な予算を使って維持している、数百におよぶ軍用衛星網や、巨大な飛行物体警報組織に、それがいままで全然ひっかからなかったとは……」

「空はひろいのです」空軍長官はしずかにいった。「それに、われわれの偵察の眼は、もっぱら本土防衛の目的にしぼられています。盲点をつくのは、必ずしも不可能ではありません」

「その問題がある」と国務長官は、大統領の方をむきなおった。

「米国自体の防衛に、直接的な関係がある、とはっきり証明されない段階では、もう少し慎重にかまえてもいいと思います。これが今の所われわれの原則だったはずです。それに……正直いって、私はまだ、半信半疑ですな、大統領。グリーンバーグ議長の予感は信じますが、しかし内乱である可能性もあるのでしょう？　議会やジャーナリストに対して説明するにも、あるいは国連に話をもちこむにももう少し確定的な証拠をにぎらないと、いたずらに混乱させて、痛くない腹をさぐられることにもなるでしょう。私としてはもうしばらく、事態を静観することを、おすすめします」

国務長官の腹は、よくわかっていた。——火中の栗をひろうことはない。辺境地区で、なにものかによって準備された内乱なら、その発展は米国としてはむしろのぞむところだ。ユーラシア内陸での中ソ衝突が起れば起ったで、米国はかえって漁夫の利をしめることになる……。ミスター大西洋主義者《アトランチスト》としては、国際紛争の焦点が、ユーラシア内陸にうつることは、歓迎すべきことだったにちがいない。

ヴァージニアの旧家の血をひく、この秀才政治家の意識の底にある世界戦略は、世界史の次の段階でおこる有色人種勢力と、白色人種勢力の、武力をともなわぬ対決にそなえるというやや古めかしい、しかし強固なパターンだった。太平洋方面に関しては、純粋に軍事防衛的な布石をおこなうだけで、原則としては不干渉の態度をとる。中国、あるいはソ連が南下すれば、それはそれでいい。彼らもまた、かつて米国が味わったと同じように、この地帯に関して手を焼くだろう。米国はむしろ「大西洋の両側」をかためた方がいい。北半球のヨーロッパ、北米——アフリカはヨーロッパにまかせ、中南米に強力なくさびをうちこむ。太平洋側は、米国の進出が、国際世論の完全な支持を得、完璧な大義名分を得てからでもいい。とにかくまず、大西洋をかためることだ……。

若さとてきぱきとした問題処理、そして「戦術としての革新・進歩主義」が、植民地時代からの名門の血に由来する保守的心情をおおいかくしていた。

ヨーロッパのスラヴィズム、そして中南米にも勢力をもつラテン・カトリシズムとも手をむすぶ。アラブを緩衝地帯として、アフリカをアジアの影響から完全にきりはなす。モンゴロイド・アジアは、武力圧迫はしないが、この西半球世界とは、ある意味で隔離し、その勢力の域外伸長を防止する……。彼が方針としてとっている対中国融和《ゆうわ》策も、結局は一種の迂回《うかい》した敬遠策だったのであり、大統領の、理想主義に発するそれとは、おのずとニュアンスを異にしていた。

そういった、国際政略上の打算は別として、いったいアメリカが、対立関係にある中国領土内に起りつつある事件について干渉するいかなる根拠があるのか、ということになると、その発言する立場を正当化すべき証拠は、まだあまりにも薄弱すぎた。しかも、その証拠となるべき情報たるや、国際法上の違法行為である領空侵犯による、隠密のスパイ行動を通じてしか入手できない、というジレンマがあるのだ。

「国務長官のいうとおり……」大統領は、執務室の一方にかたまった、国防長官、統参議長、空軍長官たちの方にむかっていった。「公式発表はいますこし見あわせよう。しかし、いずれ、きわめて近いうちに、このことは世界中に報告しなければなるまい。国連事務総長にも、予備的に通告しておいた方がいい。三軍関係には、この問題に対処すべき軍事行動についてただちに検討を開始してもらいたい。国務省は、中国側と、この問題について、直接討議できるような外交努力を、ただちに、あらゆる手段をつかってはじめてほしい。また、事態の推移によっては、この問題を国連討議にかけること、友好諸国との連絡についても、検討してもらいたい」

「国連へもち出すとなると……」と国務長官はいった。「当然、共産中国の代表権問題がからんできますな」

「もちろん、それもふくめてだ」と、大統領はいった。

レストン秘書がはいってきた。正午にブレア・ハウスで、南米代表との昼餐会が行われるので、むかえに来たのだ。すぐあとから、リンドバーグ大統領特別補佐官が、足早にはいってきた。

「中国東北地区で、人民解放軍と、ソ連軍との応射事件が起っています」と補佐官は、メモを見ながらいった。「戦闘は、現在なお継続中です。——それから、新疆ウイグル地区北方のアルタイ山脈付近の中ソ国境と、中国ラオス国境で、中国側からの越境行為がおこなわれている、という未確認情報がはいっています」

2

ソ連側は、大統領がソ連首相と直接電話ではなしてから四十時間後にこの問題についてのアメリカ側との秘密会談の場所として、ウイーンを通告してきており、アメリカ側もこれを諒承していた。場所としては、うまい選択だった。

ウイーンでは、夏に、第二回宇宙平和利用国際会議がひらかれる予定になっており、各国の宇宙問題関係者が、その準備のためにいれかわりたちかわり来訪している。そこにまぎれこむ形で、軍事専門家をふくむ、両国代表がのりこんでも、かえって目だたない。

会談が行われたのは、場所が決定してから、さらに三日後だった。

最初は、例によって、一種儀礼的な腹のさぐりあいからはじまった。

ソ連側は、アメリカ側がどのくらいの情報を知っているか、それをどうやって入手したかについて知りたがった。それを知らないうちは、自分の方から何一つ情報をもらさない、という意志が露骨にあらわれていた。

「われわれは、率直な話しあいをのぞみます」と、ソ連側のメチニコフ代表は無表情にいった。「したがって、お互いのカードはあまりかくさない事にしましょう。……一つ教えていただけませんか？　アメリカ側は、この資料Fの写真を、何でおとりになりましたか？　航空機ですか？　人工衛星ですか？　高度どのくらいでおとりになりましたか？

この種の航空写真は、まだほかに、どれだけお持ちでしょうか？」

「手段は関係ないと思います」とアメリカ側のエッカーマン代表はつっぱねた。「またわれわれの意見交換は当方が提出したかぎりの資料にもとづいてなされればすむと思います」「しかし、その資料に関していくつかの基本的な点がつかめなければ、われわれとしてもコメントのしようがありません」と、メチニコフ代表はずるそうな顔でいった。「われわれのもっている資料とのつきあわせようもない……」

「この会合は両国元首の了解のもとにおこなわれる情報交換ではありませんか？」とエッカーマン代表は硬い表情でいった。「われわれはこの通り、われわれの入手した情報を提供しました。今度はあなた方の番だ」「しかし、どういった情報をどういう風に提供するかについては、われわれは全権をまかされています」と、この海千山千らしい小肥りの官僚はいった。

「当方としてはあなた方が、この情報をどういう具合にして入手されたか、説明していただくことが、会談をスムースにすすませるために必要な事だと考えていますが……」

メチニコフ代表の視線は、無表情にそっくりかえっている、ソ連国防省関係者の方にチラッとむいた。——軍関係の方に点数をかせごうとしているな、とエッカーマン代表は思った。アメリカの偵察機や偵察衛星の性格——とりわけ超高空カメラの性格を知りたがっているのだ。

やや、うんざりしながら、エッカーマン代表は数度押し問答をし、副代表が昼食を申し入れた。——アメリカ側が、ウイーン第一流の料理人に、昼食を用意させていた。品数こそ質素だが、とびきりの味の料理と、よりぬきのワインがすこしソ連側の気分をやわらげたようだった。午後からの会議で、ソ連側は少し譲歩した。

ソ連側のレーダー網に、ここ数か月以来、頻々《ひんぴん》と未確認飛行物体がうつっている、と彼らはいった。そして、事件が起る一か月前、大量の飛行物体が中国領におりたことが確認された、と。――アメリカは緊張した。しかし、それだけ情報をもらしただけで、またもや退屈なかけひきにはまりこんだ。

ああでもない、こうでもないという愚にもつかない押し問答のすえ、エッカーマン代表があきらめて明日に会合をもちこそうとしたとき、突然アメリカ側代表の、副団長の資格できているNASA（航空宇宙局）嘱託の老科学者E・メイヤー博士が、学者らしい一徹さをむき出しにして、いきなりこう発言してから、空気はにわかに熱っぽくなった。

「なによりも、率直にうかがいたい。あなた方は、これを地球外からの侵入勢力とおかんがえになりますかな？」

「六十パーセント以上の確率で、そうだと思います」ソ連の科学者代表である、天体物理学者はうてばひびくように答えた。「国防関係者の中には、懐疑的な人々もいますが、軍事専門家たちの分析も、これがすくなくとも、地球上で知られているどこの国の軍事力によって行われている攻撃でもないことについては、まったく意見が一致しているようです。そして、そこでつかわれている兵器が、やはりわれわれの知っているものとは全然ちがうもの――どこの国も、まだ所有していないし、開発されたという話もきかないような、非常に風がわりなものであるらしい、ということも……」

「ユーリー君！」ソ連側の国防関係者が、あわてたようにテーブルをぴしゃりとたたいた。

「科学者としての、あなたの専門外の発言については、もうすこし慎重にねがいたい」

「しかし、これはかなり重大なことだと思われるのです」まだ四十をすぎたばかりらしい天体物理学者は、顔を紅潮させてつづけた。「あなた方の中に、〝コンドン委員会〟のメンバーはいらっしゃいませんか？　私は、アナトリー・ストリェロフ特別委員会のメンバーですが……」

3

アメリカ側出席者は、思わず顔を見合わせた。空軍代表の一人が、ちょっと一同の顔を見て、少し口ごもりながらいった。

「直接のメンバーではありませんが、関係はあります……」

「コンドン委員会」――一九六六年十月、アメリカ空軍がコロラド大学の物理学者エドワード・コンドン博士に委嘱し、各方面の科学者百名、初年度予算三十数万ドルで発足させた。UFO《ユーフォ》、つまり俗に「円盤」とさわがれている「未確認飛行物体《アンアイデンティファイド・フライング・オブジェクト》」の公式の調査組織である。一九六四年ごろから、またぞろ世界各地で起りはじめた例の「円盤目撃さわぎ」は、一九六五年、人間衛星船ジェミニ4号、7号の宇宙飛行士の目撃と写真撮影まで行われるにおよんで、一種の世情不安までまきおこし、ついに議会の軍事委員会に空軍長官がひっぱり出されて問いつめられる所まで行き、それまで「国防上の必要」から、一切のデータを極秘にし、民間報告を否定しつづけてきた空軍も、ついに世論鎮圧の意味もあって、史上はじめて、政府公認の調査組織を発足させざるを得なかった。

ソ連の方は、まる一年おくれた一九六七年十一月、空軍のアナトリー・ストリェロフ少将を委員長とし、科学者十八名と多数の空軍将校からなる、UFO調査観測特別委員会を発足させた。こちらは全土二百か所に観測網をはり、のちには委員会直属の最新鋭超音速機ミグ23を配置するという本格的なものだった。

この二つの委員会の、情報交換と交流は、たびたび双方のメンバーによって唱えられながら、やはり空軍直属という性格、特にソ連空軍関係の圧力があって、まだ実現していなかった。だが、いま突然、――それは、おそらくソ連側としても予期していなかったことだったろうが――両国の委員会の名前が、話題にのぼってきたことによって、会議の雰囲気は、大きくかわってこようとしていた。つまり、両国の国防関係者でなく、科学者が、会議をリードしそうになってきたのである。

「コンドン委員会については……」と、アメリカ側の団長である統参本部の将官は、いそいで口をはさんだ。「もう少し、あとで議題にのぼせたいと思います。われわれの関心は、この事件に対する、ソ連国防省の、純軍事的評価について、われわれが知ることができるかどうか、ということです」

「われわれは、この件について、きわめて慎重な態度をとりつづけています……」

とソ連国防省代表は重い口を開いていった。「ご存知のように、この件は中国領土内で起ったことであり、中国の指導者は、おそらく内政上の必要から、この件について、暗にわれわれを非難しはじめています。つい最近も国境付近でわれわれの偵察機が損害をうけました」

「中国に対する外交的はたらきかけは、当然必要です。そして、このことに関しても、米ソ両国が、何らかの連携をとるべきだと思いますが、これにはヨーロッパ・アジア諸国の協力が絶対に必要になってくるでしょう。そのことは、のちほど話が出ると思いますが、いまわれわれが知りたいことは、この事件に関して、米ソ両国が、情報関係をふくめて、軍事的協同行為をおこなえる可能性があるか、ということです」

「非常にむずかしい問題ですね……」とソ連代表はつぶやいた。メチニコフ代表は、話が突然ここまできたので、かえってほっとしたように、にわかに率直な態度をしめしはじめていた。

「われわれは、例の件に関する情報交換のためにここへきました。そのような重大な問題に関して、おこたえできる権限はもっておりません。——ただ、これだけははっきりいえます。アメリカは、中国と国境を接する所はどこもないのに、われわれの国は、中国と九千キロにおよぶ国境をもっています。特に、問題のおこっている地域は、わが国の、工業その他重要施設のある地域ときわめて近い。つまり、この問題に対する利害関係において、両国の間に大きなひらきがあります」

「しかし、これが米ソ両国の国家的利害の次元をこえて、世界的な問題に発展する可能性があることは、みとめておられるでしょう？」

「たしかに……」とソ連代表はうなずいた。「ですが、それだけにいっそう慎重を要します。両大国の不用意な行動は、たちまち国際世論を刺戟することになるでしょう。……もしこれが、局地的事件で一応終熄《しゅうそく》したら、その時は……」

「しかし、そうならなかったら——世界最大最高の軍事力と科学力をもつ、米ソ両国は、この問題に関して、新しい次元での共同責任をとる必要があるとお考えになりませんか？すくなくとも、そういう事態を想定して、ここで討議すべきではないでしょうか？」

「科学者の交流だ！」休憩時間に、メイヤー博士は、国防総省代表の次官補佐に、泡をとばして力説した。「中国をひっぱり出すには、それしかない。科学者なら、中国の科学者と、今でも意見交換ができる。そして中国指導部に、率直に事態をつげることができる……彼らだって、科学者ならもう気がついているはずだ」

国務省関係者のメンバーの一人が、西独の夕刊紙「ハンブルガー・アーベントブラット」をもってはいってきた。

「まずいことになった……」と、彼は新聞を机の上にばさりとひろげていった。

「ポーランドのトムスン大使が、今朝、緊急米中会談にひっぱり出された。中国大使は、米国偵察機の領空侵犯と、スパイ行為について、撃墜された偵察機の写真をつきつけて非難した上、新聞記者たちにすっぱぬいた。——うかうかしていると、この事件の責任を、何もかもおっつけられるぞ」

墜落

1

羽田をたって、日本海へむけて高度をあげつつある、アエロフロート—日航共同運航のモスクワ直航便、イリューシン62Eの中で、山崎はじっと窓外の雲を見つめていた。日本の山々が、はるか眼下にしずみ、雲海もひくくなり、透明な成層圏の空がひらけて行くにつれ、投げやりな気持に似た開放感が、混乱し動揺しつづけていた心の上に、上澄みのように、浮き上ってきて、彼は深い溜息をついた。

だが、どうにもならない心の疼《うず》きが消えたわけではなかった。妻への嘘《うそ》、自分の気持をおさえ切れなくて、ついおかした不注意によってまねいた子供の交通事故――怪我はさいわい大したことはなく、裂傷と打撲だけで、十日たらずで退院できそうだが、後遺症のおそれはまだのこっていた。――そして、自分の留守中に、幼児の上におこった奇禍に対する母親のショックは、父親の無責任に対するヒステリックな非難へのひき金をひき、それは彼女がうすうす感づいていた彼の不誠実な行為への、さらに彼の人格そのものへの、深刻な攻撃へと発展していった。

むりもない……と彼は思う。夫婦というものは、もともとかなり無理のある人間関係で、相互の忍耐で、もっている部分がある。その弱い部分のバランスをくずせば、日ごろの圧力はそこからとめどなく噴出し、場合によっては、全面的な崩壊までひきおこす。

「こんな時に……」と、敏江は、青く光るような眼で、彼を見て、乾《かわ》いた声でいった。

「外国へ行くというのね。あなたの責任で、子供をけがさせておきながら、康夫の退院も見ずに出かけて行くのね。……子供のために、ソ連行きをことわる気もないのね」

仕事というのは、錦の御旗でもあったが、口実でもあった。彼自身の、どうしようもない個人的興味、この状況からのがれたい気持――さらに一層、彼の良心を疼かせたのは、由美子がふいにヨーロッパへ行くことになり、パリであう約束をしてしまったことだった。

そういった泥のようなもやもやを忘れるために、彼はスチュワーデスにウオトカを注文し、たてつづけに飲みはじめた……。

——アエロフロートが、突然、東京—モスクワ間直行便の臨時閉鎖を日航に通告してきたのは、彼ののったイリューシン62Eがとびたってから四時間後だったのである。

Fホテルのロビイにはいって行った時、先に来て待っていた由美子は、山崎の顔を見ると、軽い叫びをあげて椅子から腰をうかした。

「どうなさったの？」と由美子はささやいた。「まっさおよ。——ご病気？」

彼は返事をせずにフロントへ行き、キイをうけとった。都心部にあるFホテルは、地味で目だたないつくりで利用者は地方から上京した商用客がほとんどだった。そのホテルのマネージャーとは、中学時代同級だったので、由美子との昼の密会には、いつもそこを利用していた。

部屋にはいるや否や、山崎はまるでつかみかかるように、由美子をはげしく抱きしめた。彼女が痛さに小さな悲鳴をあげるのもかまわず、彼は押しまくるようにして、ベッドにたおれこんだ。歯がガチガチなるような乱暴な接吻の間に、彼女はようやく彼の首に腕を巻き、いつものように彼の髪の中に指をつっこんで、彼の荒々しさをやわらげ一方的な体勢をたてなおそうとした。

だが、彼は手をゆるめなかった。ブラウスのフリルが、ピッと裂ける音がした。タイトスカートをそのままで、彼がつきすすもうとしているのを知ると、由美子はさすがに、

「待って！」

と叫んだ。

しかし、彼はとまらなかった。少しでもひるめば、自分のわざとらしい荒々しさの背後にひそむみじめな気持があらわになってしまいそうで、やめることができなかった。それでいながら、由美子のスーツを汚すまいとする、臆病な配慮はちゃんと働いていた。

意外なことに、由美子は、いつもよりずっと早く絶頂に達した。着衣のまま、ハイヒールさえぬがず、乱暴に、一方的に行われるという、いつもとちがう事態が、興奮をさそったのかも知れない。まさかと思うような短い時間ののち、彼女は突然すすり泣くようにせわしない息をつきはじめ、眉をしかめ、拳《こぶし》をかんで声をおさえようとしたがおさえきれず、彼の首にしがみつき、頭を彼の頬にこすりつけ、体をうねらせて、何度もくぐもった叫び声をあげた……。

座席がガクンとつき上げるようにゆれた。山崎は、出発前の、由美子とのことの回想から現実にひきもどされた。窓外には、灰色の雲がうずまき、旅客機はゆれはじめた。よろめくように通路を進んできた、日本人のスチュワーデスが、彼の方にかがみこんでいった。

「少々ゆれますので、お座席のベルトをおつけください」

動揺で少し気分がわるくなってきた。彼はベルトをしめ、のみすぎたウオトカの、胸わるい酔いの中で、ふたたび眼をつぶった……。


二度目の、やっと少しはおちついた行為のあと、彼は毛布の中で、由美子のほっそりした、しかし要所要所に張りのある裸身を、じっと抱きしめていた。子供の怪我と、妻の怒りと、ソ連行きと——三言《みこと》しゃべっただけで、このカンのいい女性は、彼の心情的に追いつめられた立場を、すぐ理解したらしかった。まあ、と一言おどろきの言葉をもらしただけで、それについて何もいわなかったが、やがてなめらかな腕が毛布の下からのびてきて、彼の髪を、なぐさめるようにそっとなではじめた。そのしぐさで、彼女が、運が悪かったのよ、といおうとしているのがよくわかった。

それが彼のいってもらいたいことだった。これは要するに不運なのであって、道徳上の問題ではない。一つ一つ、時をへだてて起ったのなら、大したことにはならなかったような事が、偶然かさなりあっておこった。

「私も……もうじきヨーロッパへ行くの」

由美子はポツンといった。

「いつ?」

「三週間ほどしたら……」と由美子はいった。

「彼によばれたの——今度こそ、決着をつけたいって」

ソ連旅行のあと、ヨーロッパへまわって、そこで由美子とあえるかも知れない、というあさましい計算が、彼の中でひらめいた。

だが、そうすることによって、妻との間が、また決定的にひらくことは眼に見えていた。われから不実の上ぬりをすることによって、何の過失もない妻に、一層背をむけて行く。そういった、灰色のエゴイズムと、そのエゴイズムに居なおるような破滅型の傾向が、自分の中にいつの間にかはぐくまれていたことが、うそ寒く感じられた。

「私、夫とわかれないと思うわ」と由美子は自分にいいきかせるようにつぶやいた。「私たち夫婦は、やりなおしすることになるでしょうね。——でも、それで何もかわりはしないわ。あなたとのことも……」

彼は、ふいに泣きたいような気分になって、由美子の裸身を力いっぱい抱きしめた……。

「みなさま……」とロシア語のアナウンスのあと、日本人スチュワーデスの声がひびいた。

「当機は天候不良のため、コースを変更して、ノボシビルスクにむかっております。同市に着陸ののち、天候恢復《かいふく》を待って、モスクワにむかう予定でございます。——おいそぎのところ申しわけありませんが、どうかあしからず御諒承ください……」

出発前夜、彼はあさましくも妻の体をもとめた。――敏江はむろん、無言で、頑強にこばんだが、男の執拗《しつよう》な力に、ついに屈伏した。体をむりやりひらかされても、敏江は終始無言で、顔をそむけていたが、最後にはやはりむせび泣き、そのあとではもう、彼の唇をこばまなかった。

ほっとしながらも、彼はみじめだった。だが、自分を、狡猾で、ふてぶてしく、そのくせ臆病で、みじめったらしい人間だと思うことにはなれていた。そういった自己嫌悪に堪えることによって、彼は生活の中のいろんな危機を回避することをおぼえてきた。肉の弱みにつけこむような、われながら卑劣なこういったやり方も、彼としては――手前勝手といわれればそれまでだが――逆にせいいっぱいの謝罪と屈伏の意味をふくませているつもりだった。妻には金輪際わかってもらえまい。彼女は、和解はするが許しはすまい、それでいい……。

それにしても――と、彼はいつも奇妙な感覚におそわれるのだった――家族とは、夫婦以上のものだ、という、このおかしな信念は、いったいどこから由来するのか？

「第三エンジン不調……」副操縦士は、回転計を見ながら、かたい声でいった。
「まもなく停止する……第四エンジンも……」

「だめだ！」正操縦士は、汗びっしょりの顔でわめいた。「これ以上、むりだ。不時着する……」

「もうちょっと、この高度をたもてないか？」と副操縦士はいった。「下界が皆目《かいもく》見えない。ずいぶん南へ流されてるし、この気流状態だと、下に山があるかも知れん」

2

中国東北地区上空を迂回して、スタノボイ山脈のあたりまで北上し、そこから進路を西にとったイリューシン62E型ジェット旅客機の操縦士は、バイカル湖上空を通過してしばらくしてから、自動操縦装置《オートパイロット》に、ひどいくるいが生じていることを発見した。――クラスノヤルスク上空へむかっているはずなのが、実に三十度近くも南へ偏《かたよ》って、サヤン山脈上空あたりをとんでいるらしかった。

らしかった、というのは、バイカル湖をすぎるあたりから、異様に高度の高い雲海が下方の視野をさえぎり、しかも、どういうわけか航法計器類が、どれもこれもめちゃめちゃに乱れていたからである。雲海の上は、つよい西北風がふいており、その上の空は、一面に絹層雲におおわれて、天測もあまり正確にできなかった。

通信状態は、すでにバイカル湖上空あたりからわるくなりはじめ、航路の狂いが発見された時には、猛烈な空電で、ビーコン電波さえキャッチできなくなっており、レーダーさえ使えなくなり出していた。それは、まったく異常な気象状態だった。信じられないぐらい多量の空中電気が、そのあたりの空間に充満しているらしく、機が動揺するたびに翼端部から青い焔がふき出し、補助翼を操作すると紫色の火花が散った。

第一、第二エンジンが、そのころから不調になりはじめた。クズネツォフNK－12ターボファンエンジンは、ソ連製のエンジンとしては信頼性が高いことで定評があったにもかかわらず、電気系統が次々に故障を起しはじめた。空電のため、どの基地とも連絡はとれず、高度はさがりはじめた。そして……。

まっさおになったスチュワーデスが、よろめきながら、次々に毛布と枕を棚からおろして乗客にわたしはじめた。

「エンジン不調のため、緊急着陸いたします。みなさま、どうぞおしずかにねがいます。着陸ベルトをしめ、枕を顔におあてください。――当機操縦士はベテランでございます。着陸に危険はありませんから、みなさまどうか、おちついて指示におしたがいください……」

ロシア語と日本語のアナウンスがくりかえされたが、おちついていられるわけはなかった。――客室には、声のない叫びがみち、婦人客の中には、すでに失神しているものもあった。――機は、風に吹かれるように、たよりない動揺をはじめ、鋭い泣き声や悲鳴があがりはじめた。

「燃料をすてる……」と副操縦士は、レバーに手をかけていった。

「全部すてるな」機長は、操縦桿《かん》をにぎって、歯をむき出しながらうめいた。

「行けるところまで行ってみる」

通信士が突然前方をさして、意味のない叫び声をあげた。機長は反射的に上げ舵《かじ》をとり、たった一つのこった第四エンジンをいっぱいにふかした。——一面の雲が、わずかにふきちらされた下から、ゴツゴツした山肌がふうっとあらわれ、のしかかった。イリューシン62Eは、すれすれでその山頂をのりこえた。

「高度は?」

汗が目にはいった機長は、手の甲でいたむ眼をこすりながら、かすれた声できいた。

「四千八百……」副操縦士がつぶやく。「このあたりで、こんな高い山といえば……」

「ベルーハ山だ!」通信士が、航空図を見ながらさけぶ。「おい! わるくすると中共領へはいっちまうぞ!」

機長は、むき出した歯の間から、おし出すようにいった。

沈降速度の大きいジェット旅客機は、高度がぐんぐんさがりはじめた。

山崎は、妙に冷静な気分で、窓の外をながめていた。脳貧血をおこす前のように、体中にびっしょり冷たい汗をかき、機の動揺も、乗客の悲鳴も、ひきつった顔で走りまわる乗務員も、まわりの一切の事が、妙に現実感が稀薄に思えた。山稜をすれすれにとびこした時、こりゃ助からないな、とまるで他人《ひと》ごとのようにつぶやいていた。

——一瞬、家のこと、妻子のこと、社の外信部の部屋の光景、いつも行く銀座裏の飲み屋のことなどが、走馬灯のようにうかんだ。それらいっさいのこと——自分の四十年近い生涯が、夜明け前に見る悪夢のように思え、同時に、自分がいまソ連製の旅客機にのり、シベリア上空で墜落しかけている、ということも、一場の悪夢にすぎないような気がした。

機がガクンとゆれ、窓から一瞬白い閃光がさしこみ、機体がバラバラになるほどはげしく震動した。スチュワーデスの一人の体が宙にういて、ドアにたたきつけられ、悲鳴が機内にみちみちた。その阿鼻叫喚は、まるでずっと遠くからきこえてくるようだった。彼は一瞬枕で顔をおおいかけたが、ふと窓外に眼をやった。機は雲の下につきぬけ、眼下に石のごろごろころがった、ゆるい斜面がひろがっているのが見えた。——ふと地平線に眼をやった時、山崎は口の中が、シュッと音をたててかわくような思いを味わった。

風が吹きすさび、灰色の雲が空をおおう地平のあたりに、そのかさなる雲をつきぬけて、赤みをおびた巨大な雲の柱が……日本人なら忘れることのできない、あの茸《きのこ》型の毒々しい雲が、すさまじい勢いで宙天めがけて噴《ふ》き上りつつあった。

3

ソ連旅客機、バイカル湖西方で消息を絶つ——日本人観光団をのせて

「中国側の反応はどうでしょうか？」

駐英大使といっしょに、ダウニング街を訪れたベンスン国務次官は、イギリス首相の顔を見るなりきいた。

「まだ、積極的な反応はありません」首相は傍の外相の方をふりかえりながらいった。

「北京で説得はつづけていますが、偵察機撃墜事件がからんで、相手は硬化しています。場合によっては、外務大臣が直接北京に赴くことになるでしょう」

「国防省は、なぜ情報をいつまでもふせておられるのですか？」イギリス外相は、ずけずけとした口調でいった。

「この際、国際世論の喚起が、一番近道だと思うのですが、——せめて試験気球《バロン・デッセ》程度にでも、流すべきでしょう」

「むろんそれは考えています」国務次官は、やや苦しそうにいった。「ただ、時期を見ているのです」

「私も、外務大臣の意見に賛成ですね」と首相はいった。「中国人は、きわめて現実的な国民です。いままではいった報告によると、中国首脳は、これはあくまで中国領土内で起った問題であり、したがって、あくまで中国の国内問題である、という見解に固執しています。彼らがもっと恐れているのは、この問題が国際化された時、他国の、特にソ連の武力をふくむ干渉が、自国領土内におよぶことです。かつての中国に対して、ヨーロッパ諸国は、権益保護の名目で、さんざんそれをやりましたからね。ですから、今となっては、一刻も早く、問題を国連に持ちこみ、ここで中国をふくめた国際討議にかけるしかありません」

「しかし……正直いって、私にはまだ、信じられないような気分ですね」外相は、ちょっと皮肉な口調でいった。「問題が、あまりに突飛で空想的で――まるで、サイエンス・フィクションみたいじゃありませんか?」

中国領土内でまた核爆発――超ウラン水爆か?

空港と、航空会社の本社には、行方不明になったソ連機乗客の家族が、まっさおな顔でおしかけていた。――下の子を病院において、長女をつれた敏江も、むろんかけつけた。眼の色をかえ、土気色の顔をして怒声をあげる男たちや、髪の毛をふりみだして泣き声をあげている女たちをみると、かえって心が硬く、冷たくなって行くみたいだった。

新聞記者の妻というものは、——といった古めかしいヒロイズムは、夫の方もふりまわしたりしなかったし、彼女もふだんから別にとりたてて考えもしなかった。しかし、十年余の結婚生活の間に、いつのまにか夫の仕事の性質を通じて、一つの「覚悟」のようなものが、心の中へでき上っていた事を、とりみだした人々の姿を見た時、突然気がついた。

——私はまた、これで年をとる——と、敏江は人がむらがる背後に立ち、係員の説明に耳をすましながら、さめた心で考えた。ひょっとしたら……これから、思っても見なかった「未亡人」の生活がはじまるのかも知れない。女一人で……二人の子供をかかえて……。

「現地の情報は、はいり次第報告いたします」係員は、辛抱づよく、ていねいに、同じ答えをくりかえした。「ソ連空軍の捜索隊が出ています。ただ、バイカル湖以西は、現在もなお、悪天候と、異常な空中状態がつづき、この地域では無線通信が不可能なのです……」

「ママ、パパ死んじゃったの？」と、長女がきいた。

その一言で、おさえてきた感情がウッとこみあげてきた。涙と嗚咽《おえつ》がどっとあふれそうになり、視界が暗くなって、敏江は思わずハンカチで顔をおさえてしゃがみこんだ。それにつられたように、長女も敏江の肩に顔をふせるとワッと泣き出した。敏江は、子供の肩を力いっぱい抱いて、いっしょに泣いた。しっかりしなくちゃ、という声と、あなた、死なないで！　という叫びが、彼女の胸の底に交錯《こうさく》した。

国土開発汚職大詰へ

——検察庁、代議士逮捕にふみ切る

巨人、ふたたび首位にたつ

——パリーグは状勢混とん

中国政府、米偵察機スパイ行動についてかさねて非難

国連、中国問題で臨時総会招集の動き

奇妙な戦場

1

不時着陸のすさまじいショックに、山崎はしばらく気を失っていた。

眼の前に、ゆがんだ形の明るい光がぼんやり見え、それが次第に形をとりはじめると、全身にはげしい痛みがよみがえってきた。意識をとりもどしてからも、なお数分の間、彼はその巨大な三日月形の光を、呆然《ぼうぜん》とながめていた。

その光が、旅客機の胴体の裂け目からさしこむ、外の光だということがやっとわかった時、彼の中に、助かった、という意識と、早く機体から外へ出なければ、という意識が同時に動き出した。彼は、夢中で腹にくいこんだベルトをはずし、機内を見まわした。機内には、煙とも埃《ほこり》ともつかぬものがうっすらと立ちこめ、うめき声があちこちできこえた。後部座席では、のろのろと手足を動かす人の姿が見えたが、機体の折れた所から前方は、シンとして、誰も動かない。前方のドアの所に、スチュワーデスがたおれていた。着陸のはずみにたたきつけられたらしく、首の骨が折れているのが、後部の方からもわかった。

誰かが、裂け目の所で動いていた。その影は、裂け目から中へはいってくると、しきりに乗客の体をしらべているようだった。彼は、その背の高い、金髪の男の顔をちらと見たが、また吐き気とめまいにおそわれて、眼をつぶった。男が、動かない乗客たちの内ポケットから、いちいち何かをひっぱり出しているのを、見たような気がした。

どこかで、たてつづけの爆発音がひびくのをきいて、彼はもう一度カッと眼をひらいた。燃料に引火した――と、彼は思った。逃げ出さなけりゃ……

だが、機内は別に、火にまかれている様子はなかった。誰かがわめいており、後部座席の乗客は、よろめきながら、裂け目から外へ出ようとしていた。爆発音は、旅客機の外の、ずっと遠くからひびいてくる。山崎は、いたむ体をひきずるようにして、かしいだ通路の床をとおり、裂け目から外へはい出した。

「気をつけて!」と誰かが日本語で叫んでいた。「高いぞ。とびおりるんだ」

裂け目のねじくれた金属にひっかかって、服がビリッとさけた。あっと思った瞬間、彼の体は地上にたたきつけられ、眼から火の出るようなはげしい痛みで、意識がまた遠のいた。やっと起き上ると、彼は夢中で、血だらけの人たちがかたまっている方へ、びっこをひきながら近よって行った。二十人ばかりの人たちが、いずれも土気色の顔をして、呆然と立ち、あるいはうずくまり、あるいは死んだようになって、ゴツゴツした大地に横たわっていた。日本人観光団のメンバーも、七、八人いる。

「よう助かったもんや……」とその中の一人が、関西弁でふるえながらいった。

「いったいここはどこや？——どないなるんや？」

あたりは、まばらな草がはえ、大小の岩石がゴロゴロしているスロープだった。その中に、イリューシン62Eの車輪のこすったあとが、くっきりのこっている。

まったくこんな所に着陸して、助かったというのは、奇跡のようなものだった。四つあるうちの、たった一つのエンジンが、それでも失速をまぬがれさせてくれたのだろう。それと、ソ連機特有の、機体と足まわりの頑丈さが、ものをいったらしい。

「機長は？」

山崎は、痛む腕をさすりながら、誰ともなしにきいた。

「だめでしょう……」誰かが溜息をつくように答えた。「あれ、ごらんなさい」

巨大なジェット旅客機は、地面に片翼をすりつけるようにして、大きくカーブしながら大きな岩に機首をぶっつけてとまっていた。機首はグシャグシャにこわれ、ポッキリ折れた胴体後半が、折れた部分からずれて、前半分にめりこんでいる。——そのおかげでショックが緩和され、後半部にいた乗客が助かったらしい。

外人の中年女性が、突然ヒステリックな声で泣き出した。——荒涼たるスロープに冷たい風が音をたてて吹き、全身がガタガタふるえるほど寒くなってきた。

「だれか乗務員《クルー》はのこっていませんか?」

山崎はかたまった人たちにきいた。

「スチュワーデスが一人たすかっていますが……」観光団の、ガイドの青年がいった。

「脚を折っています」

栗色の髪のソ連人スチュワーデスは、毛布をかけて横たわっていた。紙のような顔色で、脂汗《あぶらあせ》をうかべ、ギュッと眼をつぶっている。青年が傍によって、二言三言、ロシア語で話していたが、スチュワーデスは苦痛のうめきをあげて毛布をひっかぶった。

「ここはアルタイ山脈の南らしいといっていますが……」ガイドの青年はいった。「カザフ共和国かひょっとすると中共領かも知れないというんです」

「救急箱は機内のどこにあるか、きいてくれませんか?」初老の紳士がいった。

「私は医者ですが……骨折した人たちにせめてモルヒネでもうたないと……」

その時、また爆発音が遠くでとどろいた。スロープに反射し、風で吹きちらされ、爆発音は荒涼たる野面《のづら》をわたって行った。一つだけでなく、いくつもいくつも、つづけざまに……それにまじって、タ、タ、タ、タ、と豆を射るような音がきこえ出す。

「砲声《ファイアリング・サウンズ》だ……」と、横にいた、ずたずたにさけた上衣をきた背の高い白人が英語でつぶやいた。

「戦闘か？」山崎は英語でききかえした。「わからん……」

男はいって、スロープのむこうを指さした。爆煙がいくつも上り、風にゆっくり吹きながされている。地平線はたれこめた灰色の雲で閉ざされ、その雲の下で何か紫色の光が、間歇《かんけつ》的にチカチカ光る。

「行ってみるか？」彼はいった。「中国かソ連か、どこの軍隊でもいい。助けてもらおう」

「君は中国語ができるか？」と男はきいた。

「少しなら……それに筆談ならできるだろう」

「おれはロシア語ができる――行こう」

山崎はガイドの青年に告げた。青年は元気な連中と、機内から毛布や食料や医薬品をはこび出していた。

「体は大丈夫ですか？」青年はきいた。

「食料と水を少しもって行ったら……」

「そうしよう」と彼はいった。「見通しはきくが、距離はありそうだ。もし暗くなったら焚火《たきび》をしてくれ」

二人が歩き出すと、白人の男は、手を出していった。

「ファ……ファーガスンだ。国はカナダ……」

山崎も手を出そうとすると、男は眼を伏せていった。

「指は大丈夫か？」

気がつくと、右手の中指がブラブラになり、根もとが紫色にはれあがっていた。

2

スロープの尾根にむかって進みながら、山崎はファーガスンという男について、考えていた。

最初から、その男には胡散《うさん》くさいところがあった。不時着し、気がつきかけた時、機内の裂け目からはいってきて、乗客の服をしらべていた男が、彼であることは、握手する時に気がついた。ファーガスンというのも、偽名だろう。おそらく死んだ乗客の誰かの名前と国籍を名のっているにちがいない。——だが、彼がどんな男で、なぜそんな事をしたか、今は詮索するひまがなかった。どこの軍隊にせよ、とにかく助けをもとめる必要がある。

突然、意外にちかい前方に、パッと爆煙があがった。ファーガスンは、すばやく身をふせた。

「少し迂回しよう」とファーガスンはいった。「それ弾丸《だま》らしいが、軍隊はちかいぞ」

「だけど、いったいなにを砲撃してるんだ？　中ソが戦闘をはじめたのか？」と山崎はきいた。「そうだ。不時着する寸前、南の方に、すごい原子雲をみた。あれと、この戦闘と関係あるのかな?」

「わからん……」ファーガスンはかたい声でいった。

突然ファーガスンは、砂に足をとられたようによろめき、ひざをついた。顔が鉛色で、冷や汗をふき出している。

「大丈夫か?」

山崎は腕をとって、ちょっとおどろいた。ひどい熱だ。

「不時着の時、内臓をすこしやられたらしい」とファーガスンは、むりに笑った。

尾根のむこうからはげしい砲声がきこえてきた。尾根へやっとかけ上り、むこうをながめた二人は思わず息をのんだ。

眼下の荒野いっぱいに、戦車と歩兵が散開している。

「ソ連兵だ……」ファーガスンはつぶやいた。「新型のミサイル戦車がいる。重砲部隊も……」

「相手は?　中国軍か?」

見ろ!　というように、ファーガスンは、山崎の肩をギュッとつかんだ。

濛々《もうもう》たる砂塵にとざされた地平線のむこうに、なにか異様なものが動いていた。白っぽい、平べったい、トーチカのようなもの……だが、そいつは動いている。気がつくと、ほとんど地平線いっぱいになるほど、うじゃうじゃと動いている。

それを見たとたん、彼は、心臓がギュッとちぢまった。

なんだ、あれは？　と、彼は声のない叫びをあげた。いったい、あの、気持の悪いものはなんだ？

形もさだかでないほど遠方にあり、砂塵におおわれているにもかかわらず、それをひと目見た瞬間、なにかいい知れぬ恐怖と嫌悪が口の中にこみあげてきた。

「あれは……」彼は、かすれた声でいった。

「おい！　あれは、ひょっとすると……」

「だめだ……」かたわらでファーガスンがつぶやくようにいった。「あいつとは……とても……」

「ファーガスン！」

砂につっぷして、眼をつぶっているファーガスンの肩を、思わず山崎はゆすぶった。ゲボッと胃をならして、ファーガスンは、胃液を吐いた。中には血がまじっている。

「大丈夫か？」山崎は、紫色にちかい顔色のファーガスンを、たすけおこし、水筒を口にあててやった。

「大丈夫だ……」ファーガスンは水を一口のむと、意外に元気なそぶりで立ち上った。

「さあ、なんとかソ連軍の陣地へたどりつかんと……」

「歩けるか？」山崎はファーガスンを助けおこした。「なんなら、ロシア語で手紙を書いてくれ。そいつをおれが持って行く。四キロはあるぞ」

「いっしょに行く……まだまだ平気さ」

　斜面をおりはじめると同時に、眼下の曠野《こうや》で、いっせい射撃がはじまった。ズバン！　ズバン！　というような砲声が、間断なくおこり、オレンジ色の閃光が煙の間にピカピカ光り、大気と雲は衝撃波にふるえた。黒い、細長い弾丸が、うなりをあげ、煙の尾をひきながら地平線へむかってとんで行くのが見えた。ごおッ！　というような音をたてて、戦車の上でミサイルが火を噴きはじめ、焔と煙の尾をひきながら、矢のようにとびたつ……。地平線には、たちまち暗褐色の煙の林がふき上り、その間に、時おりミサイル着弾らしい、すさまじい輝きと焔の柱がたった。

　眼を皿のように見ひらいて、その光景をながめながら、山崎は、今、自分が、稀有な事件の現場にいあわせているのだ、ということが信じられなかった。――数時間前……。

　そう、ほんの六、七時間前、自分はあのじめじめした、人間だらけの東京におり、十数時間前には、あのやりきれない自己嫌悪を感じながら、妻を抱いていた。あの破綻《はたん》しかけた日常性の中に、どっぷり首までつかりながら……。そしていま、彼は、一週間ほど前、五千キロ彼方の東京の、あのすえた外信部の空気の中で、テレタイプの青い、無味乾燥な文字を通して、遠く思いをはせていた、「中国奥地の異常事態」のまさにその現場にいる！……彼のいたむ足がふみしめている土は、おそらくは、こんなことでもなければ、一生ふむことのなかったであろう、閉ざされた地域の土だ。だが——。

いったいここでは、何が起りつつあるのだ?

「川が見えるか?」ファーガスンがあえぎながらきいた。

「見える。ずっと遠くだ」山崎はファーガスンをささえながらいった。「眼が見えないのか?」……

「ザイサン湖へ流れている川だ。三十キロほどで、ソ連領にはいる……」ファーガスンはうわ言のようにいった。

「アルタイの街も福海《フーハイ》も……全滅だ。天山《テンシャン》山脈は、や、つ、らの制圧下にはいった……。

……高山が、連中の基地に……」

「や、つ、らって——誰だ?」山崎は思わず足をとめてきいた。

「なぜそんな事を知っている?——君は、あの旅客機の乗客じゃないな、ファーガスン……」

「ヤマ…ザキ——君は、本当に、日本の新聞記者か?」ファーガスンはあえぎながらいった。「それなら——もし、おれがだめになったら……たのみたい事がある……」

話をきこうとして立ちどまった時、突然地平の方に、紫色の閃光が、いくつもいくつも光った。彼の眼下で、最前線に砲列をしいていた戦車が、一台一台、宙にふっとんで破壊されはじめた。口をぽかんとあけ、冷や汗をかきながら、彼は凍《こお》りついたように斜面の中腹に立ちすくんでいた……。

3

中国側に、SR71－E機によるスパイ飛行をすっぱぬかれた事によって、アメリカは、国際世論の前に、ちょっとした苦境にたたされそうになっていた。

ワルシャワの、緊急米中会談の席上でおこなわれた、この非難と同時に、AAおよびラテンアメリカ諸国内の反米勢力を通じて、異様なまでにはげしい、宣伝戦が開始されつつあった。米国が、ここ数年来、徐々にとりつつあった、大陸中国接近政策がまやかしのものであり、米国は、依然として、南方からの中国侵略の意図をすてておらず、あまつさえ、ソ連と手を組んで北方からの挟撃をさえ意図している。

「われわれは、アメリカとソ連が、中国に対して、協同の軍事作戦をおこなう卑劣きわまる密約をかわした、という証拠を手にいれた」

と、北京放送は、激烈な調子で語った。

「腐敗しきったソ連修正主義者は、ついに、世界人民の敵である米帝国主義と露骨に手をにぎり、人民中国に対して、悪質な挑発をおこない、人民中国領土に対して、侵略的行動をとりつつある。しかし、世界人民の敵と化した、修正主義者が、帝国主義者の援助のもとに、われわれにいかに不法な攻撃をしかけてこようとも、われわれは、勇敢なる全中国人民、および全世界の革命的諸勢力との、鉄の団結のもとに、断乎として、かかる不正な行為を粉砕するであろう」

この発表は、すぐ、中国政府の公式声明として人民日報にのり、新華社を通じて全世界にながれた。つづいて、息をつぐ間もあたえず、解放軍司令部から、ソ連軍大部隊が、新疆地区西北方において、国境線を突破して、中国領土内に侵入した、という発表がおこなわれた。

「こう先手をとられては、まずいな」

と、リンドバーグ特別補佐官は、報告書をよみながら眼鏡の奥で、眉をひそめた。

「大統領は、どうしてあの事を発表しないんでしょう」レストン秘書も、いらいらした調子でいった。

「時期を失するとは思いませんか?」

「ソ連首相から、発表の時期に関して、つよい要請があったらしい……」特別補佐官は、首をふった。

「それと、国務長官からと……ヨーロッパ諸国も、まだ半信半疑なんだ。いずれにせよ、時間の問題だとは思うが……とにかく決定的に、情報不足だな」

それが最大の泣き所だった。有人機偵察はむろん停止されたが、スパイ衛星による情報が、それ以後パッタリはいってこなくなってしまった。問題の地域は、何回写真をとってもいつも密雲でとざされ、あまつさえ、新疆、青海両地区の上空は、人工衛星高度にいたるまで、はげしい電波・磁気の攪乱状況が出現していて、衛星の中で、軌道がくるって回収不能になるものが続出しはじめた。

「この程度のカウンターパンチじゃ、とてもひきあわないな……」

レストン秘書は、その日の朝の国防総省発表のコピーを、テーブルの上に投げ出した。

「最近、中国新疆地区で起った核爆発は、明らかにその地域で起っている戦闘に対しておこなわれたものである。これは第二次大戦後はじめて、人間に対して、核兵器を使用したもので、人道上ゆゆしき問題といわねばならない……」

隣室のドアが、ふいにあいて、国務長官、国防長官、統参議長、上院議長がぞろぞろでてきた。最後に大統領と肩をならべて、ウイーンの米ソ秘密会談に科学者代表として出席したメイヤー博士があらわれた。

「エディ……」大統領は、やや興奮した顔つきで、特別補佐官によびかけた。

「決定した。――今夜、緊急発表を、私がやる。もう外交上のかけひきで、手間をとっている段階ではない……」

レストン秘書は、デスクの方にすっとんでメモ用紙をとりあげた。緊張のため、手が少しふるえていた。

「私の任期中に……」大統領は、ふっと息をついて、つぶやくようにいった。

「こんな事態が起ろうとは、……まったく想像もしなかったよ」

重大発表

1

J・E・ラッセルアメリカ合衆国大統領が、中国問題について、緊急重大発表をおこなう、というニュースがながれた時、いくつかの国の首脳部をのぞく、全世界の人々のほとんどは、それがいったいどんな内容であるのか、見当もつかなかった。

日本外務省も、この件に関しては、完全なつんぼ桟敷におかれていた。

いくつかの外電は、それが、中国の国連加盟問題に関するものであろう、という予測をながした。また、ヨーロッパからの報道で、今や一触即発の状態にある、中ソ関係について、アメリカが、何らかの行動に出ることを示唆するものではないか、という観測がながれた。

しかし、その時はまだ、誰一人として、そこで発表されようとしている事件の性質――人類の明日を思いもかけぬ方向へ、大きく変えてしまうような事件の性質を、予測しているものはなかった。――うっとうしい事件は、地球上のあちこちにみちていた。

イギリスの経済危機は、さらに深刻な局面におちこみつつあり、国内にモラトリアムの噂さえ流れはじめていた。ドル切り下げのあと、小康状態にはいっていた国際通貨体制は、大量の金準備と拡大するヨーロッパ貿易を背景に、ポンドにかわる国際通貨としての位置をねらうソ連圏のルーブル攻勢に、ゆさぶられかけていた。

アラブ・イスラエルは、シナイ半島をめぐって、またあらたに武力衝突をくりかえし、ラテンアメリカ諸国では、左翼ゲリラの連合が、日に日に新しい脅威となりつつあり、ここに「第二のベトナム」が出現するか、ともいわれていた。ラオスの共産ゲリラは、活発化し、インドにまた大旱魃《かんばつ》があり、中央アフリカに内戦がはじまり、アメリカは、また「長く熱い夏」の序曲をむかえつつあり、北部諸都市の人々は、「武装した黒い力《アームド・ブラック・パワー》」の流言におびえていた。

日本では、ようやく奔騰しそうな様子を見せはじめたインフレと、国土開発汚職による内閣危機にゆさぶられていた。そしてまた、大統領発表の前日、紀伊水道を震源地とする、マグニチュード七・五の大地震が発生し、津波が大阪湾沿岸一帯に壊滅的な打撃をあたえ、京阪神諸都市に大被害をもたらしていた。――新幹線、名神高速不通、復旧の見こみ不明……。

そういった数々のニュースの中で、中国奥地の動乱、アエロフロート旅客機の遭難、中ソ国境衝突といった事件は、ともすれば、埋没しそうになった。――世界は、そうぞうしく、うっとうしい禍《わざわ》いにみちみちていた。そして――

大統領の「重大発表」は、アメリカ東部時間午後五時半に、おこなわれた。内外記者団がつめかけ、ライトがかがやき、フラッシュがひらめき、テレビカメラが放列をしく中で、ラッセル大統領は林立するマイクの前に登壇した。ひやけした、しわ深い顔は、緊張のため、こわばっていた。演説原稿をとり出す、大きな、たくましい手が、ほんの少し、ふるえているのを、特別補佐官の一人が、目ざとく見つけた。

大統領は、眼鏡をかけ、草稿をひろげた。もともと彼は、その公式スピーチにおいて、おどろくほど単刀直入な語り出しをするので有名だったが、その日の発表は、彼のスピーチの中でも、特にそのショッキングな語り出しによって、芝居気たっぷりの演出だ、とか、この事態に直面して世界に対するリーダーシップをとろうとする自負のあらわれだ、とか、あとあとまで論議の種になった。

「全人類同胞諸君……」と、大統領は、わずかに上ずった声で、いきなりこう語りかけた。

「アメリカ合衆国大統領として、私は諸君に、次のような事実を報告する。――私は、私のスタッフから、ユーラシア大陸奥地において、地球人類が、地球外生物と確実に推定される未知の集団と、接触しつつある、という報告をうけとった……」

2

大統領のスピーチは、宇宙中継でもって、ヨーロッパ、アジア、大洋州各地域のテレビ及びラジオのネットワークにながされていた。――ヨーロッパでは午後十時半、日本では朝七時半だ。

山崎の妻、敏江は、その放送を、テレビのニュースショーできいていた。シベリア上空で行方不明になった旅客機にのっていた、夫の安否を気づかって、前夜は深夜まで航空会社の本社にいたが、その朝は、交通事故で入院している下の子につきそっている、若い従妹と交替しなくてはならず、心痛のあまりほとんど一睡もしていない、重い体に鞭《むち》うって、朝早くから起き出し、学校へ行く長女のために食事の支度にとりかかっていた。

起きた時から、航空機事故について、何かニュースがはいらないかと、彼女はテレビをつけっぱなしにしておいた。そのうち、ニュースショーがはじまり、「アメリカ大統領の重大発表」をアナウンサーが紹介した。台所で働きながら、彼女は大統領の最初の一声に、思わず手をとめた。ミッション出の彼女は、喋るのは不得意だったが、英語をきいて理解することは得意だった。その彼女の耳に、大統領の、明瞭で、一語一語はっきりと歯切れのいいスピーチが、はるか太平洋をこえてひびいてきた。

「……その接触の開始された地域は、中華人民共和国領土内の西北方である。率直にいおう。中国は、その領土内において、地球外生物と推定される強力な集団に、未知の科学兵器によって、攻撃をうけつつある。中国軍隊との戦闘は、もっぱら地上でおこなわれている。ここ四十八時間以内にはいった情報によれば、戦闘地域は中ソ国境をこえてソ連邦領内に拡大し、ソ連軍部隊との接触もはじまったということである……」

敏江は、手にしていた庖丁を、流しの上に音をたてておとした。それから、ぬれた手を拭こうともせず、茶の間にかけこんだ。テレビの画面には、たくさんのマイクを前にした大統領の顔が、いっぱいにクローズアップされ、その端に、時折り要旨翻訳をなぐり書きしたカードがさし出される。

「……合衆国は、その領土内、また地球上のいかなる地域においても、この未知の攻撃的集団との直接的接触をもっていない。しかし、われわれが探知し、収集し得た情報にもとづき、私のスタッフである、軍事専門家、科学者たちが慎重に検討をかさねた結果、現に中国領土内にあって、中国軍隊を攻撃しつつあるこの集団が、地球上のいかなる国家に属するものでもないこと、またその集団が使用しつつある武器および攻撃方法が、地球上において、まだどこにも知られていない種類のものであることを結論するにいたった。――またわが国の宇宙科学者と空軍の協力により、この未知の集団が、地球上において形成されたものではなく、地球外のどこかから、到達したものであり、現在なお、つづいて地球外から、その地域に送りこまれつつあるらしい、という、ほとんど決定的といってもいい証拠をつかんだ……」

「ママ、どうしたの？」

長女が、眼をこすりながら起きてきた。

「シッ！」

と敏江はいった。

「……人類は、いまや、いやおうなし、まったく新しい事態の中にまきこまれつつある……そして、この新しい事態を前にして、われわれ地球人類は、これまでの歴史的な同胞、国家、民族間の、確執やかけひきをこえて、新たな地球的規模での団結を必要としつつある……戦闘が起りつつあるのは中国領土内であるが、問題は、中国一国の内部にのみとどまるべき性質のものではない……」

「戦争なの？」

スピーチをきく母のただならぬ表情を見て、長女はきいた。

「そう……宇宙人がきたらしいのよ」

そういってしまってから、敏江は、のどもとに奇妙な違和感がこみあげてくるのを感じた。宇宙人の攻撃——まったく現実のこととも思えない。「宇宙人」などという言葉を、いったい彼女が自分から口にのぼらせたことがあったろうか？

「宇宙人？」小学校三年の長女は眼をまるくした。

「ほんと？　まるでSFみたい……」

「……現在までの所、この地球外より到来した未知の勢力との接触は、遺憾ながら、はなはだ非友好的な形でおこなわれつつある、と推測される。われわれの入手した情報によれば、その集団の攻撃により、現在までに、すくなくとも中国陸上部隊一個師団以上が潰滅させられた。——しかしながら、米国としては、あくまでこの集団との間に、何らかの形での意志疎通をはかろう、という態度は保持しており、その線にそっての努力を、目下つづけている……」

「ママ、ごはんは？」

と長女はいった。

「すぐします」と彼女はいった。「もう少しまって……」

「われわれは、この問題が、今後平和的な方向へ発展するしないにかかわらず、一刻も早く、国際的、あるいは全人類的な次元にもたらされることを希望する。そのような次元において問題を処理でき得るような体制を、各国の協力において実現させることは、今や人類にとって、焦眉の急である。——そのためには、中国を一刻も早く国際社会にむかえいれ、攻撃地点に対する国際的組織の接近を、容易ならしめねばならない……。全人類同胞諸君、われわれは、いまや、地球的次元における団結を、いやおうなしに必要とするような事態に直面しつつある。——このような事態は、われわれがえらんだものではない。しかしながら、運命は、われわれにそのことを強制した。われわれはそれをうけいれ、それにこたえねばならない……」

ふいに冷たく、かたいものが、敏江の中にこみあげてきて、彼女はぶるッとふるえた。奇妙なことに、武者ぶるいに似た感覚だった。

意味もなくたかぶる気持をおさえきれず、彼女はサンダルをつっかけると、表へとび出した。

外は、すばらしい快晴の、五月の朝だった。雲一点ない、紺碧の空の下に団地の白堊《はくあ》のアパート群が、新緑の中に朝日をうけてかがやいていた。その間を出勤する人々が、急ぎ足にバスの停留所にむかう。朝からつよい風が吹き、テラスハウスのあちこちに、鯉《こい》のぼりがひるがえっている。——彼女の家の、猫の額ほどの庭先にも、こればかりは、家のことをかまいつけぬ夫がたてて行った柱の先で、矢車が、カラカラと勢いよくまわっていた。

そういった光景をながめながら、彼女は、胸の底からこみあげてくるたかぶりを、かみしめていた。

「どうしたの？　ママ……」長女がとうとう出てきて、彼女とならんで空を見上げた。

「宇宙人が攻めてくるの？」

敏江は、細い少女の肩をギュッとつかんだ。自分の興奮ぶりが、いささか滑稽に思えたが、体全体が、これから起ろうとすることに身がまえようとしているのを、どうすることもできなかった。

ふと彼女は、ずっと前、これと同じような感情を味わったことを思い出した。

ずっと前……そう、彼女が、長女より幼なかったころ……その朝、ラジオは突然日米開戦を告げ、朝食をとっていた両親は、虚脱と興奮にこもごもおそわれ、その空気は幼い彼女にもわけもわからないながら反映して、思わず彼女は表へとび出して、空を見上げた。その空の彼方から、いまにも敵の飛行機があらわれるのではないかと――そんな思いにとらわれながら、少女であった彼女は、カン、とたたけば音のしそうにはれわたった冬の空を見上げたものだった……。

「まだわからないのよ」敏江は、長女の肩をかるくたたいた。

「さあ、御飯にしましょう。学校におくれるわ」

「おはようございます……」

隣家の主婦が、出勤する夫をおくり出しながら、まぶしそうに彼女を見た。

「奥さま……今のニュース、おききになりまして？」

と敏江はきいた。

「ええ、なんだか、宇宙人がおりてきたってことでございますね」と隣家の主婦はいった。「どこか、ずいぶん遠い所だって話じゃございません？　でも、いったい、どうなるんでございましょうねえ……私なんかには、さっぱりわかりませんわ」

3

戦争になるのだろうか？

――敏江の頭の中は、そのことでいっぱいだった。彼女は、動乱と窮乏の世代に属していた。いま、その時代の記憶が、彼女に反射的に、ある姿勢をとらせた。しっかりしなくちゃ――と、彼女は自分にいいきかせた。――夫は行方不明だ。下の男の子は入院中、そして彼女の身よりといえば、死んだ両親の故郷に、年老いた叔父がいるだけであり、夫の方も、兄妹以外にこれといった有力な親戚はない。二人の子供は、どんなことがあっても、私がまもりぬかなければならない。

長女を送り出し、病院に行くと、従妹はもうつとめに出かけてしまい、四つになる男の子は、一人で心ぼそそうにベッドに寝て、天井を見つめていたが、彼女の顔を見ると、パッと眼をかがやかせ、そばに行くといきなり首ッ玉にかじりついた。

「もう、明日にでも退院できますわ」と、若い、やさしそうな看護婦はいった。「ぼくちゃん、えらかったですわ。ちっとも泣かないんですもの」

まだ乳くさい、やわらかなほっぺたに、力いっぱい頬ずりすると、突然涙があふれそうになった。

「えらかったわね」と敏江はいった。

「もう少し、がんばっててね。パパがおるすで、ママ、お仕事がいっぱいあるの」

新しい絵本と、果物を子供にわたすと、彼女は病室の外へ出て、夫のつとめている新聞社に電話をかけた。当然予想していたことながら、外信部の電話はふさがりっぱなしでなかなかつながらなかった。思いなおして、彼女は、銀行にかけ、定期がすぐに解約できるかどうかをたしかめた。それから、再三セールスにやってきた、知り合いの中古車ディーラーに電話した。

だが、呼び出し音をきいているうちに、いったい車を買って、どうするのか、という疑問が湧いてきた。免許はとうの昔に切れて、とりなおさなければならない。とりなおした所で、いったいどこへ逃げて行けばいいのか？　たかぶった気持が、妙にくじけそうになり、彼女は電話をきった。

いったい、これから何が起ろうとしているのか？　そしてどうしたらいいのか？　それとも夫が、異変の地で行方不明になったショックが、彼女をひとり、興奮させているにすぎないのか？

考えが混乱し、わけがわからなくなり、しかも感情ばかりたかぶりつづけて、彼女はとうとう壁の方をむいて、声もなく泣きはじめた……。

重たいメッセージ

1

「たのむ！　もう一度かけあってくれ」

山崎は、日本人観光団のガイドをやっている、高橋という青年の肩をつかんでゆさぶった。ロシア語が、ひと言もわからない、ということを、これほど残念に思ったことはなかった。

「何度やっても、だめだと思いますが……」

高橋は、繃帯をまいた頭をふってつぶやいた。

「連中の官僚主義ときたら、民間組織相手でも泣かされますからね。まして、交戦中の軍隊ときたら……」

「とにかく、隊長か参謀か、上の方のやつにあわせてくれ、とたのむんだ。もしあえたら、なんとか説得してみる」

「はたして、説得がきくかどうか……」

「やってみるんだ」山崎は、高橋青年の肩をたたいた。「ほかの人たちのためのことも考えてみろ。こんな不当な処置をうけて、いつまでもじっとしていられるか！」

はなしているうちに、つい興奮して腕をふりまわし、脱臼《だっきゅう》していた右手の中指がずきりといたんだ。

山崎は、肩から腕をつっている、黒い布をなおして、

「さあ、行こう」といった。

救出された旅客機乗客の、宿舎にあてられている、ガランとした小学校かなにからしい建物の廊下は、夜にはいってしんしんとひえこんできた。部屋には暖炉に火がはいっているのだが、部屋の外まではきかない。

廊下のつきあたりのドアの所まで行くと、鉄帽をかぶり、銃を肩にした歩哨が、びっくりしたようにこちらをむいた。

「交替したらしいな」と山崎は、青年にささやいた。「若いやつだ。こちらの方が、くど

きやすいかも知れん」

　頬の赤い、まだそばかすのいっぱい浮いている若い兵士は、銃を肩にさげたまま、なにかいった。

「とても大事な用で、将軍か参謀にあいたい、といってくれ」と山崎はいった。

「将軍なんてこの近所にいますかね？」

「はったりをかけた方がいい……。すこしおどかしてやれ」

　高橋が、ロシア語でしゃべった。歩哨の兵士は、眼をまるくしてきいていたが、やがて首をふって、なにか返事をした。

「将軍も参謀も、この近所にはいない。いても、そんな要求をとりつぐことは、とてもできない、といっています」

「じゃ、せめて上官に——将校にあわせろ、といってくれ。あわせないと、あとで君の落度になるかも知れない、と……」

　高橋青年が、またしゃべった。山崎の表現を、ずっとやわらかく、懇願するような調子になおしてしゃべっているのをきいて、山崎は内心舌うちした。まだ、かけひきというものを知らない世代だ。

　ところが、これがかえって、若い兵士をうごかしたらしかった。兵士は首をかしげて、なにかしゃべり出し、二人は山崎を横において、長々と話しこんだ。

「どうした?」と山崎は、とうとうしびれをきらしてきいた。

「いや……結局、彼にはどうにもならないらしいです。いま、この付近のソ連軍は、大規模な軍事行動中で、しかもその行動は、厳重な機密保持の中でおこなわれているから、とにかくその行動が一段落つくまでは、われわれも、軍の監視下におかれることになるだろう、と……」

「その話ならきいた」山崎はいらいらしながらいった。「もう一度つたえてくれ。おれは、重要な用事をもっている。モスクワでソ連の重要人物にあわなければならない、と……」

「それもいいました」と高橋青年は首をふった。「でも、どんな事があっても、ここから出すな、といわれているそうです」

こんなことをしたら、外交問題になるぞ、というおどしは、この国の中ではほとんどきかないことを、山崎は知っていた。広大で、しかも閉ざされた国。……かすかに門扉《もんぴ》をひらいているが、しかもなお、世界の大多数の人々と接触したことのない、広漠《こうばく》たる内陸……。

外へ通ずるドアがあいて、もう一人の兵士と、うすいコートをはおった、黒い髪の娘がはいってきた。娘は、白い看護婦の帽子をかぶっていた。

看護婦は、若い兵士になにかきくと、高橋青年にむかって、なにか早口でしゃべった。

青年は、ちょっと眉をひそめると、山崎の方をふりむいた。

「ここの病院で、ファーガスンが死にかかっているそうです……」高橋青年はささやいた。

「あなたにあいたいといっているんだそうです。どうしますか？」

「行くよ」と山崎はいった。

「ぼくもいっしょに行きましょうか？」

「いや、一人でいい……」

「山崎さん……」高橋青年は歩きかけた彼の背後から、つぶやくようにいった。

「ファーガスンってなにものなんです？」

2

看護婦に先導され、兵士に後からつきそわれて、山崎は外へ出た。山腹にある、小さな村は、まっくらだった。くらい空を、風が叫びながらわたって行く。こんなまっくらな村を、山崎はこれまでみたことがなかった。人々は灯《あか》りを消し、ねてしまったのだろうか？それとも、住民は、どこかにたちのいたのか？

遠くで、明りが見えるのは、ソ連軍の物資集積所かなにからしかった。どこかで、ごうごうと何台ものトラックの走る音がする。移動中の戦車らしい、やかましいひびきも、谷間にこだました。村の中には、あまり多勢の兵士のいる気配はなかったが、ところどころの辻に、歩哨がたっているのが見えた。戦場はちかいらしく、山脈のむこう側で、間歇的《かんけつ》に、ドスン！　ドスン！　というような砲声がきこえる。耳をすますと、風音にまじって、はるか高空を行く、飛行機の爆音らしいものもきこえた。

看護婦のはおったコートが、風にはためいて、山崎の膝にあたった。若い娘の髪のにおいが、夜の中でかすかににおった。なんだか妙な気持だった。二十四時間前……東京で妻を抱き、そしていま、シベリア奥地の見知らぬ土地で、ソ連陸軍の厳重な監視下に、名前も知らない小さな村の、暗闇《くらやみ》の中を歩いている。

「英語を話しますか？」

彼は、しごく気がるな風をよそおって、看護婦にはなしかけた。看護婦は、なんの反応もしめさなかった。ばかな事をきいたものだ、と彼は思った。ここはシルクロードの北、シベリアの南だ。あの広大なユーラシア大陸の中央の、見すてられたような土地だ。海洋にそってひろがって行った海の民の言葉が、簡単に通じるわけはない。

しかし、彼は、なんとか通訳なしで、この看護婦と、ほんのわずかでいいから、コミュニケートしてみたかった。しがみついている日本語の陸地をはなれて、未知の言葉の大洋の中に、ちょっとでも泳ぎ出してみたかった。いずれ、そうすることが必要になることを、彼は心の中のどこかで感じていた。

彼は手を大きくまわして、まっくらな街をさすと、

「ザイサン？」ときいてみた。

看護婦は、闇の中で、ちょっと彼の方をふりむくと、首を横にふり、腕をのばして、北とおぼしき方向をさし、

「ザイサンノール……」といった。

背後の兵士が、なにかはげしく看護婦にいった。それと同じはげしさで、看護婦はいいかえした。

ザイサン湖《ノール》は北か……と、彼は頭の中で、うろおぼえの地図をくみたてた。すると、カザフ共和国の東端だな。ちかくにザイサンの街があるのだろう。モスクワまで三千数百キロ、ヨーロッパまでは……。

病院は、宿舎から四、五百メートルはなれた、石造の小さな建物だった。ふつうの家を改造したらしい。ここだけ、独立の発電機をもっているらしく、はいる時、裏手でディーゼルの音がしていた。

中は明るかった。たすけられた乗客のうちの、重傷者が五名ほど、この病院に収容されていた。ファーガスンもその一人だった。乗客のほかに、負傷兵も若干いるらしく、兵士が長靴の音をたてて、廊下を歩きまわっている。

看護婦は、奥まった部屋のドアをノックした。白衣の、眼つきのするどい医師らしい男が出てきて、山崎の顔をみると、なにかいった。看護婦がかわりにこたえると、男は、ド

アをあけて奥にむかって顎《あご》をしゃくった。

ファーガスン、と名のった男は、その部屋にたった一人でベッドに横たわっていた。粗末な毛布の上に出ている顔をみた時、山崎は思わず息をのんだ。

これが、あの男か！

ファーガスンの顔は、鉛色がかった紫色に変色してはれ上り、ところどころに、どす黒い斑点があらわれていた。斑点の一つは、皮膚が半分むけかかり、ピンク色の肉が露出していた。唇はどす黒くはれ上り、眼瞼もはれ上って、ふさがっていた。金髪がぬけて、枕の上にちらばり、天井からつりさげられた、リンゲル氏液の管をさしこまれている右腕は、手首から上だけが白く、なにかの軟膏をすりこまれている手は、顔と同じような色に変色している。

「誰か、英語のわかる方はいませんか？」

と山崎は、もう一度まわりの人間に英語できいてみた。医師らしい男と助手、それに彼をつれてきた看護婦は、まったくの無表情だった。

「ヤマザキ……？」

ファーガスンのはれあがった唇が、かすかにうごいた。

「ファーガスン！」山崎は、思わずベッドにかがみこんだ。「しっかりしろ！」

「ごらんのとおり、放射線壊疽《えそ》だ……」ファーガスンはかすかに笑った。「とてもじゃないが、たすからん……」

壊疽《ギャングリーン》という言葉を、自分がよくおぼえていたものだ、と山崎はぼんやり考えた。だがいったい、この男は……。

「どこでやられた？」と山崎はいった。

「あの——中共領の核爆発か？」

「その前だ……」ファーガスンは苦しそうにあえいで、体を動かした。「もっと……奥地だ」

「やはり、君は、あの旅客機の乗客じゃなかったな……」山崎は、背後の医師たちを気にしながらいった。「カナダ人でもない——そうだろう？」

「きいてくれ……」ファーガスン——いや、ファーガスンという、おそらくあの旅客機にのっていて、不時着の時に死んだカナダ人になりすました男はいった。

「もっと……そばへきてくれ」

山崎は、ベッドの横にひざまずいた。

「君のいうとおり……おれは……アメリカ人だ……」とファーガスンとなのる男はささやいた。

「一週間前……三人の仲間と……夜……天山《テンシャン》山脈の中のある地点に……パラシュートで降下した……」

山崎はギョッとした。出発直前、社で見た、「米帝のスパイ飛行」の証拠をつかんだという、中共のはげしい非難記事のことが思い出された。

「すると君は……」山崎はぐっと声をひそめた。「アメリカの諜報関係の人間か?」

「そう……」と男はうなずいた。

「軍の?」

「いや……」

「じゃ――国務省か?」

悪名高いCIAか、ときこうとしたが、なぜかその名を口にするのが、はばかられるような感じだった。

「そんなことは……どうでもいい……」ファーガスンとなのる男は、いらだちの色をうかべて、かすかに首をふった。

「いまとなっては――そんなこと、どうでもいいや。……おれはアメリカ人……君は日本人……おなじ人間だ……そうだろう?……同じ地球人だ……」

「わかった……」山崎は、ごくりと唾《つば》をのみこんだ。「それで?」

「おれは……アリグザンダー・フランクリン……おえら方は……おれたちを――中国奥地へ、おくりこんだ――。大統領にも知らさず……隠密の……決死隊さ」

「あれをさぐるために?」

「そう——さぐるだけじゃなく……できれば……宇宙人と接触し、交渉しろといわれた……」

「宇宙人？」山崎は、叫びをあげそうになるのを、やっとこらえた。「本当か？」

「そう——まだ世界中が……ほとんど知らない……。だけど、おえら方は、そう思いこんだ……一部の軍人と学者は……たしかな情報をにぎったらしい。——で、おえら方は、あせったのさ……」

「なぜ？」山崎は、眉をひそめた。

「中国人……あるいは、ロシア人が……やつらと接触し……やつらとの交渉に成功し……やつらと地球人との交渉ルートを……独占してしまうのを、おそれた。わかるか？……中国人やソ連人が……宇宙人と手をにぎるのを、おそれたんだ……」

3

男のいうことの意味が、やっとわかった時、山崎は呆然とした。——しばらくの間、視線がさだまらないぐらいだった。

なんという、奇妙な発想か！

いや——そういった考え方は、当然あり得るし、国際政治の権謀術数の流れからすれば、しごく常識的なことなのかも知れないが――それにしても、こんな異常事態に対してさえ、それを「明日の勢力地図」にむすびつけて考えようとする、国際政治の「現実主義《リアリズム》」のしぶとさに、山崎は、かすかなめまいと、吐き気をおぼえた。

宇宙人と単独に手をむすんで、明日の世界、明日の地球、国際社会の新次元において、イニシアティヴをとる！　相手が、まったく性格も意図も未知である「宇宙人」であることを考えると、正気の沙汰とも思えない。

「いいか……あんたは……日本の新聞記者だったな――」ファーガスン――いや、フランクリンは、ふさがった眼を、カッと見ひらこうとしながら、力をふりしぼるようにしていった。

「あんたが……書いてくれ。おえら方に……知らせれば、また、連中はそれを、……自分たちの国だの、権力だのに利用しようとするだろう。――連中は、かくして……自分たちだけの取り引きにつかおうとして……だめなんだ！　そんな事をしてるひまはないんだ。……もう、中国人だの、ソ連人だの、アメリカ人だのといっていちゃだめなんだ。――おれも……お前も……地球人は……人間は……団結して……」

ゴボッ！　とむせるようにファーガスンののどが鳴った。ひびわれた唇の間から、唾か胃液にまじった血が、たらりと糸をひいた。

「ファーガスン！」

山崎は、わざと男の偽名をよんでハンカチを出して、男の口もとをおさえた。

「いいか……ヤマザキ……民間人の君が書いてくれ。おえら方にゃ、いいたくない。君が、新聞に書いて、みんなに知らせてやってくれ。……やつらに関して今までの地球上の事と、同じように考えちゃだめだ。そんな甘い事じゃないんだ。……連中は、おれたちの事を、何とも思っちゃいないんだ。へたに取り引きしようなんて……思わない方がいい……それよりも一刻も早く……地球の上の全部の力を結集して……地球人類が、結束して……いまのままじゃだめだ。黒《ブラック》だの〝赤《コミィ》〟だの、白《ホワイト》だの……黄《イエロー》だのといっていちゃだめだ。いまの、おれたちの地球人の〝国家〟同士の機構じゃ、もってる力もつかえない……」

「やつらは、どんな連中だ？」山崎はささやくようにきいた。

「おそろしいやつらだ……」瀕死の男はぶるっと体をふるわせた。

「いままで……地球上にあらわれた、どんな凶暴な連中より……おそろしい。連中にくらべれば、ナチも、人喰人種も、アッチラも……赤ん坊みたいなもんだ。……やつらと交渉できるなんて、甘い事を思うな。……その事をいってくれ。そんな事は……おとぎばなしだ。やつらは、地球人の事なんか、なんとも思っていない……やつらは、ただ、殺す。時には、食う……」

「ファーガスン！」

「その事を書いてくれ……な？　新聞に書いてくれ。秘密好きのおえら方じゃなく……みんなに知らせてやってくれ……」男はのどをぜいぜい言わせはじめた。山崎は思わず、ふくれあがった男の手をにぎりしめた。

「おれは……あんたに……しらべた事をわたす。合衆国の……諜報機関にゃわたしたくねえ……そんなもの！　そんなもの、いまとなっては、くそくらえだ……あんたに……」

「どこにある？　それは？」山崎はささやいた。

「あんたのポケットに……」

頭がガクンとおちた。一瞬の間にファーガスン、あるいはフランクリンとなのる男が、息たえた事はわかった。

山崎は、男の名をよぶことも忘れて、じっと、はれ上った、鉛色の死に顔を見つめていた。――どんな経歴の男か、家族はどこにいるのか、子供があるのかどうか、そんな事は何一つ知ることができなかった。しかし、彼と同じくらいの年頃の一人の男の、大胆な行為と、その孤独な死にざまは、山崎の中に、つよい感動をよびおこした。暗黒の密命をおびて、大胆不敵にも、動乱のまっただ中に、空から侵入し、彼自身も名前も知らぬ土地で、他国の軍隊の中で息をひきとった――そして、その男は、死のまぎわに、山崎にメッセージをわたした。……おそろしく重たいメッセージを……。

「ミスター・ヤマザキ――あなたは、この人のお友だちですか？」

ふいに強いロシア訛《なま》りの英語で話しかけられて、山崎はぎょっとしてふりかえった。畜生！　あの看護婦、英語がしゃべれたのか！

「あなたたちの中で、なぜこの人だけが、放射線をあびたのか、軍医が興味をもっています。それに、この人、カナダ人ではないようですね。……どうか、こちらの部屋で、話をきかせてほしいと、軍医がいっています……」

表と裏

1

アメリカ合衆国ラッセル大統領の、「中国奥地における地球外生物との接触」の緊急発表は、当然のことながら全世界に大きなセンセーションをまきおこした。

大統領発表のなかばごろから、まだあかるい陽光のかがやいている、ワシントン、ニューヨーク、サンフランシスコの街角には、何ということなしに興奮した群集が、次第次第にふくれあがりつつあった。――ニューヨークのタイムズ・スクェアでは、午後六時すぎには、交通渋滞がおこるほどの数になり、ついに警官が交通整理と警戒に出動するありさまだった。人々は、家から、建物から、地下鉄から戸外へとび出し、空を見上げた。まるでたったいまきいた大統領の放送の証《あか》しが、すぐ外の空にあらわれているとでも告げられたかのように……。

だが、どの都市でも、頭上には、いつもとちっともかわりのない、美しい、五月の夕方の空がおだやかにひろがっているばかりだった。

ヨーロッパでは、ま夜中少し前だった。——ロンドンで、パリで、ボンで、ローマで、夜の歓楽が、いまたけなわをすぎようとしているころ、若い連中が、まずカフェや、安レストランや、地下のバーから外へとび出した。トラファルガー・スクェアやピカデリーサーカスで、モンマルトルや、シャンゼリゼで、若者たちは街へかけ出し、夜空を見上げて口々に何か叫びかわした。

「なんだ？　いったいどうしたんだ？」

通行人や、商店の使用人たちは、叫びをあげてはしって行く若者たちにきいた。

「宇宙人が攻めてきたんだ！　アメリカ大統領の放送をきかなかったか？」

若者たちは叫びかえした。

「宇宙人が、中国を攻撃しているんだ！」

若者たちの群れは、はしりながらふくれあがって行った。広場や、公園や、高台や展望塔の上に、若者たちはぞくぞくとあつまって、空を見上げ、興奮した口調でしゃべりあった。

ヨーロッパは快晴で、降るような星空だった。

満天にまたたく、ささやきかけるような星をながめているうちに、若者たちの熱っぽい興奮は、次第に一つの形をとりはじめてくるようだった。

「地球人は団結しろ！」

と誰かが叫んだ。

「そうだ、中国を救え！」

と別の声が叫んだ。

多勢の声がそれに和した。

「地球人は団結しろ！　中国を救え！」

若者たちの集団は動きはじめ、それは自然発生的なデモとなって、街へ、通りへと流れはじめた。

豪華なレストランにはいってきた客は、むかえに出た給仕頭《メートル・ドートル》に、戸口の方をさしていた。

「若い連中は、いったい何をさわいでおるのかね？」

「先ほど、アメリカ大統領が、テレビで放送したとかで……」給仕頭は、いんぎんに答える。「なんでも、宇宙人が、中国とかソ連とかにおりてきた、ということです」

「なるほど……」客は席につきながら、眉を片方ちょっとあげる。

「それであの、ばかさわぎか……若い連中ときたら、何かといえばばかさわぎだ。リンドバーグでも、到着したみたいだ」

「ところで、何をさしあげます？」

「パテ・ド・フォア・グラ……」客はナプキンをとりあげながら、フロアのショウダンサーの方をちらとみる。「それから……酒は、シャトー・イケムだ」


ローマでは、酔っぱらった観光客をのぞいて、住民はどこからともなく、ヴァチカンの法王庁の前に集ってきた。敬虔《けいけん》な人々は、なにか魂をゆり動かすような事件のあるたびに、精神の指導者であり、彼らの魂の、地上における父親である法王のみちびきを、その言葉に、その姿にもとめようとして、法王の居間の窓が見える広場にあつまってくるのだった。

六十三歳になる法王は、その夜、風邪気味で早く床についていたが、ユーロビジョンで大統領の放送がはじまった時、法王庁国務長官からの伝言で、私室のテレビでその放送を途中からきいた。きくうちに、はげしい興奮の色が、老人の顔にうかんできた。ききおわるや、法王は私室祇候《しこう》をよんで、大急ぎで服を着かえた。

「お体にさわりますといけません、猊下《げいか》……」私室祇候は、気づかわしげにいったが、法王は手をふって、足早に室外へ出た。

「国務長官に、礼拝室であいたいとつたえてほしい」法王は、あとを追ってきた、私室祇候に、早口でいった。

「ほかの枢機卿《すうきけい》たちにも声をかけてもらいたい。これは、重大な問題だ……人類にとって、はじめての、途方もない精神の試練だ。公会議を、至急招集せずばなるまい……」

事実その時すでに、世界各地にちらばる教区の、大司教や司教たちから、法王庁内にある無電室に、つぎつぎに問いあわせがはいりはじめていた。僧服を着た通信係の聖職者たちは、ランプの点滅する短波通信機にかじりついて、ラテン語ではいってくる通信の応接に、いとまがないありさまだった。その知らせをうけて、法王は、自分が全カトリック世界の指導者として、突然、予想もしなかった事態に対する、精神的決断をせまられていることをさとった。礼拝堂にむかいながら、法王は、とりあえず、全教区の司教たちに発しなければならない指令の事を考えた。

「猊下《げいか》……」と、衛兵長が、法王の姿を見かけてちかよってきた。

「人々が、御居間の窓の下に集ってきておりますが……」

法王は、ちょっと考えて、居間の方に足を転じた。

居間の窓をあけると、広場の人々の間に、いっせいに、法王《パパ》だ、というささやきが上った。人々は窓を見上げながら十字を切って、ひざをかがめた。その人々にむかって、法王は、大きく十字を切って祝福をあたえた。——だが、彼の眼は、無数の星のまたたく、夜空にじっとすいつけられていた。

モスクワでは、「アメリカ大統領の発表」は、ほとんど市民の間に知られなかった。人々は、いつもの通り、静かに、のんびりと、五月の宵をたのしんでいた。文化人や、知識人、そして一部の学者の間で、「アメリカの発表」は、驚きと不安にみちたささやき声でもって、口から口へとつたえられ出していた。

ロシアのインテリの底にひそむ、あのロマンティックな熱情に、火がつこうとしていた。だが、人々は、この国の習慣にしたがって、政府と、官庁の動きを不安な期待にもえて見まもっているばかりだった。——だが、プラウダ編集部で組みあげられつつあった翌日の新聞の紙型にはこのことについて小さな、目だたない囲み記事が一つ、用意されているだけだった。

いそがしい朝の出勤時に、この放送をキャッチした東京では、出勤のあわただしさにまぎれて、午前中にはまだ、反応はほとんど表面にあらわれなかった。とびまわりはじめたのは、新聞社、テレビ、ラジオなどの報道関係で、放送終了前から、宇宙関係の学者や、

SF作家の家の電話は、ひっきりなしに鳴りはじめた。

　宇宙開発関係の担当大臣、官僚の自宅にも、記者が殺到した。しかし、これは筋ちがいだということはすぐわかりはじめた。日本政府の宇宙開発は、エコノミカル・アニマルの威名にふさわしくおそろしく現実的で産業技術べったりであり、こういった問題に対する想像力が、まるで欠けていたのである。それは、宇宙開発関係だけでなく、政府一般がそうであった。小学生でももう少しましな事をいいそうだ、と思わせるほどお座なりな、首相、官房長官、科学技術庁長官の談話のほか、なにも出てこなかった。

　政府首脳部は——いつもの事ながら、それが、アメリカ大統領によって、発表された、という点に気をつかった。内容を、率直にうけとめるよりは、アメリカが、どの方向にむかって動き出そうとしているのかを読みとり、それに歩調をあわせてついて行こう、という意向が、ほとんど反射的に働いてしまうのだ。唯一のうけとめ方は、このことについてアメリカが、日本に何をもとめてくるか、日本にとって、この問題はどんな損害を生ずるか——否、日本にとってというよりも、政府与党にとってまた主流派にとって、どんな損得があるか、といううけとめ方だったが、しかしこの問題は、とてもそういう算盤《そろばん》にかかりそうもないので、判断のくだしようがないのだった。

「ひょっとしたら、これで内閣危機がのりきれるかも知れないな」

という意向を、与党代議士の一人が、もらしたとか、もらさなかったとか、いう噂が流れて、野党との間に、滑稽な論争がまきおこりかけた。西日本では、関西大地震の直後であり、まだその傷あとのなまなましい所へもたらされたこのニュースは、一種異様な不安な雰囲気をかもし出しつつあった。何百年ぶりかに、京阪神に大被害をもたらした地震と、「宇宙人の来襲」とがむすびつけられ、妙な流言蜚語がとびかいはじめていて、一部では、一触即発といった不穏な情勢さえうまれつつあった。政府は、この点に関しても、急速な措置をとることをせまられつつある一方、国土汚職問題は、次第に閣僚の身辺にまでおよびはじめ、野党連合は、ここぞと攻撃をかけ、指揮権発動の噂さえ流れはじめており、内閣は総辞職の危機に追いこまれつつあり、日本政府は宇宙人さわぎなど、かまっていられない状態だったのである……。

その日の午後になって、どのチャンネルも臨時の特番を組み、宇宙関係の学者、生物学者、軍事評論家、社会評論家といった人たちが、次から次へと登場した。新聞社は号外を組み、社屋の前の壁新聞には、黒山の人垣ができた。電車の中で、街頭で、工場で、おちつかない様子で新しいニュースをしゃべりあい、耳をそばだてあった。政府が緊急閣僚会議をひらいた、というニュースが日本にも宇宙人がおりた、という噂になってちょっとした騒動が起りかけた。おかしな服装をしたアングラ演劇の連中が白昼街頭へ出て、「宇宙人歓迎！　地球をやっつけろ」と描いた色とりどりのプラカードをかかげ、半裸で体に絵具をぬりたくって、奇妙な宇宙人のマスクをかぶった女性を中心に、奇声を発してハプニングデモをおこなったりした。人々は、どこでも異常に興奮しているように見えた。だが、その興奮は、どこでも、妙にうわすべりで、現実感を欠いているようなところがあった。ついにきたか——と、熱くなってしゃべりまくっているものもいれば、宇宙人って、ほんとかね？　と半信半疑のものもいた。

宇宙人の攻撃！

映画や、子供の漫画で、うんざりするほどくりかえされてきたテーマだけに、いざ実際におこってみると、ほんとうのこととも思えない。「宇宙人」という言葉自体が、妙に非現実的で、エキセントリックで、少々ばかばかしいひびきをもっている。

しかし、大統領演説をうけとめて、東西株式市場では、前場の寄付きから、宇宙株、電子株、食品株が急騰した。

——戦争だ！　と株式市場は叫んでいるようだった。——戦争になりそうだぞ！

大統領発表以後、アメリカ三軍とＮＡＴＯは、緊急警備体制にはいったというニュースがながれた。それと同時に、各国の外交筋と、国連関係が、活発に動きはじめていた。

2

一方、大統領の発表以後、世界各国の舞台裏で、各種の動きが急速に高まりはじめていた。

国連は、大統領の発表のあった時、すでに、緊急安保理事会開催の準備をおわっており、発表後すぐに、緊急臨時総会の招集がかけられた。ニューヨークの国連本部周辺の動きはにわかにあわただしくなりはじめていた。

しかしながら、大統領発表の翌日から、開催されるはずだった、緊急安保理事会は、突然、延期を発表された。

「いったい何をやっているんだ?」

各国の、国連詰めの記者たちは、あきれかえって、国連事務当局や、理事国のスポークスマンにつめよった。

「こんな時に、なにをぐずぐずしているんだ? 安保理がひらかれなけりゃ、総会をひらいたって意味はないじゃないか!」

だが、事務当局も、常任、非常任理事国も、ちょっとした手つづき上の問題で、ほんの二、三日延期されるにすぎない、といいはった。

そのころ、ニューヨーク近郊の某所では、泡をくったアメリカ国連代表と国務次官が、無表情なソ連代表と激論をたたかわしていた。

「こまるではありませんか! 一刻も早く、中共と北鮮を、国連に加盟させ、国連軍派遣の形で、戦闘に参加させないと、このままでは全世界が、人類にとってもっとも重大な戦いについて、つんぼ桟敷のまま、事態はとりかえしがつかないことになるかも知れない」

「ですから、開かないとはいいません。開催を二週間乃至《ないし》三週間、延期してほしいといっているだけです」

安保理開催直前に、突然更迭《こうてつ》され、まったく新しい国連代表となったウラソフ代表は、まるっきり感情をあらわさないで、機械のようにくりかえした。

「二週間から三週間！」アメリカのレーン代表は、思わずテーブルの上に、書類をたたきつけてさけんだ。

「そんな事をしていたらどうなります！　待つにしても、せいぜい二日三日だ。でなければ、せっかく事務局が苦労して、一週間後招集にまでこぎつけた、臨時総会がまったく無意味になってしまう……それならば、われわれは、あなた方欠席のまま、開催するまでだ」

「どうしても、開催される、というのなら、欠席はしません」と、ウラソフ代表は冷ややかにいった。

「ですが、そうなると、かえってむずかしいことになるかも知れませんよ」

レーン代表は、相手の顔色を見て、思わずギョッとした。まさか！……拒否権《ヴェトー》をつかうつもりじゃないだろうな？

国連に、加盟するのには、きわめて厄介な手つづきがいる。――第二次大戦直後、連合国側のヘゲモニイでつくられたこの国際組織には、第二次大戦の戦勝国の利害がつよく反映していて、それが戦後二十数年たって、世界情勢が大きく変化したのちまでも、機構の上に、いまだにそのままのこっている部分があるのだ。

その一つが、加盟手つづきだった。国連に加盟するためには、安全保障理事会の常任理事国の推薦が必要である。ところで、この安保常任理事国は、第二次大戦の戦勝国である、米、英、仏、ソ、中国（台湾）の五か国だけであり、この「五大国」は、改選されないものときめられていて、戦後二十数年間、ずっとこの地位を占めつづけているのだが、各地域まわりもちで任期二年の非常任理事国とちがい、この五つの常任理事国にだけ、有名な「拒否権《ヴェトー》」がある。すなわち、非常任十か国をふくむ安保理事会で、決議に必要な票数が得られても、五つの常任理事国のどれか一国が、その提案に対して「拒否権」を発動すれば、その決議は成立しないことになっているのだ。

その後、一括加入方式の採用で、この点は大幅に改正され、加盟百十余国をかぞえるにいたったが、常任理事「五大国」の大きな特権はいまも生きており――そして、もしいままた、ソ連によって、大陸中国の加盟が「拒否」されたら……。

国連活動ではベテランのレーン代表は、まったく歴史の皮肉といったものを感じざるを得なかった。

これまで、中国の代表権問題をめぐり、総会において、重要事項指定方式、特別委員会方式など、あらゆる形で、国民政府の「原加盟国」としての地位をまもり、――中共は、中国代表権は一国にかぎり、国民政府の国連よりの追放を主張していた――なんとか、大陸中国と台湾国民政府の「二つの中国」の形で、加盟をまとめようとして、実質的には大陸中国の加盟に反対している形をとっていた米国が、この緊急事態にのぞんで、苦心のすえやっと中共政府、国民政府双方の暫定的諒承をとりつけたと思ったとたん――意外にも、今度はそれまで大陸中国加盟を主張してきたソ連が、難色をしめしたのだ。

3

「まさか、拒否するわけじゃあるまい」別室でのうちあわせの時、国務次官はいった。

「そんなことをしたら、ソ連は共産圏はむろん、世界中から非難をあびることになる。ただ、先方は、何の彼《か》のといって、この際、時をかせぎたいだけだと思うな」

「だがいったい何のためだ？」レーン代表はいらいらしながらいった。

「いままで、パートナーシップは、うまくいっていると思っていた。だが、急に、一九五〇年代にもどったみたいに、相手の考えてることが、わからなくなってしまった」

「おそらく、戦略上の問題だと思うな」と国務次官はいった。

「ソ連の国防省が圧力をかけているんだろう。――いま、むこうは国内で、予備役召集をはじめている。大動員令が出るのも時間の問題だろう。なにしろ、ミサイル体制へのきりかえでここ数年来ずっと、地上軍の削減をつづけていたからね。西部戦線から、あまり手をぬかずに九千キロもある中ソ国境の、重要地点に、本格的な地上戦闘配置を完了するのに、かなりな時間がかかる。いざ、国連軍派遣となった時に決定的優位にたっておきたいのだろう」

「できれば、合衆国軍隊を、シベリアに入れたくない……」とレーン代表はいった。「とすると、なるほど、大統領発表に、なんらかの形でこたえて、音頭とりの相手をつとめてくれるかと思ったのに、ソ連当局や言論機関が、まる四十時間も、この問題について沈黙しているのも、アメリカを浮かせて、場合によっては、国連軍もお座なり程度でとどめたい、というわけだな」

「シベリアは、広大なだけにソ連の一番弱い所だからな。それに、このさわぎが片づいた時点での、世界情勢や戦略問題がどうなるか、ということについて、むこうでは、まだほとんど計算ができていないんじゃないか？　アメリカとの同一地域における軍事協同作戦なんてことも、ソ連国防省は、まだほとんど消化しきれていないだろう。なにしろ――こんなことは、これまでのあらゆる戦略思想上、まったく予期されなかったことだからな」

「といって、総会はあと一週間ではじまる。むやみにひきのばさせるわけにもいかん」レーン代表は、受話器をとりあげた。「大統領から、もう一度ソ連首相に、電話で話してもらおう」

ニューヨークから、ワシントンへ、そしてホワイトハウスからクレムリンへ、もう一度ホットラインが鳴った。

しかし、ゴドノフ首相は、クレムリンにいなかった。彼は、刻々と増強されつつある東部戦線の、視察に出かけていた。

骨身をけずるような、折衝がつづけられ、アメリカ側は、ソ連の非協力的態度を、国際世論に曝露するとか、ヨーロッパ、カナダ、東欧諸国の首脳部に説得を依頼するとか、さまざまな手がうたれた。科学者たちの組織を動かし、駐ソ大使の尻をたたいて、やっと四十八時間後に、ソ連首相と連絡がとれるめどがつきそうになった。

その間、カナダのオタワでは、オブザーバーとして総会、安保理事会の動き如何《いかん》では、総会に出席する、ということで派遣されてきた大陸中国代表が、非公式ではあるが、カナダの高官連に、ソ連の領土侵略についての非難をぶちまくっていた。

――時間は、刻々とたって行った。

世界中は、「宇宙人との戦闘」のニュースに次第に湧きかえって行ったが、真相がなかなかつたわらないため、虚報やデマがみだれとび、いろんな団体が、いろんな声明を発し、それが混乱を生じるもとにもなった。

宇宙人が攻めてくる、というので、逃げ出すあわてものもいる一方、宇宙人との戦闘をただちに停止し、平和使節を派遣すべきだ、という声も強まり、「自分なら、宇宙人と話すことができる」とか、「自分こそ、宇宙人を友好的に説得する自信がある」と称する学者や文化人が、名のりをあげ、「宇宙人と一切の戦闘の、即時停止」のアピールを新聞発表した。

——その陰で、アメリカ太平洋軍所属の航空、陸上兵力は、タイ、台湾、フィリピンの基地に続々空輸され、タイのウタパオ空軍基地には、七百人のり巨人輸送機C5Aによって、本土より直接空輸された戦略出撃軍団《ストライク・コマンド》、第十八軍団第八二空挺師団の三個機動大隊が、姿をあらわした。大西洋地域の原子力艦艇、ポラリス潜水艦も、大挙して太平洋、北氷洋海域に移動しつつあった。

攻撃と脱出

1

「これで、知っていることは全部はなした」

山崎は、看護婦と、背の高い、口ひげをはやした中年の将校をかわりばんこに見ながらいった。

「これだけだ。これ以上は何も知らん」

看護婦は、山崎の英語を、短いロシア語になおした。

大時代なランプの光に照らされた、憲兵将校の顔には何の変化もあらわれなかった。

遠くでまた砲声がひびきはじめた。将校は、神経質そうに、ピクリと口ひげをうごかして、時計をながめた。

「同志スヴェルトコワ……」

と、将校が、看護婦によびかけるのだけがわかった。将校が、眉間を指先でもみながら、なにか早口でまくしたてるのを、山崎は不安にみちてきいていた。

「どうして、あのアメリカのスパイが、あなたにだけあいたがったか、そのことについての説明が、まるで不足だ、と、ウェンスキイ少佐はいっておられます」

と看護婦は、かたい表情でいった。

「そんなこと、知るものか！　死んだ男にきいてくれ。やつは、ごらんの通り、体が弱っていた。とにかく、そばにいる人間に、うちあけたかったんだろう。そして偶然奴のそばにぼくがいた」

「彼は、あなたを、日本人の新聞記者と知ってうちあけましたね？」と看護婦はいった。

「そして、日本とアメリカは、軍事同盟国ですね？」

「この際そんな事は関係ないことだ！」山崎は、さけんだ。「それなら、日本は、ソ連とだって、友好関係をむすんでいる。だからこそ、この通り、ノーボスチも納得してくれたし、パスポートもくれたんだろう？」

ウェンスキイとよばれた将校は、看護婦の方を見た。スヴェルトコワ看護婦は、早口で訳した。ウェンスキイ少佐は、それをきくと、肩をすくめ、彼にむかって、指をつきつけながら、糾弾するような口調でいった。

「しかし……日本がアメリカに貸している基地は……あきらかに、東方より、ソ連をねらうものである……」看護婦は、逐語的に訳した。

「君は……もっとも重要な、アメリカの軍事スパイから……死の間際《まぎわ》になにかを託された……。君と彼とは……旅行客をよそおいながら……連絡をとっていたとしか考えられない。すなわち……君も、アメリカの軍事スパイだと考えざるを得ない……」

「そんな判定をくだす権限は、あなたにないはずだ」山崎は、すぐにいいかえした。「どっちにしろ、ぼくをモスクワにおくりたまえ。ごらんの通り、ぼくは民間人《シビリアン》だ。おかしなことをすれば、国際問題になる」

スヴェルトコワ看護婦が訳すのをきくと、ウェンスキイ少佐は、ハッと、嘲《あざ》けりをこめて笑った。山崎にも、少佐の頭の中に、ユーラシアの地図があることはわかった。巨大国ソ連と、極東の、ちっぽけな島国日本……。

「ちくしょう！」山崎は日本語でつぶやいた。「石頭め！」

「いっておくが、目下、軍は機密裡に軍事行動中だ」とスヴェルトコワは少佐の言葉を訳した。

「軍機に関する明らさまなスパイ行為に関しては軍に裁判権がある」

「ぼくは、ただの民間人じゃない。あなたの国の通信社から、正式招待をうけた、新聞記者だ」

「君の身分は関係ない。スパイはいかなる職業にでも化ける」

「どっちにしても、ノーボスチなり、モスクワの日本大使館なり、あるいはぼくの属する新聞の支局なりに連絡させてくれ。ぼくが、そんな人間じゃない事は、すぐ証明できるだろう」

「いまは連絡できない。君たちは、わが軍の機密行動を目撃してしまった。当分、君たちの身柄を拘束せざるを得ないだろう。とりわけ、アメリカの軍事スパイの容疑がかかっている君を……」

2

山崎は大きく息を吸いこんで、少佐の前にある、粗末なテーブルの端を、両手でぐっとつかんだ。彼の脳裡には、不時着地点の地平に見た、あの異様な、胸の悪くなるような白いものと、放射線やけどで、黒くふくれあがった、ファーガスンと名のる男の顔が、だぶってうかび上っていた。

「ウェンスキイ少佐……」

彼は、将校の顔を、正面からぐっと見すえ、歯の間から押し出すようにしていった。彼の形相におどろいてか、少佐は、ビクッと体を動かして、腰のあたりに手をやった。

「ソ連陸空軍の、機密行動とは何だ？　君たち自身も、知っているだろう？　君たちは、中国領土内で、軍事行動をおこなっていたが、あれは、中国を攻撃しているのか？　ちがうだろう？　中国は……地球外からあの地点に着陸した、凶暴な連中から、攻撃をうけているのだ。そのことは、君たちもわかっているんだろう？」

スヴェルトコワ看護婦の顔に、おどろきの色が走った。じゃ、この連中は、敵が誰だか、全然知らされていなかったのか？

看護婦の訳した言葉をきいて、少佐の顔にも、狼狽《ろうばい》と動揺があらわれた。

「いいか――攻撃されているのは、中国だけじゃないんだ！　ソ連でもないんだ。攻撃されているのは、地球なんだ。おれたち地球上の人類なんだ。おれであり、あんただ。おれたち全部の同胞だ。おれは、新聞記者だし、そのことを、全世界の同胞に知らせる義務がある。あの死んだ男もいっていた。この問題は、ソ連一国、あるいはアメリカ一国で片づけられる問題じゃない、と。おれもそう思う。おれが目撃しただけでも、相手は大変な連中だ。和戦どちらにしろ、世界中が、団結してあたらなければならない相手だ。そんな時に、君たちの機密がどうのこうのということで、おれをつかまえといて何になる？　不時着で助かった旅客を抑留してなんになるんだ？　心配している家族のために、彼らを一刻も早く、安全地帯へ送って、国もとへかえしてやってくれ。おれを、モスクワへ行かしてくれ。ちかっていうよ、ウェンスキイ少佐。おれは軍事スパイなんかじゃない。アメリカのためにも、どこの国のためにもはたらいていない。おれは、全世界の同胞のために、はたらくんだ」

長広舌をふるいながら、山崎は、自分の英語の表現力のまずしさが、もどかしかった。一生のうちで、こんなにも自分が、弁舌でもって人を動かそうと必死になったことはなかった。看護婦は、途中から逐語訳をはじめたが、通訳というワンクッションをおくことによって、自分の感情の半分も、相手につたわらず、したがって、相手を動かすことができないのではないか、と思うと、絶望的な感情がこみあげてきた。

ウェンスキイ少佐は、眉根にギュッとしわをよせて、看護婦の言葉をきいていたが、下から彼をねめ上げるようにするといった。

「思ったとおり、君は、かなり重要なことを、くわしく知っているようだな……」

看護婦の通訳をきくと、彼は、膝の力がぬけるほど失望した。

「ということは、やはり君が、死んだ男と何かつながりがあった、ということではないのか？　それにしても、君の演説は、まことに空想的で、現実的ではない。われわれとしては、とにかく君を監禁する。いずれにしても、君の処分は、明日、上部に相談してきめることになろう」

少佐は眼くばせし、衛兵がちかづいてきた。

「ミス・スヴェルトコワ……」彼は、看護婦の顔をまっすぐ見つめていった。

「少佐に正確に、こうつたえてくれ。ぼくは、はっきりわかった。地球人の敵は、宇宙人なんかじゃない。――地球人の敵は地球人そのものだ、とね」

看護婦の顔に、さっと赤みがさした。ほこりを傷つけられたように思ったのだろう。

まずいことをしたかも知れない、と思ったが、どうともなれ、という気分だった。――空想的で、現実的ではない、か――と、彼は暗い外へ、連れ出されながら、自嘲的な笑いを頰にうかべた。いつもいつも、地上をはいずりまわり、自分のさわれる範囲だけを、現実的と思っている人間……。大きな事はいえない。うまれてはじめての大演説をぶった彼だって、つい二、三十時間前までは、あのせせこましい生活のコースの中で、さもしい事ばかり考えていたのだ。

彼は、みんなの宿舎にかえしてもらえなかった。その場から、宿舎からややはなれた、小さな小屋のようなものの中へつれこまれた。前が物資集積所で、ライトに照らされて、トラックが数台うずくまり、兵隊がたくさんいた。

小屋の中は、まっくらで、調度らしいものは何もなく、かびと、ものくさったにおいがした。毛布を二枚、投げいれると、衛兵は鍵をかけた。外で歩哨と話しあう声がきこえた。

冷たい床の上に、毛布をしくと、一枚を外套のようにはおって、彼は首の高さにある窓によりかかった。くもったガラスの一部がこわれ、凍《い》てついたような星がかがやくのが見えた。時おり、空の一角が、幕電《まくでん》のようにパーッと光る。――二十数年前、数千キロはなれた北満から、はるばるシベリアにはこばれてきた、当時彼と同年輩だったであろう大勢の日本の男たち——シベリア抑留生活者たちは、やはり彼と同じような、流離の孤独感と絶望を抱いて、この星をながめたのだろうか？

「山崎さん……」

外でおしころした声がした。

窓の外に、高橋青年の白い繃帯頭が見えた。ややはなれた所に、黒いマントをはおった、看護婦の影が見えた。

「えらいことになりましたね」高橋青年の声は、まるで泣いているようだった。

「あんな……あんな男にかかりあうからいけないんだ」

「しかたがないさ……」山崎の方が、まるでなぐさめるような口調でいった。

「それより……もし、君たちの方が先に、モスクワなり、日本なりについたら……おれの事を、社と家族にすぐつたえてくれ。それから、すぐ大使館にたのんで、かけあってもらってくれ」

「でも……ぼくたちだって、この調子じゃどうなることかわかりませんよ」

「大丈夫だ。いくら機密保持だって、まさか、これだけの数の民間旅行者を、収容所にぶちこむわけにはいくまい。みんなで、誰か代表をきめてかけあうんだ。ひくんじゃないぞ。あくまで正論をはって、押して押して押しまくれ。そうだな……スヴェルトコワ看護婦は、味方になってくれるんじゃないか？」

「わかりました。ほかには？」

「それから……」彼はぐっと唾《つば》をのんだ。

「いいか、高橋くん……この事は、肝《きも》に銘じておいてくれ。地球はいま……宇宙人に攻撃されているんだ。本当だ。君たちも、あのジュンガリア沙漠で、妙なものを見たろう。あれがそうなんだ……」

「本当……ですか？」高橋が、唖然としたような声を出した。

「本当に……あれは……」

「少し待ってくれ」

山崎は胸ポケットから万年筆と手帳を出した。星明りもろくにささない暗がりで、彼は大急ぎで記事を書きなぐった。

うまく書けたかどうかわからないまま、彼は手帳ごと、ガラスの破れ目から、高橋にわたした。

「これを、モスクワ支社に……たのむ」

「わかりました」高橋青年は、うけとりながらいった。「ほかにとどけるものは？」

何の気なしにポケットに手を入れた時、ふと指先に、まるいものがさわったような気がした。さぐってみると、上衣のポケットの底に穴があき、背広の裾と、裏布の間に、小さな円筒状のものがおちこんでいた。

そうか――ファーガスン、いや、フランクリンが、おれのポケットにいれた、というのは、こいつなんだな……彼は、その小さな金属筒をつまみ出しながら、一瞬迷った。自分が持っていては危い。といって、高橋青年にわたしたら……。

「いいか、こいつは重要なものらしい。気をつけて……官憲に見つからないように」彼は高橋青年にそれをわたした。「これもモスクワ文社にとどけて、大至急、しらべてもらってくれ。大至急だ」

看護婦が、低く何か叫んだ。高橋青年は、金属筒をひったくるようにとると、

「じゃ……」とささやいた。

「寒くてつらいでしょうが、がんばってください。明日になったら、いわれた通り、あなたのことも、ねばるだけねばってかけあってみます」

3

高橋青年がいってしまうと、どっと疲労がおそってきた。あとは、夜明けを待つばかりだった。

明日――

明日がくれば、いったい事態はどういう風に展開するだろうか？　憲兵隊本部へ身柄をまわされ、そこでもっと執拗で、徹底的なとりしらべがくりかえされるだろうか？　あの伝説的な、数々の心理拷問が、自分の上にくわえられるのだろうか？　軍事機密に関する問題として、軍でしらべられるのか、それとも国家保安本部にでもまわされるのか？

山崎は、自分が、いままで世界的にみて、特殊な国でくらしていたことを、つくづくと思い知らされざるを得なかった。――軍事機密のほとんどない国、国家の秘密警察や、巨大な暗黒の諜報機関のない国――、だが、世界には、そうでない国がいっぱいある。そして、日本人は、そういった体制に対して、まるきり想像力を欠いている。

なるようになれ――と山崎は思った。自分の中で、何かがかわってしまったように思えた。アルタイの南のスロープの上から、ジュンガリアの灰色の沙漠の彼方の、たれこめた雲の間にうごめく、あの異様なもの――見ただけで、ぞっとするような、異様なまでに邪悪な感じのするものを、見てしまってから、彼の中で、たしかに、何かがかわった。心の中の一部が石になって、人間の組織など、それほど怖ろしいものではなくなってしまったみたいだった。ウェンスキイ少佐がなんだ。ソ連陸軍がなんだ。……人間の組織などというものは、所詮《しょせん》……。

冷えきった床にねるのはさむいので、彼は二枚の毛布にくるまって、窓と反対側の壁にもたれてうとうととした。まぶしい光が、窓からさしこんで、彼の顔を照らした時、ふと夜があけたのかと思った。だが眼をしょぼしょぼさせている間に、その光は消え、あたりはまっ暗になった。

はげしい砲声と、人のわめく声に、気がついたのはその時だった。どたどたと重い靴音が、まわりにひびき、号令だかどなり声だかわからないような怒声がひびいた。すぐ前の広場で、トラックのエンジンがごうごうとうなって、ライトが交錯《こうさく》した。

ズガン！　ズガン！　ズガン！　ズガン！　というような、たてつづけの砲声が、至近距離で起った。窓ガラスがこわれて床に音をたてた。あたりはフラッシュのような光に照らされ、つづいて紫色がかった白光が、空一面にかがやいた。彼は思わず耳をおおって床にふせた。物資集積所がゴウッと音をたててもえ上った。村のあちこちで火の手があがった。

「あけてくれ！」彼は扉をたたいてわめいた。

「おーい！　あけてくれ！　逃がしてくれ」閂《かんぬき》が外でガチャッとはずれる音がした。ドアをおしあけてとび出すと、スヴェルトコワ看護婦の、細い姿が見えた。

「いそいで！」看護婦はさけんだ。「みんな退避したわ。あなたの仲間も……」

炎々ともえ上る広場から、いま最後のトラックが出て行くところだった。砲声がまた轟《とどろ》き、ロケット弾が宙に赤い尾をひき、紫白色の強烈な光が、一瞬あたりの山々を緑に浮き上らせてはまた消え、機銃がひびき、なにが何だかわからない状態だった。

「こっち！」

看護婦は建物の陰に走り、白ぬりのモスコヴィチのドアをあけてとびこんだ。エンジンをかけ、重い車体を乱暴にひき出す。

「軍医はあわてて、トラックで行っちゃったの」看護婦はハンドルを切りながらいう。「あなた、そこにある繃帯をやたらにまきつけて……検問にあったら、ひっくりかえってうなるのよ」

「やつらは？」

「山のむこうから、不意打ちをかけてきたわ……のこっていた村の人たちが、少しやられたらしいわ」

彼は、炎々ともえ上る背後の村をふりかえって、火炎の背後にくろぐろとそびえる山の上に、青白く、くらげのように光るものの姿がいくつかうかんでいた。それを見たとたんに、心臓が凍るような感じがして、全身が鳥肌だった。そいつは何か――名状しがたいような、いやらしい感じのものだった。

「ウルジャルへ出て、もし行けたら、アヤグースまでぶっとばすわ。アヤグースまで行けば鉄道があるの。アヤグースはどうかわからないけど、鉄道にのって、セミパラチンスクまで行けば、確実に、ノーボスチの駐在員がいるわ。大丈夫、ノーボスチにひき渡すまで、ついていてあげる」

「ウェンスキイ少佐におこられないか?」と、彼はきいた。

「大丈夫——少佐は黙認よ」と看護婦はいった。「この車を使うようにいってくれたのは少佐なの」

「ミス・スヴェルトコワ……」彼は、何となくぐっと胸がつまって、よびかけた。

「ナターリャとよんで……」暗がりの中で、看護婦は、ちょっと歯を見せたようだった。

「あなたの演説、すてきだったわ——。私の英語は? どうだったかしら?」

安保理の舞台裏で

1

中央シベリアにおいて、「未知の地球外勢力」との戦闘が、ついに中ソ国境をこえて、ソ連領土内に拡大した、というニュースは、西側通信社と、アメリカ国務省発表によって、ほとんど同時にニューヨークの国連本部に達した。

　二日後の総会をひかえて、続々ニューヨークに集ってきていた各国代表の間には、動揺が起り、国連事務局、安保理事国、とりわけ、アメリカ政府首脳部には、あからさまな焦《しょう》慮《りょ》の色があらわれた。

　ホットラインを介したソ連首相とアメリカ大統領の直接交渉で、やっと総会開催二日前から、緊急安保理事会を開くところまでこぎつけたが、大陸中国の、国連参加を推薦するための、常任五か国の一致は、やはりおいそれとは得られそうもなかった。

　ソ連の態度は、ゴドノフ首相が、東部地方視察からかえってきて、ラッセル大統領と電話で話してから、急速に軟化したようだった。

「おそらく、ソ連政府首脳部は、現地視察で、事態が容易でないことをさとったんだな――」と、国務次官は、レーン国連代表にいった。

「大統領が、ソ連首相といったいどんな話をしたかわからんが……おそらく、安保理事会に対する態度を緩和するのとひきかえに、まさかの場合の、こちらの軍事援助や、協同作戦について、なにかの言質をとったんだろう」

「中共代表は、まさにその点を勘ぐっている……」

　レーン代表は、げっそりとおちくぼんだ頬をひきしめ、血走った眼をしばたたいてつぶやいた。

「米ソの軍事密約が、具体化するのに、おそろしく神経質だ。大統領が、電話で話したすぐあとに、范毅《はんき》代表がこちらへ電話してきたよ。もし、常任五か国のうち、どこの国でも中共に対する陰謀的行為に出る形跡が、少しでも見えたら、中共はただちに代表をひきあげる、と念を押してきたんだ。連中は敏感だよ。ホットラインは、絶対傍受不可能だ、なんていっているけど、どこかで洩れてるんじゃないかね？」

「そうでなくても、アジア人は、おそろしくカンが鋭いのさ」国務次官は、肩をすくめた。「猜疑心《さいぎしん》がつよい、といってもいいのかな。次は、国府代表が何かいい出すかも知れんぜ」

国務次官の予言は、すぐに的中した。

緊急安保理開催を、わずか三時間後にひかえた早朝、常任理事国である国府代表が、突然延期を申しこんできたのである。

「アメリカの長官クラスの高官が、ユーゴーとポーランドの仲介で、ひそかにヨーロッパの某所で、中共の宋副首相と会談をかさねている、というのは本当ですか？」王文峰国府国連全権大使は、こわばった表情で、レーン代表にいった。

「しかも、その会談には、双方の軍関係のＶＩＰが参加している、また北鮮代表まで参加しているという情報を得ました。――これはどういう意味でしょうか？」

「私はそのことについて、何もきいていませんが……」レーン代表は、困惑の表情で、国務次官をふりかえった。「しかし、そのことがいったいどんな関係があるのでしょうか？」

「閣下――この際、もっとも重要なのは、五大国の一致です。この事は、閣下もよく御存知のはずだ」王文峰大使は、ひやりとするようなばか叮嚀《ていねい》な調子でいった。「この原則こそが、国連のアルファでありオメガです。このことを、どうかくれぐれもお忘れなきよう」

王大使はそのまま帰ってしまった。

国府のつかんだ情報は、ある程度まで正確だった。実際の秘密会談は、まだおこなわれていなかったが、工作の方は隠密裡にすすめられていた。むろん、中共首脳部と軍関係者を相手に、まさかの場合の、アメリカ軍事力の直接投入についての可能性を打診するためのものだった。

国府が、神経をとがらしたのも、むりのないことだった。

米中が、国府の頭ごしに、接触をはじめ、密約に達する――これは、それがどんな形にせよ、国府のもっとも恐れる所だった。巨大な国のすぐ傍にあるこの小さな国が、その主権を保ちつづけるには、国連の場において、「原加盟国」としての特権をフルに利用するよりなかったからである。極東問題に関して、もし巨大国同士が「国連の場」以外の所で直接取り引きにはいってしまえば、その立場は、まことに脆弱《ぜいじゃく》なものだった。そうなった暁には――ひょっとしたら、「第三次国共合作」という、奇怪な事態が出現するかも知れない。

またしても、大統領の出馬だった。

大統領は、この所ほとんど寝るひまがなかった。――国府の国連代表から、さらに外務省に、政府首脳部に、米国は決して国府をさしおいての政治的取り引きにはいっているわけではないこと、大陸中国との接触は、単に軍事的な情報交換を目標とするだけであって、それも打診段階にすぎないこと、しかし、アメリカは、「大国の責任上」、あらゆる努力をはらって、地球人類が「未知の勢力」に対処するための準備をおこなわなければならないこと、などをのべて弁明と説得にあたらねばならなかった。

電話、書翰《しょかん》、面談と、いやが上にも激務をかさね、日に日に憔悴《しょうすい》して行く大統領の顔を見るにつけ、レストン秘書は、胸のふさがる思いを味わうのだった。

(なぜ、大統領が、こんなに苦労しなければならないんだ?)

レストン秘書は、執務室の椅子で仮睡する、げっそりとやつれた大統領の顔を見ながら、思わず――わかっていながらも思わず――つぶやかざるを得なかった。

(なぜ、アメリカが、こんなに一人で苦労しなければならないんだ? ほうっておけばいいじゃないか! 赤い中国も、ソ連も、宇宙人にやられてしまえばいいんだ。アメリカは、自分の国と、友好諸国だけをまもってやれば……)

若いアメリカ――若くて、世界一豊かで強力なアメリカが、かつて何度も自問した同じ問いが、若い秘書官の胸にまたうかんだ。

――なにがしかの善意にはじまって惨澹《さんたん》たる結果に終ったいくつかの戦争、まぎれもない理想主義が口火を切りながら、最後には、貪婪《どんらん》な力がすべてを奪い去り、当初の理想をだいなしにしてしまう……。「強さ」自体が、今やアメリカの根ぶかい疾病《しっぺい》になってしまっているのだった。

2

だが、テンヤワンヤのうちに、それでも安保理事会はひらかれた。

しかし、総会開催までに、理事会は、中国の国連加盟を決議するにいたらなかった。

理事会は、開かれたと思うと、すぐ常任理事国と、中共代表団との秘密討議にはいり、また非常任十か国をふくめて討議が開かれ、また秘密会にはいった。

常任五か国は、中共代表と、膝をまじえて、かねてからの中共の、国連に対する強硬な意見の事項を、一つ、また一つと、「一時棚上げ」にして行った。強硬意見とは、

(1) 朝鮮事変当時に国連でおこなわれた、人民中国および北朝鮮を「侵略者」とする決議を撤回する、

(2) かわって、米国を「侵略者」と非難する決議の採決、

(3) 国連を人民中国の意見通りに、徹底的に改組する、

(4) 国民政府の議席の取り消し、国連よりの追放——そして、台湾は中国の固有の領土であり、人民中国こそ、「中国」という国を代表する、唯一の正当な政権であることをみとめる、

といったものだった。

(1)と(2)と(3)については、一応「この三条の今すぐの実現を絶対条件としない。しかし、人民中国の従来の主張はかえない。ただし、この条件を、一時〝棚上げ〟にし、国連レベルの、国際討議には参加する」

というところまでこぎつけた。

しかし、もっとも肝心な(4)の問題については、ねばりにねばった。まず、この問題に関する限り、五大国との会談はうけいれられない。国府をのぞく四大国とでなければ、問題の性質上、中共側の要求が、まともに討議されるはずはないではないか、というのが中共側の強硬主張だった。

「われわれはここまでゆずった」と、范毅人民中国代表は、語気するどくいった。「今度はあなた方が、譲歩する番です。どうかわれわれの誠意にこたえて、あなた方も誠意を見せていただきたい」

フランス代表が、疲労困憊《こんぱい》のせいもあってか、むこうのいい分を、もっともだといいそうになった時、国府代表はまっさおになった。もしここで、国府以外の四大国が国府をは

ずして、中共側と折衝にはいったら……その時は、「原加盟五大国」の原則の、外濠《そとぼり》がうめられる時だ。

五大国だけの会議がもたれた。その会議自体から、国府をはずすべきだ、という意見がソ連から出た。だが、アメリカ側は、強引にねばった。

「今こそ、五大国の一致団結が、国連はじまって以来、もっとも切実に要求されている時です」

とレーン代表は強調した。

「この原則がくずれたら——原加盟国の団結がくずれたら、われわれは、地球的危機に際して確乎とした国際的連帯のもとに動くチャンスを逸するでしょう。われわれは、ふたたび中共政府のねらっている、国家間レベルの紛争にまきこまれ、地球人類間の対立をかかえたまま、相互に警戒しながら、相手にあたる、ということになりかねない」

「しかし、いま、ここで、ふたたび五大国対中共の形式以外の折衝しかうけつけられない、ということで、つっぱねたら、むこうはまた、大国が結束して、圧力をかけた、というふうにとりませんか？」

とフランス代表はいった。

「そう——終始、一方的に押しまくった、といった印象はさけられんでしょうな」

とイギリス代表はいった。

「相手は、勝ち負けといった事に、極度に敏感です。五大国にひっぱり出され、五大国のいいなりになった、ということになると、范毅代表は亡命でもしなくちゃならんでしょう。なにか……なんとか少しでも、相手の面子《メンツ》をたてる道はないものでしょうか？　この際、国連において、重要なのは、現在準備中の、国連軍の派遣をむこうにうけいれさせることです。むしろ、国連軍が、中共軍を、援助することを、うけいれさせることです。ソ連、アメリカはじめ、西側諸国は、どの国も中国に対して領土的野心や侵略的意図をもっているわけではない。アメリカにむかっては、別に国をひらかなくてもいい。ただ国連軍の、中国援助をうけいれてもらえばいいのです」

だが、その国連を、中共は、「帝国主義の侵略のための道具」ときめつけてきたのだ。朝鮮事変当時、ソ連欠席のまま、国連で「侵略者」の汚名をきせられたのが、よくよく深い怨《うら》みになっているのだった。

「こんなことばかりやっていて、いいんでしょうか？」

レストン秘書は、日ごろの辛抱づよい態度を忘れたように、やや上ずった声でいった。この異例の抜てきをうけてきた秀才が、いつもの沈着で、老成した印象の風貌がくずれ、その下から、年相応の青っぽさをむきだしにしていた。大統領秘書になってから、こんな事は一度もなかった。

大統領は安保理の進捗状況の報告をうけながら、この度を失いかけている若い腹心から、眼をそらした。（おちつけ、坊や……）と大統領は心の中でつぶやいた。

「レーン代表は、うまくやってくれるだろう……」と大統領は葉巻をとりだしながらいった。

「現在の世界の――地球上の政治組織は、こういう問題に対処できるようになっていない。こういった状況を、これまで仮定することさえなかった。現在の人類の国際機構には、こういった問題に対処する方策が原理的に欠けているのだ。今は、辛抱づよく、慎重に事を進めなければならん。原則的諒解に達するまで――独走するわけには行かんのだ。動くにしても、やはり、地球上の大部分の勢力が支持してくれなければ……今は内部をかためる時期だ」

「でも、そんな事をやっている間に、もし状勢が決定的に手おくれになったらどうなるでしょう？……」とレストン秘書は、大統領の前からさがりながら、口の中でつぶやくようにいった。「地上最強最大の戦闘力をもつ、合衆国は、場合によっては、単独でも……」

「その事も考えないではない」大統領は、葉巻きを深か深かと吸いこんだ。「ウェブスターとグリーンバーグと……国防総省の中枢部は、あげてその問題にとりくんでいる。大丈夫とはいわないが――私たちはみんな最善をつくすよりしかたがないし、またそうしていると思う……」

レストンが出ていったあと、大統領はもうもうと渦まく葉巻きの煙りを、ぼんやりとながめていた。——おそらく……。

おそらく人類はむこうから手痛い一撃をうけるまで、一致協力もしなければ、立ち上りもしないだろう。現実というものは、常にそういう形をとるのだ。今はまだ、取り引きやかけひきの時期だ。あきれるほどこんがらがった、見方によっては愚劣きわまる……。だが、そのうち——突然大統領は、いい知れない不安におそわれて、思わず立ち上った。指を、おちつきなく、ひらいたりにぎりしめたりしながら、いらいらと部屋の中を歩きまわった。

今度の相手は、われわれのよく知っている——したがって、どんな不意の、狡猾な攻撃も、強力な打撃も、その程度を大まかには見つもることのできる——「人類」ではないのだ。もし、先方が、決定的な攻撃をかけてきた場合、それがどの程度のものであり、どの程度持ちこたえられるか、という事は、まったく見当もつかない。

とすると、レストンのいうように、「決定的に手おくれになる」事が、まったくないとはいえない。——ではいったいどう考えたらいいのか？——大統領は、二本目の葉巻きをつまみ上げようとして、思わずそれを折ってしまい、ついで掌の中でグシャグシャにもみつぶした。ラッセル大統領は、掌の中で一塊の茶色の塊りになってしまった、軽い、カサカサした葉をながめながら、腹の底でうめいた。

――まったく、どう考えたらいいのだろう？

3

ついに五大国秘密会議で、投票になった。――五大国交渉の原則的立場をくずさない、とするのが二、四大国ででも交渉すべきだとするもの二、棄権一。――ふたたび果てしない討論……。休憩。

アメリカ代表は、しかし、原則をくずすべきではない、という態度をとるべき、根拠をにぎっていた。

「中共政府は、民兵の動員を大規模にはじめた」休憩時間に、国務次官がそっとささやいた。

「必死に弱味を見せまいとしているが、しかし、相当痛手をこうむっているらしい。未確認情報だが、甘粛省《カンスー》のウラン濃縮工場に、電力を供給していた、劉家峡ダムが破壊されたらしい。塩鍋峡ダムもやられて、省都蘭州《ランチウ》が、あぶないという話だ……」

「民兵の動員……となると、国家主席がうごいたのか？」

「いや、まだだ。戒厳令も動員令も、まだ正式には国会常務委員会の方から出されていない。だが、国防委員会の鄭副主席と、党の中央軍事委員会で、非公式にやりはじめているらしい。しかし、正規軍にくわえて、動員され出している民兵の数は、相当なものらしい」

「――不運な国だな……」レーン代表は、両手で顔をこすりながらつぶやいた。「やっと、建設が、恰好《かっこう》をつけ出したと思ったら……、いったい、七億の毛沢東の〝人海戦術〟で、地球上の軍隊ならいざ知らず、宇宙人の攻撃を撃退することができると思っているのだろうか?」

「さあ、どうかな……」国務次官は首をふった。

「だが――いったいどうなんだ? 中国一国では、とうていたちうちできない相手だとして……じゃ、われわれ地球人全部が結束したら、はたしてやっつけられるのかね? 軍部の連中は、いったいどういう評価をくだしているんだろう?」

再度の投票で、五大国原則支持二に対して、棄権が二にふえた。

ここでアメリカ代表は、力をふるい起して、また大演説をぶった。

中共が、あくまで従来の主張に固執するなら、この原則的団結を破ってまで相手をうけつける必要はない、われわれは、大陸中国との、新しい地球的次元における連帯をあきらめ、中共には中共の道を行かせ、大陸中国をのぞいた「のこりの世界」は、また別個に、地球外侵略者に対する、全世界的連帯による対処を考えるべきだ。

ここはつっぱねても、今度という今度は、いずれ中共の側から折れてくる――とレーン代表は予測していた。――相手は、内部から、異様な敵にくいあらされつつあり、もし頑固に国連加盟を拒否し、五大国への敵視をつづけるなら、中国は、地球の内と、地球の外と、二重の敵におびやかされることになる。

だが、ここで五大国が足なみをそろえて、強硬態度に出た場合、話し合いはいったん物わかれになるが、それがはたして得策かどうか、ということは問題だった。

中共代表は、当然一度は席を蹴ってかえる。

交渉がいったん決裂し、中共側が次に折れて出るまで、かなりの時間がかかるだろう。しかし、総会開催は、もう目睫の間にせまっており、しかも、各国にも次第に事情がのみこめてきて、今度の臨時総会は、開会前から、何か異様な雰囲気がもり上ってきていた。

ここで、交渉決裂後、中共側が、例によって強力な宣伝を開始したらどうなるか？

中共側の譲歩に対して、「五大国側の横暴」の印象がつよまるのだ。中共の不運につけこんで、五大国が、中共に屈辱的な条件を押しつけようとした、と、彼らはいうだろう。

「われわれの全世界同胞との強い連帯意識、また国際社会との協同のための大幅な譲歩に対して、一にぎりの帝国主義者と修正主義者は、全人民の危機を利用して、卑劣にも、その貪婪な征服欲をさらに一層拡大しようとしている……」

レーン代表の眼には、交渉決裂後、中共代表が新聞記者にむかって読みあげる声明文の内容が、眼にうかぶようだった。

「彼らは、この世界全人民、地球人類の危機をみずからの利己的な征服欲を満たすのに利用しようとしている。これら、一にぎりの国々こそ、危機にのぞんだ全世界の、裏切り者である。われわれは、地球外の敵と闘うために、まず地球内の敵とたたかって、これをたおさねばならぬ」

すでに、一部の新聞は、

「中共の国連加盟、国際社会復帰のために、いかなる譲歩をもせよ。それが、地球の危機をすくう唯一の近道だ」

という論説をかかげはじめていた。

「中国を救え！　地球外の凶暴な侵略勢力と、英雄的にたたかっている中国人民を、全世界から孤立させてはならない」

というキャンペーンが、知識人、学生、左翼勢力の唱導で開始され、それはみるみる全世界にひろがろうとしていた。

時間はじりじりとたって行き、常任五か国の秘密会議は、なお結論に達しないまま総会開催の時期はせまりつつあった。非常任理事国もじりじりして、常任理事国に圧力をかけはじめた。非常任理事国のある代表が、このことを外部にもらしたため、事態は一層紛糾の様相をおびてきた。

国府代表の顔は、ずっと死人のような色をおびていた。眼がすわり、口がもつれがちになった。安保理が開催されれば、中共側のいい分を通すことになるのは、今や明らかだった。いざとなれば最後の切り札の「拒否権《ヴエトー》」を行使するまでだが、しかし、こういった事態の中での「拒否権行使」は、全世界のごうごうたる非難と圧力をまきおこすのは、眼に見えていた。今度ばかりは、拒否権の全能の効力も、影がうすれていた。たのみとするのは、「五大国の一致」だけだ。だが……。

ニューヨークの国連本部の舞台裏で、事態が紛糾をかさねている間に、情勢は刻々と悪化しつつあるようだった。

「未知の地球外勢力、中印国境で攻撃開始！」

のニュースが、とびこんできたのは、総会開催の前日だった。

ヒマラヤの惨劇

1

ヒマラヤ——一億五千万年前から、北方へむかって移動をはじめたインド亜大陸地塊が、ユーラシア大陸に衝突し、その南縁を高さ八千メートル、東西二千数百キロメートルにわたっておし上げた大褶曲《しゅうきょく》山脈。

その北方には、平均高度三、四千メートルの広大な「世界の屋根」チベット高原がひろがっている。面積百二十二万平方キロ、日本の約三・五倍のひろさをもつ、この苛烈《かれつ》な高原には、日本の人口のわずか八十分の一、百三十二万の住民が、南部地区の、ヒマラヤ山脈とその北を走るニェンチェンタングラ（トランスヒマラヤ）山脈の間の峡谷を、東西に流れるツァンポ河の流域に集中して住み、その北方の、湖沼と樹木のない山岳のつらなる広いチャンタン高原には、わずかな遊牧民以外、ほとんど住むものもない。

海抜八八四八メートルの最高峰エベレストを中心に、八千メートル級の高峰がつらなるこのヒマラヤ山脈の両端に、中印国境紛争の種となった、東のアッサム北東地区と、西のラダク地区がある。そしてまた、ヒマラヤの西北につらなるカラコラム山脈の北方ラダク地区は、インド・パキスタンの両国間が、その帰属をめぐってながらく対立をつづけている、カシュミール地区と接しているのだ。

アッサムでは、このところ連日、猛烈な湿気をふくんだあつい南西風——大モンスーンが吹き、雨期がはじまろうとしていた。南西部のビルマとの国界をなすナガ丘陵では、年雨量一万ミリをこし、一八六一年には実に年間二万ミリを突破するという、きちがいじみた記録をのこしている世界最多雨地域なのだ。

そのむし風呂のような重い空気をついて、この地域北東部に続々とインド軍の大部隊が集結しつつあった。

物資は鉄道ではこばれ、また道路ではこばれてきた。戦車が、重砲が、地対地ロケットが、そして何個師団にも相当する歩兵が、靄《もや》に煙る広大な茶畠や水田の間を、続々と移動して行った。泥濘《でいねい》をはねとばしてトラックが走った。獰猛《どうもう》をもってなる山岳戦の勇者、ネパールのグルカ兵の姿もみえた。ガウハウティの東ナガ丘陵西麓ぞいに、最近続々と発見された大油田地帯は、ものものしい武装兵士でかためられ、主力はさらに北行して、ヒマラヤへの入口、サディヤ付近に集結した。

この部隊の司令部には、目だたないほどの数の白人将校がいた。アメリカ、イギリス、それにソ連の軍事視察団だった。彼らは、うだるような暑さと湿気に、ぐったりとなりながら、宿舎にあてられた木造家屋の中から、灰色の雲におおわれたヒマラヤの裾野を見つめていた。「相手は、いったいどんな連中なんだ？」と、小肥りの米軍少佐はつぶやいた。

「中共軍もいっしょにせめてくるのか？」

「そういうことは、君たちの方がよく知っているだろう」

長頭型の典型的なイギリス人の顔をした英軍の大尉が、暑気ばらいのジンをなめながらいった。

「こんな装備で、勝てるのかな？」米軍少佐は、だらだらながれる汗を、ぐしょぐしょになったハンカチで口を歪《ゆが》めてぬぐいながら、吐きすてるようにいった。

「もし、山の中で闘わなきゃならないとすると、戦車なんか、なんの役にもたたん。といって、相手がもしほんとに宇宙生物なら、グルカ兵の格闘術も通用せんだろう」

「その通り、おそらく、砲とミサイルと、それから航空機だね」

「とりわけ航空機だ！」少佐は、バシン！と平手でテーブルをたたいた。

「ばかな連中が！　そりゃソ連製の戦車はものすごく優秀だ。だが、あのミグ21というやつは何だい？　航続距離はやたらに短くて、とてもここまでとんでこられん。おまけに故障がやたらに多くて、エンジンときたら三、四百時間しかもたない。われわれの貸与した

F一〇四や、F一〇二は、数がすくないから虎の子にしている」

「それでも役にたつかどうかわからんよ」と大尉は首をふった。「君たちご自慢の、マッハ2以上の戦闘機を、ヒマラヤの山の中でつかったことがあるかい？　ミサイルだって、効果があるかどうかわからんのだ」

「じゃいったい、連中にはどんな武器がきくんだ？　結局、核兵器だけか？」

「まだほかに、可能性はないでもない」

「なんだ？　それは……」

「このむしあつさだよ」大尉はニヤリと笑った。

「連中は、どうも高山地帯がお好きなようだ。この煮つまったスープみたいな空気の中にはいったら、やつらでもばてちまうんじゃないかね」

「むこうがまいる先に、こっちが全滅してしまいそうだ」少佐は大息をついて立ち上った。「おれの車にこないか？　エンジンがばててもかまわん。あいつにはクーラーがついている」

その時、インド人の将校がつかつかとはいってきて敬礼した。

「先発隊が出発します」とその将校はいった。「同行されますか？」

少佐は、時計を見て、不満そうにいった。

「予定より五時間も早い」

「偵察隊が、緊急連絡をしてきたんですが、途中で通信が途絶しました。接触がはじまっていると思います」

少佐は不安そうに、ますますこい密雲にとざされ出した、山岳地帯の方をながめた。──雲の間に、時々何かにぶく光るものがある。雷のようでもあるが、そうでないようでもあった。

「通信隊はどこだ？」少佐は、帽子をとりあげながらきいた。「カルカッタへ連絡をとりたいのだが……」

「短波はだめです。一時間ほど前から、空電がものすごくなって、ほとんど通信不能です」

「有線電話は？」

「時間がかかります」

少佐は舌うちして帽子をかぶった。ふりかえると、英軍の大尉は、ヒマラヤと反対の方向をじっと見つめて、かるく十字を切った。

「どうした？　この世へのおわかれか？」少佐は皮肉をこめてきいた。

「ぼくの親父は、この南方の、インパールで戦死したんだ」と大尉はいった。

2

雨がビショビショ降りはじめていた。外へ出たとたんに、大地がぐらぐらとゆれた。

「なんだ?」少佐は不安そうにきいた。

「地震です」とインド将校は、こともなげにいった。「このあたりは、有名な、地震の多い地方です」

伝令が、パシャパシャ水をけ上げながら走ってきて、敬礼し、なにか早口のヒンズー語でまくしたてた。

「偵察隊と、またコンタクトできたそうです」インド人の将校は、英語になおしていった。「遭遇したのは——中共人民解放軍正規兵若干と、チベット民兵約二百……チベット兵は、投降の意思表示をしていたそうですが、中共正規兵は武装していて、武装解除をもとめると射ってきた……」

「すると、中国軍の侵略か?」

「いや——そうじゃなさそうです。そのあとからも、チベット領から、難民が来るそうです。そのあとから……何かが……」

「何か、とは何だ?」

「そこでまた通信が切れたそうです」

少佐は、不気味そうに、密雲の彼方の山岳部を見上げる。大地が、また少しゆれる。

「出発します」インド人将校はいう。

「偵察隊が通信してきたのは、ここから北方山中へ、約百キロの地点です。途中までは、道がいいから、四時間でいけるでしょう」

「ソ連軍の将校はどうした?」英軍大尉が、雨の中を歩きながらまわりを見まわす。

「ほうっておけ。気がついたらついてくるだろう」と少佐は肩をすくめていった。「連中は、パキスタン側で、おれたちをしめ出しているんだ」

「カシュミールの場合はしようがないさ。両国は軍事援助協定をむすんだんだから」

雨の中を、ごうごうとトラックが出発する。雨がはげしくなり出して、二人ともぐっしょりぬれた。サディヤの街の前をながれる、ブラマプトラ河の支流は、水量をまして、にごった水がどうどうと流れている。

英国将校が、フッ、と笑う。

「どうした?」

「いやなんだが、妙な気がしてね」と、若い大尉は、クスクス笑いながらいった。

「子供の時、さんざん読んだ、漫画やSFのおかげで、宇宙人との戦争といえば、まっ暗な宇宙空間とか、凍りつくような、よその宇宙の星の上でやるものだとばかりおもっていた。——まさか亜熱帯の中で、雨にぬれながらやるとは、考えもしなかったよ」

雨のむこうから、誰かがわめきながらかけてきた。それにこたえるように、あちこちで叫びがかわされた。

「何かあったのかね？」米軍少佐は、かけよってきたインド人将校にきいた。

「下流の合流点に、大量の死体が流れついてきたようです」インド人将校は、眼をギョロギョロさせていった。「行ってごらんになりますか？」

「行って見よう」大尉は少佐の顔を見ていった。「おそらく……チベット領から流れてきたんだ」

三人は米軍少佐のシボレーにのり、クラクションをいらだたしくならしながら、うろうろしている兵士やトラックの間をかきわけて、下流へむかって走った。

サディヤの街から、ルヒト河を少しくだった所に、ブラマプトラ河の本流との合流点があった。

本流はそこからまっすぐ北方の、いわゆる「アッサム・ヒマラヤ」から流れてくる。その上流は、東西に走るヒマラヤの東端を、ディハン河大渓谷で切りさき、いわゆる「マクマホン・ライン」をこえて、チベット領にはいると、そこでチベット南部を、西から東に流れるツァンポ河となる。ツァンポの谷には、古代よりチベット文明が花ひらき、首都ラサも、この河の支流ぞいに位置しているのだ。

水かさのました合流点で、多勢の兵士がさわいでいた。幾百とも数知れぬ、ふくれ上った死体が、すでに岸辺にひき上げられており、中流に眼をこらせば、まだ無数の死体が、あとからあとから押し流されてくる。

「こりゃ……」米軍少佐が、思わず鼻をおおっていった。「こりゃひどい！　すごいにおいだ」

死体は、どれもかなり時間がたっているように見えた。上流に降った豪雨が、ひっかかっていたのも、一気におしながしてきたのだろう。人相もほとんどわからなくなっていた上に、大部分の死体は衣裳も、体も、片面が黒焦げで、その上岩にあたって傷だらけだった。しかし、服装や顔がわかるのもたくさんあった。

大部分は、チベットの農民らしかった。一部には、中共軍の兵士や将校の死体もあった。中には、北部アッサムのダフラ族らしいと思われる服装の死体もまじっていた。若い女も老婆もいた。子供も、赤ン坊もいた。難民らしく、手に小さな包みをしっかりつかんでいる死体もあった。ラマ教の僧侶らしいものも……。

幡《はた》のようなものや、家財道具らしいものもいくつか流れついていた。「聖者の息子《ブラマプトラ》」の水は、今や酸鼻をきわめた死体でうずまろうとしていた。下流にまつ悪食の鰐《わに》どもに、大盤ぶるまいをするかのように……。

グッ！　と若い英軍大尉がのどを鳴らした。まっさおになり、吐きそうになるのを、例の英国人気質が、かろうじておさえているらしかった。

「戦争だ……」米軍少佐はうめいた。

「畜生、ひどいことを！　こいつは、たしかに戦争だ……見ろ。これはどう見ても、放射線火傷だ」

「出発します」インド人将校が、これも青ざめた顔でちかよってきた。

「今、また新しい知らせがはいりました。――サディヤから北東へ、中共領巴塘《パータン》にむかっているルートを、中共軍が国境をこえて敗走してくるそうです。武装しています」

「通信はまだ回復せんのか？」米軍の少佐はかみつきそうな調子でいった。

「君、総司令官はどこだ？　話したいことがある。われわれの、強力な戦略軍団《ストライコム》が、つい近所まで来ている。タイのチェンマイに、一個大隊いるのだ。装備も最新式で火器もいい。戦術空軍《タック》の、地上攻撃機もいる。その連中の助けをかりるんだ。それでなきゃだめだ。この装備では――このまま進撃してもとても無理だ」

「アメリカの軍隊を、インド領内にいれて、行動させるんですか？」インド人将校はひややかな表情でいった。

「軍事援助はたしかにうけていますが、政治的とりきめなしに、そんなことはできませんよ」

3

ついに安保理の結論が出ないまま、しかし居丈高の中共代表をなんとかオブザーバーとして出席させて、緊急臨時国連総会の幕があいた。開会冒頭、議長の簡単なスピーチのまだすまないうちに、ネパール代表のもとに、あわただしく大使館員がかけつけ、メモをわたして、何やらささやいた。

メモを見、話をきいたネパール代表の顔は、みるみるうちにまっさおになった。議長のスピーチが終るか終らないかのうち、ネパール代表は立ち上って、緊急発言をもとめた。

「いま、本国からはいりました情報によりますと、ネパールは、ヒマラヤ山系全般にわたって、チベット領側からの、宇宙生物による攻撃をうけているそうです」メモをもつ代表の手が、興奮のためぶるぶるふるえているのが、傍聴席からもはっきりと見えた。

「首都カトマンズは、ここ数時間の間、破壊的攻撃をうけ、危殆《きたい》に瀕しているそうです。――すでに、十以上の町村が破壊され、住民の殺傷がおびただしい数にのぼりつつあります。政府は、ここ十二時間以内に、首都を放棄してインド領にうつることになりそうです。――みなさん！　われわれに対する攻撃は開始されました。しかもわれわれの国は、凶暴な宇宙生物の、未知の強力な兵器による攻撃をささえきるほどの戦力はもっていません。

平和な、美しい国ネパールを、どうか救ってください。われわれにむかっておこなわれた攻撃は、われわれ全地球人類に対しておこなわれた攻撃です」

ネパール代表の発言に、会場ははげしくざわめいた。傍聴席にはげしい私語が起り、新聞記者席の動きがあわただしくなった。

そこへつづいて、インド代表が、同じく緊急発言をもとめた。インド代表は、アッサム地方、カシュミール地方、シッキム地方、ブータンにおいて、中印国境ごしに、宇宙人の勢力との、武力衝突が起りつつあり、シッキムの首都ガントクから住民が撤退したことをのべた。

また宇宙人の追撃にあって、チベット側から中印国境をこえてインド側に敗走してきた人民中国解放軍正規部隊が、インド側の武装放棄の要求に応ぜず、かえってインド軍に攻撃をしかけ、村落を占拠するなどの不法行為に出ていることを、強い口調で非難した。

「われわれ全地球人類の、共同の敵からの攻撃を前にして、かかる無意味な同士打ちはさけねばならない」とインド代表は、はげしい身ぶりで叫んだ。「今すぐ、われわれは団結し、統制ある、協同行為にうつるべきだ」

とたんに、議長の発言許可もなく、傍聴席から、范毅代表が立ち上って、達者な英語でもって、猛烈な勢いでしゃべりはじめた。

「われわれは、非難と侮辱をうけるためにここへ来ているのではない！」と范毅代表は、インド代表にむかって、指をつきつけて叫んだ。

「中華人民共和国は、原則として、一にぎりの帝国主義諸国と、世界全人民の裏切り者である修正主義者との、取り引きと世界支配の道具である国連をみとめていない。にもかかわらず、各国のたっての要請によって、正当な権利にもとづく正当な議席をあたえられない、という国家としての最大の侮辱をたえしのんで、あえて出席しているのである。このような立場にある中国に対して、インド代表の発言は、さらに侮辱をくわえるものである。――全人類の、共同の敵からの攻撃を前にして、巨大国、帝国主義的勢力は、いったい何をしたか？　人類全体の立場も忘れ、共同の敵の攻撃を利用して、中国の領土侵犯をおこない、英雄的な中国軍兵士に対して、捕虜としての侮辱をあたえたではないか？　今は、全地球人類共同の敵に対し、単独で矢おもてに立ち多大な犠牲をはらいつつ、どこのたすけもかりずに英雄的な戦いを戦いつつあるのは、実に中華人民共和国だけではないか？全人類を代表して闘い、犠牲をはらいつつある中国に対し、全面的な支援をあたえるかわりに、強大な宇宙人と闘って退いた勇敢な解放軍兵士を、あたかも投降者のごとく、侮辱的な武装解除を強制し、捕虜としてのあつかいをあたえようとするとはなにごとか？　それこそ、理不尽な同士打ちであり、地球人類に対する重大な裏切り行為といわねばならない。地球人類のため、などという美辞麗句をならべるくらいなら、今すぐ、中国解放軍およぴ人民の英雄的な闘いを全面的無条件的に支持し、中国の指揮下に、中国とともに闘うべきである」

　この発言を、議長があえて阻止しようとしなかったので、会場の中に、発言者、議長双方にわたる非難の叫びが上り、発言の途中で、インド代表が立って応酬するなど、会場はますます混乱しはじめた。

　だが、議長は、じっと我慢して、范毅代表の発言を封じなかった。レーンアメリカ代表から、そのことをくどくいわれていたのだ。いま、中共代表にさからっては具合が悪い、ということを……。はげしくいいあう、中共代表とインド代表のやりとりをききながら、議長はなんとなく、興ざめた思いで、胸の中でつぶやいた。——いやはや、まったく、人間というやつは！

　中共代表が、中国は、国連の支援など必要としない、中国一国だけでも、七億の人民と、全世界人民の支持さえあれば、りっぱに闘いぬいてみせる、とおきまりの文句でむすんで、退場してしまうと、会議はそのあとまたひとしきりもめた。——しかし、議長はおどろくべき大車輪ぶりを発揮し、安保理よりの「大国連軍」の設置、国連安保理事会の権限拡大、軍事参謀委員会の飛躍的強化といった提案を次々に処理し、画期的な「国連非常事態法」を成立させてしまった。そして、通ったばかりのその法案にもとづき、その日の閉会時には、ついに「世界非常事態宣言」を発する所まで、こぎつけたのであった。

中央アジアの逃亡

1

アヤグースまで、あと五十キロ、という地点で、夜があけた。

山崎は、スヴェルトコワ看護婦の運転するモスコヴィチの後部座席に横たわりながら、そっと頭をもたげて外を見た。

——すごい数の軍隊だ。

兵隊を満載したトラックが、ひっきりなしにすれちがう。おしつぶしたように車高が低く、クレーンのように長くつきだした砲身をふりたてた、みるからに獰猛《どうもう》な戦車が、ほこりをけたてて、ごうごうと走ってくる。戦車の長い列とすれちがう時には、モスコヴィチを、路肩いっぱいによせなければならなかった。

丘陵の端をまわりこんで、ひろい平原が眼前にひらけた時、ほとんど野面を埋めるばかりの大軍団が、続々と東方へむかって移動しつつあるのが見わたせた。

短距離ロケット砲をつんだ戦車や、巨大な中距離ミサイルをのっけた戦車もいた。重砲がトレーラーにひかれて移動していた。ヘリコプターがぶんぶんとびかい、ミグやスホーイといった超音速戦闘機や、爆撃機の編隊が、高空を次から次へととび去って行く。

丘の麓や、道ばたに、家財道具を馬車や牛車につんだ、難民らしい連中が、このすさまじい軍隊の威容に、圧倒されたように、おびえた眼をひからせながらかたまっていた。

モスコヴィチは、何十回となく路傍に道をゆずり、何回となく兵士にとめられて、ハンドルをにぎる看護婦との間に、短く、はげしい調子のやりとりがかわされた。――山崎は、顔中に繃帯をまきつけて、首まで毛布をかぶり、後部座席にじっと横たわりながら、一言もわからないロシア語の会話にじっと耳をかたむけていた。

アヤグースから、鉄道でセミパラチンスクへ――そこから飛行機をつかまえて西へ――モスクワへ、そしてヨーロッパへ……と、彼は頭の中で何度もくりかえした。

うまく行くだろうか？

すでに大軍団の移動とぶつかってしまっている。その混乱にまきこまれないうちに、なんとかウラルの西に脱出できるだろうか？

じりじりと、足の裏をあぶられるような焦《あせ》りが、彼を苛《さいな》んだ。それにしても、地図の上では、ますます日本をはなれながら、西へ行くほど日本にちかくなるように感じるのは妙なことだな、と彼は思った。――心理的距離からいえば、西ヨーロッパは日本のすぐ隣りなのだ。

「鉄道はだめらしいワ」

兵士との、何回目かの問答をおわって、また車を発進させながら、スヴェルトコワ看護婦は、英語でひくくいった。

「軍隊の輸送で、いっぱいだっていうの。アヤグースは、物資集結点になっているらしいわ」

「じゃ、どうする？」

「まっすぐセミパラチンスクへむかうわ。あそこの空港で、西行き便をつかまえた方がよさそうよ」

「距離はどのくらいある？」

「ここからざっと三百五十キロ……」看護婦はかるく舌うちした。「間道を通るから、すこしゆれるわよ。でも、夕方までにはつけるわ」

「すこし休んだ方がいいんじゃないか？」彼は半分体をおこしていった。「ゆうべから寝てないし……間道にはいったら、運転をかわろう」

「横になってらっしゃい！」と看護婦は、はげしい声でいった。

「まかせておいて！　一晩や二晩、眠らなくっても平気よ」

2

しばらく走ると、まわりがしずかになりはじめた。トラックの音や、戦車のキャタピラーの轟音がきこえなくなり、時おり頭上をごうごうと通りすぎて行く、ジェット機の爆音がきこえるだけになった。

車室の中の、気温があがりはじめた。

スヴェルトコワ看護婦は、ラジオをつけた。ひっきりなしにしゃべりつづける、ロシア語のアナウンスをききながら、彼はしばらくうとうととした。墜落以来、緊張の連続で、ほとんど休息らしい休息をとっていなかったので、眼をつぶると、いきなり深い、まっくらな穴の底へひきずりこまれるような感じがした。

車がガクンととまったショックで、彼は眼をさました。前部座席で、小柄な看護婦の肩が、大きく息をつくのが見えた。

「ぶつけちゃったわ」後をふりむいて、看護婦はつかれた顔で笑った。「居眠り運転よ」

どこかわからないが、なだらかなスロープの中腹をまいている、せまい道の上だった。

車は、谷側の路傍の落石にぶつかってとまっていた。フェンダーと、ライトがつぶれている。

「出ても大丈夫か？」と彼はきいた。

「誰もいないわ」と看護婦はいった。「さっきから二時間走りつづけてるけど、何にもすれちがわないのよ」

彼は外へ出て、フェンダーをしらべた。タイヤにつきささりそうになっている所を、ひきはがすようにおりまげる時、彼はボンネットの吐く熱気におどろいた。

「温度計はどれ？」

彼は窓から首をつっこんできいた。

「知らないわ。——これかしら？」

看護婦は、ダッシュボードをのぞきこんでいった。

「ちょっとかわってごらん」

彼は、看護婦にかわってハンドルをにぎった。なにもかも頑丈で、おもたい感じだった。エンジンは、気がぬけたように力がない。「エンジンが焼けてる」と彼はいった。「少し休ませなけりゃ……水はある？」

「坂の下まで行けば、小川があるわ」

そこからはくだりだった。彼はエンジンをきって、ブレーキをつかいながら、そろそろと坂をくだった。スロープをくだると、きれいな小川が小さな林の中からながれ出していた。ボンネットをあけると、熱気が顔をひっぱたくようにおそいかかった。ラジエーターの水栓は、手をふれられないほどあつく、繃帯でつかんでやっとはずすと、蒸気がえらいいきおいでふき出した。

ありあわせの容器で、何度も水をくんできて、ラジエーターに水をいれた。バッテリーの液も、ひどくへっていたが、なんとかもちそうだった。それから彼は後部トランクからガソリン罐をもち出してタンクをみたし、タイヤを点検した。後部タイヤの一つが、まる坊主になって、横がひびわれバースト寸前だった。タイヤをかえ、オイルを点検し、それがかなりへっているのをたしかめてから、彼はエンジンをかけてみた。温度計の針は、すぐはねあがってくるが、それでもさっきほどではない。


「車、くわしいのね」看護婦は、びっくりしたようにいった。「あなたエンジニア？」

「いや……前にいったように新聞記者だ」

「自分の車、もってるの？」

「前にはね……でも、売っちまった」

「日本人で、自分の車持っている人なんているの？　ブルジョワだけでしょう？」

彼は答えずに、木蔭を顎《あご》でさした。

「しばらく休もう。車もすこし休ませた方がいい」

二人は、林をちょっとはいった所の木蔭の草に腰をおろした。

木の間もれの明るい陽ざしが、まわりに光の模様をつくり、青空がところどころすけてみえた。

「アルマアタの街に、戒厳令がしかれたって、ラジオがいってたわ」スヴェルトコワ看護婦がポツリといった。「キルギス共和国とタジク共和国で、住民の避難がはじまったって——連中は、パミール高原一帯に浸透しはじめているらしいわ。ソビエト・ピークが占領されかけてるんですって」

「セミパラチンスクまでは、あとどのくらい？」と彼はきいた。

「よくわからないけど、四、五時間でつくでしょう」

会話はそれきりとだえた。

とだえると、まわりの明るい静寂が二人をおしつつんだ。小川のさらさらなる音、名も知らぬ小鳥の鳴き声、林の梢のなる音、時折り空のはてにひびくジェット機の音……。

まるで、ピクニックにきたみたいだ——と草の上にひっくりかえりながら、彼は思った。日本も、東京も、社の仕事も、家庭も、はるか彼方へおしやられ、旅客機の墜落、異様な戦闘、監禁、脱走、といった一連の事件が、さっき車の中で眠っている間にみた、一場の悪夢にすぎないような気がした。

おれは、いまいったいどこにいるんだ？　西シベリアの南、中央アジアのはずれか？

そんなことはどうでもよかった。

自分が何国人であり、どんな職業をもち、いまがどんな時代で、なぜこんな所にいるか、といったことも、どうでもよかった。とにかく、彼は、いま、地球上の人間の一人としてそこに存在し、大地の上にねころがって、木の梢ごしに空をみていた。彼の背の下に、ひろびろとした地球がひろがり、眼の前に、青い透明な大気の層がかがやいていた。

——おれはいま、地球にいる。そしてはるか東方の同胞たちに、宇宙の彼方から、攻撃がくわえられている。しかし、いま、おれはここにこうして、手足をのばして、太初のそれのような静寂の中に横たわり、そして……。

そして、傍からは、一匹の雌の体臭がつよくにおった。そっとよりそうように、頭をもたせかけてきたのは、スヴェルトコワ看護婦の方だった。汗のにおいと、つよい体臭の彼方に、彼の中の忘れていた欲望を立ち上らせるものがあった。

小柄な看護婦の唇の上には、ちかくでみると、うすい口ひげがはえていた。だが、その胸は高くもり上り、いきづき、味もそっけもないうす汚れた看護服の上からふれると、そのやわらかい手ざわりに、ブラジャーをつけていないことがわかった。スカートの下、膝のすぐ上でおわっている木綿のストッキングの奥に、あのなめらかな、あつくやわらかい、肉のいざないがはじまっていた。看護婦の大腿部は、汗ばんでいた。そしてそれはたちまちあつく、ほぐれはじめた。

「繃帯とって……」と看護婦は、あえぎながらささやいた。

「ミス・スヴェルトコワ……」と彼は、看護婦の、ほっそりした体を、力いっぱい抱きしめながらいった。

「ナターリャとよんでって、いったでしょう？」と、看護婦は目をつぶったままいった。

3

電話が鳴った時、敏江ははげしい胸さわぎを感じた。夫の事ではないか、という直感がひらめいたのだった。

台所から、奥の間へ行くわずかの時間に、敏江は自分が未亡人になった時の心がまえをしていた。――そして、これから先ずっと、思っても見なかった、未亡人としての人生を歩まなければならない場合を考えて、表情さえこわばっていた。

だから、電話で、夫の同僚の斎藤の声をきいた時、体中にはげしい衝撃がはしるのを、どうすることもできなかった。

「奥さん……」斎藤の声は、興奮して、どなっているみたいだった。

「奥さん！　山崎くんは、生きています……」

一瞬気が遠くなって、彼女は立っていられなくなり、電話の前にすわりこんでしまった。体中の力が、どっと下の方へむけて流れ出して行くのが感じられた。

ショックからくる脳貧血症状から恢復するのに、何秒か、あるいは何十秒かかかった。

だらりとたれさがった手の先で、黒い、プラスチックの受話器が、ブツブツ鳴っていた。

「奥さん！……もしもし、山崎くんの奥さん……」

ありがとうございます！……と、敏江は誰にともなくさけんでいた。ほんとうにありがとうございます！……夫を助けてくださって……。

「もしもし……もしもし……」と斎藤は受話器のむこうで、さけびつづけていた。

「それで、山崎は、どこにいますの？」

やっと受話器をもち上げると、彼女はうわずった声できいた。まるで、いますぐ、どこにでもむかえにとんで行く、とでもいったような勢いで……。

「ソ連です」と斎藤はいった。「確実に生きていることはわかっています。……シベリアで不時着したソ連旅客機の乗客は、半分ほど助かりました。その中に、山崎くんがはいっています……」

「すぐ……すぐそちらへまいります……」敏江はまた全身がガタガタふるえ出すのを感じて、どもりながらいった。「どうか、くわしいことを教えてください！」

斎藤はまだ何かわめいていたが、敏江はそのまま電話を音をたててきった。指先がまるでおどるようにふるえていた。また脳貧血が来て、立っていられなくなりそうだった。二階の子供に、声をかけたのも、おぼえていないほどだった。

気がついた時、彼女は二人の子供に両手をひっぱられながら外を歩いていた。

梅雨の晴れ間の陽ざしがまぶしかった。

「ママ、パパ、ほんとに生きてたの？」

長女が彼女を見上げてきいた。

「ほんとよ――パパ生きているのよ」

彼女はかがみこんで、長女と長男をギュッと抱きしめた。

「涙、ふきなさいよ、ママ」

と長男が、どろどろの小さなハンカチを出していった。

「みっともないよ。みんな見てるよ」

ふいてもふいても、涙は頬を流れてきた。だが、それはなんと快い涙だったか！　安堵《あんど》が、嗚咽《おえつ》のように胸の底から、次々にこみあげてきて、オンオン泣いてしまいそうなのを、こらえるのがやっとだった。

「タクシーをとめて……」と、彼女はハンカチで顔をおおいながら、長女にいった。「パパの新聞社へ行くの」

タクシーがとまり、二人の子供といっしょにのりこみ、行く先をつげ、走り出し……そういった事の一切が、遠くの夢の中で起っていることのように思えた。

新聞社のうす汚れたエレベーターにのり、気がついた時は、外信部の次長と斎藤が、両側から彼女の腕をささえていた。

「しっかり――奥さん……」と斎藤は、腕をゆさぶっていった。

敏江はぼんやりまわりを見まわした。外信部の中は、嵐のようなさわぎだった。テレタイプやテレックスが全部、ひっきりなしに紙をはき出し、電話がかわるがわる鳴りつづけ、それをつかんでは、記者たちがかみつくような声でさけんでいた。傍をすりぬけるようにして誰かが走って行く。床の上には青い紙片や、テープが散乱していた。うす汚れた、ゲラ刷りが机の上や床の上にちらばり、そのどれにも、大きな活字がおどっていた。「国連総会『世界非常事態宣言』採択!!」

「夫は……山崎は、どこにいます？」敏江はかすれた声でいった。「無事ですか？……かえってくるんですか？」

「まあおちついてください」と次長はいった。「さあ、ここへかけて……」

ありあわせの椅子にかけると、その時やっと敏江は、自分がサンダルをつっかけて、エプロンもはずしていないような恰好なのに気がついた。子供たちは、まわりのさわぎにおびえたように、両側からすがりついた。

「ソ連機の乗客のうち、半分以上は死にましたが、半分は助かって、戦闘中のソ連軍に助けられたそうです」と斎藤はいった。「その中に、日本人観光団のメンバーもいて、その連中は、モスクワまでおくりとどけられたそうです」

「じゃ、主人はモスクワですか？」

「それが——」と次長はいいにくそうにいった。

「山崎くんは、ソ連軍にスパイのうたがいをうけて、抑留されたそうです。しかし、観光団の一行が、山崎くんのメッセージを、うちの社のモスクワ特派員までとどけました。いま、ノーボスチと大使館を通じて、山崎くんを一刻も早くかえしてもらうように、交渉しています」

「じゃ……主人は、ソ連軍につかまっているんですか?」

「そうらしいです。でも——、とにかく無事なのは、はっきりしています。今は、昔のソ連とちがうから、かならずかえってきます。大丈夫ですよ」次長はゲラ刷りの一枚をとりあげて、赤インクでかこわれた所をつきつけた。

「山崎くんは、モスクワ支社へ、大変なニュースをとどけてくれました。宇宙人とソ連軍の戦闘を、彼は目撃したんです。わが社の大スクープです。ごらんなさい」

涙がまたどっとあふれてきて、記事を読もうにも活字が見えなかった。敏江は、その記事を胸に抱きしめ、唇をかんで嗚咽をこらえながら、心の中で力いっぱいさけんでいた。

——あなた、どこにいるの?——かえってきて!——きっと、きっと、かえってきて!

「さあ……」たそがれの中にうかび上る灯をさして、スヴェルトコワ看護婦は、やさしい声でいった。

「セミパラチンスクよ。……おわかれね」

破局へのプレリュード

1

国連の「世界非常事態宣言」採択とともに、全世界の人々は、ようやく不安なまなざしを、ユーラシア中央部へむけはじめた。

テレビが、ラジオが、新聞が、週刊誌が、いっせいに「地球の危機」を叫びはじめた。

「全世界は、団結せよ！」というのが、どのマスコミにもあらわれた論調だった。

「いまこそ、各国はこれまでの国際的な確執をすてて、新しい地球的規模の体制のもとに、地球人類としての、新しい次元での結集をはかるべきだ」

だが、そのあとのこととなると、各紙の論調は微妙な差異をみせていた。

「中国を救え！」とニューヨーク・タイムズの社説は一貫して叫びつづけた。

「いかなる条件、いかなる形をとってでも、中国を軍事的に援助し、中国の民衆を救うべきだ。——大国は、まず中国に対して、中国側の条件にしたがった、援助の手をさしのべるべきである」

「中国は門扉《もんぴ》をひらくべきだ」という意味の論説をかかげたのは、タイムズだった。

「西側陣営の譲歩は当然の事である。しかし、大陸中国もまた、これまでの、独善的で頑《かたく》な態度を改めて、国連および国連軍のレベルにおける、統一行動をとる必要があるだろう。

——今はアジア人も、白人も問題ではない」

「一切の、世界内的確執を、いったん凍結しよう」と、フランスの保守系新聞フィガロは提案していた。

「事は急を要する。しかも、全世界において存在する根深い怨恨《えんこん》が、これを機会に一挙に氷解してしまうとは思えない。——そこでわれわれは提案する。全世界の紛争を、いったん、全面的に休戦させせようではないか？　紛争当事国同士、また対立する巨大国は、期限つきでもいいから、闘争や、敵対的行動を全面的に停止する条約を当事者間で早急に締結し、その上で、より高い、軍事的統一行動に結集すべきである。この点に関しては、大国ではなく、国連当局がイニシアティヴをとらなくてはならない。場合によっては、紛争そのものを、一時、国連にあずけることが必要であり、国連当局は、この線にそって、つよい働きかけをする必要があろう。アラブとイスラエル、ソ連と西ヨーロッパ、アメリカと中国、アメリカとキューバ――これらの国々の間で、すくなくとも、今後一定期間、紛争状態を、相互に現状より進展させない、という、〝紛争凍結〟協定がむすばれれば、そしてその協定が、国連総会の権威を背景として保障されれば、全世界、全地域をふくむ団結は、きわめてすみやかに達成されるだろう」

だが、そういった、国際的団結の技術問題をこえて、問題の未知の地球外勢力に対する態度、ということになると、ジャーナリズムの論調は、そして国際世論は、まっぷたつに割れて行きそうな気配だった。

「今こそ地球上の全科学技術力を動員して、宇宙よりの侵略勢力を粉砕せよ」とする意見と、

「ただちに、地球側からの攻撃を停止し、全知能を結集し、宇宙人とのコミュニケーションができるようにつとめ、こちらに敵意のないことをわからせよ」という論調と。

この二つの極端な意見の間に、さまざまな流れがあった。――学者、知識人、文化人、婦人団体、それにクエーカーをはじめとする宗教団体は、後者の意見を強力におしすすめる運動を展開しはじめていた。学生たちの一部が、それに同調した。

「まず、話しあえ」とか、

「宇宙人との平和的交渉を」

といったプラカードをかかげたデモが、各地の大都会の街頭にすぐあらわれはじめた。

2

多数の物理学、生物学、動物学、生化学といった理論科学畑の学者たちがあつまって、「宇宙人との平和的コミュニケーションをおしすすめる要望書」をつくり、これを国連と、ソ連首相、アメリカ大統領あてにおくったのは「非常事態宣言」が出てすぐだった。

ヨーロッパ、アメリカ、日本の学者たち数名は、直接ホワイトハウスにラッセル大統領を訪問した。激務のため、ひどくおもやつれした大統領は、うれい顔の、かなり高齢者ばかりの学者たち一行と、グリーン・ルームで五分間だけ会見した。

「大統領閣下《ミスター・プレジデント》……」と、代表の、髪も鬚《ひげ》もまっ白な学者が、沈んだ声でいった。

「閣下は、一九五二年七月の事件を、御存知でしょうか？」

「一九五二年？」と大統領は、眼をしばたたいた。「二十年も前の事ですな——私が、上院議員としての経歴を、ようやくふみ出したころだ。いったい、その年に何があったのです」

「その時の大統領は、ドワイト・E・アイゼンハワー氏だった……」と老科学者は、少しふるえる声でいった。

「その年の夏は、東部諸州にとって、異様な夏だったのです。空軍長官なら知っているでしょう。統参議長も、ひょっとすると、おぼえているかも知れない。彼はたしか、当時――一九五一年九月ですが――統参本部からでた、〝JANAP　一四六－B　CIRVIS〟という特別命令に関係していたはずですから……」

「それで――なにをおっしゃりたいのですか？」

大統領は、老人のききとりにくい声に、辛抱づよい笑いをうかべながらいった。

「とにかく、一九五二年七月は、ワシントンにとって、記憶すべき年だったのです――」

と老科学者は、何かを思いうかべるような眼つきでいった。

「その年の夏、東部諸州の上空に、おどろくべき数の〝空とぶ円盤〟――あなたたちのいうUFO《ユーフォ》（未確認飛行物体）が飛来し、多くの市民に目撃され、空軍のパイロットや、レーダー網にキャッチされたのです。私も、七月十六日、マサチューセッツのセイレムで、それを見ました。その時は、ひどくショックをうけたもののまだ半信半疑でした。ところが、それから十日ほどたった時、アルバート・アインシュタイン博士から、突然電話をもらったのです。〝エド――ワシントンに円盤があらわれた。空軍が、それを、撃墜しろという命令を出した〟と、アルバートはいいました。〝すぐ命令を撤回させなきゃならん。いっしょにアイクにあいに行ってくれないか〟って……」

「思い出しました！」と大統領はいった。「一九五二年の七月――そう、たしか二十日ごろに、大量の円盤が、ワシントン上空にあらわれたことがありましたね。私も、あとでその話をきいて、おぼえています」

「七月二十日と二十六日です。その間に何十台という円盤がワシントン上空に飛来しました。空軍の撃墜命令が出たのは、二十六日の正午すぎです……」老科学者は、暗誦するような口調でいった。

「私はすぐにホワイトハウスに行きました。アイゼンハワー大統領とは、面識がありましたからね。アルバートは、もう一人か二人の学者といっしょに来ていました。私たちは、必死になって、アイクを説得しました。アインシュタイン博士の説得は、迫力がありました。――で、命令はその日の午後五時にとり消されました」

「その時と、同じことを御提案にお出でになったのですね」

大統領はつかれたようなほほえみをうかべた。

「その通りです。大統領閣下《ミスター・プレジデント》……。とにかく、彼らを攻撃するのは、原則的にひかえた方がいい。それはかえって、地球の……人類の危機を招く可能性がある」

「わかっています。すくなくとも私としては、政府の宇宙関係者に、コミュニケーションのためのあらゆる努力をはらうように命令してあります。学者たちは、着々とプロジェクトをすすめています。――しかし、教授、事情は前回と若干ちがうこともみとめていただきたい。まず、接触しているのは、米国ではなくて中国です。第二、前の時の〝円盤〟は、ただ上空をデモンストレーションしただけで、実際の被害は何もありませんでした。しかし、今回は、彼らは地球上に着陸し、陣地らしいものをきずき、はげしい情容赦ない武力攻撃を、中国およびソ連の一部にくわえています」

「なんとか、交信の道はあるはずだ……」老人は、感情が激したように、もぐもぐともりながらいった。

「意思が通ずれば、そこから交渉の道もひらけます。何かの誤解があるかも知れん。とにかく、大統領閣下《ミスター・プレジデント》、この地球というささやかな惑星上の最高の知的生物たる人類にとってはじめての地球外……おそらく太陽系外の、宇宙高等知的生命との接触が、こんな形をとった、ということは、かぎりなく不幸で、かぎりなく残念なことです。私たちは――私たちは、何とか彼らと、平和的に交信したい。彼らと話しあってみたいこと、彼らから得たい知識というものは、実に――実に無限にあるのです。彼らとの交信ができ、彼らとの知識の交換が、ほんのわずかでもできれば、それは人間の科学的認識を、どんなに拡大するか、ほんとうにはかり知れないのです」

「お気持はよくわかります。そして、それこそまさに、われわれも、かぎりなくつよくのぞんでいることです」大統領は、いたわるように、しかし、やや沈痛な面持ちでいった。

「しかし、われわれ――すくなくとも、中国人は、のぞまぬ形での、接触をしいられているのです。教授、われわれは、知識に対する義務のほかに、地球人類を、地球外からの攻撃に対してまもる義務をもっています。現在の状態は、しかし、まことに悲しむべきことです。単に、彼らの攻撃をふせぐ、というだけでなく、事態を、よりわれわれにとってのぞましい方向へ変化させるための努力も、決してなおざりにしているわけではありません」

「ですが――〝非常事態宣言〟の、あの好戦的な調子はもうすこし考慮する必要はありませんか?」と、もう一人の学者が口をはさんだ。

「あれは、いたずらに、大衆の危機感と恐怖をあおるおそれがあります。彼ら宇宙生物を、一概に〝敵〟ときめるのは、まだ早すぎるのではないでしょうか?」

3

だが、現実は、こういったさまざまの「意見」とかかわりなく、刻々と不気味な様相を呈しはじめていた。

アメリカのネブラスカ州オマハ市近郊にある戦略空軍司令部(SAC)と、コロラド州コロラド・スプリングスにある、アメリカ、カナダ協同の北米防空組織NORADの司令部は、緊張しっぱなしだった。

核ミサイル戦略体制下にあって、ソ連からの大陸間弾道ミサイルの飛来を探知するために、北半球にはりめぐらされたBMEWS(弾道弾早期警報装置)の大レーダー網、それに軌道上の水爆衛星からの垂直攻撃を警戒する、空軍、海軍協同のＳＰＡＤＡＴＳ（宇宙空間探索追跡組織）の警戒網に、このところ頻々と「未確認飛行物体」——いわゆるＵＦＯ《ユーフォ》があらわれはじめたからである。

アラスカのクレアに設置された、途方もなく巨大な野球のバックネットのような、多用途群列レーダーに、五月第三週から六月第一週にかけて、回数にして、二十六回、個体数にして四百個以上の、奇妙な「飛行物体」の影像がキャッチされた。

「未確認飛行物体」略して——ＵＦＯとよばれるものは、屡々《しばしば》「空飛ぶ円盤」と同一視されるが、もともと核ミサイル時代の、電波防空監視システムからうまれてきた言葉だ。——全世界にはりめぐらされたレーダー網の中に、突如、何ものともわからない映像がうつる。それはただちにオマハ市近郊オファット基地にあるＳＡＣへ通報されるが、ここで、たとえば「国際線の旅客機」であるとか、「仮想敵国の実験ミサイル」であるとか、その正体が「確認《アイデンティファイ》」されない場合、それはＵＦＯとして記録される。この中に、いわゆる「空飛ぶ円盤」のような物体もはいるわけだが……。

もし、その飛行物体のコースが、米本土にむかい、その飛行状況から、弾道ミサイルとも、戦略爆撃機とも、人工衛星爆弾とも判断のつかない時は、ＳＡＧＥシステム（半自動式地上防空組織）のコンピューターは、ただちにその飛行物体の迎撃態勢を、全米の防空組織に指示し、防空基地の迎撃戦闘機は緊急出動をかけ、ＡＢＭ（対弾道弾ミサイル）は、コンピューターからおくられてくるデータにしたがって、自動的にその物体にねらいをつけて発射態勢にはいる。——そしてまた、全米の地下深くもうけられた「硬化基地」のサイロの中にひそむ、メガトン級の水爆弾頭をつけた一千発以上の巨大なＩＣＢＭが、万一、それが敵の核攻撃だった場合に、ただちに報復攻撃にうつれるように、発射準備態勢にはいるのだ。

むろん、誤認や事故による偶発戦争をさけるため、電子キイをはじめ、二重、三重の「安全装置《フェイル・セイフ》」はもうけられている。そして、全面報復は、最終的には、大統領からの直接指令によることになっていた。しかし、未確認飛行物体がうつるたびに、一応何段階目かの迎撃態勢は、半自動的にとられる。——そして、この度かさなる、奇怪な「飛行物体」の大量出現は、基地内委員の緊張をいやが上にも高め、一部には危険な状態さえ出現しかけてきた。

「このままでは、いまに基地内に発狂者が出ます」と、戦略空軍司令官は、空軍長官に電話した。「われわれは、ソ連のミサイル攻撃に即応する態勢をとっており、全システムがその方向にむけられています。ですから、何がおこっても、まずソ連、または中国の攻撃ではないか、と身がまえてしまうんです。何とか、システムの一部をかえるわけに行きませんか？」

「もう少し、がんばってくれ」と空軍長官はいった。「ＳＡＧＥの、コンピューター・システムに、もうじき一部変更がくわえられる。今の段階では、まだ、地球上の国家からの攻撃にそなえる態勢を、全面的に解除するわけには行かんのだ」

しかし、危機はその電話の、わずか三十分後にふたたび訪れた。中部太平洋クエゼリン島に、最近あらたにつけくわえられた、ＳＰＡＤＡＴＳの強力な宇宙監視用レーダーが、ふたたび大気圏外から米国太平洋岸へむかうコースをとって突入してくる、大量の未確認飛行物体をキャッチしたのだった。

ＳＡＧＥはたちまち自動的に、迎撃態勢を何段階か押しすすめて行ってしまった。——飛行物体群が、大気圏突入寸前、突如コースをアジア大陸方面へ変更し、しかもレーダーサイトから、かき消すようにきえてしまわなかったら……そして、迎撃をふくむいかなる攻撃も、最終的に統参本部の指示があるまでおこなってはならない、という厳命がゆきわたってなかったら……迎撃管制ステーションからの指示をうけたアメリカ太平洋岸および太平洋海域の島々のＡＢＭ基地、それに洋上ＡＢＭ発射艦などは、いっせいにその飛行物体群へむけて、大気圏外ＡＢＭを発射していただろう。

この事件によって、米ソ間で秘密交渉中だった、米ソ軍事通信網の接続は、急激にすすんだ。アメリカが、赤道上に多数うちあげていた、軍事用通信衛星を通じて、全世界の、あらゆる基地をむすぶアメリカの世界軍事指揮管制網（ＷＷＭＣＣＳ）が、ソ連のユーラシア大陸の端から端へはりめぐらせていた軍事通信網と、——ごく一部ではあったが——

つながったのである。

軍事用《ミリタリイ》ホットライン、とよばれたこの回線は、コロラド・スプリングスと、レニングラードが、直接つながった、という点で異例な事であったばかりでなく、米ソの、核ミサイル体制における軍事協同の第一歩をふみ出した、という点で、まさに歴史的なことだった。東半球と西半球、それぞれ地球を半周する二つの巨大な核ミサイル網が、ついにほそいほそい糸――三本の宇宙回線でつながったのだ。

「考えてみれば、おそろしいことだな……」アメリカの国防長官は、悪寒を感じるような顔つきで、統参議長にいった。

「これが、もし、現在のような異常事態下でなかったら――米ソ両国は、各国の猛烈な非難と、足もとからの反対闘争で、政治的に、ひっくりかえされるところだ」

「だが、こんなものではとてもたりませんぞ――」グリーンバーグ統参議長は、そっと口髭をかみしめながらいった。「とにかく〝大国連軍〟の編成が、一刻も早く必要です。敵は、チベット高原を完全に制圧し、そこから四方へ――ソ連領内、インド、パキスタン、ビルマ北方、中国西部地区内へ進出中です。ぐずぐずしていられません」

「宇宙人の、地球への侵入径路は、おさえられそうか？」

「まだもうちょっと時間がかかります――しかし、NASA（アメリカ航空宇宙局）と空軍の専門家たちが必死にしらべていますが、彼らにいわせると現在なお、宇宙空間から、どこかを通って、地球外侵略勢力が、チベット高原地帯へ、続々おくりこまれてきていることはたしかだ、といっています。発見されている、大量のＵＦＯがそれだというんですが……連中が、なぜ、こちらに完全にキャッチできないか、という理由がわからんのです。どうやら、強力な電波擾乱《じょうらん》装置をつかっているらしいのですが……」

「〝宇宙空軍〟の編成は、進んでいるか？」

「機械がたりません。技術ももうちょっとというところです。連中の侵略が、もう十年おくれていてくれたら……われわれも、戦闘用の有人宇宙ロケットをもっていたでしょうがね。こと、宇宙船に関しては、連中の方がはるかに上でしょう。ＭＯＬ（有人偵察衛星）が、わずか三台しかつかえないとなると――あとは大型ミサイルと、有人軍用機にたよらざるを得ませんな」

国連安保理、そして国連軍事委員会では、〝大国連軍〟（すでに一部の新聞は〝地球防衛軍〟とよんでいた）の編成が、熱心に討議されていた。――一方、既存の軍事組織の間でも、熱心に討議がすすんでいた。

まったく、二か月前には、誰が考えたろう！　ＮＡＴＯとワルシャワ条約機構軍が、アラブ軍事同盟と、インドとＳＥＡＴＯが、「軍事的共同行動」について討議しあう、というような事を……。

全世界のいたる所で軍事的討議が開始されていた。その中に一つ、おそろしい問題が米ソ両国の間で極秘裡に検討されつつあった。

万一の場合、宇宙よりの侵略勢力によって制圧されている〝世界の屋根〟チベット高原一帯に、米ソ両国の水爆弾頭つき大陸間ミサイルをぶちこみ、侵略勢力を一掃するという計画が……。

4

北緯六十五度——北極圏と北大西洋の境界線にある、人口わずか十八万の島国、アイスランドは、白夜と海霧《ガス》のたちこめる日々がつづく、夏をむかえようとしていた。

その島の西南部にある、首都、レイキャヴィクの南に、ファクサ湾をかかえこむようにはり出したレイキャネス岬があり、その突端ちかい湾側のケフィラヴィークには、国際空路北大西洋線の中継点である国際空港があり、またアメリカ海空軍基地がおかれている。

北大西洋は、ここ一週間というもの、視界十メートルから二十メートルという濃密な海霧におおわれ、北方航路の船舶は、物悲しげな霧笛をひっきりなしによびかわし、レーダー係りは眼を血走らせて蛍光盤に首をつっこみっぱなしだった。

そんな状態だから、ケフィラヴィーク空港には、このところたちよる飛行機もなく、ファクサ湾上にも、船影はほとんどなかった。にもかかわらず、空港のちかくにすむ漁師たちは、鼻をつままれてもわからないほど濃く、うす暗い霧の彼方から、ごうごうとまいおりてくるジェット機の爆音をきいた。

「この霧で、おりられるかな?」と漁師の一人は、窓外を見上げていった。「気ちがいざただ」

「不時着じゃなかろうか?」ともう一人はいった。「アメリカの軍用機は、よく盲着陸をやる。レーダーで誘導するんだ」

「軍艦だよ!」外からかえってきた子供が大声でさけんだ。「軍艦が、港にはいってきてるよ」

二人の漁師は、小屋の外へ出た。海岸べりの断崖に出ると、次から次へと押しよせてくる霧が、時おり強まり出した潮風に吹きちらされてうすれ、その時だけ、いかつく角ばった軍艦の艦橋のシルエットが、影のように朦朧《もうろう》とうかび上る。

「こりゃアでっかいぞ……」漁師は霧の中に眼をこらして、おどろきの声をもらした。

「いったい何だろう? 演習かな?」

濃霧の中に、モーターランチのエンジンの音と、サイレンが鳴りひびいた。——霧の中に、またごうごうとジェット機の爆音がちかづいてきた。

この時、ケフィラヴィークの沖合に、アメリカの原子力巡洋艦ロングビーチに誘導されて、ひそかに接近してきたのは、ソ連海軍のスベルドロフ級巡洋艦オクティアブルスカヤ・レヴォルチャだった。その背後の水中には、北洋型原子力潜水艦レニンスキー・コムソモール号が、こっそりあとをつけ、一方アメリカ側も、原子力潜水艦ルーズヴェルト号が、水中レーダーで、油断なく相手側潜水艦の動静をにらんでいた。

もし、霧に閉ざされていない、あけっぴろげの海上でこの光景を目撃したら、アイスランド島民は、眼をむいただろう。NATO軍の北極圏パトロールの重要軍事基地になっているケフィラヴィークに〝仮想敵国〟の軍艦が、アメリカ海軍の軍艦にみちびかれて入港して来たのだから……。しかし、一切は、濃霧の中で、――アイスランド政府にも詳細は通知されずに――隠密裡におこなわれた。

気象観測では、北大西洋上の濃霧は、まだまだ晴れそうになかった。ソ連巡洋艦は、霧にまぎれて、一連の資材を揚陸すると、またひそかに沖合の公海上に退いていった。しかし、レニンスキー・コムソモール号は、港の沖合、わずか十メートルの海中に、ひっそりとひそんでいた。

濃霧の空港に着陸したのは、アメリカ本土から米三軍の参謀将校と、国防省のVIPをはこんできた国防省専用機と、ベルリンのテンペルホーフ空港から、ひそかにソ連軍部、国防省の要人をつみこんでとんできた、MAC――軍事空輸部隊《ミリタリィ・エアリフト・コマンド》の専属輸送機だった。

ケフィラヴィーク空港に最近アメリカ空軍によって新設された三千メートル級滑走路は、

ふだんはアイスランド側と共用だが、非常の際にはいつでも米軍専用にきりかえられ、管制権も米軍側がもつようになっていた。

北大西洋配備のアメリカ戦術空軍は、民間航空組織で「カテゴリーⅢ」とよばれる、「視界ゼロの状態における離着陸システム」を、すでにかなり前からマスターしていた。地上と空中の緊密な連絡、数々の電子機器と電波誘導によって、視界わずか十メートルの滑走路に、三機のジェット輸送機は、奇跡のように次々と着陸した。おりたった、米ソの軍部要人たちは、次々と海軍基地へくりこんでいった。

5

基地内の作戦室では、壁面に投影された、巨大なメルカトル式世界地図と、テーブルの上におかれたユーラシアの立体地図——プラスチック製で、これはソ連側がもちこんだものだった——を前にして、米ソの軍部首脳がずらりとならんでいた。

「どうか、率直な意見をおきかせねがいたい」第二次大戦の古強者《ふるつわもの》であるシェリング米統参副議長が、ぶっきらぼうにきり出した。

「すでにソ連東部軍は、シベリアおよび中央アジアで、宇宙生物と戦闘を継続しておられるのでしょう？　連中の戦闘力は、いったいどういう性質のものですかな？　どんな兵器をつかい、どんな攻撃をしかけてくるか？　またどんな武器と戦法が、やつらには有効でしょうか？」

ソ連側将校の眼が、いっせいに国防省代表の方をむいた。しかし、体をのり出すようにして、訥々《とつとつ》たる英語でしゃべりはじめたのは、ソ連空軍参謀長のベリヤーエフ中将だった。

「はっきりいって、通常兵器はほとんど役に立ちません。重火器、ロケット弾では、連中の前進を暫時《ざんじ》にぶらせることができても、損害らしい損害をあたえることはできないようです」

「空爆は？」

「危険です」とベリヤーエフ中将は、断定的にいった。

「連中は、強力な、電磁波のバリヤーのようなものをもっています。高度一万メートル以下に接近すれば、確実に撃墜されます、二万メートルでも危い。それに通常爆弾は、砲弾と同じで、ほとんど損害をあたえることができません」

「とすると――通常兵力では連中の攻撃を阻止することは、ほとんどできない。ということですかな？」

シェリング副議長は、ちょっと顔色をかえていった。

「まず、そう考えるべきでしょうな」ミハイロヴィッチ陸軍少将が、重い口調でいった。

「陸上部隊は、現在、防衛よりも、戦闘地域の住民退避に力をそそいでいます。しかし……」

ソ連将校たちの眼は、その時ふたたび、マリノフスキイ国防省代表の顔にそそがれた。大兵肥満で、軍人というよりも、したたかの外務官僚のように見えるマリノフスキイ代表は、眠そうな眼をあけて、ぼそりといった。

「核兵器は効果があるようです」

「というと――」アメリカ側の将校たちの顔に、さっと緊張の色が走った。「ソ連軍は、すでに実戦に核兵器を使っているのですか？」

「戦術用の小型のものを……」マリノフスキイ代表の顔に、うす笑いがうかんだ。「アメリカの、放射能探知網も、まだキャッチできないようですね――キロトン単位の、小型核ミサイル、それに原子砲は、若干の威力はあるようです」

「核兵器は、どの程度使用されましたか？」

「ごく部分的に――」とマリノフスキイ代表はいった。「ソ連領土内の敵にかぎって、です。しかし、これでは、とうてい敵兵力の進出の完全阻止も、主力の壊滅ものぞめません」

そこで、マリノフスキイ代表は、ちょっと言葉をきって、細い、よく光る眼で、一同をながめた。一瞬、不気味な雰囲気が室内にながれた。

マリノフスキイ代表は、小山のような体をゆすって、ゆっくり立ち上ると、白くぬられた鞭をつかんで、立体地図の上をさした。

「ごらんください。わがソビエト連邦の、中央アジア東部地区には、産業上、軍事上の重要施設がたくさんあります。また、中央シベリアには、重要都市、工場地帯が、この通りたくさんならんでいます。目下、これらの諸都市が、次第に宇宙人の攻撃の脅威にさらされつつあります」

「現在、戦線は、どの程度の延長をもっていますか？」

マリノフスキイ代表が、目配《めくば》せすると、ミハイロヴィッチ陸軍中将が立ち上って、もう一本の鞭をとった。

「大体この範囲です――」と中将は、立体地図の上に鞭をすべらせた。

「ごらんの通り、敵は、ほとんど高山の尾根づたいに進出し、高山を拠点として攻撃をしかけてきています」

鞭の先は、アジア中央部にもり上る高山高原地帯の、尾根の上をすべっていった。チベット高原からはじまって、西へカラコラム山脈、ヒンズークシ山脈、北へU字型に湾曲して、パミール高原、天山《テンシャン》山脈、それからモンゴル共和国と、新疆《シンチャン》ウイグル省の境界を形づくるアルタイ山脈――だが、鞭の先は、そこでとどまらなかった。アルタイの北、モンゴル領土内中央部にそびえるハンガイ山脈、モンゴルと、ソ連領シベリアの境界にあるタンヌオラ山脈、さらにその北方、クラスノヤルスク市の南方にそびえるサヤン山脈――バイカル湖の東、ブリヤートモンゴル自治共和国と、東方シベリアの境界をなすヤブロノボ山脈、そして……。「そんなところまで！」

アメリカ将校の一人が、思わず叫んだ。「スタノボイ山脈まで、浸透しているのですか？」

「まだ攻撃は開始されていません」と、ミハイロヴィッチ中将はいった。「しかし、空軍の報告によると、すでに浸透の兆候は見られるようです」

「おわかりいただけたでしょうか？」とマリノフスキイ代表はいった。

「宇宙人の勢力は、ごらんの通り、山脈づたいに、きわめてすみやかな移動スピードで、進出をつづけています。もう極東地区、オホーツク海沿いのジュグジュル山脈、ヤクート共和国のベルホヤンスク山脈が、警戒地区にはいっています」

「なぜ、連中は高山地帯沿いに進出するのでしょうな？」

「わかりません。しかし、おそらく、われわれにとって、きわめて難所である高山地帯の、寒冷で、稀薄な大気が、連中にとっては別に悪条件にならんのでしょう。それに、やはり、こういった高山地帯は、人間がほとんど住んでおらず、人目にふれずに宇宙から、浸透するのに、よかったからでしょうな」

「とすると――連中は、地球の事情を、きわめてよく知っている、と思われますな」

シェリング副議長は不安な表情をうかべていった。

「その通り――こっちがむこうの事を、ほとんど何も知らないのにね」ベリヤーエフ中将は、うめくようにいった。

「一九四〇年代から、世界全土で度々観察された円盤現象――あれは、やはり連中の偵察行動だったと考えるほかないでしょう。いたる所に出没し、充分こちらの事情をしらべつくして、それから電撃的に侵寇《しんこう》をはじめたのです。われわれが――地球人同士、おたがいに牙をむきあい、警戒しあい、地球上の敵に気をとられている間に、連中は、一切の侵略予備行動を完了していたんだ！」

「ところで……」マリノフスキイ代表は、またキラリとほそい眼を光らせた。

「ソビエト連邦は、ごらんの通り、領土内への重大な攻撃をうけています。キルギス共和国、タジク共和国では、すでに大量の住民を避難させ、カザフ共和国でも、アルマアター―セミパラチンスク防衛線が、次第に脅威にさらされています。ノボシビルスク、クラスノヤルスクでも、事態は次第に急をつげています。われわれは、とにかく、連中のシベリア、中央アジアへの進出をくいとめねばならない。そのために、米軍の軍事援助――いや、協同行動を期待できるか、ということが、われわれの知りたいことです」

「米国の戦略軍団は、目下、ヒマラヤ南部と東南アジア北部の防衛に投入されています」と、シェリング副議長はいった。「カシュミール地方での協同行動は、今すぐでも可能でしょう」

「私の申し上げているのは、もう少し大きなスケールでの問題です」マリノフスキイ代表の、たれさがった頬が、ちょっとひきしまった。「今、説明しましたように、われわれの戦闘経験から、通常兵器はほとんど役にたたない。相手は何しろ、人間じゃないんですからな」

「大きなスケールでの協同行動といいますと？」

「敵の主力が集中しているのは、ここです」マリノフスキイ代表は、鞭の先をピシリと、立体地図中央の巨大なもり上りにふりおろした。

「これは、われわれの方も偵察によってわかっているし、あなた方も、ご存知のはずだ。このチベット高原の、敵の主力に、水爆弾頭を装備した、戦略核ミサイルをうちこむ以外に、敵に大きな打撃をあたえることはできない、というのがわれわれの判断です」

水爆弾頭、という言葉をきいたとたんに、アメリカ側の将校の顔に、動揺の色がうかんだ。

「さて――」とマリノフスキイ代表は、鞭をテーブルの上についた。

「いかがでしょう。ソ連が、チベットに、ＩＣＢＭをうちこむ時、アメリカ側も同時に、チベットおよび青海《チンハイ》地区に水爆つきＩＣＢＭをうちこんでいただけるでしょうか？」

6

「大国連軍」の編成は、大車輪ですすめられていた。とはいえ、実質的には、難航をきわめていた。その理由は、「大国連軍」なるものの性格と理念が、いままでの国連軍とはまったくことなるものにならざるを得なかったからである。

これまで国連規約による「国連軍」が、編成され、実際に大戦闘を行なったことといえば、朝鮮戦争があるだけだった。しかし、その時も、実質的には、「アメリカの戦争」だったのであり、アメリカは、国連において、中共と北鮮の「侵略者」決議という外交的な成功をかちとり、それによって戦争の大義名分を手に入れたにすぎなかったのである。

この後、長く尾をひいた紛争にこりて、その後の国連軍は、「平和軍」としての性格をつよめていた。中東にしても、アフリカにしても、国連軍は、「紛争仲裁部隊」「鎮圧部隊」としての性格で派遣されたのであり、いわば「錦の御旗」をもった官軍として、国際紛争の戦闘行為や、殺傷行為を停止させるために出動したのだった。国連軍に刃むかえば、これは、全世界を攻撃したことになる。

しかしながら、今度の場合は、国連旗という錦の御旗も、国連軍の「象徴的機能」も、何の効果もなかった。なにしろ、相手は、地球上の国家とちがって、地球外からの侵略勢力である。地球上で通用するシンボルはまるで通用しない。したがって、「大国連軍」は、場合によっては、核戦力をふくむ絶大な武力を統合しなければならない。

そして、この点に関して、各国の間で、多くの意向のくいちがいがあった。米国首脳部の間でも、「現実派」とよばれる国防省および軍人の一派と、「理想派」とよばれる国務省の一派との対立があった。

現実派は、従来通り、現実に大兵力を投じて戦闘するのは、強大な武力をもつ米ソ両国なのだから、「大国連軍」は、いわば米ソ両国――場合によっては、米軍だけが地球的規模で、自由に戦闘を展開するための大義名分でいい、とするものであり、これに対して「理想派」は、全世界の軍隊を一つの指揮系統に統合し、さらに各国に戦力および戦略物資の調達を負担してもらい、地球の総力をあげた戦争態勢が必要だと考えていた。

そして、もう一段ひっくりかえすと、「理想派」の方が、実はきわめて現実的なのであり、米ソ両大国の戦闘負担があまりに大きすぎるので、各国の軍事力をなるべく活用したい、というのが本音だったのである。

これに対して、ヨーロッパ、中東、アジア諸国の反応も微妙だった。中間勢力は、「米ソ同盟軍」というあまり巨大な軍事力が出現するのを恐れる一方、「大国連軍」の名のもとに、軍隊、人員、物資の醵出《きょしゅつ》を強制的にわりあてられるのも恐れていた。

そして、「中間派」とよばれる、もっとも現実的な一派は、ＮＡＴＯ、ワルシャワ条約機構、CENTO（中央条約機構）、SEATO（東南アジア条約機構）、さらに各種の軍事同盟をつらねて、実質的な総合軍事機構をつくることに腐心《ふしん》していた。

そんな最中に、ラッセル大統領のもとに、また一つの難問がもちかけられてきた。ケフィラヴィーク米ソ秘密会議の席上における、「チベットへの米ソ同時の、ICBM攻撃の可能性」である。

「なるほど！」マッコーネル国務長官は、電文を読んで、うなった。「気持はわかりますな。ソ連としては足もとに火がついていて、どうしても水爆ミサイルで、敵の主力をたたきたい。だが、中国領に対する核攻撃で、自分の国だけが非難をこうむりたくない」

「どうしたものかな――」大統領は、腕をくんだ。

「〝大国連軍〟に、この件をもち出したら、蜂の巣をつついたようなさわぎになるだろう。中共はカンカンになるにきまっている」

「ただ一つの可能性は、中共の要請によるチベット核攻撃、という大義名分をとりつけることでしょうな」と長官はいった。「しかし――」

その時、リンドバーグ特別補佐官が、電文をもってあわただしくはいってきた。

「大統領閣下《ミスター・プレジデント》――重大な報告です」と補佐官は興奮した口調でいった。

「北京でクーデターが起りました。それから――南極奥地に大量の円盤が降下したそうです。各国の南極基地が部分的攻撃をうけ、米国のマクマード基地からも、SOSが発せられました」

7

アラスカ上空を三万フィートの高度でパトロール中だった、アメリカＡＤＣ（防空軍団）の迎撃戦闘機Ｆ一〇六の編隊によって、十数機からなる円盤の編隊が目撃されたのは、ちょうどそのころだった。

雪と氷河におおわれ、白雲をまとったユーコン高山群の上空の、たたけばカンと音のしそうな凍てついた蒼空に、幻のように楕円形の白斑がいくつもうかび、みごとな雁行《がんこう》隊形を組んで、すべるように移動していく。

「バーニー3からジョージへ——飛行物体群発見！」

パトロール隊長機のマクラウド少佐は、かみつくようにマイクにさけんだ。

「高度十万フィート、進路西北西、速度約マッハ三——マッキンレイ山の方へむかう。機数約十……」

「バーニー3へ……こちらジョージ」と基地司令部からの返事がはねかえるようにきこえた。「こちらのレーダーもとらえた。——もう一群、さらに低空で南下中……」

マクラウド少佐は、カッと眼を見ひらいて、紺碧の空をすべって行く白い幻を見つめた。

だが、今こそそれが幻でない事がはっきりと確認できた。円盤群は、急角度にバンクしてたちまち高度を七万フィートにさげた。速度はマッハ二・五程度におち、パトロール隊の進行方向と、数十キロ先でクロスするコースをとる。彼我の距離は急速に接近し、F一〇六〝デルタ・ダート〟のドップラー・レーダーに反応がはいりはじめる。デジタル・コンピューターは、距離とコースの計算をはじめた。

「物体群、高度五万へ降下……」とマクラウド少佐は歯をくいしばってささやくようにいう。「なお接近中……距離三十マイル……」

少佐は、そっと空対空ミサイルの発射装置に手をふれた。AIM4D〝ファルコン〟が四本、機体の下に吊されGOにセットさえすれば、コンピューターがレーダーのとらえたデーターを自動的に計算し、軌道をはじき出し、最適の瞬間に自動的にミサイルを発射する。〝ファルコン〟はレーダーで目標を追尾しながら……。〝ファルコン〟の射程は五マイルプラス、もうあと数十秒で、有効距離にはいるのだ。

「バーニー3からジョージへ——まもなく攻撃可能距離にはいる。攻撃許可を求む……」

「攻撃は避けろ……」と、基地司令はするどくいった。「五マイル以内の接近を回避し、追尾せよ……」

「隊長機より、パトロール隊全機へ……きこえたか?」マクラウド少佐は、がっくり気がゆるむのを感じながらいった。「編隊をしっかりくめ。増槽投下し、マッハ二に加速して、高度四万五千まで上昇……」

マクラウド少佐はかるく操縦桿を押しスロットルをひらいた。マッハ〇・九五の巡航速度でとんでいた〝デルタ・ダート〟は、浅いダイヴでもってつっこんで行く。ほとんどからの増槽をきりはなすと、軽くなったのと、抵抗がへったので簡単に音速をこえる。音速突破の衝撃が、機体をはげしくたたき、マッハ計の針はなおぐんぐん上って行った。

マッハ二でひきおこしにかかり、一気に上昇する。巨大なGが、筋肉を、皮膚を、内臓を血液を、足もとへ押しさげ、貧血と吐き気がおそう。

高度四万五千フィート――一万三千五百メートル、M《マッハ》一・八で水平飛行にうつった時、極北にちかい澄明な大気の彼方に、円盤群は手がとどきそうにはっきりと見えた。さほど、大きくはない。直径二十メートル内外、上部がまるくもり上り、下面が平らで、色は銀白色、時折りかすかにピンク色をおびて光り、上部中央に小さな突起が見える。それは梯形陣を組んで、高空を整然とすべって行った。まるでこちらにおいでおいでをするように、高度を一万五千メートルぐらいにまでさげ、スピードもマッハ二ぐらいまでにおとして、F一〇六の編隊の鼻先をゆるくまわりこんで行く、距離は十マイルにまで接近し、また遠ざかる。

マクラウド少佐は、気を沈めるために、深く酸素を吸いこんだ。顔面がこわばっているのがわかる。――第二次大戦中の、伝説の幽霊戦闘機《フー・ファイター》以来……そして、ケネス・アーノルドの目撃以来、この二十数年間に空軍にもたらされた何千件もの「報告」が、――すくなくともそのうちの何十パーセントかが錯覚でも、自然現象の誤認でもなかった事を、今、自分がこの眼ではっきりたしかめているのだ、と思うと、畏れとも闘志ともつかぬものが、体中の筋肉を、冷たくひきしめるのが感じられた。

今こそ……そう、今こそやつらは、その正体をはっきりあらわしはじめた。連中は――すくなくともこれまでの段階では――地球外からやってきた「敵」なのだ。知らぬ間に、大陸奥地の人跡まれな地点に浸透し、基地をつくり、「人類同士」の対立の裏を欠いて、突如攻撃をはじめ、そして今――。

今、連中は、地球上の各地域に拡散しはじめたように見える。何のために？　次の「本格的攻撃」のためにか？

火器自動管制装置が、しきりに赤いランプをまたたかせ、「目標物」が有効射程内にはいった事を知らせる。――さあ射て……と、機械はそそのかしているようだった。獲物はとらえた。ボタンさえおせば、隼《ファルコン》は一挙に獲物にとびかかる。さあ……。

「バーニー3！　バーニー3！　こちらジョージ……」地上基地が突然せきこんだ調子で叫ぶ。「警戒しろ！　左後方、高度二万フィート付近から、別の飛行物体群接近中、当方のレーダーに……」

突然猛烈な雑音がイヤフォンの底で爆発した。鼓膜を破らんばかりにひっかくバリバリという音だ。マクラウド少佐は思わず耳をおさえた。レーダーサイトには光条がめちゃくちゃにおどり、計器類の針はくるったようにはねまわる。いくつかの電気系統の針はふりきってしまった。左後方、雲の団塊の中から、突然銀灰色の、つやのない物体が、三つ、四つとあらわれ、急上昇してくる。距離はちかい。小窓らしいものや、突起構造物がはっきり見える。その縁辺部が、にぶいピンク色に息づくように光っている。

「隊長機より各機へ……」少佐は、さけんだ。

「左後方より円盤群接近、右方へ反転……回避せよ。バーニー3より各機へ……」

Ｆ一〇六は、突然、猛烈に震動しはじめた。電気系統の配線がボッと煙を吹く。大地震のようにゆれる機体は、操縦桿をひねってもまるでコントロールがきかない。スロットルにさわろうと手をのばした少佐は、皮手袋ごしに、青紫色の小さな火花が、箒《ほうき》のような形でとぶのを見て、呆然とした。

「バーニー3よりジョージへ……」通信不能と知りつつ、少佐はさけんだ。「電気系統故障――操縦不能……脱出する……隊長機より各機へ――回避せよ」

射出座席《インジェクション・シート》を射ち出す赤いレバーに手をかけようとした少佐の鼻先に、銀灰色の巨大な円盤の下面がぐうっとせまった。とたんに〝デルタ・ダート〟は、ナザールをへしおられるほどグイと、鼻先を押しさげられ、少佐はキャノピーにはげしく頭をぶつけ、気を失った。――ほかの各機も、コントロールを失って、木の葉のようにもまれ、そのうちの何機かは、錐揉《きりも》み状態にはいって、矢のように落下していった。

「大型円盤二機、小型円盤八機、ミンスク上空通過……」と、ソ連防空網の通信が、かすかにきこえてきた。

「こちら〝たか〟──目標発見……」と、緊急出動をかけて、上空待機していた、防衛空軍のスホーイ11迎撃機の一機は報告した。「追跡にうつる。──攻撃許可を待つ」

「射程内にはいり次第、攻撃せよ……」と、指令はおりかえしてきた。

だが、マッハ二・五の最大速度で接近しておこなわれた攻撃は、空対空ミサイルのホーミング装置の狂いにより、まったく効果をなさなかった。スホーイ11よりさらに高速のミグ23の追撃もかわされ、ソ連空軍はこの接触で、戦闘機三機を失った。ソ連上空を、高度二万で悠々と横断した円盤群は、カリーニングラードで、ワルシャワ防衛機構軍の、ミグ21の迎撃をうけたが、これもふりきり、さらにバルト海上で、NATO萱下のスエーデン空軍に捕捉されたが、スエーデン自慢の新鋭機サーブ〝ヴィゲーン〟二機を操縦不能に陥し入れて、そのまま霧のせまる北海洋上へ消えた。

このころから、「地球外生物の飛行物体」は、世界各地の上空で目撃されはじめた。南太平洋の島々の住民は、熱帯の海上にそびえる積乱雲の彼方から、はるか高空へむけてとび去る、無数の白い光点を見た。それから数時間後、南米アンデスの峰々をめぐるインディオの遊牧民は、巨大な紡錘形《ぼうすいけい》の飛行物体群が、雪をいただく高峰へむけて、ほとんど垂直に降下してくるのを見て、胆をつぶした。飛行物体は、ペルーの首都リマ市、ボリヴィアのラパス市でも目撃された。南米空路の旅客機が行方不明になり、はげしい空電と、大気の異常な攪乱により、ラパス空港は閉鎖された。

厳冬へむかいつつある南極で、アメリカのマクマード基地は、超低空を高速で通過した円盤群によって、大きな被害をうけた。基地の通信施設のほとんどは破壊され、高温の熱線様のものの照射をうけて、雪はとけ、多くの建物が屋根を破壊され、中には衝撃波らしきもののあおりをくらって崩壊したものさえあった。円盤群は、ロス海を南下し、マーカム山頂に着陸したらしかった。

地球上にちらばる船舶が、航空機が、軍艦が、都市や辺境の住民が、これらの「飛行物体」を目撃した報告やニュースは、全世界の通信網にあふれかえり、世界は今や、「地球外勢力」の起しはじめた新たな行動に、騒然となりはじめた。これらの飛行物体群の動静を、全世界にはりめぐらした通信・監視網で追っていたアメリカ国防省通信部は、テキサス州ヒューストンの宇宙通信基地から、新しい飛行物体群が、月の軌道と地球との中間を、地球にむかって降下しつつあるらしい、という報告をうけて驚愕した。

新しい段階

1

そしてこのころから、事態は、次第に新たな様相を呈しはじめた。

それは、次第にはっきりと、「戦争」の輪郭《りんかく》をあらわしはじめたのである。それも、これまでのものとまったくちがったまったく新しいタイプの――「地球人類対宇宙からの侵略者の闘い」という新しい性格の戦争であることが……。

この新しいタイプの戦争の前に、これまで地球上において、有史以来あくことなくくりかえされてきた「戦争」の常識の一切が、通用しないことは、誰の眼にも明白だった。

これまで人類文明の中にたくわえられていた「戦争」についての知識と文化は、すべて地球上の、同じ人類同士の間での戦いに限定されていた。戦争についての国際法規も、兵器も、軍備も、戦術も、戦略体系も……一切は「人間対人間の闘い」という条件の範囲内でくみたてられていたのである――。どんなにはげしく対立していても、とにかくその相手が、自分たちと同じ「人間」だということだけははっきりしており、そこから相手の攻撃の意図や限界も、相手とのコミュニケーションや取り引きの可能性もひき出すことができたのである。

――だが、今度の場合の「相手」は、そうはいかなかった。

相手は、何しろ同じくらいの知能をもち、同じような感情をもつ人類ではなかった。いや、地球上の生物ですらなかった。

いったい、どこの星の、どんな生物で、どんな生命のメカニズムとどんな性格・知能をもっており、また、どのくらいの科学技術の水準にあって、どんな意図をもって、どのくらいの数の集団が地球へやってきたのか、そういったことについて、こちらには一切手がかりのないまま、いきなり彼らはあらわれ、いきなり戦闘がはじまってしまった。その戦闘にしてからが、そもそもむこうが、当初から攻撃の意図をもって、地球上にやってきたのか、それとも、たまたま着陸した所が中国領土内だったから、こういう事態に対するセンスをもちあわさない兵士の攻撃をうけて、不幸な形の接触が開始されたのか、ということさえはっきりしないのだった。

むこうが、こちらについてどれだけのことを知っているのか、ということもわからなければ、地球人類のことを、どういう風に考えているか、ということもわからなかった。

——かつて、ジンギス汗にひきいられて中央アジアからヨーロッパへ嵐のように侵入したモンゴル族は、闘う相手を、獣のようにあつかい、被征服民を「家畜」のようにあつかった。戦闘によって、隊長の肉親が死んだ場合「敵国」の住民は、たとえ降伏した相手でも、女子供、老人の区別なく、ことごとく殺した。「役に立つ」技術者は、奴隷として、家畜のごとく「所有」した。——ニシャブールでは、女も赤ン坊も老人も、数万の住民はことごとく殺され、犬、猫、小鳥にいたるまで、すべて首をはねられてピラミッド型につみあげられた。バグダードでは一昼夜余りの間に八十万の市民が殺され、また、農耕民である漢民族は、役にたたないから、これを全部殺して中国大陸をからっぽにし、ここを牧場にしようという意見は、ジンギス汗の帷幕《いばく》で、たびたびもち上った。——カラ・キタイの賢人、耶律楚材《ヤリッツザイ》の忠告が通らなかったら、漢民族は、その時ひょっとしたら地球上から姿を消していたかも知れない。

そのおかえしのように、大航海時代の白人たちは、「野蛮人」を虫けらのように殺した。——カトリック教会は、インディオは「人間」ではない、という見解を出し、新大陸の先住民は、殺され、文化と生活を破壊され、インカ、マヤ、アズテカの大文明をきずいたインディオたちは現在みるごとく二度と立ち上れないほど徹底的にうちのめされた。十六世紀ブラジルを征服したポルトガル人たちは、インディオをつかまえ、大砲の砲口にくくりつけて砲弾をぶっぱなした。——つい最近、二十世紀はじめのころまで、天然痘《とう》で死んだ患者の服を、インディオのよく通る道へつるしておき、それで悪疫《あくえき》に無防備な、奥地のインディオを全滅させるという「おなぐさみ」があった、と、レヴィ＝ストロースは書いている。

アフリカの黒人は、野生の草食獣のように狩りたてられ、家畜以下のあつかいで船倉につみこまれ、家畜のように鎖でつながれ鞭《むち》うたれてはたらかされた。

同じ人間同士の間で、二、三百年前まで、このようなとりあつかいが存在していた。人類が、皮膚の色や、その言語、習慣、生活様式にかかわらず、おなじ「人間」である、という認識が確立されたのは、わずかに第二次大戦後のことであり、それすらまだ、完全に普及したとはいいきれないのだった。

こういった関係が、もし、現在地球上に橋頭堡《きょうとうほ》をきずき上げつつある、宇宙人と人類の関係にも起るとしたらどうなるか？　おそらく、「未知の宇宙生物」と人間との懸隔《けんかく》は、モンゴル族対漢民族、白人対インディオ、白人対黒人とのへだたりより、はるかに深く、はるかに決定的だろう。しかも、彼らは、火器と馬をもっていた新大陸の征服者《コンキスタドレス》たちが、インカ、アズテックのインディオに対して優越していた度合より、武力において、地球人類に対してはるかに優越しているだろう。彼らが、圧倒的に優勢な軍事力をもち、かつ、はかり知れぬ彼らの意識の中で、地球人類が、彼らにとって、異星の上をはいずりまわる虫けら同然の存在にすぎないとしたら……。

2

「とにかく、相手についての情報が、不足しすぎているんだ」

上層部が編成されたばかりの、「大国連軍」の参謀本部で、総司令官に任命された、カナダのメイエルソン元帥は、白髪をふりたて、焦慮《しょうりょ》の色をあらわにして、テーブルをドシンとたたいた。

「敵の総兵力、武器の性格と数、戦闘状況――そういったものの情報が皆目《かいもく》わからずに、作戦がたてられるか！　いったいアメリカ軍もソ連軍も、本気にわれわれに協力し、指揮下にはいってくれる気があるのか！」

「あせってもしかたがありません。やがて、全世界的規模の、総合指揮系統ができ上るでしょう」

第二次大戦で、ノルマンジー進攻作戦に参加した、イギリスのパークス将軍が、辛抱づよい口調でいった。

「第二次大戦の時も、〝連合軍〟の編成には、大変な苦労がありました。――ソ連軍は、たとえ政治的に、協約をとりつけても、おそらく最後までこの司令部の、指揮下にはいることは期待できんでしょう。そうなる時は、ソ連軍が相当な――壊滅にちかい打撃をうけてからでしょうな。アメリカも、ＷＷＭＣＣＳ（世界軍事機構）や、あの厖大《ぼうだい》な核戦略体制をふくむ軍事機構の指揮系統を、たとえ部分的にせよ、今すぐ国連軍に委《ゆだ》ねることは考えられませんね。当分は、米ソ両大国のそれぞれ自主的な作戦にまつほかありません。せめてこの両大国の巨大な軍事力が、協同することをねがうぐらいでしょう」

大国連軍のたのみとするのは、ＮＡＴＯの動きだった。ソ連ゴドノフ首相との接触や、国連安保理事会および総会への活発な働きかけを通じて、フランスのド・ディオン大統領は、ＷＥＵ（西欧同盟）での発言権を強化し、さらに一九六六年七月に離脱した、欧州連合軍への復帰の姿勢を見せはじめていた。そして、フランス一国でも、その軍隊の大半を、大国連軍の指揮下に提供しようと申し入れ、大国連軍西半球総司令部をフランスにおくことを、ひそかに打診してきた。フランスの意図が、ＮＡＴＯ麾下《きか》の欧州連合軍から、アメリカの勢力をきりはなし、「大国連軍」の旗のもとに、ヨーロッパを、アメリカとの共同防衛指揮系統から一応はなれた、独自の軍事勢力にもって行く、という、多年の構想にそって動いていることはたしかだった。

しかし、直属軍としては、まだいまのところわずかにＮＯＲＡＤ（北米防衛組織）から提供された、防衛空軍一個師団、空輸部隊二個大隊、それに各国からの提供による二個師団相当の陸上兵力しかない「大国連軍」にとっては、やはりフランスの動きを期待せざるを得なかった。

はたして、「世界非常事態宣言」が発せられてまもなく、フランスは電光石火の動きで、欧州連合軍への復帰を声明し、それと前後して、NATO緊急理事会で、多数をもって、欧州連合軍を国連指揮下におくこと、大国連軍参謀本部への代表を、フランスから出すことをきめてしまった。

だが、それでも、国連軍司令部は、決定的な情報不足になやまされていた。ソ連国防省は、相かわらず戦闘情報を、ほとんど提供しようとしなかった。アメリカ国防省も、何となくもたもたしており、空軍がにぎっているはずの、大量のUFO《ユーフォ》（未確認飛行物体）の、チベット高原、さらに南極をはじめとする、世界各地の高山地帯への降下についての情報は、ごく部分的にしか、流してこなかった。すべては、まだ、裏面ではてしなくつづけられる、政治的折衝のくりかえしの段階だった。

だが、そんな状態にも、急速に転機が訪れかけていた。

アッサム地方でのインド軍の接触につづいて、タイの北方チェンマイに進駐していた、アメリカ戦略軍団《ストライコム》の一大隊が、ついに雲南《ユンナン》国境方面から南下してきた。宇宙人の勢力と、直接接触したのだ。戦闘は激烈をきわめ、部隊の大半は、ほとんど一瞬にして壊滅した、とつたえられた。——だが、ここに新しい事態が一つ起っていた。雲南《ユンナン》省から敗走してきた中共軍の部隊が、この時米軍によって救われ、かつ米軍とともにたたかったというのである。

外交筋が、眼をむき出すような新事態が、戦線ではつぎつぎに起っていた。ビルマ政府が、タイの米軍の援助をもとめ、サルウィン河、イラワジ河上流地域では、ビルマ軍、米軍、それに敗走してきた中共軍が、協同行動をおこなった、というのである！　一方、例のカシュミールに接するラダク地区でも、インド、パキスタン、アフガニスタン、それにソ連の軍隊の間に、自然発生的な共同作戦が出現しつつあった。――こうして、「人類的協同」は、まず直接戦闘地域でおこりはじめていた。

変化はさらに矢つぎ早に起った。クーデターの報がはいって以来、七十時間以上、一切の通信報道を禁止し、沈黙をまもりつづけていた北京が、突如として、「大国連軍」あてに、ひそかに軍事戦闘情報の一切の提供とひきかえに、国連軍事援助、場合によっては、国連戦闘部隊の中国派遣の可能性について、人民解放軍新司令の名によって打診してきたのである。

国連軍司令部はもとより、事務局、および軍事委員会は色めきたった。解放軍新総司令朱成勇将軍の名は、みんなをおどろかせた。解放軍総部の軍事科学院から、総参謀部へ、数年前転じたばかりの、四十になったかならないかの若い軍人だったからである。

つづいて、人民日報と新華社は、堰《せき》を切ったように、中国西北部での戦闘のニュースと、写真を発表しはじめた。――村が焼かれ、都市工場が破壊され、住民兵士の焼死体が累々《るいるい》と横たわっている、酸鼻《さんび》をきわめた写真だった。発表によると、おどろくべきことに、宇宙人たちは、四川《スーチョワン》、雲南《ユンナン》はもとより、秦嶺《チンリン》山脈ぞいに、河南《ホーナン》省山岳部にまで浸透をはじめていた。成都《チョンツー》は放棄され、重慶《チョンチン》もあぶない。激烈な戦闘の結果、人民解放軍および民兵に、厖大な戦死者が出た。——しかし、一部、通常火器により、敵に損害をあたえることができ、かつ一時撃退することができた、という報道は、専門家を注目させた。

軍事政権下による、新しい中国首脳部の顔ぶれはまだ発表されなかった。しかし、報道を解禁されて、いっせいにニュースを流しはじめた各国特派員電は、新政権の顔ぶれが、ほとんど名もきかなかった若い政治委員や、若い学者、軍人に大部分を占められることになるらしいこと、一時失脚させられ、粛清されたと伝えられる、二、三の「大もの」の復帰を暗示していた。

北京の、この眼を見はるような大変化は、ただちにアメリカの方へもはねかえった。今まで、仮代表として、代理の若い参謀を国連軍司令部に派遣しているだけだったアメリカ軍首脳部が、北京の変化が発表された二十四時間後に、グリーンバーグ統参議長の大国連軍総司令部転出と、シェリング統参副議長の、統参議長への昇格を発表したのである。しかも、アメリカ三軍の最高指揮者が、メイエルソン総司令の幕僚の資格で参加する、というのである！

3

　こういった、眼を見はるような体制の変化とは別に、戦いの状勢も刻々動いていた――米ソの、数多い軍事衛星が、次々に軌道上で破壊されはじめ、アメリカ空軍は、ついにMOL（有人軍事衛星）を二つ失って、保有する最後の一つのうちあげを断念した。「宇宙空間」での闘いは、こうして、敵側の一方的勝利のうちに、一段落つげようとしていた。ラッセル米大統領は、MOLを大幅に改良した、強力な「戦闘用宇宙船」の建造を指令した、と発表した。空軍、海軍、およびNASA（航空宇宙局）所管の、一切の〝宇宙および大気圏外計画〟を中断し、ロケットおよび宇宙船の開発建造計画を統合して、新たに「宇宙艦隊」を建造する計画を検討中である、ともいった。

　つづいて、国防省は、攻撃をうけて危険にさらされつつある南極の各国基地救助のために、アメリカ海軍の、原子力艦艇をふくむ艦隊が派遣された、と発表し、アルゼンチン、オーストラリア、チリの海軍にも協力を要請していた。

　国際民間航空の、北極圏空路の閉鎖が発表されたのも、それとほとんど同時だった。このコースにおいては、すでに三機の旅客機が消息をたっていた。太平洋路線はまだそのままだったが、ヨーロッパとアジアをむすぶ、もう一つのコース、南まわり路線も、山岳地帯上空をさけ、なるべく海上をとぶように変更された。

霧のコペンハーゲン空港におりたった時、山崎は不覚にも、涙があふれ出るのを感じた。

ヨーロッパだ！

開かれた土地だ！

ここから——ここまでくれば……日本までは、坦々《たんたん》たる大道がひろがっている。しめった空気も、霧さえも、甘い味がするように思えた。——巨大な、ソ連軍の軍事基地のあるセミパラチンスク西部から続々と派遣されてくる大軍と、東から続々と避難してくる民衆や、傷ついた軍隊でごったがえす中で、英語のはなせる、ノーボスチの若い、青年レポーターに、スヴェルトコワ看護婦からひきつがれ、それからあとは、無我夢中だった。エフトシェンコの崇拝者であるその青年と、彼の若い仲間が、いかに献身的に彼をモスクワまで送りとどけてくれたか。……見方によっては、りっぱに「国家」の組織に反することなのに、こういったソ連の若い世代たちが、いかに自由で、若々しい知性と連帯感をもち、「新しい時代」に対する、みずみずしく敏感な直感力をもっていることか！

彼らは、もう、欧米や日本の若い人たちと、ほとんど同じだった。陽気で、健康で、冒険心にとみ、「人間」に対するゆがめられない率直な理解力をもち——あの長い、重苦しい圧迫の時代の「雪どけ」以後、しかしまだ、こわばった、強大な「組織」が上部をおおっている下で、やがて到来するであろう「地球的時代」の、こんなに若々しい、新鮮な芽がのびていたのだ。

東部から、続々とつたわってくるニュースにごったがえしている、社のモスクワ支局に顔を出した時、同僚たちは、山崎のあまりにやつれはてた姿に、しばらく呆然としていた。——鬚《ひげ》はのび放題で、服はどろどろ、眼はおちくぼみ、頬はこけ、肌は渋紙色にやけていた。そのあと、数名の特派員たちは、どっと彼のまわりをとりかこんだ。彼はしゃべり、しゃべりつづけ、しゃべりながらどっとつかれが出て、寝てしまった。そのまま、まる二日、彼は熱を発して、昏々《こんこん》と眠りつづけた。

眼がさめると、枕もとに、テレックスの紙があり、それにこう書いてあった。

「アナタ　ハヤクカエッテキテ」トシエ

「奥さん、泣いて泣いて、大変だったそうだ」と特派員の一人は、笑いながらいった。

「むりもない。なにしろ、助かったほかの旅客は、もうこの間、日本へかえっているのに、君だけが、事故では助かっていながら消息不明だったんだからな」

「女房と話せるかね？」

「直通電話は当分だめだ。回線が軍におさえられてるし、ケーブルの方は満員でとても順番がまわってきそうにない。それより、何とかここからぬけ出すんだ。君の事が、ソ連側に知れるとまたいろいろ面倒だからな。ここでスパイ容疑でつかまったりしたら、そりゃ厄介だぜ」

何しろ墜落のため入国手続きが、まだすんでいないのだった。それでも、大使館にも手をまわし、何とか細工して、満員のヨーロッパ線の中から、やっとSASの席をとってくれた。空港を通過するまでは、生きた心地がしなかった。旅客機が離陸しても、ソ連領内をとんでいる時は、まだ後から追われるような気がした。

やっと、解放感を味わったのは、ストックホルムあたりからだった。

そして、コペンハーゲンで、濃霧と北まわり線の閉鎖のため、乱れに乱れているダイヤの関係上、のりつぎに一泊することになり、はじめてヨーロッパの土をふみしめた時、解放感と安堵《あんど》からポロポロ涙がこぼれたのだった。みっともない、と思いながら、彼は空港待合室の中を、出口にむかって歩いていった。

「山崎……さんじゃありません?」

突然日本語で声をかけられて、彼はふりかえった。

——異様なショックが背筋をかけぬけた。

黒っぽいコートをほっそりと着た、日本の女性がそこに立っていた。

由美子だった。

水爆発射

1

由美子が、自分の眼をうたがうほど、山崎の顔はかわってしまっていた。陽にどす黒くやけ、眼はおちくぼみ、頬はこけ——しかも、わずかの間に、白髪がすごくふえていた。体全体が、ひどくとがった感じになってしまい、黒ずんだ眼窩《がんか》の底に、瞳だけがするどかった。

「やっぱり……山崎さんね！」

と、由美子はもう一度たしかめるようにいった。

「やあ……」と山崎は、ぼんやりした声でいった。「君だったのか……」

とたんに、体をぶっつけるようにして、由美子は山崎の胸にすがりついてきた。ダイヤの混乱のため、乗客でごったがえす空港の待合室で、日本人の眼もたくさんある中で、由美子はかまわずに山崎にしがみつき、胸に頭をおしつけ、すすり泣くように息をついた。

おぼえのある香水のにおいが、強くした。——だが、その香りの記憶は、ひどく遠い昔のもののようであり、彼自身、由美子との事、そして今、彼女がヨーロッパにいる理由などを思い出すのに、すこし時間がかかり、胸にすがりつかれたまま、少々狼狽《ろうばい》していた。

コペンハーゲンの、ホテルの、彼の部屋にはいってからも、終始由美子の方が積極的だった。そんな事は、これまでなかった事だけに、山崎は、それをうけとめて燃え上りながらも、どこかちぐはぐな気持だった。日本にいる時、あれほどいとおしんだ、由美子のすべて——その肌理《きめ》こまかな肌、ほっそりと骨細でいながら、乳房や腰や太腿が、ゆたかにはっている、繊細《せんさい》で若々しくて、おそろしく敏感な反応をしめす体、年以上に複雑なかげりをもつ知性といったものが、なにかひどく遠い存在のように思え、体の方はすぐ反射的に記憶をよみがえらせて、いつもの通りの順序で、それもいつもよりずっとはげしく執拗《しつよう》に、由美子の体をむさぼったのに、心の方は、由美子から遠くはなれたままだった。

異国の宿にいる遠慮からか、由美子は最初こぶしをかみ、顔を枕にあて、必死に声をころしていた。しかし、ついにはこらえきれず、のけぞり、のたうちまわり、脚を蹴るようにふみのばし、全身を弓なりにそらせ、何度も何度もあたりかまわぬはげしい絶叫《ぜっきょう》をあげた。自分の声におどろいたように、髪を彼の頰にごりごりおしつけ、歯をくいしばって嗚咽《おえつ》しながら、また押しよせてくる叫びに、全身をふるわせ、投げ出すのだった。

だが、山崎の心は、なぜか固く、冷え切ったままだった。

――おれの中で、何かがかわった、と、彼は思った。

「夫とは、とうとうわかれることにしたのよ」由美子は、汗にぬれた顔を、彼の裸の胸に伏せながらいった。「やっぱり、パリで女ができていたの……」

パリで、一日あっただけで、由美子の夫はスイスへ行ってしまい、そのあとをおった彼女は、ジュネーヴの宿で、夫がその小娘とベッドにいる所を見つけた。いさかいと、侮蔑《ぶべつ》と、そしてひやりとするような売り言葉の応酬《おうしゅう》のあと、二人の仲が完全にひえ切ったことを知った彼女は、そのまま傷心の身を、北欧へはこぼうとして、コペンハーゲンで、山崎と同じように足どめを食った……。

「私、しばらく日本へかえらない……」と由美子はいった。

「夫から、手切れ金がわりに、もってたお金みんなまき上げてやったの。フランスの小娘が、何かわめいてたわ。きっとあとで、喧嘩してるでしょうね。お金のつづくかぎり、ヨーロッパをまわってみようと思うの。北行きがだめだったら、スペインかイタリアへ行って――できたらアメリカへわたりたい……」

それから、由美子はそっと彼の乳首に接吻して、さそうようにいった。

「あなたは？　これからどうするの？」

そうだ。敏江に電話しなければ、と思って、彼は由美子の体の下からすりぬけ、ベッドの上からすべりおりた。

うつぶせのまま投げ出された恰好《かっこう》になった由美子は、つややかな断髪を枕にふせたまま、まだ快楽のぬくもりの中をたゆたいつづけているように、陶然《とうぜん》とした微笑をうかべていた。

山崎の方は、はっきりとさめた意識で、電話機を力いっぱいにぎりしめ、国際電話の交換手《オペレーター》の出てくるのを、固唾をのむような思いで待っていた。

由美子の愛らしさ、かしこさ、そしてそのかげりのある感情――かつて、あれほど彼を魅惑《みわく》したそういったものが、今ではひどく人工的で、もろいもののように思えた。彼の傷心もまた、あまりに女性的、日常的で、あまりに矮小《わいしょう》なもののように思えた。

夫に裏切られて、心が傷ついたから、ヨーロッパをぶらつくだと？　この女は、今、この地球の上に何が起りつつあるのか知らないのか！　同じヨーロッパの地つづきの東方で、いったいどんな事態が発生しつつあるのか、関心がないのだろうか？

そういえば、由美子は自分の傷心について語るばかりで、彼のことについてほとんどたずねようとしなかった。ヨーロッパまでたずねてきて、夫に裏切りの現場を見せつけられ、そのショックがあまりにも大きかったのかも知れない。彼が飛行機事故にあったことを、由美子もヨーロッパへたったので知らなかったのかも知れない。

それにしても、連日、新聞やテレビの報道で、いま世界をまきこみつつある事件については、知っているはずだ。

彼女の意識の中では、あだっぽい愛や、人と人とのなまあたたかいからみあいの方が、宇宙人の地球攻撃より、はるかに大きな比重をしめているのだろうか？

「日本はつながりますか？」

彼はでてきた交換手にせきこんできいた。

「はい、番号をどうぞ……」

彼は、口の中で反芻《はんすう》するように、ゆっくりナンバーをいった。

「日本は、すこし時間がかかりますけど……」

「特急でどのくらいでしょうか？」

「十五分ほどお待ちねがいます」

彼はほっと肩をおろし、ホテルの部屋のナンバーをいった。

「承知しました――電話を切っておまちください」

彼は祈るような気持で電話機をおいた。ふりかえると、由美子は、あどけないほほえみをうかべて、うつぶせのまま眠っていた。

2

ホワイトハウスの奥で、何度目かのホットラインが鳴った。この事件がはじまってから、いったい何度、あのクレムリンにつながっている紫色の電話機がとりあげられたことか！

寝室にはいって、ベッドにもぐりこんだばかりの大統領は、リンドバーグ特別補佐官のひかえ目なノックで、疲労の果ての、墜落するようなまどろみの中から、ふたたびひきもどされた。

「モスクワからです……」と特別補佐官は、これもげっそりやつれた顔をのぞかせていった。「ゴドノフ首相が出ておられます」

「よろしい、すぐ行く」

ズボンをはき、上衣をひっかけただけの姿で、大統領は大またに電話のつながっている部屋へ歩いていった。

「ゴドノフです……」ソ連首相の声は、どこか焦《あせ》っているような調子だった。

「ラッセルですが……」

「この間の、ケフィラヴィーク会談で、わが国の国防関係者からなされた提案を、御検討くださったでしょうか？」

なんの件か？　大統領は、寝起きですこし頭の回転がにぶくなっているのを感じながら、大急ぎで思い出そうとして、ちょっと天井を見つめた。

傍で、いっしょに電話をきいていた、リンドバーグ補佐官が、大急ぎでメモ用紙に大きく書きつけて、大統領の眼の前にさし出す。

「チベット高原に対する、核ミサイル攻撃の件ですか？」

「そうです――大統領閣下御自身は、あの件について、どう考えられますか？」

「たしかに、御提案の件は、重大な問題です。いずれ、米ソ両大国は、そういう形で、地球の防衛責任をとらなければならなくなる日がくると思っています。しかし、中国との関係は、依然微妙ですし、実際の使用にあたっては、相当慎重な配慮が必要だと思います」

「つまり――いずれはその行動をとる必要がある、とお考えなのですな？」

「いずれは――と思っております。ただその使い方と時期については、われわれの軍部が、慎重に検討中です。すくなくとも、国際世論に対する、ある程度の説得は、必要でしょう。それに――われわれの軍事関係者は、相手に対して、本格的な核攻撃をくわえた場合、宇宙人が、はたして、どんな報復手段をもっているのかわからないので、その点を危惧《きぐ》しています」

「大統領閣下――アメリカはそうではないが、わがソ連邦は、その領土内において、きわめて激烈な、宇宙人の攻撃をうけております」

ゴドノフ首相は、何か決意したような、すこしかすれた声でいった。

「われわれの軍部、および国防関係者は、これ以上、通常戦闘では、敵の進出をくいとめきれないし、地上兵力の損害が大きくなるばかりだ、と判断しております。いま、私は最後の決断をもとめられているのです」

「…………」

「現在、アラル海東方のバイコヌール宇宙基地まで、危険にさらされています——ソ連邦防衛の最大の責任をおうものとして、私はここ数時間以内に、決定をくださなければなりません」

「核攻撃を——命令なさるおつもりですか？」

「そうです。弾道ミサイルによる、敵前進基地の熱核攻撃を、許可せざるを得なくなるでしょう」

リンドバーグ特別補佐官の顔色は、緊張のために、まっさおになっていた。ラッセル大統領は受話器の底にひびく「熱核攻撃」という言葉を、悪夢の中できく言葉のように、呆然ときいていた。血が、下半身にさがって行くのが感じられた。

ついに——ついに、「水爆戦」がはじまろうとしている！

それが、アメリカへむけられるものでなく、また地球上のどの国にもむけられるものではないにせよ、一たんそれがはじまってしまえば、そこから先は、まったく予想もつかないコースへと、世界全体がふみこんで行くことになるのだ。

はたして、水爆によって、宇宙人の全勢力を破壊し去ることができるか？

敵に、これ以上の攻撃をあきらめさせることができるか？

敵に、水爆攻撃に匹敵するほどの、報復手段が、はたしてあるかないか？

核攻撃は、どの程度にとどめるべきか？　あるいは、どの程度で、やめることができるだろうか？

——国際世論の反響は？——中国の反応は？——核兵器使用の、地球全体への影響は？なにもかも、計算されているようで、実はわからないことばかりだ。とにかく、それがはじめられたとたんに、人類は、思いもかけなかった混迷の「明日」への道を、たどりはじめることになる。

「いかがでしょう、大統領閣下——ケフィラヴィークにおける、当方の提案の、全面的賛同は、いますぐに得ることはむずかしいと思います。しかしながら、われわれは、わがソ連邦の眼前にせまりつつある危険に対して、不可避的に、もっとも効果的な防衛措置を講ぜざるを得ません。そこでおねがいがあるのです。米ソ同時のＩＣＢＭ発射による協同作戦は、今すぐにはむずかしいにせよ、ソ連邦が、やむを得ずおこなう、宇宙人に対する熱核攻撃を、米国は、すくなくとも原則的に支持していただきたいのです」

「その攻撃は、中国領土内におよびますか？」

「弾着地点は、厳密に、ソ連邦領土内にとどめます。しかし——何しろ熱核兵器のことですから、影響は、中国領土内におよぶこともあり得ましょう」

大統領は、リンドバーグ補佐官が、青い顔をしたまま、しきりに手をふっているのを、ぼんやり見つめた。——ソ連にひきこまれるな！　と補佐官はサインを出していた。副大統領および国務、国防両長官と、相談せよ！

「事はあまりに重大です。首相閣下……」大統領は、かすれた声でいった。「われわれのスタッフと相談する時間をいただきたいと思いますが……」

「お返事をお待ちする余裕は、おそらくないと思います……」

ゴドノフ首相は、急に平静にかえった声でいった。――決心したな！　と大統領は、体内にさっと緊張の走るのをおぼえながらいった。

「わかりました。――」と大統領はいった。「時間がないのは残念です。首相閣下――しかし、いずれにせよ、地球上の最大の国の一つであるアメリカが、ソ連邦を、見殺しにすることはないと思います。その点だけは、私が、責任もって保証いたします」

「ありがとうございます、大統領閣下……」ゴドノフ首相は、やはり冷静な声でいった。

「米ソの軍事協同についての話合いは、なお継続させたいと思います。そして両国が、一刻も早く、全面的に地球防衛責任のために協同できるようにしたいと思います」

クレムリンからの電話は切れた。大統領は、切れてからもなお、電話のそばにたちつくしていた。

「リンディ……」しばらくして、大統領はかすれた声でいった。「副大統領、国防長官、国務長官、それに国家安全保障委員会の、委員長と副委員長を大至急招集してくれ。シェリング統参議長も……」

リンドバーグ特別補佐官が、電話をとりあげると、大統領はいそいでつけくわえた。

「それから……海軍長官も……」

3

観光シーズンをひかえつつある北海道千歳《ちとせ》の航空自衛隊基地は、緊張しっぱなしだった。レーダーサイトに、頻々《ひんぴん》とうつる飛行物体は、三時間に一回の割り合いで、防空戦闘機に、緊急出動《スクランブル》をかけさせた。

飛行物体は、黒竜江方面からと、千島列島の方向から飛来し、ある地点までくると、ふっとレーダーサイトから消えうせた。根室のレーダーは、エトロフ島からとびあがったミグのうち、二機が撃墜されるのをとらえた。

東京＝札幌間の国内線航空路の閉鎖が発表されてからまもなく、千歳のレーダーは、深夜北東方面の超高空から、大雪山へむけて降下してくる、大量の飛行物体を発見した。戦闘機による攻撃は禁止されていたが、マッハ三以上でとぶ飛行物体を追跡していたＦ一〇四Ｊ防空戦闘機の一機は、空中分解して墜落した。

「北海道へ飛行物体来襲」のニュースは、ようやく日本全土を、緊張と興奮にまきこみつつあった。しかしながら、東京の夜は、相かわらずネオンと蛍光灯にあふれ、車の往還も一向におとろえることなく、この世界最大の都会は、せまりくる不安な影におびえつつも、まだその日常の歩みをかえることなく息づいていた。

東京の空に、ついにそれの姿があらわれたのは、最初の飛行物体群の影が目撃されてから三日目の夜だった。もう真夜中ちかい東京の上に、突如いんいんと不吉なサイレンのひびきが、断続して鳴りわたった。サイレンは、夜の中をよびかわすように、遠く、近く、あちこちで警戒の叫びをあげた。

団地で、深夜の街角で、ホテルで、住宅街で、人々は外へとび出して、ネオンにそめ上げられた濁った夜空を見上げた。その赤茶けた夜空の底を、青白い、蛍《ほたる》のように息づく発光体が、あるいは雁行《がんこう》体形をつくり、あるいは不規則にかたまって、いくつもいくつも、北東方から西の方へむかって横切っていった。

円盤だ！　宇宙人だ！　という声があちこちであがった。――そしてまもなく、どこからともなく、ニュースがつたわってきた。

「円盤は富士におりた。――富士山頂の測候所がやられた！　信州の山奥が攻撃されてるぞ！」

「いくらおよびしても、お出になりませんが――」と交換手は、気の毒そうにいった。

個人よび出し《パースン・トゥ・パースン・コール》を……といいかけて、山崎はその制度が、日本にはないことを思い出した。

「では、あとからもう一度かけます……」

彼はそういって、電話をきった。――朝、もう一度かけてみよう……。

翌朝――山崎と由美子は、おそろしく興奮したボーイに、たたき起された。

「お客さん！――ソ連が水爆をつかいました！」とボーイはわめいた。

「ソ連が、宇宙人に、水爆ミサイルをうちこみましたよ！」

宣戦なき全面戦争

1

クエート産の原油を、その巨大な船腹いっぱいにつみこんだ、三十六万トンの超マンモスタンカー「旭光丸」は、時速二十ノットのフルスピードで、アラビア海を南下しつづけていた。メナ＝アル＝アーマディ港を出てから七十二時間、ボンベイの西方約五百浬《かいり》の海上である。

「下へおりませんか？　船長――」

船橋《ブリッジ》へあがってきた一等航海士はいった。

「ボンベイの放送がはいっています。ソ連の水爆発射で、大さわぎですよ。みんなラジオにかじりついています」

船長は、ちらっと一等航海士の方をふりかえって、また眼をまっさおな海上にうつした。

「戦争か……」船長はポツリといった。

「いったいどうなるんだ？」

「わかりません……」一等航海士は、首をふった。「だけど、日本はまだ大丈夫でしょう」

「わかるものか……」

と、船長はつぶやいた。

「船長は――海軍でしたね？」と、一等航海士はいった。

「輸送船――それから駆逐艦だ」

「私は、終戦の年に小学校六年でした」一等航海士は、ならんで海をながめながらいった。

「疎開と空襲の味ならおぼえていますが――戦争っていったいどんなものです？」

「戦争？」船長のふとい眉が、ピクリとうごいた。「戦争というのは……」

船長は、ギラギラ光る熱帯の海を見すえて、ちょっと言葉をきったが、すぐ首をふった。

「いや――いや、おれたちの戦争の知識なんて、もう何の役にもたたんよ。今度の戦争は、誰も見たことのない……誰も知らない戦争だ。宇宙人相手の戦争なんて――どうなるのか、皆目《かいもく》見当もつかん」

「宣戦布告もなければ、国際法も通用しない……」一等航海士はつぶやいた。

「で、いったい、われわれはどうなるんでしょうね？」

船橋の電話のブザーがなった。船長は腕をのばして、電話機をとりあげた。

「そうか、――ほかには？」船長は、半分白髪のまじった太い眉をギュッとしかめた。

「よろしい……」

電話をきると、船長は、また海面に眼をうつしながらいった。

「日本にも、宇宙人の円盤が飛来した……」彼はボソリといった。

「北海道と富士山、それに日本アルプスの高山地帯の一部だそうだ。本社から知らせてきた」

「攻撃は？」一等航海士は、さすがに顔色をかえてきいた。

「まだらしい。周辺部都市で、住民の疎開がはじまっているそうだ」

「われわれも、ひょっとしたらおそわれますかね？」

「まさか――まだ、船舶が空襲された例はないようだ……」

五万七千馬力のタービンは、直径六メートルのスクリューを全速で回転させ、乾舷《かんげん》わずか数メートルをあますのみで、どっぷり深く巨体を波にしずめた旭光丸は、二〇・五ノットのスピードでひたすら南々東をさして進んでいた。

ふつうの戦争じゃないから、雷撃がないだけでもまだいい——と駆逐艦のりだった船長は、すさまじい熱気を吐く、新東京駅ほどのひろさのある甲板を見つめながら思った。三十六万トンの原油に、魚雷をくったら、いったいどんな事になるか？

その時、旭光丸の巨体を、下から、ぐん！　とつきあげるような衝撃が、一度、そして二度走った。

「なんだ？」

雷撃の事を考えていた船長は、ビクッとして、けわしい声でどなった。

「海底地震ですかな？」と、一等航海士はいった。

「左前方に竜巻《たつまき》！」と当直が叫んだ。

船長と一等航海士は、左側の窓にかけよった。

左舷前方約三キロの海上に、まっ白な水柱がたっていた。雲は高く、海は凪《な》ぎ、竜巻の起るような天気ではない。水柱の中央に、チラリと赤黄色い炎が見えた。

「左前方から、何かが上昇して行きます！」

とレーダー係が叫んだ。

船長と航海士は、いそいで双眼鏡を眼にあてた。まっさおな海面が、底から白く泡だってもり上り、その中心がズバリとわれると、そそりたつ水柱の中から、銀白色の円筒形のものが、はげしい煙をふき出し、炎の尾をひきながら、宙天《ちゅうてん》へむけておどりあがった。

「ミサイルだ！」

一等航海士は、ふるえる声でつぶやいた。「潜水艦がいる！」

二発……三発……水中発射ミサイルは、炎と白炎の尾をひきながら、青くやけただれた熱帯の空へむかって、次々にとび上って行った。――はるか上方で、その進路は北へむかう。

「船長！――円盤です！」当直が、きちがいのようにわめく。「右前方上空！――多いです！」

「発射しました……」

と、ホワイトハウスの大統領執務室で、リンドバーグ特別補佐官は、電話機をにぎりしめながら、かすかにふるえる声でいった。

「あと二、三分で……」と、ウェブスター国防長官は時計を見あげてつぶやいた。

いたたまれないように窓際にたった、ラッセル大統領は、うすぐもりの空を見あげて、誰にもきこえないような、低い声でいった。――「神よ！」

「こちら、レッドウイング——コース正常……」

乗組員全部がしんと固唾《かたず》をのんでいる原子力潜水艦の中に、上空をとんで、弾道ミサイルのコースをレーダーで追跡している哨戒機《しょうかいき》からの、ピイピイという声がひびきわたる。ひどい雑音だ。

「ミサイル、ただいま、カラチ東方上空通過……」

艦長は、発射装置の時計の秒針をじっと見つめる。

突然はげしい、バリバリと耳のいたくなるような雑音が、スピーカーからひびく。

「円盤だ！　ミサイルを攻撃している！」雑音をぬって、偵察員の声がひびく。

「一発やられた！　別の編隊が、こちらへむかってくる！　ハロー！　ウイリイ！——こちら、レッドウイング！　ただいま当機は……」

雑音が爆発して、声はふっつり消える。

副長は思わず艦長の顔を見る。

「やられました……」と副長はいう。「ミサイルも一発、撃墜されたようです。すぐ、海軍長官に連絡して……」

艦長は、副長の言葉を無視して、ぐいと顎をひきしめ、乾いた声でいう。

「ナンバー4……ナンバー5発射……」

ミサイル射手の拇指《おやゆび》が、すこしふるえながら操作盤の上にのび、赤いボタンをぐいと押す……。

2

ソ連が、水爆弾頭付きＩＲＢＭ（中距離弾道ミサイル）をキルギス、タジク両共和国の山岳地帯へうちこんでから一時間後、アメリカ海軍の、ミサイル原子力潜水艦〝ウイル・ロジャース〟は、アラビア海海中から、合計五発の水中発射ミサイル〝ポセイドン〟を、カシュミール北方カラコラム山脈の、ラダク地区へむけて発射した。五個にわかれる水爆弾頭のついた、最大射程四千キロのポセイドン・ミサイルは、そのうち四発が、二千四百キロメートルをとんで、目標地点に到達、うち一発は、タール沙漠上空で、宇宙人の円盤によって破壊され、地上住民にかなりの被害をあたえた。

これとほとんど時を同じくして、ベンガル湾海底から、ミサイル潜水艦〝ダニエル・ブーン〟によって、三発の、やや旧式な〝ポラリスⅢ型〟水爆ミサイルが、アッサム、チベット、ビルマ三地区国境付近にむけて発射され、これは三発とも、目標地点で爆発した。効果は、不明だった。しかし、すくなくとも、この地区における、宇宙人の攻撃と進出は、一時やんだ。だが……。

すっかり荷物をまとめあげた部屋の中で、山崎の妻敏江は、スラックスの膝をきちんとそろえ、米ソ両国の「宇宙人に対する水爆ミサイル攻撃」のニュースを、テレビで見ていた。テレビは、三日前から、二十四時間フルタイムでニュースを流しつづけ、一方、団地の外では、その日の昼から、あわただしい気配がつづいていた。

「次にはいりましたニュース……」と、アナウンサーは、興奮し、同時に疲れきったような声で、机の上におかれた紙をとりあげた。

「インドの首都ニューデリー上空に、数機の円盤があらわれました。円盤は住民に対して攻撃をくわえた模様ですが、被害の詳細はまだ発表されておりません。アフガニスタンの首都カーブルは、数編隊の円盤の攻撃をうけて、目下炎上中であり、住民は南部およびパキスタン領に避難を開始したとつたえられます。——ユーゴのタンユグ通信のつたえるところによると、宇宙人の円盤は、カスピ海西方のアルメニア地方にあるカフカス山脈にも進出を開始しつつある、ということです……」

「ママ……眠いよ」下の男の子が、半ベソをかきながらあくびした。「今夜、起きてるの？」

「お姉ちゃん、ねかしてやりなさい……」

と敏江は、おちついた声でいった。

「暑いよ——お寝巻きにきかえちゃいけないの？」

「今夜はだめ――がまんしなさいね」

「どこかへ逃げるの？」

長女が、おびえた、しかし、しっかりした声できいた。

「わからないわ。あなたもおやすみなさい。夜中におこすかも知れないわよ」

「次、国内ニュース……」とアナウンサーはいった。

「防衛庁は、中部地方における宇宙人円盤着陸確認地点を、さらに三か所追加しました。

航空自衛隊中部航空方面隊司令部からの報告によれば、同方面隊第三航空師団の偵察機は、長野県有明町西方の大天井岳、および、富山県立山温泉南方薬師岳のそれぞれ山頂付近に、中型円盤の着陸しているのを発見しました。円盤は現在、行動を起していませんが、有明町、および立山温泉の住民は避難をはじめ、陸上自衛隊第十師団所属の部隊が、付近の警戒にあたっています。これで飛騨山脈中の、円盤降下地点は、六か所になったわけです。

――また、北富士、甲府方面の警戒にあたっていた、陸上自衛隊第十二師団の偵察隊は、山梨県白根町警察の通報により、富士川上流方面を探査した結果、白根山と仙丈ヶ岳の間の山林中に、大型円盤一機が着陸しているのを発見しました。偵察機の観測によりますと、同円盤は、富士山頂測候所を壊滅させたのと同じ戦闘型円盤と思われ、長野県伊那盆地方面の住民にも、退避勧告が発せられる模様です……」

「奥さま……奥さま……」

玄関のドアが、ドンドンとたたかれた——。はじかれるようにして、出てみると、隣家の主婦だった。リュックをせおい、ボストンをぶらさげ、まるで登山にでも出かけるような恰好だった。

「どうなさいますの？　こちらのお隣りの御一家も、おむかいも、もうみなさんひきはらっておしまいになりましたわ。この一棟で、のこっているのは、お宅だけですわよ。私たちも、いまから、茨城の方へまいりますの」

青ざめて、狼狽《ろうばい》して、まるで一軒だけのこっているのを、非難するような口ぶりでいう。敏江はちょっと外をのぞいた。広い団地のアパート群の灯は、ほとんど消えている。車の音と、足音のざわめきは、夜の底をまだ続いている。

「車でいらっしゃるの？　それとも列車？」と、敏江はきいた。

「列車なんて、あなた！」と隣家の主婦はいう。「上野や新宿で、人死にが出たそうじゃございませんか——主人の車でまいります」

「国道は、どの方面も、ほとんど通れないそうですよ——いま、ニュースでいっておりましたわ。それに、ガソリンが売りきれてるんですって」

「行ける所までまいります！　大都市が、次の攻撃目標になるだろうって、主人がある筋からきいてまいりましたの。海べりへ逃げるのがいいんですって」隣家の主婦は眼をつりあげる。「奥さまの方は、どうなさるの？　小さいお子さんかかえて……車はおありにならないんでしょう？」

「ありがとうございます」敏江は皮肉でなくいう。「行かなければならない時がきたら、歩いてでもまいりますわ」

「まあ、ほんとに、さすがブンヤさんの奥さまだけあって、胆《きも》がすわっていらっしゃるのねえ！」と隣家の主婦は口をまげていう。

「ブンヤさん」という言葉が、カッと頭にきて、敏江は相手の鼻先で、バタンとドアをしめた。部屋にかえって、またキチンと正座すると、激情が胸につきあげてきた。

いったいこれからどうなるのか？　どうすればいいのか？

まさかの時、政府などというものは、ほとんどあてにならない事を、敏江は少女時代の戦争の体験で知っていた。——またさまざまの醜怪なエゴイズムが、社会的規模でむき出しになる状態がやってくるのだ！

まさかの時——どこへ、どうやって逃げるか、何のあてもなかったが、とにかく自分の力で、親子三人、なんとかしなければならない。がむしゃらにでも、歩いてでも、どこかへ逃げのびて——それで、もし万一の事があったら……二人の子供を……そして自分も……。

「いやだ！」と敏江は、声を出してさけんだ。「いやだ！　そんなこと！」

とめどもなくほとばしり出そうな絶叫を、やっとのみこんで、敏江は、ギラギラ光る眼を、失踪以来ずっと簞笥《たんす》の上にかざっておいた夫の写真に、キッとふりむけた。――あなた、ブンヤさん……と敏江は、かえって、しいんとしずみこんで行く気持の中で、夫の顔にかたりかけた。……なにをぐずぐずしてるの？　いま、どこらへんにいるの？　早くかえってきて！　あなたといっしょなら――親子四人いっしょなら、死んだっていいわ！

「ただいまはいりましたニュース……」とアナウンサーはいった。

「国家公安委員会は、今夜九時二十分、内閣総理大臣に対して、非常事態宣言布告を勧告いたしました。――総理は、ただちに現在開催中の臨時国会に、この勧告の採択をもとめる予定であります……」

3

日本の政府は、この降って湧いたような異常事態に対して、どう処していいのか、まだまるで方針がさだまっていないような状態だった。長官は、閣僚会議の意見のまとまらないまま、こちらからの攻撃を一切禁じ、ただ、陸上自衛隊の警戒出動だけを命じた。

防衛庁統幕会議の中でも、意見は、わかれていた。――先制攻撃をこころみることを主張する少数派と、「刺戟をさけ」住民保護に主力をそそぐことを主張する多数派と――。

いったいこれは「戦争」なのか？　宇宙人という、地球外の勢力に対して、国際法上の

「領土侵犯」が適用されるのか？

　それに——というのが、多数派のつよい主張だった——圧倒的と思われる、宇宙人の破壊力に対して、そもそも自衛隊の武器が、役にたつだろうか？　この際、警戒しつつも、こちらからの挑発をさけ、住民の被害を最小限にとどめるべきである。そういうわけで、ちょうどその上空を通過したにもかかわらず、埼玉県入間《いるま》郡武蔵町の第一高射砲群の非核対空ミサイル、ナイキ・ハーキュリーズは、あやまってたった二発が発射されただけだった。もちろん、何の被害もあたえなかったが……。

　在日米軍も、何となくとまどっているみたいだった。日本駐留の第五空軍も、非常警戒態勢にはいったものの、お座なりのように、中部圏の偵察飛行をおこなうだけだった。第七艦隊の主力は、東南アジア、南シナ海海域にあり、日本近海には、朝鮮海峡方面に攻撃空母一隻と駆逐艦三隻、東京湾南方に、性格不明の原子力潜水艦数隻と、ミサイル・フリゲート艦が遊弋《ゆうよく》しているばかりだった。

　そもそも、この事態は、安保条約の適用範囲にはいるのか？

　防衛庁首脳と、在日米軍首脳は、連日小田原評定をつづけ、政府はあいまいなアメリカ外交筋と、これまた鳩首《きゅうしゅ》会談をくりかえしていた。——大勢は、国連の状勢まち、そして「大国連軍」総司令部の方針まちだった。——この敵は、攻撃していいのか？　「大国連軍」、そしてアメリカは、いったい全面戦闘が開始された場合、日本の国土および住民の防衛に、どれだけの措置をとってくれるのか？

外務省は、この点について、必死に打診をつづけていた。そんな時に、米ソ両国がチベット周辺地区に対して水爆ミサイル攻撃をおこなったことは、政府の、特に外交、軍事関係者にはげしいショックをあたえた。これが――防衛だとすると……。

その危惧《きぐ》と戦慄《せんりつ》を裏づけるように、突然カナダの「大国連軍」司令部から、ハワード・ロック少将と、国連事務局の要人、それにアメリカの太平洋艦隊司令部のメンバーが、アメリカ軍用機で羽田につき、日本政府に、緊急秘密会談を申し入れたのである。

「見知らぬ明日」のはじまり

1

「そんな！」

と、日本側代表の一人は、思わず口走った。ほかのメンバーも、顔色を失い、凍《こお》りついたように動かなかった。

「さぞかし、おどろかれただろうと思います」

「大国連軍」司令部代表の、ハワード・ロック空軍少将は、金髪の下のわかわかしい青い眼を、いたましげにしばたたいて、やわらかい声でいった。

「ですが、これは総合戦略上、やむを得ない方針なのです。北西太平洋地域において、現在敵の大勢力が集結している地点は、われわれの観測したところ、フジ山頂だけなのです……」

富士山頂に、水爆ミサイルをぶちこむ！

日本政府にとっては、まったく寝耳に水の「申し入れ」だった。

いったい、その影響は、どのくらいの範囲におよぶのか？　それは果して、全人類にとって、不可避的な——必要不可欠な、方策であるのか？

「もし、われわれが、拒否したらどうなりますか？」

と、日本側の外務次官の一人が、かすれた声できいた。

ロック少将は、少年のような長い睫毛《まつげ》を、ちょっとふせた。国連側のメンバーは顔を見あわせた。国連事務局代表の、インドのセカール博士は、黒い、大きな手を、もみしごくようにして、なにか体の中に痛みがあるような、ふるえ声でいった。

「外務大臣閣下——どうか……どうか拒否しないでいただきたいのです。国連といたしましては、〝大国連軍〟の理念を支持し、その権限を支持し、その機構内の専門家によって、地球人類防衛の見地からたてられた作戦を支持せざるを得ません。――しかしながら、国連は、その加盟国に対して、何ら強制する権限をもつわけではなく、あくまで〝協力〟を要請する以外にないのです。――国連はまだ今のところ、世界連邦ではありません。しかし、われわれの理念としては、宇宙勢力の攻撃に対する地球人類の防衛を、巨大国に依存するよりは、やはり、国連を代表する〝大国連軍〟に依存せざるを得ない……」

「もし、われわれが、拒否した場合はどうなります？」

外務大臣は、ただ呆然としたように宙《ちゅう》を見つめ、まだ若手の、外務次官だけが、執拗《しつよう》にくいさがった。

「その時は――すくなくとも、〝大国連軍〟は、宇宙勢力の攻撃から、日本を防衛することについて責任がもてません」とロック少将は、あいかわらずやわらかい声でいった。

「また――地球防衛の見地から、通告だけでもって、任意の地点に核攻撃をおこなう権限も、やがてわれわれにあたえられることになるでしょう。ですが、いまの段階では、事前に話しあい、われわれの戦略について、日本の積極的な協力をもとめたいのです」

「質問があります……」と防衛庁の統幕議長は体をのり出した。「富士山頂の宇宙人基地に対する水爆攻撃は、戦略上、必要不可欠な措置であるかどうか――ほかに、何らかの手段が考えられないものでしょうか？　次に、極東地域において、水爆攻撃のもっとも効果的な目標として、富士山頂をえらばれた根拠について——この場合、効果的とは、人類側の損失を最小限にとどめることもふくみます」

「おこたえしましょう——」

ロック少将は、しずかにいった。

「水爆攻撃は、われわれよりはるかに科学力がすすんでいる、と思われる、宇宙人に対する、ほとんど唯一つの、効果的な攻撃手段であることは、先ごろの、チベット高原周辺部に対する、ソ連およびアメリカの、水爆ミサイル攻撃において、立証されました。——ただ、攻撃が、事前に敵側に察知されたのか、あるいはあの攻撃によって、むこうが作戦をかえたのか、その点はよくわかりませんが、とにかく、あの攻撃と前後して、敵は根拠地の分散をはかった。——あの攻撃以後、チベット高原には一部をのこし、宇宙人たちは、全世界にむかって進出し、旧大陸中心に、各地の高山地帯に、あらたな基地をつくりつつあります。——在日米軍の偵察により、富士山頂は、大型円盤五十機以上からなる、極東地域における、最大の宇宙人基地になりつつあることがわかりました。——われわれのコンピューターは、敵の動静から、全世界におけるいくつかの最重要、最緊急の攻撃目標をはじき出しました。その一つが、富士山頂だったのです……」

「大型円盤は、どうやら、攻撃用小型円盤の、製造工場もかねているらしいふしがあります」

ロック少将についてきた、将校の一人は、書類をみながらいった。

「どういう資材をつかうのか知りませんが——とにかく、大型円盤一機が、ある拠点に着陸すると、しばらくたって、かならず数機の小型円盤が、その周辺に観察されます。そして——中・小型円盤は、低地帯の攻撃をおこないますが、大型円盤の集結地点は、ほとんど、三千五百乃至《ないし》四千メートル以上の、高山地帯にかぎられているようです」

統幕議長は、うめくようになって、壁にかかげられた、極東の地図を見た。

たしかに——極東北西太平洋地域において、三千五百メートルをこえる高山は、日本の富士山以外にはない。

「台湾の場合は？」統幕議長はいった。

「碧《ビー》山、玉《ユイ》山（旧新高山）いずれも三千九百メートル級です。ここにも進出が見られますか？」

「いまのところ、数機ずつ……」とロック少将はうなずいた。「しかし、温度の関係があるのか、低緯度帯の高山への進出は、まだそれほどではないようです」

「目下、作戦本部で考えられている他の攻撃目標は？」

「一つは——むろん、ヒマラヤです。ここへはおそらく数十発以上の水爆が必要でしょう。ヨーロッパでは、モンブラン、マッターホルンが目標にあげられています。ここへは、目下、宇宙人の円盤が集結中です。——新大陸では——アラスカ山脈、および、米本土内での、ロッキー山脈の一部にむけて、移動の兆候があり、すでに攻撃のための住民退避が開始されています。南米では、アンデスの、アコンカグアは、はっきり目標と設定されました。ボリビアの首都、ラパスのそばにある、ソラタ、イリマニ両山頂も……」

「ロック少将……」

その時、ずっと口をつぐんでいた外務大臣が、はじめてしわがれた声でいった。

「どうか——日本の事情を考慮していただきたい。富士山は、世界最大の人口を擁《よう》する、日本の首都・東京から、直線距離にして百キロ余りしかはなれていません。その位置する所は、日本の最も人口稠《ちゅう》密《みつ》なメガロポリス中央であり、日本の大幹線交通路、および最も生産性の高い工場地帯がベルトをつくっている地帯です。その周辺地域の人口は、日本の総人口の、優《ゆう》に四分の一をこえるでしょう。人口稀薄な、アラスカ、ロッキー、アンデスといった地帯とは、わけがちがうのです」

「お気の毒です、大臣閣下……」

ロック少将は、心から気の毒そうにいった。

「しかし、似たような事情にある地点は、ほかにもあります。アルプスの、モンブラン、マッターホルンを攻撃目標にされて、スイス政府は、いま大さわぎです。ボリビアでは、目標とされた二高峰は、首都ラパスから、いずれも百キロとはなれていません」

「時間はどのくらいありますか？」

と大臣はきいた。

「できるだけ、すみやかに……」

と、ロック少将はいった。

「まだ、申し入れを承諾したわけではありません。――この事は、あまりに重大です。すくなくとも、政府内部で、検討してみなくてはなりません。しかし、それにしても、危険区域内の約三千万人ちかい住民を、退避させるのに、どれだけの時間がかかるとお思いですか？」

「われわれの方は、退避が完了するまで、できるだけお待ちします――ですが、彼らが、あの美しい山の頂きで、攻撃用円盤をつくり上げ、次の段階の攻撃準備を完了させ、極東地域に対する全面攻撃を開始しないうちに――とにかく手おくれにならないうちに、たたきつぶさねばなりません」

「どの程度の規模の攻撃を想定されていますか？」と統幕議長はきいた。

「今のうちなら一・五メガトン乃至二メガトンの水爆二発……つまり、ポセイドンか、ポラリスⅢクラスのミサイル二発で充分でしょう。近距離から発射しますから、弾着は正確です」

と、アメリカの海軍将校はいった。

「合計、四メガトンですか……」統幕議長は、なにかを思い描くような眼つきをしてつぶやいた。

「――富士山の形がかわっちまいますな、きっと……」

2

「日本へかえる、だと！」ホノルル駐在の、同じ新聞社の通信員は、眼をむいていった。「ばか！　今からかえるやつがあるものか！　日本は、富士山頂に、宇宙人が巣くっちまって、東京、静岡、甲府は、全住民退避で大さわぎだ。日本からハワイへ、逃げてくるやつがワンサといるのに……」

「おれは、新聞記者だぜ。それも日本のな……」と山崎はいった。「戦争でもなんでも、危険な所へもぐりこむのが、こわくって、記者づらができるか！　東京は攻撃されているのか？」

「いまのところまだ、散発的にだ。小田原と甲府盆地が、少しやられている。被害は、北海道旭川の方が大きい」

山崎は、相手ののぞきこんでいるテレックスの用紙をひったくってながめた。――だが、文面をいくら見ても、何の意味もつかめなかった。

支社の外では、海からふいてくる風が、熱帯植物の幅広い葉を、バサバサとゆすっていた。ホノルルの空は青く、南国の陽はさんさんとふりそそぎ、街の中を、軽装の人々がのんびり歩いていた。あつくるしく背広を着こんだ日本人の姿も、やたらに見えた。ハワイでは、観光ビザで、逃げ出してくる日本人たちの受け入れのために、政府はちかぢかキャンプをつくるという噂だった。二世たちは、「お国の難儀」に東奔西走していた。だが、ここはまだ、時おり円盤の大群の通過を、超高空にながめる程度で、ヨーロッパにくらべれば、ずっとのんびりしていた。

山崎は、コペンハーゲンで、ソ連の水爆使用のニュースをきいた時、ほとんど直感的に、南まわり空路はあぶない、と感じた。

眠っている由美子に、「日本へかえる」と書きおきしたまま、すぐ空港へかけつけ、満員の大西洋線へやっとわりこんで、ニューヨークへとんだ。そこでまた何日かをついやして、日航の東京直行便を何とかつかまえたが、ホノルルで、羽田空港の緊急閉鎖のニュースをきき、そのまま足どめをくってしまった。エール・フランス機が、離陸直後、小型円盤によって撃墜されたのである。伊丹空港へとぶかも知れないという噂もあったが、すぐに日本中央部は、「大国連軍、極東総軍司令部」から、「危険空域」の指定をくだされていた。

危険だろうが何だろうが、どうあっても、おれはかえるぞ——と山崎は、心の中でかたくきめていた。胸の底に、妻の敏江と、二人の子供の面影が、やきついていた。こんな時、絶対におれが、いてやらなければならん。死ぬのなら、おれもいっしょだ。妻子だけ、死なせるわけにはいかない。——それは、一種原始的な衝動だった。男として、まず、妻子をまもらねばならない。

「船ならありそうだ」と、電話をかけていたホノルル駐在員はいった。「アメリカの巡洋艦だ。日本の防衛庁関係の連中も同乗して、明日の朝、出航する。東京へむかうそうだ。同乗させてもらうなら、今すぐ、司令部へ行け」

山崎は、ものもいわずに、上着をひっつかむと、外へとび出していった。

3

水平線に、日本の島山を見た時、山崎はまたもや涙がこぼれそうになった。ハワイを出てから十日目だった。途中、巡洋艦は、二隻の原子力潜水艦と、洋上で会合《ランデブー》した。しかし、山崎は、ほとんど艦内の一室にとじこめられたも同然で、日本との通信はおろか、同乗している日本の防衛関係者との会話も、ほとんど禁じられていた。

通路ですれちがった防衛関係者の、重い、暗澹《あんたん》たる表情は、何かあるな、と感じさせた。房総半島沖で、山崎は、やっと甲板《デッキ》に出ることを許された。そして、晴れわたった夏空の下に、いつにかわらぬ、日本の美しい山々のひろがるのを見たのである。

巡洋艦は、ほとんどスピードをおとさず、浦賀水道を通過した。横須賀へつくのかと思っていると、そのまま、東京港の晴海埠頭《ふとう》へ横づけした。

水道通過のころから、山崎は、東京湾沿岸の、なんとなく奇妙な雰囲気を感じとっていた。

世界最大の人口をかかえた、世界でももっとも活気ある都市は、異様な静寂につつまれていた。川崎、横浜、千葉の工場地帯からは、一条の煙さえたちのぼらず、国電やモノレール、高速道路などの上を動くものの姿も見えず、あれほどたくさんの航空機が、噴煙の尾をひいて間断なく上昇し下降していた羽田の上空には、ただかもめが白くとんでいるばかりだった。湾内を、縦横に走っていた、艀《はしけ》や、フェリーの姿も見えない。

ただ、貨物船の姿は、晴海埠頭にいくらか見え、火事場のようにあわただしい、積みこみの作業が目撃された。

見なれた埠頭におりたつと、そこに、車やタクシーの姿がほとんど見えないのが、不思議だった。

「山崎！」半信半疑のような声が、遠くからかかった。「――山崎じゃないか？」

ふりかえると、ジープの中から、腕章をまいた社の同僚の斎藤が、信じられない、といった眼つきでこっちを見ていた。

「お前……かえってきたのか？」

「おう！」と山崎はかけよりながらいった。

「かえってきたぞ！　女房はどうしたか知らんか？」

「奥さんと子供は、社員の家族といっしょに、大洗《おおあらい》の方へ、なんとか疎開させた」斎藤はジープをスタートさせながらいった。

「すごいさわぎだったぜ。千二百万の人間をたった二週間で地方疎開させたんだ。人死にが一万人ちかく出た。疎開した連中は、ほとんどが、野営か、船の中だ。それでも、これだけ短期間に、これだけの大移動をさせたってことは、世界中の奇跡だっていわれているんだ。だが、これから先、どうなることやら……」

「なんだってまた……」山崎は、車一台走らない、人っ子一人見えない築地界隈《かいわい》を、呆然とながめながら、つぶやいた。

「宇宙人の、東京攻撃がはじまるのか？」

「お前、船でニュースきかなかったのか？　二日前、政府はやっと真相を発表した。〝大国連軍〟の指令により、富士山頂の宇宙人基地に、水爆ミサイルがぶちこまれるんだ」

氷のような衝撃が、山崎の背中を走った。この日本に、ふたたび核兵器が……そうだったのか！　それでこんなことを……。富士に水爆が投下されれば、噴火の時もそうだったように、偏西風の関係で、大量の「死の灰」が、東京にふる……。

高速道路は、むろん料金をとっていなかった。車の姿そのものが、全然なかったのだ。

かつて、その上を、そして地上を走りまわっていた何十万台の自動車の姿が……。高速道路の上には、ところどころ、ひっくりかえったり、ガードレールにぶつかったり、また燃えてしまった車の残骸がのこっていた。斎藤は、それをさけさけ、ジープを走らせた。山崎は、途中でとめてもらって、高速道路の上から、なつかしい東京の姿をながめた。

大東京は、死の街だった。

丸の内、東京タワー、国会議事堂、銀座、新宿、日比谷、日本橋……かつて、あれほど昼夜をおかず、無数の人と車でごったがえしていた世界最大の都会は、今や森閑《しんかん》としずまりかえった、近代的な「廃墟《はいきょ》」と化していた。

地上を時おり動くものと見れば、カーキ色にぬられた自衛隊のジープやトラックだった。江東の方角で、避難の時に起ったのか、火事の黒煙がまっすぐたちのぼっていたが、辻々に鳴りひびく、サイレンの音もきこえない。増上寺の上あたりを、鳩が群をつくって、くるったように輪をかいてとんでいる。

なんだか、悪夢のような光景だった。

わずか、二か月余り前……二か月余り前に、彼は、巨大な坩堝《るつぼ》のようなこの大都会の片隅にうずもれ、あつくるしい日常の中に、どっぷりひたっていた。そしてその当時、この都市の住民の誰が、そして為政者《いせい》やリーダーや、知識人やジャーナリストの誰が、わずか二か月後におとずれる、このような異様な事態を、人口千二百万の大都会が、からっぽになるというような未来を、想像しただろうか？

人々は、その都会の、煮えたぎるようにせわしない生活の延長上に、めいめいが、平穏で、よりゆたかな「明日」を思い描いていた。——「明日」もまた、「今日」とまったくかわらないものと、頭から信じこんで、誰もうたがいもしなかったのだ。

だが、その巨大な都会の上に、そして、地球上の全人類にとって、今や、誰も想像したこともない、「見知らぬ明日」が訪れつつあった。その帳《とばり》は、今、ひらかれたばかりであり、これから先、東京は、そして世界は、人類がその長い歴史上いまだかつて経験したこともない、異様な事態の中に、一歩一歩、足をふみ入れつつあるのだった。

この小さな惑星の上で古代よりはてしない闘いをくりかえし文明の長い紆余曲折を経て、「地上の平和」へのコースがようやく大多数の人々によって指向されかけてきた時、その平和は、突然「地球外」から破れはじめた。人類は自分たち内部の問題を無数にかかえたまま——地球外からの攻撃に対して内部の結束も、それに対応する準備も何一つできていないまま、突如として、自分たちののぞんだものではないまったく新たな闘いに直面させられてしまったのである。

これからいったい、どうなるのか？

地球人類は、宇宙人と闘って、本当に勝てるのか？

「かつて人類が一度も体験したことのない戦争」は、どのように展開され、人類は、どんな犠牲をはらわねばならないのか？

はたして人類は、存続を許されるのか？

誰が知ろう！

明日へかけて、より平坦になって行くと思われた歴史のコースは、今大きく、未知の地平線にむけてまげられた。人類の「明日」は、今やすべての人間にとって「予見不能」のものとなったのである。

「おい……」斎藤はジープの中から声をかけた。

「何をしているんだ。陽のあるうちに、水戸へ出なきゃ……水爆発射は、あと二十八時間後だぞ」

「まってくれ……」山崎は、眼をほそめて、スモッグ一つなく晴れ上った西の空の、美しい円錐形《えんすいけい》のシルエットを、じっと見つめた。

「ああいう形の富士山も、おそらくこれが見おさめだからな……」

[part.3]

極冠作戦

― Theme ― 地球温暖化

1

図書館を出て、銀座通りを歩き出したとたん、歩道がかすかにゆれた。

ぼくは、かるいとまどいを感じて、まわりを見まわした。――しかし、とまどっているのはぼくだけで、通りを歩いているほかの連中は、どうやら慣れっこになっているらしく、表情を少しもかえず、あいかわらずゆっくり足をひきずるようにして歩いて行く。ぼくの方は、トウキョウについてからまだ二十時間あまりだ。あまりこの都市に慣れていない。ぼくはたちどまってあたりを見まわすと、交叉点に巨大なホログラフ式の立体テレビスクリーンが見えた。――ニュースが、台風の接近をつたえていた。トウキョウの現在位置は、東経一四四度二二分、北緯四二度二三分、台風と熱気団回避のため、帯広湾にむかう。――とすると、さっき感じた動揺は、トウキョウが、北西にむかって動き出したためだったらしい。

ぼくは肩をすくめて空を見上げた。最上層の、水滴でくもったドームの外に、あいかわらずどんよりした、銀色の空がひろがっている。ドームの中は、むしむしとあつい。じっとしていても、肌がべとべとし、鼻の頭に汗がふき出してくる。――これでも冷房してるのか?

昼におろしたばかりなのに、もうどろどろになったハンカチで、のどと頭をぬぐうと、ぼくはまた歩き出した。――会合まで、まだあと一時間半ある。ホテルへかえって、シャワーをあびるのも中途半端だ。ぼくは交叉点から四方へ走るコンベアロードをながめ、それから、流してきた電動スクーターにむかって手をあげた。

スクーターにのっていた、中年の肥った男は歩道わきによって、汗だらけの顔の、小さな、どんよりとした眼をあげた。

「のるかい?」と男はいった。

「暑気ばらいにいっぱいやりたいんだが……」と、ぼくはいった。「どこかいいところ知ってるかい?――トウキョウは、はじめてなんだ」

「乗んな」と男はいった。「冷房のきいている店を知ってる。――どこから来たのか知らないが、ビールはよしたほうがいいぜ。自分の汗の中で、およいじゃうことになるからな。航海をはじめると、冷房ステーションの方の出力がおちるんだ」

ぼくは、電動スクーターのサイドカーにのりこんだ。——のりこむ時に、ふと背後から誰かに見つめられているような気がして、ぼくは反射的にふりむいた。

——しかし、昼下がりの銀座通りには、薄着姿の男女が、他人に全然関心を持たない——というよりは、持てそうもないような、つかれた表情で、ゆっくりと流れているばかりだった。

晴海のはずれの、第三層に、そのバーはあった。——ひろくて、ゆったりしていて、客は、ほとんどいなかった。

ぼくをのせてくれた、あの肥った中年の男は、いっしょにはいってきて、ぼくとならんでカウンターの方に腰をかけた。

「ジンだ……」とその男はいった。「氷をいれて」

「同じやつを……」とぼくはいって、金をカウンターにおいた。「おごらせてもらうよ」

つかれた表情の若い娘が、投げやりな調子で、氷のはいったグラスを二人の前におく。

「トウキョウは、はじめてだって?」男は、ハンカチで額をぬぐいながらいった。「どこから来たね? ——チベット大陸か? それともアンデス大陸? ——それとも南極か?」

「月でしょ」と娘はいった。「きっとそうね」

「どうしてそう思った？」「よくわかるな」とぼくはいった。「背がずいぶん高い上に、脚が細いわね――それに、眼を見ればわかるわ。とてもはしっこそう……」

「月か……」肥った男は、グラスにつがれるジンを見つめながら、抑揚のない声でつぶやいた。

「あっちは、いいんだってな――そうかい？」

「まあね――」ぼくは、自分で小皿からレモンの薄切りをとって、グラスにほうりこみながらいった。「この一世紀――みんな必死になって建設をやってきたからな。少しはすみよくなった」

「あちらは、涼しいんですって？」娘は、額にねばりつく髪を、うるさそうにかき上げながらいった。

「ここよりは、少しね」とぼくはいった。「それに、ここほど湿気が多くない。――なにしろ、水は岩からとっているもんだから、とても貴重なんだ」

「水か――」男はクスッと笑った。「ここにはありすぎるほどあるのにな」

「なにしろ、表面の七分の六が水ですものね」と娘はいった。

「月へこないか？」とぼくはいった。

娘は首をふった。

「別に行きたくないわ。――ほかのことはとっても不自由なんでしょ」

「不自由だけど、はりも生きがいもあるぜ」

「生きがい？」娘は物憂そうに肩をすくめた。「そんなもの、あまり興味ないわ。――ここだって、けっこう面白いし、月なんかではとても考えられないいろんなたのしみがあるもの」

少しさしでがましかったかな――とぼくは思う。――そう、ここに生きがいがない、などと判断するのは、たしかにおしつけがましすぎるだろう。注意しなければならない。こうなったのは彼らの直接の責任ではないし、彼らだって、自分たち自身の無気力と、それをつくり出す条件に、いらだっているにちがいないのだ。

「では――」と肥った男はグラスをあげた。「真空と、酷寒酷熱と、物質欠乏の中でがんばっている月のために」

「地球のために――」とぼくはいった。「いつかまた訪れるにちがいない地球の活気にみちた時代のために……」

男はうす笑いをうかべて、ジンを一口のんだ。――口もとを、まるまっちい手の甲でぬぐって、男はグラスを見つめた。

「一時は、酒類さえ禁止になったことがあったんだ。――バカみたいなことさ。酸素消費と炭酸ガスがふえ[illegible]うんだ」

「宇宙船の中や、月だったら、そいつもばかにできない」と、ぼくはいった。「月の禁酒がとかれたのは、つい二十年ほど前だ」

「月の方で、最近何か、地球にちょっかいをかけようとしている、という噂はほんとかい？」肥った男は、グラスをおくと立ち上った。「まあ、ゆっくりやりな……。ここにゃ、月にないいろんなたのしみがあるぜ」

出て行く男のあとを、見送るともなく眼で追うと、戸口のわきのテーブルにすわって、じっとこちらを見ている男が眼についた。……照明が暗く、顔はよくわからないが、のっぺりとした顔に、眉毛ばかりがいやに濃く、太く、眼につく。このむしあついのに、きっちりと服を着ている。ぼくが見つめると、男は脚を組み、椅子の背にもたれて、居眠りをするふりをした。

見はってるのかな――と、ぼくはふと思った。――さっき、スクーターにのる時、誰かがうしろから見つめているような感じがしたことが思い出された。しかし、見はっているといっても、いったい何のために？　誰の命令で？

妄想かも知れない――と思って、ぼくはカウンターにむきなおって肘をついた。――このむしあつい地球にきて、少し神経がまいったかな？

「もういっぱい、いかが？」とカウンターのむこうの娘はいった。

「もらおう――」と、ぼくはいった。「それから、水をいっぱい」

「地球にきたら、せめて水だけでもお腹いっぱいのんだらいいわ」娘は、かすかに笑いながらいった。

「あの人は、常連？」と、ぼくは声をひそめてきいた。

「どの人？」娘は眼をあげた。

「あそこの戸口の……」

そういって、肩ごしにふりかえった時、例のテーブルの所から、さっきののっぺりした顔の男の姿は消えていた。

「いや、もういい」と、ぼくはいった。「かえったようだ」

「あなた、どこにとまってるの？」娘はあいかわらず抑揚のない調子でいった。

「パレスサイド・ホテル……」

「今晩ひま？――行っていい？」

「なぜ？」ぼくはびっくりしてきいた。

「なぜ？――寝るのよ。セックスはきらい？」

「おどろいたね」ぼくは、肩をすくめた。「それが地球式のやり方かい？」

「どうってことはないでしょ？」娘は、かえってびっくりしたようにいった。「いやならよしたら？　そういえばいいわ。――あなた、ちょっとめずらしかったから……」

ぼくが絶句しているうちに、娘は小さなあくびをして、もう興味を失ったように、ぼくの前からはなれた。――若いのに、すでに色こい倦怠の影が、その小さな、なめらかな顔にきざまれていた。

どこからか、小きざみの震動がつたわってくる。体にはほとんど感じられないが、カウンターの上におかれたコップの水に、小さな波紋が連続しておこっていた。――また床がすこしゆれる。

「だいぶスピードをあげてるようだな」と、ぼくは娘にいった。

「外を見る？――シャッターをあげましょうか？」と娘はいった。

「見えるのかい？」

「ええ――ここは、市のはずれだから……」

娘がカウンターの下でスイッチを押すと、壁面の一方がまき上った。――とガラス一枚ごしに、泡だつ灰色の波浪と、険悪な黒雲をしきつめた、うっとうしい空が見えた。――波浪の上に、巨大な航跡をひいて、数百本のハイドロピラーにささえられた、重さ六千万トンのトウキョウ市は、時速約十五ノットのスピードで、一路北海道十勝山麓にある帯広湾へむかって進んでいた。

それはまことに壮観というほかなかった。百二十万の市民と、その一切の生活をのせて、七基の巨大な核融合型原子炉から得られる動力をもとに、水中ジェットでつっぱしる巨大な海上都市！――二十世紀の人間が見たら、これこそおどろくべき科学技術の勝利と思うだろう。だが、この巨大な海上都市こそ、実は、人類が、その暴走しはじめた巨大な文明をコントロールしそこね、一敗地にまみれた敗北の象徴なのだ。前代の――二十世紀後半から二十一世紀中期にかけての、手ばなしの技術楽観主義に対する手いたいしっぺがえしを、陽気でうぬぼれのつよい前代の連中の死んだあと、次の世代がうけとらされた結果なのだった。――ぼくは、流体工学の奇跡としか思えない、この巨大な都市の航行スピードに眼を見はりながら、同時にたった今、銀座二丁目の電子図書館の閲覧室でおさらいしてきた地球現代史のことを、思い出さざるを得なかった……。

2

そう――それはまったくばかげたことだった。

すでに二十世紀の半ば、ようやく地球と人間の客観的な姿と歴史を、おぼろげながら描き出しはじめた科学者たち――神経的な歴史との暗い霧と、その奥にあって、結局は人間神話の最後の砦となっていた、道徳的な歴史観をすこしずつはらいのけはじめた科学者たちは、地球が、新世代の四つの氷河期を経て、最後の氷期は、つい一万年あまり前におわったにすぎないこと、地球はヴルム氷期の終結後、次第に温暖期へとむかい、二十世紀をこえて、さらにあたたかくなりつつあることを指摘していた。――これは、当時の暖房器具販売業者にとっては、ちょっとしたニュースだったろう。彼らのうちのそそっかしいものは、商売がえを考えたかも知れない。しかし、ストーブ屋の大部分にとって、まして世界中の、生き馬の眼をぬくような生活をやっている連中、国家の威厳と、大企業の圧力と、自分自身の政治的名声ばかりを気にかけている政治家などにとっては、何の意味もない、浮き世ばなれした科学者たちの浮き世ばなれしたスケールの話にすぎなかったのである。

一万年？——冗談じゃない。こっちは来月の決算、今年の選挙の票読みでいそがしいんだ！

なにしろ、俗な時代だった。——宇宙開発を、「世界に対する威信をたかめるため」に、大国が金にまかせて、せりあっていた時代なのである。（それでも、宇宙開発に金を出していただけでもましだ。二十世紀前半に、宇宙開発をといた科学者たちは、アカデミズムの世界からも、気ちがいあつかい、ＳＦ作家あつかいされていた）それに、当時はまだ、地球物理学や、地球史自体が、ようやく揺籃期を脱しかけたところだった。地球観測に関する国際協力も、ほんの端緒についたところだった。氷河時代の原因についても、地球温暖化の原因についても、はっきりわかっていなかった。——もっとも、いまでも完全にわかっているわけではないが、とにかくその当時でも、ある条件があたえられれば、地表の熱収支がかわり、温暖化が起る、ということははっきりわかっていた。——空気中の炭酸ガスがふえると、温室効果——つまり、太陽輻射は通すが、夜間、地表から放散される熱線は通さないという性質によって——全体として気温が上る、ということである。
これがわかっていたにもかかわらず、人類は、いわば自分で自分の首をしめるほど、この温暖化の傾向を加速することを一向にやめようとしなかった。——二十世紀にはいって、爆発的に発展しはじめた工業生産とその生産物は、地殻内に含まれている大量の炭素化合物を、どんどん熱エネルギーとして消費すると同時に、どんどん炭酸ガスを大気中におくりこんでいた。特に、二十世紀後半から二十一世紀へかけて、石油を燃料とする乗物が猛烈な勢いでふえていき、全世界の化石燃料の消費は、うなぎのぼりの状態になっていったのである。

二十世紀後期、地球の大気中にふくまれている炭酸ガスの分量は、概算二兆四千億トンで、質量比にして大気中の〇・〇〇〇四パーセント、容積比にして〇・〇〇三パーセントにしかあたらなかった。——アルゴンのわずか三分の一だ。——ところが、人類という生物が、ここへかつてないほどのものすごい割合で炭酸ガスをおくりはじめた。ぼくがさっき見た資料のいちばん古いところは、およそ百四十年前、一九六〇年代からはじまっているが、たとえば一九六四年の全世界の石油消費量は、十四億トンで、当時の年間消費増加は七・五パーセントだった。ところが、増加率自体が、その後年々大きくなり、ついに十パーセントをこえるところまできた。——なにしろ二十一世紀の半ばに、全世界のＧＥＭ

をふくむ自動車保有台数は四億台、航空機の数は七千万台に達したのだから……。一九六三年の世界全体の化石燃料消費は、石炭に換算してざっと五十億トンだった。このうちの八十パーセントが炭素として、炭素が四十億トン、これが空気中の酸素と結合して、ざっと年間百六十億トンの炭素ガスになる。——そのころで、年間これだけの炭酸ガスを「生産」していたのだ。——むろん大した量じゃない。大気中に〇・〇〇三パーセントしかない炭酸ガスの、さらに〇・七パーセントにしかすぎない量だ。しかしこれが毎年一パーセントずつふえ、さらに一パーセントをこえてふえつづければどうなるか、炭酸ガスの量が倍になるのにどれだけの時間がかかるか計算するのは簡単だろう——むろん、原子力がいくぶんはこの増加率をおさえた。しかし、それは高価であることと、とりあつかいの危険さとによって、とても化石燃料にとってかわるところまでいかなかった。原子力利用の開発自体も、予想外に遅れた。結局それはまにあわなかったのである。

そこへもってきて、人間がふえた。——二十一世紀半ば、先覚者の必死の努力がようやく実をむすんで、世界人口の騰勢が弱まり出したころ、世界総人口は百四十億をこえていた。それがどうだということはない。ただ、人間というやつも、動物の一種で、酸素を吸って炭酸ガスを吐き出す。一人一人なら、たかが知れている。ふつうの人間は一分間に、たった二百ccの炭酸ガスを吐き出すにすぎない。重量にして三グラムぐらいだろうか。

ところで——人間は、寝ている間も、とにかく二十四時間呼吸している。一日は、千四百四十分だ。一年なら、五万四千五百六十分である。すると一人の人間は、年間ざっと一万一千リットル、百六十三・七キロほどの炭酸ガスを吐き出す。――大したことはない。だが、これを百四十億倍してみたまえ。ざっと二十二億トンという数になる。

むろん、大気中に放出される炭酸ガスの量は、これだけじゃなかった。――動物はほかにたくさんいた。腐敗バクテリアから家畜にいたるまで。……だが、これらの数はたかが知れてるとしよう。そのほかに、一九九〇年代から活発化しはじめた、環太平洋火山帯の火山活動によって、百年平均より多量の炭酸ガスと熱が、大気中に放出された。――実をいうと、地殻がまた新しい活動期にはいったらしく、地中よりの熱流自体が、世界的に見てぐんとふえていた。しかし、結局それよりも、人間が地表と大気の熱バランスをくるわせてしまったことが大きいらしい。とにかく、化石燃料を燃やせば、炭酸ガスと熱が出る。――もう一つ忘れてはならないものがある。石油や石炭をもやせば、水もできるのだ。これが大気中の温度を、実にわずかずつではあるが、じりじりと上げ、炭酸ガスといっしょになって、大気温度を徐々にあげはじめた。水蒸気は、それ自体でも準固体として温室効果をもたらす。雲になればなおさらである。

ふつう、この炭酸ガスの増加は、植物の繁茂をもたらし、植物の炭酸同化によって、炭素はふたたび酸素と分離固定され、バランスはうまくたもたれるはずだった。――自然のままなら……。しかし、人類は、すでにこの自然の炭素循環サイクルを、大きくくるわせてしまっていたのだ。年々何十億トンもの炭素を炭酸ガスにかえるということが、すでに地球上の生物として、異常きわまることだった。――百億頭の象がいたところで、こんな派手なことはできやしない。そこへもってきて、人間は、地表の炭素固定装置を大変な勢いで拡張していった。

二十世紀半ばにおいて、二百年もつまいとされていたパルプ材は、シベリアにおいても、カナダにおいても、すでに二十一世紀半ばに底をついてしまった。そのため、それまでパルプ材にならなかった樹木までねらわれはじめた。――それでなくても、木材は、石炭石油にかわる新しい化学工業材料として――猛烈に人口のふえた、低開発諸国の人々の合成食料として、二十世紀末から大幅にクローズアップされてきたのである。――二十世紀半ばの、シベリアの針葉樹林《タイガ》、カナダの大森林を見たことのある人なら、それが七十年あまりのうちに、途方もない荒廃した草原にかわってしまったのを見て、いったい何というだろう？――アマゾンのジャングルをひらくのに、巨人機の上から何万トンという植物枯死剤をつかって木をからし――それは、二十世紀六〇年代、アメリカ軍が、東南アジアの民族ゲリラに手をやいて使った方法だ――倒木の上に、フライ・オットーやバックミンスター・フラーが考案した、あの広域被覆構造体をヘリコプターではこんでくみたて、その直径数百メートルの大ドームの中に、直接薬剤と熱波を送りこんで中で化学変化をおこさせ、上部から気体有効成分をあつめるというあらっぽい方法がとられたことを、二十世紀の、まだどこか自然に対する郷愁や、牧歌的なものに対する嗜好をのこしていた人間が見たら、いったいどう思うだろうか？（オットーやフラーなど、二十世紀後半の建築学の異才の夢みた正統の未来は、むしろ月や火星などの上に実現していた）

こうして、さまざまの条件はかさなりあい、もつれあい、ついには共鳴しあいながら進行していった。――大気中に、毎年加速度的に多く放出されていく熱は、これまた加速度的にふえていく炭酸ガスと水蒸気によって、次第に多くたくわえられていった。世界気象機構が、全地球の平均気温が二十世紀以来三度上昇したことを発表したのは、二十一世紀初頭だった。大気組成の変化から、あきらかに大気中の蓄熱量が年々ふえ、しかも今後加速度的にふえていくことを指摘し、化石燃料の消費量の増加をなんとか規制しなければならぬ、ということを、語気するどく叫んだこの警告は、しかし、相互にからみあいながら、ふくれ上っていく大企業《ビッグ・エンタープライズ》と、これまた相互に利害を牽制しあっている各国政府によって、なまぬるいものにされてしまった。――科学者はすぐおどしをかけますが、あれは、おどかして自分たちに注意をひきたいからですよ。なに、まだまだ大丈夫、まだもうちょっと……。大丈夫ですよ。連中だってはっきりわかってるわけじゃありません。今年の新型のエア・カー――どうですか？　二台目のＶＴＯＬは？――セカンド・プレーンの時代ですよ。おお！　そんな排気量の小さな車をもってるなんて、それではとても紳士としての体面をたもてませんな。

攻撃がはげしくなると、彼らは、別の、彼らにとって有利な証言をしてくれる科学者を、高額を払ってやといいれた。——核実験を非難された時に、アメリカ政府がやった古いやり口だ。こうやって、ひきのばしをやっているうちに、事態の方は、正直に正確にすすんでいった。すでに二十世紀半ばにおいて有名だった、ロサンゼルス市のスモッグが、カリフォルニア全域にひろがり出し、農業に深刻な打撃をあたえかねないところまできたのは、二十世紀の終りだった。アメリカ東部、シカゴ、ヨーロッパ西部、日本の太平洋岸も一年中、広域スモッグでおおわれ出した。排気ガス規制法で、自動車に完全燃焼装置をとりつけたって、そんなものはもはやなんの役にも立たなかった。

問題は、炭酸ガスと水を出さない、なにか別の動力源だった。電気自動車といったものが、都市内でつかわれ出したこともたしかである。——しかし、それはまるで気休めみたいにしかとりあつかわれず、自動車メーカーと石油業者は、SD¼マイル何秒の加速性と、あのいさましい爆音、二百キロをこえるような無意味な最高スピードとによりかかって、その出現をせせらわらっていた。

人間は慣習の動物だ。——まして、人類全体となれば、その思考や習慣の巨大な流れは、ちょっとやそっとの金切り声では——さなきだに、つつましやかで、いつでもいくつもの留保条件を正直にくっつけ、仮定をまっ正直に仮定としてつけて発表される科学者の忠告ぐらいでは、とても簡単に方向転換するわけにはいかない。——そしてまた、その厖大《ぼうだい》な慣習の合成された流れが、何百億ドルの金と、巨大な組織と、ものすごい力をもった機械で加速されているとしたらなおさらだ。

こんなことは、誰が考えたってわかる。(もっとも、月というような、まったく非地球的な共同体の上で育ったぼくにとっては、当初このことを理解するのは、かなり困難だった)たとえば、あなたが、資本金五千万ドル、年間売り上げ百億ドルの、大自動車メーカーの社長だとして、突然、

「いまのタイプの自動車は、もうすぐ人類に危機をもたらす。たったいまから、ガソリンエンジン付き自動車の製造を中止し、来期新車は、全然別の動力をつかった自動車にしなければならない。それができなければ、できるまで自動車をつくってはいけない」

といわれて、すぐその気になるだろうか？

全世界に販売網をもつ、石油会社の重役だったらどうか？——あるいは、百歩ゆずって、

「石油を動力源にするのは、危険だ。燃料電池、安全な原子力、あるいは制御された核融合反応による発電の開発に、全設備と全予算の半分をふりむけなさい。今からやらないと間にあわない」

といわれても——明日からその方針をとる気になるだろうか？　あなたが社長であり、長年かかってその地位を、あるいはその企業そのものをきずき上げ、全従業員を、売り上げ拡大のためにかりたてつづけ、しかも売り上げが順調にのびつつある時に、すぐ方向転

換できるだろうか？

いや――むろんあなたは、たとえそのことが理解できても、そんなことは信じるまいと思うだろう。もっともはげしい時は、たとえ人類はほろんでも、会社はつぶすまい、売り上げは低下させまい、株価をさげるまい、とするだろう。場合によっては政府にだってたてつき、手段さえあれば、政府高官の首でもすげかえるだろう。どうしてもその必要があるとわかっても、すくなくとも、自分が社長である間は、そんな企業の根底に大動揺をきたすような事実を、信じるまい、と思うだろう。せいぜい良心的にいって、十年、二十年先のためにその問題の研究をはじめさせるくらいがおちだろう。

そう――その気持ちはわかる。誰だって、従業員数万、売り上げ百億ドルの企業が、突如その一切の方向を――食品から設備から販売網まで――変換するなんてことは信じられない。しかし、大企業の経営者たちや、大国の政治家は、もうちょっと、科学者のいうことに耳をかたむけてもよかった。それも、他社を出しぬくような新製品をつくってくれたり、仮想敵国の戦力をたたきつぶすような新兵器をつくってくれたりする、自分たちに直接利害のあるような技術系の科学者ばかりでなく、あまり縁のないような地球物理学者とか、人類学者とか、生態学者の声に耳をかたむける必要があった。それも、もうちょっと早くから……。

結局、年平均気温の上昇と、平均湿度、降水量の増加が眼で見えるようになり、極地高緯度地帯の温度上昇が、きちがいめいたものになり、平均海水面の上昇が、年一メートルを越してから、彼らはやっと耳をかたむけるようになった。しかし、その時はもう、おそすぎた。

どんな場合でもそうだが、ある方向に動いているものにブレーキをかけるのには、その運動量が大きければ大きいほど、大変な時間がかかる。――しかも、科学者たちも、予測をあやまっていたのである。

いったん上昇をはじめた極地気温は、予測を上まわるスピードで加速度的に上昇をつづけた。一つの要素がある限界点をこえると、それがたちまち他の思いがけない要素のひき金をひき、次から次へと将棋だおしにいろんな要素をひきよせ、――それはちょうど放電現象のようにあっという間にすべての要素が最悪の方向へむかって突進した。

二十一世紀のなかばに、南極アデリーランドで、夏、どしゃぶりの雨が降った。さまざまの条件がいっぺんに共鳴しあい、海水面の上昇率は、そのころから世界各地で年一メートルをこえ、低緯度地帯では、実に二メートルをこえてきた。――むろん、赤道周辺は、遠心力と潮汐によって、高緯度地帯よりはるかに海面がふくれ上ったのである。全世界の年間平均雨量は、数倍からやがて十数倍の域に達し、沙漠に降雨がはじまり、大気中の湿度は増し、信じられないような気象異変が将棋だおしにおこっていき――低緯度帯ではそれほどではなかったが、高緯度帯では、湿度の増加と気温上昇が信じられないくらいになってきた。海水表面の拡大はそれだけ大気中の水蒸気を増加させ、保温効果をたかめる一方、夜間放熱量の大きい、低中緯度陸地表面をおおうことによって、海水自体の中の蓄熱量も増加しはじめた。――海流はかわり、暖流は遠くのびて極海へなだれこみ、両極の氷はぐんぐんとけた。降雨量の増加によって、各地に記録的な長雨と大洪水が起り、海が平野になだれこみ、飢饉がおそい、この世の終りかと思われるほどの大恐慌が地上をおおった。――それはまさに、二度目のノア時代だったろう。半世紀前にはじまったこのおそるべき混乱が、やっとおさまったのは、つい二十年ほど前だった。世界人口は、飢饉と疫病、洪水によって、実に八十億にまでへり――まことに胸いたむことであるが、死んでいった大部分の人々は、二十世紀後半から二十一世紀にかけてもっとも爆発的に人口のふえた、低開発地帯の住民たちだった。――陸地面積は半分以下にへり、沖積平野はほとんど全滅した。――さいわい、緑地化した沙漠が、急速に失われた農耕地帯をカバーしてくれたので、機械化農業の力によって、すでに二十年前、全世界は飢饉は脱していたものの、人口はその後も減少しつづけ、現在では七十数億のところでバランスを保っている。それに、「急速に」といっても、結局は一世紀ちかくかかって進行してきた、この大気象異変に対して、高度な技術をもった人類文明が、その後半において対処する余裕は充分あった。

――むろん、工業地帯、人口密集地帯のレイアウトは大きくかわった。いくつかの国は、地上から消滅し、文明はこの変動に対処するためにその備蓄の大半を消費し、かつて予想された文明の歩みは、この大海進にともなって、大きく後退せざるを得なかった。

人類文明は、なお不安におびえながら、水面上にのこった、山岳地帯斜面に後退し、沃野化しはじめた沙漠と、これまで工業化からとりのこされていた高原地帯に、まったくあらたな文明地帯を——それも先住民族国家の、かなりつよい内面的抵抗をうけつつ——急速にきずき上げつつあった。

海面上昇は、二十世紀後半以来、世界平均百五十メートル——最高二百十メートルにおよんだ——にいたって、ようやくその歩みをとどめ、文明の大変動も、このところようやく一つのおちつきを見せようとしていた。——しかし、この地球的規模の大変動の「本当の影響」は、まだこれから、ようやくあらわれようとしているところだった。この湿度と温度と、拡大した海洋が、人類の深い所にあたえつつある影響の結果は。

そして——そこにはすでに、長期にわたって徐々にその全貌をあらわしてくるであろうところの、「変動の影響」の、かすかな兆候があらわれはじめたみたいだった。——なにか非常に不気味なものの兆候……。

「飯塚……」胸ポケットのところで、個人電話がいった。「桜井だ。——会合は、おくれそうだ。出席人員が、どうも半数を割りそうで、ひょっとしたら明日にのびるかも知れん」

「明日は困ります」とぼくはいった。「集められるだけの人を集めてください。ぼくはすぐ――定時に行きます」

「それから――」と市企画局の桜井次長はいった。「さっき通知があった。オオサカ市は会合《ランデヴウ》にまにあわない。エンジン系統の一部が故障して、現在小千谷《おぢや》湾の奥に碇泊中だそうだ」

「小千谷湾？」ぼくは首をひねった。「どこらへんでしたっけ」

「新潟県の、信濃川下流だよ」桜井次長はいった。「むかし、小千谷縮《おぢやちぢみ》で有名だったところだ」

3

二時間半後――

トウキョウ市は、波しずかな帯広湾の奥にむかって進んでいた。――そしてぼくは、二時間にわたる、だらだらした、熱意のない、ほとんど成果のあがらない会議を終えて、ぐったりして、書類やレコーダー・プロジェクターをかたづけていた。

「まあ気をおとさない方がいいよ」と、市企画局の桜井次長は、なぐさめるようにいった。「一度ぐらいじゃ、なかなか説得するわけにいかないさ。――それに、そういっちゃなんだが、たとえ同じ日本人といっても、〝月〟の連中に、とやかくいわれるのは好まないんだ」

「あなたもそうなんでしょうね」ぼくは、両手の掌で顔をこすりながらいった。「つまり、どういうことなんです？　地球人としての優越感ですか？　それとも月に対する劣等感ですか？」

「その両方だ。――それくらいのこと、一級コミュニケーターの君が、わからんはずはなかろう」桜井次長は、あくびしながらいった。「それに――みんな、いまだにこう思っているだろう。なぜ、こんな大きな問題について、トウキョウにまっ先に協力を要請してきたか……」

「トウキョウにじゃありません。日本にです」とぼくはいった。「わけて、伝統ある都市の魂をもち、世界で数すくない、海上都市であるトウキョウとオオサカにです。――たしかに、なにもトウキョウがまっ先に、そのことに名のりをあげる必要はありません。しかし、ここがまっ先に名のりをあげたってかまわないはずです。世界で最初のこのプランの積極的提唱者、推進者になっても……」

「それをいうと、またさっきの議論のむしかえしだ」桜井次長は立ち上った。「それに、君の判断はまちがっている。――トウキョウの都市伝統は、エド以後喪失した。トウキョウの都市伝統は、まずおひざもと意識からくる権力に対する盲従とエリート意識だ。次に地方流民の流入からくる混乱とコミュニケーション失調だ。時の権力がここにあったという以外、トウキョウは、君がいうほど、ほこるべき都市の伝統をもっていない。かつてのトウキョウは、都市自体として成立していたわけではなく、地方によって、知的にも、物質的にもささえられていた。――第二、日本の長い外交伝統は、どんな問題にかぎらず、積極的に、最初の提案者になることを好まない。特に二十世紀中葉の失敗以来、追随外交がふたたび日本の長い伝統になった。第三、日本の政治の伝統の中には、ぬきがたい事大主義がある。――こういう問題に関しては、たとえ一級コミュニケーターであっても、君のような若僧がくるべきじゃなかった。もっとえらい人物がくるべきだった」

「第四――あなたのような、頭の切れる、優秀な官僚の間には、ぬきがたいシニシズムの伝統がある」と、ぼくはいった。「つまり、裏がえされたエリート意識ですかね？――別にぼくみたいな若僧を特にえらんでよこしたわけじゃない。とりわけ〝月〟では、手がたりないんですよ」

「どっちにしたって、トウキョウ市を、長期にわたって、北緯八〇度に滞留させるなんてことが、おいそれと実現するとは思えんね」次長は暗い顔でいった。

「北緯とはかぎりませんよ。南緯かも知れない」

「それじゃなおさらだ」と桜井次長はいった。

「まだいるのかね？」市代議員の、河村という中年男が、会議室に顔をのぞかせた。「飯塚くん――だったな。君の提案はなかなかおもしろい。今日出席しなかった議長とも話してみるよ。ところでどうだね？　桜井くんもいっしょに、食事しないかね？　トウキョウははじめてだというし、案内してもいい」

「けっこうですね」と、ぼくはいった。――桜井次長は、ちょっと眉をしかめたが、ぶっきらぼうに、「おともしましょう」といった。


夜のトウキョウの頽廃《たいはい》ぶりは、噂にはきいていたが、呆れかえるほどだった。――畸型のストリップからセックスゲームまで、アクロバット・アンドロイドの奇想天外なセックスショーから、本当に血をながすアンドロイドをつかった殺人ゲームまで、とにかくその刺戟のつよい乱痴気さわぎには、胸がむかむかして、ひどい頭痛におそわれてしまった。こんなバカさわぎをする店が都市第四層の、中央地区のほとんどにひろがっており、通りすがりにちょっと立ちよるようなものから、最高級のクラブまであり、どこも満員の盛況だった。――それに、ほとんどの店は、大てい昼間から開いているという。

会議中、ほとんど居眠りしていた河村議員は、ここではひどく陽気になり、えげつない冗談をショー・ダンサーにあびせ、高価な酒を浴びるようにのんだ。高級クラブを梯子《はしご》するうちに、いつの間にか議員の誰彼と合流し、おどろいたことに、今日の会議に出席できなかった要人までくわわり、とんだ大一座になってしまった。

「つまり、会議に出席するのは、これがお目当てさ」と桜井次長は苦い顔をした。「全部、こちらの会議費用につけてくる」

「会議に出なくても、こちらの方はおさかんですな」とぼくはいった。「そこが問題なんです、桜井さん。——ぼくは、ある統計的事実を知ってるんです。この無気力と頽廃は、別に、道徳的エネルギーの低下のせいじゃないですよ。知的道徳的エネルギーの低下こそ、実は——」

「わかった。もうその話はよせ」桜井次長は酒くさいゲップを吐きながら手をふりまわした。

「おれだって、この刺戟がなきゃ、生きた気がしないんだ」

ぼくが、こっそり席を立とうとすると、次長は後ろから、皮肉な調子でいった。

「かえるのかね？——もう二、三軒まわったら、今日出席しなかった市長にあえるかも知れないぜ」

「市長は、新日本市ですか？」ぼくはふりかえっていった。「ニューヨーロッパじゃなかったんですか？」

「知るもんか」と桜井次長は投げやりな調子でいった。「スピッツベルゲンかどこかで、かわい子ちゃんを抱いてるんだろうよ」

ぼくは肩をすくめて外へ出た。

第一層には、涼しい風が吹いていた。——航行をとめたので、余った動力が、フルに冷房にまわっているらしい。ドームのむこうに、十勝川に面した斜面上に、まだ建設中の新都市「新日本市」の明りが見える。暗い湾の水に、その無数の灯が反射して美しい。――新首都を、北緯四三度の、こんな所にもってきたのが、はたして賢明であったかどうかわからない。しかし、北緯四〇度より南では、地上に固定された首都をつくるのは、無理なのはたしかだった。――四〇度以南では、夏の最高気温が、摂氏四〇度をこえることがざらにある。平均湿度だって、六十パーセントにも達するのだ。

ドームをふりあおぐと、めずらしく、雲が切れて、わずかな星がのぞいていた。――どこかに月があるらしく、雲の一部がうすあかるくなっていた。ぼくは、第四層にくらべてまるきり人気がなく、森閑としている第一層のベルトロードにのってホテルの方へはこばれながら、ふと月にかえりたくなった。

わずか三十万人の人間しかいない月には、貧しくきびしいがよくコントロールされた気象条件のもとで、はりのある生活があった。――酸素も水も、岩石から分解採集したものを循環させなければならない不自由な生活だったが、二十世紀末から二十一世紀前半にかけて、月を『全人類共通の前進基地』として最初に月面都市の構想をたてた人々の、人間とその歴史に関する深く雄大な洞察を反映して、けっしてそこに精神的な停滞がおこらないように、非常にうまくデザインされていた。――ぼくはそこでうまれ、地球と同じ重力状態の孫衛星上で育った。そして、すべての「月面二世」がそうであるように、月面の小さな重力内でも地球の重力内でも、どちらでも簡単に適応できるような、特殊訓練と特殊な身体改造手術をうけて、成年となった。――〝月〟の前には、宇宙と未来があった。空漠たる虚無の彼方に、月面上のアインシュタイン総合天文台は、次々とおどろくべき発見をなしとげていた。〝月〟はさらに未来へむかって飛躍しようとしていた。――しかし、〝月〟の自給可能な物質や材料は、あまりに乏しく、その能力は、すでに限界に来ようとしていた。そして一方地球は……。

「！」

ホテルにかえって、ドアに電子キイをさしこもうとしたぼくは、ドアが音もなくあいたのに思わず息をのんだ。――とたんに中からとび出してきた黒い影を、ぼくは力いっぱい部屋の中につきとばした。黒いマスクで顔一面をかくしたそいつは、手に何か武器をふりかざそうとしていた。横に体をたおしざまぼくが右手の袖からうった麻痺銃《パラライザー》の指向性音波と、そいつのパラライザーの音波は、どちらもわずかにはずれ、そいつはすばやい身のこなしで飛鳥のようにドアからとび出していった。あとを追ってとび出そうとすると、片脚がかるい麻痺をおこしていて、床に転がった。しびれはすぐなおったが、部屋の中は惨憺たるものだった。荷物が全部バラバラに投げ出され、書類は木の葉のように部屋中にちっている。

ぼくは、ドアの下にころがった、吸盤つきの小さなマイクを踵でふみつぶした。――そいつがドアのパネルからはずれていたので、侵入者はぼくの足音をききそこねたらしい。荷物はほったらかしにして、ぼくは大急ぎで、ちらばった磁気シートの書類をあつめた。

ない！

今日は持ち出さなかった、〝極冠作戦〟の一番肝心な、中心になる計算書と、こまごまとした具体的プログラムを書いた書類がなくなっている！　月の上の作戦本部が、長い間かかって練り上げたあのプログラムと計算が――。

呆然としているところへ、突如電話の呼び出しブザーがかすかに鳴った。――さっきの男がやったのだろう。ブザーのボリウムは最小にしぼってある。反射的に通話ボタンをおすと、テレビの画面の方はうつらず、音声回路だけが、せきこんだ早口でいった。

「気をつけろ！　やつはさっき、第四層からそちらへむかったぞ！」

答えようとすると、電話はプッンと切れた。

ぼくはしばらく呆然としていた。――こんなことは、まったく予期しないことだった。こんなに露骨に、敵意をもった監視と妨害があるとわかっていれば、計画を書類の形でもってくるのではなかった。むろん、月にたのめば、もう一度電波でおくってくれるだろう。しかし、それでは、中央中継所を通ることになり、作戦の内容が、一挙に世界中に知れわたってしまう。それでは都合がわるいのだ。作戦は、おそらくまた「月のインテリ（一種のやっかみ半分の反感から、一般地球人の間で、〝気ちがい《ルナティックス》〟と呼ばれていた）のさし出口」と、大変な反感を、一般の人たちの間にまきおこすだろう。説得は、順序をふんでやらなければならない。だが、いまこれが外にもれたとすれば、作戦はまず第一段階で、大きな蹉跌をきたす。――どっちみち、あれがなければ、明日予定していた、日本政府首脳との会談と、その結果を見た上の、世界連邦本部での第一回会合は、中止せざるを得ない。

ぼくはことの重大さに、青くなって立ちすくんでいた。――書類を月にたのんで、暗号電送してもらうことも考えた。しかし、それをやれば、かえって鼻のきくジャーナリストたちにあやしまれる。フレッシュなニュースに関して、科学ジャーナリストたちはたえず月をマークしている。それにしても――いったい、この計画書類のことを地球に通報したやつは誰だ？　こんなにまで熱心にマークし、妨害しようとしているやつは誰だ？　さっき部屋をひっかきまわしていたのは、昼間、銀座と、築地のバーで、ぼくを見はっていた、あののっぺり面の男としても、たったいま、ぼくの部屋へ電話してきたやつは誰だ？――いや、そいつはおそらく、今夜ぼくを第四層にさそい出した河村議員だろう。声にたしかにききおぼえがあった。彼がぼくをひっぱりまわす役で、途中でぬけ出してかえったので、部屋をさがしていた男に、あわてて通報してきたのだろう。としても――やつらの背後にいるのは、誰だ？　どんな組織、どんな連中だろう？

混乱した頭を必死になって整理しようとしている最中に、突然隣りのベッドルームで、かすかな物音がした。――ぼくはギクッとして、もう一度パラライザーを右袖口からはじき出し、にぎりしめた。そっとベッドルームのドアをあけると、中でかすかな息遣いがした。ぼくは中に躍りこむなり、明りをつけ、パラライザーをかまえた。

「なんだ、かえったの？」

眠そうな声がして、ベッドの上で、女が寝がえりをうった。——昼間、築地のバーにいた、あの娘だった。ぼくはとびかかって、シーツをはぎとった。娘はすっ裸だった。

「なにすんのよ」と娘は、まぶしそうに腕で顔をおおいながら、別にはずかしがりもせず、大きなあくびをした。「そんなにカッカとすることないじゃない？」

「なにをしにきた？」ぼくは油断なくパラライザーをかまえながらいった。「なぜ人の部屋にだまってはいった？」

「ごめんなさい。——いったでしょ？　今夜いっしょに寝ようと思って来たの。あなたがあまりおそいんで、つい先に寝ちゃった」

「どうやってはいった？」場合によっては、しめ上げるかと思いながら、ぼくは詰問した。

「いいたまえ、君もスパイの一味だな？」

「スパイ？——スパイって何よ」娘は、みごとな裸身を明りにさらしながら、キョトンとした顔でいった。「ここのホテルとは、前からのなじみなのよ。月からきたハンサムさんと今夜浮気よっていったら、フロントがすぐ笑っていれてくれたわ。もっともいくらかつかませたけど——」

「いえ！　君の店に来たのっぺり野郎、さっきこの部屋をひっかきまわしてた野郎と同じ仲間だろう！」ぼくは娘の腕をつかんだ。

「知らないわよ！」娘は小さな悲鳴をあげていった。「ちがうってば。私のことなら、誰にきいてもらっても、知ってるわ。そんなことするものが、あなたのベッドでのんびり寝てると思う？――いたいわ！　放して！」

ぼくはやっと手を放した。――どうやらスパイとはちがうらしい。しかし、まだ油断はできない。

「かえってくれ！」とぼくは、やっとパラライザーをしまいながらいった。「地球じゃ、他人の部屋へはいるのは勝手かも知れないが、ぼくはごめんこうむる」

「そんなにおこらなくてもいいでしょ」娘は半分ベソをかきながら服を着た。――そんな顔を見ると、昼間バーで見た時よりよっぽど子供っぽい感じだった。体こそみごとに発達しているが、まだ二十そこそこらしい。「地球じゃ、深夜の訪問は別におかしくないんだけど、月ってよっぽどきゅうくつなのね。――月の学生って、セックスをどうやって処理してるの？」

「学生？」ぼくはあきれてきいた。「君も学生なのか？」

「ええ、そう――バーづとめはアルバイト。そんなにおこらないで、またバーへ来てよ」

「どうだかな」ぼくは、仏頂面でいった。

ベッドルームから隣室へはいると、娘はひっちらかされた荷物を見て、驚きの声をあげた。

「まあ、このありさま！――あ、そうだ！　あなた、書類探したの？」

「書類？」ぼくは、またギョッとして娘の手首をつかんだ。「やっぱり君も書類を……」

「ごめんなさい――いたいわ！　別に悪気はなかったんだけど、待つ間退屈なもんで、あなたがカバンの中に本でも持ってないかと思って、中を見たの。そしたら、何だか面白そうなのがあって……」

「おい！」とぼくは、どなった。

「そんなにどならないでよ。悪いといってるんだから――探したのは悪かったけど、読んでた分は、ベッドの枕の下にあるわ」

ぼくはすっとんで行って、枕の下を見た。――あった！　あの侵入者が探していた分がそっくり……。ほっと安堵の息をつきながらも、ぼくはまたもう一つの難問題にぶつかったのを感じて、唇を噛んだ。――この娘はこの書類を読んだ。ほとんどわからなかったろうけど、しかし、こういうものを持って、ぼくが月から来ているという事実について、どうやって彼女の口をふさぐか？

「それ、面白そうね」と、いつの間にかはいってきた彼女が、眼をかがやかせながらいった。

「〝極冠作戦〟ってのは、すばらしいアイデアだと思うわ。くわしく読んだわけじゃないけど、でも、そのプログラムの中で、一つだけ、大きな見おとしがあると思うわ」

「なんだって？」ぼくは眼をむいた。「君は……」

「そのプランのお話、きかせてくださらない？」娘は、眼をキラキラさせながらいった。

――その表情は、三転して、ひどく知的に見えた。

「いや――」ぼくは溜息をついていった。「さあ、ここへ来て、もう一度服をぬぎたまえ」

「あら、でも、もうその気なくなっちゃったわ」と娘はいった。「話してよ。すごいプランじゃない？」

「いいから脱ぐんだ」とぼくはいった。

4

翌日、ぼくは急遽予定を変更して、日本政府首脳との会合をとりやめ、ただちに中央アジアのタシケントにある世界連邦本部へとんだ。――さいわい、連邦総会にひきつづいて、各委員会が開催中なので、各国委員はずっと本部に滞在中であり、月代表の大車輪の活躍によって、総合開発委員会の特別メンバーによる秘密会の予定日時変更は、なんとか実現できた。――その日は、委員会本会議がひらかれるので、メンバーはみんな疲れている、という不利な条件はあったが、それもやむを得なかった。

〝月〟の作戦本部とは、娘をくたくたにさせてねかせつけたあと、宇宙回線で、くわしい打ちあわせをした。もちろん隠語をつかって……。

「アプローチの変更は、やむを得ないだろうな」と本部長はいった。「地球上のどこかの国、あるいはどこかの団体が、うすうす嗅ぎつけかかっているらしいということは、こちらにもわかっていたが――そこまで積極的にマークしてくるとしたら、あまり周辺の瀬ぶみ《サウンド》に時間をとっている暇はないかも知れない。これまでも〝月〟からの訪問者が、誰かに監視されているのではないかという兆候はあった。だが、はっきり君の書類をねらったところをみると、〝敵〟も、もういちだんつっこんだところをつかみかかっているとみるべきだ。――とすると、こちらもあたってくだけろだ。トウキョウでの部分的説明の反応波及を、観測したり、解析したりしているひまはない。まして、市の代議員にむこうの手先がいるとしたら、もう通報は行っているだろう。――いきなり虎穴にはいってみるよりしかたがないね。秘密会メンバーに対する工作をやっているひまはないだろう。むこうにも、工作をやるひまをあたえないことだ」

「とすると、すぐたちますか?」

「秘密会予定変更に、十数時間はかかる。――とにかく眠って、連邦本部代表からの連絡をまちたまえ」

あの無軌道娘に書類を読まれてしまったことを、本部はあまり重視してないようだった。――ぼくもできるだけ、秘密をまもってくれと――はずかしいながらテクニックまでつかって――娘にたのんだ。娘はめったなことはしゃべらないと約束したが、どっちみち、秘密会でぶっつければ、いずれは周辺にもれていく。問題は、かなり有力な人物もくわわっている秘密会の第一回会合で、どれだけの人間をつかめるか――いや、動かせるかだ。一級コミュニケーター――昔でいうなら、PRマンというところだろうか――の腕の見せどころだ。何しろ、そのためにわざわざ、専門の説得技術者としての訓練をうけたのだから。メンバーのうちのほとんどに、その問題を自分で考えさせるようにし、大半に納得させ、何人かは積極的に、自ら推進者の立場をとらせるようにしなければならない。もし失敗すれば――その時は、正面きった、長い、厄介きわまる闘いがはじまるのだ。

見はられているとわかった以上、次には危害をくわえられることも考えられる。ぼくは新日本市における午後の政府首脳との会見約束をそのままにしておいて、すっぽかすことにきめ、あとのことを、会合をあっせんしてくれる桜井次長にたのむ旨、くわしくテープに吹きこみ、電話局に時限通話をたのんで、カバンをもたず、書類は体につけて、朝の散歩という恰好で、ぶらりとホテルを出た。――正体なく眠っている娘もそのままにしておいた。人気のない第一層街をぶらぶら歩いて行くと、はたして何かの配達車らしい電動トラックがつけてきた。ぼくはできるだけのんびり、ベルトロードをつかって、中央桟橋へ行き、そこから新日本市へわたるフェリーにのり、新日本市で、岩見沢行きホバークラフトの第一便にまぎれこんだ。——六百人のりのホバークラフトは、まだかなり波のある海上を、時速二百五十キロで、またたく間にトウキョウ市から遠ざかる。走り出すと、三十度をこえるむし暑さが、少しましになる。ぼくは、海上から、巨大な鉄の浮遊構造物である、トウキョウ市の偉容を、あらためて見なおした。

一世紀半前の最初の東京海上都市の発案者である、S・キクタケ氏が、これを見たら何というだろう？——海面上昇以前に、海岸地帯の地盤沈下に悩まされていた二十世紀後半の東京で、ついに新港湾居住区として、晴海の先につくりはじめた「海上区」が、旧東京の中で、唯一つの生きのこった部分になろうとは！

すでに当時、数十万トンの巨大タンカーをつくっていた日本造船工業が、まだ生き生きとした成長をとげていた時代だ。——歴史にのこる、あの「関東台風」が、東京全部をはじめ、印旛、手賀沼、霞ケ浦一帯を完全に水没させ、それ以後、一度も水をひかせることなく、関東一帯に海面が大進行をはじめた時、「海上区」だけは、あの猛烈な台風に対しても無傷のまま生きのこった。繋留索が切れて、東京湾内に流れ出してしまったが、当時は予備的にとりつけられていた推進装置をつかって、自力航行しながら、難民救助にどれだけの活躍をしたことか。

オオサカ市の方は、これもキクタケ氏と同時代の、関西の若い建築家、E・ミズタニ氏の「大阪湾チャンネルプラン」――これは大阪の堺附近と、神戸市との間の海上に、浮き橋を二列つけて、自動車道路とし、そのちょうどまん中に、巨大な浮遊流通センターをつくるというプランだった――による、海上構築物だけがのこった。大海進の結果、海は京都、奈良両盆地にまで進入した。――万葉集に、「海原はかまめたちたつ」とうたわれた、あの「大和海原」が出現し、日本列島は、縄文期以前、いや、その時代をはるかにこえて、水没した島山としての、太古の姿を再び出現させたのだった。それに――つづいておそったのは、おそらく新世代未曾有の気温と湿度だった。旧熱帯は、緯度三〇度をこえ、亜熱帯は四〇度、いや場所によってはさらに高緯度附近まで北上し、赤道直下は、高温多雨で嵐の吹きあれる何とも名状しがたい気候状態を出現した。――誰かがいみじくもこの状態を名づけた、「地球の金星化現象《ヴィナサイゼーション》」と。

つい最近完成したばかりの、岩見沢国際空港からSSTにのり、タシケントへむけてとびながら、ぼくは機内サービスで貸してくれる小型の赤外線透視器から、一刻も眼をはなすことができなかった。密雲を通して、ほのぐらい画面にうつる陸地の形は、ぼくの頭のなかにやきついている一世紀半前の地球の地形と、いかにちがったものだったろうか！――すべての沖積平野は失われた。あの広大な中国大陸の中部北部は、うそのようにのっぺらぼうの大洋にのみこまれ、山東地区に二つの島がうかび、南部山岳部のみが洞庭、江西の巨大な湾をかかえて水面上に出ている。大シナ海の波は、奥深く侵入した遼東湾において、直接モンゴルの岸辺を洗い、かつて河北西方にあって、北方匈奴の侵入を食いとめた万里の長城は、いまは東方からおしよせる海の進入を食いとめようとするかのごとく、大陸東海岸の岸辺の崖の上に、直接そびえたっているのだ。――だが、その背後にあって、黄河源流のオルドスの沙漠は、巨大な沼沢地と化していた。

　沙漠といえば、広大なゴビ沙漠が、中央に巨大な湖をかかえた、一面の叢林地帯と化しつつあった。その北方、シベリアこそまさにおどろくに値した。あのはてしなくつづいていた、千古不斧の針葉樹林《タイガ》は、はるかに海底に没し去り、東シベリアにおいては、かつてのレナ川の上流において、北極海の水は、スタノボイ山脈をこえてオホーツク海につながり、ベルホヤンスク、チェルスキー、ギダンアナジル、コリャクスキーの極東シベリア各山嶺は、カムチャツカ島とともに、大きな島々となり、その島山をおおう植物相《フローラ》は、今やはっきりと、温帯多雨林の様相を呈しつつあるのだった。

　海か湾か峡谷かと思わせる、巨大なレナ湾の西部峡湾《フョールド》から、中央シベリア半島をこえた時、ぼくはそこに茫々とひろがる大シベリア海の広大な水面に、思わず息をのんだ。ヤマロ・ネネツ、ハンティマンシィ、トボスク、オムスク、ノボシビルスクとひろがっていた、かつての西シベリア低温地帯は、今や完全に、平均水深五十メートルの、グレート・サイベリアン・シーの海水におおわれていた。――そのはてしない水面は、わずかに東部を、点々とつらなるウラル列島に区切られているだけで、はるか西方ヨーロッパ地区まで一望千里、ヨーロッパロシアと、北部ヨーロッパをおおう、バルト・ルッソ海につらなり、南はカザフ高地とウラル山地の間のカザフ海峡をへて、かつてのアラル海、ツラン低地、カラ沙漠、カスピ海、黒海をつなぐ中央アジア海へ、さらに巨大な、大地中海へとつながっているのだった。

かつてそのアジアからヨーロッパにわたる広大な領土をほこったソビエト連邦は、いまその領土のほとんどが海面下になり、かろうじて、ウクライナと、旧モスクワ西方の高地、ノヴァヤモスクワヤ島だけになってしまっていた。ヨーロッパ自体が、オーストロ・アルピノ大陸——大陸というより、島とよんだ方がふさわしいかも知れない——周辺と、これは隆起をつづけるフィノスカンディア島、イベリア島、イギリス島と、まさに「ヨーロッパ群島」とよぶにふさわしい状態になっていた。

かつてのユーラシア大陸は、東モンゴルからチベット高原へかけての東大陸——いわゆるモンゴリア大陸と、イラン高原からトルコ、サウジアラビア大草原の両大陸——いわゆるセム大陸だけになり、インドはニューデリー南部が風蝕と陥没のために一部切れて、デカン高地を主部とする「インド準島」となり、南北アメリカにおいても、カナダ北西部、北アメリカ東部は水没、南米では、あの広いアマゾン湿地帯が、完全な海になってしまい、かろうじてアフリカだけが、東部盾状地塊をはじめ、ほとんど無傷の姿をのこしているのだった。そのアフリカとて、赤道アフリカは、猛烈な高温のため、ほとんど人が住めず、サハラ、リビアの二大沙漠が、今やジャングルと沼沢地帯になりつつあった。

新世代第四紀末の、沖積層の上に、高原地帯から大進出して、そこに地球の新紀元をきずき上げた人類は、今また海によって高原や高地斜面上に追いあげられたのだ。——「人類時代」は、沖積平野の消滅とともに終りを告げようとしているのだろうか？　それとも——またまったく新たな、「適応」が実現するのだろうか？


タシケント、海上空港《フローティング・エアポート》についたのは、まだ中央アジア標準時の早朝だった。——出むかえに来てくれた、月代表団の一人、クヌート・ヨルゲンセンといっしょに、ホバークラフトで市内にむかう。「中央アジア海」の水は、どろりとした緑色で、水面下を黒い巨大なものの影がいくつも泳いでいる。

「あれは？」ぼくは、遠い河面にいくつもはねる、黒いなめらかなものの姿を指さした。

「まさかイルカじゃないだろうな？」

「ずばり、イルカかゴンドウ鯨だよ」とクヌートはいった。「地中海の方からはいりこんできたんだ。海表面の炭酸ガス量がふえて、藻類や植物プランクトンがべらぼうにふえた。——陸上より、海の中の方が、生物相の大異変が起りつつあるらしいぞ」

「高温多湿となると——爬虫類の新しい進化と放散が起るかも知れんな」

「まさにその通りだよ……」クヌートは眉をしかめた。「まだ、まさか恐竜類が出るところまではいってないだろうが、世代交替の早い種類の中には、すでに相当巨大化しつつあるものもあるらしい」

「ウィルスやバクテリアまでふくめたら、どんなことが起ってくるかわからんな」ぼくは、何となく背筋が寒くなるのをおぼえながらつぶやいた。

「その通り――下等動物ほど、変化に敏感だ。生物が、こんなにすばやく適応状態を出現するなんて、思ってもみなかったよ。見たまえ――」

クヌートは近づきつつある海岸線にそってもり上る、暗緑色のようなものを指さした。

――ぼくは眼をこらして、思わず息をのんだ。

「あれは――サンゴか？」

「そう――。汽水または淡水性のサンゴだ。学者がしらべたが、今までの種類とあまり似ていない。水中の炭酸ガス増加と、陸地水没によるカルシウム溶解量の増加によって、腔腸動物や原生動物に、やたらと炭酸カルシウム殻をつくるものがふえてきた。――あれだって、ほんものの珊瑚虫は、半分くらいだよ。珊瑚と見まがうような海綿類や、原生動物、棘皮《きょくひ》動物、軟体動物なんかが、ああやってサンゴみたいに固定性の共同骨格をつくって共棲するようになってきた」クヌートはクスッと笑った。「学者は〝下等動物の集団アパート〟ってよんでるよ。――下等動物にとっても、新時代の出現かも知れんな、どうだい？」

ぼくの方は、まったく笑うどころじゃなかった。――その何ともいえず不気味な、変化の兆候は、ぼくをますます緊張させた。

タシケントはやはり気象調節用のドームをすっぽりかぶった、それでも前代の美しさを、まだいくぶんのこしている街だった。十年前ここに移転されてきた世界連邦本部の、すり鉢型のビルをながめ、ぼくは午後の秘密会まで、武者ぶるいをおさえながら、英気をやしなった。

「がんばってくれよ」と、クヌートは準備をてつだってくれながら、いった。「おちつくんだ。君に期待しているぜ」

「ところで君の観測はどうだ？」ぼくは、少し胴ぶるいしながらいった。

「まったくわからん――よくてフィフティ・フィフティだ。ただ議長の老人は、誠意をこめればわかってくれると思う。これが最大のアドヴァンティジと思わなきゃなるまいね。ただもう、百歳をこえる学者だが、古き地球の魂をもっているし、頭もぼけていない。ただ――」

「なんだね？」

「秘密会メンバーの一部にこのプランがすでにもれている、という情報がある」

「そのことだ！」とぼくは叫んだ。「すでに、妨害の意志をもってる連中がいる。ぼくは――」

「ゆうべのことはきいた。——君の責任じゃない」クヌートは慰め顔でいった。「ここで否定されても、まだ手段がないわけじゃないんだ。あまりかたくなるなよ」

そういうとクヌートは、時計を見て、「さて……」とたち上った。

秘密会は、本部内の、めったにつかわれない奥まった部屋で、定刻すこしすぎにひらかれた。——メンバーは、一人一人、記者につかまらないように、こっそり部屋にあらわれ、合言葉をいって部屋にはいってきた。欠席者は二、三名で、出席率はまずまずだった。

月代表から、簡単な紹介と説明があり、いよいよぼくが、説明にたった。——ぼくは深呼吸して、自分の席から説明をはじめようとした。

「ちょっと、説明にはいる前に……」と議長のゲルハルト博士が、しわがれた声でいった。

「飯塚くんといったかね。——説明にはいる前に、あらかじめ諒承しておいていただきたい。貴君がたずさえてきた、月面及び地球有志によって立案されたという、〝極冠作戦〟については、今日午前の開発委員会において、ある委員から、ごく概略の輪郭が——非公式にではあるが——報告された」

ぼくは、ギクッとして、クヌートの方を見た。——クヌートの顔も一瞬こわばった。ちくしょうめ！　ゆうべののっぺり野郎のやつ！

「委員会は、ある程度の関心をもって、その概略をきき、そのような計画に関する事実があるなら、なおくわしく知るべく、月連邦政府に非公式に報告提出をもとめることを委員長に委嘱した。――なお、本日の開発委員会の主題、大海進と気象激変による、世界的規模の農業の打撃、および食料問題の緊迫化について、いかなる方向の政策をとるべきかについて、基礎的討論をおこない、委員会全体としては、気象変化によって沃野と化した沙漠の開発と、特殊エアフィルターによる植物の集中栽培、および新方式による化学合成食品の大量生産という方向に、ほぼまとまっていきそうな傾向をもち出している。――まだ第一回の会合がもたれただけで、決定したわけではないが、飯塚くんの説明は、このような委員会の空気をふまえたうえでなされることを議長として希望する。――地球南北両極の気温をふたたびさげて、ここに極冠を出現させ、海水凍結によって人為的に海退をひきおこし、陸地を再び大海進以前の状態にひろげようという君たちのプランは、きわめてファンタスティックな面白さをもってはいるが、それだけ非現実的であり、また食料農業問題なら、海没した沖積平野を再度出現させるように手間をかけなくても、さっきいったような三つの方向において、きわめて現実的な解決が得られる見通しがほぼ立っており、したがって君が月よりたずさえてきた、〝極冠作戦〟が、もっぱら沖積平野の恢復と、食料問題解決を目的としたものなら、この秘密会で説明してもあまり効果があがらないことを、あらかじめふくんでおいていただきたい。――むろんそうであっても、当秘密会は、わざわざ開催した以上、一応プランの詳細の説明をきくのにやぶさかではない。また、もしこのプランが、それ以上のねらいをもっているものであれば、よろこんでその点をききたいと思う」

クヌートが、万事休す！　といった顔をして、ぐったり椅子にもたれこんだ。――開発委員会の席上で、この〝作戦〟を「非公式に」すっぱぬいたやつといえば、当然、この作戦に敵意をもって情報を盗みとろうとし、妨害しようとしたやつだ。とすれば、その「非公式報告」は、当然、かなりな悪意をもってなされ、委員会の空気を、この作戦に反感をもつように誘導しようとしたにちがいない。当然のことながら、月連邦は、世界連邦の地球開発委に対して、代表権をもっていない。――地球のことは地球のこと、月が「さし出口」をするいわれはないわけだ。すでにこちらの知らぬ間に委員会で吹きこまれているとすれば、委員会メンバーからえらばれたものがほとんどを占めるこの秘密会の空気も、当初からこのプランに対してある程度の冷淡さをもっているはずだ。

しかし――ぼくは、ゲルハルト博士の語った程度のことなら、かえってこちらに有利だとふんで、猛烈なファイトが湧いてきた。沖積平野恢復が、当初から問題にならないとすれば、こちらは当初から核心にふれていくことができるだろう。あたってくだけろだ。

「議長――」とぼくはいった。「ならびにみなさん、当会議に御出席の方々が、作戦の輪郭に関して、その程度の予備知識をそなえておられるとするならば、その点に関する説明をはぶかせていただくことができ、討議を進めるうえにあたって、私にとっても、まことに有利な条件があたえられたと思います。作戦立案者にかわって、委員会の〝影の報告者〟の方に、深甚の感謝の念を禁じ得ません。ところで、いま議長がおっしゃった点に関してでありますが、率直にいって、当作戦のもっとも基本的なねらいは、今おっしゃった、沖積平野の恢復と、それにともなう食料問題の解決にあるのではありません。むろん、副次的にそういう効果があらわれることは、充分期待し得るでしょう。——しかし、本計画の、真の目的は、もっと別のところにあります」

「それはなんだね？」と、アジア人のメンバーの一人がいった。

「地球的な規模の気象異変に対し、人類の〝種〟をまもること……」とぼくはいった。

「とりわけ〝種〟の形で維持され、拡大再生産されつつある知能とバイタリティをまもるためです」

誰かが、声のない嘲笑をもらしたみたいだった。——しかし、ぼくはかまわずつづけた。人類の脳髄の活動とバイタリティにとって、最適気温がいかに重要な意味をもつかということ、平均気温が七度ちかくもあがり、平均湿度も全世界的に見て二十パーセントも上昇している現在の状態が、いかに人類全体の知能の働きをにぶらせ、その総合的創造性を低下させつつあるかということを、くわしいデータをあげて説きすすめていった。——それは、月の統計科学院が、ながらくにわたって収集解析した資料だった。また、コンスタントな快適な環境以外に、四季のサイクルによる気候変化が大脳にあたえる有効な刺戟について、月面上の人工気候の長年の実績から説きすすめた。

「しかし――」とメンバーの一人はいった。「現在はまだ、大海進、大洪水の余波が、世界的に見てのこっている段階だから、生産はまにあわんが、現在各大都市で行われている、〝地域気象コントロール装置〟の生産が軌道にのり、全世界でおこなわれるようになったら……」

「しかし――八十億の人類をカバーできるのはいつの日でしょうか？」ぼくはプロジェクターを押して、工業生産を気象コントロール装置にふりむける場合の、全地域をカバーするまでの金額、資材のカーブと必要日時のカーブをしめし、それと〝極冠作戦〟採用の場合のカーブの比較をしめした。

「それはしかし、君の提案に有利なように数値をとった可能性もあるんじゃないかね」と、一人が意地悪くいった。

「どうか考えていただきたい。――このプランは、月面における有志が、ただただ〝人類の未来〟を憂慮して作成したプランであって、これによって、月がうける直接的利得は、何もないのです。――むしろ、この作戦が採用されれば、月はその人的知的源のかなりな部分を、この作戦にさかなければならないのではないかと思います」とぼくはいった。

「ごらんのように、この作戦の有利な点は、地球上の現有資材、現有技術に、特に新しいものをつけくわえる必要がほとんどない、という点です。ただ規模と動力のみが巨大化しているにすぎません。——しいてつけくわえるものといえば、分子拡散速度の差を利用した、空気中の炭酸ガスの高速大量分離装置だけですが、これもパイプラインの長さが、これだけになれば、効率は百パーセントちかくになります」

「しかし、それだけのパイプが、すぐにあるかね?」と別のメンバーがいった。「鉄鋼製産は、大製鉄所の水没で壊滅的打撃をうけて、まだ充分たちなおっていない。化石燃料制限法で、電気製鉄にきりかえ中だが、これが完全に回復して大鋼径管の生産を軌道にのせるまでは、かなり日時を要する」

「その化石燃料制限法によって、現在全世界で、のべ数万キロの原油輸送管があそんでいるはずです」とぼくはいった。

「一部は海中からひき上げねばなりません。しかし、それはむずかしいことではないと思います」

それからぼくは、もう一度〝極冠作戦〟の説明にはいった。——中緯度地帯から、南北両極へむけて、長いパイプラインを何本もひく。途中は冷却のため海中を通す。中間に何カ所も、海上ドライヴ・パワー・ステイションをもうけ——これに、当初はトウキョウ、オオサカ、ニューヨークをはじめ、全世界に二十八ある「海上都市」を使おうというのだ。各都市の核融合動力装置の出力は、自力航行しなければ充分にある——中緯度帯の空気を大量に吸いこみ、途中で炭酸ガスを分離し、空気は途中で何段階にも放出して、最終的には、海中で冷却され、高圧縮された炭酸ガスを、極地で小穴から猛烈な圧力で吹き出させようというのだ。圧力さえ充分高ければ、極地にドライアイスの霧が吹き出す。これを長期間、連続でやれば、極地の気温はさがりはじめ、海はふたたび凍結をはじめる。そして――ふたたび海退が起りはじめるのだ。炭酸ガスは、一部極地の氷にとじこめられ、一部はまた大気中にかえっていく。

「みなさん――」とぼくはいった。「ここでふたたび、陸地拡大、沖積平野恢復の、食料問題以前の意義を強調したいと思います。――新世代の大気組織の成立にあずかっていた、陸上植物の意義の大きさを考えてください。むろん現在、みなさんのごらんになっているように、海面に石灰藻類が大繁殖し、海中の炭酸ガスを定着しつつあります。しかし、御存知のように、海中に溶解していく炭酸ガスの量は、決して多くありません。空気中の炭酸ガス定着の、もっとも大きな部分は、陸上植物によってなされるのであり、その陸上植物の自然繁殖可能面積を拡大してやることが、もっとも効果的な大気組成改造のコースです。――そして、空気中の炭酸ガスの量をへらしてやることは、この不活性なガスが、全地球で、現在なお、七十五パーセントが、無管理のままうまれてくる新生児の――むろんこの数字は、気象大変動によって世界が大混乱におちいる以前にくらべてはなはだしく低いものであり、今後保健機構の努力によって、かなりな程度に恢復されるとは思いますが――大脳発育にあたえる、微妙な、ある場合には甚大な影響を考えざるを得ません」ぼくは、ゲルハルト博士の眼の光をじっと見ていた。——そして、ある程度いけたらしいと、感じた。

「この状態は、超長期試算によれば、いずれはある程度、自然にバランスをとりもどしてくれると思われます。海中植物の大繁殖による炭酸ガス定着が進行していけば、やがては——数万年後には、ふたたびもとの気候がもどってくるかも知れません。しかし——人類にとっては、現状がすでに、かなり危険な状態にあるのです。あの大海進によってこうむった打撃のあと、この四季のけじめさえあいまいな高温多湿状態が、なお世界的規模で持続すれば、すでに現在はっきり兆候があらわれている、人類の総体としての無気力化、知的活動の阻害は、次の時代に、思いがけない影響をあたえる危険があります。全世界的におこっている出産率の低下は、〝大海進ショック〟の生物相における影響とのみいいきれないところがあります。現在、全世界に蔓延《まんえん》しつつある頽廃的、非生産的享楽や知的情報需要の世界的規模での低下は、やがては人類文明の内面的自壊作用にまで進行し、人類自身によって無気力のうちに放棄された人類文明が、急速に、新種大植物群のなかに埋もれていかないと、誰がいえましょう？——なるほど、地球の大気組成は、何十億年も地質年代の時間で見れば、次々に生じ、地をおおった新種生物によって、次々にかえられ、一組成の変化は、その変化をもたらした生物の隠退《リタイア》または滅亡をもたらすと同時に、その変化した大気をもとに大繁殖する新種生物の出現をうながしました。酸素も窒素もない、メタンとアンモニアの原始大気中に発生した最初の生物が、大気中に窒素と炭酸ガスを蓄積し、次代に炭酸ガスを吸収する生物が出現し、つぎに硫化水素が蓄積し、これがついに光合成植物をうみ出して、これによってはじめて大気中に酸素が出現して、大型動物の発生をうながしたことは御承知の通りです。――しからば人類もまた、みずからの繁栄のただ中から、みずからの滅亡要因をうみ出し、次代を支配する生物と交替していくのも、自然の理かも知れません。しかし――宇宙の彼方に新しく曙光が見えはじめた、人類の、まったく新次元の未来を思う時、地球上の人類は、その新たな可能性の芽をおしつぶさぬように、もう少し、がんばらなければならないのではないかと思います」

「そこで、月の直接的利益が出てくるわけですな？」とアジア人のメンバーが、ニヤリと笑った。

「月のエリートたちは、もっと先へ行ってみたい。しかし、現状では、これ以上の地球からの補給、バックアップがとてものぞめない」

「正直いってそうです」ぼくはうなずいた。「月は、完全に自給自足が可能です。しかし、あの条件下では、とても〝余力〟はうみ出せない。――月の連中が、地球でエリートと見なされていることはわかります。しかし、彼らが現在の月をきずきあげてきた超人的な努力も考えていただきたい。月の連中は、地球の動乱の直接的影響はうけなかった。しかし、それ以前に、地球が安楽と繁栄をほこっているとき、想像を絶する苦難と闘っていたのです。彼らは、エリートであるとしても、けっしてエリートである優越のうえにあぐらをかいているわけではない。むしろ、知的エリートであることを、人類の〝種〟全体より負わされた負い目として、肉体的にも、知的、精神的にも、過重な仕事に全員がたえているのです。――月は、地球からはなれている。いわば地球と人類全体を、距離をおいてながめることができる立場にあることにより、かえって人類のいろんな状態が――とりわけその未来が、地球上より若干よく見える立場にあることは、理解していただきたい。このプランも、決して月のエゴイズムに発するものではなく、月も地球もひっくるめて人類全体の、未来における可能性――人類が、どこまで行けるか、ということを追求する立場から、うまれてきたことを理解していただきたいのです」

「ちょっと……」とゲルハルト博士がいった。「〝宇宙の彼方に新しく見えはじめた曙光〟というのは、具体的に、何かをさしているのですか？――それとも単に、月の学術的、技術的進歩の中から、あなたが感じられた予感ですか？」

「遺憾ながら、私はその方の専門家ではないので、お答えする立場にありません。――単に表現上の修飾ととっていただいてもけっこうです」ぼくはちょっと歯がみする思いで答えた。「しかしながら、私のいわんとするところは――このプランが、地球を急速に恢復させることによって、月が今もっとも必要としている、地球よりの、資材、物質、技術、人的資源のよりいっそうの大量補給を期待している点もふくめて――最終的に、月も地球もない、人類全体の見地から編み上げられたものである、という点については、何の誇張もふくまれておりません」

「それはわかりました。しかしながら、このプランが、結局は、月の学者たちの、性急かつ学者的利己心にみちた想念に発し、月の現下の必要のために、地球に非常に危険な、かつ多くの点においてバカバカしい試みをやらせようとしていることは、いかに美辞麗句をならべても、明白であると思います」とアジア人のメンバーは、淡々とした調子でいった。

「月は、なるほど人類の最前線基地でありましょう。——しかし、いかにそのフロンティアとしての役割をみとめても、地球上の危難に際しては、地球の充実のために、その前進スケジュールをおくらせるのは当然であります。むしろ、二十一世紀後半に、われわれが火星上の基地を撤去せざるを得なかったように、縮小、または撤去の可能性も考えられます。月の人的資源を、地球の再建のためによびもどすということも……。それにこのプランは、依然としてあまりに空想的、非現実的です。多くの危険も——過冷却によって、今度は地球の熱バランスを反対側にくずしてしまう可能性もふくみます。何よりも現在地球で要求されているものは、明日の食料と住宅のための、開発資材であり、建設資材です。とてもこんなファンタスティックなプランのために、工業生産力をまわす余裕はありません」

それから彼は、いちいち論点をあげて反駁《はんばく》しながら、ながながと反対演説をぶった。しかし、すべて説きつくしたあとだったので――彼の反論は、いうなれば問題点の数字的なむしかえしにすぎなかった――ぼくは、ぐったりして、きいていなかった。

「あなたの意見はわかりました。ミスター・リー」と最後にゲルハルト博士はいった。「しかしながら、私としては、飯塚氏の所論の中には、人類的見地から見て、たしかにいくつもの重要な問題がふくまれていると思います。その点は、みなさんもおみとめになったと思います。いまここで、当否の結論が出せるものではありません。したがって明日、本委員会の後、専門家をくわえた拡大メンバーで、もう一度この会合をひらき、よりくわしく検討したいと思います……」

「よくやったぜ！」とクヌートは、肩をたたいていってくれた。「七分三分で成功とふんだ。――なかなか大した腕だ。メンバーの大半は動かされてたよ、いずれにしても、明日、拡大会議をひらくってところへもちこんだのはお手柄だったな」

「いずれにしても明日さ」とぼくはいった。

クヌートは、先にホテルにかえるといって出ていった。月へ、第一回の報告をおくるのだろう。――ぼくは、しばらく、クタクタになって、みんな立ち去った会議室にのこっていた。それからやっと、書類をまとめて外へ出た。

出たところに、長距離用らしい地上車が待っていた。――一人の男がすっとわきに来て、

「どうぞ」といった。――気がついた時は、開かれたドアの前だった。男は、指先よりはもう少しかたいもので、ぼくの脇腹をつついて、もう一度、笑いをふくんだ声で、「どうぞ」といった。――後頭部に、かすかなしびれを感じて、ぼくはシートにたおれこんだ。

　本部ビルの、玄関の横で、誰かが――女らしい――こちらをむいて、何か叫んでいるようだったが、すぐ視界がもうろうとした。

　気がついたときは、車はどこか郊外らしい所を走っていた。――雨が降り出し、ワイパーがクルクルまわっていた。

「今朝はうまくまきましたね」と、横にすわってパラライザーをつきつけている、例ののっぺり男が、ニヤッと笑っていった。「とんだお目玉をくらいました」

「君はとんでもないまちがいをしようとしているぞ、飯塚くん……」と、前部助手席にすわって、背中と首筋だけを見せている、肥った男がいった。「いわば、天の配剤、天の理をくるわせようとしているのだ」

「明日の拡大秘密会には、当然出してもらえんのだろうな」とぼくはいった。

「〝極冠作戦〟なんて悪い夢は、もう忘れるんだな」と肥った男はいった。「君は、次つぎにうまく、われわれを出しぬいた。――しかし、ここまでくればもうだめだよ。君を、パミール高原の、しずかな所に案内する。瞑想的な僧院のある所だ。そこで、長いことかかって、われわれの説得をうけてもらうことになる」

「ぼくがやらなくても、クヌートがやるぜ」

「彼も明日まではつかまえる。——それでなくても、月ではコミュニケーションがよすぎて、一級コミュニケーターなんて、何人もいないはずだね」男はクックッと笑った。

「君のその弁舌が、われわれの方についてくれると、これは一石二鳥なんだがね、飯塚くん。——君は、月ぼけしてるだけで、結局はわれわれと同じ考えをもつようになると思うよ。われわれは同じアジア人だからね」

「それが、天の理か？」

「そう——天の配剤だよ、飯塚くん。みたまえ。ヨーロッパは水没した。アメリカも、その大半を失った。しかし、アジアはまだ広大な土地がのこっている。アフリカもだ。——白人は、ユダヤの民のごとく、その故地を失った。勢力の反転は眼に見えている。アジアの周辺民には、高温多湿につよい連中も多い。今こそ、長い白人優越の歴史がくつがえり、アジア人とアフリカ人の有色人種連合が——わけてかしこく、歴史も深い、アジア人が、世界の指導権をにぎる新時代が来たのだ。——これから徐々にそうなるのは、眼に見えている。その条件をくつがえすなんてバカな話があるか！」

「その気持ちはわかるよ」ぼくはいった。「しかし——今さらそんな古いことを持ち出してどうするんだ？　今はアジアもアフリカもヨーロッパもない。ホモ・サピエンスの未来は……」

「君は日本人だったな。——日本人は、いつもアジアの裏切りものだった」と男は、ゆっくりいった。「日本はいつも、欧米とアジアの間にたって、簒奪《さんだつ》に苦しむアジアの民を裏切りつづけ、自分だけ欧米の後にくっついてうまい汁を吸ってきた。——今度だってそうだ。月にいて、地球上の苦しみは高みの見物で、今度は月の白人どもの手先になってアジアにとって、有利な条件をくつがえそうとしている」

ぼくはだまった。——なんともいえない、重く、暗い気持ちにおそわれた。しいたげられたアジア！——アジア積年の怨み——そんな古い怨恨が、「地球時代」ともいうべき時代になって、一世紀ちかくたっているのに、まだこの地上にのこっているなんて、月で生れそだったぼくは、考えてもみなかった。——だが、それはあり得ることだった。百年、二百年では消えない、民族の怨恨——そんなものは、前代にはざらにあったのだ。数世紀、時には十数世紀をこえて生きのび、再生産されてきた、怨恨、憎悪、復讐心、嫌悪が……。人類は、いつも過渡期にある。もっとも最先端でハッスルしている連中と、長い、怨みをこめた歳月の中で、重たく暗い、しかし執拗な生命を長らえ、じっと復讐の日をまっているやつと……。

こういうことになると、ぼくはもうお手あげだった。——一級コミュニケーターなんて、しゃれた肩書が何になろう。ぼくはあきらめ、シートにもたれて眼をとじた。

シートから、安全腕《アーム》がとび出してがっちり胴をおさえ、車のレーダー・ステアリングがコントロールを失って、ぶんまわしのように車体がふりまわされ、オーバー・ブレーキングのすさまじい悲鳴があがったのは、眼をとじた一瞬あとだった。——眼をひらいたとたん、山中の急カーブから突然ぬっとでかいトレーラーがあらわれるのが見えた。運転手の怒声、重心を失って、パラライザーをもった手を前部シートの背についたのっぺり男、それらのものを見たとたん、反射的にぼくは、となりの男の腕を手刀でたたきつけ、体をひねって鳩尾《みぞおち》に一ぱつたたきこみ、安全腕《アーム》をはずして、車外へとび出そうとした。——とたんにドアは外からあいた。

「早く、こっちです。飯塚さん……」顎ひげをはやした若いジャンパー姿の男が、ぼくの手をとって、車からひっぱり出した。「ちょっとのいてください」

男は車内に何かほうりこんで、ドアを手早くしめた。ボン！　とにぶい音がして、車内にもうもうと白い煙がたちこめ、一瞬悲鳴があがってすぐ消えた。——とび出したとたんに膝をついたぼくは、顎ひげの男に助けおこされ、わけもわからず走った。車の背後二十メートルの所にエア・スクーターが二台とまっていた。

「うまくいったぜ！」と若い男は叫んだ。

「早く行きましょう、飯塚さん」一台のエア・スクーターのリアシートにのっていた娘が、にっこり笑っていった。「まにあってよかったわ。——とにかくあたしたちの巣へ行きましょう」

「君は――」といいかけて、ぼくは息をのんだ。――今朝、パレスサイド・ホテルにおきざりにしてきた、あのユリという娘だった。

「別にどうってことはなかったんです。――今朝、ユリが、タシケントへとんで来て、すごいニュースよって、興奮していったんで……」と顎ひげの青年は、〝巣〟――タシケント市内の、ユースホステルの広間――の中で、ニコニコ笑っていった。「概略をきいて、ぼくらも、そりゃすごいやっていったんです。あなたに、用事がすんだあと、ぜひぼくらの仲間に許される範囲の話をしてもらおうと思って、すぐ世界中から仲間を集めました」

「ここが、あなたの講演会場になるはずだったんです」と、金髪のがっちりした青年――彼があのトレーラーを運転していたのだった――が、ウィンクしてみせた。「で、ぼくとユリは、連邦本部ビルの前まで、あなたをむかえに行ったんです。そしたら――」

「あなた、連中にパラライザーをつきつけられて、車にのせられるところだったわ」とユリがいった。バーで見た、倦怠にみちた顔でなく、あの三番目の表情――いきいきした、知的好奇心にみちた表情だった。「呼んだけど、ふりむきもしなかった」

「わかった……」とぼくはいった。「ありがとう」

「どうでしょう？　ショックもうけたでしょうが、もしよかったら、一服したあと、ここで〝極冠作戦〟のくわしい説明をしてくれませんか？」と顎ひげの青年はいった。

ぼくは広間《ホール》の中を見まわした。——みんな十代後半から二十三、四までの若い男女だった。思い思いの服装で、思い思いの恰好をしていたが、いきいきとした知的な表情という点では、共通した——とても好もしい——雰囲気をもっていた。

「だめならしかたありません。——だけど、ユリはあなたの書類を見ちゃったし、彼女はハイスクールのとき記憶増大訓練を選択して、ずばぬけてすごい記憶力の持主で、あなたの書類の内容を一点もらさず憶えてて、もうぼくらにすっかり教えちまったんです。なんなら、ユリに書類の内容をいわせてごらんなさい。一字もまちがえず暗記してるはずです」金髪の青年はいった。

「あなたを待ってる間、その資料をもとにして、みんなで大討論会をやったんです。ここと、タシケント大学のコンピューターもつかいました」

「〝極冠作戦〟は、とても重要な意義のある、しかもとても綿密にくみたてられたプランだってことはよくわかりました」と赤髪の、そばかすのある娘がいった。「でも、私たちで討論した結果、このプランでは、大きな要素を一つ、見おとしているか、過小評価しているって結論が出たんです」

「そう、それはユリさんもいっていた」とぼくはいった。「それは何だね？——ぼくたちは、地球のさまざまな条件の上で、いったい何を見おとしていたかね？」

「〝若い力〟よ」とユリはいった。

「ぼくたちは、全世界の学生の、自由な交流の組織にすぎません。ただ〝若い仲間〟という名称だけがあるんですが――ぼくらの間では、ぼくらなりに、海と温度と湿度との闘いをどうするかってことが、共通の大きなテーマになってたんです。――ぼくらなりに、自発的にいろんな情報を集め、いろんな可能性をさぐり、いろんなプランを検討してきました。とにかく、ぼくらだって、地球がこのままじゃいやだってことでは、みんな一致してました。気象改造の計画も、話題にのぼっていました。いずれにせよ、現状維持と、現在の条件内での充実はおとなにまかせ、ぼくたちはもっと現状を根底的にかえること――地球の条件そのものをかえることを、やりたかったんです」

「私たち、先人のやったよりももっと大きいことをやってみたいんです。先人の行きついた地点より、もっと遠くまで、行ってみたいんです。地球をこえて、宇宙にまで」と赤髪の少女はいった。「でも、そのためにまず、地球の現在の条件をかえなければなりません。――だけど、いまの上層部のプランは、どれも、現在の条件のワクの中で、地球をどうするかってことしか考えてないみたい――どうやら、私たちの未来は――それに私たちの次の世代のために準備してやる未来は、私たち自身で、考えなきゃだめだって気になってたんです。でも、具体的に未来をデザインするってことは、なかなか大仕事だったわ。そこへ、くわしい現実的プログラムをもった、月からの提案のことをきいたんです」

「どうでしょう？　ぼくたちを作戦に協力させてくれませんか？」と顎ひげの青年はいっ

た。

「作戦採用までのサポートでも、ぼくたちはかなりな仕事ができると思うんです。いろんな人に働きかけ、コミュニケートすることも——いわゆる世論をもり上げることもできます。いろんな研究会や組織をつくることによってね。それからこまかい情報収集なんか、いくらでもできます。それに、実際に作戦が実施される段階になったら、どうしてもぼくらの具体的参加が必要になるでしょう？」

ぼくは、ある種の感動におそわれて、言葉もなく、彼ら——〝若い仲間〟を見まわしていた。そう——たしかにわれわれは、大きな可能性を見おとしていた。憂鬱な現状を一つの「結果」として見ず、逆に「出発点」と見なして、そこから過去の延長でない、まったく新しいより好ましい未来を構想することのできる、若々しい魂、若々しい力を——。背後の歴史の重い影にとらえられていない、過去からきりはなされている、無垢で、自由な魂のことを。背後の、すでにすぎ去った、愚劣で罪障にみちた過去には彼らは何ら責めを負うべき点はない。彼らは歴史に対して完全に無罪であって、その責任は、逆にこれから先の、未来にある。そのことをはっきり自覚している若い勢力があるということの発見は、ぼくにはげしい感動をともなうショックをあたえた。

その時、若者の一人が、隣室から、クヌートと連絡がとれたとつげにきた。

「まあ、待ってくれたまえ——」と、それを機会《しお》に、ぼくはやっといった。「少し考えさせてくれ」

クヌートは、動転と安堵で混乱していた。彼の話から、ぼくはたったいま、月から暗号で知らせてきた最新のニュース――おそらく一両日中に、全地球に公表されるであろう、もっとも新しい情報をうけとっていた。

十年前から探究をつづけていた射手《いて》座の方向に約二光年のところにある、正体不明の、きわめて小さな電波物体は、太陽系外の知的生物の宇宙船であることがほぼ確認された！月面の、アインシュタイン天文台は、数年前からこころみていたコンタクトの返信に相当する電波を――むろんまだ意味不明だが、明らかに長短の規則的な配列でもって、ある種の数学的秩序を表現しようとしている電波信号を、今朝キャッチするとともに、その物体が、つい最近――つまり距離から算定すると、まさにこちらからはなった信号電波をむこうがキャッチした時から、突如九十度以上、進行方向をかえ、太陽系へむかって急速に移動しはじめたこともつきとめた。

天文台の計算によると、現在のスピードで、その物体が太陽系へ到着するのは、ほぼ十二年後になるという。ついに――ついに〝ほの見えかけていた宇宙の曙光〟は、はっきりとした暁の光芒となり、その光の箭《や》は、いま、暗黒の宇宙を、地球へむかってぐんぐん接近しつつある。

ヴィデオフォンをきったあと、ぼくははげしい興奮をおさえつけようと、なおも電波器をがっしりおさえつけていた。ついに――地球の、人類の新紀元は、訪れようとしている。宇宙の彼方に、いま上りかかっている、ぶあつい、暗黒の虚無の帳《とばり》のむこうに、いったいどんな、想像もつかないような、「新時代」がまちうけているのだろう？

このことを、いま、彼らに知らせるべきか？　ぼくは隣室のドアをじっと見つめて、ふと思いあぐんだ。十二年後――それは、すでに彼らの時代なのだ。ぼくらよりも、彼らはさらに遠く、深く、新しい未知の時代――帳《とばり》のむこうの世界へ突入して行き、そこでまた次の世代の、さらに拡大された未来を準備するのだ。

ドアのむこうから、何をいったのか、どっと若々しい笑い声がひびいてきた。

ぼくはなお、決心をつけかねて、ヴィデオフォンをにぎりしめたまま、しばらくそこに立ちつくしていた。――それから、窓外の、垂れこめた陰鬱な雨雲をながめ、大きな深呼吸を一つして、隣室との境いのドアにむかって大またに歩いて行った。

解説──未来を先取りした小松ワールド

池上 彰
（ジャーナリスト）

二〇二〇年春、新型コロナウイルスの感染が拡大し始めたとき、にわかに注目されたのが、小松左京によって書かれた『復活の日』だった。この書が最初に世に出たのは一九六四年のこと。その後、角川文庫になっていたものが、時ならぬベストセラーになった。

未知のウイルスによって人類の生存が脅かされる。新型コロナウイルスの正体がはっきりしていなかった当時の時点で、「たかが風邪のウイルス」で人類絶滅の危機が訪れるという設定は、あまりにリアルだった。

この小説では、イギリス陸軍細菌戦研究所で試験中だった猛毒の新型ウイルスがスパイによって持ち出され、スパイが乗っていた小型飛行機がアルプス山中に墜落することで、全世界に拡大していく。

一方、新型コロナウイルスの発祥《はっしょう》はどこか、いまだにはっきりしない。そもそもコロナウイルスも「ただの風邪のウイルス」だったが、変異したことで人類にとって脅威となった。変異が自然に起きたのか、人為的に引き起こされたのか。中国・武漢のウイルス研究所から漏洩《ろうえい》したという説は、有力な証拠《しょうこ》に欠けるが、中国政府が調査に非協力であることによって、「ありそうなこと」として消えることはない。

ここで驚くのは、一九六四年の段階で、小松左京が、このようなリアルな着想を得て、作品に結実させたということだ。

作品が発表される前の一九五七年から五八年にかけて「アジア風邪」が猛威を振るっていた。発生地は中国南部・雲南省だった。世界中で一〇〇万人を超える犠牲者が出て、日本でも死者は五〇〇〇人を超えた。風邪と呼ばれたが、要はインフルエンザだった。インフルエンザでも多くの人が犠牲になる。この作品の着想になったかも知れない。

私がSF作家としての小松左京を知ったのは中学二年だった一九六四年。東京オリンピック開催の年だった。創刊されて間もない「SFマガジン」を毎号読みふけっていて、不思議なテイストの作家を知った。『日本アパッチ族』という奇妙なSFを書く作家というのが最初のイメージだった。

この作品は、人間が「鉄を食べる人種」に進化するという荒唐無稽《こうとうむけい》なものだったが、次第に綿密な取材・調査にもとづき、科学的な根拠のある作品を発表していくことになる。

当時、「SFマガジン」に紹介されるアメリカのSFは、きちんと科学的な根拠にもとづいた作品が多かったのだが、日本の作品の多くは、文字通り「空想」だけで書かれていた。